탈식민의 미학

지은이 하정일(河廷日, Ha Jeongil)은 연세대학교 국어국문학과를 졸업하고 연세대학교 대학원에서 문학박사 학위를 받았다. 현재 원광대학교 한국어문학부 교수로 있다. 저서로는『민족문학의 이념과 방법』,『한국근 대민족문학사』(공저),『20세기 한국문학과 근대성의 변증법』,『분단 자본주의 시대의 민족문학사론』등이 있다.

탈식민의 미학

2008년 2월 20일 1판 1쇄 인쇄
2008년 2월 25일 1판 1쇄 발행

지은이 _ 하정일
펴낸이 _ 박성모
펴낸곳 _ 소명출판
등록 _ 제13-522호
주소 _ 137-878 서울시 서초구 서초동 1621-18 (란빌딩 1층)
대표전화 _ (02) 585-7840
팩시밀리 _ (02) 585-7848

somyong@korea.com | www.somyong.co.kr
ⓒ 2008, 하정일
값 21,000원
ISBN 978-89-5626-291-8 93810

탈식민의 미학

Decolonial Aesthetics

하정일

소명출판

이 책은 한국 근대문학의 탈식민 계보를 정리하고 그것의 의의와 가치를 밝혀보고자 하는 의도에서 만들어졌다. 이러한 구상을 하게 된 것은 10여 년 전, 그러니까 민족문학 위기론이 본격적으로 제기되기 시작하던 즈음이었다. 당시의 민족문학 위기론은 대개 신자유주의에 편승한 탈근대론의 이데올로기 공세였다. 무엇보다 민족문학을 민족주의나 근대주의로 환원시키는 본질주의적 단순화에서 그 점은 분명하게 확인된다. 1970년대 말부터 민족문학이 지속적으로 민족주의의 극복을 강조해왔고 자본주의 근대에 어떤 문학보다도 비판적이었다는 점에서 그러하다. 그러나 동시에 민족문학 위기론에는 민족문학이 처한 심각한 어려움이 반영되어 있는 것 또한 부인할 수 없는 사실이었다. 민족문학의 어려움은 전지구적 자본주의 시대에 조응하는 새로운 방향을 마련하지 못한 데서 비롯되었다. 이는 달리 말하면 민족문학의 세계성 혹은 전지구적 보편성에 대한 자기의식을 정립하지 못했다는 의미이다.

비(非)서구 (반)주변부의 민족문학, 곧 제3세계 민족문학은 서구 근대의 헤게모니를 넘어 새로운 근대의 가능성을 모색해온 능동적 실천이었다. 필자는 이를 '복수(複數)의 근대'라고 명명했는데, 말하자면 세계를 서구 근대로 일색화(一色化)하려는 '단수(單數)의 근대'에 맞서 다양한 근대들의 '경쟁의 장'으로 세계를 탈중심화하고 중층화한 데 민족문학의 진정한 세계성이 있다는 것이다. 필자는 이에 대한 깊은 성찰에서부터 민족문학의 재출발이 가능하다고 생각한다. 한국 근대문학의 역사를 탈식민(decolonial)의 관점에서 재조명해 보기로 한 것도 그 연장선상에 놓여 있다. 민족문학의 세계성 혹은 전지구적 보편성의 요체가 바로 탈식민성이기 때문이다. 탈식민이란 서구 근대가 만들어놓은 지배적 이데올로기와 구조와 제도와 습속들을 극복하려는 모든 노력들의 총칭(總稱)이라 할 수 있다. 그런 점에서 탈식민의 궁극적 지향은 자본주의 근대를 극복하는 데 맞추어져 있다. 다만 제3세계의 역사적 특수성으로 인해 자본주의 근대의 극복은 민족문제의 해결과 무관할 수 없다. 제3세계에서 자본주의 근대는 항상 식민주의와 긴밀하게 얽혀 있기 때문이다.

민족주의와 해체론적 후기식민론이 한국 근대문학의 탈식민성을 제대로 해명할 수 없는 것도 그래서이다. 민족주의는 탈식민을 민족해방의 차원으로 협소화시켰으며, 해체론적 후기식민론은 탈식민을 탈근대로 추상화시켰다. 민족주의의 한계는 너무도 명백하다. 민족국가라는 심급에 갇혀 있는 한 자본주의 근대를 극복하기란 난망하다. 자본주의 근대는 전지구적 체제이기 때문이다. 그러나 근자에 유행하고 있는 해체론적 후기식민론 또한 적절한 대안은 되지 못한다. 해체론적 후기식민론에는 제3세계 혹은 비서구 (반)주변부의 역사적 특수성에 대한 인식이 부족한 데다 자본주의 체제에 대한 비판적 자의식마저 결여하고 있어 제3세계 근대의 대안적 잠재력을 읽어내기 힘들다. 그런 점에서 해체론적 후기식민론의 무분별한 수용은 참으로 위험하다. 한국의 지식 사회에서는 '조선의 부처, 조선의 맑스'가 아니라 '부처의 조선, 맑스의 조선'이 되어 버린다는 신채호의 질타가 새삼 절실하게 느껴진다.

해체론적 후기식민론이 한국 근대문학 연구에 끼친 가장 치명적인 해악은 '저항'의 의미를 무화(無化)시킨 점이다. 민족주의가 지배와 저항의 이분법에 빠져 있다는 비판은 옳다. 하지만 지배와 저항의 이분법을 극복하자면서 해체론적 후기식민론은 사실상 저항이라는 항목 자체를 지워버렸다. 이러한 사태는 해체론적 후기식민론이 '지배의 관점'에서 세계와 역사를 바라보는 데서 비롯된 결과이다. 어떤 관점에서 역사를 바라보는가에 따라 세계의 상은 판이하게 달라지기 마련이다. '인류의 역사는 계급투쟁의 역사'라는 맑스의 말을 빌리지 않더라도, 역사의 진보와 변혁의 가능성은 투쟁과 저항의 관점에 설 때에만 발견할 수 있는 법이다. 지배의 관점에 서는 한 그것은 불가능하다. 모순과 대립을 볼 수 없기 때문이다. 체제의 자기조절(self-regulation)에 의해 모순과 대립이 언제나 지배에 흡수된다는 점에서 그러하다. 비유하자면, 해체론적 후기식민론은 목욕물 버린답시고 애까지 함께 버리는 잘못을 반복하고 있는 셈이다.

필자는 지배와 저항의 이분법은 단호하게 폐기하되 한국 근대문학의 진보적이고 변혁적인 전통은 새롭게 재구성하는 것이 민족주의와 해체론적 후기식민론을 동시에 극복할 수 있는 길이라고 생각한다. 그러기 위해서는 무엇보다 저항의 관점을 복원하는 것이 급선무이다. 단, 이때의 저항은 민족주의에서 말하는 자기중심적이고 초월적인 저항이 아니라 보다 복합적이고 중층적인 저항을 뜻한다. 이 책의 가장 중요한 주제 가운데 하나가 바로 탈식민 저항의 복합성과 중층성을 규명하는 것이다. 현재의 한국 근대문학 연구는 지나치게 실증주의화되어 있고 가치 중립화되어 있다. 신실증주의와 가치중립주의는 한편으로는 민족주의의 극복을, 다른 한편으로는 전문성의 강화를 명분으로 내세운다. 하지만 신실증주의와 가치중립주의란 본질적으로 1980년대 이전으로의 회귀에 다름 아니며, 그런 점에서 탈근대라는 현란한 분식(粉飾)에도 불구하고 그것은 진보와 변혁의 가능성에 대한 도저한 비관주의에 긴박되어 있다. 한국 근대문학의 탈식민적 가능성에 대한 근거 없는 회의 역시 같은 맥락을 이루고 있다. 탈식민 저항의 복합성과 중층성에 대한 규명이 더더욱 시급한 것은 그래서이다.

이 책은 전체 3부로 구성되어 있다. 서론과 1부에서는 민족주의와 해체론적 후기식민론을 극복할 수 있는 새로운 탈식민 담론의 상을 이론적으로 검토한다. 필자는 새로운 탈식민 담론을 유물론적 후기식민론이라고 잠정적으로 명명했는데, 그것은 이 담론이 민족주의나 반제국주의론 같은 전통적 식민주의론과는 구별된다는 의미에서 후기식민론(postcolonialism)이되 해체론과는 달리 맑스·파농·월러스틴·아마드 등으로 이어지는 이론적 계보에 주목한다는 점에서 유물론적 후기식민론이 적절하다는 생각에서이다. 그래서 서론과 1부는 탈식민에 대한 민족주의와 해체론적 후기식민론의 견해가 어떤 문제점과 한계를 지니고 있는지를 비판적으로 검토하면서, 탈식민 저항의 복합성과 중층성이 어떤 것인지, 그것의 이론적 의미와 효과는 무엇인지, 식민주의와 자본주의 근대는 어떠한 상관관계를 맺고 있는지, 한국 근대문학의 탈식민성을 어떻게 이해해야 하는지 같은 문제들을 집중적으로 다루었다. 이러한 작업은 한국 근대문학의 탈식민성을 새롭게 설명할 수 있는 이론적 틀을 구성하기 위한 것이라 할 수 있다.

2부와 3부는 한국 근대문학의 탈식민 계보를 정리하고 그것의 의의와 가치를 밝혀보고자 마련된 장이다. 2부는 계몽기부터 1930년대 중반 무렵까지를 다루었고, 3부는 30년대 말에서 40년대 초반을 대상으로 했다. 2부와 3부는 공히 한국 근대문학의 탈식민 계보를 세우는 것이 기본 관심사이다. 말하자면 탈식민 문학의 기원과 형성에서부터 진화와 변형의 과정을 추적하고 있는 것이다. 다만 3부를 따로 독립시킨 것은 일제 말기가 매우 독특한 유형의 탈식민 저항을 보여주기 때문에 그 문제를 좀더 특화하기 위해서이다. 신채호·염상섭·최서해·이기영·강경애·이태준·임화·김정한은 탈식민 계보의 중심 작가들이다. 이들은 식민지 근대의 특수성에 바탕해 탈식민의 길을 모색했다. 이들의 이념적 스펙트럼은 민족주의에서 사회주의까지 다양하지만, 서구 근대와는 다른 '복수의 근대'를 상상한 작가들이라는 공통점을 갖고 있다. 여

기서 복수의 근대를 '상상'했다는 것이 중요하다. 이들 문학의 탈식민성
은 민족주의나 사회주의 같은 일정한 이념에 기반하고 있지만, 그것들
로 온전히 환원되지는 않는 잉여(剩餘)들을 풍부하게 함축하고 있다. 이
잉여들은 그들로 하여금 이데올로기 일반의 한계를 뛰어넘을 수 있도
록 해주었을 뿐 아니라 식민주의와 자본주의 근대에 대한 '급진적
(radical)' 저항을 가능케 해준 원동력이기도 했다. 그런데 이 잉여들의 원
천이 문학적 상상력이라는 데 주목하지 않으면 안된다. 이것이 바로 미
적인 것의 정치적 힘이거니와 책의 제목을 '탈식민의 미학'으로 정한
것도 그래서이다.

　한국 근대문학의 탈식민성을 재조명하는 작업은 민족문학의 세계성
혹은 전지구적 보편성을 밝히는 일과 직통한다고 앞에서 강조한 바 있
다. 세계문학은 완성된 어떤 것이 아니라 지금도 형성 중에 있는 현재
진행형이다. 그러므로 세계문학의 선험적 보편성이란 존재하지 않으며,
당연히 한국문학은 한국문학 나름의 방식으로 세계문학의 형성에 참여
하는 것이다. 다만 세계문학을 보다 바람직한 모습으로 이루어가는 데
적극 기여할 수 있는 한국문학의 과거와 현재와 미래의 자산이 무엇일
까에 대해서는 깊이 성찰해야 할 터인데, 탈식민 상상력이야말로 가장
소중한 자산이라는 것이 필자의 판단이다. 지금 한국문학은 그야말로
진퇴의 기로에 서 있다. 자본주의의 시장 시스템에 흡수될 것인가, 아니
면 지구화 시대의 새로운 문학적 급진성을 창출해낼 것인가. 한국 근대
문학의 탈식민적 가능성에 대한 이 책의 탐구가 전지구적 자본주의와
신자유주의에 맞선 새로운 문학적 급진성을 벼리는 데 의미 있는 기여
를 했으면 하는 바램이다.

　연구를 진행하는 동안 많은 분들의 도움을 받았다. 민족문학사연구
소 탈식민주의 연구반에서의 공부와 토론은 이론적 토대를 다듬을 수
있는 좋은 기회가 되었다. 이선영 선생님이 이끄시는 문학과사상연구회
의 세미나는 필자에게 끊임없는 지적 자극을 제공해주었다. 무엇보다

어려운 생활 속에서도 항상 필자 곁을 지켜준 아내에게 고맙다는 말을 전하고 싶다. 필자가 학문에만 전념할 수 있었던 것은 순전히 아내의 공이다. 궁핍한 출판 환경에도 불구하고 흔쾌히 필자의 연구를 받아준 소명출판의 박성모 사장님과 출간을 지원해준 연세대 근대한국학연구소의 김영민 선생님께도 감사의 말씀을 드린다. 필자의 게으름을 참아가며 교정과 편집을 맡아준 김혜원 선생님에게는 감사와 죄송함을 함께 전해야겠다.

2008년 2월 어느날, 서재에서
하정일

제2부 | 식민지 시대 탈식민 문학의 계보

제3부 | 일제 말기 한국문학과 저항

일제 말기 임화의 생산문학론과 근대 극복론

일제 말기 김정한 문학과 탈식민 저항의 세 유형

서론—탈식민의 역학

1. 복수의 근대와 한국 근대문학의 특수성

후기식민론(postcolonialism)은 민족문학론이 침체상태에 빠져든 1990년대에 본격적으로 국내에 유포되었다. 이러한 현상은 아마도 후기식민론이 민족문학론을 보완하거나 대신할 새로운 이론적 돌파구가 될 수 있을지도 모른다는 기대와 밀접히 연관되어 있었던 것으로 보인다. 후기식민론은 주로 영문학자들에 의해 국내에 소개되었는데, 그것은 후기식민론이 영미권에서 나온 이론이기 때문이었을 것이다. 후기식민론의 삼총사로 불리는 사이드, 스피박, 호미 바바라든가 애쉬크로프트, 티핀, 무어-길버트, 패리, 아마드 등 후기식민론과 관련된 주요 이론가들의 면면을 보면 그 점을 쉽게 알 수 있다. 그리하여 이제는 한국 근대문학에 후기식민론을 적용한 연구들도 쏟아져 나오고, 후기식민론을 주제로 한 세미나나 심포지엄도 곳곳에서 열릴 정도로 꽤 저변이 넓어졌다.

하지만 근래 유행처럼 퍼지고 있는 후기식민론적 연구가 내놓는 성과들은 그다지 만족스럽지 못하다고 말하지 않을 수 없다. 후기식민론이 전통적인 반제국주의론 혹은 민족주의 담론에 내재한 억압적 성격을 짚어 내거나 저항의 양가성(ambivalence)을 날카롭게 파헤친 점은 인정할 필요가 있다. 특히 그 과정에서 민족 / 인종 문제의 복합성을 규명하고 저항과 억압의 이분법을 해체하려 한 것은 이 담론이 이룬 중요한 이론적 성취임에 분명하다. 하지만 중심과 주변, 저항과 억압의 이분법을 극복하겠다는 진지한 문제의식에도 불구하고 후기식민론은 역사적 현실로 존재하는 중심과 주변의 대립상을 흐릿하게 만들어 저항의 주체와 거점을 증발시킨 것이 사실이다. 가령 하위집단(subaltan)이 재현될 수도 스스로를 재현할 수도 없다면 저항의 주체를 어떻게 설정할 수 있을 것이며, 혼종이 곧 저항이라면 집합적이고 의식적인 실천이 무슨 의미가 있겠는가. 그런 점에서 후기식민론은 반제국주의 '담론'뿐 아니라 반제국주의를 지향했던 모든 역사적 '실천'들까지도 결과적으로 부정하곤 한다.

더욱 심각한 문제는 후기식민론의 시각에서 한국 근대문학을 바라볼 경우 자칫 한국 근대문학 전체가 식민주의의 반복이나 재생산으로 매도될 가능성이 크다는 점이다. 후기식민론의 주류적 입장에 따르면, 식민주의의 그물망에서 자유로울 수 있는 영역 또는 주체란 존재할 수 없기 때문이다. 그러므로 식민주의에 대한 어떠한 '저항'도 식민주의의 헤게모니를 벗어나기 어렵다. 바바가 탈식민 저항의 최대치를 혼종적 저항에서 찾은 것도 그런 연유에서이다. 혼종적 저항만이 식민주의에 동일화되지 않으면서 차이를 보존할 수 있는 유일한 방안이기 때문이다. 그러나 혼종은 식민주의에 균열을 만들어낸다는 점에서는 저항적이지만, 그 저항이 식민주의의 '극복'과는 무관하다는 점에서 원천적인 한계를 내장한 저항이다. 더구나 바바가 말하는 혼종은 대개 '무의식적' 혼종이어서 그것이 지속적이고 의식적인 실천으로 이어지기를 기대하기 힘들다. 요컨대 저항의 주체를 형성하는 데 기여할 수 없는 것이다. 바바의 관점에서 보자면, '주체' 자체가 식민주의의 산물이므로 더더욱 그러하다. 엄격히 말해 혼종적 저항은 식민주의의 양가성이 낳은 효과, 곧 '구조의 효과'이다.[1] 혼종적 저항이 '구조의 효과'라면 식민주의의 극복은 불가능한 일이 된다. 식민주의가 혼종을 낳고 혼종이 식민주의를 유지시키는 '구조적' 악순환을 끊을 수 없기 때문이다. 이 악순환을 끊으려면 무의식적 혼종이 식민주의의 해체를 지향하는 '의식적' 혼종 ─ 이를 전유(專有)라 부를 수 있을 것이다 ─ 으로 전환되어야 하는데, 이러한 전환은 '주체'의 형성 없이는 불가능한 일이다. 혼종이 식민주의에 대한 저항이자 식민주의의 승인이 되는 까닭이 여기에 있다.

물론 혼종이 저항적 효과를 뚜렷하게 발휘하는 순간들이 있다. 우리의 경우 일제 말기가 거기에 해당할 터이다. 반면에 그 이전에는 혼종이 순응적 효과를 주로 발휘했다. 이는 맥락의 차이에 따른 결과인데, 그렇게 보면 식민주의의 양가성이 혼종을 산출하지만, 혼종의 실천적 효과는 맥락에 따라 저항이 될 수도 있고 순응이 될 수도 있다. 그런데 바바에게는 이러한 역사적 분별이 부족하다. 그것은 바바가 식민주의의 양가성을 텍스트주의적으로 이해하고 있기 때문이다. 그로 인해 혼종은 언제나 저항과 순응의 절충으로 시종하며, 식민주의를 구성하는 하나의 내적 기제로 고정되고, 최종적으로 식민주의의 헤게모니에 흡수된다. 혼종이 이러한 곤경에서 벗어나려면 양가성의 비례관계, 다시 말해 저항과 순응 혹은 모방과 차이의 비례관계를 섬세하게 따지는 작업이 필수적이다. 그럴 때 가령 이태준과 이광수의 차이, 임화와 최재서의 차이를 분별할 수 있다. 일제 말기 이들의 글은 혼종적이다. 하지만 그렇다고 해서 이들이 동질적이지는 않다. 이태준과 임화의 글은 저항적 효과를 발휘하는 데 반해 이광수와 최재서의 글은 분명하게 순응적 효과를 산출하고 있다. 이러한 실천적 효과의 차이는 양가성의 비례관계가 다

---

1) H. 바바, 나병철 역, 『문화의 위치』, 소명출판, 2002, 223면.

르기 때문이니, 주체와 맥락에 주목해 저항과 순응의 비례관계를 따지는 일이 긴요한 것은 그래서이다. 이는 저항과 순응의 경계를 해체하는 방식으로는 본질주의적 이분법의 올바른 극복이 불가능하다는 것을 뜻한다. 오히려 본질주의의 올바른 극복은 경계의 유동성과 다층성을 통찰하는 데서 시작된다. 요컨대 맥락에 따라 유동하는 다층적 경계'들'을 규명할 때 저항과 순응의 본질주의적 이분법을 극복하면서 혼종의 실천적 효과를 평가하는 작업이 가능해지는 것이다.

이처럼 최근 한국 근대문학 연구가 무비판적으로 받아들이고 있는 후기식민론은 식민주의의 극복이라는 관점에서 볼 때 심각한 한계들을 보여준다. 후기식민론은 본디 근대성과 식민주의의 내적 연관을 규명하고자 하는 문제의식에서 비롯되었다. 기왕의 반제국주의론이나 민족주의 담론이 이 문제와 관련해 많은 이론적 오류를 범했기 때문이다. 민족주의 담론은 반(反)식민을 주창했지만 근대주의에 매몰됨으로써 내면적으로 식민주의를 재생산하는 모순을 보여주었고, 마르크스주의에 근거한 반제국주의론은 자본주의만 극복하면 민족문제 — 즉 식민주의 — 는 자동적으로 해결될 것이라고 생각하는 관념적 국제주의에 빠져 있었다. 말하자면 근대성과 식민주의의 내적 연관을 읽어내지 못한 셈이다. 후기식민론은 이러한 양자의 오류를 동시적으로 넘어서고자 한 시도라 할 수 있다. 그런 점에서 그것은 제3세계의 근대성 연구가 자연스럽게 나아갈 수 있는 코스 가운데 하나이다.

문제는 후기식민론에 해체론의 문제점이 고스란히 내장되어 있다는 사실이다. 무엇보다 근대를 하나의 본질로 환원시키는 '단수의 근대'에 철저히 묶여 있다는 점에 주목해야 한다. 후기식민론은 서구 근대를 근대의 유일한 전범으로 생각하는 경향이 강하다. 이 점에서 후기식민론은 놀랍게도 근대주의와 동일한 근대관을 보여준다. 그런데 더욱 놀라운 것은 후기식민론의 이러한 근대관이 해체론을 포함한 탈근대론의 근대관을 수용한 것이라는 사실이다. 근대주의 — 탈근대론 — 후기식민론이 근대를 서구 근대로 단수화(單數化)시키고 있다는 점은 흥미롭기 그지없는 일이다. 그 결과 삼자(三者) 모두 비(非)서구 또는 제3세계의 근대를 서구 근대의 반복 내지 모방으로 여긴다. '단수의 근대'라는 관점에 설 때 후기식민론이 빠질 수 있는 가장 심각한 함정은 근대와 식민주의를 동일시하는 것이다. 해체론적 후기식민론2)은 모든 근대적인 것들을 식민주의와 동일시한다. 이성·주체·남성·민족·계급 등 모든 근대적 기호들은 식민주의로 환원된다. 근대가 서구 근대 하나뿐이라면 근대는 곧 식민주의일 수밖에 없다. 세계사적 근대란 서구 근대의 제국주의적 확장이 되기 때문이다. 서구 근대의 헤게모니적 지배가 이처럼 강력하고 자기 완결적이라면, 그것에 대한 저항은 현실적으로나 이론적으로나 기대하기 어렵다. 바바가 한갓 혼종적 저항에 그토록 매달린 것도 그런 연유에서일 터이다. 패리가 해체론적 후기식민론을 제국주의적 세계 질서를 묵인하는 이론이라고 혹독하게 비판한 것도 그래서이다.3)

식민주의가 근대의 산물인 것은 사실이다. 하지만 그렇다고 해서 근대와 식민주의가 동일한 것은 아니다. 서구의 근대도 모조리 식민주의로 환원되는 것은 아니지만, 무엇보다 제3세계 근대야말로 근대를 서구 근대의 확장으로 보는 '단수의 근대'가 얼마나 그릇된 추정인지를 입증해준다. 근대의 역사는 '순수한' 자본주의화의 과정이 아니었다. 이성 '만'이 지배한 시대도 아니었고, 서구 중심주의가 공고했던 역사도 아니

---

2) 지금까지 논의한 후기식민론을 이제부터는 해체론적 후기식민론으로 부르기로 하겠다. 주류 후기식민론이 해체론의 강력한 자장 속에서 형성된 이론이기 때문이다. 이 글의 가장 중요한 목적은 해체론적 후기식민론을 대신한 새로운 후기식민론, 즉 제3세계의 역사와 현실을 바탕으로 식민주의의 극복을 통해 자본주의 근대를 극복하고자 하는 이론적 기획의 가능성을 탐색하는 것이다. 필자가 보기에, 파농·알라비·아민·월러스틴·패리·아마드·챠터지·라자러스, 그리고 임화와 백낙청 등의 작업이 여기에 해당한다. 이들의 이론은 해체론적 후기식민론과 구별해 '유물론적 후기식민론'으로 명명할 수 있을 것이다.

3) B. Parry, "Problems in Current Theories of Colonial Discourse", *The Postcolonial Studies; Reader*, New York, 1999 참조.

었다. 그렇게 보기에는 너무도 많은 예외들, 균열들, 변형들이 곳곳에 새겨져 있으며, 그 결과 실제의 근대는 부르주아, 유럽, 백인, 남성들이 기대했던 것과는 다른 모습 — 상반된 것은 아니지만 — 으로 전개되었다. 이렇게 된 것은 근본적으로 타자들의 저항, 즉 부르주아의 타자, 유럽의 타자, 백인의 타자, 남성의 타자, 식민지의 타자, '들'의 저항이 지속적으로 존재했기 때문이다. 이 타자들은 근대와 출발을 함께 했고 근대 속에서 자랐고 지금도 근대를 살고 있다는 점에서 근대의 자식들, 근대의 또 다른 주체들이다.

그런 점에서 근대란 다양한 근대들이 벌인 경쟁의 장이었다고 보아야 한다. 물론 근대의 헤게모니는 분명 부르주아·유럽·백인·남성이 쥐고 있었지만, 그들이 원하던 코스로 근대가 진행되지 않은 것은 거기에 맞선 또 다른 근대들, 곧 민중·유색인·여성·제3세계의 근대가 엄존해왔기 때문이다. 근대는 이들이 벌인 각축의 총체로 이해되어야 한다. 그럴 때 끊임없이 갱신을 거듭해온 근대의 역동성을 설명할 수 있다. 근대를 하나의 본질로 환원시키는 '단수의 근대'로는 근대의 이러한 자기갱신의 역동성을 해명할 도리가 없다. 단수의 근대의 입장에서 가능한 설명은 '그래도 본질은 똑같다'지만, 이래서는 본질/이론과 현상/역사의 거리를 메울 길이 없다. 그런 점에서 그것은 '구체적 상황에 대한 구체적 분석'이 결여된, 현실 설명력을 잃은 본질주의일 뿐이다.

근대의 복수성과 관련해 가장 중요한 것이 근대가 계급적으로, 성적으로, 민족(인종)적으로 분할되어 있다는 사실이다. 그래서 역사적 근대는 다양한 근대기획들의 복잡한 얽힘이 빚은 '관계들의 총체'라 할 수 있다. 단수의 근대는 이들 중 서구-부르주아-자본주의-남성이라는 하나의 코드를 특권화한 관점이다.[4] 무엇보다 단수의 근대는 서구 중심적 보편주의와 내밀하게 연결되어 있다. 서구 중심적 보편주의란 서구의 근대를

---

4) '복수의 근대'에 대한 좀 더 자세한 설명으로는 이 책의 「복수의 근대와 민족문학」 참조

근대의 보편적 전범으로 절대화한 이데올로기이다. 따지고 보면, 자본주의, 이성 중심주의, 주체 중심주의, 생산력주의, 종족주의(ethnocentrism) 등은 서구 근대의 산물들이다. 제3세계가 이러한 서구 근대의 헤게모니로부터 자유롭지 못한 것은 분명하다. 하지만 그렇다고 해서 제3세계의 근대가 서구 근대의 복사판은 결코 아니다. 제3세계의 근대와 서구 근대의 관계는 모방과 함께 차이를, 반복과 함께 단절을, 순응과 함께 저항을 동시에 보여준다. 가령 민족주의가 전형적인 사례일 터이다. 제3세계의 민족주의는 분명 서구 민족주의의 모방이자 반복이다. 그래서 거기에는 종족주의라든가 인종 차별주의 또는 국가주의 같은 요소들이 들어있다. 하지만 그와 동시에 제3세계 민족주의에는 서구 민족주의에서는 볼 수 없는 저항적이고 민중적인 지향이 내재해있다. 이 저항성과 민중연대성은 제3세계 민족주의가 제국주의와 맞서 싸우는 과정에서 형성된 것으로, 독립 후에도 제3세계 민족주의가 민주주의 변혁의 한 축으로 활동할 수 있게 해준 중요한 내적 동인이었다. 말하자면 제3세계 민족주의가 독립 후 지배 이데올로기와 반체제 이데올로기로 분립된 것은 단순히 권력투쟁의 결과가 아니라 제3세계 민족주의 자체의 양면성—서구 민족주의의 반복과 단절이라는—이 낳은 소산인 것이다.[5]

이렇게 보면, 한국 근대문학이 식민주의에 포섭된 문학이라는 항간의 편견은 근대를 하나의 본질로 환원시키는 '단수의 근대'의 관점에서

---

5) 제3세계 민족주의의 특수성에 대한 흥미로운 설명으로는 N. 라자러스, 김보민 역, 「초국가주의와 이른바 민족국가의 사멸」, 『실천문학』, 실천문학사, 2000년 봄 참조. 물론 제3세계 민족주의 또한 민족주의 일반이 갖는 한계를 공유하고 있는 것은 사실이다. 제3세계 민족주의가 독립 후 급속히 지배 이데올로기화하는 과정이라든가 반체제 이데올로기인 민중적 민족주의조차 종족주의적 편향에서 좀처럼 벗어나지 못하는 모습에서 그 점을 어렵지 않게 확인할 수 있다. 따라서 서구 민족주의와 제3세계 민족주의의 같음과 다름을 입체적으로 이해하는 안목이 긴요하다. 차터지는 이와 관련하여 제3세계 민족주의를 서구 민족주의에 "지배되면서도 다른" 담론이라고 규정한다. 이는 '사상의 역사성' 때문에 발생하는 현상이라는 것이 차터지의 설명이다. P. Chatterjee, *Nationalist Thought and the Colonial World*, University of Minnesota Press, 1995, p.42.

근대성과 식민주의를 동일시한 결과라 할 수 있다. 이러한 편견을 교정하기 위해서는 무엇보다 근대의 복수성을 인정하는 것이 급선무이다. 다시 말해 부르주아, 유럽, 백인, 남성의 근대와는 다른, 민중, 제3세계, 유색인, 여성의 근대'들'이 존재해왔고 이러한 다양한 근대'들'의 경쟁 속에서 근대의 총체상이 구성되었다는 인식이 긴요한 것이다. 이때 비로소 제3세계 근대의 특수성이 눈에 들어오게 된다. 여기서 특수란 보편의 반대말이 아니다. 오히려 보편을 특수들의 '관계의 총체'로 이해하는 발상의 전환이 시급하다. 그렇게 보면, 특수성을 해명하는 것이야말로 보편에 다다르는 불가결한 과정이 된다. 특히 제3세계의 근대는 단수의 근대와 서구 중심주의를 비판적으로 바라볼 수 있게 해주는 인식론적 근거이자 탈식민(decolonial)의 가능성을 입증해주는 역사적 증거이다. 제3세계의 근대야말로 식민주의에 대한 간단없는 저항을 통해 서구 근대의 일색화(一色化)를 견제하고 근대의 새로운 길을 모색하지 않을 수 없도록 강제한 유력한 거점이었기 때문이다. 그런 만큼 제3세계 근대의 특수성을 복수의 근대의 관점에서 재조명하는 작업이 보다 적극적으로 이루어져야 한다. 그럴 때 서구 근대와 '비슷하면서도 다른' 문학이자 탈식민의 계기를 풍부하게 내장한 문학으로 한국 근대문학을 조망할 수 있게 될 것이다.

2. 식민주의의 양가성과 주체

  한국 근대문학이 서구의 근대문학과 '비슷하면서도 다른' 문학이자 탈식민의 계기를 내장한 문학일 수 있는 것은 일차적으로 식민주의의 양가성에서 비롯된다. 우리의 경우, 식민주의의 양가성에 주목하기 시작한 것은 최근의 일이다. 지금까지 식민주의를 바라보는 우리 학계의 시각은 크게 억압적 담론과 헤게모니 담론의 두 경향으로 나누어져 있었다.

억압적 담론이론은 식민주의를 피식민 민족을 수탈하기 위한 강제적이고 억압적인 담론으로 설명하는 입장이다. 식민주의를 이렇게 이해할 경우 그에 대한 대응은 순응과 저항 이외에는 존재할 수 없게 된다. 옳고 그름이 너무도 분명하기 때문이다. 식민주의를 억압적 담론으로 규정한다는 것은 그것을 제국의 이해관계를 위해 식민체제의 모순을 은폐하고 식민지의 착취구조를 정당화하는 '허위의식'으로 이해한다는 의미이니, 이처럼 옳고 그름이 명징한 상황에서 중간지대란 순응의 또 다른 표현에 불과할 뿐이다. 저항적 민족주의에 입각한 연구들이 주로 이러한 입장을 보여 왔다. 그 결과 순응에서 저항 사이의 다양한 지점들이 갖는 복합적 의미라든가 순응과 저항 각각의 내부에 숨어있는 미묘한 모순들이 소거된 채 한국 근대문학이 이분법적으로 단순화되었던 것이다. 이러한 입장은 대개 식민주의와 거울관계를 이루기 쉽다는 치명적 한계를 안고 있다. '민족'을 특권화함으로써 다른 가치들이 배제된다는 점에서 그러하다. 그럴 때 제국의 민족과 피식민국의 민족은 '우리' 민족이냐 아니냐를 제외하고는 아무런 내용적 차이를 갖지 못하게 된다. 그러므로 힘만 생기면 저항은 순식간에 억압으로 전환될 수 있는 것이다. 억압적 담론이론에서 탈식민의 바람직한 방향을 기대하기 어려운 것은 그래서이다.

헤게모니 담론이론은 식민주의를 억압과 더불어 동의를 지배의 주요 기제로 삼는 이데올로기로 이해하는 입장이다. 이 입장의 장점은 식민주의가 지배 구조화하고 피식민 주체에게 내면화되는 과정을 설명할 수 있다는 점이다. 식민주의가 억압적 담론이거나 허위의식에 불과하다면 식민주의에 대한 자발적 동의라든가 그것의 내면화—즉 내부 식민주의의 형성—를 설명하기 어렵다. 식민주의는 억압하고 강제할 뿐 아니라 피식민 주체를 설득하고 포섭하기도 한다. 가령 식민주의가 전가의 보도처럼 내세우는 문명화나 근대화 담론이 전형적인 사례일 터이다. 헤게모니론은 이 점을 파헤치는 데 어떤 이론보다 적합하다. 하지만 헤게모니 담론이론의 난점은 저항의 다양한 가능성을 포착하기 어렵다는 데 있다. 식민주의가 헤게모니 담론이라면, 저항마저도 어느 순간 식민주의에 포섭될 수밖에 없기 때문이다. 식민주의가 헤게모니 담론이라는 말은 식민주의가 수미일관하고 견고한 자기 완결적 담론이라는 의미이다. 따라서 대항 헤게모니 이외의 저항은 존재하기 어려워진다. 더구나 대항 헤게모니, 곧 반(反)동일화마저 식민주의와 거울관계라면, 사실상 저항의 가능성은 소멸되는 셈이다. 헤게모니론에 입각한 연구가 대개 내부 식민주의의 확인으로 귀착되는 것은 그 때문이다. 하지만 이런 식의 접근으로는 식민주의의 견고한 자기 완결성에도 불구하고 탈식민 저항이 끊이지 않는 이유를 해명할 수 없다. 그래서 저항을 설명하려면 시효가 지난 허위의식론으로 다시 돌아가야 하는 이론적 딜레마에 빠지곤 하는 것이다. 헤게모니 이론이 지배의 기제를 설명하는 데는 효과적이지만, 그 지배가 왜 영속적이지 못한가를 밝히는 데는 무력한 것은 그러한 이론적 한계 때문이라 할 수 있다.

따라서 식민주의를 억압적 담론이나 헤게모니 담론으로 보는 한 탈식민 저항의 다양한 계기와 가능성들을 규명하기가 힘들어진다. 억압적 담론이론은 순응과 저항 사이의 중간지대를 인정하지 않기 때문에, 헤게모니 담론이론은 저항의 가능성을 최소화시키기 때문에 그러하다. 그런 점에서 식민주의를 양가적 담론으로 이해하는 새로운 시각이 요구된다. 식민주의의 양가성은 식민체제가 타자 없이는 존립할 수 없는 비(非)자족적인 체제라는 사실로부터 비롯된다. 식민주의가 양가적 담론이라는 말은 식민주의가 자기 완결적인 동시에 비자족적인, 그러므로 견고하면서도 나약한 담론이라는 의미이다. 지배는 강제와 억압만으로는 불가능하며, 그와 함께 동의와 포섭을 필요로 한다. 그런데 동의와 포섭은 타자의 존재를 전제하기 때문에 식민주의 내부에는 언제나 저항의 계기와 주체가 내재하기 마련이다. 그런 점에서 식민주의는 더 이상 견고한 자기 완결적 담론이 아니다. 반대로 식민주의는 숱한 균열과 긴장으로 가득 찬 동요하는 담론이다. 그것은 식민주의가 본질적으로 피식민 주체에 의존해서만 유지될 수 있는 비자족적인 담론/체제이기 때문이다. "아일랜드가 영국 지주제도의 보루"라는 마르크스의 발언은 바로 그 점을 지적한 통찰이다. 요컨대 마르크스는 영국의 지주제도가 아일랜드라는 피식민지에 결정적으로 의존하고 있음에 주목한 것이다. 그 연장선에서 마르크스는 아일랜드의 민족해방이 영국 지주제도의 몰락에 중요한 기여를 할 것이라고 보았다. 요컨대 영국의 지주제도와 자본주의가 아일랜드라는 식민지에 의존하고 있는 비자족적 체제이기 때문에 아일랜드의 민족해방이 한 민족의 독립에 그치지 않고 영국의 지배체제를 무너뜨리는 기폭제가 된다는 것이다. 마르크스의 분석은 식민주의의 비자족적 나약함을 꿰뚫은 탁견이거니와 바로 이러한 비자족성으로 말미암아 식민주의는 견고함과 나약함의 항상적인 긴장 속에서 동요하면서 끊임없이 모순과 균열을 산출한다. 이들 모순과 균열이 바로 저항의 거점 혹은 탈식민의 계기가 됨은 물론이다.

앞에서 언급했다시피, 바바의 양가성 개념은 저항을 양가성이 낳은 '구조의 효과'로 상정함으로써 피식민 주체의 능동성을 제대로 보지 못하는 치명적 결함을 갖고 있다. 이는 주체를 구조의 효과로 보는 탈구조주의와 해체론의 영향 때문으로 보인다. 그에 비해 마르크스의 구상은 양가성에 대한 새로운 이해를 가능하게 해준다. 다시 말해 아일랜드의 사례를 통해 허위의식론에 기대지 않고도 양가성 속에서 탈식민 주체의 형성이 가능함을 입증한 것이다.[6] 양가성 자체가 바로 피식민 주체에의 의존성이 산출한 구조적 효과이기 때문이다. 식민주의에 대한

---

6) 식민주의의 양가성과 탈식민 주체의 형성 가능성에 대한 좀 더 자세한 설명으로는 이 책의 「한국 근대문학 연구와 탈식민」 참조

기존의 연구들은 식민주의 내부에서 탈식민의 다양한 계기들을 찾아내고 저항 주체의 형성 가능성을 설명하는 데 무력했다. 이러한 무능력은 민족주의 담론이든 해체론적 후기식민론이든 마찬가지라 할 수 있다. 민족주의에 기초한 억압적 담론이론은 식민주의의 외부에서만 저항의 거점을 찾아왔으며, 해체론에 근거한 헤게모니 담론이론은 식민주의에 대한 저항과 탈식민 주체형성의 가능성 자체를 인정하지 않는 경향이 강했다. 이는 공히 한국 근대문학의 탈식민적 잠재력에 대한 폄하로 귀결되었다. 식민주의의 양가성에 대한 새로운 이해는 기존 연구의 이러한 본질적 한계를 극복하는 데 돌파구가 될 수 있을 것이다.

3. 수행적 독법과 전략적 본질주의

한국 근대학문의 식민성은 어제오늘의 일이 아니다. 외국이론에 맞춰 한국의 역사와 현실을 설명하는 것은 이제 하나의 학문적 관습이 되었다. 이 말은 외국이론을 무시하자는 뜻이 아니다. 학문의 교류는 당연한 일이다. 더구나 전지구적으로 움직이는 현대세계에서 교류를 부정하고서는 살아남기 어렵다. 문제는 외국의 이론을 보편으로 생각하면서 받아들이는 태도이다. 이른바 서구 중심주의적 수용이 문제인 것이다. 외국의 이론 역시 특수의 하나임을 인식하면서 상대화하는 자세가 부족하다는 데 이론 수입의 결정적 한계가 존재한다. 해체론적 후기식민론의 수용도 마찬가지다. 해체론적 후기식민론은 서구의 현실을 바탕으로 고안된 이론이다. 특히 해체론적 후기식민론에는 이주 지식인의 현실이 깊이 각인되어 있다. 서구와 본국 어디에도 정착하지 못하고 부유하는, 그리하여 어떠한 안정된 정체성도 지닐 수 없는 이주 지식인들의 삶이 해체론적 후기식민론의 무의식임을 아마드는 날카롭게 지적한 바 있다.[7] 그러므로 그것을 한국사회에 적용하려면 현실과 맥락의 차이가 빚어내는 비(非)조응성을 한시도 잊어서는 안될 터이다. 하지만 한국 근대문학에 대한 근래의 후기식민론적 연구들을 보면 현실과 맥락의 차이에 대한 투철한 자의식을 찾아보기 힘들다. 그로 말미암아 한국 근대문학에서 내부 식민주의의 증거를 찾아내는 경주를 하는 듯한 행태마저 나타나고 있으니, 이는 근본적으로 한국 근대의 특수성에 대한 역사적 인식의 부족 때문이라고 할 수 있다.

해체론적 후기식민론이 한국 근대문학의 특수성을 읽어내기 어려운 중요한 이유 중의 하나는 해체론 특유의 텍스트주의이다. 텍스트주의는 구체적 현실까지도 텍스트로 환원시킨다. 그에 따라 문학작품이 자기완결적인 세계로 자립화되면서 작품과 구체적 현실 사이의 회로가 차단되어 버린다. 작품의 의미는 작품 내부의 기호들이 맺고 있는 관계에 의해 구성되므로 구체적 현실은 참조 대상이 되지 않는다. 엄밀히 말하면, 현실 또한 '기호들의 체계'라는 의미에서의 텍스트이므로 궁극적 지시 대상으로서의 현실은 텍스트주의의 이론체계 내에서는 사실상 부재(不在)하는 셈이다.[8] 따라서 작품의 현실연관이란 것도 상호텍스트성으로 치환되며, 그 결과 현실은 상호텍스트성을 구성하는 여러 텍스트들 가운데 하나로 축소되고 만다. 이러한 텍스트주의적 독법은 작품과 현실이 만나면서 만들어내는 풍부한 의미생성의 과정을 읽지 못하게 가로막는다. 가령 똑같은 '민족'이라는 말도 어떤 현실적 맥락에서 발화되느냐에 따라 그 의미가 천차만별로 달라지는 법이다. 맥락의 차이에 따라 '민족'이 식민주의적 폭력도 되고 탈식민적 저항도 되며, 종족주의도 되고 민족 자결주의도 된다. 반면에 텍스트주의적 독법은 '민족'을 말하

---

7) A. Ahmad, "The Politics of Literary Postcoloniality", *Contemporary Postcolonial Theory; Reader*, New York, 1996, pp.283~289.

8) F. 제임슨, 윤지관 역, 『언어의 감옥』, 까치, 1985, 28~29면.

면 발화의 주체가 누구건, 어떠한 상황에서 나왔건 상관없이 곧바로 민족주의라는 딱지를 붙여버리곤 한다. 그럴 수밖에 없는 것이 발화 / 수신의 주체와 그들을 둘러싼 맥락을 소거한 채 텍스트 내부의 기호들이 맺고 있는 관계만 따지면 '민족'의 의미란 언제나 동일하기 때문이다. 당연히 한국 근대문학이 숱하게 말해온 '민족' 또한 민족주의라는 하나의 의미로 단순화될 수밖에 없다.

이를 극복하기 위해서는 무엇보다 수행적(performative) 독법의 실천이 긴요하다. 수행적 독법이란 '언어의 의미는 수행적으로 생성된다'는 관점에 기초한 작품 읽기의 방법이라 할 수 있다. 언어의 의미는 고정된 것이 아니다. 바흐찐은 "말 그 자체에 의미가 속해있다고 말할 이유가 없다"면서 "의미는 음성복합을 매체로 해서 산출된, 화자와 청자 간의 상호작용의 효과"라고 단언한 바 있다. 바흐찐에 따르면, "의미는 본질적으로 아무것도 의미하지 않는다. 의미는 단지 잠재성—구체적인 주제 속에서 의미를 가질 수 있는 가능성—을 지닐 뿐이다." 잠재성이 현실화되는 과정, 즉 말이 의미를 갖게 되는 과정은 "그 말이 실현되는 구체적 상황과 분리될 수 없"다. 따라서 발화의 의미를 "이해한다는 것은 스스로를 그것(타자의 발화-인용자)에로 방향지우고, 그에 상응하는 맥락 속에서 발화의 적절한 위치를 발견하는 것"이다. 그런 점에서 "모든 진정한 이해는 본질적으로 대화적이다."[9]

바흐찐이 의미의 생성과 이해의 과정을 이렇게 설명하는 가장 근본적인 이유는 언어를 "사회적 상호작용의 산물"로 생각했기 때문이다. 여기서 사회적 상호작용이란 "담론이 행해지는 상황에 의해서 규정되는 인접한 상호작용"이자 "화자의 공동체에 작용하고 있는 조건들의 총체성에 의해서 규정되는 보다 일반적인 종류의 사회적" 상호작용을 뜻한다.[10] 언어의 수행성이란 바로 이러한 사회적·화행적(話行的) 상호작

---

9) M. 바흐찐, 송기한 역, 『마르크스주의와 언어철학』, 한겨레, 1988, 140~142면.
10) 위의 글, 129면.

용을 가리키는 개념이다. 이러한 맥락에서 수행적 독법은 텍스트주의와
는 반대로 담론조차도 하나의 사회적 실천으로 읽는다. 다시 말해 발화
의 주체는 누구인가, 주체/객체 혹은 화자/청자의 역관계는 어떠한가,
발화를 둘러싼 역사적 조건과 정세는 어떠한가, 담론 내부의 서사와 상
황은 무엇을 가리키고 있는가, 담론의 정세효과는 무엇인가 등등 담론
내외부의 화행적·사회적 맥락들을 면밀히 따져 담론의 수행적 의미와
실천적 효과를 규명함으로써 작품의 역사성과 현실성을 복원하는 것이
수행적 읽기의 요체라 할 수 있다. 수행적 독법은 텍스트주의에 기인한
본질주의적 단순화를 넘어 작품의 풍부한 현실연관을 읽어내는 데 요
긴하다.[11] 문학작품의 사회적 상호작용을 추적하면서 맥락 속에서 새로
운 의미들이 수행적으로 생성되는 과정을 판독할 수 있기 때문이다.

　특히 민족 담론을 다룰 때 수행적 독법의 중요성은 더욱 커진다. 텍
스트주의에 의존하는 한 제3세계 민족 담론의 역사성, 즉 맥락의 차이
로 말미암아 제3세계의 민족 담론이 담론상의 유사성에도 불구하고 서
구 민족주의와 다른 실천적 효과를 창출하는 메커니즘을 발견하기 힘
들다. 민족 담론은 서구로부터 이입된 것이어서 담론 자체만의 내적 구
조는 서구의 그것과 유사할 수밖에 없다. 텍스트주의는 여기에만 주목
하며, 민족 담론에 대한 본질주의적 비판은 대개 이로부터 비롯된다. 하
지만 수행적 독법의 관점에서 보면, 담론의 의미란 고정된 것이 아니라
수행적으로 생성되는 것이다. 식민주의와 비대칭적 역관계를 이루고 있
는 제3세계의 민족 담론은 더더군다나 그러하다.

　가령 최서해의 「기아와 살육」을 보면 수행적 독법이 왜 긴요한지를
어렵지 않게 이해할 수 있다. 이 소설의 결말부는 '경찰서 습격'으로 끝
난다. 가족을 죽이고 주위 사람들을 닥치는 대로 해친 후에 주인공은
경찰서를 습격한다. 텍스트주의적 독법으로는 경찰서 습격을 이해하기

---

11) 텍스트주의적 본질주의에 대한 좀 더 자세한 비판으로는 이 책의 「탈민족 담론과
　　새로운 본질주의」, 85~91면 참조

힘들다. 이 작품의 주요 내용은 돈이 없어서 아픈 아내에게 약 한 첩 먹이지 못하는 극한적 궁핍상이다. 돈 없다고 치료와 조제를 거부하는 한의사와 약사의 행태는 계급적 차별 행위이다. 이 한의사와 약사는 조선인임에 틀림없어 보인다. 그런데 주인공의 분노가 폭발하는 것은 어머니가 며느리에게 죽이라도 한 그릇 먹이려고 '되놈' 동네에 월자(月子)를 팔러갔다가 개에게 물린 처참한 모습을 보면서이다.

텍스트주의적으로만 보자면, 중국인 경찰서의 습격은 지극히 비합리적인 행위이다. 중국인에게 착취를 당하거나 차별을 받은 적이 없기 때문이다. 중국인 동네에서 개에게 물린 것은 그야말로 우발적인 사건일 뿐이며, 정작 주인공을 차별한 것은 동족인 한의사와 약사이다. 따라서 텍스트의 내적 서사 구조에만 주목하면 한의사나 약사와 싸우는 것이 정상적이다. 그런 점에서 작품의 결말부는 서사의 내적 논리상 개연성이 없는, 민족주의적 감정의 비합리적 폭발에 불과하다. 더구나 조선인들은 중국인을 '되놈'이라고 부르는 인종 차별적 발언마저 서슴지 않고 있다. 요컨대 이 작품은 종족주의적 민족주의에 빠져 문명 대 야만의 이분법을 재생산하고 있는 셈이다. 그렇다면 「기아와 살육」은 식민주의에 포섭된 작품인가. 그렇지 않은 것이 주인공의 행위를 '수행적으로', 곧 '사회적 상호작용'에 초점을 맞춰 읽으면, 작품의 논리와 의미가 달라지기 때문이다. 중국인과 재만 조선인 사이에 맺어져 있는 지배 / 피지배, 착취 / 피착취 관계라는 맥락 속에서 작품을 읽으면, 주인공의 경찰서 습격은 민족적 저항이라는 의미를 갖게 된다. 주인공이 최종적으로 경찰서 습격을 택한 것은 재만 조선인들이 겪는 끔찍한 가난의 배후에는 중국인과의 비(非)대칭적 역관계가 웅크리고 있다는 직관 때문이었던 것이다. 물론 이러한 저항방식은 지극히 개인적이고 즉자적인 수준이라는 점에서 한계가 분명하지만, 주인공이 처한 고립무원의 상황을 감안하면 그것은 개인 차원에서 선택할 수 있는 최대한도의 민족적 저항이라 할 수 있다.[12]

다만 이때 유념해야 할 것이 '전략적 본질주의'이다. 수행적 독법은 텍스트주의적 본질주의를 피하는 데는 효과적이다. 텍스트주의적 독법으로는 읽어내기 어려운, 맥락과 교섭하면서 작품이 산출하는 풍부한 수행적 의미효과를 포착할 수 있기 때문이다. 하지만 언어의 수행성만을 일방적으로 강조할 경우 자칫 전략을 본질로 오인하는, 곧 민족이라는 전략적 가치를 본질적 가치로 특권화하는 오류에 빠질 위험성이 크다. 그런 점에서 전략적 본질주의라는 입장을 견지하는 일이 중요하다. 다시 말해 민족이라는 전략적 가치의 의의를 수행적으로 읽어내는 동시에 그것을 자본주의의 극복이라는 본질적 가치의 관점에서 재평가하는 작업이 병행되어야 한다. 「기아와 살육」의 한계 역시 이런 차원에서 규명되어야 한다. 이 작품이 즉자적이고 개인적인 수준의 민족적 저항에서 그친 것은 계급관계라는 본질적 문제에 대한 인식이 결여되어 있기 때문이다. 그로 인해 비대칭적 민족관계를 식민지 자본주의 또는 제국주의적 동북아 질서라는 보다 큰 사회적 맥락 속에서 서사화하지 못한 것이다. 최서해가 1927년 이후 급속히 소시민적 쇄말주의로 경사하면서 프롤레타리아문학운동에서 탈락한 것도 그래서거니와 그런 점에서 수행적 독법이 언제나 전략적 본질주의에 바탕해야 한다는 것을 잊어서는 안 될 터이다.[13]

텍스트주의와 수행적 독법을 비교하면서 분명해진 사실은 텍스트주의적 독법으로는 한국 근대문학의 특수성과 탈식민적 가능성을 제대로 해명하기 어렵다는 점이다. 이것은 순수 이론적 차원의 문제인 동시에 구체적 현실의 문제이다. 텍스트주의로는 한국 근대가 처했던 역사적 맥락의 특수성을 분별하기 힘들다는 점에서 그러하다. 해체론적 후기식

---

12) 수행적 독법으로 최서해 문학의 탈식민적 가능성을 자세하게 분석한 글로는 이 책의 「민족과 계급의 변증법」 참조

13) 필자는 전략적 본질주의의 관점에서 황석영 문학을 집중적으로 분석한 바 있다. 전략적 본질주의에 대한 자세한 설명은 다음의 글을 참조할 것. 하정일, 「분단의 형이상학을 넘어서」, 『실천문학』, 실천문학사, 2001년 여름.

민론의 기계적 수용이 위험한 까닭이 여기에 있다. 그런 점에서 학문적 식민성의 극복은 민족주의적 슬로건이 아니라 한국 근대의 특수성을 올바로 규명하기 위한 최소한의 전제조건이 된다. 임화는 외국 문물을 받아들이는 가장 올바른 태도를 '자주와 개방의 겸비'라고 갈파한 바 있다. 후기식민론을 수용하는 데 있어서는 더 말할 나위도 없다.

4. 탈식민 저항의 세 유형과 계보학

한국 근대문학의 탈식민적 가능성을 입증하고 그것을 21세기 한국문학의 향후 방향을 설정하는 작업에 연결시키기 위해서는 무엇보다 탈식민 저항의 계보를 재구성하는 일이 선결과제가 된다. 계보를 통해 흐름이 드러나고, 흐름을 보면 앞으로의 방향을 가늠할 수 있기 때문이다. 탈식민 저항의 계보를 검토하는 과정에서 필자는 탈식민 저항이 크게 세 유형으로 나누어짐을 확인할 수 있었다. 세 유형은 통시적으로도 공시적으로도 나타나며, 유파적 경향으로서뿐 아니라 한 작가 내부에서도 나타난다. 또한 각 유형들은 자기내부에 여러 계열들을 포함하고 있고, 각 유형과 계열의 실천적 효과들은 맥락에 따라 달라지기도 한다. 따라서 세 유형이 있다고 했지만, 그 유형들을 단순화시켜서는 곤란하다. 오히려 각 유형과 계열들이 시대의 성격과 현실적 조건에 따라 다채롭게 변이하는 유동성을 입체적으로 조망하는 것이 바람직하다. 다만 여기서는 세 유형의 특징을 선명하게 드러내 보여줄 필요가 있기 때문에 단순화의 위험을 무릅쓰고 도식적이고 압축적인 설명방식을 취하도록 하겠다.

탈식민 저항의 첫 번째 유형은 대안적 저항이다. 대안적 저항은 식민주의를 전면적으로 거부하면서 대안적 이념이나 세계상을 제시하는 유형의 저항이다. 탈식민 주체의 '이념적' 위치는 식민주의 외부에 존재하며, 식민주의의 헤게모니에 맞서 대항 헤게모니를 추구한다. 그런 점에서 대안적 저항은 반(反)동일화형 저항이라 할 수 있다. 한국 근대문학에서 대안적 저항을 대표하는 문학으로는 민족주의와 마르크스주의가 있다. 반(反)동일화가 항상 식민주의와 거울관계를 이루는 것은 아니다. 민족주의는, 저항적 민족주의조차, 식민주의와 대쌍(對雙)관계를 형성하고 있기 때문에 내면적으로 식민주의를 재생산하는 경향을 자주 보여준다(맥락에 따라 그렇지 않은 경우도 적지 않다. 신채호가 대표적인 사례이다). 그러나 마르크스주의는 식민주의와 대쌍(對雙) 관계가 아니기 때문에 '이념적으로는' 식민주의에 포섭될 가능성이 적다(물론 마르크스주의가 민족주의에 침윤된 경우에는 사정이 다르다. 신경향파문학이 그러한 경향을 종종 보여준다). 식민주의의 '극복'을 목표로 한다는 점에서 대안적 저항은 가장 급진적인 탈식민 저항의 유형이다. 그런 점에서 대안적 저항만이 식민주의를 대체할 새로운 체제 / 담론을 창출할 수 있다. 한국문학이 대안적 저항의 이념과 방법을 여전히 고민해야 하는 까닭이 여기에 있다. 대안적 저항은 대체로 1930년대 전반기, 그러니까 중일전쟁 이전까지 많이 나타나는 유형이라 할 수 있다.

두 번째 유형은 내적 저항이다. 내적 저항의 '이념적' 주체는 식민주의의 경계, 즉 내부와 외부의 경계에 위치한다. 따라서 내적 저항은 대항 헤게모니를 추구하기 어렵다. 그 대신 내적 저항은 일반적으로 자기 성찰을 통해 자신의 정체성을 확인하거나 식민주의의 비자족적이고 나약한 측면을 공격하는 방식으로 식민주의에 맞선다. 두 계열 모두 식민주의를 전면 거부하기보다는 식민주의와 탈식민 주체 사이에 일정한 경계선을 그음으로써 차이를 보존하고자 하는 특징을 보여준다. 그런 점에서 내적 저항은 비(非)동일화형 저항이라 할 수 있다. 내적 저항이 대안적 저항에 비해 저항이 간접화되고 내향화된 것은 사실이지만, 이 말이 내적 저항이 식민주의와 타협했다거나 순응했다는 의미는 결코 아니다. 양자의 차이는 '수준'의 차이가 아니라 '방식'의 차이이다. 대안적 저항이 전면 거부의 방식을 취하는 데 비해 내적 저항이 택한 방식은 내부로부터의 격파, 곧 '내파(內破)'이다. 내파는 양가성의 모순관계를 극대화시킴으로써 식민주의를 임계점으로 몰아간다. 내적 저항은 대항 헤게모니를 형성하는 것이 힘든 상황에서 주로 나타난다. 이러한 상황은 현실의 객관적 조건일 수도 있고 작가의 주관적 정세인식일 수도 있는데, 대부분의 경우 두 가지가 서로 결합되어 있다. 내적 저항은 시기적으로는 중일전쟁을 전후한 1930년대 후반부터 주요 추세를 이룬다.

　세 번째 유형은 혼종적 저항이다. 혼종적 저항의 '이념적' 주체는 식민주의의 내부에 위치한다. 당연히 혼종적 저항에서는 대안적 저항이나 내적 저항과 달리 식민주의와의 경계선이 뚜렷하지 않다. 대신 혼종적 저항의 주체는 양가성 사이를 부유한다. 그런 만큼 순응과 저항, 협력과 일탈의 경계선 역시 흐릿하다. 사실 혼종적 저항은 순응과 저항의 경계선을 끊임없이 넘나든다. 엄밀히 말해 혼종 자체는 저항이 아니다. 혼종이란 순응과 저항이 뒤범벅된 상태를 가리키기 때문이다. 하지만 그렇다고 해서 혼종이 저항도 순응도 아닌 '회색지대'는 아니다. 회색지대라는 개념은 경계가 없음을 전제한다. 그러나 앞에서 언급했듯이 경계는 언제나 있다. 다만 그것이 유동적이고 다층적일 뿐이다. 혼종의 저항성 여부는 대개 맥락에 의해 결정된다. 다시 말해 어떠한 맥락에서 발화가 행해졌느냐에 따라 혼종은 저항적 효과를 발휘하기도 하고 순응적 효과를 발휘하기도 한다. 가령 정치적 무관심을 똑같이 표방한 담론이 1930년대에는 주로 순응적 효과를 빚어냈다면, 1940년대로 넘어오면 저항적 효과를 산출한다. 이는 맥락의 차이가 만들어낸 의미효과라 할 수 있다. 혼종의 저항적 효과는 식민주의의 자기 완결성에 흠집을 냄으로써 양가성을 구조화시키는 것이다. 양가성이 이처럼 구조적 현상이기 때문에 탈식민 주체의 형성이 항상적으로 가능하다. 혼종적 저항은 특히 태평양전쟁을 전후한 1940년대 초반에 집중적으로 발견된다.

세 유형의 탈식민 저항은 통시적으로 변화양상을 보여준다. 중일전쟁 이전까지는 대안적 저항이 지속적으로 추진되는데, 그 헤게모니는 1920년대 중반을 전후해 민족주의에서 마르크스주의로 바뀐다. 중일전쟁 이후 태평양전쟁까지는 내적 저항이 주된 유형을 이루다가 태평양전쟁을 전후한 시기부터는 혼종적 저항이 지배적 추세가 된다. 물론 이러한 구분은 '이념형(idealtype)적'인 것이다. 모든 시기에 걸쳐 세 유형의 저항은 혼재되어 있다. 다만 주요 경향이 그렇다는 말이다. 따라서 공시적으로 보면, 세 유형의 저항은 어느 시기에나 다양한 스펙트럼을 형성하고 있다. 탈식민 저항의 유형 연구가 중요한 것은 그래서이다. 이를 통해 한국 근대문학의 탈식민 저항이 대단히 다채롭고도 풍부하게 이루어졌음을 확인할 수 있기 때문이다. 해체론적 후기식민론의 비관주의가 그릇된 것임이 이로써 분명해진다.

　세 유형의 탈식민 저항은 유파적 경향으로도 나타난다. 가령 프롤레타리아문학은 대안적 저항→내적 저항→혼종적 저항으로의 변화 과정을 공통되게 보여준다. 개인별로 빠르고 늦음이 있긴 하지만, 전체적으로 보면 비슷한 행보가 나타난다. 작가 개인에게서 세 유형의 저항이 모두 발견되는 경우도 있다. 가령 김정한이 전형적인 사례이다. 김정한의 문학은 중일전쟁과 태평양전쟁을 전후해 탈식민 저항의 유형이 변화되는 모습을 보여준다. 첫 번째는 대안적 저항의 시기로, 「사하촌」에서 「항진기」까지가 여기에 해당된다. 이 무렵의 김정한 문학은 체제에 대한 적극적이고 직접적인 저항을 통해 대안적 이념을 제시한다. 두 번째는 중일전쟁부터 1940년까지로, 이 시기의 김정한 문학은 총동원체제와 맞닥뜨리면서 저항이 간접화되고 내향화되는 내적 저항의 모습을 보여준다. 대체로 「기로」에서 「낙일홍」까지가 이 범주에 묶인다. 세 번째는 총동원체제가 태평양전쟁을 전후하여 강제화·제도화되면서 이른바 '신체제'가 들어서는 1940년 이후의 시기이다. 이때의 김정한 문학은 순응과 저항 혹은 협력과 일탈의 경계선을 넘나드는 혼종성을 띤다. 김정한 문학의 혼종성은 당시의 맥락 속에서 저항적 의미효과를 낳는데, 그것은 총동원체제 아래에서 탈정치성과 조선적 특수성의 옹호가 갖는 정치적 함의와 관련이 깊다. 「월광한」이나 「인가지」 같은 작품들에서 그러한 특징을 발견할 수 있다.[14)

한국 근대문학은 이러한 세 유형의 저항을 근간으로 식민주의에 맞서왔다. 때로는 직설적이고 정공법적으로, 때로는 간접적이고 우회적으로, 때로는 암시적이고 비유적으로, 다양한 방식의 저항을 한국 근대문학은 다채롭게 보여준다. 이를 통해 한국 근대문학의 탈식민적 가능성을 확인할 수 있으며, 새로운 후기식민론이 나와야 하는 이유도 이로써 분명해진다. 이 가능성을 보존하고 극대화하는 데 한국문학의 미래가 걸려있음을 재인식하는 것도 긴요하다. 탈식민적 잠재력을 극대화하는 것이 한국문학이 자본주의 근대, 나아가 근대세계체제의 극복에 기여하는 유력한 길이기 때문이다. 이는 동시에 한국문학이 피식민의 역사적 경험을 공통분모로 하는 제3세계 문학의 일원으로서 세계문학에 참여하는 길이기도 하다. 세계문학이 서구문학과 동의어가 아니라는 사실은 이제 상식이 되었다. 하지만 아직도 한국문학은 서구문학과 서구이론의 자장에서 자유롭지 못한 형편이다. (신)식민주의가 지배 구조화되어 있는 탓이다. 그래서 한국문학의 탈식민적 잠재력을 극대화하는 것은 서구 중심주의의 짙은 그늘을 걷어내기 위해서도 필수불가결한 과제이다. 신채호−염상섭−최서해−이기영−강경애−임화−이태준−김정한으로 이어지는 탈식민문학의 계보를 탈식민 저항의 유형 연구와 접목시켜 재조명하는 작업이 시급한 것은 바로 이러한 연유에서이다.

---

14) 이에 대한 자세한 설명으로는 이 책의 「일제 말기 김정한 문학과 탈식민 저항의 세 유형」 참조.

5. 소결 – 지배의 관점에서 저항의 관점으로

앞에서의 논의를 통해 분명해진 것은 식민주의를 바라보는 관점을 이제는 전면적으로 수정해야 한다는 사실이다. 1990년대 이후 우리 학계는 식민주의를 견고하고 자기 완결적인 체제 / 담론으로 인식하는 경향성을 농후하게 보여준다. 이러한 경향성은 최근으로 오면서 더욱 강화되었다. 그에 따라 탈식민 저항이라든가 주체형성의 가능성은 경시되거나 부정되었고, 거꾸로 한국의 근대를 서국 근대의 단순반복으로 폄하하는 시각이 급속히 유포되었다. 이렇게 된 데에는 나름의 이유가 있는 것으로 보인다. 무엇보다 민족주의에 대한 반감이 중요하게 작용했다고 할 수 있는데, 90년대 이후 민족주의의 행보는 많은 문제점을 노정하고 있는 것이 사실이다.

그러나 최근의 한국 근대문학 연구, 좀 더 넓혀 얘기하면, 한국의 근대에 대한 담론들은 이런저런 사정을 감안하더라도 한국의 근대와 근대문학에 대한 심각한 왜곡을 일삼고 있다. 그래서 본고는 근대와 식민주의에 대한 이해방식, 텍스트주의적 독법, 탈식민 저항의 방식과 유형 등을 중심으로 최근 연구들의 문제점을 비판적으로 검토한 것인데, 그 과정에서 최종적으로 확인하게 된 것은 '지배의 관점'이 일방적으로 전면화되어 있다는 사실이다. 요컨대 식민주의를 견고하고 자기 완결적인 헤게모니 담론 / 체제로 이해하는 것에서부터 탈식민 주체형성의 가능성을 부정하는 것에 이르기까지 그 배후에는 식민주의를 지배의 관점에서만 바라보는 입장이 도사리고 있다. 지배의 관점이 식민주의의 주요 측면을 밝혀내는 데 적지 않은 기여를 한 것은 사실이다. 하지만 지배의 관점만이 일방적으로 연구에 투사되면서 식민주의는 어느 순간 극복 불가능한 절대자로 신격화되고 말았다.

그렇다고 해서 지배와 저항을 균형되게 보자거나 경계를 해체하자는 식의 절충주의는 올바른 해법이라고 할 수 없다. 이런 방식의 접근은 결과적으로 저항을 지배에 포섭된 것으로 해석한다는 점에서 식민주의의 '극복'을 기대하기 어렵기 때문이다. 그러므로 저항의 관점을 적극 도입하는 것이 식민주의의 극복을 지향하는 실천적 연구의 첫걸음임을 강조하고 싶다. 물론 이 말이 지배 자체를 부정한다는 의미는 결코 아니다. 요는 저항의 관점에 설 때에만 지배의 구조적 양가성과 균열 그리고 탈식민 주체의 형성과 그 계기를 발견할 수 있다는 것이다. 가령 그람시의 헤게모니론이 대항 헤게모니의 창출을 위한 것이었다는 사실을 떠올리면, 저항의 관점이야말로 지배의 총체상을 올바르게 파악하도록 해주는 인식론적 거점임을 어렵지 않게 이해할 수 있다. 다만 이때의 저항이 민족주의가 말하는 '순결하고 협소한' 저항이 되어서는 안될 터이다. 앞에서 탈식민 저항의 세 유형을 강조한 것도 그래서인데, 말하자면 저항의 의미를 폭넓게 확장시켜야 한다는 것이다.

경계의 유동성과 다층성에 따른 저항의 다양한 스펙트럼을 인정하고 한국 근대문학이 벌인 복합적이고도 섬세한 저항들에 주목할 때 비로소 지배와 저항, 순응과 거부, 협력과 일탈, 모방과 차이의 역동적 길항 관계를 읽어내는 것이 가능하다. 그런 점에서 '지배의 관점에서 저항의 관점으로'의 방향전환은 한국 근대문학 연구가 2000년대 들어 급속히 상실해가고 있는 급진성을 다시금 회복하기 위해 필수불가결한 선결요건이라 할 수 있다.

한국 근대문학 연구와 탈식민

'친일문학' 문제를 중심으로

1. 왜 탈식민인가

수 년 전부터 한국 근대문학을 후기식민론(postcolonialism)에 기대어 연구한 성과들이 늘어나고 있다. 이 연구들은 식민성의 문제를 과거와는 다른 시각에서 새롭게 조명하려는 특징을 보여준다. 과거의 연구들이 주로 민족주의라든가 반제국주의론을 바탕으로 이루어져 오다가 1990년대 들어 급속히 퇴조했음은 주지의 사실이다. 그런 가운데 영미권 중심의 후기식민론이 소개되면서 식민성과 한국 근대문학의 관계에 대한 새로운 연구가 2000년대에 들어서면서 활기를 얻어가고 있다. 더구나 연구대상 또한 일상과 풍속 같은 미시 영역에서 페미니즘이나 장르론 등으로까지 확대되고 있고, '근대문학'의 이념 자체를 문제 삼는 연구들도 나오고 있다.

식민성이 한국 근대문학의 역사적 본질의 한 축을 이루어 왔다는 점에서 이러한 연구가 활성화되고 있는 현상은 일단 반가운 일이다. 특히 후기식민론적 연구가 기왕의 연구들에 숨어있던 편향이나 한계에 대해 발본적인 성찰을 시도하고 있는 점은 주목할 만하다. 말하자면 식민주의의 극복을 내세웠던 과거의 연구들이 과연 식민성으로부터 자유로운가 하는 문제제기는 우리 모두 자기반성의 차원에서 경청할 필요가 있다. 식민주의란 이제 '외부'로부터 주어진 것이거나 언젠가는 사라지게 되어 있는 잔재가 아니라 지배 구조화되어 있기 때문이다. 요컨대 식민주의는 외부적인 것인 동시에 내부적인 것이 되었다는 말이다.[1] 따라서 내부 식민주의에 대한 성찰과 반성은 식민주의의 온전한 극복을 위해 지속적으로 수행해야 할 작업이라 하지 않을 수 없다. 과거의 연구들이 이 점에 소홀했음은 부인하기 힘들다는 점에서 근자의 후기식민론적 연구들이 보여주는 자기성찰은 때늦은 감마저 있다.

하지만 이러한 자기성찰이 과연 올바른 방향으로 나아가고 있는가에 대해서는 회의적이다. 전통적인 반(反)제국주의론이나 민족주의 담론이 전지구적 자본주의 시대에 더 이상 적절한 저항 담론이 되기 어려운 것은 분명해 보인다. 이 이론들은 기본적으로 민족국가를 단위로 하고 있기 때문이다. 게다가 이들은 외부 혹은 규범적 식민주의만을 대상으로 하고 있을 뿐 내부 식민주의에 대해서는 별다른 관심을 보여주지 않는다. 중심 / 주변 할 것 없이 식민주의가 지배 구조화한 현실에서 이제 내부 식민주의를 문제 삼지 않고는 식민성의 진정한 극복, 곧 식민주의의

---

1) 내부 식민주의(internal colonialism)는 중심부 자본주의의 규범적 식민주의(normal colonialism)가 (반)주변부 국가 내부로 삼투되어 (반)주변부 국가의 사회적 관계를 규율하는 지배구조로 내면화된 상태를 가리킨다. 내부 식민주의의 작동에 의해 가령 국가주의, 계급구조, 인종차별, 성적 위계 같은 식민주의적 시스템들이 (반)주변부 국가에서 '자발적으로' 재생산된다. 이에 대한 간략한 설명으로는 H. 월프, 염홍철 편역, 「내부 식민주의 이론」, 『제3세계와 종속이론』, 한길사, 1980 참조. 뿐만 아니라 내부 식민주의는 중심부에 대한 선망과 동경, 식민주의에 대한 자발적 동의와 협력, 나아가 식민주의에의 무의식적 포섭이 어떤 경로를 거쳐 생겨나는지에 대해서도 의미 있는 설명을 제공해준다. 이에 대해서는 F. 파농, 이석호 역, 『검은 피부, 하얀 가면』, 인간사랑, 1998 참조.

뿌리인 자본주의 근대의 극복은 불가능하다.

하지만 근래의 후기식민론적 연구들이 이러한 요구에 제대로 부응하고 있다고는 보기 어렵다. 무엇보다 이 연구들은 식민주의의 온상인 '자본주의'를 건드리지 않는다. 인종·민족·성·일상 등 모든 사회적 영역들에 후기식민론의 칼을 들이대면서도 정작 계급과 식민성의 내적 연관에 대해서는 관심이 없다. 필자는 최인훈의 『화두』를 대상으로 계급구조의 재생산과 식민주의가 맺고 있는 본질적 연관을 분석해본 바 있다. 이를 통해 계급구조의 문제가 거세된 탈식민 기획은 자본주의 근대를 온존시키거나 묵인하는 입장과 내밀하게 연결되어 있음을 확인할 수 있었다. 자본주의가 식민주의의 뿌리라는 점에서 그러한 입장의 깊은 바닥에는 식민적 무의식이 웅크리고 있다.[2] 중심부 자본주의가 피식민국에 제일 먼저 이식시키는 것이 바로 계급관계이다. 계급관계를 기초로 식민지 자본주의가 형성되고, 이 식민지 자본주의야말로 피식민국이 식민국에 영원히 종속될 수밖에 없도록 만드는 핵심 기제이기 때문이다. 월러스틴이 진정한 탈식민화(decolonization)란 자본주의 근대의 극복에 의해서만 가능하다고 말한 것도 그래서거니와 그런 점에서 후기식민론적 연구들이 보여주는 계급문제에 대한 무관심은 심히 우려스러운 일이다.

이와 함께 제3세계의 특수성에 대한 이해가 부족한 점도 지적하지 않을 수 없다. 가령 '민족'에 대한 이해방식이 대표적인 사례이다. 과거의 연구들에서 '민족'에 절대적인 가치를 부여하는 경향이 있었던 것은 사실이다. 하지만 그렇다고 해서 제3세계의 민족을 서구의 민족과 동일시하는 것은 온당한 시각이 아니다. 그런 식의 민족이해는 제3세계 민족이 형성되는 과정의 역사적 특수성을 부정하는 것이기 때문이다. 제3세계의 민족은 한편으로는 제국주의가 만든 것이지만, 다른 한편으로는 제국주의에 대한 저항의 과정에서 형성된 공동체이다. 민족의식이 피식

---

2) 하정일, 「탈식민 서사와 식민적 무의식」, 『작가연구』, 깊은샘, 2002년 하반기 참조.

민국 주민들이 자신의 실존적 존엄성을 깨닫게 해주는 매개체로 기능하는 것은 그런 연유에서이다.3) 물론 파농도 비판했다시피 '민족'을 특권화할 때 국가주의나 전체주의가 발생한다. 따라서 민족의 특권화에 대한 경계는 아무리 강조해도 지나치지 않을 것이다. 그러나 그것이 제3세계에서 '민족'이 수행해온 역사적 기능을 부정하는 구실이 될 수는 없다. 그것은 과거의 편향에 대한 역편향일 뿐이고, 서구의 민족 개념을 제3세계에 기계적으로 적용했다는 점에서 또 다른 의미에서의 서구중심적 보편주의에 빠진 격이다.

자본주의와 계급문제에 대한 무관심이나 제3세계 민족의 역사적 특수성에 대한 이해 부족은 연구자들이 자신의 이론적 전거(典據)를 사이드, 스피박, 바바 같은 해체론적 후기식민론에 두고 있기 때문이다. 이들의 후기식민론은 제3세계의 역사성은 인정하지 않은 채 해체론적 명제들을 제3세계에 그대로 투사한다.4) 이런 식의 논리는 세계를 서구의 확장으로 이해하는 서구 중심주의에서 그다지 거리가 멀지 않다. 그런 점에서 해체론적 후기식민론의 무반성적 수용은 자칫하면 학문적 식민성의 또 하나의 사례로 떨어질 위험성을 안고 있다.

이 대목에서 우리는 한국 근대문학 연구에서 탈식민(postcolonial)이라는 문제의식이 왜 긴요해졌는지를 되돌아볼 필요가 있다. 반제국주의론이나 민족주의 담론이 1990년대 들어 한계에 봉착했음은 앞에서 지적한 바 있다. 그렇게 된 것은 이들 이론으로는 가깝게는 전지구적 자본주의 시대, 멀게는 2차대전 이후의 달라진 현실을 설명하기 어렵다는 인식 때문이었다. 요컨대 식민 이후(after colonial)의 세계에 대한 새로운 분석틀이 필요해진 것이다. 그런 점에서 '포스트'라는 접두사는 식민 '이후'를

---

3) 이에 대해서는 F. 파농, 남경태 역, 「민족의식의 함정」, 『대지의 저주받은 사람들』, 그린비, 2004 참조.
4) 해체론적 후기식민론의 이론적 연원에 대한 자세한 설명으로는 고부응 편, 『탈식민주의—이론과 쟁점』, 문학과지성사, 2003 참조.

가리키는 시대규정이라 할 수 있다. 다시 말해 많은 제3세계 국가들이 독립하면서 식민주의의 작동방식이 바뀌었다는 것, 그렇다고 해서 식민주의가 사라진 것이 아니라 중심 / 주변의 제국주의적 질서는 여전히 지속되고 있다는 것, 독립한 제3세계 국가들에서 내부 식민주의가 다양한 형태로 구조화되고 있다는 것 등등의 문제를 해명하고 극복 방안을 찾기 위해 포스트와 콜로니얼리즘을 결합시킨 새로운 이론적 모색이 이루어지게 된 것이다.

그 과정에서 '포스트－콜로니얼리즘'은 식민 이후 시대뿐 아니라 식민 시대로까지 관심의 영역을 넓혀나가게 되는데, 그것은 '포스트－콜로니얼리즘'의 명제와 정식들이 식민시대를 새롭게 이해하게 해줄 수 있다고 생각했기 때문이다. 그럼으로써 '포스트－콜로니얼리즘'은 식민주의 전체를 새롭게 바라보는 '시각'이 된다. 그런데 '시대규정'에서 '시각'으로의 전환은 '포스트－콜로니얼리즘'의 정체성을 어떻게 이해할 것인가라는 문제를 야기한다. 이제 '포스트－콜로니얼'은 더 이상 어떤 시대를 가리키는 기술적 명칭이 아니라 식민주의에 대한 특정한 가치평가를 내포한 담론이 되었기 때문이다. 그런 맥락에서 보자면, 후기식민론의 수용 역시 그것이 제3세계의 탈식민화(decolonization)에 긍정적으로 기여할 수 있는가 라는 관점에서 이루어져야 한다. 하지만 해체론적 후기식민론은 이런저런 장점에도 불구하고 제3세계의 탈식민화에 기여하기에는 제3세계의 역사성과 특수성에 대한 이해가 너무도 부족하다.

제3세계의 현실에 기반한 후기식민론들, 예컨대 파농·아마드·패리·라자러스·월러스틴·아민 등의 이론에 새로이 주목할 필요가 있는 것은 그래서이다. 우리의 경우만 하더라도 임화나 백낙청 등의 작업이 그러한 계보에 놓여 있다. 이들의 후기식민론이 서로 많은 편차를 보여주지만, 그런 가운데서도 이들은 전통적인 반제국주의론이나 민족주의 담론과도 다르고 해체론적 후기식민론과도 구별되는 공통점을 갖고 있다. 또한 이들의 후기식민론은 제3세계의 구체적 현실을 중시하면서도 그것을 특권화하지 않고 전지구적 현실을 구성하는 한 부분으로 접근한다. 진정한 탈식민화를 자본주의 근대의 극복과 연결시켜 생각한 다거나 내부 식민주의에 대한 경계를 소홀히 하지 않는다는 점도 중요한 공통점이다. 그런 점에서 한국 근대문학에 대한 후기식민론적 연구의 자양분으로 이들을 적극 활용해야 한다는 것이 본고의 생각이다.

본고에서는 '친일문학' 연구에 대한 비판적 검토를 통해 새로운 후기식민론적 연구의 가능성을 탐색해보고자 한다. 반제국주의론, 민족주의론, 해체론적 후기식민론, 유물론적 후기식민론5)이 가장 첨예하게 충돌하는 주제 가운데 하나가 바로 '친일문학'이기 때문이다.

2. 친일문학 연구사의 비판적 검토─억압적 담론에서 헤게모니 담론으로

친일문학 연구가 도덕적 단죄나 과거청산의 차원에서 한 단계 더 진전하려면 그것이 탈식민화의 계기로 연결되어야 한다. 도덕적 단죄나 과거청산으로는 친일문학 연구가 미래에 대한 대안의 모색으로까지 나아가기 힘들 뿐더러 '친일'의 역사적 본질에 대한 엄정한 이해도 어렵기 때문이다. 임종국의 선구적 작업에서부터 최근에 이르기까지 친일문학에 대한 많은 성과가 축적되었지만, 탈식민화의 관점에서 볼 때 여러모로 미흡한 것이 사실이다. 도적적 단죄나 과거청산의 수준에서 벗어

---

5) '새로운 후기식민론'의 명칭을 어떻게 잡을 것이냐는 민족주의적 반제국주의론과 해체론적 후기식민론의 동시적 극복과 학문적 식민성을 탈피한 주체적 후기식민론의 정립을 지향하는 연구자들이 함께 고민해야 할 문제이다. 이 이론은 대체로 마르크스주의의 전통에 강하게 접목되어 있고 제3세계의 구체적 현실을 중시하는 공통점을 지닌다. 그래서 필자 개인적으로는 유물론적 후기식민론이 좋지 않을까 하는 생각을 갖고 있다.

난 연구들이 근래 많이 산출되었음에도 불구하고 그 연구들은 아직도 탈식민화라는 미래 지향적 계기로까지는 연결되지 못한 상태이다. 따라서 친일문학 연구를 한 단계 끌어올리려면 먼저 '미흡함'의 원인을 진단해야 한다. 그중에서도 식민주의를 어떻게 이해하느냐 하는 문제를 중심으로 친일문학 연구를 유형화하는 것이 효과적인데, 친일문학 연구는 결국 식민주의에 대한 이해방식에 따라 나누어지기 때문이다.

1) 1970~1980년대─억압적 담론으로서의 식민주의

임종국으로 대표되는 이 시기의 연구는 식민주의를 억압적 담론으로 이해하는 경향이 강하다. 임종국에게 식민주의란 내적 논리와 체계를 갖춘 담론이라기보다는 피식민 민족을 수탈하고 동원하기 위한 강제적이고 억압적인 이데올로기이다. 임종국은 일본 제국주의가 "조선 민족의 민족의식을 말살함으로써 이들을 황민화하고, 세계 및 동아 정세에 감하여 반도를 병참기지화 함으로써 대륙으로 진출한 것이며, 그러기 위해서 반도의 노동력과 자원을 최대한 이용하자는 의도 하에 황민화 운동 및 일련의 수탈행위를 전개"[6]했다든가 "반도 민중을 총력전에 동원함으로써 생명과 재산을 위협"하고 "조선어를 박해"[7]했다고 반복적으로 서술한다. 말살·수탈·동원·위협·박해 등이 식민주의를 설명하는 핵심 용어로 사용되고 있음을 쉽게 확인할 수 있거니와 식민주의를 이처럼 억압적 담론으로 규정할 경우 그에 대한 대응의 방안은 순응이냐 저항이냐의 양자택일밖에는 없게 된다.

따라서 친일문학은 그러한 이분법적 기준에 따라 억압적 식민주의에 순응한 문학, 즉 "주체적 조건을 상실한 맹목적 사대주의적인 일본 예

---

6) 임종국, 『친일문학론』, 평화출판사, 1988, 21~22면.
7) 위의 글, 468면.

찬과 추종을 내용으로 하는 문학"8)이 된다. 요컨대 식민주의가 수탈과 억압을 위해 앞뒤 가리지 않는 맹목이듯 친일문학 역시 아무 생각 없이 일제에 순응한 맹목으로 규정되며, 당연히 친일문학 연구는 일제에 순응하거나 협력한 문학에 대한 도덕적 단죄의 방편이 된다. 도덕적 단죄는 식민주의의 내적 논리와 친일의 내적 논리를 규명하기보다는 항용 과거청산론으로 직행하는 법이다. 그러나 이런 식의 도덕적 과거청산론으로는 무엇을 어떻게 청산할 것인지가 단순화되기 십상이다. 친일파만 단죄하면 끝나기 때문이다. 하지만 친일파 숙청보다 중요한 것이 식민주의적 지배구조의 극복이라는 데 과거청산론의 결정적 결함이 있다. 친일문학은 결코 맹목이 아니라 거기에는 나름의 내적 논리가 있으며, 그 내적 논리를 규명할 때 비로소 탈식민화의 경로를 모색하는 일이 가능해진다.

임종국의 친일문학 연구에는 바로 이 내적 논리에 대한 규명이 없다. 내적 논리에 대한 규명을 대신하고 있는 것이 민족주의이다. 『친일문학론』에서 도덕적 단죄와 과거청산의 주장을 정당화시켜 주는 유일한 전거는 민족주체성이다. 임종국에게 민족주체성은 옳고 그름을 최종적으로 판결해주는 궁극적 기준이다. 그런데 묘하게도 『친일문학론』 최대의 딜레마가 이로부터 나온다.

> 그러나 이러한 과오는 과오로 하고 우리는 몇 가지의 주목할 만한 점을 발견할 수 있으니 그 하나가 (국민문학이—인용자) 국가주의 문학이론을 주장했다는 사실이었다. 생각컨대, 인간은 개성적 사회적 동물인 동시에 국가적 동물이다. 그런 이상 국가관념은 문학에서 개성 및 사회의식 시대의식과 마찬가지로 강조되어야 할 것 아닌가? 그럼에도 불구하고 문학은 장구한 동안 국가를 망각해왔다. 비록 그들이 섬긴 조국이 일본국이었지만, 문학에 국가관념을 도입했다는 사실만은 이론 자체로 볼 때 주목해야 할 점이다.9)

---

8) 위의 글, 16면.

임종국은 '국민문학'이 문학에 국가관념을 도입한 점을 긍정적으로 평가한다. 여기서 우리는 임종국에게서 식민국의 민족주의와 피식민국의 민족주의가 서로 거울관계를 이루고 있음을 확인하게 되거니와 그런 점에서 민족주체성 또한 아무런 제한 조건 없이 무반성적으로 사용될 때 언제든지 식민주의와 공모관계로 돌입할 수 있는 양가적(ambivalent) 범주라 할 수 있다. "앞으로 한국의 국민정신에 입각해서, 한국의 국민생활을 선양하는, 한국의 국민문학을 수립하려는 사람들을 위해서 그들의 식민지적 국민문학은 좋은 참고자료가 될 것"10)이라는 발언도 같은 맥락에서 나온 것이다. 어떻게 식민주의적 '국민문학'이 우리의 '좋은 참고자료'가 될 수 있는 것일까. 그것은 '국민'의 내용성에 대한 고민이 부족하기 때문이다. 다시 말해 식민지 '국민'과 피식민 '국민'의 차이에서부터 '국민' 내부의 차이에 이르기까지 '국민'이라는 이름으로 봉합되어 있는 차이와 이질성을 직시할 때 피식민 국민의 새로운 내용을 창출할 수 있을 터인데, 임종국은 국민을 내용이 텅 빈 형식으로 혹은 내용이 고정되어 있는 선험적 실체로 착각하고 있는 것이다. 피식민국의 국민 혹은 민족이 우리 민족이냐 다른 민족이냐를 제외하고는 식민국의 그것과 내용적으로 동일할 때 과거청산은 친일파 청산에서 그친 채 식민주의의 극복으로까지 나아가기 불가능해진다. 다시 말해 민족에 대한 재구성이 없는 한 친일파 청산이 식민주의의 재생산으로 귀결되는 역설이 발생하게 되는 셈이다.

식민주의를 억압적 담론 이상으로 생각하지 못하는 것도 이와 관련이 깊다. 식민국의 민족주의와 피식민국의 민족주의가 거울관계라면, 이들을 구별시켜주는 유일한 차이란 억압이냐 저항이냐 밖에는 없기 때문이다. 그런 점에서 식민주의를 억압적 담론으로 규정하게 된 근본적 이유 역시 민족주의라는 임종국의 사상적 입장에 있다고 할 수 있을

---

9) 위의 글, 468면.
10) 임종국, 위의 책, 평화출판사, 1988, 469~470면.

것이다.

2) 1990년대—헤게모니 담론으로서의 식민주의

임종국의 연구 이후 상당 기간 소강상태를 보이다가 1980년대 중반부터 『친일문학선집』, 『친일파』, 『친일파 99인』, 『청산하지 못한 역사』, 『친일파 죄상기』 등이 출간되면서 친일문학 연구가 다시금 활기를 찾는다. 하지만 이 연구들은 전반적으로 내용과 방법론 모두에서 임종국의 연구에서 별로 벗어나지 못한 데다 민족주의에 바탕해 식민주의를 억압적 담론으로 이해한 점도 비슷하다. 말하자면 임종국의 연장선상에 놓여 있을 뿐 새로운 진전을 거의 이루지 못한 셈이다. 그 후 1990년대 초반을 지나 진보적 문학연구가 침체국면에 접어들면서 친일문학 연구 역시 답보상태에 빠진다. 이는 근본적으로 민족주의가 달라진 현실에 적응하지 못하면서 민족주의에 기초한 친일문학 연구 또한 이론적으로나 방법론적으로나 벽에 부닥쳤기 때문이다.

그러다가 1990년대 후반부터 친일문학 연구는 새로운 국면을 맞이하게 된다. 이러한 변화는 진보적 한국문학 연구가 민족주의라는 이데올로기적 자장에서 벗어나기 시작한 것과 무관하지 않다. 가장 두드러진 변화는 1990년대 후반부터 진행된 연구들이 식민주의를 헤게모니 담론으로 이해하고 있다는 점이다. 식민주의를 헤게모니 담론으로 규정하게 되면서 수탈이나 억압보다 동의와 포섭의 측면에 연구자들의 관심이 집중되게 되었고, 그에 따라 친일문학 연구는 동의나 포섭에 이르게 되는 내적 논리와 경로에 초점이 모아지기 시작했다.

이 작업을 선도한 것은 김재용의 연구이다. 김재용은 친일문제를 순응이냐 저항이냐는 이분법으로 단순화한 과거연구의 한계를 극복하기 위해 식민주의를 나름의 내적 논리와 체계를 갖춘 헤게모니 담론으로 새롭게 규정한다. 식민주의를 헤게모니 담론으로 인식함에 따라 친일 역시 시류에 편승하거나 억압에 순응한 기회주의적이고 비도덕적 행위가 아니라 나름의 일관된 내적 논리를 갖춘 행위로 재규정된다. 식민주의를 헤게모니 담론으로 이해한다는 것은 억압과 수탈과 더불어 동의와 포섭이 지배의 주요 기제로 기능했음을 주목하게 되었다는 의미이다. 주지하다시피 헤게모니란 동의와 포섭에 의한 지배를 뜻하기 때문이다. 그 연장선에서 김재용은 친일 담론을 '자발적이고 일관된 동의'로 해석하며, 그에 맞춰 친일문학 연구 역시 자발적이고 일관된 동의에 이르는 내적 과정을 규명하는 데 맞춰진다.

> 친일문학은 자발적이다. 자발적으로 이루어지지 않은 것은 친일 파시즘문학이라고 할 수 없다. 친일 파시즘문학이 자발적이라고 했을 때 거기에는 내적 논리가 반드시 존재한다. 내적 논리가 없이 어떻게 자발성을 가질 수 있겠는가? 정지용이나 김정한의 경우처럼 강요된 것에는 내적 논리가 없다. 반면, 이광수나 서정주의 친일문학에는 자발성에 기초한 내적 논리가 엄연히 존재한다. 이 내적 논리는 심지어 '해방'의 성격도 갖고 있었다. 친일 파시즘문학을 행하였던 문학가들은 하나같이 새로운 세계를 접한다는 흥분에 젖어 있었고, 지난 시절의 질서가 해체되고 새로운 세계가 열리고 있다는 이러한 개안은 '해방감'의 원천으로 작용하였다. 그동안 친일문학에 대한 연구가 과녁을 제대로 맞추지 못한 데에는 이들 친일문학가들의 마음속에 깊이 자리 잡고 있었던 내적 논리의 실체를 재구성하는 데까지 미치지 못하고 즉자적인 비판에 머물렀던 것이 주된 원인이었다.[11]

김재용은 과거의 친일문학 연구가 '내적 논리를 재구성하지 못한 즉자적 비판'에 머물렀다고 비판하면서 친일문학의 기준으로 자발성, 동의, 내적 논리 세 가지를 제시한다. 요컨대 내적 논리를 갖춘 자발적 동

---

11) 김재용, 「전도된 오리엔탈리즘으로서의 친일문학」, 『실천문학』, 실천문학사, 2002년 여름, 51면.

의를 발견할 수 있느냐 없느냐가 친일의 기준이 된 셈이다. '주체성을 결여한 맹목적인 시대주의적 일본 예찬과 추종'을 친일의 기준으로 삼았던 임종국과 비교해보면 맹목을 대신해 내적 논리가, 사대주의적 추종 대신에 자발적 동의가 새롭게 제시되었음을 확인할 수 있다. 이와 더불어 일관성과 명시성 또한 친일의 중요한 요건이다. 가령 정지용이나 김정한의 일부 작품이 '친일적 요소'를 보여줌에도 불구하고 친일은 아니라고 보는 까닭은 일관성이 결여되어 있기 때문이라는 것이 김재용의 견해이다. 일관성이 결여되었다는 것은 그것이 "외부의 강요에 의해 어쩔 수 없이 행"해졌다는 것을 의미하기 때문이다. 말하자면 자발적 동의가 아닌 '타의적 순응'은 친일로 보기 어렵다는 것이다. 임종국의 관점에서 보자면 타의적 순응도 친일이다. 일제에 협력하고 추종했기 때문이다. 반면에 김재용은 타의적 순응을 친일의 범주에서 제외시킨다. 식민주의를 동의에 기초한 헤게모니 담론으로 보기 때문이다. 필자 역시 타의적 순응까지 친일로 평가하는 것은 지나치다고 생각한다. 그런 식의 재단은 민족주의 특유의 근본주의적 관점의 소산으로 역사적 맥락에 대한 섬세한 고려가 부족하다는 한계를 갖고 있다. 그런 점에서 김재용의 연구는 식민주의를 헤게모니 담론으로 설정함으로써 친일문학을 역사적 맥락 속에서 보다 객관적으로 규명할 수 있는 길을 열었다고 할 수 있다. 그와 함께 친일문학을 동의 담론으로 이해함으로써 그것을 내부 식민주의와 연결시켜 바라보는 것이 가능해졌다는 사실 또한 중요한 성과이다. 이에 대한 만족할 만한 연구가 아직은 그다지 눈에 띄지 않지만, 친일문학과 내부 식민주의의 연관을 밝혀낼 때 '식민 이후' 시대의 제3세계 국가들에서 발견되는 식민주의적 지배구조의 역사적 연원을 온전하게 설명할 수 있을 것으로 기대된다.

그런데 '일관된 내적 논리를 갖춘 자발적 동의'라는 규정에는 명시성이라는 요건이 내재해있다는 점에 주목할 필요가 있다. 실제로 김재용은 텍스트를 통해 명시적으로 발화된 내용들을 대상으로 내적 논리를 분석한다. 따라서 비(非)명시적인 부분은 분석 대상에서 제외된다. 가령 이기영의 생산소설을 "분명 문제가 많은 것들이기는 하지만 그렇다고 친일이라고 할 수는 없다"[12]고 평가한 것도 이와 무관하지 않다. 노동을 신비화하고 생산력 발전을 미화하는 생산력주의가 총동원체제라는 역사적 맥락에서 어떠한 이데올로기적 효과를 산출하는가를 따져보면, 이기영의 생산소설은 친일의 혐의가 짙다. 요컨대 텍스트의 비명시적이고 무의식적인 부분들까지 읽을 때 친일 여부에 대한 정확한 판단이 가능하다는 말이다. 뿐만 아니라 김동인이나 김팔봉처럼 일관성을 찾아보기 힘든 사례도 있다. 일관성이 결여된 친일 담론은 타의적 순응의 경우도 있지만 기회주의적 야합의 경우도 있는데, 기회주의적 야합은 친일의 범주에 넣는 것이 올바를 것이다. 김동인이나 김팔봉이 거기에 해당한다. 김재용의 연구에는 이러한 복잡한 맥락에 대한 섬세한 분석이 부족하다. 그런 점에서 식민주의를 헤게모니 담론으로 상정한 것은 중요한 진전이지만, 친일을 '일관된 내적 논리를 가진 자발적이고 명시적인 동의'로만 한정하는 것은 사태의 지나친 단순화라는 비판을 비껴가기 어렵다.

　김재용의 연구에 대한 최근의 비판들이 초점을 맞추는 문제도 주로 이 부분으로 보인다. 이들 역시 식민주의를 헤게모니 담론으로 보는 것은 김재용과 비슷하다. 다른 점은 김재용이 헤게모니 담론을 동의의 담론—그람시에 충실하게—으로 생각하는 데 비해 이들은 대개 헤게모니 담론을 포섭의 담론—해체론의 영향에 기인한 듯한—으로까지 폭넓게 이해한다는 점이다. 가령 임종국과 김재용의 연구를 반동일화 전략이라는 한 범주로 묶으면서 그러한 반동일화는 "일제 식민 담론에 역대칭의 태도를 취했지만, 오히려 식민 담론의 사고체계 내부로 회수"[13]된

---

12) 김재용, 「친일문학의 성격 규명을 위한 시론」, 『실천문학』, 실천문학사, 2002년 봄, 175면.
13) 강상희, 「친일문학론의 인식구조」, 『한국 근대문학 연구』, 태학사, 2003년 상반기, 44~45면.

다고 분석한 강상희의 비판이나 친일 지식인들은 "식민지 정책에 대한 순응과 민족에 대한 헌신 사이에 어떠한 모순도 발생하지 않는 상황에 빠져들기도"[14] 했다고 설명하는 류보선의 진술은 친일을 포섭의 맥락에서 바라보려는 시도들이라고 할 수 있다. 이들의 비판은 공히 김재용의 연구에 내재한 단순성을 지적하면서 친일의 외연을 확장시키고 있다.

하지만 이 연구들은 동의와 포섭의 차이를 분별하지 않고 그것들을 몽땅 친일의 범주에 집어넣음으로써 기준 자체를 희석시키는 문제점을 보여준다. 이러한 결과는 일제의 정책과 이데올로기에 의식적으로 '동의'한 친일과 식민주의적 논리에 무의식적으로 끌려들어간 '포섭'을 엄정하게 분별하지 못한 데서 비롯된다. 김재용이 이 둘을 지나치게 구별함으로써 단순화의 곤경에 처했다면, 이들은 이 둘의 경계를 제대로 구획하지 않음으로써 친일의 기준을 실질적으로 무화하는 잘못을 범하고 있다. 이렇게 친일의 기준이 애매모호해질 경우 모두가 친일을 한 것이 되는 곤혹스러운 상황이 벌어질 수 있다. 식민주의에의 포섭이 곧바로 친일로 해석될 수 있기 때문이다. 하지만 식민주의에 포섭된 모두가 친일을 한 것은 아니다. 종족주의(ethnocentrism)에 빠졌다거나 동양주의에 매료되었다고 해서 친일이라고 할 수는 없다. 종족주의나 동양주의가 식민주의와 일정한 공모관계를 이루고 있기는 하지만, 그것들이 어떤 맥락에서 표출되느냐에 따라 친일도 될 수 있고 반일도 될 수 있다. 반동일화의 경우도 마찬가지다. 가령 저항적 민족주의는 반동일화의 가장 전형적인 경우일 터이다. 민족주의는 식민주의의 역상이라는 점에서 포섭의 사례에 해당하지만, 식민국과 피식민국의 대립관계에서 비롯된 정세효과로 인해 현실적으로는 저항의 담론으로 왕왕 기능한다. 요컨대 중요한 것은 맥락(context)이다. 똑같은 말이라도 그 말이 발화된 맥락에 따라 의미가 달라지는 법이다. 이를테면 식민국의 구성원이 피식민국의

---

14) 류보선, 「친일문학의 역사철학적 맥락」, 『한국 근대문학 연구』, 태학사, 2003년 상반기, 16면.

주민에게 '야만인'이라고 말했다면 그것은 식민주의적 폭력이 되지만, 반대의 경우에는 거꾸로 식민주의에 대한 저항이 된다. 누가 어떤 역관계 속에서 말했냐는 것, 곧 발화의 맥락이 다르기 때문이다. 그런 점에서 '포섭'론은 해체론적 후기식민론이 항용 그렇듯이 현실의 구체적 맥락에 대한 이해가 결여된 텍스트주의적 한계를 그대로 노정한다.[15]

3. 후기식민론적 친일문학 연구의 새로운 가능성

식민주의를 헤게모니 담론으로 이해하는 근래의 연구는 식민주의를 억압적 담론으로 설정한 전시기의 연구가 보여주었던 민족주의적 한계를 극복하고 친일문학을 보다 역사적으로 규명할 수 있는 가능성을 보여주었다. 특히 전시기의 연구는 친일과 식민주의의 내적 연관을 설명하는 데 치명적인 한계를 지니고 있었다. 왜냐하면 민족주의는 식민주의와 거울관계를 이루고 있는지라 억압이냐 저항이냐를 제외하고는 양자 사이에 본질적 차이가 존재하지 않기 때문이다. 따라서 친일 여부는 식민주의와의 관계보다는 억압에 대한 대응방식, 곧 저항이냐 순응이냐가 결정적인 척도가 된다. 요컨대 친일문제는 실질적으로는 식민주의와는 별개의 사안이 된다. 친일문학 연구가 과거에 대한 도덕적 단죄에서 그친 채 식민주의의 극복이라는 미래지향적 기획으로 이어지지 못한 것도 친일과 식민주의의 내적 연관을 문제 삼기 어려운 민족주의적 연구의 한계와 직결되어 있다.

반면에 근자의 연구는 식민주의에 동의하거나 포섭되도록 만든 '내

---

15) 이에 대한 좀더 자세한 설명으로는 이 책의 「서론―탈식민의 역학」, 26~32면 참조.

적 논리와 경로'에 주목함으로써 친일과 식민주의의 연관성을 문제 삼을 수 있게 되었다. 동의와 포섭은 억압과 강제에 대한 수동적 반응이 아니라 식민주의에 대한 공감—의식적이든 무의식적이든—으로부터 발생하기 때문이다. 친일을 식민주의의 한 구성부분으로 보게 되었다는 것은 친일문학 연구가 과거청산론을 넘어 탈식민 기획의 일환일 수 있게 되었다는 것을 뜻한다. 이 점이 근래의 연구가 갖는 가장 중요한 의의라 할 수 있다. 하지만 식민주의를 헤게모니 담론으로만 보는 한 저항의 다양한 가능성과 스펙트럼을 읽어내기 힘들다는 데 이 계열의 연구가 갖는 원천적 딜레마가 있다. 헤게모니론의 이론적 전제는 식민주의란 수미일관하고 견고한 자기 완결적 담론이라는 것이다. 식민주의가 자기 완결적 담론이라면 식민주의의 극복은 참으로 지난한 일이 된다. 저항의 가능성 역시 그만큼 협소해질 수밖에 없다. 그래서 헤게모니론적 연구는 저항의 다양한 거점과 경로를 찾아내기 힘든 것이다.

이와 관련해 이데올로기론의 주요 유형을 일별해볼 필요가 있다. 식민주의가 근대의 대표적인 지배 이데올로기라는 점에서 식민주의를 어떻게 규정하느냐 하는 문제는 이데올로기에 대한 이해방식과 밀접히 연결되어 있기 때문이다. 특히 본고의 주제를 고려할 때 세 가지가 중요하다. 첫 번째는 허위의식론이다. 마르크스의 『독일 이데올로기』에 기원을 두고 있는 것으로 알려진 허위의식론[16]은 이데올로기를 모순을 은폐하고 착취를 정당화하는 허위의식으로 이해한다. 따라서 이데올로기란 지배계급의 이해관계를 옹호하는 관념적 도구이거나 진리를 가리는 거짓된 의식이 된다. P. 지마는 그 까닭이 이데올로기는 자기 동일화의 욕망에 사로잡혀 일체의 반성과 대화를 배제하는 담론이기 때문이라고 설명한다. 그럼으로써 이데올로기는 "의미론적으로나 통사론적으로 결함이 없는 완전한 세계"로 현현한다.[17] 어떤 담론도 상대적으로만

---

16) 사실 마르크스는 허위의식이라는 용어를 쓴 적이 없다. T. 이글턴에 따르면, 그 용어는 엥겔스가 메링에게 보낸 편지의 한 구절에서 연원한다.

진리를 포함하고 있을 뿐이라는 점에서 이 자기 완결성이야말로 이데 올로기가 한갓 허위의식일 수밖에 없는 결정적 증좌이다.

허위의식론은 이데올로기에 대한 가장 일반화된 통념으로 자리 잡고 있는데, 임종국의 식민주의관이 여기에 해당한다. 임종국에게 식민주의 는 일제의 억압과 착취를 은폐하고 정당화하는 담론이다. 요컨대 일제 의 이해관계를 보장하기 위해 제국주의의 모순을 은폐하고 식민지의 착취구조를 정당화하는 거짓된 의식이다. 이때 상대방의 동의 여부는 부차적인 문제가 되며, 따라서 자기 완결성을 훼손하는 어떠한 자기반 성과 비판도 금지된다. 그래야 자기 동일성을 유지할 수 있기 때문이다. 임종국이 식민주의를 강제와 억압의 담론으로 이해하는 것은 그래서거 니와 그 연장선상에서 식민주의에 대한 대응 또한 저항이냐 순응이냐 로 단순화된다. 식민주의가 허위의식이고 억압적 담론인 한 상황은 너 무도 명징하기 때문이니, 진리와 비진리가 명백한 상황에서 저항과 순 응 이외의 중간지대는 존재할 아무런 근거도 없다. 말하자면 저항—진 리, 순응—비진리의 단순구도가 성립되는 것이다. 하지만 이럴 경우 P. 지마가 지적했다시피, 저항 역시 자기 완결적이고 자기 동일적인 담론 으로 화하면서 일체의 반성과 대화를 불허하는 '독백적 담론'이 되어버 린다. 허위의식으로서의 이데올로기와 동일한 담론구조를 갖게 되는 것 이다. 민족주의가 전형적인 사례일 터이다. 그런 점에서 허위의식론의 입장에 서는 한 순응뿐 아니라 저항마저도 식민주의의 반복이 되는 곤 혹스러운 악순환을 피하기 어려워진다.

두 번째는 동의론적 헤게모니론이다. 동의론적 헤게모니론은 허위의 식론으로는 자발적 동의에 기초한 지배를 설명하기 어렵다는 문제의식 에서 출발한다. 강제와 억압에 의거한 지배에서 동의에 기초한 지배는 시민사회의 성장과 관련이 깊다. 시민사회가 성장해 국가로부터 일정한

---

17) P. 지마, 서영상 외역, 『소설과 이데올로기』, 문예출판사, 1997, 33면.

자율성을 확보하게 되면 계급투쟁 또한 기동전에서 진지전으로 전환하게 된다. 진지전은 장기전이므로 강제와 억압만으로는 계급투쟁을 지속하기 어려워지며, 따라서 시민사회에서의 헤게모니를 쥐는 것이 중요해진다. 그래서 사회계급들은 다양한 정치적·경제적·문화적 기구와 결사체들을 통해 자기편을 만들기 위한, 곧 동의를 얻기 위한 활동을 벌여나가는데 이때 이데올로기는 동의를 통해 헤게모니를 확보하기 위한 담론적 실천의 한 형태가 된다. 그런 맥락에서 그람시는 이데올로기를 허위의식으로만 몰아붙이는 것은 속류 마르크스주의라고 보았던 것이다. 이데올로기는, T. 이글턴의 설명을 빌리면, "단순한 허위의식이 아니라 역사 발전의 특정한 단계와 특정한 역사적 순간에 적합한" 담론이기도 하다.[18) 곧 거기에는 나름의 내적 논리가 담겨 있는 것이다. 이데올로기의 이러한 맥락적 적실성으로부터 동의가 발생하거니와 그런 점에서 동의는 정치공학적 조작의 산물이기만 한 것이 아니다. 지배 권력에 대한 피지배층의 자발적 동의가 가능한 것은 그래서이니, 따라서 지배 이데올로기는 피지배층의 자발적 동의를 끌어내기 위해 나름의 수미일관하고 자기 완결적인 논리를 끊임없이 창출해낸다.

그람시의 헤게모니론을 가장 충실하게 수용하고 있는 것이 김재용이다. 친일을 "일관되고 명시적인 내적 논리를 갖춘 자발적 동의"로 해석하는 것은 그람시의 헤게모니론에 그대로 조응한다. 식민주의가 이데올로기이듯 친일 담론 역시 하나의 이데올로기이다. 따라서 거기에는 허위의식으로만 몰아 부칠 수 없는, "역사 발전의 특정한 단계와 특정한 역사적 순간에 적합한" 어떤 내적 논리가 담겨 있다. 친일 담론을 허위의식으로만 보는 한 도덕적 단죄 너머로 나아가기 어렵다. 반면에 나름의 내적 논리가 있는 것으로 이해하게 되면, 내적 논리의 분석과 함께 그러한 내적 논리를 가능케 해준 역사적 맥락에 대한 규명이 긴요해진

---

18) T. 이글턴, 여홍상 역, 『이데올로기 개론』, 한신문화사, 1994, 160면.

다. 그래야 비판이 가능하기 때문이다. 그러나 헤게모니 개념에 고착되어 있는 한 대항 헤게모니 이외의 저항은 설정하기 힘들어진다는 것이 동의론의 고민이다. 식민주의는 그 자체로는 워낙 수미일관하고 견고한 자기 완결적 담론이어서 식민주의 내부에서는 저항의 거점을 찾기 어렵기 때문이다. 유일한 가능성은 식민주의 바깥에 저항의 거점을 마련하는 것이다. 반동일화 전략에 기초한 대항 헤게모니만이 저항의 유일한 방안이 되는 것은 그래서이다. 강상희가 임종국과 김재용을 반동일화 범주에 함께 묶은 것은 그런 점에서 일리가 없지 않다.[19] 말하자면 동의론적 헤게모니론으로는 저항의 다양한 스펙트럼과 작동방식을 규명하기 힘든 것이다. 더구나 김재용의 헤게모니론에는 그람시에 대한 협소한 이해가 겹쳐 있다. 그람시는 헤게모니의 심리적이고 무의식적 측면을 놓치지 않았다. 그람시가 헤게모니 투쟁의 장으로 '문화'를 중시했던 것도 그래서인데, 같은 맥락에서 일상이라든가 습속 혹은 대중문화 같은 것들이 중요하게 다루어진다.[20] 반면에 김재용의 '자발적 동의'론은 의식의 측면에만 고착되어 있는 협소함을 보여준다. 요컨대 헤게모니가 작동되는 다양한 층위들에 대한 배려가 부족하다는 말이다.

세 번째는 포섭론적 헤게모니론이다. 포섭론적 헤게모니론은 헤게모니의 '무의식적이고 문화적인' 측면을 중시하는 면에서 동의론적 헤게모니론과 갈라진다. 포섭론적 헤게모니론은 알뛰세에서 푸코에 이르는

---

19) 물론 임종국과 김재용의 반동일화 전략은 '내용적으로' 현격히 다르다. 두 사람의 내용적 차이는 본질적 의미를 갖는다. 강상희에게는 이 내용성에 대한 고려가 없다. 내용성에 대한 고려가 없는 한 의미 있는 대항 헤게모니를 상상하는 것은 불가능해진다. 대항 헤게모니는 '형식적으로는' 언제나 반동일화, 곧 동일화의 역상일 뿐이기 때문이다. 하지만 대항 헤게모니는 유일하지는 않지만 매우 유력한 저항의 전략임에 틀림없다. 대항 헤게모니만이 변혁의 경로와 전망을 내놓을 수 있기 때문이다. 그런 점에서 반동일화에 대한 무조건적 비판은 주관적 의도와는 상관없이 결과적으로 식민주의의 묵인으로 귀결되기 십상이다.

20) 이에 대해서는 T. 이글턴, 여홍상 역, 앞의 책, 155~159면 참조. 그래서 이글턴은 헤게모니를 레이먼드 윌리엄즈가 말한 '정서의 구조'에 비유하기도 한다.

탈구조주의론에 이론적 전거(典據)를 두고 있다. "이데올로기는 개인들을 주체로 호명한다"는 알뛰세의 유명한 명제는 이데올로기가 어떻게 피지배층을 체제 내부로 '포섭'하는가를 극명하게 보여준다. 개인이 자신을 주체로 느끼는 것은 이데올로기의 보증에 의해서이다. 가령 내가 한 가족의 일원 — 가족 주체 — 임을 느끼는 것은 가족 이데올로기에 의거해서이다. 만약 가족 이데올로기가 없다면 내가 한 가족의 일원이라는 정체성 혹은 주체 위치를 어떻게 느낄 수 있겠는가. 그런 점에서 이데올로기 없이는 주체도 있을 수 없다. 하지만 내가 한 가족의 일원임을 느끼는 것이 가족 이데올로기 때문임을 나는 모른다. 이것이 이데올로기의 무의식적이고 문화적 측면인데, 알뛰세는 학교·가족·종교·정치·언론 등과 같은 이데올로기적 국가장치들에 의해 개인들이 주체로 호명되고 그럼으로써 체제에 포섭된다고 설명한다.[21] 푸코로 가면 포섭의 과정은 더욱 정교해지고 급진화한다. 푸코에게 이데올로기는 사회와 일상의 모든 부분에 삼투되어 있는 일종의 그물망이 된다. 예컨대 『감시와 처벌』을 보면, 감시·처벌·훈육·교정 등의 전방위적 개입을 통해 개인의 신체까지도 체제에 길들여진다. 이른바 '권력의 미시 물리학'이 작동하는 셈인데, 이쯤 되면 이데올로기는 권력과 동의어가 된다. 포섭론은 이데올로기의 무의식적이고 미시적인 측면과 함께 이데올로기의 편재성에 대해서도 유용한 시각을 제공해준다. 즉 이데올로기가 사회의 특정 부문에서만 작용하는 특수한 담론이 아니라 사회와 일상의 곳곳에 편재해 인간을 치밀하게 주조하는 권력이라는 점을 밝혀준 것이다.

하지만 이글턴의 비판처럼 이데올로기의 의미를 이렇게 확장시켜 놓으면 "중심적인 권력투쟁과 그렇지 않은 권력투쟁을 구분하는 능력"[22]을 잃어버리게 된다. 분석적 개념으로서 공허해진다는 말이다. 더욱 문

---

21) L. 알뛰세, 김동수 역, 「이데올로기와 이데올로기적 국가장치」, 『아미엥에서의 주장』솔, 1991, 102~121면.
22) T. 이글턴, 여홍상 역, 앞의 책, 11면.

제인 것은 포섭론의 관점에 서게 되면 저항의 가능성은 소멸되고 만다는 점이다. 주체가 이데올로기에 의해 구성되는 것이고 알뛰세 식으로 말해 이데올로기의 효과라면 저항의 주체란 현실적으로 존재할 수 없게 된다. 어떠한 저항도 궁극적으로는 이데올로기에 종속되기 때문이다. 이데올로기와 이론(혹은 과학)을 구별하려 한 알뛰세의 노력은 바로 그와 같은 곤경을 뛰어넘기 위해서라고 할 수 있지만, "이데올로기의 바깥은 없다"는 알뛰세의 입장에서 보면 이론 역시 이데올로기의 자장에서 자유롭지 못하기는 마찬가지다.23) 강상희나 류보선의 친일문학 연구를 비롯해 해체론적 후기식민론에 의존한 최근의 연구들도 동일한 문제점을 보여준다. 식민주의에 어떻게 포섭되었는가는 현란하게 분석하지만, 그 이론적 현란함의 이면에는 도저한 비관주의가 웅크리고 있다. 어떤 저항도 식민주의의 촘촘한 그물망을 벗어날 수 없기 때문이다. 저항의 가능성을 상실한 비판이란 얼마나 공허한가. 이러한 비관주의는 구체적 현실까지도 하나의 텍스트로 환원시키는 텍스트주의적 접근법에서 비롯된 결과이니, 담론이나 행위의 맥락적 의미에 주목하는 수행적 독법을 통한 자기교정 없이는 친일문학 연구가 '모두가 친일했다'는 도덕적 근본주의나 '누구도 돌을 던질 자격이 없다'는 상황론적 변호론으로 전락할 위험성을 탈피하기 힘들어질 것이다.

　이처럼 지금까지의 친일문학 연구는, 허위의식론이든 헤게모니론이든, 하나같이 식민주의를 '수미일관하고 견고한 자기 완결적 담론'으로 인식하는 공통점을 보여준다. 이러한 인식은 이데올로기에 대한 주류적 이해방식과 궤를 같이한다. 따라서 친일문학 연구가 탈식민화의 실천적 가능성에 대한 모색으로 이어지기 위해서는 이데올로기에 대한 발본적인 인식전환이 선행되어야 한다. 이 문제에서 주목되는 것이 N. 풀란차스의 이데올로기론이다. 풀란차스는『정치권력과 사회계급』에서 이데

---

23) 알뛰세의 이론적 비관주의에 대한 날카로운 비판으로는 위의 책, 191~208면 참조

올로기에 대한 획기적인 인식전환을 보여준다. 풀란차스에 따르면, 지배 이데올로기는 지배계급의 이해관계의 관념적 표현만도 아니며 헤게모니 담론만도 아니다. "실제에 있어서 지배 이데올로기는 단지 '순수하고 단순한' 주체로서의 지배계급의 존재조건만을 반영하지는 않으며, 도리어 사회구성체 내의 지배계급과 피지배계급의 구체적인 정치적 관계를 나타내고 있다." 요컨대 지배 이데올로기는 지배계급과 피지배계급의 세력관계의 반영인 셈이다. 그래서 "자본주의 구성체의 지배 이데올로기인 부르조아 이데올로기가 쁘띠부르조아 이데올로기의 '요소들'을 수용하거나('자코뱅주의' 혹은 그 계승형태인 '급진주의'의 경우), 심지어는 노동자계급 이데올로기의 요소 — 엥겔스가 묘사했던 '부르조아 사회주의'(프랑스 제2제정 당시의 생시몽주의의 경우)의 요소 — 들을 받아들이는 고전적인 경우를 볼 수가 있다."24) 이처럼 풀란차스는 이데올로기를 수미일관하고 견고한 자기 완결적 담론으로만 이해하는 기왕의 일면적 인식에서 벗어나 숱한 모순과 균열로 가득찬 동요하는 담론으로 재규정한다. 이렇게 된 것은 원천적으로 "계급적 헤게모니를 추구하는 가운데 국가는 지배계급들과 피지배계급들 사이의 불안정한 타협의 균형 안에서 활동하기 때문이다."25) 이데올로기의 이러한 양면성은 이데올로기가 본질적으로 항상 타자를 필요로 하는 비자족적 담론이라는 데서 비롯된다. 지배는 강제와 억압만으로는 불가능하므로 동의와 포섭을 필요로 한다. 그런데 동의와 포섭은 상대방을 전제하는 작동 원리이므로 지배 이데올로기 내부에 저항의 주체나 대항 이데올로기가 자리 잡을 수 있게 되는 것이다. 수용의 비율은 세력관계의 비율에 의해 가변적으로 결정된다. 지배 이데올로기가 항상적으로 동요할 수밖에 없는 소이(所以)가 여기에 있다. 풀란차스가 사회주의로의 평화적이고 민주적인 이행을 제안할 수 있었던 것도 그래서거니와 저항의 거점을 지배 이데올로기 외부뿐 아니

24) N. 풀란차스, 홍순권 외역, 『정치권력과 사회계급』, 풀빛, 1986, 243~244면.
25) N. 풀란차스, 박병영 역, 『국가 · 권력 · 사회주의』, 백의, 1994, 39면.

라 내부에도 다양하게 마련하는 것이 이로써 가능해진다.

식민주의 역시 마찬가지다. 식민주의는 한편으로는 막강한 정치적·경제적·군사적 힘을 지닌 견고한 담론이지만, 다른 한편으로는 피식민자 없이는 한 순간도 버틸 수 없는 나약한 담론이기도 하다. 다시 말해 피식민 주체의 순응과 협력과 동의가 식민주의를 존립시켜 주는 원동력인 셈이다. 그런 점에서 식민주의에는 식민자와 피식민자 사이의 세력관계가 응축되어 있다. 이 점을 일찍이 간파했던 선구자가 마르크스이다. 마르크스는 아일랜드 문제를 논한 서한들에서 자신이 처음에는 "영국에서 노동자계급이 지배권을 장악하는 것에 의해 아일랜드의 현 체제를 붕괴시킬 수 있다고 믿었"지만 "보다 면밀한 연구를 거친 후에" "정반대의 결론에 도달"했다고 토로한다. 그것은 무엇보다 "아일랜드가 영국 지주제도의 보루"이기 때문이다. 따라서 아일랜드의 민족해방이 이루어지면 지주제도가 종식될 것이고, 그렇게 되면 영국의 지주계급도 몰락하리라는 것이 마르크스의 판단이었다. 또한 마르크스는 "가난한 아일랜드인들을 강제로 이주시킴으로써 영국 노동계급을 억누르는 데 아일랜드의 빈곤을 이용"하고 있는 점도 또 하나의 중요한 근거라고 지적한다. 말하자면 아일랜드에서 이주한 노동계급을 이용해 프롤레타리아를 두 개의 적대적 진영으로 나누어놓고 아일랜드 노동계급과 영국 노동계급을 분할 통치하고 있다는 것이다. 따라서 마르크스는 아일랜드의 민족해방은 프롤레타리아의 통일을 가져오면서 영국 부르주아계급에게 결정적 타격을 가할 것이라고 예측한다.[26] 마르크스의 요지는 영국의 지주제도와 자본주의체제의 존립이 아일랜드라는 피식민지에 결정적으로 의존하고 있다는 것, 요컨대 영국 식민주의의 보루가 아일랜드라는 사실이다. 이처럼 아일랜드라는 타자 없이는 영국 지배체제의 존립이 불가능하다는 데 영국 식민주의의 비자족성이 있다. 이러한 비

---

26) K. 마르크스, 편집부 편역, 『마르크스-레닌주의 민족이론』, 나라사랑, 1989, 107~118면.

자족성으로 말미암아 식민주의는 견고함과 나약함의 긴장 속에서 항상
적으로 동요하며 끊임없이 모순과 균열을 산출한다. 이들 모순과 균열
이 바로 저항의 거점이 되며, 저항의 거점과 경로는 모순과 균열의 수
만큼 다양하다.

　가혹한 억압과 탄압에도 불구하고 탈식민 저항이 그치지 않는 것도
견고하면서도 나약한 식민주의의 양가성[27] 때문이다. 식민주의가 견고
하기만 한 담론이라면 식민주의는 동일성과 반복만을 피식민지에서 창
출해야 한다. 하지만 실제로는 동일성과 함께 차이가, 반복과 함께 단절
이 발생하면서 식민주의적 지배 곳곳에 흠집이 새겨진다. 식민주의가
타자 없이는 존립할 수 없는 비자족적 담론이기 때문이니, 바로 이 비자
족적 나약함에 탈식민화의 현실적 계기가 존재한다. 이를테면 일제 말
기의 대표적인 식민주의 담론인 동아 협동체론에서도 그러한 양가성과
비자족적 나약함을 발견할 수 있다. 동아 협동체론은 두 가지 동기가 결
합된 담론이다. 하나는 일본 헤게모니이고, 다른 하나는 대동아 공영권
의 구성이다. 두 계기를 동아 협동체라는 총체 속에 결합시킨 것이 동아
협동체론인 셈이다. 따라서 동아 협동체론은 형식적으로는 동아시아 나
라들의 대등한 통합을 지향하지만, 내용적으로는 일본 헤게모니를 추구

---

27) 양가성(ambivalence) 개념은 H. 바바의 것이다. 하지만 바바의 양가성 개념에는 식민
주의가 노정하는 양가성과 피식민 주체의 저항 간에 어떤 연관관계가 있는지에 대한
설명이 부족하다. 다시 말해 식민주의의 모순과 균열 속에 어떻게 저항의 거점을 마련
할 수 있는지에 대해 별다른 관심을 보여주지 않는다. 오히려 바바는 저항을 양가성의
효과'로 자리매김함으로써 피식민 주체의 능동성을 경시하는 모습마저 보여준다. 사
실 바바가 저항의 이상적 상으로 제시하고 있는 것은 '혼종적 저항'이다. '비슷하면서
도 다른' 혼종이 빚어내는 저항성이야말로 식민주의와도 구별되고 민족주의와도 다른
'제3의 길'이라는 것이다. 그러나 한국 탈식민운동의 역사를 보면 '혼종적 저항'이 과
연 바바의 기대에 값할 수 있는지 그야말로 회의적이다. 그런 점에서 바바의 양가성
개념으로는 피식민 주체의 자기정립과 능동적 저항의 가능성을 규명하기 힘들다. 오
히려 이에 대한 설명은 파농에게서 풍부한 시사를 얻을 수 있다. 바바와 파농의 차이
에 대한 적절한 설명으로는 고부응 편, 앞의 책 가운데 양석원의 「후기식민론과 정신
분석학」과 박상기의 「후기식민론의 양가성과 혼종성」 참조

한다. 요컨대 동아시아 연대에 대한 동의에 바탕해 일본 헤게모니를 관철하려는 헤게모니 담론이 동아 협동체론인 셈이다. 그런 점에서 동아 협동체론은 견고하고 자기 완결적인 담론이다. 하지만 그와 동시에 동아 협동체론은 일본 헤게모니와 동아시아 연대 사이의 긴장을 피할 수 없는 균열적인 담론이다. 또한 그것은 동아시아라는 타자 없이는 일본 헤게모니가 존립할 수 없다는 점에서 비자족적이고 나약한 담론이기도 하다. 그러므로 "'동아 협동체'의 이론 속에 여러 가지 혼란이 있고, 게다가 실제 정치 속에서 제기된 그 이론과 그 적용 사이에는 본질적으로 양립할 수 없는 대립된 이념이 포함되어 있다"[28]는 오자키 호츠미의 고백은 동아 협동체론의 비자족성과 내적 균열상에 대한 정직한 인정이라 할 수 있을 터이다. 동아 협동체에 대한 보다 일관되고 체계적인 구상을 보여주는 미키 키요시 또한 곳곳에서 균열과 동요를 보여준다.

> 동아 협동체는 민족 협동을 의도하는 것이기 때문에 그 사상은 단순한 민족주의의 입장을 넘어선 것이라야 한다. 그럼에도 이 협동체의 내부에서는 각각의 민족에게 독자성이 인정되지 않으면 안 된다. 따라서 민족주의 사상은 둘째로 이와 같이 민족의 독자성에 대한 주장을 의미하는 것으로서 중요성을 갖고 있다. 셋째로, 어떠한 세계사적 행동도 항상 일정한 민족으로부터 출발하는 것이라는 의미에서 민족주의 사상은 진리를 포함하고 있다. 현재 동아 협동체만 하더라도 일본 민족의 이니셔티브 아래에서 형성되는 것이다. 그렇지만 또 이와 같이 일본의 지도에 의해 성립되는 동아 협동체 속에 일본 자신도 들어가는 것이며 그 한에서 일본 자신도 이 협동체의 원리를 따르지 않으면 안 된다는 의미에서는 당연히 그 민족주의에 제한이 가해지지 않으면 안 된다.[29]

---

28) 오자키 호츠미, 유용태 역, 「동아 협동체의 이념과 그 성립의 객관적 기초」, 『동아시아인의 '동양' 인식—19~20세기』(최원식・백영서 편), 문학과지성사, 1997, 47면.
29) 미키 키요시, 유용태 역, 「신일본의 사상 원리」, 앞의 책, 59면.

미키 키요시의 진술에서 확인할 수 있는 것은 민족주의의 옹호와 민족주의에 대한 견제 사이에서의 끊임없는 동요이다. 이 동요 또한 기본적으로 일본 헤게모니와 동아시아 연대 사이의 균열이 빚어낸 결과라 할 수 있다. 그래서 일본 헤게모니를 목적으로 한 동아 협동체를 구성하기 위해 정작 일본 헤게모니를 양보해야 하는 논리적 악순환에서 벗어나지 못하는 것이다. 동아 협동체론의 이러한 양가성은 탈식민화의 내적 계기를 산출한다. 동아 협동체론의 헤게모니적 견고함에 끌려 들어가면 친일로 나아가는 것이고, 동아 협동체론의 비자족적 나약함에 주목하면 저항 담론의 생산이 가능해지는 것이다. 동양주의가 친일이 되기도 하고 저항이 되기도 하는 비밀이 여기에 있다. '동양'을 절대화한 이광수가 전자의 예라면, '동양'의 상대성을 인정한 이태준이 후자에 해당한다. 이에 대한 상세한 논의는 다음으로 미룰 수밖에 없지만, 하나만 지적하자면, 이태준은 동양적 전통에 강한 애착을 보이면서도 그것이 '과거'의 것임을 인정하고 있었다는 점이다. 전통에 대한 이태준의 기본 시각이 '향수(nostalgia)'인 것도 그래서이다. 그 연장선상에서 이태준은 "젊은 사람이 '현대'를 상실하는 것은 늙은 사람이 고완경을 영유치 못함만 차라리 같지 못하다"(「고완품과 생활」)면서 동양적 전통에 매달리는 태도를 시대착오적인 것으로 비판한다. 반면에 이광수는 도의나 천명 같은 동양적 가치가 그대로 '현재화'할 수 있다고 주장한다. 동양적 전통을 시간적 불가역성을 뛰어넘는 초역사적 실체로 신비화시키고 있는 셈인데, 그로부터 동양적 가치의 체현자로서의 천황에 대한 무조건적 충성—이른바 황민화—이 정당화된다. 그런 점에서 이광수와 이태준은 동양적 전통의 역사성에 대해 상반된 입장을 보여준다고 할 수 있다. 말하자면 이광수가 초역사적 동양의 자기 완결성에 집착했다면 이태준은 역사적 동양의 비자족성을 주목하고 있는 셈이다. 동양주의라는 같은 뿌리에서 출발했음에도 두 작가가 협력과 저항이라는 상반된 귀결을 보여주는 것은 여기에서 기인한다. 이를 통해 우리는 식민주의의 양가성 가운데 어느 쪽에 초점을 맞추느냐에 따라 전혀 상이한 맥락적 의미가 만들어진다는 사실을 다시 한 번 확인하게 된다.

그런 점에서 친일문학 연구는 탈식민 저항의 다양한 스펙트럼에 대한 연구와 병행될 때 비로소 온전해질 수 있다. 말하자면 협력과 저항을 입체적으로 읽어나가야만 친일문학 연구의 새로운 진전, 즉 전통적인 반제국주의론과 해체론적 후기식민론의 동시적 극복이 가능하다는 것이다. 특히 저항의 다양한 스펙트럼을 적극적으로 규명하는 작업이 중요한데, 그럴 때 그것과 대비하면서 친일의 세부 지형도를 그리는 일이 가능해지기 때문이다. 뿐만 아니라 협력과 저항을 입체적으로 읽어나갈 때 일제 말기의 한국문학에 대한 온전한 상을 그릴 수 있게 된다. 실제로 일제 말기의 문학을 꼼꼼히 살펴보면 텍스트의 이면에 저항의 칼날을 감추고 있는 작품들이 적지 않다는 것을 발견하게 된다. 물론 저항의 방식은 다양하다. 우회적 비판, 은밀한 풍자와 냉소, 사보타지와 거리 두기, 의도적 무관심이나 냉담함 등 일제 말기의 한국문학이 보여주는 저항의 방식은 매우 다채롭다. 그런 점에서 협력과 저항 사이에 '회색지대'가 존재한다는 해석은 텍스트의 이면이라든가 맥락적 의미를 경시한 텍스트주의적 독법이다. 오히려 중간지대는 이것도 저것도 아닌 혼종적 공간이 아니라 작지만 의미 있는 다양한 저항들이 소용돌이치는 역동적 장이었다. 따라서 일제 말기 한국문학의 상을 온전히 복원하려면 미세한 차이에서 큰 의미를 읽어내는, 다시 말해 동일성과 반복 속에서 차이와 단절을 생산하는 작은 저항들이 식민주의에 무수한 균열을 만들어내는 역동적 과정을 읽는 수행적 독법이 긴요하다. 그럴 때 친일문학의 윤곽과 계보도 보다 뚜렷하게 잡을 수 있게 될 것이다.

탈민족 담론과 새로운 본질주의

1. 제국의 형이상학

홉스봄은 20세기의 세계사를 정리하면서 사회주의와 민족주의를 실패한 운동의 대표적 사례로 규정했다.[1] 그 가운데 민족주의는 20세기 후반으로 접어들면서 '세계적 정치 프로그램'으로서의 의의를 상실했다고 홉스봄은 단언한다. 요컨대 19세기나 20세기 초에 민족주의가 보여주었던 통일과 해방의 기능을 잃어버렸다는 것이다. 이제 민족주의는 분리주의적이고 종족주의적인 이데올로기, 곧 인류의 진보를 가로막는 장애물일 뿐이다.[2]

네그리는 좀 더 혹독하게 민족주의를 비판한다. 네그리에게 민족주

---

1) E. 홉스봄, 이용우 역, 『극단의 시대─20세기 역사』 하권, 까치, 2000, 769~770면.
2) E. 홉스봄, 강명세 역, 「20세기 후반의 민족주의」, 『1780년 이후의 민족과 민족주의』, 창작과비평사, 1994.

의는 저항적·민중적 민족주의—그의 용어를 빌리면 하위(subaltern) 민족주의—조차도 억압과 배제를 내장한 '전체주의적' 이데올로기에 불과하다. 외세에 대한 저항성과 국민 통합이라는 진보적 역할에도 불구하고 일단 주권 국가가 확립되고 나면 '민족'의 "진보적 기능들은 거의 사라진다." 대신 "식민지를 벗어난 국민국가는 전지구적인 자본주의 시장 조직에서 본질적이고 종속적 요소로" 기능한다.3) 네그리에게 "인도에서 알제리까지 그리고 쿠바에서 베트남까지 국가는 민족해방이라는 독이 든 선물"4)에 불과하다.

홉스봄과 네그리의 비판은 민족주의를 바라보는 서구 마르크스주의의 시각을 대표한다고 해도 과언이 아니다. 홉스봄과 네그리가 이렇게 판단하게 된 중요한 역사적 배경은 국민국가의 쇠퇴와 전지구적 자본주의의 등장이다. 특히 네그리는 홉스봄보다 한 걸음 더 나가 시대가 본질적으로 바뀌었다고, 즉 제국주의의 시대에서 제국의 시대로 바뀌었다고 선언한다. 흥미로운 것은 21세기를 비관적으로 투시하는 홉스봄과는 달리 네그리는 전지구적 자본주의의 등장에서 세계사의 '결정적인 진보'를 읽어내고 있다는 사실이다. "전지구화는 틀림없이 대항 전지구화와 만날 것이며, 제국은 틀림없이 대항 제국과 만날 것이다."5)

홉스봄에게 전지구화가 예측 불가능하고 낙관하기 힘든 미래라면, 네그리에게 그것은 새로운 변혁 주체인 다중(multitude)의 전지구적 저항을 가능케 해줄 토대이다. 홉스봄의 역사 인식은 전통 좌파의 생각에 가깝다. 그런 만큼 사회주의와 민족주의의 실패를 바라보는 그의 시선에는 은밀한 착잡함이 배어 있다. 반면에 네그리에게 사회주의와 민족주의라는 근대적 기획의 실패는 너무도 당연한 사태이다. 그에게 근대란 다중의 자유로운 욕망을 억압하고 모든 차이를 동일성의 폭력으로

---

3) A. 네그리·M. 하트, 윤수종 역, 『제국』, 이학사, 2001, 154~158면.
4) 위의 책, 189면.
5) 위의 책, 277면.

짓밟은 시대이기 때문이다.

홉스봄이나 네그리나 제3세계 민족주의에 대해 부정적이기는 마찬가지지만, 그 정도는 네그리 쪽이 훨씬 강렬하다. 홉스봄이 주로 종족주의적이고 분리주의적인 민족주의에 비판의 칼날을 겨누는 데 비해 네그리는 민족주의 전체를 문제 삼는다. 그러나 엄밀히 따지면, 둘 다 제3세계에서 벌어지고 있는 반제국주의적 저항과 투쟁에 인색하기는 마찬가지다. 그럼으로써 그들은 모든 '민족' 담론의 가치를 부정한다. 홉스봄과 네그리에게 제3세계의 반제국주의 투쟁은 대개 민족주의 기획의 한 부분으로 받아들여진다. 국민국가의 수립을 지향한다는 점에서 그러하다. 하지만 이들은 '어떤' 국민국가를 건설할 것인가를 둘러싼 민족 담론 내부의 다양한 차이를 무시한 채 국민국가라는 '형식'에만 주목할 뿐이다.

민족주의가 국민국가라는 '형식'에 집착한 것은 틀림없지만, 민족주의와는 달리 국민국가의 '내용'을 중시했던 민족 담론들도 다수 존재한다. 가령 해방직후의 한국을 보면, 진보 세력은 민중이 주체가 되는 진보적 민주주의국가를 제창했고 반대로 극우 세력은 반공적 자유민주주의 체제를 원했다. 이들은, 좌파든 우파든, 뚜렷한 내용을 지닌 국민국가를 기획하고 있었다. 국민국가라는 형식에 목매지 않았다는 말이다. 이 형식에 목맸던 것은 좌우 합작파를 중심으로 한 민족주의 세력뿐이었다. 이승만 그룹이 단정(單政)도 마다하지 않았던 것이나 김일성 정권이 전쟁마저 불사했던 것도 국민국가의 바로 그 '내용' 때문이었다. 이들의 선택이 끔찍한 잘못이었다는 것은 분명하지만, 그렇다고 해서 선택에 담긴 의미조차 무화(無化)해서는 곤란하다. 그 선택 자체가 역사이기 때문이다. 이처럼 국민국가의 내용에 대한 견해가 다양하다면, 모든 민족 담론을 민족주의로 환원시키는 것은 지나친 단순화가 아닐 수 없다. 오히려 어떤 국민국가를 지향했느냐에 따라 민족 담론들 간의 차이를 규명하고, 그에 따라 민족주의와의 상관관계를 따지는 것이 보다 적절한 이해방식 아닐까.

제3세계 민족주의가 2차대전 이후 이전의 진보성을 상당부분 상실한 것은 부인하기 힘든 사실이다. 그것은 이들이 '민족'을 특권화하면서 민족내부의 다양한 이질성 — 계급이나 성과 같은 — 들을 억압하고 외부적으로는 '다른' 민족을 배제하곤 했기 때문이다. 이러한 억압과 배제가 지배 엘리트들이 자신의 권력을 공고히하기 위해서였음은 물론이다. 하지만 동시에 제3세계 민족주의는 종종 민중과 결합하여 민중적 민족주의로 갱신되면서 민주주의변혁의 한 축으로 기능하기도 했다.[6] 그렇다면 홉스봄과 네그리는 제3세계 민족주의 또한 단순화시킨 셈이다. 그런 점에서 이들의 민족주의 비판은 다양한 민족 담론들을 민족주의로 환원시키고, 그 다음에는 다양한 민족주의들을 종족주의적이거나 국가주의적인 민족주의로 환원시키는 이중의 환원론에 의거하고 있다.

필자 역시 제3세계 민족주의가 민족주의 일반과 동일한 한계를 갖고 있다고 생각한다. 민족주의란 결국 민족을 특권화 하는 배제와 위계의 담론이기 때문이다. 하지만 역사적 조건과 지정학적 맥락의 차이에 따라 민족주의가 만들어내는 실천적 효과는 사뭇 다르다. 다시 말해 19세기와 20세기 또는 20세기 전반과 20세기 후반, 중심부와 (반)주변부 또는 제1세계와 제3세계 등 시대와 지역의 차이가 민족주의의 맥락적 의미를 변화시키는 것이다. 그래서 어떤 시대나 지역에서는 민족주의가 제국주의를 정당화하는 침략적 이데올로기로 기능하기도 하고, 다른 시대와 지역에서는 민족주의가 저항과 해방의 담론으로 작동하기도 하는 것이다.[7] 특히 20세기 전반기의 경우 제3세계 민족주의의 저항적이고

---

6) 제3세계의 민중적 민족주의와 서구 민족주의의 차이에 대한 좀 더 자세한 설명으로는 N. 라자러스, 김보민 역, 앞의 글, 참조

7) 이에 대해 P. 챠터지는 피식민 민족주의와 식민주의의 관계를 전자가 후자에 '지배되면서도 다른' 담론이라고 표현한다. 챠터지는 이러한 차이가 발생하는 중요한 이유 가운데 하나로 사상의 '역사성'을 지적한다. 말하자면 식민 지배에 대한 정치적 저항의 과정을 통해 피식민 민족주의는 식민주의와 구별되는 자신만의 독특한 상을 발전

해방적인 기능이 돋보이는데, 당시 민족주의는 윌슨－레닌적 의미에서의 민족 자결주의로 받아들여졌다. 2차대전 이후 대부분의 피식민국들이 독립한 다음에는 제3세계 민족주의가 지배 이데올로기와 반체제 이데올로기 ― 민중적 민족주의 ― 로 분화되는 과정을 겪게 된다. 그러면서 민족주의의 위상이 달라지게 되지만, 그럼에도 불구하고 제3세계 민족주의의 저항적이고 해방적인 성격은 반체제운동을 통해 일정하게 계승된다. 무엇보다 남한의 사례에서 그 점은 극명하게 드러난다. 박정희－전두환－노태우로 이어지는 군부독재에 맞서 민주화운동을 벌였던 주축 세력 가운데 하나가 민중적 민족주의임은 주지의 사실이다. 물론 이 세력이 군부독재가 끝나고 민주화가 어느 정도 진척된 90년대 이후 방향감각을 잃고 통일 지상주의의 늪에 빠지기도 했지만, 그렇다고 해서 이들이 1970~1980년대에 수행했던 역할을 부정할 수는 없으며, 앞으로 분단 극복의 과정에서 이들이 중요한 역할을 하리라는 것도 분명하다. 요컨대 민중적 민족주의는 폐기의 대상이 아니라 한국사회가 분단체제를 극복하기 위해 함께 손잡고 나가야 할 파트너인 것이다.

이 대목에서 네그리의 시각은 대단히 위험해 보인다. 홉스봄이 최소한 민족주의의 역사성을 인정하고 있는 데 비해 네그리에게는 그마저도 없기 때문이다. 네그리에게 민족주의는 진보적일 때조차도 '반동적'이다. 내적인 차이를 억압하고 공동체를 획일화하기 때문이다.[8] 이때 네그리가 말하는 민족주의가 모든 민족 담론을 총칭하는 것임은 물론이다. 따라서 모든 민족 담론이 민족주의로 환원되지는 않는다는 점을 먼저 지적해야겠다. 일단 이러한 제한을 붙이고 나면 민족주의가 진보성과 반동성이라는 양면을 동시에 갖고 있다는 발언에 동의할 수 있다. 하지만 이 양면성이 '역사적인 것'이라는 점을 네그리는 무시하고 있는 듯하다. 가령 피식민 시기에 '민족'은 전략적으로 선차성을 갖는다. 이

시켰다는 것이다(P. Chatterjee, ibid., p.42).
8) A. 네그리, 앞의 책, 154~158면.

말은 민족이 계급이나 성 혹은 개인보다 더 중요하다는 뜻이 아니라 심급들 간의 관계에서 매개고리에 해당한다는 의미이다. 예컨대 개인과 민족의 관계를 생각해보면 쉽게 이해된다. 개인의 자율성은 민족의 자결권과 '동등하게' 중요하다. 그러나 개인의 자율성이 부족해서 피식민국이 되었다고는 말하기 어렵다. 피식민이란 기본적으로 민족과 민족 간의 비대칭적 지배 / 종속 관계를 가리키기 때문이다. 따라서 피식민 상태를 올바로 이해하고 나아가 그것을 극복하려면 '민족'이라는 코드를 거치지 않을 수 없다. 이것이 '민족'의 전략적 선차성이다. 신채호가 개인이 아니라 민족이 역사의 기본 단위라고 말했을 때, 혹은 임화가 계급문학이 아니라 민족문학이 문학운동의 이념이 되어야 한다고 말했을 때, 거기에는 이러한 전략적 판단이 깔려 있었던 것이다. 요컨대 이들이 개인이나 계급이 민족보다 덜 중요하다고 생각했던 것이 아니라는 말이다. 네그리의 민족주의 비판—사실은 민족 담론 비판—에는 바로 이러한 전략적 사고가 부족하다. 다른 말로 하면 네그리는 민족주의를 '본질주의적'으로 재단하고 있다.

네그리의 본질주의는 해체론적 후기식민론에 대한 비판에서 극명하게 드러난다. 네그리는 해체론적 후기식민론이 '근대 주권형식'이라는 "낡은 권력 형식을 공격하는 데 고착되어 있고 오직 그러한 낡은 지형에만 효과적일 수 있는 해방 전략을 제안"하고 있다고 비판한다. 쉽게 말하자면, 세상이 근본적으로 변했는데도 해체론적 후기식민론은 우리가 여전히 근대를 사는 중이라고 착각하고 있다는 것이다. 네그리에게 탈근대는 현실을 바라보는 시각이 아니라 현실 그 자체이다. 탈근대의 현실은 제국의 시대를 가리키는데, 제국이란 "근대 제국주의의 연약한 메아리가 아니라 근본적으로 새로운 지배 형식이다."9) 네그리는 제국을 '전지구적 네트워크 권력'으로 정의한다. 제국주의가 국민국가를 바탕

---

9) 위의 책, 202~204면.

으로 한 권력 구조인 데 반해 제국은 국민국가의 경계를 뛰어넘어 지구 전체를 하나의 단위로 하는 실로 새로운 세계체제이다. 따라서 네그리가 보기에 해체론적 후기식민론은 세계가 제국의 시대에 들어섰는데도 불구하고 아직도 제국주의와 티격태격하고 있는 셈이다. 그래서 네그리는 민족 담론을 포함한 모든 근대적 사유들을 전면 부정하는 해체론적 후기식민론조차도 근대성의 패러다임에 붙들려 있다고 비판하는 것이다. 탈근대에 대한 맹신도 이쯤 되면 거의 신앙 수준이라 하겠거니와 네그리는 이처럼 자신의 관념 속에서 실제 현실이 되어버린, 제국이라는 탈근대를 잣대 삼아 모든 것을 근대성의 패러다임 속에 우겨넣는다. 그런 만큼 네그리에게 민족주의의 역사성, 나아가 민족 담론의 역사성이 보일 리 없다. 이로부터 모든 민족 담론이 민족주의로 환원되고 모든 민족주의가 근대주의로 환원되는 본질주의적 단순화가 가능해진다.

  네그리의 민족 담론 비판이 제국의 시대를 근거로 하고 있는 만큼 이러한 판단의 적실성 여부가 본질주의냐 아니냐를 가늠하는 척도가 될 것이다. 이때의 핵심은 국민국가의 위상이다. 국민국가의 수명은 끝난 것인가, 전지구적 체제가 세계를 지배하고 있는가, 세계 시장은 국민국가와 무관하게 작동하고 있는가, 다중은 과연 민족이나 민중을 대체한 새로운 변혁 주체인가. 국민국가의 권능이 과거보다 많이 약화된 것은 틀림없는 사실이다. 초국적 자본, 초국적 기구, 초국적 시민운동, 초국적 문화교류 등 국민국가의 경계를 넘어서는 흐름들이 세계를 뒤덮으면서 그에 대한 국민국가의 통제력은 미약해졌다. 그런 점에서 세계는 전지구화의 시대에 들어섰다. 하지만 그렇다고 해서 국민국가가 쓸모없어지지는 않았다는 것이 필자의 판단이다. 오히려 국민국가의 중요성은 어떤 측면에서는 이전보다 커지기도 했는데, 가령 신자유주의적 개방과 관련해 그러하다. 한국의 경우만 보더라도 신자유주의적 개방이 민중에게 끼치는 고통은 자못 심대하다. 한미 FTA가 대표적인 사례일 터이다. 이것이 한국의 농민과 노동자에게 얼마나 극심한 고통을 가져다줄지는 자명하다. 그렇지 않아도 농민의 삶이 극한에 내몰려 있고 노동자들 역시 비정규직화와 실업의 급증으로 고단한 처지인데, 농산물 수입이 완전 개방되고 자본종속이 더욱 심화된다면 어떤 사태가 벌어질지는 명약관화하다. 백보 양보해 개방, 즉 지구화가 거스를 수 없는 대세라 하더라도 속도를 조절하고 시장을 통제하고 손실을 보전해 민중의 고통을 최소화하는 일은 필수불가결하다. 현재 이 작업을 맡을 대행자는 국민국가 뿐이다. 물론 이러한 일을 공론화하고 사회적 요구로 집약하는 역할은 시민사회가 담당해야 하겠지만, 그것을 법과 제도로 집행하는 작업은 국가만이 할 수 있는 것이다.[10]

분단체제를 허무는 일 역시 마찬가지다. 각종 남북회담과 교류를 주관하는 것도 국가이고 6자회담이나 북미 교섭과 같은 국제 업무에도 국가가 나서야 한다. 민중이 분단체제 극복의 주체가 되는 일과는 다른 차원에서 국가의 역할은 결정적이다. 근대 세계가 국가간체제에 바탕하고 있기 때문이니, 이러한 근대적 주권형식 아래에서는 좋든 싫든 모든 작업이 국가를 '통할' 수밖에 없다. 물론 근대의 궁극적 극복을 위해서는 언젠가는 근대적 주권형식을 해체하고 새로운 주권형식을 모색해야할 것이다. 그러나 그러한 작업조차도 상당부분 근대적 주권형식, 곧 국민국가를 통해야 한다는 데 근대 극복의 어려움과 특수성이 있다. '근대 내부로부터의 근대 극복'을 추구해야 하는 것도 그래서거니와 그런 점에서 국민국가를 근대 극복을 위한 전략적 거점으로 활용하는 지혜가 요구된다.[11]

이런 맥락에서 보자면, 전지구적 체제라든가 세계시장이 국민국가를

---

10) 이와 관련된 국가의 다양한 역할에 대해서는 F. 라페 외, 허남혁 역, 『굶주리는 세계』, 창비, 2003, 178~191면 참조

11) 국민국가를 자본주의 근대를 극복하는 데 어떻게 활용할 것인가에 대한 흥미로운 설명으로는 A. 캘리니코스, 정성진・정진상 역, 『반자본주의 선언』, 책갈피, 2003에서 3장을 참조. 이 책에서 캘리니코스는 중국이 "아시아 금융위기를 비교적 쉽게 극복할 수 있었"던 것은 국가가 자본을 통제할 수 있었기 때문이라고 말하고 있다.

초월해 존재한다는 네그리의 발상은 국민국가의 능동성이라든가 국가 간체제의 현실적 힘을 경시한 순진한 생가이다.[12] 9·11테러와 이라크 전쟁이야말로 그 점을 극명하게 보여준 실례가 아닐 수 없다. 이들 사건은 한마디로 국민국가를 모태로 하는 제국주의체제에서 발생할 수 있는 일이었다. 말하자면 지금도 여전히 세계체제의 중심과 주변이 존재하고, 그 중심/주변이 국민국가를 경계로 하고 있으며, 그러한 비대칭성을 둘러싸고 경제적·정치적·군사적 지배와 저항이 이루어지고 있음을 이 사건들이 다시 한 번 확인시켜 준 셈이다. 그런 점에서 현재의 전지구적 체제라든가 세계시장은 국민국가와 동떨어져 있는 것이 결코 아니다. 오히려 세계시장은 국민국가와 대단히 은밀한 방식으로 연계되어 있다. IMF나 WTO와 미국의 내밀한 친연성을 떠올리면 이 점이 어렵지 않게 이해될 것이다. 국제적 투자의 85%를 미국—유럽—일본이 차지하고 있고 그러한 투자의 컨트롤 타워가 월가인 상황에서 이는 당연한 현상이라고 할 수 있다.[13]

이처럼 전지구적 자본주의는 여전히 국가간체제를 바탕으로 작동되고 있다. 전지구적 자본주의가 탈(post)—자본주의가 아니라 후기(late)—자본주의인 것은 그래서이다. 그렇다면 제국은 실현되지 않은 하나의 가상일 뿐이다. 제국의 맞짝 개념인 다중이 모호하기 짝이 없는 것도 이와 관련이 깊다. 다중은 프롤레타리아도 아니고 민중도 아니고 소수자도

---

12) D. 코우츠에 따르면, 선진 자본주의 진영의 국가는 "세계화를 외부에서 발생한 문제로 경험하고 있기보다 실제로는 이 세계적인 자본의 이동성이 발전해나간 법적·제도적 틀을 구축하는 데 적극적으로 참여하였다"(D. 코우츠, 이영철 역, 『현대 자본주의의 유형—세계 경제의 성장과 정체』, 문학과지성사, 2003, 439면). 요컨대 전지구화가 진척되는 과정에서 국가는 수동적이거나 무력한 존재가 아니라 전지구화를 이끈 능동적이고 강력한 주체였다. 국민국가의 '내용'을 어떻게 채우냐에 따라 그것이 전지구적 자본주의에 대한 저항의 매개체가 될 수 있는 것은 이런 연유에서이다. 코우츠가 "세계화가 이런 방식으로 정치적으로 구축되었기 때문에, 바로 그런 이유로 해서, 원칙적으로는 해체될 수도 있다"(위의 책, 439면)고 말한 것도 같은 맥락이다.
13) 이에 대한 포괄적 설명으로는 민주노동연구소 역, 『신자유주의와 세계민중운동』(한울, 1998)이나 M. 초스도프스키, 이대훈 역, 『빈곤의 세계화』(당대, 1998) 참조.

아니며, 동시에 그 모든 것이기도 하다. 심지어는 부르주아조차 다중일 수도 있어 보인다. 부르주아 또한 얼마든지 능동적·복수적·자율적 주체일 수 있기 때문이다. 실제로 다중에 대한 네그리의 묘사를 보면, 지식정보 사회의 새로운 엘리트로 불리는 이른바 보보스(bourgeois bohemians)가 얼핏 연상되기도 한다.[14] 이러한 혼종적 집단이 과연 자본주의를 무너뜨릴 변혁 주체가 될 수 있을까. 이들로부터 자본주의의 극복을 위한 비전을 기대할 수 있을까. 대답은 회의적일 수밖에 없는 것이, 캘리니코스의 비판처럼, 네그리의 제안은 너무도 '은유적'이어서 별다른 분석적 가치를 지니지 못하기 때문이다.[15] '구체적 상황에 대한 구체적 분석'이라는 레닌의 명제를 떠올리지 않더라도 분석이 결여된 주장은 공허하다. 다중 개념이 전형적인 경우일 터이다. 제국이 그러하듯 다중 역시 일종의 가상적 이념형에 가깝다. 이상적인 탈근대 주체에 대한 네그리의 구상이 투사된 관념적 가상의 성격이 강하다는 것인데, 그런 점에서 다중은 자본주의적 생산관계와 제국주의적 세계질서가 만들어내는 착취와 적대에 무력해 보인다. 특히 자본주의와 제국주의의 모순이 첨예하게 드러나고 있는 제3세계에서는 말할 나위도 없다.

민족 담론 비판의 본질주의적 성격은 이로부터 비롯된다. 제국과 다중이라는 가상적 이념형을 잣대로 할 때 모든 근대적 주체들의 역사성과 차이는 무화될 수밖에 없다. 말하자면 근대라는 동일성의 회로로 빨려 들어가게 되는 것이다. 당연히 민족 담론들 간의 차별성이나 서구 민족주의와 제3세계 민족주의의 차이도 '근대적 주권형식'으로 등질화

---

14) 보보스에 대한 자세한 설명으로는 D. 브룩스, 형선호 역, 『보보스』, 동방미디어, 2001 참조. 특히 '3장—비즈니스 라이프'를 보라. 새로운 엘리트들의 특징으로 거론되는 개성·창의성·탈권위·개방성·혼종성·유동성·협동성 등은 네그리가 이곳저곳에서 말하는 다중의 특징과 놀라울 정도로 비슷하다. 이와는 다른 맥락이기는 하지만, 캘리니코스는 네그리의 지구화 개념이 "세계화에 관한 주류 이론과 놀라울 정도로 흡사하다"고 냉소적으로 진단하고 있다. 요컨대 네그리의 분석이 신자유주의 이론과 많은 부분에서 겹친다는 것이다(A. 캘리니코스, 정성진·정진상 역, 앞의 책, 74면).
15) 위의 책, 112~115면.

된다. 홉스봄과 네그리의 민족 담론 비판을 보면서 거듭 확인하게 되는 것은 제3세계에 대한 무지이다. 이들은 서구의 현실을 과잉 일반화하여 제3세계를 서구의 반복으로 단순화한다. 그로 인해 제3세계의 실상뿐 아니라 근대세계체제의 전체상마저도 왜곡시킨다. 하지만 제3세계는 서구를 반복하는 동시에 차이를 창출해왔다. 이 차이는 무엇보다 자본 주의와 제국주의에 대한 제3세계의 민족적·민중적 저항이 만들어낸 것이라 할 수 있다. 따라서 제3세계 민중의 관점에서 바라보는 근대세 계체제의 전체상 역시 홉스봄이나 네그리의 그것과는 현격히 다를 수 밖에 없다.

2. 민족주의는 반역인가?

홉스봄과 네그리의 민족주의 비판에 담긴 이론적 문제점을 간략히 살펴보았지만, 더욱 우려스러운 것은 사실 국내 학계이다. 우리 학계의 민족 담론 비판은 홉스봄이나 네그리와 비교해보더라도 지나치게 '속류 화'되어 있다. 홉스봄이나 네그리조차도 민족주의의 역사성과 양면성에 대한 기본적인 이해를 보여준다. 1945년 이전의 민족주의가 지닌 해방 과 통합의 기능에 대한 홉스봄의 인정이라든가 '하위 민족주의'의 진보 성에 대한 네그리의 동의가 그러하다. 하지만 최근 국내 학계의 일부가 보여주는 민족 담론 비판에서는 이러한 최소한도의 이해마저 찾아보기 힘들다.

이렇게 된 데에는 서구학계, 특히 해체론적 후기식민론의 영향이 크 지만, 일본 또한 단단히 한몫 했다. 물론 일본의 진보적 학자들 가운데 는 제3세계 민족주의에 대한 나름의 이해를 보여주는 이들도 적지 않다. 가령 타카하시 테츠야는 "내셔널리즘의 구조적 문제점을 망각해서는 안되지만, 예를 들어 타민족, 타국가로부터 억압받고 민족성이 말살당하는 위치에 처한 사람들의 '저항 내셔널리즘'을 지배측의 내셔널리즘과 동일하게 논할 수 있겠는가?"[16]라며, 피식민 민족주의에 대한 사려 깊은 분별력을 보여준다. 반면에 국민국가 비판론을 주도해온 니시카와 나가오 같은 이는 제3세계의 저항적 민족주의가 "구종주국의 가장 반동적이고 극우적인 담론과 유사해"졌다고 단정적으로 비판한다. 국민을 창출하고 비국민을 배제하는 국민국가 시스템이 빚은 필연적 결과라는 것이다.[17] 니시카와의 눈에는 한국의 저항적·민중적 민족주의가 4·19 이후 벌여온 민주변혁운동이 들어오지 않는다. 요컨대 제3세계 민족주의의 분화과정—지배 이데올로기와 반체제 이데올로기로의—을 분별하지 않는다. 이런 식의 등질화(等質化)는 원천적으로 민족주의를 담론으로만 취급하는 데서 기인한다. 지배 이데올로기로서의 민족주의든 반체제 이데올로기로서의 민족주의든 담론상으로는 적지 않은 유사성을 보여주는 것이 사실이다. 하지만 실천적·맥락적 의미는 천양지차(天壤之差)다. 민족주의는 담론이기 이전에 운동이었다. 따라서 담론적 측면도 간과해서는 안되겠지만, 우선적으로 실천적·맥락적 효과를 따져야 한다. 그럴 때 반체제운동으로서의 민족주의는 지배 이데올로기로서의 민족주의와 반대편에 놓인다. 그런 점에서 니시카와의 국민국가 비판론은 홉스봄과 네그리가 보여주었던 오류, 즉 모든 민족 담론을 민족주의로 환원하고 모든 민족주의를 근대주의로 환원하는 오류를 반복하고 있는 셈이다.

고모리 요이치·사카이 나오키·우에노 치즈코 등 국내 학계에서 최근 각광받고 있는 학자들도 정도의 차이는 있지만 전체적으로 니시카와와 비슷한 시각을 공유하고 있다. 제3세계의 민족운동 전반에 대한

---

16) 타카하시 테츠야 외, 이규수 역, 『국가주의를 넘어서』, 삼인, 1999, 7면.
17) 니시카와 나가오, 윤대석 역, 『국민이라는 괴물』, 소명출판, 2002, 6~9면.

이들의 불신 저 깊은 곳에는 아마도 제3세계가 서구 근대가 걸어온 길을 똑같이 뒤따르고 있다는 단순반복론이 웅크리고 있는 것으로 보인다. 이러한 전제는 일본의 근대화 과정에 깊이 영향 받은 것이 분명하다. 말하자면 일본이 서구 근대를 반복했듯 제3세계 역시 마찬가지라는 것이다. 이들의 우려가 일리 없는 것은 아니다.[18) 실제로 제3세계의 대다수 나라들이 독립 이후 비슷한 행보를 보였기 때문이다. 하지만 이들은 제3세계 민족주의의 또 다른 행로에는 무관심하다. 일본의 경우와는 달리 제3세계의 많은 나라들에서는 반체제운동으로서의 민족주의운동이 변혁운동의 한 축으로 굳건히 자리 잡고 있다. 우리가 제3세계에 기대를 거는 것은 지배세력이 아니라 바로 이들 반체제운동에 대해서이다. 민족운동 역시 마찬가지다. 많은 한계를 지니고 있지만, 제3세계의 민족운동은 서구나 일본과는 달리 지금도 탈식민운동의 빼놓을 수 없는 한 축을 담당하고 있다. 그것은 근본적으로 현존 국가간체제의 비대칭성이라는 객관적 구조에서 비롯된 결과이다. 일본의 국민국가 비판론에는 바로 현존 국가간체제의 비대칭성에 대한 인식이 부족하다. 그 대신 이들은 네그리와 유사하게 국가간체제의 비대칭성을 근대라는 추상범주 속에서 동질화시킨다.

우리의 경우도 동일한 논리를 보여준다. 임지현의 민족주의 비판이 전형적인 사례이다. 임지현의 민족주의 비판을 한마디로 요약하면, '민족이 민중을 전유하고, 국가가 민족을 전유한다.'이다. 먼저 민족이 민

18) 더구나 일본 제국주의가 서구 제국주의의 극단화라는 점에서 일본의 양심적 지식인들이 민족주의나 국민국가에 대해 갖는 불신은 더욱 클 수밖에 없을 것이다. '국체' 관념이 일본의 국가주의를 얼마나 강화시켰는지에 대한 마루야마 마사오의 설명은 이와 관련해 주목할 만하다. 마루야마 마사오는 '국체에 대한 신민의 무한 책임'이 국가주의를 일종의 신앙으로 만들었고, 그 결과 서구에서도 유례를 찾아보기 힘든 이데올로기적 동질화가 가능했다고 진단한다. 일본의 제국주의적 민족주의는 바로 이러한 사상적 토대를 배경으로 성립된 것이다. 일본의 민족주의가 서구 민족주의의 극단화인 것도 이와 무관하지 않을 터이다(마루야마 마사오, 김석근 역, 『일본의 사상』, 한길사, 1998, 83~93면).

중을 전유한다는 것은 민족이라는 '운명 공동체적 단일성'에 의해 민중의 '다중적 정체성'이 부정되고 '민족 중심의 단일한 본질론적 정체성'에 모든 심급들이 복속되어 버리는 현상을 가리킨다. 다음으로 국가가 민족을 전유한다는 것은 민족주의가 국가의 동원 이데올로기로 변질되면서 친체제화하는 과정을 뜻한다. 특히 "1960년대 후반에 이르러 남과 북 모두 유기체적 민족주의를 강조하면서, 한반도의 민족주의는 체제 이데올로기적 성격을 강화하기에 이른다." 그리하여 "권력이 전유한 민족주의는 민족을 구성하는 대다수 민중의 일상생활에서 나오는 구체적이고 절박한 요구들을 민족의 이름으로 거부"하게 된다.[19]

임지현의 민족주의 비판은 무엇보다 반체제운동으로서의 민중적 민족주의를 지배 이데올로기로서의 국가주의적 민족주의와 동일시하는 문제점을 보여준다. 그 점에서 임지현의 비판은 네그리와 상통하는 바 있거니와 이러한 인식은 일단 역사적 사실과도 부합하지 않는다. 가령 1960년대 후반 이후 민족주의가 체제 이데올로기화했다고 말하는데, 사실은 그와 정반대이다. 1950년대까지만 해도 국가주의와 냉전 이데올로기에서 자유롭지 못했던 저항적 민족주의는 5 · 16쿠데타와 유신체제를 거치면서 반체제적이고 민중연대적인 성격을 분명히 하면서 반독재 투쟁과 분단극복운동의 선두에 서게 된다.[20] 1980년대가 그 정점이었음은 잘 알려진 일이다. 요컨대 1960년대 후반은 임지현의 주장과는 달리 민족주의가 지배 이데올로기와 반체제 이데올로기로 분립되고 반체제 이데올로기로서의 민족주의는 저항적이고 민중적인 정체성을 강화하기 시작하는 분기점이다. 뿐만 아니라 박현채나 백낙청에게서 잘 나타나듯, 민중적 민족주의는 자기발전 과정에서 제3세계론ー주변부/신식민지 자본주의론ー세계체제론ー분단체제론ー근대극복론 등을 수용 · 창

---

19) 임지현, 「한반도 민족주의와 권력 담론」, 『이념의 속살』, 삼인, 2001.
20) 이에 대한 간략한 설명으로는 박현채, 『한국 자본주의와 민족운동』, 한길사, 1984에서 1부 참조

안하면서 민족 환원론에서 벗어나는 면모를 보여준다. 그런 점에서 한국의 민중적 민족주의는 챠터지가 언급했던 자기갱신의 좋은 사례에 해당한다. 다시 말해 한국의 민중적 민족주의는 외적으로는 제국주의적 세계체제와, 내적으로는 국가주의 권력과 싸우는 과정에서 서구의 민족주의와 구별되는 '자신만의 독특한 상'을 정립한 셈이다.

민족주의가 민중의 다중적 정체성을 은폐하는 경향이 있다는 임지현의 비판은 참으로 적절하다. 하지만 그러한 비판도 민족 담론 일반으로 확대 적용해서는 곤란하다. 가령 파농이 '민족적 정체성을 일방적으로 강조'했다는 비판은 대단히 잘못된 것이다. 오히려 파농은 민족의식의 함정을 신랄하게 비판하면서 민족의식을 사회의식으로 발전시킬 것을 요구했다.[21] 여기서 사회의식이란 '민중에 의한 민족의 아래로부터의 재구성'을 지향하는 의식을 뜻한다. 민족의식이 이러한 의미에서의 사회의식으로 진전하지 않을 경우 민족주의는 '막다른 골목'에 이르게 될 것이라고 파농은 경고한다. 그러면서 파농은 "민족 정부가 진정 민족적이 되려면 민중에 의해, 민중을 위해, 버려진 자들을 위해, 버려진 자들에 의해 통치가 이루어져야 한다"[22]고 주장한다. 임지현이 대안적 민족주의의 상으로 제시한 '시민적 민족주의', 곧 "민중의 자발적 의사에 따라 밑에서부터 권력을 견제하고 공공영역을 만들어가는 '시민사회적 전략'"을 파농은 일찌감치 제시했던 것이다.

이처럼 제3세계의 민중적 민족주의나 진보적 민족 담론들은 임지현이 비판한 지배 이데올로기로서의 민족주의와는 아무런 관계도 없다. 그럼에도 임지현이 끊임없이 민족 담론 일반을 국가주의라는 코드로 읽으려 하는 것은 어떤 이유에서일까. 그것은 그가 민족주의의 이상적 모델로 상정하고 있는 '시민적 민족주의'가 네그리의 다중 개념처럼 일종

---

21) F. 파농, 남경태 역, 「민족의식의 함정」, 『대지의 저주받은 사람들』, 그린비, 2004, 229~231면.
22) 위의 글, 230~231면.

의 가상적 이념형이기 때문이다. 임지현은 시민적 민족주의를 "자율적 주체들의 자유의사에 따른 시민 연합"으로 정의한다. 임지현은 이러한 시민적 민족주의만이 "20세기의 민족주의를 권력의 울타리에 가두어놓은 민족국가의 틀에서 해방"될 수 있으며, "이들 시민적 주체는 민족국가의 경계를 넘나들며 20세기의 민족주의에서 배제되었던 타자와의 수평적이고 다층적인 연대를 통해 다중적 주체로 거듭 태어"날 수 있다고 주장한다.[23] 그러나 임지현이 대안적 민족주의의 주체로 설정하고 있는 시민적 주체는 모호하기 그지없는 개념이다. 더구나 서구적 의미의 '시민'도 아니라면 도대체 이들은 구체적으로 누구를 가리키는 것인가? 가령 임지현이 다른 글에서 말한 것처럼 민족이 "시민들의 자유로운 수평적 결사"라면, 그때의 민족이란 국민에 가까운 개념이다. 그렇다면 시민은 '자율적 개인'이 된다. 프랑스 혁명의 민족 담론이 "모든 형태의 자연적 소속감으로부터 인간을 해방시켜 개개인의 자율적 선택권을 근원적으로 보장하는 것"[24]이라는 임지현의 설명에서도 시민=자율적 개인의 등식을 확인할 수 있다. 이 경우 시민은 결국 부르주아를 뜻한다. 임지현이 21세기의 시민이 19세기 서구 부르주아 사회의 시민과 다르다고 한 것은 따라서 자신이 말하는 '시민'을 제국주의라는 맥락에서 분리시키기 위해서라고 할 수 있다. 하지만 그럼으로써 임지현의 '시민'은 규정 불가능한 모호한 존재가 되어 버린다. '다중적 정체성' 운운하는 것을 보면 얼핏 네그리의 다중이 떠오르지만, 그 역시 확실하지는 않다. 그런 점에서 임지현의 '시민'은 현실에는 실존하지 않는 가상적 이념형으로밖에는 달리 해석할 도리가 없다. 이로부터 네그리와 니시카와 식의 본질주의적 비판이 전개된다. 시민이라는 가상적 이념형을 잣대로 모든 민족 담론의 역사성을 소거하고 민족 담론을 민족주의로, 민족주의를 국가주의로 환원하는 이론적 단순화가 이루어지는 것이다.

---

23) 임지현, 「한반도 민족주의와 권력 담론」, 앞의 책, 136~137면.
24) 임지현, 「'전지구적 근대성'과 민족주의」, 위의 책, 151면.

이렇게 볼 때 임지현의 민족 담론 비판은 전체적으로 서구나 일본 쪽의 비판과 밀접히 연맥되어 있다. 이는 어떤 측면에서는 학문의 식민성을 반영하는 현상으로도 볼 수 있다. 한국의 진보적 지식인들은 1970~1980년대에 민중적 민족주의가 민주화운동과 분단극복운동에서 어떤 역할을 했는지를 체험하고 목격했다. 물론 1980년대 말부터 반체제 민족주의의 일부가 주체사상과 결합하면서 통일 지상주의나 민족 지상주의에 빠져 민중 현실로부터 멀어진 것은 사실이다. 이들은 특히 김대중 정부가 들어서면서 국가권력과 급속하게 유착하는 모습마저 보여주었다. 국가권력과의 유착은 지금도 진행 중이거니와 이를 통해 우리는 민족주의의 본원적 한계, 곧 국민국가의 건설이라는 명제에 갇혀 민중 현실과 멀어지는, 이른바 민족과 민중의 분리 현상을 재확인하게 된다. 그런 점에서 임지현의 비판은 일정 부분 타당하다. 하지만 민족·민주운동 전체가 그랬던 것은 아닐뿐더러 무엇보다 그의 비판은 민중적 민족주의가 수행했던 역사적 역할과 자기갱신의 발전상을 지나치게 무시하고 있다. 요컨대 민족주의의 역사성에 대한 배려가 부족하다는 것이다.

제3세계 민족주의의 역사성을 인정하지 않는 것은 민족주의에 대한 임지현의 기본관점이 서구학계의 이론에 깊이 침윤되어 있기 때문이다. 제3세계 혹은 한국의 역사를 서구의 관점에서 바라보는 한 서구 근대를 모델로 한 본질주의적 민족관의 극복은 요원하다. 임지현이 서구 근대에서 발원한 '시민'이라는 가상적 이념형에 고착되어 있는 데서도 그점은 어렵지 않게 감지된다. 그런 점에서 제3세계 민족주의 비판은 무엇보다 제3세계의 역사와 현실 자체로부터 출발해야 한다. 그럴 때 비로소 민족주의의 한계를 올바로 교정하고 그것을 자본주의 근대를 극복하는 동반자로 활용하는 작업, 다시 말해 임지현의 표현을 빌리면 민중이 민족을 전유하는 참다운 민족주의 극복이 가능해질 것이다.

3. '민족'에 대한 수행적(performative) 읽기

민족을 제3세계의 역사와 현실 속에서 이해한다는 것은 달리 말하면 민족을 수행적으로 읽는다는 것을 의미한다. 민족을 텍스트로 보지 말 것! 이것이 수행적 독법의 첫 번째 원칙이다. 그 대신 민족 혹은 민족 담론의 맥락적 의미에 주목해야 한다. 이는 텍스트주의와는 반대로 담론조차도 하나의 사회적 실천으로 보아야 한다는 의미이다. 발화의 주체는 누구인가, 주객의 역관계는 어떠한가, 담론을 둘러싼 역사적 조건과 정세는 어떠한가, 담론 내부의 서사와 상황은 무엇을 가리키고 있는가, 담론 내부와 외부의 지시 대상은 어떠한 현실적 맥락 속에 위치하고 있는가, 담론의 정세효과는 무엇인가, 이러한 제반 사항들을 면밀히 따져 담론의 맥락적 의미와 실천적 효과를 규명함으로써 담론의 역사성을 복원하는 것이 수행적 읽기의 요체라 할 수 있다.

민족에 대한 수행적 독서를 강조하는 것은 최근의 민족 담론 비판이 대개 담론의 역사성을 부정하는 텍스트주의적 독법에 의거하고 있기 때문이다. 텍스트주의에 의존하는 한 제3세계 민족 담론의 역사성, 즉 맥락의 차이로 말미암아 제3세계의 민족 담론이 담론상의 유사성에도 불구하고 서구 민족주의와 다른 실천적 효과를 창출하는 메커니즘을 발견하기란 불가능하다. 한 인디언이 자신에게 총부리를 겨누고 있는 백인 기병대를 향해 '너희들은 야만인이야!'라고 외친다. 담론의 내적 구조만을 보면, 이 발화는 문명 대 야만의 이분법에 근거하고 있다. 그러면 이 인디언은 식민주의자인가. 그렇지 않은 것은 발화의 맥락 때문이다. 말하자면 인디언과 백인 사이에 조성되어 있는 피식민 / 식민지배의 역관계로 인해 인디언의 발언은 거꾸로 식민주의에 대한 피식민자의 저항이라는 맥락적 의미를 갖게 되는 것이다. 민족 담론 역시 마찬가지다. 특히 민족 담론은 서구로부터 이입된 것이어서 담론 내적 구조는 서구의 그것과 유사할 수밖에 없다. 텍스트주의는 여기에만 주목하며, 민족 담론에 대한 본질주의적 비판은 대개 이로부터 비롯된다. 하지만 담론의 의미란 고정된 것이 아니라 수행적으로 생성되는 것이다. 식민주의와 비대칭적 역관계를 이루고 있는 제3세계의 민족 담론은 더더군다나 그러하다.25)

이러한 수행적 독법의 관점에서 볼 때 최근 문학연구 분야에서 이루어지고 있는 민족 담론 비판은 텍스트주의적 읽기의 오류를 답습하고 있다. 가령 신형기는 "이야기의 서술은 세계를 규정하"므로 "전언을 생산하는 통사적이고 의미론적인 법칙들의 조직적 체계로서의 문법은 이데올로기적 통합을 수행하기 마련"이라고 단언하면서, 그 연장선에서 "이야기를 장악하는 것은 과거를 장악하는 것이며 하나의 현실을 부여하는 **억압의 방법**"(강조는 인용자)이라고 주장한다. 그러면서 신형기는 민족 이야기를 대표적인 사례로 제시하는데, 특히 민족 이야기의 경우에는 그것의 억압성이 "저항의 도덕성에 의해 은폐되고 정당화되었다"고 해석한다. 요컨대 "민족 이야기의 도덕화가 해방을 위한 것만이 아니라 또한 억압의 기제"였다는 것이다.26)

신형기에게 이야기는 '억압의 방법'이다. 그래서 민족 이야기 또한 '억압의 기제'가 된다. 이때의 민족 이야기에는 '민족주의'까지 포함된다. 이야기가 '억압'이라고 보는 것은 텍스트주의적 단순화이다. 담론 자체만 놓고 보았을 때 이야기는 분명 무언가를 삭제하고 배제한다. 당연히 "민족사 쓰기는 결국 자기중심적으로 선별되고 꾸며진 역사"가 된다. 저항적 민족주의조차 억압인 것은 그래서이다. 하지만 담론이 현실과 만나게 되면, 다시 말해 특정한 맥락 속에 놓이게 되면, 상황은 달라진다. 억압의 이야기도 생기고 저항의 이야기도 생긴다. 맥락이 만들어

---

25) 수행적 독법에 대한 좀더 자세한 설명으로는 이 책의 「서론—탈식민의 역학」, 26~32면 참조.
26) 신형기, 「민족 이야기를 넘어서」, 『당대비평』, 삼인, 2000년 겨울, 181~185면.

내는 효과인 셈인데, 가령 계몽기의 영웅 이야기는 민족 만들기를 통해 제국주의에 저항하기 위한 서사전략이었다. 물론 영웅을 서사의 중심에 놓음으로써 민중을 대상화한 한계가 있는 것은 사실이며, 이 한계는 고스란히 민족주의의 한계로 연결된다. 하지만 피식민화라는 역사적 맥락의 특수성으로 말미암아 영웅 이야기는 민중을 대상화하는 억압적 측면과 함께 제국주의에 대한 저항이라는 해방적 의미를 동시에 갖게 된다. 제국주의가 기본적으로 '민족국가의 확장'[27]이라는 점에서 '민족'은 제국주의에 대한 저항의 유용한 전략적 거점이 되기 때문이다. 더구나 민족주의의 양면성 중 피식민국의 경우에는 후자 — 저항의 서사 — 가 더욱 도드라지기 마련이거니와 이 또한 맥락의 효과이다.

신형기는 이러한 맥락적 효과의 차이를 무시한 채 한국 근대문학 전체를 민족 이야기의 억압성이라는 코드로 본질화시킨다. 말하자면 텍스트주의가 민족 이야기에 대한 본질주의적 해석으로 이어진 것이다. 담론의 수행성을 무시하는 텍스트주의적 단순화의 폭력인 셈이다. 가령 북한문학은 그렇다 치자. 엄밀히 따지면, 북한문학 역시 제국주의적 세계체제 속에서의 위치를 섬세하게 배려하면서 비판해야 하지만, 북한문학이 내부적으로 북한 민중에 대해 억압성을 발휘한 것은 분명해 보인다. 그러나 남한의 민족문학에 대한 신형기의 평가는 위험하기 짝이 없다. 신형기는 남한에서 민족과 민중 이야기가 '대중적으로 소비'되었다고 말한다. 같은 맥락에서 그는 "1990년대 이후 현저히 진행되고 있는 의식 없는 소비적 대중의 확산은 민중 이야기가 민중의 구체적 얼굴을 지워 버렸던 데서 시작된 현상은 아닐까"라고 질문한다.[28] 그렇다면 남한의 민족문학이 소비 자본주의의 시장 시스템에 놀아났다는 말인데, 신형기는 민족문학이 자본주의 근대를 극복하기 위해 벌여온 온갖 실천과 노력이 헛것이었다고 생각하는 것인가. 신형기는 혹시 '민족을 일

---

27) 가라타니 고진, 송태욱 역, 『일본 정신의 기원』, 이매진, 2003, 17면.
28) 신형기, 「민족 이야기를 넘어서」, 앞의 책, 197~198면.

깨우는 심오하고 신비하기까지 한 이야기'들과 민족문학을 동일시하는 것 아닌가. 만약 사실이라면, 신형기는 맥락은커녕 담론의 내적 구조에 대한 텍스트주의적 읽기도 잘못한 셈이다.

신형기는 그 주된 근거로 '개별자들을 익명의 전체로 묶어 추상화'시키고 있는 점을 들고 있다.[29] 이런 식의 민족문학 비판이 잘못된 것은 두 가지 이유에서이다. 하나는 신형기가 익명성과 전형성을 혼동하고 있다는 점이다. 익명성이 개별자의 개성을 지워버리는 데 반해 전형성은 개별자의 개성을 보편성과 결합시킨다. 신형기가 거론하고 있는 황석영의 「객지」같은 작품이 개성과 보편성이 잘 결합된 대표적 사례일 터이다. 그런 점에서 '익명의 전체' 운운은 민족문학의 걸작들과는 관련이 없다. 다른 하나는 맥락의 문제이다. 국수주의적인 민족 이야기들이 만들어내는 맥락적 효과는 익명화가 틀림없다. 반면에 민족문학의 민족 이야기가 만들어온 맥락적 효과는 '주체화'였다. 주체화가 민족 이야기와 연관되는 것은 제국주의적 세계체제 속에서의 한반도 민중의 위치 때문이다. 다시 말해 제국주의적 세계체제가 남한 민중에게 가하는 착취와 지배로 말미암아 민족적 각성은 남한 민중이 주체로 일어서기 위한 필수요건 가운데 하나가 되었다. 이라크 파병을 둘러싼 논란에서 쉽게 알 수 있듯 제국주의는 남한 민중의 삶에 깊이 침투해있다. 이라크 파병에 대해 올바른 입장을 세우려면, 다시 말해 이라크 파병이라는 사회적 의제에 대해 하나의 당당한 주체로 대응하려면, 무엇보다 민족적 각성이 관건이 된다. 남한 민족문학의 민족 이야기는 이러한 의미에서의 주체화를 지향한 서사전략이라 할 수 있다.

따라서 민족 이야기가 자본주의 세계체제를 파괴할 수 없을지는 몰라도 자본주의 세계체제에 저항하는 주체를 형성해가는 데는 중요한 역할을 할 수 있다. 그런 맥락에서 보면, 신동엽의 '인민주의적 상상력'

---

29) 위의 글, 198면.

이 "자신 안의 타자까지 지우려는 잔혹한 폭력으로 비화될 수" 있다고 비판한 것 역시 텍스트주의적 과잉 해석이다. 신동엽에게서 농민성을 지나치게 중시하는 민중주의적 한계를 보는 것은 틀리지 않다. 하지만 「종로 오가」 같은 시가 그러한 한계를 돌파할 수 있는 가능성을 보여준다는 점을 먼저 지적해야겠다. 한 작가의 문학세계가 시종일관 똑같은 것은 아니다. 특히 탁월한 작가들은 항상 끊임없는 자기갱신의 과정을 보여준다. 신동엽 역시 후기로 갈수록 자본주의 근대와 민중의 관계를 깊이 사유하면서 민중주의에서 점차 벗어나는 면모를 드러낸다.

이러한 변화상을 전제로 하고서 신동엽의 '민중주의' 문제를 살펴보면, 거기에는 농본주의적 사유와 함께 개발주의에 대한 급진적 비판의식이 깃들어 있음을 발견할 수 있다. 1960년대는 개발주의에 들린 시대였다. 박정희 정권이 '조국 근대화'를 슬로건으로 내세우면서 개발에 모든 역량을 총투입했던 것은 주지의 사실이다. 그래서 당시 누구도, 심지어는 저항 세력까지도 개발주의의 당위성에 쉽사리 의문을 던지지 못했다. 그런 상황에서 신동엽은 개발주의의 당위성을 뿌리로부터 부정하는 비판을 감행한 것이다. 물론 개발주의를 전복하기 위해 '이상적 농민 공동체'를 상상한 것은 사실이다. 그러나 동시에 그러한 '이상적 농민 공동체'가 개발주의 나아가 거기에 내재한 식민주의에 대한 급진적 비판의 효과적 준거점으로 작용하고 있는 것도 분명하다. 그런 점에서 우리는 신동엽의 '이상적 농민 공동체'를 문자적으로만 해석할 것이 아니라 근대 비판을 위한 일종의 알레고리로 해석할 필요가 있다. 파농이 「민족문화에 관하여」에서 설득력 있게 설명하고 있듯이, 근대 이전의 민족문화에 대한 재발견이나 먼 과거의 민중 공동체를 이야기하는 전통 장르들은 피식민 민중이 서구 근대에 대한 열등감을 극복하고 민족적 주체의식을 형성하는 데 긍정적 역할을 한다.[30] 파농의 말마따나 이

---

30) F. 파농, 「민족문화론」, 앞의 책.

러한 '민족 증명'이 제국주의를 없애지는 못한다. 하지만 중요한 것은 그것이 제국주의와 자본주의 근대를 극복하기 위한 주체를 형성하는 의미 있는 첫걸음이 된다는 점이다. 신동엽의 민중주의 역시 그러한 관점에서 평가되어야 한다. 개발주의라는 미명 아래 신식민화가 진행되고 있는 상황에서 신동엽은 거기에 대항하기 위한 하나의 전략적 거점으로 '먼 과거'를 상정한 것이다. 물론 그 '먼 과거'는 해결책은 아니다. 여기에 신동엽의 민중주의가 갖는 한계가 있다. 하지만 당시의 역사적 맥락에서 '먼 과거'는 개발주의에 대한 급진적 비판의 유효한 무기인 동시에 신식민화에 맞서 민중을 주체화하는 서사적 근거가 될 수 있었다. 그런 점에서 신동엽의 민중주의는 양면적이다. 신형기가 이 양면성을 보지 못하는 것은 맥락에 대한 배려의 부족 때문이니, 민족과 민중 이야기에 대한 텍스트주의적 읽기를 수행적 읽기로 대체해야 하는 까닭이 여기에 있다.

4. 민족 담론의 역사성과 가능성

지금까지 최근의 민족 담론 비판이 갖는 문제점을 살펴보았다. 그 과정에서 이들의 비판이 하나같이 민족에 대한 본질주의적 인식에 사로잡혀 있음을 확인할 수 있었다. 그로부터 모든 민족 담론을 민족주의로 환원하고 민족주의를 국가주의 / 근대주의로 환원하는 이중의 환원론이 나오게 된다. 그런데 이러한 본질주의적 비판은 텍스트주의와 긴밀하게 관련되어 있다. 다시 말해 모든 민족 담론을 사회적 실천이 아니라 하나의 텍스트로 받아들일 때 본질주의적 인식이 나오기 마련이다. 담론의 내적 구조에 있어서는 제3세계의 민족 담론이나 서구의 민족 담론이나 유사하기 때문이다. 따라서 민족 담론에 대한 본질주의적 인식을 극복하려면 맥락에 주목하는 수행적 독서가 요구된다. 이럴 때 민족 담론의 역사성과 실천적 의미를 규명하는 것이 가능해진다. 민족 담론의 역사성을 복원하는 일은 제3세계 민족운동이 서구의 민족주의운동과 맺고 있는 '반복 속의 차이'를 올바로 이해하는 데 관건이 된다.

'민족'은 세계체제의 (반)주변부에 속한 제3세계 민중이 스스로를 주체로 세워가는 데 있어 선차적 요건이었다. 근대세계체제가 국가간체제를 바탕으로 구성되어 있기 때문이다. 국가간체제하에서 '민족'은 세계를 구성하는 기본 단위였으니, 그런 점에서 한국의 민족문학이 민족 이야기를 주체화의 첫 단계로 삼은 것은 근대세계체제의 객관적 구조를 감안하면 전략적으로 당연한 일이었다.

물론 '민족'이 특권화 되어서는 위험하다. 민족주의의 근원적 한계가 그 점에 있다. 그러므로 민족의 사회적 연관, 곧 민족이 계급·성·개인과 맺고 있는 중층적 연관을 인식하는 것은 민족 담론이 민족주의의 한계를 극복하는 데 있어 필수불가결한 과제이다. 하지만 그것이 '민족' 자체를 부정하는 방향으로 나아가는 것은 더욱 위험하다. 신자유주의적 전지구화의 커다란 물결 속에서 '민족'은 그것을 견제하고 저항하고 극복하는 전략적 거점으로 여전히 활용할 가치가 있기 때문이다. '민족'의 양면성을 그것의 역사성 속에서 분별하는 지혜가 요구되는 것은 그래서이다.

복수의 근대와 민족문학

1. 복수의 근대에 대한 몇 가지 견해들

　근대성에 대한 논의가 90년대를 뜨겁게 달구었음은 주지의 사실이다. 그러나 숱한 연구가 쏟아져 나왔음에도 불구하고 근대를 어떤 하나의 본질—자본주의, 이성 중심주의, 주체 중심주의, 생산력주의 등등—로 환원시키는 시각은 크게 달라진 것이 없는 것 같다. 근대성에 대한 환원주의적 담론이 대세를 이루게 된 데 포스트모더니즘이 한몫 단단히 했음은 물론이다. 요컨대 포스트모더니즘에 동의하든 동의하지 않든 한국의 지성계는 포스트모더니즘적 근대관의 자장에서 그다지 자유롭지 못했다. 이러한 현상을 가리켜 포스트모더니즘 효과라 해도 무방할 터인데, 그렇게 보면 1990년대의 한국 지성계는 신자유주의와 포스트모더니즘의 압도적 위력에 주눅들어 지내왔다고 해도 과언이 아닐 것이다. 1980년대를 풍미했던 마르크스주의적 사유가 90년대에 급속히 힘을 잃은 것도 그 연장선상에 놓여 있다.

근대를 하나의 본질로 환원시킨다는 것은 근대를 동질적 단일체로 본다는 의미이다. 하지만 근대를 동질적 단일체로 이해하는 것은 근대의 실상을 지나치게 단순화시킨 일종의 이론 조작이다. 근대를 동질적 단일체로 보기에는 너무도 많은 예외들이 있기 때문이다. 필자는 이런 류의 '단수의 근대'관을 비판하면서 '복수의 근대'를 강조해왔다.[1] 그럴 때 근대의 다면성과 역동성을 제대로 설명할 수 있다고 생각했기 때문이다. 가령 근대를 하나의 본질로 환원시킬 경우 그에 대한 반응은 긍정 아니면 부정, 곧 근대화론 아니면 탈근대론 밖에는 없다. 필자가 보기에는, 둘 중 어느 것도 바람직스럽지 못하다. 이런 식의 양자택일적 논리로는 근대 내부로부터의 근대 극복을 기대하기 어려워지기 때문이다. 근대성에 대한 연구가 근대를 올바로 넘어서기 위해서일진대, 근대를 우상화하는 근대화론이나 일거에 근대 너머로 비약하려는 탈근대론이나 근대에 대한 변증법적 인식이 아니기는 마찬가지다. 우리가 근대의 복수성에 대해 진지하게 고민해보아야 하는 것은 그래서이다.

근대의 복수성과 관련해 무엇보다 중요한 것이 근대가 계급적으로, 민족(인종)적으로, 성적으로 분할되어 있다는 사실이다. 부르주아에게 근대가 자본의 지배라면 프롤레타리아에게 근대란 노동해방이며, 제국주의에게 근대가 식민지배라면 피식민지 민족에게 근대란 민족해방이다. 이처럼 근대는 다양한 방식으로 분할되고 얽히고 하면서 구성된 '관계들의 총체'라 할 수 있다. 단수의 근대는 이들 중의 한 코드만을 특권화시킨 논리이다. 헤게모니적인 것에 대해 말할 수는 있겠지만, 헤게모니 자체가 관계 없이는 성립되지 못한다는 점에서 '단수의 근대'는 근대에

---

1) 이에 대해서는 하정일의 『20세기 한국문학과 근대성의 변증법』, 소명출판, 2000 참조. 필자는 이 책에서 근대란 다양한 근대기획들의 헤게모니 경쟁의 장이며, 따라서 근대에 대한 단수적 인식을 넘어서 헤게모니 경쟁이 만들어낸 '관계들의 총체'에 주목해야 한다고 강조했다.

대한 총체적 이해와는 거리가 멀다. 그에 비해 '복수의 근대'는 '관계들의 총체'에 주목해 관계들이 만들어내는 근대의 다면성과 역동성을 강조하려 한다.

특히 민족문학을 탈식민의 관점에서 재구성하고자 하는 본고의 문제의식을 중심으로 '복수의 근대'를 살펴보면, 그것은 제국주의적 근대와 탈식민적 근대 간의 대립과 투쟁과 상호침투 속에서 빚어진 역사적 과정이자 가능성을 뜻한다. 요약해 말하자면, 여기서 '단수의 근대'란 서구의 근대를 근대의 유일한 전범으로 강요하는 서구 중심적 보편주의를 가리킨다. 서구의 근대란 곧 자본주의 근대이며, 그런 점에서 '단수의 근대'는 자본주의 근대를 보편화함으로써 근대세계체제 하에서 서구의 제국주의적 헤게모니를 확고히 유지하기 위한 이데올로기적 기획인 셈이다. 반면에 '복수의 근대'는 서구의 근대를 특수한 근대의 한 형식으로 재규정함으로써 민족적 다양성과 역사성에 기초해 제국주의적 세계질서를 전복하려는 탈식민적(decolonial) 구상을 의미한다.

근대의 복수성에 대한 설명은 여러 관점에서 제시되어 왔다. 그 가운데 본고의 관심을 끄는 설명은 세 가지이다.

첫 번째로는 다문화주의(multiculturalism)가 있다. 다문화주의란 범박하게 말해 각 민족 혹은 인종들의 고유한 문화가 서로 대등하게 공존하는 세계를 지향하는 이론적 기획이다. 지구화의 흐름은 민족문화들 간의 투쟁과 교류와 상호침투를 활성화시켰고, 그리하여 세계는 이제 어느 한 문화의 독점적 지배가 불가능해진 시대가 되었다는 것이 다문화주의가 내세우는 현실적 근거이다. 미국의 경우에서도 드러나듯, 인종들이 뒤섞이고 넘나들면서 이른바 WASP 문화의 독점적 헤게모니가 상대적으로 약화된 것은 사실이다. 그 헤게모니의 공백 상태를 흑인문화, 히스패닉문화, 아시아문화 등이 채우는 과정에서 미국은 점차 다문화적 사회가 되어가고 있다. 이러한 미국 모델이 지구화 시대 세계문화의 새로운 형식이 될 것이고 되어야 한다고 다문화주의자들은 주장한다.

다문화주의는 서구 중심주의에 대한 의미 있는 비판의 하나라 할 수 있다. 서구문화의 독점적 헤게모니를 거부하면서 세계문화의 주변부로 내몰렸던 비서구문화의 복권을 요구한다는 점에서 그러하거니와 서구문화와 비서구문화의 '대등한' 관계를 강조하는 것은 그것을 불가능하게 만드는 (신)식민주의적 문화 조건에 대한 비판으로 이어짐으로써 다문화주의를 대안적 문화이념의 수준으로까지 끌어올려 준다.[2] 하지만 다문화주의가 대안적 문화이념으로서 갖는 결정적 결함은 그것이 전지구적 자본주의 시대의 문화 세계화가 기본적으로 문화 '상품'의 세계화임을 간과하고 있다는 점이다. 요컨대 문화의 세계화의 배후에서는 자본의 논리가 냉혹하게 작동하고 있는 것이다.[3] 따라서 문화의 세계화의 결과는 다문화적 세계보다는 온갖 문화 '상품'들의 현란한 진열장이 될 가능성이 높다. 그런 점에서 다문화주의는 '만물의 상품화'라는 자본주의의 작동 원리를 경시한, 지나치게 낙관주의적인 구상이라는 혐의에서 벗어나기 어렵다. 또한 다문화주의에는 다문화주의 자체가 또 다른 오리엔탈리즘일 수 있음에 대한 인식이 부족하다. 서구 중심적 감수성이 근본적으로 바뀌지 않는 한 비서구문화는 서구의 이국취향을 만족시켜 주는 대상에 불과할 뿐이다. 가령 각종 국제영화제에서 상을 받은 비서구 영화들 가운데 상당수가 해당 나라의 현실을 깊이 있게 반영한 작품들이라기보다는 '토속성'을 극단적으로 강조한, 이른바 토속성을 심미화한 작품들이라는 점만 보더라도 서구인들에게 비서구문화가 갖는 의미가 무엇인지를 어렵지 않게 짐작할 수 있다. 사이드가 주장한, 서구 중심주의에 대한 저항과 투쟁을 통한 다문화적 세계의 건설이라는 명제도 문제가 있기는 마찬가지다. 자본주의 세계체제가 그대로인 상태에

---

2) 다문화주의에 대한 개괄적 설명으로는 정상준, 「문화적 다양성과 다문화주의」, 『외국문학』, 열음사, 1995년 여름 참조.
3) 문화 상품의 세계화에 대한 간명하면서도 깔끔한 설명으로는 쟝-피에르 바르니에, 주형일 역, 『문화의 세계화』, 한울, 2000, 54~87면 참조.

서 과연 다문화적 세계의 건설이 가능할까. 자본주의 세계체제 하에서는 중심부 대 주변부라는 역관계가 사라질 수 없다. 주변부로부터의 가치 이전을 통해서만 중심부 자본의 존립이 가능하기 때문이다. 이러한 불균등한 역관계는 문화에도 그대로 삼투되어 중심부 문화 대 주변부 문화의 틀을 재생산하기 마련이니, 그런 점에서 서구 중심주의의 극복은 자본주의 세계체제의 극복과 뗄 수 없는 짝을 이룬다. 따라서 사이드의 다문화주의 역시 자본주의 세계체제의 극복에 대한 전망을 결여하고 있는 한 공허한 슬로건으로 떨어질 수밖에 없다.[4]

두 번째로는 혼종(hybridity)의 이념을 들 수 있다. 해체론적 후기식민론의 핵심 개념인 혼종은 이제 후기식민 시대를 상징하는 표어가 된 듯하다. 사이드조차도 혼종을 적극적으로 받아들여 다문화주의의 이론적 근거로 삼을 정도이다. 근대의 복수성과 관련해 혼성의 이념이 갖는 의미를 찾아보면, 무엇보다 서구문화의 이식에도 불구하고 비서구문화와 서구문화를 '비슷하면서도 다르게' 만들어 주는 원동력이 혼종이라는 발상이 주목된다. 제국주의 시대의 비서구문화는 이식된 서구문화로 말미암아 고유의 정체성을 잃어버리게 된다. 하지만 그렇다고 해서 이식된 서구문화가 원판과 똑같은 것은 아니다. 의식적이든 무의식적이든 간에 비서구문화의 이런저런 요소들이 이식된 서구문화에 침투하면서 이식된 서구문화가 원래의 모습과는 다르게 변형되기 때문이다. 얼핏 임화의 이식문학론을 연상시키지만, 임화가 주체적 민족문학의 건설로 나아간 데 비해 혼종은 그 자체로 자족적이라는 점에서 서로 갈린다. 혼종은 결국 '비슷하면서도 다른' 문화들을 비서구 곳곳에 양산하게 되거니와 이러한 문화들은 서구문화에 대한 독특한 저항양식이 됨으로써 서

---

4) 이와 관련한 주목할 만한 글로는 B. Martin, "Multiculturalism—Consumerist or Transformational?", *Theorizing Multiculturalism*, Malden, 1998, pp.128~135 참조. 여기서 B. 마틴은 자본주의의 극복과 계급모순의 폐절을 지향하지 않는, 그의 용어를 빌리면, 이행의 전망을 결여한 다문화주의란 시장 중심 사회에 포박된 지적 유희에 불과하며 따라서 궁극적으로 기존 사회구성체의 강화에 기여할 뿐이라고 혹독하게 비판한다.

구문화의 헤게모니를 끊임없이 흔들어댄다.[5] 요컨대 표면적인 동질성 속에서 무수한 이질성이 파생되어 나오는 것이다.

혼종의 이념은 서구문화의 독점적 헤게모니 내부로부터 그것을 해체할 가능성을 찾고 있다는 점에서 다문화주의에 비해 좀 더 현실주의적 전략이라 할 수 있다. 물론 다문화주의의 상당수가 혼종을 중요한 이론적 근거로 삼고 있다는 점에서 양자가 서로 긴밀하게 연관되어 있는 것은 사실이지만, 혼종의 이념은 다문화적 세계를 지향한다기보다는 동질성 내부의 이질성 혹은 통합 속의 균열을 주목한다는 점에서 특징적이다. 따라서 어찌 보면 혼종 자체가 저항이 되므로 대안적 문화의 틀을 만들어가는 별도의 실천이 필요 없어진다. 이처럼 문화 내부로부터 생성되는 변화의 동력학을 해명했다는 점이야말로 혼종의 이념이 갖는 중요한 의의라 할 수 있을 것이다.

그러나 혼종의 이념은 저항의 의미를 모호하게 뒤섞어 놓는다. 혼종 개념에는 저항의 주체와 효과에 대한 설명이 혼란스럽게 착종되어 있다. 엄밀히 말해, 혼종개념에는 저항의 주체가 없다. 혼종이란 서구문화가 비서구문화와 만나면서 작동되는 '주체 없는 과정'이기 때문이다. 쉽게 말하자면, 그대로 놔두어도 저절로 섞이게 된다는 것이다. 그러므로 당연히 혼종의 효과 또한 의심스러워진다. 이경원이 날카롭게 비판하고 있듯이, 혼종이 이질성을 증폭시켜 서구문화의 헤게모니를 무너뜨려 주리라는 기대와는 달리, 현실적으로는 "'잡종'에 대한 '순종'의 우월성을 확인시켜 주는 역할을 함으로써 식민 통치를 위한 전략으로 이용"된다.[6] 담론적 저항이 현실적 순응이 되는 아이러니칼한 전도는 혼종의

---

5) 혼종개념에 대한 간략한 설명으로는 H. Bhaba, "Cultural Diversity and Cultural Differance", *The Post-Colonial Studies, Reader*, New York, 1999, pp.206~209 참조. 이 글에서 바바는 문화 자체가 모순성과 양면성을 스스로의 속성으로 지니고 있으며, 따라서 문화는 동일성과 차이를 동시적으로 재생산한다고 주장한다. 그런 점에서 혼종이란 모든 문화의 보편적 본질인 셈이다.

6) 이경원, 「탈식민주의론의 탈역사성」, 『실천문학』, 실천문학사, 1998년 여름, 267면.

이념에 자본주의 세계체제의 역학관계에 대한 자의식이 부재한 데서 비롯된다. 동질성 속에서 이질성이, 통합 속에서 균열이 항상적으로 발생하는 것은 분명하지만, 이질성이나 균열의 정도는 언제나 자본주의 세계체제의 기존 질서가 허용하는 한도 내에서 결정된다. 제국주의적 헤게모니에 손상이 오는 순간 다양한 방식으로 억압과 봉쇄가 작동한다는 사실은 구체적인 (신)식민지배의 역사가 증명해주는 바이다. 따라서 혼종은 언제나 중심부 자본주의의 헤게모니 아래에서만 가능한 일이 된다. 그러니 저항이 곧 순응일 수밖에 없는 것이다.

　다문화주의와 혼종의 이념은 양자 공히 문화에 국한된 '텍스트적 정치'이다. 그들에게는 자본주의 근대에 대한 인식이 없기 때문에 현실적인 실천의 방안이 궁색하기 그지없다. 아마드의 설명처럼, 식민성이든 신식민성이든 결국 자본주의 근대의 문제로 귀결되기 때문이다.[7] 따라서 자본주의 세계체제의 극복이라는 전망이 결여된 한 탈식민화는 난망한 일이 된다. 자본주의 근대에 대한 인식이 부족한 다문화주의와 혼종의 이념이 탈식민의 실천적 대안이 되기 어려운 것은 그래서이다. 이와 관련해 다문화주의나 혼종의 이념이 주로 서구에 이주한 비서구 지식인들의 삶의 조건을 반영한 담론이라는 점에 주목할 필요가 있다. 이들은 서구와 모국 어디에도 확실히 소속되지 않은, 애매모호한 정체성 속에서 부유하는 집단이다. 굳이 소속을 따진다면 이들은 오히려 서구 쪽에 가깝다고 해도 과언이 아닐 것이다. 다시 말해 그들의 삶 자체가 다문화적이고 혼종적이라는 것이다. 거대 도시의 자본주의적 삶이 내면화된 상태에서 이들이 나아갈 수 있는 최대치는 어쩌면 자본주의 세계체제를 기정사실로 인정하면서 그 속에서 틈을 발견하는 일일지도 모른다.

　제3세계 민중의 관점에서 볼 때, 이러한 담론이 민중해방과 인간해방을 지향하는 대안적 이념이 될 수 없는 것은 당연한 일이다. 그에 비해

---

7) A. Ahmad, op. cit., p.281.

월러스틴의 복수적 문명론은 탈식민화가 자본주의 세계체제의 극복을 통해서만 가능함을 밝히고 있어 주목된다. 월러스틴은 근대의 지배 문화가 자본주의를 보편화하려는 이데올로기적 장치라고 분석하면서, 이러한 문화 논리를 단수적 문명이라고 규정한다. 그에 반해 복수적 문명은 "구체적 현존양식으로서 자본주의, 사실상 서구에 의해 지배되는 세계경제가 다른 대안적 역사체제들보다 도덕적으로 정치적으로 '더 낫다'는 위선의 거부"에서부터 출발한다. 월러스틴에 따르면, 다문화주의는 복수의 문명에 대한 진정한 담론이 될 수 없다. 거기에는 옳고 그름에 대한 가치 평가, 곧 "궁극적인 합리성"이 빠져 있기 때문이다. 따라서 진정한 의미에서의 복수적 문명론은 자본주의에 대한 가치 평가와 대안적 체체에 대한 역사적 선택과 관련된 명확한 자의식을 지녀야 하며, 그럴 때 비로소 "세계체제의 문화적 탈식민화"를 지향하는 대안적 이념이 될 수 있다.8)

월러스틴의 복수적 문명론은 (신)식민성의 핵심에 자본주의 세계체제가 놓여 있다는 인식을 바탕으로 탈식민화를 자본주의의 극복이라는 전망과 연결시킨다. 탈식민을 담론적 실천의 차원에서만 설명하는 다문화주의나 혼종의 이념과 달리 월러스틴은 문화적 실천과 사회적 실천을 결합시키고 있는 것이다. 자본주의를 극복하려는 총체적 실천 속에서만 문화적 탈식민화도 가능하다고 보기 때문이다. 그런 점에서 월러스틴의 구상이야말로 '복수의 근대'의 기본정신에 부합한다.

후기식민론이 빠지기 쉬운 두 가지 함정이 있다. 하나는 탈식민화를 문화적 프로그램으로 국한시키는 것이다. 이러한 기획은 정치·경제적 탈식민은 어느 정도 해결되었다거나 반대로 해결되기 어렵다는 생각을 배경으로 한다. 그러나 정치·경제적 식민성과 문화적 식민성은 분리불가능하게 얽혀 있다는 점에서, 정확히 말해 문화적 식민성은 정치·경

---

8) I. 월러스틴, 김시완 역, 『탈아메리카와 문화이동』, 백의, 1995, 301~318면 참조.

제적 식민성의 표현인 동시에 정당화 기제라는 점에서 문화주의적 후기식민론은 결과적으로 정치·경제적 식민성에 대한 암묵적 승인으로 이어지기 십상이다.9) 다른 하나는 탈식민화를 민족문제로만 이해하는 것이다. 이런 식의 생각은 탈식민적 실천을 민족주의에 포섭되도록 만든다. 제3세계 민족주의의 역사성을 십분 감안해야겠지만, 그렇더라도 민족주의적 기획으로는 탈식민화의 진정한 성취를 기대하기 힘들다. 거듭 강조하는 바이지만, (신)식민성은 자본주의 근대의 소산이기 때문이다. 그러므로 탈식민화란 민족문제이자 계급문제라는, 즉 민중해방의 관점에 설 때에만 민족해방도 기대할 수 있다는 인식을 바탕으로 해야 하는 법이다.10) 탈식민화를 민족문제로만 이해하는 시각의 일면성이 여기에 있다. 월러스틴의 복수적 문명론에 주목해야 하는 까닭은 바로 그것이 후기식민론의 두 가지 함정을 동시에 극복하려는 구상이라는 점 때문이다.

90년대 이후 한국의 지식사회에 후기식민론이 급속히 유포되고 있다. 하지만 기존의 논의들은 하나같이 다문화주의나 혼종의 이념에서 한걸음도 벗어나지 못한 한계를 보여준다. 이 또한 이론의 식민성에서 비롯된 결과라 하겠거니와 한국 근대문학 연구가 후기식민론에 개입해야 할 당위성이 이 점에 있다. 제3세계문학의 일원으로서의 한국 근대문학의 관점에서 탈식민 문제에 접근할 때 서구 중심적 후기식민론을 '주체화'하는 것이 가능하기 때문이다.

---

9) 이에 대한 좀 더 자세한 설명으로는 이 책의 「민족문학론의 역사와 후기식민성」 참조
10) 탈식민의 관점에서 민족주의가 갖는 의의와 한계를 좀더 자세히 비판한 글로는 하정일의 「탈식민주의 시대의 민족문제와 20세기 한국문학」, 『20세기 한국문학과 근대성의 변증법』, 소명출판, 2000 참조.

2. 20세기 한국문학과 자유주의

말은 이렇게 했지만, 20세기 한국문학 역시 (신)식민성의 그물에서 그다지 자유롭지 못하다. 한국 근대문학의 역사가 이식문학의 역사라는 임화의 일갈처럼 20세기 한국문학은 서구 중심적 보편주의의 주술에서 풀려나지 못한 채 끊임없이 서구로 회귀하는 모습을 보여주었다. 그런 점에서 20세기 한국문학은 '단수의 근대'에 사로잡혀 있었다고 해도 그다지 지나친 말은 아닐 것이다. 민족문학이 숨통 역할을 해주었고 그 덕에 20세기 한국문학의 역동성도 가능했지만, 민족문학은 언제나 소수였다는 점에서 20세기 한국문학의 본질 가운데 하나로 (신)식민성 혹은 이식성을 꼽는 데 이의를 제기하기 힘들다는 생각이다.

20세기 한국문학의 (신)식민성과 관련해 자유주의와의 관계를 지적하지 않을 수 없다. 자유주의는 20세기 한국문학의 주류적인 계보를 이루어왔다. 자유주의가 20세기 한국문학의 전개과정에서 끼친 긍정적 영향을 과소평가해서는 안될 것이다. 자유주의는 중세 봉건체제에 대한 가장 강력한 비판자였으며, 개인－주체에 대한 자각을 바탕으로 민주주의를 발전시켰고, 문학의 자율성에 대한 심원한 통찰을 제공하기도 했다. 그런 점에서 자유주의문학이 20세기 한국문학의 주류적 계보를 이룬 것은 우연의 소치나 지배체제의 후원 덕만은 아니다. 하지만 동시에 자유주의는 20세기 한국문학에 일종의 본원적 한계를 부여한 장본인임을 부인할 수 없다. 자유주의는 한국 근대문학이 새로운 세계로 나아가거나 새로운 문학적 경지를 여는 데 걸림돌이 되었다. 자유주의가 서구의 근대를 근대의 유일한 전범으로 강변하는 서구 중심적 보편주의를 유포하는 데 결정적인 역할을 했다는 점에서 그러하다. 그로 인해 자유주의는 무엇보다 또 다른 근대의 가능성, 즉 '복수의 근대'를 상상하기 어렵게 만들었다. 요컨대 자유주의는 20세기 한국문학을 근대주의의 틀에 머물게 만든 유일한 요인은 아닐지라도 결정적 요인이었던 것이다. 이는 근대 내부로부터의 근대 극복의 가능성을 모색하는 데 심각한 장애물이 되기도 했다. 자유주의의 어떤 면이 그런 사태를 초래한 것일까. 이를 제대로 이해하기 위해서는 자유주의의 본질이 무엇이고, 자유주의가 미학적으로 어떤 의미를 갖는지에 대한 소략한 검토가 필요할 듯하다.

자유주의란 한마디로 말하면 사적 개인의 자유를 극대화한 이념이라 할 수 있다. 마르크스는 18세기에 이르러 개인이 "그를 일정한 제한된 인간 집단의 부속물로 만들었던 자연적 속박으로부터 벗어난" 자립적 존재로 현상하게 되었음을 지적한 바 있다. 마르크스에 따르면, 이 자립적 개인 혹은 "고립된 개별자"는 18세기 부르주아 지식인들의 이상이었다. 그 까닭은 사적 개인이야말로 자본주의의 본질과 가장 맞아떨어지는 이념형이었기 때문이다.[11]

이 점은 무엇보다 자본주의가 사적 소유의 관념을 바탕으로 한 체제라는 점에서 잘 나타난다.[12] 자본주의 사회에서 말하는 자유의 기본은 사적 소유의 자유이다. 자본주의가 사적 소유에 기초한 체제라는 사실은 여러모로 의미심장하다. 이 관념은 사적 소유와 사회적 소유를 분리함으로써 사적 소유의 절대적 우위에 기초한 무한한 자본 축적을 정당화시켰기 때문이다. 사적 소유의 자유가 철저히 보장되지 않았다면 역사상 유례가 없는 생산력의 급속한 발전이 어려웠을 것이라는 점에서 사적 소유의 자유는 자본주의의 원동력인 셈이다.

시장 또한 사적 개인들이 벌이는 자유로운 경쟁의 장을 가리킨다. 시장주의자들이 모든 규제의 철폐를 완강하게 고집하는 것도 사적 개인들의 자유로운 경쟁을 최대한 보장받기 위해서이다. 경쟁이 초래할지도 모르는 폐해들을 조절하는 것도 시장이다. 사적 개인들이 자유롭게 경

---

11) K. 마르크스, 김호균 역, 『정치경제학 비판 요강』 1권, 백의, 2000, 51~52면.
12) 자본주의와 사적 소유의 관계에 대한 개괄적 설명으로는 이근식, 『자유주의 사회경제사상』, 한길사, 2000에서 1장 참조.

쟁을 하게 되면 자연적으로 균형을 향해 나아간다고 고전 경제학자들은 생각했다. 이러한 발상의 배경에는 사적 개인들의 이익 추구는 합리성을 기반으로 하기 때문에 개인적 합리성들이 경쟁하는 과정에서 집단적 합리성이 형성될 것이라는 추론이 놓여 있다. 그런 점에서 시장은 사적 개인의 자유를 최대한 보장하면서 동시에 개개인의 이해관계 속에서 최선의 합리성을 뽑아내는 가장 효과적인 장치가 된다.

인권개념 역시 사적 개인의 이념에서 자유롭지 못하다. 신체의 자유에서부터 표현의 자유에 이르기까지 모든 자연법적 기본권은 사적 개인의 자유에 대한 보장과 관련되어 있다. 그래서 스티븐 룩스 같은 적극적인 인권 옹호론자조차 자유주의적 인권개념이 갖는 한계를 비판하면서도 "오직 이것들만이 다양한 현대의 정치생활을 포괄하는 의견의 일치를 확보할 가능성을 갖기 때문"이라는 궁색한 설명을 이유로 '인권의 목록'이 기본권 이상으로 나아가는 것을 꺼려한다.[13] 인권개념을 실질적 자유와 평등이라는 차원으로까지 확장할 경우 인권의 기반 자체 —사회적 공공성에 대한 사적 개인의 우월성이라는— 가 무너지는 역설이 발생할 가능성이 크기 때문이다.[14]

이러한 사적 개인의 이념이 체계화된 것이 사회계약이라는 구상이다. 요약하자면 이렇다. 자유주의에서 개인은 사회적 개인이 아닌, 사적 개인이다. 사적 개인이란 자연 상태의 개인을 가리키는데, 이 자연 상태 속에서 모든 개인들은 자유롭고 평등하다. 하지만 자연 상태 하에서는 개인간의 분쟁이나 외부로부터의 침입에 맞서 자신의 자유를 지켜내기 어렵다. 그래서 사적 개인의 자유를 보장받는 조건으로 사회와 계약을 맺게 되며, 그럼으로써 사적 개인은 사회적 개인이 된다. 말하자면 사적

---

13) S. 룩스, 민주주의법학연구회 역, 「인권을 둘러싼 다섯 우화」, 『현대사상과 인권』, 사람생각, 2000, 42~50면 참조.
14) 인권에 대한 다양한 시각과 해석들을 개괄적으로 정리한 글로는 윗책의 해설 논문인 박홍규의 「옮기면서─현대사상과 인권」 참조.

개인의 부정 또는 제한으로서가 아니라 반대로 사적 개인으로서의 모든 권리를 향유하기 위해서 사회적 공공성을 받아들이는 것이다. 그러므로 사적 개인의 자유가 훼손되는 순간 사회와의 계약, 곧 사회적 공공성의 승인은 무효가 된다.[15)

이처럼 자유주의는, 이글턴의 말을 빌리면, "개인의 선택이라는 가장 중요한 이해관계를 신성화한"[16) 사적 개인의 이념이라고 정리할 수 있다. 근대에 들어와 인민 주권의 개념이 보편화되고 민주주의의 급속한 신장을 이룰 수 있었던 것은 사적 개인의 자유에 대한 이러한 신념 덕분이었다. 부르크하르트는 '자유로운 정신적 개인'의 등장은 "종족, 민족, 당파, 분대, 가족, 그 밖에 어떤 형태든지 보편성의 모습으로만 인식"하던 습속에서 인간을 해방시켜 주었으며, 인문주의의 발전은 바로 보편성의 억압에서 해방된 '자유로운 정신적 개인'들에 의해 가능했다고 말한 바 있다.[17) 그런 점에서 개인-주체의 발견이 근대의 정신적 씨앗이었음은 누구도 부인할 수 없을 것이다. 하지만 지금의 시점에서 돌이켜 보건대, 르네상스 문화가 제시했던 약속, 즉 개인의 발전이 공동체의 발전을 가져다주리라는 유토피아적 약속은 실패로 끝났다.

그 이유 중의 하나가 사적 개인의 이념에 내포된 양면성이라고 할 수 있다. 특히 자유주의의 어두움은 이 개념 속에 실질적 자유의 문제에 대한 고려가 빠져 있는 데서 극명하게 드러난다. 가령 노사 간의 자유로운 계약 운운하지만, 양자가 대등한 관계가 아닌 한 자유로운 계약이란 현실적으로는 부르주아의 이해관계가 관철되는 불평등한 계약, 곧

---

15) 사회계약론에 대한 가장 전형적인 설명으로는 J. 로크, 이극찬 역, 『통치론』, 삼성출판사, 1994를 꼽을 수 있다. 이 저서에서 로크는 사회 계약을 "생명과 자유와 자산을 ─즉, 내가 '재산(property)'이라는 이름으로 총칭하고 있는 것을─ 상호 간에 보전해 가기 위하여 이미 결합하고 있는 사람들이거나 또는 앞으로 서로 결합하려는 의향을 갖고 있는 다른 사람들과 더불어 사회를 결성"(121면)하는 행위라고 말한다.
16) T. 이글턴, 김준환 역, 『포스트모더니즘의 환상』, 실천문학사, 2000, 152면.
17) J. 부르크하르트, 안인회 역, 『이탈리아 르네상스의 문화』, 푸른숲, 1999에서 2부 참조

부르주아만 자유롭고 노동자는 자유롭지 못한 일방적 계약이 되기 마련이다. 이러한 상식적 문제가 자유주의에서 제대로 다루어지지 않는다는 것은 결국 자유주의가 부르주아 이데올로기임을 방증한다. 자유주의가 자유의 형식만 강조할 뿐 자유의 내용에 대해서는 무관심하다는 비판은 그런 점에서 설득력이 있다.[18] 자유주의에서는 사적 개인의 자유가 일종의 선험적 조건으로 특권화되어 있어 — 계몽주의자들이 말하는 자연 상태가 그것이다 — 자유의 실질적 내용을 규율하는 사회적 조건에 대한 성찰을 어렵게 만들기 때문이다.[19] 특히 캘리니코스가 날카롭게 비판했듯이, 내용에 무관심한 형식적 자유가 갖는 치명적인 위험은 그것이 자유주의자들의 바램과는 반대로 인간의 자율성을 심각하게 훼손한다는 점이다. 자본주의 사회 특유의 파편화 혹은 단자화 현상은 "인간들이 세계에의 공유된 참여를 통해 스스로를 실현시킬 수 없"[20]도록 만드는데, 형식적 자유는 자유의 내용, 곧 자유의 사회성을 지워버림으로써 자본주의의 자율성 훼손에 맞서 싸울 수 없도록 우리의 무의식을 무장해제시킨다. 형식적 자유의 틀에 갇혀 있는 한 사적 개인의 자유만 보장된다면 그 이외의 것은 무의미하기 때문이다(자본주의 사회에서 자유가 최종적으로 '소비의 자유'로 귀착되는 것도 이와 관련이 깊다. 소비야말로 철저히 사적인 행위이기 때문이다).

부르주아 이데올로기로서의 자유주의에서 우리가 주목해야 할 대목이 개인 대 사회의 이분법이다. 개인과 사회가 계약을 통해서만 연결될

---

18) 이에 대해 이글턴은 "내가 '무엇'을 선택했는가보다는 '내가' 그것을 선택했다는 사실이 더 중요하다"고 보는 것이 자유주의라고 함축성 있게 설명한다. 그런 점에서 그것은 성숙되지 못한 "일종의 청년기적인 윤리"에 불과하다는 것이다. 여기서 '무엇'이 자유의 내용에 해당한다면, '내가'는 자유의 형식에 해당한다(T. 이글턴, 『포스트모더니즘의 환상』, 161면).

19) 자유주의에서 사적 개인이 차지하고 있는 절대적 지위에 대한 간략하면서도 체계적인 설명과 비판으로는 L. 골드만, 이춘길 역, 『계몽주의 철학』, 지양사, 1985, 30~49면 참조.

20) A. 캘리니코스, 김택현 역, 『역사의 복수』, 백의, 1993, 166면.

수 있다는 것은 개인과 사회의 관계가 '자의적'인 관계라는 뜻이다. 따라서 사회는 언제나 사적 개인에 대해 우연적이고 외적인 존재가 된다. 다시 말해 사회는 개인의 '외부'에 존재하고 '우연적'으로만 관계 맺는 존재인 것이다. 당연히 개인의 내부에 사회가 자리 잡을 공간이란 없다. 그럼에도 불구하고 사회가 개인에게 개입할 경우, 정확히 말해 개인의 자유를 훼손할 경우, 그 즉시 개인과 사회의 관계는 적대적으로 변한다. 자유주의에서 사회의 개입이 정당화되는 것은 어떤 사람의 행위가 다른 사람에게 실질적 위해를 끼칠 때에 한해서이다. 그러므로 예컨대 어떤 사람이 다른 사람들에 비해 엄청나게 많은 재산을 축적할지라도 그것이 실질적 위해의 결과, 곧 도둑질하거나 사기쳐 번 것이 아닌 한 사회나 국가가 문제 삼을 수 없다.[21]

문학에서 자유주의는 무엇보다 미적 자율성의 이념으로 나타난다. 미적 자율성에 대한 설명은 매우 다양하지만, 적어도 미적 자율성이 문학과 비문학의 분리를 전제로 하고 있다는 점은 공통된다. 가라타니 고진이 날카롭게 지적한 것처럼, 미적 자율성의 이념에서 문학과 비문학의 소통은 원천적으로 불가능하다.[22] 가라타니에 따르면, 미적 자율성이란 미 이외의 것들을 괄호침으로써 성립된다. 괄호를 친다는 것은 관심을 갖지 않는다는 뜻이며, 그럼으로써 문학은 자기 목적적인 활동이 된다. 칸트가 말한 '목적 없는 합목적성'이 그것이거니와 문학이 문학 자체의 준거가 되고 나아가 문학 자체의 목적이 되는 바로 그 순간 문

---

21) 그렇다고 해서 필자가 개인의 자유라는 이념이 갖는 의의를 부정하는 것은 아니라는 사실을 밝혀두어야겠다. 개인의 자유는 분명 자유주의로만 귀속시킬 수 없는, 근대가 이룬 위대한 성취 가운데 하나이다. '자유로운 개인'의 이념은 민중의 것이기도 하기 때문이다. 마르크스도 "각자의 자유로운 발전이 모두의 자유로운 발전의 조건이 되는 사회"를 이상 사회로 생각하지 않았던가. 이 글에서 필자가 문제 삼는 것은 개인의 자유에 대한 자유주의적 구상이다. 이것이 문제가 되는 까닭은 자유주의가 근대의 지배 이데올로기이고, 그로 말미암아 개인의 자유라는 이념이 자유주의적인 의미로 고정되어 버렸기 때문이다.
22) 가라타니 고진, 박유하 역, 「미와 지배」, 『내일을 여는 작가』, 작가, 1997.9~10 참조.

학이 비문학과 소통할 수 있는 모든 회로는 끊어진다. 많은 미학적 자유주의자들이 미적 자율성이라는 틀 속에서 소통 문제를 해결하려 노력했음에도 불구하고 누구도 만족할 만한 대답을 내놓지 못한 것은 그런 점에서 의미심장하다. 자유주의 하에서 사회가 개인에 대해 항상 외적이고 우연적인 존재이듯이, 미적 자율성의 구도 속에서 비문학은 문학에 대해 언제나 외적이고 우연적인 존재일 수밖에 없다. 따라서 문학과 비문학 또는 문학과 사회의 소통이란 해도 되고 안해도 그만인 자의적인 일이 된다. 문학 내부에는 비문학 혹은 사회가 자리할 공간이 전혀 없기 때문이다. 문학적 자유주의가 사회현실에 대한 관심과 무관심 사이를 왕복운동하는 것도 이러한 미의식의 연장선상에 놓여 있다.

문학과 비문학의 소통단절은 문학이 사적 개인의 자기표현이라는 사고와 긴밀히 연관되어 있다. 20세기의 대표적 자유주의 철학자인 카시러는 "미의 진정한 자율성과 상상력의 자족성은 (…중략…) 오직 미의 순수 직관 속에 침잠하고 이러한 직관 내용을 온전히 살려내려는 사람에게서만 나올 수 있다"고 주장한다. 그는 이러한 미의식을 최초로 제시한 사상가로 섀프츠베리를 꼽는다. 섀프츠베리는 예술만이 "주관과 객관 사이의 그리고 자아와 세계 사이의 종합 뿐 아니라, 인간과 신 사이의 유일하게 가능한 종합까지도 성취할 수 있"다고 말하면서, 이러한 종합을 이루어낼 수 있는 존재가 바로 '천재'라고 생각했다. 그에 따르면, 천재는 "자연이나 진리를 찾을 필요가 없다. 천재는 이것들을 자신 속에 지니고 있으며, 따라서 천재는, 자기 자신에 충실하면, 언제나 이것들을 다시 만나게 된다." 이로써 이른바 '주관성의 원리'가 논리적 근거를 확보하게 된다. 개인의 자기표현이 어떻게 진리의 세계에 이를 수 있는가, 이것은 자유주의 미학의 영원한 딜레마이다. 섀프츠베리는 예술적 천재의 존재 때문에 그것이 가능하다고 단언한다. 천재란 곧 신과도 같은 창조자이기 때문이다.[23]

천재=신이라는 발상은 '사적 개인의 자기표현으로서의 예술'관이 나아갈 수 있는 종착점이다. 그런 점에서 섀프츠베리의 미학을 문학적 자유주의 전체로 일반화시키는 것은 다소 무리가 있다. 하지만 섀프츠베리 식의 사고, 특히 예술가는 일반인과는 무언가 다른 특별한 사람이라는 사고가 자유주의 미학의 밑바닥에 알게 모르게 스며들어 있는 것은 분명한데, 한국 근대문학의 경우만 보더라도, 예술을 절대 진리의 세계로 본 김억이나 예술가를 창조자에 비유한 김동인에게서 그러한 흔적을 쉽게 발견할 수 있다.[24] 김억과 김동인처럼 예술가와 신을 동일시하는 정도까지는 가지 않았다 하더라도, 예술이란 자기표현이고 자기표현의 주관성 속에 진정한 진리가 담겨 있다는 인식은 한국의 문학적 자유주의 전체에서 일관되게 나타난다. 예술이 일정하게 자기표현인 것은 분명하다. 그러나 자기표현의 주관성 속에 진정한 진리가 담겨 있다는 주장은 심각한 유아론적 독단이다. 이러한 유아론적 독단이 자유주의 미학에서 가능한 것은 사적 개인에 절대권을 부여했기 때문이니, 문학과 비문학의 소통단절은 그런 점에서 문학의 선험적 운명이 된다.

미적 자율성론에 대한 소략한 검토를 통해 우리는 자유주의 미학이 자유주의 사상으로부터의 일탈이 아니라 개인 대 사회의 이분법을 특권화한, 자유주의 사상의 급진화임을 확인할 수 있다. 그렇게 보면, 미적 자율성론이 말하곤 하는 미적 저항이란 것도 사실은 대단히 허구적일 때가 많다. 미적 자율성 개념의 등장이 부르주아사회에 대한 혐오감에서 연원한 것은 사실이다. 그러나 기원을 곧바로 효과와 등치시키는 것은 논리의 비약이다. 엄격히 말해, 미적 저항은 자본주의에 대한 저항이라고 보기 어렵다. 그보다는 사회적인 것 일체에 대한 거부라는 의미가 더욱 강한데, 그것은 개인 대 사회의 이분법이라는 자유주의적 시각에서 비롯된 결과이다. 요컨대 미적 저항이란 자본주의라는 특정한 역

---

23) E. 카시러, 박완규 역, 『계몽주의 철학』, 민음사, 1995, 414~438면.
24) 이에 대한 좀더 자세한 설명으로는 하정일 외, 『한국근대민족문학사』, 한길사, 1993, 424~430면 참조.

사적 사회구성체에 대한 저항이라기보다는 개인 대 사회의 이분법이 극단화된 결과라는 것이다. 사회적인 것 일체를 거부한다는 것은 실질적으로는 아무 것에도 저항하지 않는다는 말과 똑같다. 저항이란 구체적인 대상이 있어야 하는 법인데, 사회적인 것 일체에 대한 거부는 저항의 대상이 무엇인지를 알 수 없게 만들기 때문이다.

미적 저항의 의미를 누구보다 강조했던 아도르노 같은 이에게서도 이러한 한계가 마찬가지로 나타난다. 아도르노는 자본주의의 예술 적대성으로부터 미적 저항의 역사성을 설명한다는 점에서 여타의 비(非)역사적 자유주의 미학자들과 구별된다. 그러나 예술을 주관성의 영역으로 한정하고, 주관의 자발성이 사회에 대한 저항적 힘을 갖는다고 생각한 그의 구상은 여전히 자유주의 미학의 전통 내부에 있다. 아도르노는 이렇게 말한다. "작품이 자아와 세계의 관계를 덜 주제화하면 할수록 (…중략…) 그것은 보다 더 완벽하게 되는 것입니다."25) 주관성에 충실할 때 그 대립물로서의 사회에 대한 저항력도 강해진다는 말인데, 여기서 우리는 두 가지를 발견할 수 있다. 하나는 예의 문학 — 즉 개인 — 대 사회의 이분법이며, 다른 하나는 사회의 추상성이다. 아도르노 식의 논리에 따르면, 사회란 언제나 문학의 대립물로서만 의미를 갖는다. 요컨대 사회란 더 이상 자립적 세계가 아닌, 문학의 타자로서만 현상한다. 그럴 때 사회가 추상화되는 것은 불가피한 일이거니와 이 지점에서 '물화의 근원적 체험을 통한 물화의 극복'이라는 아도르노의 소중한 문제의식은 심각한 균열상을 노정하게 된다. 말하자면 루카치가 물화 개념을 창안했던 맥락의 구체성이 탈각되고 물화가 일체의 사회적인 것과 동일시되는 이론적 추상화가 발생하게 되는 것이다.

문학적 자유주의가 내면에 탐닉하거나 일탈의 유희를 즐기는 것도 개인 대 사회의 이분법과 무관하지 않다. 문학적 자유주의가 상정하는

---

25) T. 아도르노, 김주연 역, 「시와 사회에 대한 강연」, 『아도르노의 문학이론』, 민음사, 1985, 17~18면.

내면은 사회적인 것이 소거된 내면이다. 그래서 사회적인 것이 침투하는 순간 내면은 순결성을 잃어버린 것으로 여겨진다. 내면에 탐닉하면 탐닉할수록 사회적인 것의 흔적이 지워지는 것은 그 때문이다. 일탈 역시 사회적인 것이 소거되어 있기는 마찬가지다. 일탈이란 저항의 주체와 대상이 불분명할 때 나타나는, 사회적인 것에 대한 적개심의 개인적 표현이기 때문이다. 이런 방식의 저항은 사회적인 것의 구체성을 희생한 대가로 얻어진 것이라는 점에서 저항이라고 하기에는 너무도 '무기력한' 저항이 아닐 수 없다.

문학적 자유주의의 이러한 경향성은 1990년대에 들어오면서 더욱 극대화되었다고 할 수 있다. 그 결과 사회에 대해 발언하는 것이 마치 사회와의 타협으로 간주되는 어처구니없는 전도가 발생했다. 그러나 사회에 대해 침묵하는 것이 과연 어떤 효과를 낳았는가를 이제 진지하게 성찰할 시점에 이르렀다. 그만큼 한국 근대문학의 위기가 절박해진 탓이다. 미적 자율성을 외치고 내면에 탐닉하고 일탈을 즐긴 결과는 문학의 주변부화였다. 자본주의 사회에서 문학예술의 주변부화는 자본주의의 예술 적대성으로 인해 피할 수 없는 운명이지만, 90년대가 낳은 문학의 주변부화는 자초한 사태라는 데 문제가 있다. 문학의 자율성을 회복하겠다고 선언했던 90년대 한국문학이 자율성의 회복은커녕 주변부로 전락하고 말았다는 것은 문학과 사회의 관계에 대한 자유주의적 구상이 근본에서부터 잘못된 것임을 말해준다. 그런 점에서 문학의 주변부화를 극복할 수 있는 바른 길은 문학의 사회적 연관에 대한 새로운 인식에서부터 시작되어야 한다. 그리고 그를 위해서는 사적 개인의 이념을 절대화한 자유주의에 대한 발본적 비판이 병행되어야 할 것이다.

3. 소결―자유주의의 극복과 탈식민

지금까지 복수의 근대에 대한 나름의 구상에 바탕해 20세기 한국문학에 심대한 영향을 준 자유주의 사상과 미학의 문제점을 간략히 살펴보았다. 20세기 한국문학은 직간접적으로 자유주의에 침윤되어 있었다. 그런 점에서 20세기 한국문학은 전체적으로 자유주의라는 '단수의 근대'에 포섭된 문학이었다고 해도 과언이 아니다. 그러나 자유주의는 사적 개인의 이념에 기반해 자본주의를 정당화시켜 준 이데올로기이다. 따라서 자본주의 세계체제가 만들어낸 신식민적 질서 속에서 고통 받고 있는 우리의 입장에서 보자면, 자유주의는 자본주의를 넘어선 복수의 근대를 실현하기 위해 무엇보다 먼저 극복해야 할 서구 중심적 보편주의의 하나일 뿐이다. 문학적 자유주의 또한 자유주의 이데올로기의 연장선상에 놓여 있을진대 거기에 연연할 까닭이 없기는 마찬가지다. 이를 통해 다시 한 번 확인할 수 있는 것은 한국문학의 탈식민화를 이끌 주체는 문학의 사회적 연관에 대한 진지한 고민을 바탕으로 문학적 자유주의와 다른 길을 걸어온 민족문학이라는 점이다.

민족문학의 모든 고민은 주체적 근대와 비(非)자본주의적 근대의 동시적 성취로 집약된다.[26] 양자가 때로는 분리되기도 하고 때로는 결합되기도 하는 이중적 과정을 노정하기는 했지만, 민족문학이 두 과제를 포기했던 적은 없었다. 이 두 과제가 사회적 과제인 동시에 미학적 과제이기도 하다는 점에서 민족문학은 서구적 의미의 미적 자율성과는 다른 우리 나름의 미적 자율성, 문학과 비문학 또는 문학과 사회의 소통 가능성에 기반한 미적 자율성의 새로운 길을 개척해왔다고도 말할

---

26) 이에 대한 좀 더 자세한 설명으로는 이 책의 「민족문학론의 역사와 후기식민성」 참조. 이 글에서 필자는 임화와 백낙청을 중심으로 주체적 근대와 비자본주의적 근대가 어떻게 민족문학론의 구상 속에 결합되는가를 고찰했다.

수 있겠다. 그런 점에서 미적 자율성론의 구상에서 소통은 불가능하다고 본 가라타니의 판단 또한 서구 중심적 미적 자율성론에 지나치게 얽매인 논리 아닌가 하는 비판도 가능함직 하다.

그러나 민족문학이 항상 자유주의에 대해 결연한 태도를 보인 것은 아니다. 특히 사적 개인의 이념에 끌려 다니면서 개인과 사회의 긴장을 놓쳤던 90년대 민족문학에서 자유주의와의 타협을 발견하기란 어렵지 않다. 어떤 면에서 지식인─작가에게 자유주의는 뿌리치기 힘든 유혹이다. 모든 것이 허용되는 사적 개인의 자유란 관념의 세계에서 살아가는 지식인─작가에게 그야말로 해방의 공간 ─ 그것이 가상에 불과할지라도─일 수 있다. 뿐만 아니라 부유하는 존재로서의 불투명한 사회적 위상으로 말미암아 지식인─작가는 계급과 민족(인종)과 성(gender)마저도 모조리 사적 개인으로 해체시켜 버리는 자유주의에서 '환원 불가능한 나'라는 확고부동한 정체성을 발견하고 싶은 충동을 뿌리치기 힘들지도 모른다.27) 특히 90년대 한국문학 최고의 인기 품목이었던 '욕망'이야말로 어떠한 동일성도 존재하지 않는 '환원 불가능한 나'의 표상이었다고 할 수 있다. 하지만 민족문학이 자유주의와 타협하는 한, 그 동기와는 상관없이, 주체적 근대와 비자본주의적 근대의 동시적 성취라는 민족문학의 사회적·미학적 과제는 순식간에 증발하고 만다. 그 점은 90년대

---

27) 90년대 한국문학에서 계급과 민족을 대신했던 거대 담론이 페미니즘이다. 하지만 90년대의 한국 페미니즘문학이 그린 성이 과연 사회적 성(gender)에 합당한 수준이었는지는 의문이다. 다른 사회적 관계들과의 연관이 결여된 성이란 사실상 개인성의 차원을 벗어나기 어렵다. 남성 대 여성이라는 단순 구도는 '한 남자 대 한 여자'와 본질적으로 차이가 없기 때문이다. 요컨대 그것은 일종의 대표 단수일 뿐이다. 남성 대 여성이 사회적 성으로서의 의미를 획득하려면 사회적 관계의 총체성 속으로 스며들어가야 한다. 그러나 필자가 보기에, 90년대의 한국 페미니즘문학은 대부분 성 문제를 '한 남자 대 한 여자'라는 개인적 차원 ─ 즉 대표 단수의 차원 ─ 으로 해체시켰다. 그럼으로써 부르주아 여성이나 노동자계급 여성이나 '여성 일반'으로 등질화된다. 그런 점에서 90년대의 문학적 페미니즘 또한 자유주의의 자장에서 자유롭지 못하다. 생태주의도 90년대 들어 확산된 또 하나의 거대 담론이지만, 생태주의의 문학적 생산물이 아직은 충분치 못하기 때문에 이에 대한 평가는 좀 더 지켜볼 필요가 있다.

민족문학 스스로가 잘 보여주는 바이다. 사적 개인의 성채에 숨지도 못하고 문학의 사회적 연관을 궁극까지 밀어붙이지도 못한 엉거주춤한 자세, 그것이 90년대 민족문학의 전형적인 모습 아니었던가. 그런 점에서 자유주의의 유혹을 뿌리치고 복수의 근대를 향한 탈식민적 길을 의연히 걸어갈 때 21세기 민족문학의 또 한 번의 도약을 기대할 수 있으리라는 것이 본고의 중간 결론이다.

민족문학론의 역사와 후기식민성

1. 복수의 근대-보편주의와 민족주의를 넘어서

해방 이후 민족문학론은 한국문학의 운동과정에 가장 강력한 영향력을 행사했던 문학이념 가운데 하나였다. 특히 진보적 또는 좌파적 성향의 문학에 민족문학론이 끼친 영향력은 절대적이었다고 해도 과언이 아니다. 적어도 비(非)제도권 문학의 영역에서 민족문학론이 발휘한 이론적 헤게모니를 부정하기란 어려운 일일 것이다. 하지만 민족문학론의 이론적 헤게모니는 1990년대 들어 심각한 도전을 받게 되었다. 현실 사회주의가 무너지고 전지구적 자본주의의 물결 속에서 신자유주의가 맹위를 떨치는 세계사적 시류를 업고 민족문학론에 대한 다양한 도전이 90년대 내내 제기된 것이다. 이에 대한 민족문학론의 대응은 전반적으로 무기력했다. 많은 이들이 민족문학론을 포기하거나 과거의 유물로 돌렸으며, 아직 민족문학의 이념을 지키고 있는 사람들조차 그것의 현실 정합성을 회의하면서 동요했다.

　민족문학론에 대한 도전은 크게 둘로 나뉜다. 하나는 민족문학론이 결국 민족주의문학론에 불과하다는 비판이고, 다른 하나는 민족문학론이 근대주의의 한계에 묶여 있다는 비판이다. 전자는 민족국가의 경계가 빠르게 허물어지고 있는 전지구적 자본주의 시대에 민족주의가 더 이상 유효한 이념이 아니라는 점에 비판의 초점을 맞추고 있으며, 후자는 민족문학론이 근대적 인식론—본질주의나 목적론—과 근대적 과제—반제와 반봉건 등—에 갇혀 탈근대적 조류에 적응하지 못하고 있다는 점을 주로 공격한다.

　민족문학론의 역사에 대한 새로운 재정리가 필요한 것은 이러한 정황과 관련이 깊다. 말하자면 민족문학론이 유효한 이념인가 아닌가를 역사 속에서 구체적으로 검증해보자는 것이다. 역사적 검증을 결여한 비판이나 변호는 공소(空疏)한 추상론에 머무르기 십상이기 때문이다. 이래서는 실감에 기초한 설득력을 기대하기 어려워진다. 물론 이때의 역사란 살아 있는 역사, 곧 과거에 갇힌 역사가 아니라 현재와 미래로 이어지고 있는 역사여야 할 것이다.

　민족문학론의 역사를 되돌아볼 때 가장 주목되는 것 가운데 하나가 강렬한 탈식민적(decolonial) 지향이다. 마르크스주의적 관점에서부터 해체론적 관점에 이르기까지 후기식민론(postcolonialism)의 범위는 매우 넓다. 그러다 보니까 후기식민론의 핵심이 무엇인가에 대한 견해가 분분한 실정이다. 가령 post-colonialism이라고 할 때 접두사 'post'를 어떻게 이해할 것인가부터가 문제다. 'post'를 '벗어난'으로 해석하면, 후기식민은 식민주의 시대와는 질적으로 다른 새로운 시대가 된다. 따라서 이럴 경우 후기식민론이란 기왕의 반제국주의론과는 단절된 새로운 이론적 구상, 즉 스피박이나 바바 등이 제기한 해체론적 관점에 기댄 이론을 가리킨다. 반면에 'post'를 '이후'라는 뜻으로 새기면, 후기식민론은 식민주의 이후의 식민주의에 대한 대항 담론을 일컫는 개념이 된다. 이때의 후기식민론은 2차 세계대전 이후의 새로운 식민주의, 다시 말해 제국주의의 새로운 단계인 신식민주의적 세계체제를 극복하기 위한 이론적 구상을 의미한다.

물론 후기식민이라는 개념에는 두 의미가 복합적으로 얽혀 있다고 보아야 할 것이다. 왜냐하면 현재가 식민주의를 벗어난 시대라 하더라도 식민성은 여전히 다양한 형태로 작동하고 있는 것이 사실이고, 그렇다고 해서 지금의 식민성이 과거의 식민성과 똑같은 것이 아님도 분명하기 때문이다. 그러나 후기식민에 내포된 복합적 의미에도 불구하고 해체론적 후기식민론에는 제3세계 근대의 관점에서 볼 때 받아들이기 어려운 문제점들이 내재해있다. 무엇보다 이 계열의 후기식민론이 주로 문화적 식민성에 대한 담론으로 국한되어 있다는 점을 지적하지 않을 수 없다.[1] 식민성에 대한 문화주의적 접근은 대개 정치경제적 식민성이 극복되었거나 반대로 해결 불가능하다고 판단할 때 등장한다. 그러나 정치경제적 식민성이 극복되었다는 생각이나 해결 불가능하다는 생각이 공히 현실과 동떨어진 판단에 불과하다는 것은 세계 곳곳에서 벌어지고 있는 다양한 반(反)식민운동만 보더라도 어렵지 않게 확인할 수 있다. 더구나 정치경제적 식민성의 극복 없이는 문화적 식민성의 극복이 불가능하다는 점에서 문화적 식민성만 따로 떼내어 논하는 것은 전략적으로도 효과적이지 않을뿐더러 본래 의도와는 상관없이 제국주의적 세계질서의 온존을 묵인하는 역기능을 낳을 위험성마저 갖고 있다.[2]

---

1) 릴라 간디는 문화적 식민성에 대한 집착을 '텍스트적 정치'라고 규정한다. 간디는 텍스트적 정치로의 경사는 정치를 텍스트로 대체시킬 뿐 아니라 문학을 일체의 '사회적인 것'들과 적대적 관계를 맺도록 만든다고 비판한다. 이러한 '정치적 무관심'이 어떠한 이데올로기적 효과를 빚을지는 명약관화하다(이영욱 역, 『포스트식민주의란 무엇인가』, 현실문화연구, 2000, 190~193면).
2) B. Parry, "Problems in Current Theories of Colonial Discourse", *The Post—Colonial Studies, Reader*, New York, 1999, pp.42~44. 이 글에서 패리는 스피박과 바바의 후기식민론이 서로의 적지 않은 차이에도 불구하고 정치경제적 식민성과 반식민운동에 대한 무관심이라는 특징을 공유한다고 분석하면서, 이러한 문화주의적 방식으로는 제국주의에 대한

이와 함께 해체론적 후기식민론이, 아마드의 냉소적인 표현을 빌리면, '거대 도시에 거주하는 이주 지식인들(imigrant intellectuals residing in the metropolis)'의 담론이라는 지적에도 주목할 필요가 있다. 아마드에 따르면, 이 지식인들에게 후기식민성(postcoloniality)이란 두 가지의 의미를 함축하고 있다. 하나는 식민주의가 어느 정도 종결되었다는 것이고, 다른 하나는 "맑스주의, 민족주의, 집단적인 역사적 주체들, 그리고 혁명의 가능성과 같은 이념들이 끝장났다는 것"이다. 하지만 이러한 생각은 초국적 자본의 세계 지배가 어느 시대보다도 강고해졌다는 역사적 '사실' ─ 전 지구적 자본주의란 용어의 속뜻이 그것 아니겠는가 ─ 과 그에 대한 집단적 저항이 세계 도처에서 벌어지고 있는 엄연한 정황을 애써 외면하고 있다. 그런 점에서 해체론적 후기식민론은 결과적으로 초국적 자본의 이해와 정확히 부합한다는 것이 아마드의 비판이다.3) 아마드의 비판에 다소 지나친 면이 있긴 하지만, 가령 이주민의 대다수를 차지하는 이주 빈민들의 입장에서만 보더라도 후기식민의 의미를 해체론적 후기식민론처럼 새기는 데 동의하기 어려울 것이다. 하물며 신자유주의의 혹독함을 고통스럽게 경험하고 있는 한국 민중의 입장에서야 더 말할 나위도 없다. 요컨대 약소민족에 대한 수탈과 착취로 점철된 자본주의 근대의 역사성, 곧 자본주의와 식민성의 상호연관에 대한 발본적 비판의식이 결여된 후기식민론이란 제3세계의 관점에서 보면 중심부 자본주의의 화려함에 흡수된 서구 중심주의의 또 다른 분식(扮飾)일 뿐이다.

　이렇게 볼 때, 해체론적 후기식민론은 표면상의 반(反)식민주의와는 달리 실질적으로는 서구와 비(非)서구의 현실적 대립상을 모호하게 뒤섞어 버림으로써 제국주의와 초국적 자본에 대한 저항을 무력화시킨다. 이러한 이론적 구도 하에서는 비서구 반(半)주변부의 '역사적 정체성' ─

진정한 대항 담론의 구성을 기대할 수 없다고 비판한다.
3) A. Ahmad, "The Politics of Literary Postcoloniality", *Contemporary Postcolonial Theory, A Reader*, New York, 1996, pp.283~289.

본질주의적 정체성이 아니라 제국주의에 대한 저항과 투쟁의 역사 속에서 형성된 정체성 — 이 모호해질 수밖에 없다. 그 결과 저항의 주체와 거점을 설정하는 것이 불가능해지면서 현실은 사라지고 '텍스트적 정치'만이 남게 되는 것이다. 그런 점에서 해체론적 후기식민론이 엄연한 현실로 존재하는 신식민주의와 전지구적 자본주의를 극복할 대안적 이념으로 발전하는 것을 기대하기란 원천적으로 불가능해 보인다.

그렇다고 해서 과거의 반제국주의론으로 회귀하는 것이 후기식민론의 방향이 되어서도 곤란할 것이다. 식민주의 단계의 국가간체제에 근거한 기왕의 반제국주의론으로는 전지구적 자본주의 시대에 적절히 대응하기 힘들기 때문이다. 따라서 우리는 반제국주의론의 합리적 핵심, 곧 정치경제적 식민성과 문화적 식민성이 분리불가능하게 얽혀 있다는 인식은 적극적으로 계승하면서도 민족국가의 차원을 넘어 전지구적 전망 속에서 식민성의 극복을 사유하는 후기식민론을 구성해 나가야 한다. 이렇게 원대한 이론적 구상을 구체화할 능력이 필자에게는 애당초 없지만, 20세기 한국문학에 대한 성찰을 통해 그에 대한 단서를 찾아보는 일은 가능하지 않을까 생각한다. 한마디로 요약하면, 20세기 한국문학사를 통해 얻을 수 있는 탈식민적(decolonial) 실천의 핵심은 보편주의와 민족주의의 동시적 극복을 통해 '복수의 근대'를 이루어 나가려는 의지이다.

보편주의란 다른 민족에게 서구의 근대를 보편적인 것으로 강요함으로써 궁극적으로 자본주의를 근대의 유일한 전범으로 내면화시키는 서구 중심주의적 이데올로기이다. 이렇게 하는 것은 말할 것도 없이 자본주의 세계체제에서의 서구 헤게모니를 확고히하기 위해서이다.[4] 최근의 신자유주의에서 우리는 서구 중심적 보편주의의 전형을 확인할 수 있었다. 민족문학론은 이러한 보편주의에 맞서 민족적 특수성과 다양성에 기초한 주체적 근대의 길을 모색해왔다.

---

4) 보편주의에 대한 깊이 있는 설명으로는 임마누엘 월러스틴, 김시완 역, 「근대세계체제의 이데올로기적 전장으로서의 문화」, 『탈아메리카와 문화이동』, 백의, 1995 참조.

민족주의는 한국을 포함한 제3세계에서 제국주의에 대한 저항 이념으로 기능했다. 따라서 저항 이념으로서의 제3세계 민족주의와 제국주의 이데올로기인 서구 민족주의는 구별해 바라보아야 한다. 요컨대 민족주의의 역사성에 대한 분별이 요구된다는 말이다. 하지만 제3세계 민족주의 역시 민족을 특권화하는 종족주의(ethnocentrism)에 갇혀 있다는 점에서 서구 민족주의와 궤를 같이 한다. 민족문학론은 민족주의의 이와 같은 종족주의적 경향을 거부하면서 반제국주의를 인간해방의 대의로 승화시켜 왔다.

민족주의가 민족을 특권화하는 특수주의듯이 보편주의 또한 특수한 근대의 하나일 뿐인 서구 근대를 특권화한다는 점에서 일종의 특수주의이다. 따라서 양자가 모두 인류 보편적 이념이 되기에는 함량 미달임이 분명하다. 엄밀히 말해 서구의 근대, 즉 자본주의 근대는 근대의 특수한 형태 가운데 하나이다. 그럼에도 서구는 자본주의를 근대의 유일한 전범으로 보편화시켜 왔다. 신자유주의는 바로 그러한 보편화 욕망의 이론적 표현이라 할 수 있다. 우리는 이러한 근대관을 '단수의 근대'라 부를 수 있을 것이다. 제3세계 민족주의 역시 '단수의 근대'에서 자유롭지 못하기는 마찬가지다. 제3세계 민족주의가 전범으로 삼은 근대화의 경로가 대개 서구화였기 때문이다. 대부분의 제3세계 나라들이 독립국가 건설 이후 자본주의체제로 나아간 데서 그 점을 어렵지 않게 확인할 수 있다.

반면에 민족문학론은 보편주의와 민족주의 양자가 공히 보여주는 특수주의와는 다른 길을 걸어 왔다. 민족문학론은 민족적 특수성을 인정한다. 특수주의가 특수성을 절대화할 때 발생한다는 점에서 특수성을 인정하는 것, 곧 민족을 상대화하는 것이야말로 특수주의를 극복하는 첫걸음이다. 특수성을 인정한다는 것은 달리 말하면 '복수의 근대'를 적극적으로 수용함을 뜻한다. '복수의 근대'란 서구의 자본주의 근대를 근대의 유일한 규범으로 절대화하는 '단수의 근대'와 달리 근대의 특수성과 다양성을 인정하는 근대관을 가리키기 때문이다.5) 특히 민족문학론은 비(非)자본주의적 근대의 가능성을 끈질기게 탐문해왔다. 민족문학론이 지향한 '복수의 근대'는 그런 점에서 '비자본주의적 근대를 향한 민족적 길'과 동의어라 해도 과언이 아니다. 민족문학론은 자본주의만이 근대화의 유일한 경로인가에 대해 끊임없이 문제를 제기해왔다. 민족문학론의 반(反)자본주의적 문제제기는 자본주의가 기본적으로 민중을 착취하고 소외시키는 민중 적대적 체제라는 인식을 바탕으로 한다. 국민의 대다수를 차지하는 민중이 착취당하고 소외되는 체제가 인간해방의 공동체가 될 수 없음은 물론이다. 그래서 민족문학론은 인간해방이라는 인류 보편적 대의를 실현하기 위해 자본주의와는 다른 체제를 꿈꾸어왔다.

민족문학론은 이처럼 주체적 근대와 비자본주의적 근대라는 두 축을 결합시킴으로써 보편주의와 민족주의를 동시적으로 극복하려 한 문학이념이라 할 수 있다. 이것이 민족문학론이 표현해온 탈식민적 지향의 핵심이다. 그런 점에서 앞에서 언급한 민족문학론에 대한 두 가지 비판은 설득력이 부족하다. 왜냐하면 민족문학론은 민족주의 특유의 종족주의를 거부하는 동시에 근대주의의 외화(外化)인 자본주의 근대를 넘어서려는 문학이념이기 때문이다. 민족문학론의 역사를 탈식민성의 관점에서 재구성하는 일이 긴요한 까닭도 민족문학론의 탈식민적 지향에 대한 새로운 이해를 통해 민족문학론이 민족주의나 근대주의와는 질적으로 다른, 그런 점에서 탈식민의 과제가 재조명되고 있는 전지구적 자본주의 시대에도 여전히 강력한 유효성을 지닌 문학이념임을 발견할 수 있기 때문이다.

민족문학론의 탈식민적 지향을 이론화하는 데 결정적인 기여를 한 문학비평가로는 임화와 백낙청을 꼽지 않을 수 없다. 이들은 각기 해방직후와 1970~1980년대 민족문학운동을 이끌면서 민족문학이 어떻게 '복

---

5) '복수의 근대'에 대한 좀 더 자세한 설명으로는 하정일, 「탈식민주의 시대의 민족문제와 20세기 한국문학」, 『20세기 한국문학과 근대성의 변증법』, 소명출판, 2000 참조.

수의 근대'를 향한 탈식민적 기획이 될 수 있는가를 이론적으로 규명하고자 많은 노력을 기울였다. 따라서 다음 장에서는 임화와 백낙청을 중심으로 민족문학론의 탈식민적 지향이 어떤 내용과 의미를 갖고 있는지를 구체적으로 검토해보도록 하겠다.

2. 임화의 민족문학론과 후기식민성

민족문학론의 후기식민성과 관련해 중요한 최초의 문제제기는 임화에 의해 이루어진다. 임화는 이미 1930년대 후반부터 이식성의 문제를 중심으로 한국 근대문학의 특수성을 설명하려는 노력을 보여준 바 있다. 임화는 「개설 신문학사」에서 우리의 근대문학사를 "서구문학의 수입과 이식의 역사"로 정리하면서, 이러한 이식성이 "자기에의 철저한 회귀, 심원한 반성, 깊은 침잠 없이, 바꿔 말하면 자주정신의 진정한 실현을 보지 못하고 개화의 마당으로 창황히 달려나간 데서 오는 결과"라고 설명했다. 말하자면 내적 역량을 충분히 다지지 못한 상태에서 '개화의 마당'에 나서다 보니까 외세 의존적 근대화의 길을 택할 수밖에 없었고, 한국 근대문학의 이식성은 그에 따른 필연적 결과라는 것이다.[6]

한국 근대문학의 특수성을 이식성의 문제를 중심으로 설명하려 한 임화의 시도는 한때 가장 비(非)주체적인 문학사론이라는 호된 비난을 받기도 했지만, 이식성이 엄연한 역사적 사실인 한 사실을 사실대로 지적한 임화의 주장을 비주체적이라고 매도하는 것은 학문의 논리와는

---

6) 임화, 「개설 신문학사」, 『임화 신문학사』(임규찬·한진일 편), 한길사, 1993, 55~56면.

거리가 먼 사실 은폐에 불과할 뿐이다. 더구나 임화가 실학파의 자주정신을 높이 평가한 대목을 보면 '비주체적' 운운하는 비난이 전혀 근거 없는 것임을 쉽게 확인할 수 있다. 임화가 이식성을 강조한 까닭은 한마디로 그것이 한국 근대문학의 파행을 낳은 역사적 연원임을 밝히기 위해서이다. 임화는 민족주의문학과 프로문학을 막론하고 한국 근대소설이 개성과 사회성의 통일이라는 미학적 이상을 실현하는 데 실패한 궁극적인 원인이 "조선문학의 이식성, 즉 한 계단의 소설을 내용으로나 구조로나 완성하기 전에 또 한 조류가 들어와서 교대하고 상쟁하여 일종의 혼류, 또는 병렬, 혹은 첩적(疊積)의 상을 정(呈)하고 있었기 때문"이라고 진단했다.[7] 말하자면 내적인 여과 과정 없이 서구문학의 온갖 조류들을 마구잡이로 받아들인 나머지 일종의 정신적 소화불량 상태에 빠져 어느 것 하나 제대로 성숙시키지 못했고, 당연한 결과로 한국 근대문학은 개성을 결여한 사회성과 사회성을 결여한 개성이라는 두 극단 사이에서 내내 흔들렸다는 것이다.

임화의 이러한 분석은 그가 고찰 대상으로 삼은 식민지시대의 한국문학뿐 아니라 해방 이후의 한국문학에도 별다른 무리 없이 적용된다. 아니 오히려 어떤 면에서는 이식성의 정도가 더욱 심각해졌다고 할 수 있는 것이 (신)식민주의에 대한 경계 의식이 갈수록 약화되고 있기 때문이다. 서구의 새로운 조류라면 무조건 수입해놓고 보는 작금의 경향에서 그 징후를 발견하기란 어렵지 않은 일이다. 그런 점에서 이식성에 대한 임화의 분석은 20세기 한국문학의 한 본질에 대한 날카로운 통찰이라 해도 과언이 아니다.

이식성과 관련해 임화가 관심을 기울였던 또 하나의 주제는 이식의 극복에 대한 것이다. 이에 대한 임화의 시각은 매우 흥미롭다. 임화에 따르면, 문화이식의 이면에서는 항상 이식을 해체하려는 과정이 함께

---

7) 임화, 「본격소설론」, 『문학의 논리』, 학예사 1940, 370면.

진행된다. "즉 문화이식이 고도화되면 될수록 반대로 문화창조가 내부로부터 성숙한다." 이때 중요한 역할을 하는 것이 전통이다. 문화이식의 과정에서 표면적으로는 전통이 소멸되는 것처럼 보이지만, 실상은 그렇지 않다는 것이 임화의 생각이다. 임화는 문화이식의 초기에는 전통이 "의식하지 아니한 사이에 새 창조 가운데 들어오고 나중에는 명확히 파악되고 표상 가운데 들어오는 대상으로 나타난다"고 분석한다. 요컨대 처음에는 아무도 의식하지 못하는 가운데 전통이 이식된 문화에 스며들어와 새로운 문화의 창조에 개입하지만, 어느 단계에 가면 전통에 대한 뚜렷한 자각 속에서 이식문화와 전통 문화의 교섭이 추진된다는 것이다. 그러한 상호 교섭의 결과 "제3의 자(者)", 곧 새로운 문화가 창조되는데, 임화는 이 "제3의 자"가 바로 주체적 근대문학의 모태라고 보았다.[8]

임화가 말한 "제3의 자"는 이식된 것과 전통적인 것 간의 상호침투의 결과라는 점에서 혼성(hybridity)과 비슷해 보이지만, 그것이 이식성을 해체하고 주체적인 근대문학을 건설하려는 목적의식적 실천으로 이어진다는 점에서 혼성과 갈라진다. 그런 점에서 "제3의 자"는 외래적인 것을 주체적으로 선별하고 변용시켜 외래적인 것에 저항한다는 의미에서의 전유(appropriation)에 가까운 개념이다. 여기서 우리는 임화의 이식문학사론이 이식이라는 현상에 대한 가치중립적 기술의 차원을 넘어 이식성의 극복이라는 실천적 문제의식을 바탕으로 하고 있음을 알 수 있다. 다시 말해 '한국문학의 식민성을 극복하고 주체적인 민족문학을 건설하는 길이 무엇인가'라는 탈식민적 고민이 그의 문학사 연구에 깊숙이 투영되어 있는 것이다. 해방직후 임화의 민족문학론 또한 이러한 문제의식의 연장선상에 놓여 있다.

임화는 해방직후에 조선문학의 당면과제로 '근대적 의미의 민족문학'

---

8) 임화, 「신문학사의 방법」, 『문학의 논리』, 학예사, 1940, 831~832면.

을 제시했다. 여기서 민족문학은 민족통일전선의 문학적 표현으로, 말하자면 민주주의적이고 민족적인 문학들의 광범위한 연대를 가리키는 개념이었다. 통일된 근대민족국가의 건설을 위해 좌우를 망라한 민족통일전선의 수립이 시급했던 당시에 문학적 연대의 이념으로서 민족문학을 주창한 것은 당연한 일이었다고 할 수 있다. 문제는 '근대적'이라는 관사였다. 이에 대해 프로예맹이나 북문예총 쪽의 논자들이 중간파적이라든가 절충주의적이라는 비판을 가했거니와 임화는 「민족문학의 이념과 문학운동의 사상적 통일을 위하여」에서 '근대적'이라는 개념의 정확한 의미에 대한 자세한 설명을 시도한다. 임화는 이 글에서 민족문학이라는 용어가 "편의에 따라서 선택되는 구호도 아니며 일시의 방편으로 차용될 수단도 아니"라고 못박으면서, "민족문학은 우리 민족의 당면한 역사적 현실 가운데서 생성, 발전하여 나갈 대문학의 사상적, 예술적 본질이 통일적으로 표현된 개념"이라고 규정한다. 그렇다면 민족문학이 위대한 문학의 사상적·예술적 본질이 되는 까닭은 무엇일까. 그것은 '근대'의 민족문학과 '현대'의 민족문학이 다르기 때문이다.

임화는 민족의 형성과정을 두 가지 경우로 나눈다. "하나는 봉건사회로부터 자본주의사회로 넘어오는 근대의 경우요, 또 하나는 이러한 과정을 통하여 독립한 민족국가를 완성하기 전에 제국주의 여러 국가의 식민지가 된 민족의 해방투쟁으로 표현된 현대의 경우다." 전자에서 나온 민족문학이 '근대' 민족문학이며, 후자에서 나온 민족문학이 '현대' 민족문학이다. 그러므로 근대 민족문학이란 시민계급이 주도하는 서구의 민족문학을 가리키며, 현대 민족문학이란 민중이 주도하는 비서구 식민지의 민족문학을 의미한다. 비서구 식민지의 민족문학을 민중이 주도하는 까닭은 시민계급과 제국주의세력의 유착으로 인해 시민계급의 역사적 역할이 민중에게 부과되었기 때문이다.[9] 그런 점에서 임화가 현

---

9) 임화, 「민족문학의 이념과 문학운동의 사상적 통일을 위하여」, 『문학』 3호, 조선문학가동맹, 1947, 11면.

대 민족문학이라고 말할 때의 '현대'는 근대의 다음 시기를 가리키는 개념도 아니고 근대와는 질적으로 다른 새로운 개념도 아니다. 임화가 말하는 현대는 한마디로 '제3세계의 근대'이다. 요컨대 현대 민족문학은 제국주의에 맞선 식민지 민족해방투쟁의 과정 중에 형성된 제3세계의 근대 민족문학을 뜻하는 셈이다. 여기서 우리는 임화가 서구와는 구별되는 제3세계 근대의 특수성에 대한 역사적 인식을 바탕으로 자신의 민족문학론을 펴고 있음을 어렵지 않게 확인할 수 있다. 제국주의에 대한 저항 속에서 제3세계 근대의 민족이 형성되었고 그로부터 '현대' 민족문학의 이념이 나타났다는 임화의 설명은 그의 민족문학론이 서구화를 근대의 유일한 경로라고 강변하는 서구 중심적 보편주의를 극복하려는 노력의 산물임을 말해준다.

우리의 민족문학이 서구 근대문학의 아류 혹은 모방이 아니라는 임화의 인식은 탈식민성의 관점에서 매우 중요한 의미를 갖는다. 특수성에 대한 인식이 탈식민의 첫걸음이기 때문이다. 가령 이광수 같은 민족주의자들도 민족을 소리 높여 외쳤지만, 그들이 생각한 민족은 서구적 의미의 민족과 동일했다. 이광수가 우리 민족의 근대화를 서구가 이룬 근대화의 경로를 뒤따라가는 것—문명개화와 산업화—으로 생각한 것도 그래서이다. 그런 점에서 이광수의 민족주의는 민족을 특권화하고 있음에도 불구하고, 아니 사실은 바로 그래서 서구 중심적 보편주의의 복사판에 불과할 뿐이다. 반면에 임화는 서구의 근대와 제3세계 근대의 차이를 역사적으로 분별했고, 그래서 한국 근대 민족문학의 제3세계적 특수성을 반제국주의 민족해방운동의 흐름 속에서 설명할 수 있었다.

그렇다고 해서 임화가 이광수와는 또 다른 방식의 민족주의에 빠진 것은 아니다. 임화가 제3세계 민족 형성과정의 특수성을 역사적으로 설명했다는 것은 그가 민족을 상대화시키고 있음을 의미한다. 다시 말해 임화는 민족을 특권화함으로써 결국 민족을 초역사적 존재로 신비화시켜 버리는 민족주의와 달리 민족이 근대의 산물이고 그중에서도 제3세계의 민족은 서구 자본주의의 제국주의적 세계지배와 그에 맞선 반제 민족해방운동의 과정에서 형성된 것임을 분명히 인식하고 있었다. 이러한 세계사적 전망 하에서 제3세계의 민족 형성과정을 바라봄으로써 임화는 민족적이지만 민족주의적이지는 않은 민족인식을 이루어낼 수 있었던 것이다. 더구나 다음과 같은 대목에 이르면 임화의 민족문학론은 민족주의와 결정적으로 갈라진다.

> 노동계급의 역사적 사회적 역할은 시민계급의 그것과 같이 조건적 일시적이 아니라 무조건적이고 항구적이다. 노동계급은 실로 농민과 소시민을 영도하여 자기의 나라로부터 제국주의를 구축하고 봉건유제를 일소할 뿐 아니라, 다른 나라의 인민들과 더불어 부패하여 가는 자본주의를 극복하고 자기민족과 인류 사회를 더 높은 계단으로 발전시킬 사명과 임무를 가진 계급이기 때문이다. 그들은 영구히 진보적이며 무한히 인민적이다. 그러므로 노동계급에게 영도되는 현대의 민족형성과정은 시민계급이 영도하는 전세기의 그것과 달라서 민족내부의 새로운 인간적 독립과 투쟁—계급대립과 투쟁—을 초래할 염려가 없는 것이며, 내 민족과 다른 민족, 내 국가와 다른 국가와의 대립과 투쟁—제국주의적 대립과 전쟁—을 야기할 우려가 없는 것이다. 이것이 현대의 민족이념이며 동시에 현대의 민족문학의 이념이 될 것이다.[10] (강조는 인용자)

현대의 민족문학, 곧 제3세계 근대의 민족문학이 민족주의와 결정적으로 갈라지는 것은 자본주의와의 관계 때문이다. 임화는 제3세계의 민족문학이 자본주의의 극복을 이념으로 하는 문학임을 분명히 밝히고 있다. 제3세계 민족문학이 특정 지역의 특수한 문학이념에 그치지 않고 인류 보편적 문학이념으로 승화될 수 있는 것은 바로 이 때문이다. 민족문학이 민족내부의 계급투쟁과 민족국가들 간의 제국주의 전쟁을 넘어선 새로운 세계에 대한 전망을 보여줄 수 있는 것도 그래서이다. 계급투쟁이나 제국주의 전쟁 모두 자본주의 근대가 초래한 결과이기 때

---

10) 위의 글, 13~14면.

문이다. 민족주의와 근대주의가 자본의 이데올로기라는 점에서 민족문학론이 반자본주의적 입장을 명확히 하지 않는 한 그것은 언제든지 민족주의나 근대주의에 포섭될 수 있다. 임화는 자본주의의 극복을 제3세계 민족문학의 이념으로 천명함으로써 민족주의 혹은 근대주의와의 경계를 뚜렷이 긋는다. 특히 민족의 내적 이질성에 대한 임화의 강조는 민족을 동질적 단일체로 설명하는 민족주의에 대한 발본적(拔本的) 비판이라 할 수 있는데, 민족이 계급적으로 분할되어 있다는 임화의 인식은 그의 민족문학론에 담긴 탈식민적 지향이 궁극적으로 자본주의의 극복을 목표로 삼고 있음을 명징하게 보여준다.

이처럼 임화는 민족문학론은 서구 중심주의와 민족주의가 내세우는 '단수의 근대'를 넘어 제3세계 근대의 민족적 특수성과 다양성에 기초한 '복수의 근대'를 실현하려는 노력이었다고 할 수 있다. '복수의 근대'를 실현하려는 문제의식은 자본주의의 극복을 목표로 하는 현대 민족문학론으로 구체화되거니와 그런 점에서 임화의 민족문학론은 '비자본주의적 근대를 향한 민족적 길'에 대한 최초의 이론적 구상이라 할 수 있다.

3. 백낙청의 민족문학론과 후기식민성

백낙청의 민족문학론은 '한국의 근대문학은 곧 민족문학이어야 한다'는 명제에서부터 출발한다. 한국의 근대문학이 민족문학이어야 하는 까닭은 참다운 근대문학이란 기본적으로 근대의 민족사적 과제에 기여하는 문학이기 때문이다. 그렇다면 참다운 근대문학으로서의 민족문학은 어떤 문학인가.

백낙청에 따르면, 민족문학은 민족적 위기의식의 소산이다. 민족문학에 대한 이런 식의 규정에서 민족주의의 흔적을 발견하기란 어렵지 않다. 실제로 그는 '참다운 민족주의의 실현'을 강조하기도 했으며, 임화와 비교할 때 1970년대 백낙청의 민족문학론과 민족주의의 친밀도는 꽤 높은 편이다. 하지만 그렇다고 해서 백낙청의 민족문학론이 민족주의에 포섭되었다고 할 수는 없다. 무엇보다 그가 민족문학을 "'민족'이란 단위로 묶여져 있는 인간들의 전부 또는 대다수의 진정으로 인간다운 삶을 위한 문학이 '민족문학'으로 파악되는 것이 가장 바람직한 때와 장소에 한해 제기될 뿐"이라고 제한하고 있는 데서 그 점을 확인할 수 있다. 여기서 우리는 백낙청 역시 임화와 마찬가지로 민족문학을 역사적 산물로 이해하고 있음을 알 수 있는데, 그가 말하는 '바람직한 때와 장소'란 제3세계 근대를 가리킨다. 말하자면 백낙청은 민족문학을 제1세계의 근대 '국민문학'과는 시공간적으로 구별되는 제3세계 근대의 문학적 기획으로 설정하고 있는 셈이다. 민족문학을 시공간적으로 상대화시키고 있다는 것, 이것이 백낙청의 민족문학론과 민족주의문학이 갈라지는 분기점이다.

후기식민성의 관점에서 볼 때 백낙청의 민족문학론에서 가장 주목해야 할 부분이 제3세계론과 분단체제론이다. 제3세계론이 민족문학의 세계성과 깊이 관련된다면, 분단체제론은 민족문학의 특수성과 주로 연결되어 있다. 제3세계론과 분단체제론은 백낙청 민족문학론의 독창성을 가장 잘 보여주는 이론들이거니와 이 둘은 90년대에 근대극복론으로 통합된다.

백낙청이 제3세계론을 제창한 것은 일차적으로는 서구 중심적 보편주의에 맞서 한국 민족문학의 특수성을 해명하기 위해서이지만, 보다 궁극적인 의도는 민족문학의 세계성을 설명하는 데 있다. 일단 백낙청의 민족문학론이 외세 의존적 근대화론에 대항해 주체적 근대화를 실현하기 위한 문제의식에서부터 시작되었음을 지적해두어야겠다. 그의 초기 민족문학론이 민족주의와 일정한 친연성을 보여주는 것도 그래서거니와, 그럼에도 불구하고 백낙청이 민족주의를 넘어설 수 있었던 데에는 제3세계론의 역할이 대단히 크다. 백낙청이 제3세계의 민족운동에 주목하는 까닭은 그것이 제3세계의 자기해방과 동시에 인류 전체의 해방까지 이끌어낼 대의를 걸머진 "우리 시대의 가장 인간다운 움직임의 하나"이기 때문이다. 어째서 제3세계의 변혁운동이 인류 전체의 해방으로까지 이어질 수 있는 것일까. 백낙청에 따르면, 그것은 제3세계라는 이념이 지역 차원을 넘어 "인류역사를 민중의 입장에서 보려는 노력의 표현"이기 때문이다.

> 제3세계의 개념을 두고 논란을 벌이는 국제정치학자 경제학자들은 각기 나름대로의 입장이 있을 것이다. 그러나 민중의 입장에서 볼 때—예컨대 한국 민중의 입장에서 볼 때—스스로가 제3세계의 일원이라는 말은 무엇보다도 그들의 당면한 문제들이 바로 전세계 전인류의 문제라는 말로서 중요성을 띠는 것이다. 곧, 세계를 셋으로 갈라놓는 말이라기보다 오히려 하나로 묶어서 보는 데 그 참뜻이 있는 것이며, 하나로 묶어서 보되 제1세계 또는 제2세계의 강자와 부자의 입장에서 보지 말고 민중의 입장에서 보자는 것이다.[11]

제3세계론의 의의가 세계를 하나로 묶어서 보자는 데 있다는 백낙청의 설명은 상당히 독특한 바 있다. 백낙청은 자본주의 제1세계나 사회주의 제2세계는 세계를 하나로 묶어서 볼 수 없는 관점이라고 본다. 왜냐하면 제1세계적 관점은 제국주의적 이해만을 대변할 따름이고 제2세계적 관점 또한 패권주의적 이해관계에 얽매여 있어서 양자 모두 세계를 분열시킬 뿐이기 때문이다. 반면에 제3세계적 관점은 제국주의나 패권주의적 이해관계에서 자유롭다는 점에서 통합적 관점을 이루어낼 수 있다. 물론 이때의 '통합'이 실재하는 모순이나 갈등을 봉합한다는 뜻은

---

11) 백낙청, 「제3세계와 민중문학」, 『인간해방의 논리를 찾아서』, 시인사 1979, 178면.

아니다. 백낙청은 제1세계나 제2세계야말로 자신들의 헤게모니를 유지하기 위해 실재하는 갈등과 모순을 없는 것처럼, 또는 없앨 수 있는 것처럼 호도하고 있다고 비판한다. 가령 자본주의의 전지구화가 마침내 세계 통합을 이루어냈다는 제1세계의 주장에 대해 백낙청은 그것은 신식민주의적 세계 정복일 뿐 진정한 통합과는 관계가 없다고 못박는다. 오히려 말의 바른 의미에서의 '통합'은 갈등과 모순을 자각할 때 비로소 가능해진다. 제3세계는 전지구적 차원의 갈등과 모순이 가장 첨예하게 드러나는 곳이라는 점에서 어느 권역보다도 실재하는 갈등과 모순을 예민하게 감지할 수 있으며, 따라서 이해관계를 뛰어넘은 통합적 관점을 기대할 수 있는 유일한 지점이 되는 것이다.

그렇다고 해서 백낙청이 제3세계를 특권화하는 것은 아니다. 백낙청은 여러 글에서 제3세계를 다른 권역에서 분리시켜 절대시하는 제3세계주의 — 민족주의의 변형인 — 의 위험성을 지적하고 있다. 그가 보기에, 제3세계는 "이제 전지구적 현실의 일부"이다. 제3세계주의는 이러한 전지구적 전망을 결여하고 있어 근대 극복에 기여하는 인류 보편적 이념으로 진전해나가기 어렵다는 것이 백낙청의 판단이다. 백낙청은 제3세계가 "독자성에의 요구와 진정한 세계성·개방성에의 요구가 팽팽한 긴장을 이루고 있다"[12]고 진단한다. 전자에 치우칠 때 민족주의로 떨어지고 후자에 집착할 때 보편주의에 빠진다. 양자의 긴장을 극복할 때 통합적 관점이 성립되는데, 이를 위해서는 두 가지의 요건이 필요하다고 백낙청은 강조한다.

하나는 그냥 제3세계가 아니라 제3세계 '민중'의 관점이다. 제3세계 지배층의 관점은 제1세계나 제2세계와 그다지 다를 바가 없기 때문이다(거꾸로 제1세계나 제2세계의 민중은 제3세계의 민중처럼 세계를 하나로 묶어 볼 수 있는 가능성을 일정하게 지니고 있다는 것이 백낙청의 설명이다). 백낙청은 제3

---

12) 위의 글, 184면.

세계적 관점과 민중적 관점은 상통한다고 본다. 왜냐하면 제3세계 구성원의 절대 다수를 차지하는 것이 민중이어서 그렇기도 하지만, 어디나 민중이 사는 곳은 그 곳의 제3세계에 해당하기 때문이다. 그런 점에서 제3세계 민중의 관점이야말로 제국주의와 패권주의 혹은 자본주의와 현실 사회주의를 넘어 인간해방의 전망 속에서 세계를 통합적으로 조망하는 인식론적 거점이 되는 것이다. 그러므로 민족문학론의 핵심에 제3세계 민중의 관점이 놓여 있다는 것은 한편으로는 민족문학이 자본주의와 현실 사회주의의 동시적 극복을 지향한다는 점에서 우리 시대 세계문학의 가장 선진적 흐름의 하나임을 말해주며, 다른 한편으로는 민족문학이 민족주의와는 질이 다른, 특정 지역에 국한된 국지적 문학을 넘어 인간해방이라는 인류 보편적 가치에 접목된 문학이념임을 말해준다.

다른 하나는 전지구적 전망이다. 백낙청은 제3세계론이 제기되던 초창기부터 전지구적 전망을 강조하는데, 이 연장선에 바로 분단체제론이 놓여 있다. 백낙청의 분단체제론은 자본주의 세계경제를 토대로 하고 국가간체제를 정치적 상부구조로 하는 근대세계체제라는 구도 속에서 한반도의 특수성을 해명하려는 문제의식의 소산이다. 그런 점에서 그것은 전지구적 전망 속에서 민족문제를 이해하려는, 즉 세계적 보편성과 민족적 특수성을 결합시키려는 야심찬 시도라 할 수 있다. 이를 민족문학론과 연결시키면, 분단체제론은 한국의 근대문학은 왜 굳이 민족문학이어야 하는가 라는 질문에 대한 백낙청 나름의 답변인 셈이다.

백낙청은 분단체제가 극복되지 않는 한 민족문학은 유효한 이념이라는 입장이다. 백낙청에 따르면, 분단체제의 극복이란 민주화·자주화·통일이라는 근대 민족사적 과제의 총체적 해결을 의미한다. 그런데 민주화·자주화·통일의 실천은 언제나 분단체제에 의해 제한되고 규정되므로 이 세 과제는 따로따로 논의될 수 없다. 이것, 즉 세 과제가 분리불가능하게 얽혀 있는 것이 한국적 근대의 특수성이라는 것이 백낙청의 분석이다. 그런 점에서 분단체제론은 한국적 근대의 특수성에 대한 진지한 고민의 산물이라 할 수 있다. 분단체제론에 대해 필자 자신부터 이런저런 의문을 갖고 있기도 하고 분단체제론이 아직 완성된 이론이라고 보기도 어렵지만, 적어도 한국의 근대문학이 왜 민족문학일 수밖에 없는지에 대한 이유의 일단을 밝혀주고 있다는 점에서 분단체제론의 구상은 의의가 적지 않다.

그러나 분단체제론은 거기서 멈추지 않는다. 분단체제론에 담긴 보다 중요한 실천적 문제의식은 민주화·자주화·통일의 실현을 통한 분단체제의 극복이 궁극적으로 자본주의 세계경제를 토대로 한 근대세계체제에 대한 의미 있는 저항, 곧 근대 극복의 기획이 되어야 한다는 생각이다. 백낙청에게 분단체제의 극복이란 자본주의의 극복과 짝을 이루고 있다. 자본주의의 극복을 지향하지 않는 분단체제의 극복이란 원천적으로 불가능한데, 왜냐하면 자본주의체제 하에서는 실질적 민주주의와 민족 자주의 완성을 기대할 수 없기 때문이다. 이 지점에서 분단체제론과 세계체제론이 만나게 된다. 분단체제의 극복은 자본주의의 극복을 통해서만 가능하다. 하지만 자본주의의 극복은 민족국가 차원에서는 해결할 수 없는 과제이다. 자본주의는 전지구적 체제이기 때문이다. 따라서 자본주의 세계경제가 무너질 때에만 민족국가 차원에서의 자본주의 극복도 가능한 것이다. 분단체제의 극복이 근대세계체제에 대한 도전이 되어야 하는 것은 그래서이다. 백낙청은 이러한 과정을 "그날그날의 국지적 과제와 근대극복이라는 원대한 과업을 '분단체제극복'이라는 중간항을 매개로 그 행동의 완급을 조절하면서 상호결합을 이루어"내는 일이라고 요약한다.13)

이 대목에서 그것이 어떻게 가능한지에 대한 해명이 분단체제론에

---

13) 분단체제론과 근대극복론에 대한 간략하면서도 깔끔한 설명으로는 백낙청, 「민족문학론·분단체제론·근대극복론」, 『흔들리는 분단체제』, 창작과비평사, 1998 참조.

부족한 것은 사실이다.14) 하지만 그럼에도 불구하고 우리가 주목해야 할 것은 분단체제론이 전지구적 자본주의에 맞서 '비자본주의적 근대를 향한 민족적 길'을 모색하려는 탈식민적 사유의 소산이라는 점이다. 요컨대 한국사회의 민주주의변혁과 자본주의 세계체제의 극복을 분단체제를 매개로 연결시키려는 백낙청의 이론적 실험은 자본주의 근대를 근대의 유일 규범으로 강요하는 서구 중심적 보편주의의 한계와 종족주의(ethnocentrism)에 갇혀 민족국가 차원의 변혁에만 머무를 수밖에 없는 제3세계 민족주의의 한계를 동시에 극복하려는 노력인 것이다.

분단체제론에 담긴 후기식민적 문제의식은 민족문학론의 향방과 관련해 많은 것을 시사해준다. 무엇보다 백낙청의 분단체제론과 근대 극복론은 전지구적 자본주의 시대의 지배 이데올로기인 신자유주의에 대한 날카로운 비판이라 할 수 있다. 백낙청은 자본주의 세계체제야말로 분단체제의 극복을 가로막는 가장 큰 장애물이라고 보기 때문이다. 신자유주의가 중심부 자본주의의 헤게모니가 관철되는 세계체제를 유지하려는 이데올로기적 표현이라는 점에서 백낙청의 분단체제론은 신자유주의의 가치를 원천적으로 거부하고 있는 셈이다. 이는 제3세계론과 연결시켜 생각하면 더욱 분명해지는데, 결국 분단체제론과 제3세계론을 하나로 묶어주는 공통분모는 제3세계 민중의 자기해방과 자본주의 세계체제의 극복이 사실은 한 몸이라는 점이다. 제3세계 민중을 옥죄는 족쇄가 바로 중심부 자본주의가 만든 신식민주의적 세계 질서란 점에서 그러하다. 1990년대 이후의 난무했던 숱한 탈근대론들이 신자유주의에 대해 무기력하기 짝이 없는, 어떤 면에서는 신자유주의와 은밀히 야합하는 모습을 보여준다는 사실을 생각할 때, 분단체제론에 담겨 있는 신자유주의에 대한 발본적 비판의식은 21세기의 민족문학론이 계

---

14) 분단체제론의 문제점에 대한 좀 더 자세한 비판으로는 하정일, 「시민문학론에서 근대극복론까지」, 앞의 책 참조.

승해야 할 소중한 자산이라 하지 않을 수 없다. 신자유주의에 대한 탈식민적 저항, 바로 이 점에 제3세계론과 분단체제론의 현재성이 있는 것이다.

4. 결론

임화와 백낙청의 민족문학론을 간략히 검토하면서 확인할 수 있는 것은 해방 이후부터 지금까지 전개되어 온 민족문학론이 서구 중심적 보편주의와 근대주의적 민족주의를 동시에 극복하려는 문제의식을 바탕으로 하고 있다는 사실이다. 이러한 문제의식은 비자본주의적 근대의 가능성을 민족주체적 차원에서 이루어보고자 하는 열망을 품고 있으며, 그러한 열망은 곧 서구가 강요해온 '단수의 근대'를 거부하고 민족적 특수성과 다양성에 기초한 '복수의 근대'에 대한 꿈꾸기에 다름 아니다. 여기서 우리는 민족문학론의 탈식민적 가능성을 찾아볼 수 있다.

물론 두 사람의 민족문학론이 후기식민성의 관점에서 볼 때 충분히 만족스럽다고 하기는 어렵다. 임화의 경우 소련 중심의 프롤레타리아 국제주의에 대한 입장 정리가 애매하며, 백낙청의 경우에는 분단체제의 극복이 근대세계체제에 대한 '실질적 타격'이 되는 경로와 방법에 대한 해명이 부족하다. 이 문제들에 대한 치밀한 규명이 없는 한 이들의 민족문학론은 자칫 또 다른 보편주의나 민족주의 담론에 흡수될 위험성이 적지 않다.

하지만 이러한 한계에도 불구하고 임화와 백낙청의 민족문학론이 보여준 탈식민적 지향은 민족주의와는 다른 방식으로 서구 중심적 보편주의 혹은 신자유주의와 맞서 싸워야 하는 전지구적 자본주의 시대에 어떤 문학 담론보다도 강력한 실천적 유효성을 지닌 것임에 틀림없다. 특히 보편주의의 미망에서 헤어나오지 못하고 있는 탈근대 담론들이 신자유주의 이데올로기에 대해 아무런 의미 있는 대응도 못하고 있다는 점에서 민족문학론에 담긴 탈식민적 문제의식은 21세기 한국문학에 새로운 활력을 불어넣어 줄 원동력이 될 수 있을 것이다.

'개인'의 이데올로기를 넘어서

1990년대 이후의 한국문학 비평과 연구에 대한 한 반성

1. '개인'의 탄생

지난 10여 년간 우리 학계를 지배한 화두는 무엇일까. 차이, 해체, 내면, 욕망, 몸, 섹슈얼리티, 탈근대 …… 대충 이런 말들이 아닐까 싶다. 그런데 이제 이런 말들의 배후에 대해 따져볼 시점이 되었다는 생각을 가끔 하곤 한다. 변혁, 역사, 민중, 전망, 주체, 총체성, 저항 같은 용어를 폐기하고 1990년대 들어 새롭게 대두한 이 말들을 추동한 원동력은 무엇일까. 나는 그것이 '개인'이라고 생각한다. '개인'은 1990년대 이후의 한국사회를 지배한 이데올로기이자 학문적 담론을 규율한 숨은 준거였다. 물론 '개인'은 이전에도 존재했다. 그러나 90년대의 '개인'은 특정한 개인, 곧 사적 개인이었다. 공적이고 사회적인 개인과는 본질적으로 다른, 환원 불가능한 최후의 '차이'로서의 개인, 이것이 90년대를 사로잡은 개인의 독특한 면모라 할 수 있다.

'개인'의 이데올로기는 90년대 한국문학의 담론을 배후에서 조종했다고 해도 과언이 아니다. 모든 거대 담론을 '해체'하는 준거도 개인이었고, 환원 불가능한 차이의 마지막 영역도 개인이었으며, 욕망과 몸의 주관자 또한 개인이었다. 가령 90년대의 젊은 작가들을 논하는 자리에서 황종연이 언급한 다음과 같은 설명은 그 점을 약여하게 보여준다.

> 앞에서 검토한 네 사람의 소설에서는 개인의식과 경험을 중심으로 모든 삶의 관계를 재고하려는 시도가 정도와 방법의 차이가 있긴 하지만 공통적으로 발견된다. 개인의 실존적 경험을, 그 내면화된 형태에 역점을 두어 섬세하게 다루고 있는 신경숙의 작업은 그것을 특히 선명하게 예시한다. 이처럼 **젊은 작가들이 알리고 있는 개인 주체의 귀환은 비록 우울하고 비극적인 소식들을 수반하고 있을지라도, 전체성의 폭정에 억눌렸던 많은 진실들에 출구를 열어줄 것이다.** 그리고 그러한 개인의 진실을 정의할 적절한 어휘와 개념을 마련하는 일은 90년대 젊은 작가들에게 기대를 걸고 있는 우리 모두의 과제일 것이다. (강조는 인용자)[1]

신진 작가 네 명 —구효서·박상우·신경숙·채영주— 의 공통된 특징을 '개인 주체의 귀환'으로 진단한 황종연의 분석은 90년대 한국문학 전체로 확대하더라도 그대로 적용된다. 여기서 주목할 구절은 개인 주체의 귀환이 "전체성의 폭정에 억눌렸던 많은 진실들에 출구를 열어줄 것"이라는 대목이다. 그중 '전체성의 폭정'은 주로 80년대 리얼리즘문학의 한계를 지적한 것으로 보인다. 그 말의 타당성 여부는 논외로 하고, 요지는 '개인'이 80년대 리얼리즘문학의 '전체성의 폭정'을 극복할 대안이라는 것이다.

실제로 90년대의 한국문학은 황종연이 기대했던 방향으로 나아갔다. '개인'의 이름으로 기존의 모든 권위들이 해체되었으며, 내면·욕망·

---

1) 황종연, 「개인 주체의 귀환」, 『비루한 것의 카니발』, 문학동네, 2001, 218면.

몸·섹슈얼리티 같이 '개인'의 영역에 속하는 것들이 새로운 주제로 탐구되었다. 그 과정에서 적지 않은 성과가 나온 것도 사실이다. 하지만 돌이켜 보건대 '개인'이 '전체성의 폭정'의 대립쌍으로 간주되면서 많은 문제점을 산출한 것 또한 부정할 수 없는 진실이다. 80년대의 리얼리즘 문학을 '전체성의 폭정'으로 일률적으로 규정한 것도 지나친 단순화이지만, 그보다 심각한 문제는 '개인'을 '전체'의 반대편에 놓음에 따라 '개인'이 사적 개인으로 협소화되었다는 점이다. 그로부터 사적 개인과 사회적 개인의 분리, 사적 영역의 특권화, 개인의 사회성에 대한 무관심 같은 현상이 발생하게 되었거니와 이러한 현상이 한국문학의 바람직한 발전에 역행하는 사태인 것은 분명하다.

이 글의 주제에서 벗어나기 때문에 더 이상의 언급은 생략하겠지만, 하나 꼭 강조하고 싶은 것은 90년대 한국문학을 풍미한 '개인'의 이데올로기가 단지 80년대의 '전체성의 폭정'에 대한 반발만은 아니라는 사실이다. 그렇게 볼 수 있는 면도 있지만, 그와 함께 신자유주의의 세계적 확산에 주목하지 않으면 안 된다. 신자유주의는 자유주의의 급진화의 산물로서 한마디로 사적 개인을 절대화한 이데올로기이다. 마르크스가 날카롭게 지적한 것처럼 사적 개인은 사적 소유라는 관념을 정당화하기 위해 창안된 부르주아의 고안물이다. 요컨대 근대 자본주의가 낳은 역사적 산물인 것이다. (신)자유주의는 역사적 고안물인 사적 개인을 인간의 존재론적 본질로 초역사화시켰다. 그 결과 사회적 영역과 격절된 사적 개인이 독자적으로 존재한다는 이데올로기적 가상을 만들어냈으니, 앞에서 거론한 90년대 문학의 화두들이 그것이다.[2] 그런 점에서 90년대 한국문학을 지배한 '개인'의 이데올로기는 한국사회가 신자유주의에 포섭되었음을 말해주는 뚜렷한 증좌이다.

90년대의 한국 문학비평과 문학연구 역시 마찬가지다. 아니, 오히려

---

2) 자유주의와 사적 개인의 관련성에 대한 좀더 자세한 설명은 이 책의 「복수의 근대와 민족문학」 2절 참조.

90년대의 문학비평 / 연구는 '개인'의 이데올로기를 이론적으로 정당화하고 조장하는 데 결정적인 기여를 했으며, 그럼으로써 신자유주의의 내면화에 중요한 일익을 담당했다. 다음 장들에서는 몇 개의 테마를 중심으로 90년대의 문학비평 / 연구가 '개인'의 이데올로기에 어떻게 연루되어 있는지, 그리고 그것을 이론적 · 문학사적으로 어떻게 정당화했고 어떤 결과를 낳았는지에 대해 살펴보도록 하겠다.

2. 미적 자율성의 신화

'개인'의 이데올로기와 가장 직접적으로 결부되어 있는 미학적 명제는 '문학은 자기표현'이라는 주장이다. 말하자면 문학은 사적 개인의 내밀한 진실을 표현하는 매체라는 것이다. 문학이 자기표현이라는 명제는 틀린 말은 아니다. 하지만 문학은 자기표현인 동시에 그 이상이다. 그러나 미적 자율성론은 '그 이상'을 인정하지 않는다. 그것을 인정하는 순간 미적 자율성이라는 관념은 존립 불가능해지기 때문이다.

대신 90년대의 한국 문학비평은 미적 자율성=미적 근대성=미적 저항이라는 등식을 만들어내 사적 개인의 이념을 정당화했다. 이러한 등식은 90년대 내내 완강한 통념으로 자리 잡으면서, 한편으로는 민족문학 혹은 리얼리즘을 배격하고 다른 한편으로는 자유주의문학 혹은 모더니즘 / 포스트모더니즘을 옹호하는 이론적 근거로 사용되었다. 특히 97년을 전후해 벌어졌던 '모더니즘 재인식' 논쟁에서 미적 자율성론은 그 위력을 유감 없이 발휘한 바 있다. 당시 논쟁의 당사자였던 진정석은 미적 자율성을 "비합리성으로 특징 지워지는 사회적 근대성을 비판하고 그 폐해를 치유할 수 있는 문학예술만의 독자적인 권능"이라고 정의하여 미적 자율성=미적 근대성=미적 저항의 도식을 전형적으로 표현한 바 있다. 그 연장선상에서 진정석은 "모더니즘적 상상력이 주도하고 있는 1990년대 문학의 현황을 염두에 둘 때, 모더니즘의 수용은 당위적인 요청이 아니라 현실로 존재하는 것에 대한 사후승인에 가깝다"고 주장함으로써 미적 자율성 개념에 기초한 모더니즘을 한국문학의 대안으로까지 내세우기에 이른다.[3]

흥미로운 것은 진정석이 사회적 근대성을 '비합리성'으로 일률 규정하면서 그 반대편에 미적 자율성을 상정하고 있는 점이다. 사회적 근대성 자체가 하나가 아니라 여러 종류임을 감안하면, 진정석의 일률적 규정은 지나치게 나이브하다. 하지만 이런 식의 인식은 진정석에게만 국한된 것이 아니라 당시의 일반적 통념이었다. 그런데 이러한 통념의 근저에는 바로 문학을 '사회적인 것'의 대립항, 다시 말해 '개인의 자기표현'으로 여기는 발상이 자리 잡고 있다. 그래서 사회적 근대성 대 미적 근대성, 비합리성 대 합리성, 지배 대 저항이라는 구도가 가능했던 것이다. 문학이 후자에 속함은 물론이다. 90년대 한국문학을 모더니즘적 상상력이 주도하고 있다는 진정석의 진단은 그런 맥락에서 이해할 필요가 있다. 요컨대 사적 개인의 자기표현이라는 문학관이 전제될 때에만 비로소 미적 자율성이 한국문학의 대안일 수 있게 되는 것이다. 만약 문학이 사적 개인의 자기표현이 아니라면 문학은 그 순간 사회적 근대성의 한 부분이 되고, 그렇다면 미적 자율성은 더 이상 사회적 근대성에 대한 저항의 이념일 수 없기 때문이다. 이처럼 '개인'의 이데올로기와 미적 자율성론은 서로가 서로를 보완하면서 정당화시켜 주는 순환적 관계를 맺고 있다.

미적 자율성론은 문학연구에도 깊은 영향을 주었다. 한국 근대문학사에서 미적 자율성 개념이 어떻게 형성되었는지에 대한 연구가 쏟아

---

3) 모더니즘 재인식론에 대한 필자의 상세한 비판에 대해서는 하정일, 「모더니즘 논쟁과 20세기 한국문학」, 『분단 자본주의 시대의 민족문학사론』, 소명출판, 2002 참조.

져 나왔고, 심지어는 미적 자율성의 형성 과정을 한국 근대문학사의 중심 흐름으로 설정하는 연구들까지 등장했다. 미적 자율성 개념의 형성 과정에 대한 연구는 바람직하다. 어찌되었든 미적 자율성 개념에 기초한 문학들이 한국 근대문학의 중요한 분파를 이루어 왔기 때문이다. 따라서 그에 대한 연구는 80년대의 문학연구에 부족했던 부분을 보완해 주는 긍정적 의미를 갖는다. 문제는 미적 자율성 개념의 형성과정을 한국 근대문학사의 '중심'으로 보는 것이 타당하냐는 것이다. 이와 관련하여 다음과 같은 해석은 여러모로 의미심장하다.

> 정과 그 주체로서의 '자기'가 강조되면서, 그때까지의 세계상은 근본적으로 흔들리기 시작한다. 그리하여 생겨난 틈새로 떠오르는 것이 세계의 중심은 자기이니 자기의 순수 감정이야말로 주요하다는 생각, 그러나 보편의 안정성을 잃은 자아는 불안과 고독에 시달릴 수밖에 없다는 초조, 이를 치유할 수 있는 길은 공감과 사랑밖에 없다는 다짐들이다. 1910년대에서 1920년대 초에 이르기까지 인식의 근본 틀을 형성한 것은 바로 이런 사고라고 할 수 있다.[4]

> 1920년대 문학은 이러한 계몽의 기획이 어느 정도 현실화되고 또 다른 한편으로는 좌절된 상황에서 새롭게 출발한다. 계몽주의자의 자리는 이미 사라지고 보헤미안적 특성을 지닌 딜레탕트 집단이 새로운 예술의 주체로 등장하기에 이른다. 예술적 열망을 삶의 전 계기로 사유하는 이들에 의해 근대문학은 계몽의 과정에서 벗어나는 미학적 단절의 계기를 발견한다. 이제 새로운 과제는 소설, 시, 평론 등 구체적 장르의 텍스트 자율화라는 형태로 제기되기 시작하는 바, 근대문학의 본격적 전개는 이 시점에서 비롯된다.[5]

두 논자는 공통적으로 사적 개인과 미적 자율성 관념의 등장을 근대문학의 본격적 출발점으로 잡고 있다. 하지만 이러한 설명은 문학사의

---

4) 권보드래, 「'문학' 범주의 형성 과정」, 『민족문학사연구』 제14호, 민족문학사학회 1999, 83면.
5) 손정수, 「자율적 문학관의 기원」, 『민족문학사연구』 제20호, 민족문학사학회, 2002, 349면.

실상과 어긋난다. 먼저 1910년대에 대한 이들의 논의에는 계몽주의와 미적 자율성 사이에서 동요했던 이광수와는 달리 계몽의 이념에 투철했던 신채호의 문학에 대한 고려가 빠져 있다. 1920년대 초반의 경우에는 신경향파문학이라든가 다양한 민중문학론들에 대한 고찰이 없다. 이들에 대한 고구(考究) 없이는 1920년대 중반 이후의 한국 근대문학을 주도한 프로문학의 역사성을 설명하기 어렵다. 프로문학이 단기간에 한국 근대문학을 장악할 수 있었던 역사적 조건이나 근거는 무엇일까. 그것은 한마디로 프로문학이 한국 근대문학의 강건한 계몽 전통을 잇는 문학이었기 때문이다. 3·1운동을 전후하여 한국 근대문학은 다기한 분화의 과정을 겪게 된다. 이러한 분화는 부르주아 계몽주의가 급속히 좌절·쇠퇴하면서 발생한 필연적 현상이었다고 할 수 있을 터이다. 권보드래와 손정수가 거론한 미적 자율성의 계보는 당시의 여러 분파 가운데 하나일 뿐이다. 따라서 한 분파에 대한 설명으로는 얼마든지 성립 가능한 논리이고, 그런 측면에서라면 이러한 작업은 한국 근대문학 연구의 풍부화를 위해 권장되어야 마땅하다. 하지만 그것을 근대문학의 중심축 혹은 본격적 출발점으로 해석하는 것은 지나친 과장이다.

그렇다면 이러한 과장된 인식은 어디에 기반하고 있는 것일까. 바로 '개인'의 이데올로기이다. 문학은 자기표현이라는 것, 사회적 지향과 분립(分立)된 미적 지향이 별개로 존재한다는 것, 미적 영역은 사회적 영역과 대립된 세계라는 것, 이러한 인식들이 미적 자율성의 계보를 한국 근대문학의 중심축으로 상정하는 과장을 낳은 것이다. 하지만 그럴 경우 미적 실천을 사회적 실천의 한 부분으로 본 신채호의 문학이나 부르주아 계몽주의를 비판적으로 계승한 염상섭과 현진건, 그리고 새로운 계몽 기획을 제시한 신경향파문학과 프로문학운동을 설명하기 어려워진다. 어느 것이 한국 근대문학의 중심축이었고 어느 것이 보다 바람직한 길이었나에 대해서는 많은 논의가 필요하다. 그러나 적어도 신채호 −염상섭−최서해−프로문학−민족문학으로 이어져온 흐름을 한국 근대문학의 또 다른 계보로 인정하지 않는 한 한국 근대문학의 총체상을 제대로 그릴 수 없다. 이들을 통해 확인할 수 있는 것은 한국 근대문학에서 미적 근대성은 미적 자율성으로 환원될 수 없다는 사실이다. 다시 말해 '개인'의 이데올로기가 최소한 한국 근대문학의 유일한 중심축은 아니었다는 것이다.

이와 관련해 가장 우려스러운 것은 미적 자율성 개념이 철저히 서구 중심적 범주라는 점이다. 따라서 미적 자율성 개념을 고찰할 때에는 그것에 들러붙어 있는 식민성을 비판적으로 성찰하는 일이 긴요하다. 요컨대 이식의 원인에 대한 비판적 성찰과 과정이 갖는 복합적 의미, 그리고 결과에 대한 가치 판단이 반드시 수반되어야 한다는 것이다. 이러한 탈식민적 문제의식이 결여된 문학연구는 이식에 대한 사후 승인이 되기 십상이기 때문이다. 이래서는 문학연구가 서구 중심주의의 극복은커녕 한국문학의 바람직한 미래를 기획하기 위한 학문적 실천이 될 수 없다.

3. 사적이고 선험적인 내면의 창조

미적 자율성 개념과 긴밀히 관련되어 있는 것이 내면이다. 문학이 사적 개인의 자기표현일 수 있는 것은 내면의 존재 덕분이라 해도 과언이 아니다. 욕망이니 몸이니 섹슈얼리티니 하는 것들도 내면 없이는 성립할 수 없다. 그것들은 모두 내면의 외화(外化) 혹은 물질적 활동인 셈이다. 이처럼 '개인'의 이데올로기는 내면의 존재와 뗄레야 뗄 수 없는 관계를 맺고 있다. 그런 만큼 90년대의 문학비평 / 연구는 문학과 내면의 관련성에 대해 깊은 관심을 기울여 왔다. 다시 한 번 황종연의 설명을 보자.

생각해보면, 소설은 다른 어떤 문학, 예술 형식보다도 진정성 추구를 다루는 데에 적합하다. 우선 진정한 자아가 욕망되고 생성되는 장소인 개인의 내면을 소설보다 효과적으로 그려낼 수 있는 매체는 없다. 이른바 '투명한 마음'을 보여주는 서술기법을 다양하게 갖추고 있는 소설은 진정한 삶의 경험에 특권적으로 다가간다. 진위, 선악, 미추의 관습적 이분법에 구애될 필요가 없는 가공의 이야기라는 점에서 소설이 갖는 장점도 있다. 소설의 허구는 진정성이 요구되는 개인적 진실과의 계약을 성실히 이행하게 해준다. 더욱이 소설은 형식상으로 개방적이어서 개인의 자기표현을 폭넓게 수용한다는 특성이 있다. 진정한 자아 표현에 걸맞는 창조적인 담론의 가능성은 반규범적 장르로서의 소설에 풍부하게 열려 있다.[6]

황종연의 설명처럼 소설은 내면을 그리는 데 대단히 적합한 장르이다. 문제는 내면이 선험적으로 존재하는 것인 양 여기는 인식과 내면을 사회와 격절된 영역으로 설정하는 시각이다. 가령 진정한 자아라든가 투명한 마음 같은 용어에서부터 그러한 징후가 느껴진다. 그러나 근대적 내면, 곧 사적 개인의 최후의 안식처로서의 내면—진정한 자아, 투명한 마음—은 이데올로기적으로 만들어진 것이다. 소설은 바로 사적 개인의 징표로서의 근대적 내면을 만들어내는 일에 중요한 기여를 한 매체였다. 90년대의 한국문학이 내면의 표현에, 그리고 그와 결부된 욕망/섹슈얼리티/몸 등의 주제에 그토록 열정적으로 매달렸던 것도, 작가들이 의식했든 의식하지 못했든, 내면 만들기를 통해 사적 개인을 특권화하기 위해서였다고 혹은 사적 개인을 특권화하는 사회적 경향에 포섭된 결과였다고 볼 수 있다. 여기서 우리는 신자유주의가 유포한 이데올로기적 효과를 다시 한 번 확인할 수 있거니와 따라서 내면이라는 범주를 어떻게 이해하고 다루느냐 하는 문제는 대단히 중요한 의미를 갖는다. 하지만 90년대의 한국문학에서 그에 대한 성찰적 사유를 발견하기란 거의 불가능하다. 사실 황종연의 경우는 이 문제에 대한 나름의

---

6) 황종연, 「진정성, 개인주의, 소설」, 앞의 책, 262면.

균형감각과 경계심을 갖고 있는 사례에 해당된다. 내면의 사회적 연관을 지속적으로 언급하는 모습을 보여주기 때문이다. 그에 비해 90년대의 대다수 평론들은 인용하기 민망할 정도로 내면을 절대화하고 신비화시키고 있다. 내면의 절대화는 욕망/성/육체 등을 특권화하는 데로 나아가게 마련이니, 이로써 개인의 사회성은 실종되고 만 것이 90년대의 정황이었다.

문학연구의 경우도 사정은 비슷하다. 내면을 선험적이고 비(非)사회적인 공간으로 상정한 연구들은 연구자의 학문적 입장을 불문하고 일반화되어 있다. 이를테면 문학의 사회적 연관을 섬세하게 배려하고 있는 연구자들조차도 종종 그러한 문제점을 보여준다.

> 「만세전」의 구성원리는, 여로 형식이 제공하는 현실의 다면적인 상황과 긴밀히 결부되지는 못하고 있는 이인화의 내면적 지향으로 요약될 수 있다. 이러한 자리에서 「만세전」의 현실 수용이 일종의 삽화적 수준에 떨어지는 것은 피할 수 없는 결과라 하겠으며, 따라서 「만세전」과 여타 1920년대 초기 소설들의 거리라는 것이 그다지 멀지는 않음을 알 수 있다.7)

윗 구절은 문학의 사회적 연관을 중시하는 연구자의 저서 중 한 대목이다. 내면을 절대화하고 있는 글을 소개하지 않은 것은 내면의 사회적 연관을 중시하는 연구들조차도 내면에 대한 편견에 빠져 있음을 보여주기 위해서이다. 저자인 박상준은 염상섭 초기 소설의 내면 지향성이 '식민지적 비참성이라는 시대적 규정'에서 기인한 결과임을 옳게 설명한다. 또한 염상섭의 「만세전」이 식민지 현실의 이모저모를 날카롭게 묘파하고 있음도 정확하게 지적한다. 그럼에도 불구하고 박상준은 「만세전」이 결국 "현실의 다면적인 상황과 결부되지 못하고 있"으며, "현실 수용이 삽화적 수용에 떨어"져 있다고 비판한다. 그 근본적 원인은

---

7) 박상준, 『한국 근대문학의 형성과 신경향파』, 소명출판, 2000, 115면.

"염상섭이 내면의 지향성과 당대 사회의 폐색성이 빚는 긴장 관계 속에서 끝내 앞의 것을 버리지 못하고 그에 준해서만 후자를 드러내는 데 그치고 있"[8]기 때문이다. 요컨대 내면 지향성으로 말미암아 식민지 현실이 삽화적 수준에서 반영되는 데 그쳤다는 것이다.

여기서 우리는 내면에 대한 심각한 오해, 즉 내면은 사적이고 비사회적 공간이라는 편견에 접하게 된다. 앞에서 언급했듯이 내면이 사적인 영역이라는 발상은 부르주아가 창안한 근대의 고안물이다. 박상준 역시 그러한 편견에서 자유롭지 못하다. 그러다 보니까 내면 지향 곧 리얼리즘 미달이라는 도식에 휘말리게 되는 것이다. 중요한 것은 내면 지향이냐 사회 지향이냐가 아니라 내면의 사회성이다. 「만세전」이 탁월한 리얼리즘 소설인 까닭은 이 작품이 이인화의 내면에 초점을 맞추되 그것을 사적이고 고립된 내면이 아니라 사회와 끊임없이 소통하는 내면으로 그렸다는 점에 있다. 이인화가 행동으로 나아가고 있지 않은 것은 틀림없지만, 그렇다고 해서 그의 내면이 고정불변인 것은 아니다. 동경에서의 내면과 마지막 부분의 내면은 크게 다르다. 이러한 내면의 변화는 여행과정에서 체험하고 목격한 민족 현실 때문이거니와 그런 점에서 이인화의 내면은 사회를 향해 열려 있으며, 사회와 끊임없이 의사소통을 하고 있다. 말하자면 내면과 사회 사이에 경계가 그어져 있지 않은 셈이다. 따라서 우리는 「만세전」을 통해 사회와 소통하는 내면이라는, 사적 개인의 마지막 안식처로서의 내면과는 다른, 새로운 형태의 내면을 발견하게 된다. 그리고 이것이야말로 식민지 근대라는 특수성이 가능케 해준 문학적 성취였다고 할 수 있다.[9]

사적 개인은 사회로부터 유리된 내면의 존재를 전제한다. 그래서 근대문학은 사회로부터 유리된 내면이 선험적으로 존재하는 양 그림으로써 사적 개인의 존재 근거를 마련했다. 90년대의 한국문학 비평 / 연구는

---

8) 위의 책, 119면.
9) 이에 대한 좀 더 자세한 설명으로는 이 책의 「염상섭 혹은 탈식민 문학의 세계성」 참조

내면을 절대화하는 측이나 문학의 사회적 연관을 강조하는 측이나 '사회로부터 유리된 내면이 선험적으로 존재한다'는 편견에 사로잡혀 있는 문제점을 공통되게 보여준다. 그렇게 된 것은 궁극적으로 양측이 공히 '개인'의 이데올로기에 꽁꽁 묶여 있기 때문이라 할 수 있을 것이다.

4. 풍속론적 문학연구와 대중

근래 들어 한국 근대문학 연구에서 새롭게 각광받고 있는 분야 가운데 하나가 풍속론적 문학연구이다. 풍속론적 문학연구는 한국 근대문학 연구가 그간 소홀히 해왔던 미시사라든가 대중문화에 대한 흥미진진한 성과물들을 다수 내놓고 있다. 이는 한국 근대문학 연구의 외연(外延)이 확장되고 있다는 점에서 뿐 아니라 새로운 연구방법론의 개발이라는 측면에서도 반가운 일이다. 하지만 당초의 기대와는 달리 요즈음 쏟아져 나오고 있는 풍속론적 연구결과들을 보고 있노라면 회의와 우려의 마음을 금할 수 없다.

근자에 풍속론적 문학연구가 성행하는 것은 두 가지 동기와 관련되어 있는 것으로 보인다. 하나는 문학이 과거와 같은 권위를 잃어버림에 따라 문학을 문학 자체의 틀이 아니라 문화나 풍속과 같은 좀 더 포괄적인 범주 속에서 새롭게 이해해야 할 필요가 생겼다는 점이다. 문학이 특권적 지위를 지니고 있을 때에는 문학 자체의 논리로 문학을 바라보는 일이 큰 문제가 없었지만, 지금은 상황이 많이 달라진 것이 사실이다. 따라서 문학만을 고립적으로 고찰하는 일은 문학에 대한 깊은 이해를 위해서도 지양(止揚)할 필요가 있다. 다른 하나는 문학 중심주의의 폐단을 극복하기 위해서이다. 문학 중심주의는 문학과 비(非)문학 사이에

만리장성을 쌓았다. 그 결과 이른바 '문학적인 것'에 대한 배타적 연구가 횡행했고, 이러한 배타성은 다시 문학의 고립화를 조장해왔다. 문학의 고립화는 문학을 대중으로부터 멀어지게 만들면서 문학의 주변부화를 초래했으니, 그런 점에서 풍속론적 문학연구는 문학과 대중의 소통 가능성을 확대해 나가기 위한 예비 작업의 의미까지 갖는 셈이다.

그렇다면 최근의 풍속론적 문학연구는 이러한 요구에 제대로 부응하고 있는 것일까. 필자의 개인적 소견으로는 그렇지 못하다. 무엇보다 대부분의 연구들이 기왕에 알려진 사항들을 재확인하는 데 그치고 있을 뿐 한국 근대문학에 대한 새로운 인식으로는 나아가지 못하고 있다. 새로운 '사실들'은 이것저것 나열하고 있지만, 그 '사실들'을 종합해 한국 근대문학 혹은 근대문화에 대한 새로운 인식을 보여주는 수준에는 이르지 못하고 있다는 말이다. 이러한 한계는 풍속론적 문학연구가 미시사 연구의 한계를 반복하고 있는 것과 무관하지 않다. 미시사 연구의 일반적 한계가 바로 종합의 결여라는 점에서 그러하다. 미시사 연구가 진정으로 필요한 까닭은 '사실들'의 종합을 통해 거시사 연구가 보지 못했던 역사적 진실을 드러내기 위해서이다. 그러나 대부분의 미시사 연구는 거시사 연구에서 확정된 이론을 미시사 분야에서 검증하는 데서 그치고 있다. 근자의 풍속론적 문학연구 역시 비슷하다. 근대성과 관련해 이미 제시된 이론적 명제들을 풍속 차원에서 검증하는 것이 태반이다. 가령 김진송의 『서울에 딴스홀을 허하라』 같은 경우가 그러하다. 읽을거리로는 흥미롭지만, 이 책에서 새로운 테마나 문제의식을 찾아보기는 힘들다. 풍속론적 문학연구가 한국 근대문학에 대한 새로운 인식을 보여주는 대안적 방법이 되어야 한다는 관점에서 보자면, 별다른 의미가 없는 작업인 셈이다.

또한 대부분의 풍속론적 연구들이 문학작품을 풍속 자료로 취급하고 있는 점도 문제이다. 이러한 접근방식은 풍속사 연구와 풍속론적 문학연구의 차이를 혼동한 데서 빚어진 결과이다. 풍속론적 문학연구는 풍속사 연구의 한 부분이 아니다. 거꾸로 그것은 풍속을 자료로 하여 근대문학에 대한 새로운 진실을 캐기 위한 작업이다. 요컨대 풍속이 아니라 문학 쪽에 방점이 찍혀 있다는 것이다. 하지만 상황은 정반대이다. 풍속론적 연구를 가장 활발하게 수행하고 있는 이경훈의 작업 역시 그러한 한계에서 자유롭지 못하다. 가령 「만주와 친일 로맨티시즘」 같은 글10)은 문학작품을 풍속의 자료로 삼았을 때 발생하는 문제점을 고스란히 보여준다. 이 글의 가장 큰 문제점은 이기영・이태준・현경준・안수길 등의 만주 인식에서 나타나는 '미세하지만 중요한' 차이를 만주 로맨티시즘의 이름으로 덮어버리고 있다는 점이다. 1930년대 후반에서 40년대 초반의 만주가 '낭만'의 공간이었다 하더라도 그 '낭만'의 구체적 내용이나 정조는 사뭇 다르다. 이기영에게 그 곳이 개척의 공간이었다면 안수길에게는 생존의 공간이었고 현경준에게는 재생의 공간이었으며 이태준에게는 저항의 공간이었다. 문학연구가 관심을 기울여야 할 대목은 바로 '낭만'의 이름으로 평균화시킬 수 없는 이 '차이'이다. 왜냐하면 이 차이가 친일과 저항, 협력과 비협력, 식민과 탈식민을 아슬아슬하게 가르고 있기 때문이다.

사실 풍속사 연구의 난점이 여기에 있다. 풍속은 얼핏 집단적인 현상을 연상시킨다는 점에서 '개인'의 이데올로기와 무관해 보인다. 하지만 풍속은 은밀한 방식으로 '개인'의 이데올로기에 접맥되어 있다. 일단 풍속이 김남천의 말마따나 제도에 대한 개인들의 습득 감각을 가리킨다는 점에 유념할 필요가 있다. 다시 말해 풍속이란 제도나 구조가 개인 차원에서 혈육화된 상태를 뜻한다. 하지만 풍속의 주체인 개인은 철저히 대중으로서의 개인이다. 대중으로서의 개인이란 평균화된 개인, 익명화된 개인이다. 그런데 이때의 평균화된 개인이 사적 개인이라는 점에 주목해야 한다. 사회적 개인들의 이질성이 제거된 사적 개인만이 대

---

10) 이경훈, 「만주와 친일 로맨티시즘」, 『오빠의 탄생』, 문학과지성사, 2003.

중으로 균질화될 수 있기 때문이다. 그리고 개개인이 가진 차이나 개성을 균질화시킬 때에야 비로소 풍속이 성립될 수 있다. 평균화되고 익명화된 사적 개인들의 집합인 대중이 풍속의 주체가 되는 것은 그런 연유에서이다. 문학작품을 풍속연구의 한 자료로 취급해서는 곤란한 소이가 이 점에 있다. 문제적 개인의 창작물인 문학작품의 차이와 개성이 사장(死藏)되기 때문이다.

그런 점에서 풍속론적 문학연구는 풍속사 연구가 빠지기 쉬운 한계, 즉 개인을 평균화시키고 균질화시킴으로써 발생하는 몰개성과 획일화를 극복할 수 있는 대안적 의미를 갖는다. 풍속론적 문학연구에서 풍속이 아니라 문학에 방점이 찍혀야 한다고 강조한 것은 그래서이다. 그러나 이경훈의 작업을 포함하여 대부분의 풍속론적 문학연구는 풍속에 방점이 찍힌, 곧 문학작품이 한갓 풍속의 자료로 취급되는 문제점을 동일하게 보여준다. 그 결과 작가들마다의 개성과 차이가 만주 로맨티시즘으로 명명된 풍속에 사장되어 평균화·균질화되어 버리는 사태가 초래된 것이다.

논의를 좀 더 확장시키면, 이 문제는 탈식민의 과제와도 관련되어 있다. 풍속에 방점이 찍힌 풍속론적 문학연구로는 한국 근대문학에서 탈식민적 가능성을 찾아내기 어렵다. 만주 소재 문학을 언급하면서도 지적했지만, 평균화된 풍속의 차원에서는 제도와 구조가 작가 개개인에게 어떻게 내면화 또는 혈육화되었는지를 확인하는 일만이 가능하다. 물론 이러한 작업도 필요하다. 풍속사적 접근을 통해 작가들이 주관적 의도와는 관계없이 식민주의에 포섭되는 경로와 과정을 효과적으로 규명할 수 있기 때문이다. 하지만 그와 함께 균열과 틈을 찾아내는 작업도 필수불가결한데, 그럴 때 비로소 식민주의 내부로부터 식민주의를 극복해 가는 탈식민적 가능성을 분별해낼 수 있다. 그런데 이러한 작업은 문학에 방점이 찍힌 연구에서만 가능하다는 점을 다시 한 번 강조하지 않을 수 없다. 이러한 접근방식만이 식민주의의 양가성—자기 완결성과 비자족성 — 을 동시에 포착할 수 있기 때문이다.[11] 필자가 이런저런 아쉬움에도 불구하고 풍속론적 문학연구에 여전히 기대를 거는 까닭이 거기에 있다.

5. 소결-'개인'의 이데올로기를 넘어서

지금까지 미적 자율성론, 내면에 대한 이해방식, 풍속론적 문학연구 등을 통해 90년대 이후의 한국문학비평/연구가 어떻게 사적 개인을 특권화한 '개인'의 이데올로기에 연루되어 있는지, 그리고 그러한 유착이 어떤 문제점을 발생시키는지에 대해 간략히 살펴보았다. 이를 통해 우리가 재확인할 수 있었던 것은 우리 시대가 신자유주의에 지배된 시대였다는 사실이다. IMF사태를 거치면서 우리는 신자유주의가 한국의 민중들에게 선사한 고통을 뼈저리게 목격한 바 있다. 그런 점에서 신자유주의의 극복이야말로 한국의 진보 세력이 해결해야 할 가장 중차대한 과제이다.

문학의 경우에도 마찬가지다. 혹자는 미학적 자유주의가 자유주의 이데올로기에 대한 저항의 이념이라고 강변하기도 하지만, 앞에서 분석한대로 미학적 자유주의 역시 자유주의 이데올로기의 연장선상에 놓여 있다. 아니, 사적 개인을 절대화하고 있다는 점에서 미학적 자유주의는 자유주의 이데올로기의 급진적 분파를 대표한다. 엄정히 말하자면, 한국의 진보적 문학들도 90년대를 거치면서 자유주의 이데올로기에 깊숙이 침윤되었다. 미적 자율성이나 내면에 대해 그들과 같은 견해를 공유

---

11) 식민주의의 양가성과 한국 근대문학의 탈식민적 가능성의 상관관계에 대해서는 이 책의 「한국 근대문학 연구와 탈식민」 참조.

하고 있는 '진보주의자'들을 종종 발견할 수 있다는 점에서 그러하다.

이러한 한계를 돌파하기 위해서는 무엇보다 미적 자율성이니 내면이니 욕망이니 하는 개념들에 대한 탈식민적 재구성이 급선무라는 점을 강조하고 싶다. 이 개념들이 하나같이 서구로부터 이식되어 이제는 우리의 것으로 내면화된, 이른바 내부 식민주의의 대표적 사례들이기 때문이다. 참다운 근대 극복은 탈식민화를 수반할 때 가능하다는 것이 20세기의 역사가 우리에게 주는 교훈이다. '개인'의 이데올로기를 극복하려는 학문적 노력은 그를 위한 의미 있는 첫걸음이 될 것이다.

제2부
식민지 시대 탈식민 문학의 계보

급진적 근대기획과 예술의 정치화

신채호의 탈식민 사상과 문학론

1. 계몽기문학과 신채호

몇 년 전부터 계몽기문학에 대한 연구가 대단히 활발하게 이루어지고 있다. 이러한 연구의 열기는 아마도 한국적 근대의 기원을 탐색하려는 의욕과 맞물려 있는 것으로 보인다. 왜 근대의 기원이 문제인가. 그것은 장기지속적 근대의 맥락에서 한국적 근대의 원형 내지는 기본 경향을 파악해보려는 의도 때문일 것이다. 말하자면 한국이 근대에 진입한 때부터 지금까지 지속되고 있는 어떤 불변적 구조나 경향을 찾아냄으로써 한국적 근대의 장기지속적 특질을 성찰해보자는 생각이 계몽기문학에 대한 높은 관심을 촉발했다는 것이다.

근대를 장기지속의 맥락에서 접근해보는 것은 의미 있는 작업임에 틀림없다. 계몽기 이래 관류하고 있는 통(通)역사적 경향이 분명 존재하고, 그러한 통역사적 경향 내지는 구조가 한국적 근대의 중요한 특질들 가운데 하나인 것도 확실하기 때문이다. 다만 일정한 역사적 기간을 공시적 구조로 설정할 때 가장 조심해야 할 것은 역사를 하나의 본질로 단일화시키는 논리이다. 필자는 이러한 접근방식을 '단수의 근대'론이라고 비판한 바 있거니와 '단수의 근대'론으로는 다양한 경향들과 운동들이 길항하면서 빚어내는 근대의 중층성, 곧 '복수의 근대'를 규명할 수 없다.1)

근대의 놀라운 역동성은 다양한 근대들이 한편으로는 충돌하고 다른 한편으로는 겹치기도 하는 복잡다기한 길항의 과정에서 산출된 것이다. 어느 시대나 그러했겠지만, 특히 근대는 계급·민족·성·인종·개인 등 다양한 심급들이 저마다 자기 목소리를 내면서 주체로 등장한 시대이다. 이 많은 주체들이 서로 얽히고설키면서 근대를 중층화했고 탈중심화시켰으며 이로부터 근대 내부로부터 근대를 갱신해가는 역동성이 발휘될 수 있었다. 근대를 하나의 본질로 환원시키는 '단수의 근대'론은 근대의 이러한 다양성과 역동성을 인정하지 않는다. 이럴 때 발생하는 결과는 근대를 긍정 아니면 부정, 둘 중 하나로 단순화시키는 것이다. 근대화론과 탈근대론이 양자를 대표하는 이데올로기거니와 이런 식의 양자택일적 논리로는 근대 내부로부터의 근대 극복을 기대하기 힘들다. 근대성을 성찰할 때 '복수의 근대'라는 관점이 필수적인 것은 그래서이다.

복수의 근대라는 관점에서 최근의 계몽기문학연구를 바라보면 미적 자율성이라는 문제에 지나치게 매달리고 있다는 아쉬움을 느끼게 된다. 계몽기 소설의 내발적(內發的) 형성과정을 다룬 김영민의 작업2)을 비롯하여 몇몇을 제외하고는 대부분의 연구들이 미적 자율성의 계보학을 세우는 데 몰두하고 있는 듯하다. 미적 자율성의 이념에 기초한 문학들이 한국 근대문학의 중요한 분파를 이루고 있다는 점에서 그에 대한 연구는 80년대의 문학연구에 부족했던 부분, 그러니까 계몽적이고 이념적

---

1) 이에 대한 자세한 설명으로는 이 책의 「복수의 근대와 민족문학」 참조.
2) 김영민, 『한국 근대소설사』, 솔, 1997.

인 문학들에 치중하면서 경시되거나 제외되었던 문학 경향들에 대한 연구를 보완한다는 긍정적 의미를 나름대로 갖는다.

하지만 미적 자율성의 계보를 한국 근대문학사의 중심축으로 단일화하는 시각은 일단 문학사의 실상과도 어긋난다. 가령 계몽의 이념에 투철했던 박은식이나 신채호의 문학은 미적 자율성의 계보에 속하지 않는다. 뿐만 아니라 미적 자율성의 계보학으로는 신경향파문학이라든가 1920년대 중반 이후의 한국문학을 주도한 프로문학의 역사성을 설명하기 어렵다. 염상섭에서 채만식까지 이어지는 리얼리즘 경향의 문학들 또한 미적 자율성의 개념으로 포괄할 수 없다. 오히려 이 계열의 문학은 계몽의 전통이라는 범주로 묶을 수 있을 터인데, 이 범주의 문학이 한국 근대문학사에서 차지하는 비중이나 의의는 미적 자율성의 계보에 비해 훨씬 두텁고 넓다. 미적 자율성이라는 개념만으로 온전히 설명할 수 있는 문학은 '순수문학' 정도이다. 그런 점에서 미적 자율성의 계보는 한국 근대문학의 다양한 분파들 가운데 하나일 뿐이다. 따라서 이들에 대한 설명이나 평가도 그에 합당하게 이루어져야 한다. 나아가 다른 분파들, 무엇보다 계몽의 전통과의 상호관계 속에서 미적 자율성의 계보가 갖는 의미를 천착하는 일이 긴요하다. 다시 말해 양자가 서로 어떻게 상호작용 했는지, 이들이 한국 근대문학 속에서 어떠한 상대적 의미를 갖는지, 이들이 한국 근대문학의 전개과정에서 구체적으로 어떠한 역할을 했는지 등등이 비교 검토되어야 한다는 것이다. 그럴 때 미적 자율성의 계보가 문학사 속에서 적절한 자리를 얻게 될 수 있기 때문이다.

이러한 작업이 온전히 이루어지려면 무엇보다 서구 중심주의를 넘어서는 것이 필수불가결하다. 미적 자율성조차도 서구 중심주의와는 다른 규정과 맥락 속에서 바라보는 시각이 긴요하다. 그렇지 않을 경우 미적 자율성에 대한 논의는 반드시 서구 중심주의의 승인으로 귀결되기 십상이기 때문이다. 다시 말해 한국 근대문학의 이상형이 서구문학이 되고 마는 결론이 나오게 된다는 것이다. 서구 중심주의의 틀에 머무는 한 서구적 의미의 근대문학만이 근대문학의 유일한 길이 된다. 서구적 코스에서 벗어난 문학은 근대문학으로부터의 일탈이 되기 때문이다. 한국 근대문학사가 종종 '결여'의 문학사가 되곤 하는 것도 이와 관련이 깊다. 그러므로 한국 근대문학사를 '결여'의 문학사가 아니라 '특수성'의 문학사로 기술하기 위해서는 서구 중심주의의 극복이 선결과제가 되는 것이다. 계몽기를 대상으로 해 말하자면, 미적 자율성에 대한 제3세계적 재구성과 더불어 미적 자율성의 계보와는 다른 경향의 문학에 대한 온당한 인식이 '특수성'의 문학사로 나아가기 위한 첫걸음이라 할 수 있다. 이런 맥락에서 미적 자율성의 계보를 다시 바라보면, 그것은 서구의 경우에도 자유주의에 뿌리를 둔 하나의 미학 이데올로기에 불과했으며, 여타의 지역들, 특히 제3세계에서는 오히려 계몽의 이념에 기반을 둔 문학들이 근대문학의 주요 세력으로 활동해왔다. 그런 점에서 미적 자율성의 계보에 대한 편향된 강조는 한국 근대문학의 총체상을 훼손한다는 문제점과 함께 한국문학의 탈식민적 가능성을 보지 못하게 만들 위험성마저 안고 있다. 계몽기문학을 보다 균형되게 살펴야 하는 이유가 여기에 있다.

계몽기문학을 총체적으로 이해하기 위해서는 미적 근대성에 대한 재인식이 선행되어야 한다. 미적 근대성 하면 곧 미적 자율성을 떠올리곤 하지만, 적어도 한국문학의 경우에는 그렇지 않다. 1900년대에는 계몽 이념에 기초한 문학이 한국문학을 지배했으며, 1910년대에도 계몽적 문학이 주류였다. 1920년대 이후에 들어와서부터 계몽의 전통이 계속되는 가운데 미적 자율성의 계보가 한국문학의 한 축으로 본격적으로 분립하기 시작했다. 그런 점에서 한국문학의 경우 미적 근대성은 계몽의 계보와 미적 자율성의 계보가 양립해왔다고 보는 것이 적절하다. 이때 문제가 될 수 있는 것이 계몽기의 문학을 과연 '근대적인' 문학으로 볼 수 있느냐 하는 점이다. 흔히 이 시기의 문학을 신문학이니 과도기적 문학이니 명명하는 것도 계몽기문학의 근대성 여부와 깊이 관련되어 있다.

하지만 이런 식의 애매한 설명이 서구 중심주의의 산물이라는 데 주목할 필요가 있다. 말하자면 미적 자율성'만'을 '근대적'인 것으로 여기는 서구 중심적 근대문학관이 계몽기문학에 대한 궁색한 설명을 낳았다는 것이다. 그런 점에서 한국 근대문학의 기원을 계몽기문학으로 명실상부하게 잡는 적극적 자세가 절실하다. 여기서 굳이 '명실상부'라는 토를 단 까닭은 근래의 많은 연구들이 한국 근대문학의 기점을 계몽기로 잡으면서도 정작 미적 근대성을 논할 때는 이광수나 김동인에서부터 시작하곤 하기 때문이다. 명(名)과 실(實)이 따로 노는 형국인데, 이러한 괴리가 미적 근대성을 미적 자율성과 동일시하는 서구 중심적 선입견에서 비롯된 것임은 물론이다.

이와 관련하여 신채호의 작업이 주목된다. 계몽기문학에서 신채호가 갖는 의미는 두 가지이다. 하나는 그가 계몽의 전통이라는, 한국 근대문학의 또 하나의 계보의 출발점이라는 점이고, 다른 하나는 신채호가 한국 탈식민문학의 기원이라는 사실이다. 두 측면에서 그러하다. 첫째, 신채호는 미적 자율성이라는 서구 중심적 관념을 단호히 부정하고 예술의 정치화'라는 미학적 근대기획을 제시했다. 신채호의 문학론은 단순히 중세적 문학관의 반복이 아니다. 양자 사이에는 중요한 단절이 있는데, 그것이 바로 '예술의 정치화'라는 기획이다. '예술의 정치화'란 범박히 말해 예술을 사회를 만들고 변화시켜 가는 '능동적 주체'로 설정하는 것을 의미한다. 그런 점에서 신채호에게 예술은 더 이상 이데올로기의 시녀가 아니라 사회적 주체 가운데 하나이다. 이러한 구상은 문학의 근대성에 대한 급진적인 재해석이라 할 수 있다. 둘째, 신채호는 문학을 반(反)제국주의적 실천의 한 가운데에 위치시킴으로써 탈식민문학의 입지를 뚜렷이 했다. 신채호의 사상은 한마디로 '주체철학'으로 요약할 수 있다. '민족 만들기'는 주체철학의 연장으로 이해해야 하며, 그렇게 된 까닭은 피식민 주민의 주체정립이 무엇보다 제국주의로부터의 '자주'에서부터 시작된다고 여겼기 때문이다. 신채호의 이러한 구상은 '아(我)'의 사상으로 표현되고 있다. 그런 점에서 신채호의 문학은 한국 탈식민문학의 기원이 된다.

본고는 신채호의 민족주의가 단순히 종족주의적(ethnocentric)이고 국수주의적인 '폐쇄된 민족주의'가 아니라 급진적 근대기획으로 평가되어야 하고, 그의 문학론 역시 같은 맥락에서 이해되어야 함을 규명하고자 하는 의도에서 준비되었다. 이를 위해 본고는 '아'의 사상 ― 주체철학 ― 민족 만들기로 구성되는 신채호의 사상체계를 해명하고, 그 연장선상에서 '예술의 정치화'라는 문학적 근대기획이 갖는 의미를 고찰해보도록 하겠다.

2. '아'의 사상과 주체철학

신채호 사상의 핵심은 '아'의 사상이다. 이때 '아'란 개인적 '아'에서부터 사회적·민족적 '아'에 이르기까지 다양하다고 신채호는 본다. 그런 점에서 신채호가 말하는 '아'는 자아에서부터 우리 민족에 이르는 광범위한 의미의 스펙트럼을 지닌다. 물론 신채호가 그 가운데서 사회적 '아'를 보다 강조하고 있는 것은 사실이다. 가령 『조선상고사』에서 신채호는 "개인적인 아와 비(非)아의 투쟁이 없지 않으나, 그러나 그 아의 범위가 너무 약소하여 또한 상속적(相續的) 보편적이 못되므로, 인류로도 사회적 행동이라야 역사가 됨이라"[3]고 말한 바 있다. 말하자면 개인적 '아'는 시간적으로는 지속적이지 못하고 공간적으로는 보편적이지 못하므로 사회적 '아'를 단위로 해서만 역사가 성립한다는 것이다. 여기

---

3) 신채호, 「조선상고사」, 『단재신채호전집』 상, 형설출판사, 1987, 32면.

서 신채호가 말하고자 한 핵심은 역사의 기본 단위를 무엇으로 잡을 것이냐 하는 문제이다. 역사의 기본 단위가 사회적 심급인 것은 당연한 상식이거니와 그런 점에서 이 말을 신채호가 개인적 아를 부정하고 있는 것으로 이해해서는 곤란하다.

신채호가 강조한 것은 아의 역사성이다. 「꿈하늘」에서 이에 대한 신채호 특유의 입론(立論)을 확인할 수 있다. '꽃송이'의 입을 빌어 신채호는 "내란 범위는 시대를 따라 줄고 느나니, 가족주의의 시대에는 가족이 '내'요, 국가주의 시대에는 국가가 '내'라. 만일 시대를 앞서 가다가는 발이 찢어지고 시대를 뒤져 오다가는 머리가 부러지나니, 네가 오늘 무슨 시대인지 아느냐?"[4]고 일갈한다. 이 발언의 요지는 바로 '아'란 역사적으로 규정된다는 것이다. 시대에 따라 '아'가 가족이 될 수도 있고 국가가 될 수도 있다는 것은 '아'가 고정불변의 초역사적 실체가 아니라 맥락에 따라 형성되는 역사적 구성물이라는 의미이다. '아'의 역사성을 강조한 이 발언은 개인이 먼저냐 민족이 먼저냐 따위의 이분법을 뛰어넘는 놀라운 통찰이다. 따라서 사회적 '아'를 중시한 신채호의 견해는 '아'의 역사성에 대한 자각에 바탕해 제기된 것으로 이해해야 할 것이다.

사회적 아를 문제 삼을 때 부각되는 것이 민족이다. 민족이 사회적 아로서 결정적인 의미를 갖는 까닭은 제국주의 문제와 깊이 관련되어 있다. 신채호에게 제국주의는 '영토와 국권을 확장하려는 침략 사상'을 뜻한다. 요컨대 다른 민족을 침략하고 착취하는 이데올로기가 제국주의인 것이다. 따라서 제국주의로 인해 가장 먼저 훼손당하는 존재가 바로 민족이다. 제국주의적 세계 질서는 국가간체제로 구성되어 있기 때문이다. 말하자면 민족국가 단위로 세계체제가 움직이고 있는 근대의 특성상 민족이란 단위가 사회적 아의 중심 단위로 떠오르게 되는 것이다.

---

4) 신채호, 「꿈하늘」, 『신채호문학유고선집』(김병민 편), 한국문화사, 1995, 27면.

그런 점에서 민족이라는 단위의 강조는 신채호의 주관적 의도에서 나온 것이라기보다는 민족국가를 단위로 구성되어 있는 근대세계체제의 객관적 속성으로부터 비롯된 것이라 할 수 있다. 말하자면 아의 역사성으로부터 민족에 대한 강조가 나온 것이다. 따라서 신채호가 말하는 '아'란 개인을 부정한 것이 아니라고 할 수 있다. 신채호가 개인보다 민족이 더 중요하다고 주장한 것은 전략적 판단의 결과라 할 수 있다. 즉 개인이나 민족이나 가치론적으로는 동등하지만, 제국주의 시대의 피식민 주민에게는 민족이 보다 중요한 전략적 의의를 갖는다고 신채호는 생각한 것이다. 당시의 피식민적 상황은 개인의 자율성이 부족해서가 아니라 민족의 자주성이 부족해서 발생한 일이기 때문이다. '꽃송이'의 발언은 바로 그 점을 지적한 것이다.

그런 만큼 제국주의에 대한 저항의 방법으로 신채호가 제시하는 것은 당연히 '민족주의'이다. 그에게 민족주의란 '타민족의 간섭을 받아들이지 않는' 사상이다. '민족을 보전(保全)하는' 사상, '아족(我族)의 국(國)은 아족이 주장한다'는 사상이다.[5] 요컨대 침략적 이데올로기가 아니라 민족 주권을 요구하는 사상인 것이다. 그런 점에서 신채호가 주장한 민족주의는 제국주의의 복사판이 아니다. 그에게 민족주의란 제국주의에 대한 저항의 이념이기 때문이다. 저항적 민족주의는 민족주의의 일종이기는 하되 반(反)제국주의라는 계기를 내장하고 있는 민족주의이다. 맥락이 만들어낸 전유(專有)의 전형적인 사례인 셈인데, 그런 만큼 저항적 민족주의는 제국주의의 침략적이고 착취적인 경향에 대해 비판적 입장을 취한다. 이 점에서 저항적 민족주의는 제국주의와 뚜렷이 구별된다.

물론 신채호의 민족주의에는 두 가지 문제점이 있는 것이 부인하기 힘든 사실이다. 하나는 그것이 국수(國粹)를 지나치게 옹호하고 있다는 점이고, 다른 하나는 사회적 진화론—이른바 우승열패론—에 기반하

---

5) 신채호, 「제국주의와 민족주의」, 앞의 책(하), 108면.

고 있다는 점이다. 이로부터 국수주의적이고 종족주의적이라는 신채호 비판이 제기된다. 이러한 비판이 일리가 없는 것은 아니지만, 이 문제 역시 역사적 맥락에 대한 고려가 병행되어야 한다. 계몽기는 조선이 제국주의 열강의 침략에 무기력하게 흔들리다가 일제의 식민지로 전락한 시대였다. 그런 만큼 똑같은 종족주의와 사회적 진화론이라 하더라도 식민자의 용법과 피식민자의 용법은 다르다는 점을 감안해야 한다. 말하자면 식민자에게 그것은 철두철미 침략의 명분이지만, 피식민자에게 그것은 지배를 인정하는 근거가 되기도 하는 동시에 저항의 명분이 되기도 한다. 실제로 승리 이데올로기로 이용되는 혐의가 일부 있긴 하지만, 신채호에게 국수 옹호와 사회적 진화론은 전체적으로 민족 주권을 주장하는 논거가 되고 있다. 「이해」라는 에세이를 보면 그 점이 분명하게 확인된다. 이 에세이에서 신채호는 세계가 철두철미 이해관계에 의해 움직이고 있음을 지적하면서, 조선인들의 명분론을 강하게 비판한다. 신채호는 인간의 궁극적 존재 목적이 '생존'이라고 규정하면서, "생존에 부합하는 것은 이라 하며, 생존에 반대되는 것은 해라"[6] 한다. 따라서 인간사회는 이해관계에 의해 움직이게 되고, 명분 역시 사실은 이해관계를 정당화한 것일 뿐이라는 것이다. 명분이 이해관계의 포장에 불과하다는 신채호의 생각은 당시의 냉혹한 국제질서에 대한 엄중한 인식에 바탕하고 있거니와 이를 통해 우리는 신채호가 주자학적 명분론과 결별한 근대적 현실주의자임을 거듭 확인하게 된다. 현실의 국제질서가 그러하다면 피식민자가 택할 수 있는 길이란 민족의 이해를 냉엄하게 따져 생존을 도모하는 일일 터이다. 신채호가 사회적 진화론을 받아들인 것은 이러한 연유에서이니, 그런 점에서 그에게 사회적 진화론이란 '주인'의 이데올로기가 아니라 '노예해방'의 이념이다. 발화자가 처한 역사적 맥락이나 역관계에 주목하는 수행적 독법에 의거할 때, 똑

---

6) 신채호, 「이해」, 앞의 책, 139면.

같이 사회적 진화론을 말하더라도 그것의 실제 의미는 천양지차일 수 있는 법이다. 제국주의자에게 그것이 침략과 지배의 명분이라면, 피식민자에게 사회적 진화론은 저항과 해방의 이념이 될 수 있다. 신채호는 후자의 전형적 사례에 해당한다.

실제로 신채호의 글들은 '노예'의 메타포로 가득 차있다. 그에게 노예란 "주장은 없고 복종만 있"[7]는 존재를 가리킨다. 신채호의 전(全)사상은 이 노예상태에서의 해방을 위한 구상이라 해도 과언이 아니다. 다시 말해 노예로부터 주체 — 주인이 아니라 — 로 일어서기 위한 기획이 신채호 사상의 요체인 셈이다. 이를 위해서라면 괴물이라도 되겠으며(「차라리 괴물을 취하리라」), 힘이 없으면 저주라도 퍼붓겠고(「금전·철포·저주」), 민족의 이해를 우선시하겠다고 말한다(「이해」). 요컨대 노예해방을 위해서라면 무엇이든지 하겠다는 것이다.

노예해방이란 '아'를 세우는 일이다. 신채호는 "아란 자는 삼계(三界)의 광(光)이며 만유의 주라. 아를 망(忘)하면 아가 사하며 아를 염(念)하면 아가 생하며 흥망성쇠가 아에 재하며 강약우열이 아에 재하니, 아가 어찌 아를 자비(自卑)하며 아가 어찌 아를 자소(自小)하리요"[8]라고 설파한다. 이처럼 신채호에게 아는 세계의 중심이며 작동원리이다. 그런 점에서 신채호의 아의 사상은 전형적인 주체철학이라고 할 수 있다. 그 주체 — 즉 아 — 가운데 그가 유독 민족 주체를 내세운 까닭은 피식민이라는 객관적 구조에 맞설 수 있는 동력이 민족이었기 때문이다. 계몽기에 있어 가장 화급한 노예상태란 무엇보다 민족적 노예상태였다. 그래서 신채호는 조선인에게 노예해방의 출발점은 민족해방이라고 생각한 것이다. 민족적 아가 살아야 개인적 아도 살 수 있다고 보았기 때문이다. 피식민국의 개인에게 민족적 노예상태가 곧 개인적 노예상태의 실존적 조건이 된다는 점에서 신채호의 이러한 민족인식은 현실적 타당

---

7) 신채호, 「차라리 괴물을 취하리라」, 『단재신채호전집』 하, 형설출판사, 1975, 370면.
8) 신채호, 「아란 관념을 확장할지어다」, 『단재신채호전집』 별집, 형설출판사, 1977, 157면.

성이 있다. 다시 말해 서구가 주체 문제를 자율적 개인을 중심으로 사유한 것이 부르주아 지배체제의 확립과 깊이 연관되어 있듯이, 신채호가 민족을 중심으로 주체 문제를 구상한 것은 피식민 상태로부터의 해방이라는 역사적 과제와 밀접히 연결되어 있는 것이다. 피식민이라는 당시의 역사적 정황은 자율적 개인을 통한 주체 정립이 불가능한 조건이었기 때문이다.

신채호가 민족사 연구에 전념한 것도 그 연장선상에 놓여 있다. 그의 역사 연구가 국수주의적이라고 많은 이들이 비판하지만, 그리고 그 비판이 일부 타당한 것도 사실이지만, 이런 식의 일방적 비판은 엄밀히 말해 맥락의 차이가 만들어내는 의미효과의 차별화를 몰각한 텍스트주의적 과장이다. 신채호의 민족사 연구는 근본적으로 민족 주체의 확립을 통해 식민 상태로부터 해방되고자 하는 기획의 소산이다. 제국주의의 지배로부터 해방되기 위해서는 무엇보다 민족해방이 선결과제였기 때문이다. 필자는 이와 관련해 '전략적 본질주의'라는 개념을 제시한 바 있다. 전략적 본질주의란 특정한 국면이나 단계에서 가장 시급한 사회적 의제를 전략적으로 사유의 중심에 놓는 실천적 사고를 가리킨다. 제3세계의 탈식민화라는 사회적 의제에 전략적 본질주의를 적용할 경우 민족해방이 사유와 실천의 중심에 놓여야 마땅하다. 민족해방이 탈식민화의 첫걸음이었기 때문이다. 그런 점에서 종족(ethnos) 중심의 역사서술이나 사회적 진화론에 입각한 '아와 비아의 투쟁'론 또한 민족 만들기를 통한 주체의 정립이라는 맥락에서 바라보아야 할 터이다.

게다가 신채호의 사상을 종족주의나 국수주의로 일률 규정하는 것은 사실과도 상당히 어긋난다. 이는 가령 「조선독립과 동양평화」 같은 글에서 잘 드러난다. 이 글에서 신채호는 조선이 일본과 중국의 중간에 위치해 있으면서 동양 평화를 지키는 완충자 역할을 해왔음을 상기시키면서, 일제의 조선 지배가 결국 동양평화를 무너뜨리는 계기가 될 것임을 경고하고 있다. 따라서 동양의 평화를 지키기 위해서는 무엇보다 조선의 독립이 선결과제가 된다는 것이다.9) 여기서 우리는 신채호가 조선민족의 독립을 종족주의적 이해관계의 측면에서가 아니라 동양 평화라는 거시적 차원에서 바라보고 있음을 어렵지 않게 확인할 수 있다. 뿐만 아니라 「동양주의에 대한 비평」에서는 동양주의가 서양주의와 동전의 양면임을 날카롭게 지적하면서 동양주의가 일본의 제국주의적 이익을 위한 이데올로기에 불과함을 폭로하기도 한다.10) 동양주의가 계몽기에서 일제 말기에 이르기까지 조선의 지식인들을 현혹시킨 식민 이데올로기였다는 점에서 동양주의의 제국주의적 속성을 간파한 것은 날카로운 통찰이다. 이를 통해 우리는 신채호의 민족주의가 종족주의적 이데올로기가 아니라 민족해방의 사상이며, 국수주의가 아니라 반제국주의 사상임을 재확인할 수 있거니와 그 연장선상에서 제3세계의 민족주의가 지닌 다양한 스펙트럼에 대한 좀 더 섬세한 분별이 요구된다. 특히 신채호의 민족주의가 그러하다. 그가 식민주의적 용어를 다수 차용하고 있는 것은 사실이지만, 그 용어들이 식민자의 그것과는 다른 저항적이고 해방적인 의미효과를 창출하고 있음에 주목해야 한다. 그런 점에서 그것은 일종의 '되받아 쓰기(write back)'의 사례에 해당하거니와 이러한 맥락적 차이를 무시한 신채호 비판은 이제 재고되어야 마땅하다. 신채호의 사상을 민족 만들기를 통한 주체정립을 지향한 탈식민 사상으로 이해해야 하는 까닭이 여기에 있다.

---

9) 신채호, 최광주 역, 「조선독립과 동양평화」, 『천고』, 아연출판부, 2004, 59~61면.
10) 신채호, 「동양주의에 대한 비평」, 『단재신채호전집』 하, 형설출판사, 1975, 89~90면. 이와 관련하여 최원식은 신채호의 동양 인식에서 중국의 중화주의와도 다르고 일본의 동양주의와도 다른, 독자적인 사유가 발견된다고 강조한 바 있다. 최원식, 「단재 신채호의 '용과 용의 대격전'」, 『한국계몽주의문학사론』, 소명출판, 2002, 314~315면.

3. 예술의 정치화와 정육론

신채호는 주자학적 보수유학에 반대하여 국문문학의 창달과 문학의 계몽적 선도성을 강조한 문학론을 제창했다. 그럼에도 불구하고 신채호의 문학론에 대해 '전근대적'이라는 비판이 종종 제기되어 왔다. 그러나 이런 류의 비판은 그의 문학기획의 전체상을 보지 않고 문자적 해석에 몰두한 데서 비롯된 편견이다.[11] 왜냐하면 그의 문학적 기획 전체를 보면, 거기에는 '예술의 정치화'로 요약할 수 있는 대단히 급진적인 근대문학의 기획이 담겨있기 때문이다. 예술의 정치화란 예술을 독자적인 사회적 실천의 단위로 설정하고 사회의 구성과 변혁에 적극적으로 참여하는 능동적 주체로 규정하는 구상이다. 이러한 미적 기획이 전근대적 문학관과 다른 까닭은 문학을 이데올로기의 일개 전달수단으로 격하시키지 않고 정치나 사상과 동등한 위상을 갖는 사회적 실천으로 인식하고 있다는 점이다.

신채호의 문학적 근대기획은 그의 주체철학의 구체화라고 할 수 있다. 신채호의 본격적인 사회활동은 만민공동회 참여에서부터 시작되었다. 신채호는 내무부 문서부의 간부급으로 활동하면서 만민공동회에 적극 관여했는데, 그 과정에서 투옥되기까지 했다고 한다.[12] 만민공동회는 독립협회의 가장 급진적 분파라 할 수 있다. 만민공동회는 일종의 민중운동이었다는 점에서 자유주의가 주류이던 독립협회의 성향과는 다른 모습을 보여준다.[13] 신채호는 만민공동회 활동을 통해 당시로서는

---

11) 신채호의 문학과 사상에 대한 전반적 설명으로는 이선영, 「단재 신채호의 사상과 문학」, 『리얼리즘을 넘어서』, 민음사, 1995. 이 글에서 이선영은 신채호가 "문학을 전통적 유교윤리의 부활을 위한 방편"으로 본 것이 아니라 "새 국민을 양성하기 위해서 제 나라 고유의 장점을 보존하고 외래 문명의 정수를 채용"하려 했다고 강조하고 있다.
12) 최홍규, 『단재 신채호』, 태극출판사, 1979, 104~109면.
13) 만민공동회의 성격과 활동에 대한 자세한 설명으로는 신용하, 『갑오개혁과 독립협

가장 급진적인 정치의식을 갖게 되었던 것으로 보인다. 특히 만민공동회에서 민중의 역동성을 목격한 것은 신채호에게 중요한 체험이었다고 할 수 있다. 아마도 신채호 특유의 민중지향성은 이와 관련이 적지 않아 보인다. 신채호는 흔히 초기에는 영웅주의를 주장하다가 한일합방 이후부터 민중을 재인식하게 되었다고 설명된다. 그러나 신채호가 초기에 영웅 대망론을 강조한 것은 사실이지만, 그와 동시에 민중이 역사의 주체임을 곳곳에서 지적했음도 놓쳐서는 안 된다. 말하자면 영웅 대망론과 민중지향성이 병존하고 있었던 셈이다. 신민회 활동 또한 그 연장선상에 놓여 있다.

신채호의 정치사상에서 주목할 것은 입헌공화국론과 인민주권론이다. 이에 대한 신채호의 강조는 가령 독립협회 시절부터 신채호와 함께 일했고 여러모로 신채호와 비슷한 사상적 입장을 보여주는 박은식과 비교해보더라도 두드러진다.[14] 「20세기의 신국민」은 신채호의 정치사상을 가장 극명하게 보여준다. 이 글에서 신채호는 앞으로 건설해야 할 새로운 국가의 정체를 입헌국으로 명시한다.[15] 신채호는 1~2인이 지배하는 전제국은 근대국가가 지향할 방향이 아니라고 못박으면서 입헌공화국이 되어야 "국가는 인민의 낙원이 되며, 인민은 국가의 주인이" 될 것이라고 말한다. 이 입헌국은 자유와 평등과 정의의 원리에 기초한 국가이다. 평등은 '계급주의'를 없애고, 자유는 '노예'를 없애며, 정의는 '불법'을 없앤다. 따라서 신채호가 생각한 입헌국은 전형적인 근대 민주주의 국가라 할 수 있다.

이 구상에서 핵심을 이루는 것이 인민주권론이다. '루소의 자유평등 정신'에 기초한 인민주권론은 인민의 천부인권을 가장 중시한다. "강자

회운동의 사회사』, 서울대 출판부, 2001, 447~503면 참조.

14) 이에 대한 자세한 설명으로는 배용일, 『박은식과 신채호 사상의 비교연구』, 경인문화사, 2002, 77~99면.

15) 신채호, 「20세기 신국민」, 『단재신채호전집』 별집, 형설출판사, 1977, 229면.

도 인, 약자도 인, 빈자도 인, 왕후 장상 영웅 성인도 인, 초부 목동 우부 우부도 인이라, 여하히 인류는 인격이 평등이요 인권이 평등이니"16)라는 발언에서 그 점이 잘 드러난다. 그런 맥락에서 신채호는 국민의 권리는 국가에 의해 주어진 것이 아니라 천부적인 권리, 곧 자연권이라고 보았다. 이 점에서 신채호의 신국민론은 국가주의와 구별된다. "천하 대사업은 부유주졸(婦孺走卒)의 주(做)하는 배"17)라는 발언은 그 연장선에서 나온 것으로 보아야 한다. 요컨대 신채호는 천부인권론에 의거해 민중을 역사의 주체로 인식하고 있는 것이다. 물론 여기서 신채호가 말하는 '인민'이 민중이라기보다는 국민에 좀 더 가까운 개념인 것은 사실이다. 확고한 민중 인식은 후기에 나온 사상임에 틀림없다. 하지만 민중, 곧 우부우부와 아동주졸을 국민을 구성하고 역사를 만드는 한 주체로 인정했다는 것은 적어도 초기부터 신채호가 민중을 단순한 계몽의 대상이 아닌, 계몽의 주체로 이해했음을 말해준다.

신채호의 문학론에서 민중을 계몽의 대상인 동시에 주체로 보았다는 사실은 중요한 의미를 갖는다. 앞에서 언급했다시피 신채호의 사상은 주체철학으로 요약된다. 주체철학의 핵심은 민족적 노예상태로부터의 해방이었다. 그렇다면 해방의 주체는 누구일까. 신채호는 그것을 민족/국민으로 설정하고 있다. 이러한 생각은 한편으로는 피식민이라는 역사적 조건으로부터, 다른 한편으로는 인민주권론에 근거해 형성된 것이다. 신채호에게 민중은 그 민족/국민을 이루는 중요한 집단이다. 물론 신채호에게 민족은 민중이 만들어가는 것이라기보다는 민중에게 부여된 어떤 것이다. 여기에 신채호의 민족주의가 갖는 한계가 있다.18) 하지만 민중을 민족의 본질적 구성 부분으로 보았기 때문에 신채호의 문학적 근대기획은 이광수나 김동인과는 다른 방향으로 나아갈 수 있었다.

---

16) 신채호, 「20세기 신국민」, 위의 책, 215면.
17) 신채호, 「근금 국문소설 저자의 주의」, 『단재신채호전집』 하, 형설출판사, 1975, 17면.
18) 이러한 한계는 신채호가 사회주의를 수용하면서 점차 극복된다.

말하자면 '예술의 정치화'라는 문학적 근대기획은 신채호의 민중지향성과 깊이 연루되어 있다는 것이다. 민중을 민족의 한 주체로 세우는 일이 '예술의 정치화'의 주요 항목이라는 점에서 그러하다.

신채호의 '예술의 정치화'라는 구상을 이해하는 데 있어 주목해야 할 것이 '정육론'이다. 신채호는 민중의 의식이 아직은 낮은 단계에 머물러 있기 때문에 민중이 국민/민족이 되려면 교육의 과정을 거쳐야 한다고 보았다. 그 연장선에서 나온 것이 정육론이다. 말하자면 정육론은 민중을 국민으로 통합시키기 위한 기획인 셈이다. 신채호에 따르면, "애는 정이라, 정이 없으면 애가 없고, 애가 없으면 정이 없나니, 그러므로 애국자를 얻으려면, 국민의 국가에 대한 애정을 길러야"[19] 한다. 말하자면 정의 교육이 민중을 국민/민족으로 키우는 유력한 방안이라는 것인데, 이러한 생각의 편린은 이미 「국수보전설」에서부터 나타난다. 「국수보전설」에서 신채호는 국수를 "풍속·관습·법률·제도 등의 정신"[20]이라고 정의내리면서, 그 가운데 선(善)하고 미(美)한 것을 보전(保全)할 때 민족의 정신과 애국심을 기를 수 있다고 역설한 바 있다.

그가 국수를 강조한 것은 무엇보다 정신적 국가를 살리기 위해서였다고 할 수 있다. 신채호는 정신적 국가, 즉 독립과 자유의 정신만 살아 있으면 영토와 주권으로 상징되는 형식적 국가는 언제든지 되살릴 수 있다고 보았다.[21] 그렇다면 독립과 자유의 정신을 어떻게 만들어낼 것인가. 여기서 신채호는 국수를 강조한다. 말하자면 풍속이나 법률이나 제도의 정신 가운데 선하고 미한 것을 보전하면, 민족의 정신과 애국심, 곧 정신적 국가를 세울 수 있다고 여긴 것이다. 그런데 이때의 국수가 외국의 것을 무조건 거부하자는 것이 아님에 주목해야 한다. 오히려 신채호는 외국 문명의 수입은 불가피하다고 진단한다. 신채호가 거부한

---

19) 신채호, 「정육과 애국」, 『신채호문학유고선집』(김병민 편), 한국문화사, 1995, 146면.
20) 신채호, 「국수보전설」, 『단재신채호전집』 별집, 형설출판사, 1977, 116면.
21) 신채호, 「정신상 국가」, 위의 책, 160~161면.

것은 우리의 전통 가운데서 '선하고 미한' 것마저 부정하는 사대주의이다. 사대주의는 선악과 미추를 불문한 '일체 파괴'로 귀결되고, 그것은 민족정신과 애국심을 말살하기 때문이다. 요컨대 사대주의는 정신적 국가를 무너뜨린다는 것이다. 그런 점에서 국수보전론이란 민족적 전통이나 제도라면 무조건 지키자는 수구적 논리가 아니라 '선하고 미한' 것을 선별해 그것을 보존하고 발전시키자는 주장이라 할 수 있다.

주목할 것은 1910년으로 오면 국수의 의미가 '선하고 미한 것'에서 '수미(粹美)한 것'으로 변한다는 사실이다. 「담총」에 쓴 한 글에서 신채호는 국수를 "자국의 전래 종교 풍속 언어 역사 관습상 일체 수미한 유범(遺範)을 지칭"[22]한다고 규정하는데, 선이라는 도덕적 의미보다 아름다움이라는 미학적 의미를 보다 강조한 것은 그가 국수를 문화나 예술과 관련해 생각하기 시작했음을 보여준다. 이러한 의미의 국수를 지킬 때 아(我)에 대한 존중과 애정이 생긴다고 하여 신채호는 이제 국수를 문화적 민족 만들기의 원리로 설정한다. 신채호가 중시하는 정신적 국가가 마이네케가 말한 '문화 민족'[23]과 가까운 것이라는 점에서 국수를 미적인 것과 연결시킨 것은 자연스러운 일이라 할 수 있다. 이러한 신채호의 생각은 1910년대 후반[24]에 쓴 것으로 추정되는 「정육과 애국」에서 좀 더 분명하게 정리된다.

신채호는 이 글에서 미에 대한 독특한 구상을 보여준다. 특히 정과

---

22) 임형택, 「'담총'의 사상과 그 저자」, 『신채호의 사상과 민족독립운동』, 형설출판사, 1986, 679면에서 재인용. 「담총」의 필자는 검심(劍心)으로 되어있는데, 임형택은 검심이 신채호라고 추정하고 있다. 「국수보전설」과 「담총」의 국수론 및 「정육과 애국」을 비교해보면 최소한 국수론을 쓴 이는 신채호가 틀림없는 것으로 판단된다.

23) 마이네케는 민족을 문화 민족과 국가 민족으로 나누면서, 문화 민족이란 "공동으로 체험된 그 어떤 문화유산 위에 근거하는" 민족이라고 정의한다. F. 마이네케, 이상신·최호근 역, 『세계시민주의와 민족국가』, 나남출판사, 2007, 25면.

24) 김병민에 따르면, 이 글은 1920년대 이전의 작품으로 보인다. 김병민은 그 이유로 글 전체를 지배하고 있는 민족주의 사상을 든다. 김병민 편, 『신채호문학유고선집』, 한국문화사, 1995, 149면.

미를 관련시켜 미의 고유성을 논하는 대목은 무척 흥미롭다. 신채호는
먼저 "애는 정이라 정이 없으면 애가 없고 애가 없으면 정이 없나니 그
러므로 애국자를 얻으려면 국민의 국가에 대한 애정을 길러야" 한다고
주장한다. 민족정신이나 애국심이 정으로부터 나온다는 말이거니와 '애
국자'를 기르는 데 정육이 중요한 것은 그런 연유에서이다. 그러면 정
을 키우는 교육은 어떻게 해야 하는가. 미의 문제가 여기에서 제기된다.
신채호는 미를 "애정을 담는 그릇"이라고 정의한다. 미를 정의 표현으
로 이해한 셈인데, 요컨대 신채호는 정의 영역으로서의 미라는 근대적
인식을 보여주고 있는 것이다. 신채호의 문학론을 전근대적 문학론의
연장으로 보아서는 안되는 소이(所以)가 여기에 있다. 문학이 사상이나
이념의 전달수단이 아니라 미라는 독자적 영역에 속한다는 생각에는
문학을 다른 범주들과 구별시키는 분화의식이 깔려 있다는 점에서 근
대적인 것이며, 그 점에서는 이광수와 어깨를 나란히 하고 있다.

더욱 흥미로운 것은 "국수(國粹)가 곧 국가의 미(美)니, 이 미를 모르고
애국한다 하면 빈 애국"이라고 말한 대목이다. 신채호는 미를 국수와
연결시키면서, '애국하라'고 외치는 것보다 '위인의 전기'나 '산천의 독
본'을 읽히는 것이 애국심을 기르는 첩경이라고 주장한다. 요컨대 신채
호는 국수의 핵심에 미를 위치지우고 있는 셈이다. 신채호는 국수를
"자국의 풍속이며, 언어며, 습관이며, 역사며, 종교며, 정치며, 풍토며,
기후며, 외타 온갖 것에 특유한 미점(美點)을 뽑아, 이름한 바 국수"25)라
고 설명한다. 그래서 국수가 곧 국가의 미인 것이다. 신채호가 국수를
보전해야 '정신적 국가'를 살릴 수 있고 그럴 때 '형식적 국가' 역시 건
설할 수 있다고 주장했음은 앞에서 언급한 바 있다. 이때 정신적 국가
란 '민족'을, 형식적 국가는 제도로서의 '국가'를 의미하는 것으로 이해
해도 무방할 터이다. 그렇게 보면, 신채호는 국수, 곧 미의 교육―정육

---

25) 신채호, 「정육과 애국」, 『신채호문학유고선집』(김병민 편), 한국문화사, 1995, 148면.

―을 통해 민족을 형성하고, 그것을 디딤돌로 삼아 근대국가를 건설하고자 하는 구상을 제시했다고 볼 수 있다.

신채호가 문학의 계몽성을 강조한 것도 그런 맥락에서이다. 신채호가 생각한 문학의 계몽성이란 정육(情育)을 통해 민족이라는 정신적 국가를 만드는 작업이다. 이때 정육이란 미에 대한 교육을 통해 정서와 마음을 가꾸는 일이니, 감수성 교육에 다름 아니다. 다시 말해 신채호는 문학의 계몽성을 사상이나 이념의 선전이 아니라, 문학 고유의 실천, 즉 감수성 교육으로 생각한 것이다. 다만 감수성 교육이 계몽적·정치적 의의를 갖는 까닭은 그것이 국수의 보전을 통해 정신적 국가를 살려내는 역할을 하기 때문이다. 문학을 '국민의 나침반' 혹은 '국민의 혼'이라고 말한 것 또한 이와 관련이 깊다. 이 말의 참된 의미는 감수성 교육을 통한 국수의 보전이라는 측면에서 이해해야 한다. 그러므로 신채호에게 문학의 계몽성은 문학의 자율성과 상치되지 않는다. 문학이 자신의 고유한 역할, 즉 감수성 교육을 제대로 수행할 때 문학의 정치성 혹은 계몽성이 구현되기 때문이다. 그런 점에서 문학의 계몽성이란 문학 외적인 기능이 아니라, 오히려 문학의 고유한 본질을 발현하는 작업이다. 이는 달리 말하면 신채호가 정치 혹은 계몽을 문학에 내재적인 것으로 보았다는 의미이다. 신채호 식으로 생각하면, 정치란 독자적인 별개의 영역이 아니다. 정치는 모든 사회적 실천들에 내재해있다. 다만 각 영역의 정치가 작동하는 방식이 서로 다를 뿐인데, 문학에서의 정치는 감수성 교육을 통한 국수 보전이라는 내용을 갖는다. 우리는 신채호의 이러한 구상을 '예술의 정치화'라고 명명할 수 있다.

예술의 정치화란 예술을 독자적인 사회적 실천의 단위로 설정하고 사회의 구성과 변혁에 적극적으로 참여하는 능동적 주체로 규정하는 기획이다. 정치가 문학에 내재적인 것이라면, 문학이 독자적인 주체로서 사회를 변화시키는 과정에 능동적으로 개입하는 것은 지극히 당연한 일이 된다. "국수(國粹)가 곧 국가의 미(美)니, 이 미를 모르고 애국한다 하면 빈 애국"이라는 발언은 그런 맥락에서 나온 것이다. 이 발언에서 예술과 정치는 하나이다. 국가의 미를 알 때 참다운 애국이 가능해지기 때문이다. 말하자면 미적 자율성론이 주장하는 것처럼 예술과 정치는 서로 별개의 영역이 아닌 것이다. 정치를 예술에 외재적인 것으로 이해하면 계몽성은 예술의 자율성에 대한 훼손이 된다. 이광수가 「문학이란 하오」에서 문학과 비(非)문학을 철저히 분리한 것은 그래서이다. 이광수의 관점에서 보면, 정치 혹은 계몽은 문학의 본질과 무관한 것이다. 그러므로 정치나 계몽이 문학에 개입하려면 언제나 외삽(外揷)의 방식을 취할 수밖에 없다.26) 그런 만큼 문학의 자율성은 필연적으로 훼손당하게 되는 것이다. 이광수가 계몽을 문학의 '부산적 실효'라는 수준에서만 인정한 것도 자율성과 계몽성은 배치된다는 생각 때문이었다고 할 수 있다. 하지만 정치가 예술에 내재적인 것이라면, 즉 국수가 곧 미라면 계몽성은 미를 구성하는 내적 요소가 된다. 예술의 정치화란 바로 그런 의미이다. '애국하라'고 외치는 것보다 '위인의 전기'나 '산천의 독본'을 읽히는 것이 애국심을 기르는 첩경이라는 말의 의미도 그렇게 이해할 필요가 있다. 신채호가 보기에 '애국하라'고 선전선동하는 것은 국수 보전에 전혀 도움이 되지 못한다. 미가 빠져 있기 때문이다. 반대로 '위인의 전기'나 '산천의 독본'을 읽히는 것이야말로 국수 보전의 최상의 방법이 된다. 그것이 민족을 사랑하는 마음과 정서를 가꾸는 감수성 교육이기 때문이다.

"무강한 국민은 그 시부터 무강하며, 문약한 국민은 그 시부터 문약하다"27)는 「천희당시화」의 명제 또한 그러한 문학관의 연장선상에 놓여 있다. 이 명제는 무슨 국가주의를 설파하는 주장이 아니다. 감수성 차원

---

26) 이와 관련하여 김영민이 『무정』이 "원래 계몽적 소설로 구상된 것이 아니라, 영채에 관한 전기로부터 시작된 것"이었다는 사실을 밝힌 점은 의미심장하다. 이를 통해 우리는 이광수의 가장 대표적인 계몽소설인 『무정』이 계몽을 외삽하는 방식으로 쓰여졌음을 확인할 수 있다(김영민, 앞의 책, 462~463면).

27) 신채호, 「천희당시화」, 『단재신채호전집』 별집, 형설출판사, 1977, 56면.

에서 그러하다는 의미이다. 감수성 교육이 정신적 국가를 건설하는 핵심이므로 어떤 시를 쓰느냐에 따라 감수성이 달라지고, 그에 따라 정신적 국가, 곧 민족의 마음가짐이 달라진다는 뜻인 것이다. 한글문학을 주장한 것도 마찬가지다. 신채호가 가장 급진적인 한글 전용론자였음은 잘 알려진 일이다. 그가 한글을 중시한 것은 감수성 교육의 효과와 직결되어 있다. "자국의 언어로 자국의 문자를 편성하고 자국의 문자로 자국의 역사지지를 편집하여 전국 인민이 봉독전송하여야 그 고유한 국정(國精)을 보지하며 순미한 애국심을 고발(鼓發)"[28]할 수 있다고 말한 데서 그 점을 확인할 수 있다. 이 발언의 요지는 민족어로 쓰인 글이 국수 보전에 효과적이라는 것이다. 한글이 한문에 비해 민중에게 감수성 교육을 하는 데 훨씬 용이하기 때문이다. 「천희당시화」에서 "시란 자는 국민언어의 정화"이기 때문에 한시는 아무리 잘 써도 '지나시계의 혁명'은 가능하지만 '동국시계의 혁명'은 불가능하다고 단언한 것이라든가 「근금 국문소설 저자의 주의」에서 "사회 대추향(大趨向)은 종교 정치 법률 같은 대철리 대학문으로 정(正)하는 배 아니라, 언문소설의 정(正)하는 배라" 한 것도 민족어문학이 예술의 정치화에 효과적이라는 판단에서였다. 그런 점에서 민족어의 강조 또한 정치가 예술에 내재적인 것이라는 사고의 연장선상에 놓여 있다고 할 수 있다.

이처럼 신채호의 문학론은 수미일관하게 '예술의 정치화'라는 기획과 연결되어 있다. 이 기획은 이광수에서 시작해 김동인에게서 한 극단을 형성하게 되는 미적 자율성론과 여러모로 구별된다. 특히 정치 혹은 계몽을 문학에 내재적이라고 본 점은 문학과 정치를 철저히 분리시킨 미적 자율성론과 결정적으로 갈라지는 대목이다. 그렇게 보면, 1910년대는 미적 근대성의 두 계보가 분기(分岐)되는 출발점인 셈이다. 신채호와 이광수를 함께 읽어야 1910년대 한국 근대문학의 전체상을 온전하

---

28) 신채호, 「국한문의 경중」, 위의 책, 75~76면.

게 이해할 수 있는 것도 그래서이다.

4. 신채호, 탈식민문학의 기원

신채호의 사상은 한마디로 주체철학으로 요약된다. '아'의 사상은 민족 주체의 정립을 통해 탈식민을 이루려 한 실천적 사상이었다. 그가 민족적 '아'를 강조한 것은 국수주의자여서가 아니라 제국주의적 세계체제 아래에서는 민족해방이 선결과제라는 전략적 판단 때문이었다. 말하자면 아의 역사성에 대한 통찰을 바탕으로 민족의 전략적 선차성을 강조한 것이다. 시대의 성격에 따라 아의 요체가 변화한다는 생각은 개인이 먼저냐 민족이 먼저냐 따위의 이분법을 뛰어넘는 놀라운 탁견이다. 개인 우선론이든 민족 우선론이든 양자는 공히 개인이나 민족을 역사성을 초월한 형이상학적 실체로 간주하기 때문이다. 신채호는 '아란 역사적인 것이다'라고 선언함으로써 그러한 형이상학적 실체론을 일거에 뛰어넘고 있다. 신채호의 민족주의는 그 연장선상에서 제시되었다. 그의 민족주의는 제국주의의 단순 반복 또는 거울이 아니었다. 그것은 반대로 반제국주의적 저항과 민족해방의 이념이었다. 신채호의 민족주의는 침략적이고 착취적인 이데올로기가 아니라 민족 주체를 일으켜 세움으로써 일체의 노예상태로부터 벗어나려는 저항적이고 해방적인 이념이었기 때문이다. 사회진화론적 용어들로 착색되기는 했지만, 당시의 역사적 맥락에 주목할 때 그의 민족주의는 '되받아 쓰기'의 좋은 사례라 할 만하다. 그런 점에서 신채호의 민족주의는 아의 사상—민족 주체의 정립—민족해방으로 이어지는 제3세계적 주체철학으로 이해하는 것이 적절하다.

그러나 그의 주체철학이 타자를 억압하고 배제하는 서구의 주체철학과는 달리 피식민 민족의 주체성을 지키고 보존하기 위한 사상이라는 점을 분명히 할 필요가 있다. 피식민 민족의 주체성이 중요한 까닭은 그것이 전인적(全人的) 주체성을 정립하기 위한 실존적 조건이기 때문이다. 말하자면 피식민자에게 민족해방은 인간해방의 출발점인 셈이다. 물론 민족해방이 인간해방을 보장하지는 않는다. 하지만 피식민 민족의 경우 민족해방 없는 인간해방이 불가능한 것은 분명하다. 피식민이란 기본적으로 민족적 노예상태를 뜻하기 때문이다. 민족에 대한 신채호의 강조는 바로 이러한 전략적 판단에 따른 것이다.

　　신채호의 문학론 역시 같은 맥락에서 조명되어야 한다. 그는 민족어와 근대의식에 기초한 새로운 문학의 창달을 주장했다. 이러한 문학을 건설하기 위해서는 계몽적이고 리얼리즘적이며 민중지향적인 문학을 건설해야 한다는 것이 신채호의 구상이었다.[29] 이러한 문학기획은 전투적 계몽주의와 선을 같이 한다는 점에서 근대적 문학기획의 전형이라 할 수 있다. 특히 신채호가 문학을 사회의 구성과 변혁에 능동적으로 참여하는 독자적인 사회적 실천으로 규정했다는 점에 주목할 필요가 있다. 이로써 문학이 이데올로기의 도구가 아니라 독립적인 능동적 주체로 거듭나게 되었기 때문이다. 그런 점에서 신채호의 문학론은 한마디로 '예술의 정치화'로 명명할 수 있다. 예술의 정치화의 핵심은 정치나 계몽을 예술에 내재적인 것으로 보는 점이다. 이는 문학과 비문학, 미와 지 / 선을 철저히 분리해 계몽을 '부산적 실효'로 외재화(外在化)시킨 이광수의 문학론과 극명하게 대비된다. 예술의 정치화라는 기획이 급진적인 까닭은 문학이 사회변혁을 선도하는 능동적 주체라고 생각했다는 점과 더불어 민중을 역사의 주체로 설정한 민중지향성 때문이다. 그런 점에서 신채호의 문학기획은 신경향파문학─프로문학─민족문학

---

29) 이에 대한 좀 더 자세한 설명으로는 하정일 외, 『한국근대민족문학사』, 한길사, 1993, 168~170면 참조

으로 이어지는 탈식민문학의 출발점을 이룬다.

　신채호의 문학론에 중세적인 잔재라든가 종족주의적 편향이 내재해 있는 것은 사실이다. 그러나 그렇다고 해서 신채호의 문학론이 '근대적'이지 않은 것은 아니다. 오히려 신채호의 사상과 문학론은 대단히 '급진적인' 근대기획의 산물이다. 무엇보다 그것이 임화가 피식민 근대문학의 이상형으로 말한 바 있는 '자주주의와 개방주의'를 겸비하고 있다는 점에서 그러하다.[30] 신채호는 철저한 자주주의자였지만 국수주의자는 아니었다. 그는 곳곳에서 근대적 사상과 문물의 도입을 강조한다. 다만 개방이 자주적으로 이루어져야 한다는 것이다. 「낭객의 신년만필」에서 질타했듯이, '부처의 조선, 맑스의 조선'이 아니라 '조선의 부처, 조선의 맑스'가 되어야 한다는 것이다.[31] 이보다 '자주주의와 개방주의'를 겸비한 자세가 어디 있겠는가. 근대 초기의 한국문학이 개화를 명분으로 민족 주체를 포기하고 사대의 길로 빠져들었던 사실을 떠올리면, '자주와 개방'을 동시적으로 실천하려 한 신채호의 노력이야말로 참으로 소중하기 그지없다. 그런 점에서 신채호의 사상과 문학론은 '자주와 개방'을 겸비한 탈식민문학의 기원으로 손색이 없다.

---

30) 이에 대한 자세한 설명으로는 이 책의 「이식·근대·탈식민」 참조
31) 신채호, 「낭객의 신년만필」, 『단재신채호전집』 하, 형설출판사, 1975, 26면.

염상섭 혹은 탈식민 문학의 세계성

1. 문학의 세계성과 서구 중심주의

한국 근대문학을 공부해오면서 겪었던 곤혹스러운 경험 가운데 하나가 한국문학의 이른바 '열등한 수준'에 관한 것이다. 한국문학의 수준이 세계문학을 따라가려면 아직 멀었다든가 세계문학은 벌써 저기까지 갔는데 한국문학은 아직도 여기에 머물러 있다든가 한국문학이 세계적 문학이 되려면 이런저런 한계를 극복해야 한다든가 하는 말들이 그것이다. 더구나 이런 말들이 문학을 안다는 사람들, 심지어는 한국문학을 전공하는 사람들에게서 나오고 있으니 문제는 심각하다.

서구문학의 우월성과 한국문학의 후진성이라는 괴상한 통념이 뿌리 내리게 된 것은 아마도 한국 근대문학의 기원과 형성이 '이식'에 의거했던 사태와 긴밀히 관련되어 있을 것이다. 서구의 근대문학을 일본을 통해 받아들이면서 서구와 일본의 문학에 대한 선망이 생겼고, 그 선망이 오랜 기간 누적되면서 외국문학의 우월성과 한국문학의 후진성이라는 생각이 한국 지식인들의 뇌리에 하나의 고정관념으로 견고하게 자리 잡았다. 이 고정관념은 이제 '객관성'이란 외피(外皮)를 뒤집어쓰고 다양한 방식으로 표출되고 있기도 하다. 가령 비교문학도 그 하나의 예가 될 것이다. 영향관계라는 맥락에서 보면, 한국 근대문학사는 줄곧 이식 혹은 모방, 곧 '서구 따라잡기'의 과정이었던 것이 부인하기 힘든 사실이다. 따라서 한국문학과 서구문학의 관계는 서구문학은 앞서 달리고 한국문학은 그 뒤를 쫓아가는 형국인 셈이다. 이로부터 서구문학의 우월성 대 한국문학의 후진성이라는 구도가 창출된다.

비교문학이 제국주의를 정당화하는 이데올로기적 기제의 하나였다는 역사적 사실은 차치하더라도, 앞서 달리면 우월한 문학이고 뒤를 쫓으면 열등한 문학이라는 논리가 적어도 문학 분야에서는 타당하지 않다는 점은 지적하고 넘어가야겠다. 말하자면 후발문학이 훨씬 높은 예술적 성취를 이룬 경우가 적지 않다는 것이다. 19세기 말~20세기 초의 러시아문학이 그렇고 20세기 중후반의 중남미문학이 그렇다. 러시아나 중남미의 근대문학이 유럽문학의 강력한 영향 아래서 형성되었지만, 누구도 그것들이 유럽문학보다 열등하다거나 후진적이라고 말하지 않는다. 영향관계가 곧 우열관계는 아니기 때문이다. 하지만 한국문학을 향할 때에는 영향관계가 곧바로 우열관계로 전환된다. 그래서 한국 근대문학사가 종종 '특수성'의 문학사가 아니라 '결여'의 문학사로 둔갑하는 것이다. 서구의 리얼리즘에 비해 한국의 리얼리즘에는 이러저러한 것들이 보이지 않는다는 둥 서구의 실존주의문학은 이랬는데 한국의 실존주의문학에는 이것저것이 빠져 있다는 둥 온갖 '결여'론들이 세계문학의 이름으로 위세를 떨친다. 이러한 통념들을 문화적 식민성의 잔재라고 치부하고 넘어갈 수 있으면 좋겠지만, 상황은 그리 만만치 않다. 그러기에는 통념의 뿌리가 너무도 단단하게 다져졌고 아주 멀리까지 뻗어버렸다.

필자는 개인적으로 식민 잔재라는 말을 좋아하지 않는다. 잔재란 약

간만 남은 상태를 가리키므로 언제가는 그것이 소멸될 것임을 전제하는 용어인데, 우리의 경우—사실은 우리뿐 아니라 피식민 경험을 갖고 있는 대부분의 나라들이 그러하다—식민성이 지배 구조화되어 있기 때문이다. 이를 신식민성이라 불러도 무방하리라. 그런 점에서 신식민성은 식민성보다 내재적이고 무의식적이라 할 수 있다. 그리고 그만큼 더 깊고 견고하다. 잔재일 수 없는 것은 그래서이다. 우월한 서구문학 대 후진적 한국문학이라는 고정관념 또한 식민성의 '잔재'가 아니라 신식민성의 한 표현이다. 요컨대 지배 구조화되어 있다는 말이다. 지배구조가 되어버린 고정관념을 극복하는 것은 당연히 지난한 일이 될 수밖에 없다. 이와 관련하여 문학의 세계성의 진정한 의미가 무엇인지에 대해 곰곰이 따져볼 필요가 있다. 세계성이라는 개념이야말로 우월한 서구문학 대 후진적 한국문학이라는 고정관념의 핵심고리이기 때문이다.

세계성이 어째서 핵심고리일까. 그것은 한마디로 세계성이 서구 중심주의를 가장 그럴 듯하게 포장해주는 수식어여서다. 서구문학의 우월성을 보증해주는 객관적 지표가 바로 세계성이다. 쉽게 말해, 서구문학은 세계적인 문학이므로 우월한 문학인 반면 한국문학은 세계적인 문학이 아니므로 후진적 문학이다. 형식 논리적으로 보면, 이 명제에는 아무런 하자도 없다. 하지만 구체적 내용으로 들어가면 거기에는 서구 중심주의라는 음험한 이데올로기가 작동하고 있다.

무엇보다 세계성의 의미부터 문제다. 세계적으로 많이 알려져 있으면 세계적인 문학인가. 그렇다면 이것은 심각한 불공정 경쟁이 된다. 왜냐하면 서구문학의 유명세는 서구의 정치적·경제적·군사적 힘에 상당부분 의존하고 있기 때문이다. 서구는 오랜 기간 세계의 나머지 부분을 식민지로 장악했으며, 그에 따라 서구어가 지배적 언어의 지위를 누렸다. 그만큼 서구문학의 전파와 소통은 비서구문학에 비해 훨씬 용이했으니, 그런 점에서 서구문학의 세계적 명성은 실력 이전에 힘 덕도 많이 보았음을 놓쳐서는 안 된다. 더구나 언어적 헤게모니가 문명화라는 명분으로 치장까지 했으니 그 위력이야 더 말할 나위도 없었을 터이다. 이처럼 서구문학의 세계적 명성이란 따지고 보면 제국주의적 패권에 빚진 면이 의외로 크다. 반면에 비서구문학에는 그러한 문학 외적인 프리미엄이 없다. 그러므로 세계적 명성을 둘러싼 경쟁은 불공정 경쟁인 셈이다. 세계적 명성이 세계성의 진정한 의미가 될 수 없는 것은 그래서이다.

세계성이 보편적 가치를 뜻한다면 문제는 좀 더 복잡해진다. 자유나 평등 혹은 개성과 같은 근대의 보편 가치들을 서구문학이 선점해온 것은 분명한 사실이다. 하지만 이것이 서구와 비서구를 문명 대 야만으로 구획하는 준거가 될 수는 없다. 말하자면 서구의 근대가 하나의 문명이라면 비서구의 전(前)근대 역시 또 다른 하나의 문명인 것이다. 어떤 문명이 인간의 삶에 보다 바람직한 문명이냐는 점은 엄정히 따져져야겠지만, 서구와 비서구를 문명과 야만으로 나누고 제국주의적 침략을 문명화로 정당화하는 식의 논리는 더 이상 통용될 수 없다. 뿐만 아니라 서구의 근대가 완전무결한 문명이 아니라는 점도 중요하다. 특히 자본주의 근대의 모순이 극에 달한 지금의 시점에서 볼 때 비서구의 다양한 근대기획들이 갖는 역사적 의의는 만만치 않다. 비서구의 근대기획들에서 우리는 서구의 근대에 내재된 본원적 한계를 극복할 수 있는 풍부한 가능성을 발견할 수 있다. 무엇보다 제국주의에 대한 저항을 통해 탈식민적 근대라는 새로운 전망을 보여준 점이야말로 비서구의 근대가 이룬 독자적 성취이다. 탈식민적 근대가 인간해방의 이념에 더욱 부합한다는 것은 이제 누구도 부정할 수 없는 상식이 되었다. 그런 점에서 근대의 보편 가치를 서구가 선도했다는 주장은 사실을 왜곡한 서구 중심주의적 독단일 뿐이다.

그렇다면 세계성이란 어떤 예술적 경지를 뜻하는 것일까. 여기에는 일정한 타당성이 있다. 세계성은 일급문학을 대상으로 해서 만들어진 개념이기 때문이다. 그러나 바로 그렇기 때문에 세계성의 서구 독점은 진실과 관계없는 한갓 이데올로기에 불과하다. 서구에 일급문학이 있듯 비서구에도 일급문학이 있다. 그리고 그 일급문학들은 저마다의 개성의 꼭지점들을 이룬다. 이 개성의 꼭지점들의 총체가 바로 세계성인 셈이다. 그들 사이에는 영향관계도 있을 수 있고 선후도 있을 수 있다. 또한 공통점도 있고 차이도 있다. 하지만 우열이란 없다! 앞에서도 잠깐 지적했다시피 영향관계란 선후 관계일 따름이다. 선후와 우열을 혼동해서는 곤란하다. 요컨대 주는 측이 우월하고 받는 측이 열등한 것은 아니라는 말이다. 가령 서구의 작가가 비서구의 작가에게 새로운 지식이나 정보를 제공하는 일은 얼마든지 있을 수 있다. 그렇다고 해서 과연 전자가 후자보다 우월한 작가이고 후자는 전자보다 열등한 작가일까. 여기에는 새로움을 곧바로 우월함과 등치시키는 논리의 착종이 담겨 있다. 어른도 아이에게 새로운 무언가를 배울 수 있는 것이 세상의 이치이다. 아버지보다 자식이 컴퓨터나 인터넷에 대한 새로운 지식들을 훨씬 많이 알고 있다. 그렇다고 자식이 아버지보다 우월한 사람인가. 새로움이란 양적 개념이고 우월함이란 질적 개념이다. 서로 범주가 다른 것이다. 둘을 동일선상에 놓는 것은 양으로 질을 대치하는 근대주의적 사고방식에 다름 아니다. 그런 점에서 개성이 빚은 차이를 우열로 호도(糊塗)하는 것이야말로 가장 지독한 서구 중심주의가 아닐 수 없다.

세계성에 대한 고찰을 통해 확인할 수 있는 것은 그것이 서구 중심적 보편주의에 깊숙이 침윤되어 있다는 사실이다. 서구문학의 우월성 대 한국문학의 후진성이라는 고정관념이 이로부터 비롯되었음은 더 말할 필요도 없을 터이다. 따라서 이러한 어처구니없는 고정관념을 넘어서려면 세계성의 의미에 대한 새로운 이해가 시급하다. 다시 말해 각각의 민족문학 혹은 지역문학들의 개성이 무엇인지 판별해내고 그 개성이 세계문학 속에서 어떤 의미를 갖는지를 엄밀하게 점검해야 한다는 것이다. 한국문학을 대상으로 이러한 작업을 해나가는 데 적절한 작가 가운데 하나가 염상섭이다. 그가 본격적인 의미에서의 한국 근대문학을 정착시킨 선두 주자일 뿐 아니라 탈식민문학의 가능성을 풍부하게 보여준 선구적 작가라는 점에서 그러하다. 염상섭 문학의 세계성을 재조명하기 위해 필자는 루쉰과 나쓰메 소세키를 염상섭과 비교해보는 방식을 취하려 한다. 루쉰과 나쓰메 소세키는 세계성을 얻은 작가로 정평이 나 있기도 하려니와 그들과의 비교를 통해 개성의 총체로서의 세계성의 의미가 보다 선명해질 것이기 때문이다.

2. 동아시아 근대문학과 염상섭

　염상섭, 나쓰메 소세키, 루쉰은 동아시아 근대문학의 기초를 확고하게 다진 작가들이다. 소세키의 『나는 고양이로소이다』가 1905년, 루쉰의 「광인일기」가 1918년, 그리고 염상섭의 「표본실의 청개구리」가 1921년에 발표되었으니까 등단 순으로 하면 소세키-루쉰-염상섭의 차례가 된다. 이 순서는 세 나라 근대문학의 형성 순서이기도 하거니와 이들은 차례로 자기나라의 근대문학에 본격적인 틀을 주조한 셈이다. 또한 소세키가 메이지 유신 세대, 루쉰이 신해혁명 세대, 염상섭이 3·1운동 세대라는 사실도 주목할 만하다. 이 사건들이 세 나라의 근대가 형성되는 과정에서 중대한 분수령을 이룬다는 점에서 이들은 세대론적으로 보더라도 동아시아 근대로 총칭할 수 있는 무언가를 공유하고 있다. 말하자면 이들은 여러 면에서 동아시아의 초기 근대문학에서 서구문학과는 다른 비서구 근대문학의 개성을 이루어낸 세 꼭지점을 이루는 작가들인 것이다. 물론 세계적 명성이라는 측면에서 보면, 염상섭은 소세키나 루쉰에 한참 떨어진다. 하지만 명성이 예술적 수준과 직결되지는 않는다는 점은 이미 앞에서 지적한 바 있다. 따라서 세 작가의 예술적 수준은 명성과는 별개로 엄정하게 고찰될 필요가 있다. 그래야 염상섭 문학의 세계성에 대한 정확한 평가가 가능하기 때문이다.

세 작가가 자기나라의 근대문학을 본격화의 반열에 올려놓은 중심인물이라는 공통점을 가지고 있지만, 이들의 문학적 성향은 매우 다르다.

우선 소세키의 문학은 내면 지향적인 특징을 보여준다. 마사오 미요시의 설명처럼 소세키 문학의 주인공은 "잉여인간이며 소외되고 내성적"이다. 소세키는 소외되고 내성적인 주인공의 내면에 각별한 관심을 보여준다.[1] 이는 소세키 특유의 개인주의와 밀접한 관련을 갖는 듯하다.[2] 말하자면 그의 문학이 내면세계를 집요하게 추급한 것은 내면이야말로 개인의 환원 불가능한 정체성, 곧 사적 개인을 발견할 수 있는 유력한 공간이라는 생각 때문인 것이다. 물론 소세키의 개인주의를 서구 사상의 이식으로만 이해해서는 안될 터이다. 그의 개인주의에는 '서구에 대한 자기본위'라는 자의식이 한편에 강력하게 자리 잡고 있기 때문이다. 사적 개인과 인간의 내면에 대한 관심은 자연스럽게 일상성의 세계와 접목된다. 특히 『마음』같은 작품은 일상성의 한 극한을 보여준다. 소설의 주인공이라 할 수 있는 '선생'의 생활은 일상성의 세계에서 단한 걸음도 벗어나지 않는다. 일상 너머의 세계에 그가 관심을 보이는 것은 천황과 노기 대장이 죽었을 때뿐이다. 하지만 그 관심은 현재와 단절된 과거에 대한 관심 그 이상도 이하도 아니다. 요컨대 천황과 노기 대장은 메이지시대라는 '절대 과거'의 상징이기 때문에 선생의 관심사가 되는 것이라는 점에서 선생의 현재는 철저히 일상성에 폐쇄되어 있는 것이다.

---

1) 마사오 미요시, 곽동훈 외역, 「고유한 특성에 대항하기─일본소설과 '포스트모던' 서양」, 『포스트모더니즘과 일본』, 시각과언어, 1996, 180면.

2) 소세키의 개인주의에 대한 좀 더 자세한 설명으로는 미요시 유키오, 정선태 역, 『일본문학의 근대와 반근대』, 소명출판, 2002, 177~180면 참조. 미요시 유키오는 "소세키가 말하는 개인주의는 인간적 연대라는 모티프를 본질로서 포함하고 있지 않다"고 해석한다. 그렇다면 소세키의 개인주의는 사적 개인의 이념에 기반한 사상인 셈이다.

이처럼 소세키의 문학은 사적 개인—내면—일상성의 세 축을 중심으로 구성되어 있다. 소세키는 이 세 축을 그야말로 극한까지 밀어붙인다. 그럼으로써 스스로가 어느 글에서 토로했듯이, "나는 내가 가야 할 길을 자유롭게 갈 뿐이며 이와 동시에 타인이 가야 할 길을 방해하지 않을 것이기 때문에, 어느 때 또는 어느 경우에는 인간이 뿔뿔이 흩어지지 않으면 안"[3]된다는, 인간의 존재론적 운명으로서의 실존적 고독을 날카롭게 표현한다. 그가 찾아낸 고독이 서구 근대문학에서 빌려온 것이 아니라 철저한 자기성찰을 통해 발견한 '내발적(內發的)'인 것이라는 데 소세키 문학의 세계성이 있다는 것이 세평이거니와 필자 역시 그 견해에 충분히 공감한다. 하지만 나쓰메 소세키가 과연 "일본의 근대가 낳은 가장 뛰어난 문학자"[4]인지에 대해서는 회의적이다. 일본문학을 잘 모르는 처지에서 잘라 말하기는 어렵지만, 필자에게는 사회성의 결여라는 약점이 너무도 도드라져 보인다.

소세키 문학에서 일상성은 참으로 단단한 세계여서 다른 어떤 것의 침입도 허용하지 않는다. 그도 그럴 수밖에 없는 것이 고독한 사적 개인이 그려내는 삶의 궤적이란 타자와의 소통이 단절된 자족적 원환 구조이기 때문이다. 인간이 결국 뿔뿔이 흩어질 수밖에 없는 존재라면, 인간이 기댈 수 있는 확실성의 영역은 일상뿐이다. 말하자면 자신의 정체성을 확인하고 보존할 수 있는 유일한 영역이 일상 이외에는 없다는 것이다. 그럴 경우 사회적인 것이란 일상 외적인 것이고 일상에 적대적인 것이 된다. 사회적인 것이 일상에 개입하게 되면 일상의 자족성은 속절없이 무너지기 때문이다. 천황과 노기 대장의 죽음이라는 사회적 사건에 대해 자살로 대응한 데서도 그 점을 확인할 수 있다. 선생에게 천황과 노기 대장의 죽음은 일상의 힘으로도 막을 수 없는 사회적 사건이었을 것이다. 선생은 메이지시대와 영욕을 함께 했던 메이지 세대였기 때

---

3) 나쓰메 소세키, 황지헌 역, 「나의 개인주의」, 『문명론』, 소명출판, 2004, 254면.
4) 히야마 히사오, 정선태 역, 『동양적 근대의 창출』, 소명출판, 2000, 249면.

문이다. 따라서 메이지시대의 상징인 천황과 노기 대장의 죽음은 마치 자신이 죽은 것 같은 충격을 주었을 것이고, 그 순간 일상의 자족성은 끝장나고 만 것이다. 일상을 성벽 삼아 스스로를 지켜온 선생으로서는 일상의 붕괴가 곧 정체성의 붕괴에 다름 아니었으니, 정신이 죽은 뒤에 남은 일이란 육체의 죽음 외에는 없었을 터이다.

이처럼 소세키 문학에서 일상은 사회성과 단절하면서 얻은 세계이다. 그러한 일상이 허구적일 수밖에 없음은 당연한 일이다. 현실의 일상은 사회적인 것과 부단히 상호작용하는, 아니 그 자체가 사회와 분리불가능하게 얽혀 있는 사회적 장의 하나이기 때문이다. 이 말이 일상의 상대적 자율성을 부정하는 것은 결코 아니다. 필자가 강조하고자 하는 것은 일상의 자율성이란 사회와 분리된 어떤 것이 아니라 사회성의 독특한 국면을 뜻한다는 것이다. 다시 말해 개인적인 것과 사회적인 것이 절합(節合)하면서 생성되는 독특한 사회적 장이 일상인 것이다. 소세키가 그려낸 일상성의 세계는 그러한 복합성이 부족해 보인다. 일본의 근대를 넘어 동아시아 근대라는 큰 틀에서 소세키 문학을 바라볼 때 아쉬움을 느끼게 되는 것은 그런 연유에서이다.

루쉰은 여러 면에서 소세키와 대조적인 성향을 보여준다. 그런 점에서 루쉰과 소세키는 거울과 같은 관계라고도 할 수 있을 듯싶다. 말하자면 거꾸로 된 동일성을 보여준다는 것이다. 서구의 근대와는 다른, 서구의 근대를 품으면서도 서구의 근대를 넘어 '동양적 근대'를 창출하려 했다는 공통점5)에도 불구하고 동양적 근대에 대응한 루쉰과 소세키의 방식은 매우 다르다. 루쉰은 신해혁명 세대이다. 메이지 유신이 어쨌거나 일본의 근대화를 이루는 데 성공한 반면에 신해혁명은 실패한 혁명이었다. 소세키가 일본의 근대에 만족하지 못했던 것은 분명하다. 하지만 그의 문학이 은근히 풍기는 여유가 근대의 진입에 성공한 정황과 무관하

---

5) 위의 책, 19~22면.

지만은 않아 보이는 것이 필자의 솔직한 인상이다. 반면에 신해혁명은 실패했고, 이것이 루쉰의 문학을 분노와 풍자의 세계로 밀어부쳤다.

루쉰 문학의 격렬한 분노와 풍자는 그의 데뷔작인 「광인일기」에서 극명하게 표출되고 있다. 「광인일기」는 루쉰 문학의 원형이라고 해도 지나치지 않을 것이다. 루쉰 문학의 원형은 무엇일까. 필자는 그것이 '광인'의 사상이 아닐까 생각하곤 한다. 사람이 사람을 잡아먹는 마을, 즉 모두가 하이에나가 되어 버린 마을에서 '광인'만이 식인(食人)은 올바르지 않은 풍습이라고 주장한다. 하지만 그의 주장에 동조하거나 귀 기울이는 사람은 아무도 없다. 오히려 그가 미쳤다고 냉소할 뿐이다. 진실을 말한 사람이 '광인' 취급을 받는다는 것, 여기에 광인의 도저한 고독이 있거니와 그런 점에서 광인의 고독은 소세키 문학의 고독과는 달리 철저히 사회적인 고독이다. 그리고 이 사회적 고독으로부터 분노와 풍자가 터져 나온다.

광인 혹은 루쉰의 고독이 사회적인 고독인 것은 그것이 사천 년 역사와의 싸움에서 패퇴하면서 발생한 고독이기 때문이다. 「광인일기」는 중국 사천 년의 전근대를 '식인'이라는 한 단어로 집약시키고 있다. 사람을 잡아먹는다는 것은 육체와 정신을 몽땅 착취한다는 뜻이리라. 중국의 민중은 사천 년 동안 지배층의 노예로 착취당하면서 살아왔다. 노예 상태가 그토록 오랜 동안 지속되다 보니까 민중들은 이제 노예상태를 정상으로 여기게 되었다. 마을 사람들이 너나 할 것 없이 식인풍습에 길들여져 있다는 것은 바로 이러한 노예 의식의 내면화를 뜻할 터이다. 그런 점에서 주인공은 바로 사천 년 전근대의 노예 구조에 저항했던 것인데, 봉건의 완강한 벽에 부딪쳐 좌절하고 만 셈이다.

「광인일기」를 이렇게 읽으면, 광인이란 곧 신해혁명 세대를 가리키는 알레고리가 된다. 소세키가 근대 속에서 또 다른 근대를 사유했다면, 루쉰은 근대의 부재(不在) 속에서 또 다른 근대를 지향했다. 따라서 루쉰은 한편으로는 소세키보다 힘겨운 과제와 싸운 것이지만, 다른 한편으로는 소세키보다 유리한 면도 지니고 있었다. 소세키보다 힘겹다는 것은 루쉰이 근대에 대한 아무런 경험도 없는 상태에서 서구적 근대도 아닌, 누구도 걸어보지 못한 전혀 새로운 근대를 추구해야 했기 때문이다. 그런 조건에서 패배는 어쩌면 당연한 결과였고, 신해혁명 세대는 광인이 될 수밖에 없었던 것이다. 왜 루쉰 문학이 분노와 풍자의 문학인지도 이로써 분명해진다. 분노와 풍자는 패자가 택할 수 있는 마지막 저항 수단이기 때문이다. 반면에 소세키보다 유리하다는 것은 봉건과의 싸움이 근대와의 싸움보다 용이하기 때문이다. 중국의 봉건주의는 당시 위기의 정점에 놓여 있었다. 요컨대 어떤 식으로든 사멸할 수밖에 없는 운명이었다는 말이다. 그에 비해 근대는 신생(新生)의 존재였고, 그만큼 강한 생명력을 담지하고 있었다. 따라서 하나의 근대와 또 다른 근대의 싸움보다는 봉건과 근대의 싸움이 비교적 쉬운 싸움이었다고 할 수 있다. 루쉰 문학의 분노와 풍자에서 절망과 함께 희망을, 비관과 함께 낙관을, 죽음과 함께 새로운 삶의 가능성을 엿볼 수 있는 것은 그래서일 터이다. 소세키 문학의 여유로움에 깊은 절망의 그림자가 드리워져 있는 느낌을 받는 것도 이와 무관하지 않아 보인다. 어쩌면 소세키 문학은 퇴각의 문학일지도 모른다. 메이지시대의 종말을 바라보면서 세계를 바꿀 수 있다는 믿음을 상실한 채 일상과 사적 개인과 내면으로 물러앉아 '나'의 정체성을 보존하고자 하는 문학이 아니냐는 것이다. 반면에 루쉰의 문학은 분노와 풍자 속에 무한한 가능성을 품은 문학이다. 분노한다는 것은 여전히 무언가를 기대한다는 것이다. 풍자 역시 마찬가지다. 풍자란 본질로써 비본질을 타격하는 행위이고, 그런 만큼 본질의 세계, 즉 루쉰이 생각하고 있었던 이상적 근대에 대한 염원이 풍자의 준거를 이루기 때문이다. 그런 점에서 광인이란 자조(自嘲)이자 긍지의 표현이다.

　루쉰 문학의 힘은 이렇듯 분노와 풍자에서, 요컨대 광인의 사상에서부터 나온다. 하지만 소세키와는 반대로 루쉰 문학은 내면이 결여된 사회성의 문학이다. 루쉰의 문학에도 '자기해부'가 있지만 그것은 '어디까지나 사회화된 자기'에 대한 해부였다는 히야마 히사오의 지적은 설득력이 있다.6) 다께우찌 요시미가 루쉰의 소설은 재미가 없다고 평하면서 그 까닭이 '소우주'를 지니고 있지 않기 때문이라고 말했는데,7) 필자는 그 설명이 정곡을 찌르는 바 있다고 생각한다. 소우주가 없다는 것은 '나'가 없다는 말과 통한다. 루쉰 문학의 등장인물들은 하나같이 어떤 집단이나 부류의 상징이다. 이를테면 광인은 신해혁명 세대의 알레고리이고 아Q는 우매한 민중의 상징이다. 그래서 광인이나 아Q를 보며 우리는 한 사람의 개인—이른바 바로 이 사람—보다는 하나의 유형을 자꾸만 연상하게 된다. 개인이 개인으로 남지 못하고 끝내 하나의 유형으로 환원된다는 것은 미학적 관점에서 볼 때 분명한 결함이라 하지 않을 수 없다.

그렇다고 해서 필자가 다께우찌 요시미의 지적에 전적으로 동의하는 것은 아니다. 히야마 마사오가 적절하게 해명했듯이, 나쓰메 소세키의 내면 지향이나 루쉰의 사회성 지향은 일본과 중국의 근대가 처한 역사적 조건과 밀접히 결부되어 있다. 소세키 문학의 내면 지향이 새로운 근대의 가능성이 희박해지고 있는 데 따른 정체성 보존의 방안이었다면, 루쉰의 사회성 지향은 봉건체제를 극복하고자 하는 거시적 구상의 소산이었다고 할 수 있다. 말하자면 일본과 중국이라는 서로 다른 조건에서 나올 수 있는 나름의 진실된 응답인 것이다. 하지만 동아시아 근대라는 좀 더 넓은 맥락, 나아가 동아시아문학의 세계성이라는 지구적 맥락에서 보자면, 소세키와 루쉰의 두 편향은 분명 최선의 대안은 아니었다고 조심스럽게 말할 수 있다. 개인적인 것과 사회적인 것의 통일이라는 근대문학의 이상에는 미치지 못한 것이 부인하기 힘든 사실이기 때문이다.

염상섭 문학의 세계성이 바로 이 지점에 놓여 있다는 것이 필자의 판

---

6) 위의 책, 182면.
7) 다께우찌 요시미, 「루쉰의 삶과 죽음」, 『루쉰』(전형준 편), 문학과지성사, 1997, 105면.

단이다. 특히 염상섭의 「만세전」은 루신과 소세키의 두 편향을 접목시키려는 진지한 노력을 보여준 좋은 사례이다. 「만세전」의 서사는 두 축으로 구성되어 있다. 하나는 이인화가 귀국하면서 겪는 식민지 조선의 현실에 대한 이야기이고, 다른 하나는 새로운 경험에 대한 이인화의 내적 반응이다. 전자가 사회성이라면 후자는 내면이다. 이 두 축은 간단없이 상호작용하면서 식민지 근대의 극복 가능성에 대한 모색이라는 하나의 서사로 통합된다. 다시 말해 현실이 내면을 변화시키고 변화된 내면이 현실을 재해석하는 왕복운동을 거치면서 식민지 근대의 극복 가능성이라는 주제가 형성되는 것이다.[8]

「만세전」의 서사에서 주목할 것은 내면과 사회성이 통합되어 있다는 점이다. 우선 「만세전」에 이르러 내면이 서사의 본질적 구성 요소로 정립되었다는 것은 잘 알려진 문학사적 사실이다. 그 이전에 내면이 없었던 것은 아니다. 이광수나 현진건 혹은 양건식의 몇몇 단편에서도 우리는 내면을 발견할 수 있다. 하지만 그 내면은 파편화되고 일관성마저 결여된 내면이어서 서사로 총괄되지 못한 채 뿔뿔이 흩어져 있다. 「만세전」에 와서야 비로소 내면은 서사로 총괄되거니와 「만세전」에서 내면이 자기성찰의 기제로 작동할 수 있었던 것도 그래서이다. 「만세전」의 내면이 소세키의 내면과 다른 점은 그것이 사회성과 부단히 소통하고 있다는 사실이다. 소통의 코드가 전면 차단된 소세키의 내면이 일종의 폐쇄 회로라면 「만세전」의 내면은 외부를 향해 개방된, 그리하여 내부와 외부의 경계가 해체된 연결망인 셈이다. 따라서 「만세전」의 내면은 사회성을 자신의 한 부분으로 포용할 수 있었으니, 내면의 모험이 세계의 발견으로 이어질 수 있었던 비결이 여기에 있다.

이 대목에서 「만세전」의 사회성은 루쉰의 사회성과도 갈라진다. 소세키와 마찬가지로 루쉰의 사회성 역시 일종의 폐쇄 회로로 구성된다. 소

---

8) 이에 대한 좀 더 자세한 설명으로는 하정일, 「후기 자본주의와 근대소설의 운명」, 『20세기 한국문학과 근대성의 변증법』, 소명출판, 2000, 125~126면.

세키와 루쉰의 관계가 서로를 거꾸로 비추는 거울관계라고 말한 것도 그 때문인데, 루쉰 문학의 등장인물들이 사회성의 상징으로만 기능하는 한 내면은 사회성의 단순한 투영에 불과하게 된다. 루쉰의 소설에 내면이 없지 않음에도 불구하고 내면의 모험을 볼 수 없는 것은 바로 내면이 사회성의 단순한 투영에 불과한 사정과 관련이 깊다. 재미가 없다는 다께우찌 요시미의 비판은 명백히 과장이지만, 루쉰의 소설에서 갑갑함을 느끼곤 하는 것도 사실인데, 그것 역시 근대소설 특유의 내면의 드라마가 부족한 탓 아닐까. 이에 비해 「만세전」의 사회성은 내면의 내부와 외부를 넘나들면서 내면의 모험을 추동하는 원동력으로 작용한다. 식민지라는 사회성이 내면의 외부인 동시에 내부라는 말은 그것이 조선의 객관적 현실이자 이인화의 무의식의 한 부분이기도 하다는 의미이다. 그래서 이인화는 식민지적 현실을 극복해야 한다는 의지와 그 현실에서 도망치고 싶다는 욕구 사이에서 갈등하는 것이다.

내면과 사회성의 복잡한 상호작용은 식민지 근대의 극복이라는 주제에 대한 깊은 통찰을 제공해준다. 식민지 근대의 극복은 불가능한 일도 아니지만 쉬운 일도 아니다. 어째서 그런가. 식민주의의 심연에는 자본주의 근대의 모순이 각인되어 있기 때문에 식민체제는 항상적으로 불안정할 수밖에 없다. 식민체제의 구조적 불안정성은 식민주의의 극복을 가능하게 해주는 근원적 요인이 된다. 하지만 식민주의는 피식민자의 무의식에 은밀히 스며들어 있기 때문에 식민지 근대의 극복은 자기부정의 과정을 수반하기 마련이다. 자기부정이란 얼마나 힘든 일인가. 이인화의 내적 갈등이 보여주는 테마가 바로 이러한 양면성이거니와 그런 점에서 양면성에 대한 「만세전」의 깊은 통찰은 내면과 사회성의 복잡한 상호작용에 대한 작가의 끈질긴 천착이 이루어낸 성취였다고 할 수 있다. 그리고 이 점이야말로 루쉰이나 소세키와 구별되는 염상섭 문학만의 개성인 동시에 염상섭 문학의 세계성의 요체이다.

3. 염상섭 문학의 탈식민적 가능성

지금까지 내면과 사회성이라는 두 축을 중심으로 루쉰과 소세키와 염상섭을 비교해보았다. 이를 통해 염상섭 문학이 루쉰과 소세키라는 두 극단의 가운데에 자리하고 있음을 확인할 수 있었다. 내면과 사회성의 통합으로 요약되는 염상섭 문학의 특징은 소세키의 내면 지향과 루쉰의 사회성 지향이 갖는 결함을 넘어설 수 있는 가능성을 보여준다. 하지만 그렇다고 해서 염상섭이 루쉰이나 소세키보다 우월한 작가라는 말은 아니다. 이들의 차이는 세 나라의 역사적 상황이나 현실적 조건의 다름이 빚어낸 결과인 동시에 개성의 차이이기도 하다. 따라서 이들의 차이가 수준의 차이와는 무관하다는 점을 다시 한 번 강조해둔다. 더구나 염상섭 문학 또한 적지 않은 결함을 갖고 있다. 무엇보다 염상섭 문학의 내면은 소세키 문학의 내면보다 허술하며, 염상섭 문학의 사회성은 루쉰 문학의 사회성보다 깊이가 부족하다. 가장 바람직한 통합이란 최선의 내면과 최선의 사회성이 결합한 경지이다. 그러나 염상섭 문학의 내면과 사회성은 각각 최선의 수준에는 도달하지 못한 것이 사실이다. 소세키가 내면의 극한을 보여주었고 루쉰이 사회성의 극한을 보여준 데 비해 염상섭은 어느 것 하나 극한까지 밀고가지 못한 것이다. 양자의 통합이 내면 지향이나 사회성 지향보다 우월한 문학이 아니라고 말한 것은 그래서이다. 따라서 세 작가는 우열의 관계가 아니라 저마다의 장점과 단점을 갖고 있는 동아시아 초기 근대문학의 세 꼭지점으로 이해하는 것이 적절할 터이다. 다만 어느 것이 진정한 의미에서의 세계성에 좀 더 부합하느냐는 문제는 생각해볼 만한 가치가 있다. 세계성이란 미래 지향성을 함축하고 있는 개념이기 때문이다. 말하자면 누구의 문학이 세계문학의 바람직한 미래를 위한 잠재력을 풍부하게 내장하고 있는가 하는 문제는 예술적 수준과는 별개로 고찰될 필요가 있다는 것이다.

이와 관련해 탈식민적 가능성이라는 화두가 중요하다. 자본주의 근대의 극복은 탈식민화의 과제와 뗄레야 뗄 수 없는 관계를 맺고 있다. 자본주의 근대의 외화(外化)가 (신)식민주의이기 때문이다. 세계문학의 정화들이 자본주의 근대의 극복을 지향해왔다는 점에서도 탈식민의 전망은 앞으로의 세계문학이 반드시 갖춰야 할 덕목이 아닐 수 없다.

그런 맥락에서 볼 때 우선 소세키의 문학은 치명적 문제점을 보여준다. 필자는 『마음』을 읽으면서 선생이 자살하는 대목에서 깜짝 놀랐다. 천황이 죽었다고 자살하다니! 천황과 노기가 누군가. 그들은 일본 제국주의의 수뇌 아니던가. 소세키가 이 점을 보지 못했다는 것은 참으로 심각한 일이라 하지 않을 수 없다. 이는 나쓰메 소세끼의 무의식이 식민주의에 침윤되어 있음을 말해주기 때문이다.9) 실제로 소세키의 글 곳곳에는 식민주의의 그림자가 드리워져 있다. 일본=문명 대 중국과 조선=야만이라는 시각이 그러하고, 식민지배를 문명의 전파로 생각하는 것이 그러하다. 더구나 소세키의 개인주의가 국가주의와 적대적인 이념이 아니라는 사실도 주목할 만하다. "전쟁이 일어났을 때라든가, 위급 존망의 경우에 처하게 되는 상황이 발생하면, (…중략…) 개인의 자유를 속박하고 개인적인 활동을 축소해서 국가를 위해 책임을 다하게 되는 것은 자연의 이치"라는 발언이나 '일러전쟁은 대단히 독창적이고 독립적인 것'이라는 말에서 국가주의의 냄새를 맡기란 그리 어렵지 않다.10) 그렇다면 선생이 천황과 노기 대장의 죽음에 그토록 슬퍼하고 마침내 자살하고 만 것은 식민적 무의식이 작용한 결과가 된다.11) 요컨대 소세

---

9) 소세키는 메이지 천황의 죽음을 맞아 애도사를 썼고 천황의 장례를 알리는 조포 소리에 맞춰 왕궁을 향해 정장을 하고 머리를 숙였으며 상장(喪章)을 달았다. 이는 소세키가 선생과 같은 심정을 갖고 있었음을 말해준다. 유상희, 『나쓰메 소세키 연구』, 보고사, 2001, 198면.
10) 박유하, 「'인디펜던트'의 함정」, 『나쓰메 소세키 문학연구』, 제이앤씨, 2001 참조. 소세키의 식민주의적 의식에 대한 자세한 분석으로는 유상희, 앞의 책 5장 참조.
11) 소세키 역시 노기의 자살에 대해 "지성(至誠)에서 나온 것"이고 "나에게는 성공으로 보이는 것"이라고 칭송한다. 나쓰메 소세키, 황지헌 역, 「모방과 독립」, 『문명론』, 소명

키의 개인주의의 이면에는 식민주의가 웅크리고 있었던 셈이다.

　루쉰은 반제국주의자였고 항일통일전선운동에 앞장선 인물이다. 그런데 정작 소설에서는 반제국주의적 주제나 항일적 내용을 보기 힘들다. 1930년대 이전에야 그렇다 치더라도 30년대 이후에도 반제나 항일을 다룬 소설이 눈에 띄지 않는다. 중일전쟁 전에 죽었기 때문에 그런 것 아니겠냐는 설명도 제대로 된 답변이 되기는 어렵다. 가령 「쉬 마오용에 답하고 아울러 항일통일전선 문제에 관하여」12) 같은 에세이에서는 항일운동을 정면에서 다루고 있기 때문이다. 더구나 30년대 이전에도 중국이 영국을 비롯한 제국주의 열강의 침략과 간섭으로 고통 받고 있었다는 점을 감안하면 참으로 이상스럽기 그지없다. 루쉰이 서구화에 맞서 중국 나름의 주체적 근대의 길을 고민한 작가인 것은 틀림없다. 하지만 그의 소설들이 반봉건의 주제에 집중되어 있을 뿐 반제나 항일을 구체적으로 다루지 않은 것도 분명한 사실이다. 물론 중국은 완전한 식민화를 체험하지는 않았다. 중일전쟁 이전이야 더 말할 나위도 없다. 루쉰이 봉건과의 싸움에 몰두했던 것은 아마도 이러한 역사적 경험과 무관하지 않을 것이다. 말하자면 루쉰은 봉건주의의 극복을 최상의 과제로 생각했으리라는 것이다. 어쩌면 봉건 체제를 무너뜨리고 서구와는 다른 주체적 근대화를 이루어내면 민족문제는 자연스럽게 풀릴 수 있을 것으로 생각했을지도 모르겠다. 하지만 이유야 어찌되었든 제국주의가 위세를 떨치며 피압박 민족과 중국 민중을 괴롭히던 시절에 민족문제를 정면에서 다룬 소설을 쓰지 않았다는 것은 탈식민이라는 관점에서 볼 때 중요한 한계라고 하지 않을 도리가 없다. 이 문제는 비서구 근대의 가능성을 모색한 노력과는 별개로 비판적 검토가 필요하지 않은가 한다. 소세키도 비슷하지만, 제국주의와의 대결의식이 결여된 비서구 근대기획

출판, 2004, 203면.
　12) 루쉰, 유세종·전형준 편역, 「쉬 마오용에 답하고 아울러 항일통일 전선 문제에 관하여」, 『투창과 비수』, 솔, 1997.

이란 자본주의 세계체제의 극복에 기여할 바가 크지 않기 때문이다.

이들과 달리 염상섭은 평생 동안 민족문제에서 시선을 놓지 않았다.13) 이 말이 우월성을 뜻하는 것은 아니라는 점은 재삼 강조해둔다. 왜냐하면 염상섭의 문학에서는 민족주의적 편향도 종종 나타나고 자본주의 근대에 굴복하는 모습도 보이기 때문이다. 하지만 이러한 한계에도 불구하고 탈식민에 대한 강한 열망은 높이 평가하지 않을 수 없다. 중간중간 고비가 있기는 하지만 염상섭은 「만세전」이나 「남충서」에서부터 해방기의 「양과자 갑」과 『효풍』에 이르기까지 탈식민을 통한 주체적 근대의 가능성을 꾸준히 탐문해왔다. 이와 함께 자본주의의 위세를 인정하면서도 비판적 시각을 끝까지 견지했다는 점도 탈식민적 가능성과 관련해 대단히 중요하다. 탈식민이 궁극적으로 자본주의 근대의 극복을 지향하는 것일진대 자본주의에 대한 비판적 시각은 탈식민의 최소 요건이 되기 때문이다. 그런 점에서 염상섭은 적어도 비서구 (반)주변부의 근대 실험에서 탈식민이라는 전망이 결정적 의미를 갖는다는 점을 뚜렷이 자각했던 작가라 할 수 있다. 바로 이 점, 곧 탈식민 문학의 가능성을 제시했다는 것이야말로 소세키나 루쉰에게서는 볼 수 없었던, 염상섭만의 세계성 아닐까.

---

13) 이에 대한 자세한 설명으로는 하정일, 「보편주의의 극복과 복수의 근대」, 『20세기 한국문학과 근대성의 변증법』, 소명출판, 2000 참조.

민족과 계급의 변증법
최서해 문학과 민중적 결사로서의 민족

1. 신경향파문학과 최서해

최서해는 초기 프롤레타리아문학의 초석을 닦은 작가이다. 흔히 신경향파문학으로 불리는 초기 프롤레타리아문학은 3·1운동을 전후해 좌표를 상실한 부르주아 계몽문학을 대신할 새로운 대안으로 제시되었다. 일제에 의한 식민화 이래 퇴행의 길을 걸어오던 부르주아 계몽문학은 3·1운동 이후 이른바 '문화정치'에 편승해 민족 부르주아들이 일제와 타협하면서 급속히 개량화의 길로 빠져들게 되었다. 그에 따라 한국 근대문학은 부르주아 계몽문학과는 다른 새로운 방향들을 모색하면서 예술지상주의문학, 자연주의/비판적 리얼리즘문학, 프롤레타리아문학으로 분화되는 모습을 보여준다.[1]

---

1) 하정일 외, 『한국근대민족문학사』, 한길사, 1993, 283~291면.

이러한 분화 과정은 부르주아 계몽주의의 가능성이 한계에 다다른 상황에서 필연적 수순이었다고 할 수 있다. 그중에서도 프롤레타리아문학은 부르주아 계몽주의에 대한 가장 급진적인 부정으로 등장했다. 예술지상주의나 자연주의가 부르주아 계몽주의 내부에서 싹튼 자기갱신의 산물인 데 비해 프롤레타리아문학은 출발점 자체가 달랐던 것이다. 무엇보다 계급적 기반과 이념적 지향에서 그러했다.

　주지하다시피 프롤레타리아문학은 사회주의를 이념적 바탕으로 삼고 있었다. 따라서 노동계급을 비롯한 민중의 입장에서 현실을 바라보려 했고, 그 결과 식민지 자본주의에 대한 기본 시각 자체가 기존의 문학과는 판이할 수밖에 없었던 것이다. 이와 관련하여 프롤레타리아문학에 대한 심각한 오해가 광범위하게 유포되어 있는데, 그것은 프롤레타리아문학이 계급주의에 빠져 민족문제 혹은 식민지 문제에 무관심했다는 것이다. 하지만 프롤레타리아문학은 자신의 방식으로 식민지 문제에 적극적으로 개입했다. 이때 '자신의 방식'이란 식민지 문제를 자본주의와의 연관 속에서 이해하는 것이다. 부르주아 계몽주의의 계보에 속한 문학들이 식민지 문제를 오로지 민족문제로만 인식한 데 비해 프롤레타리아문학은 식민주의가 자본주의 근대에서 발원한 현상이라고 생각했다. 그래서 프롤레타리아문학은 민족문제를 언제나 계급문제와의 관련 속에서 이해하려 노력했다.

　초기 프롤레타리아문학, 곧 신경향파문학에서도 이러한 특징은 그대로 나타난다. 신경향파문학이 민족주의 이데올로기를 정면에서 부정했던 것은 사실이다. 하지만 민족주의의 거부가 곧 민족의 부정은 아니었다. 이는 "조선의 부르주아나 프롤레타리아는 다 함께 피학대계급"이라고 한 김기진의 언명에서 잘 드러난다. 조선의 부르주아와 프롤레타리아가 한 묶음으로 '피학대계급'인 것은 이들이 피식민 민족의 일원이기 때문이다. 박영희 역시 마찬가지 이유에서 조선 민족 전체를 "백의의 무산자"라고 칭한 바 있다. 김기진과 박영희의 논리는 조선─민족─피학대계급—백의의 무산자라는 사유의 선을 보여준다. 이런 식의 논리가 민족의 내적 이질성에 대한 미분화된 인식을 바탕으로 하고 있음은 분명하다. 그런 점에서 신경향파문학론은 민족주의의 자장으로부터 자유롭지 못하다. 말하자면 표면적으로는 민족주의를 전면 부정하고 있음에도 불구하고 심층적으로는 민족주의에 긴박되어 있는 셈이다. 김기진과 박영희가 결국 프로문학운동의 대열에서 벗어난 것도 이러한 이론적 혼선과 관련이 깊다.[2]

하지만 그와 함께 백의의 무산자론이나 조선 민족 피학대계급론이 민족문제의 특수성을 입증해주는 사례라는 사실도 놓쳐서는 안 된다. 김기진과 박영희가 보기에 조선 민족은 부르주아나 프롤레타리아나 피식민이라는 공통분모가 낳은 모종의 동질성을 지니고 있었다. '종속'이라 부를 수 있을 이러한 동질성은 부르주아와 소부르주아의 일부 세력으로 하여금 저항적 민족주의를 견지할 수 있게 해주었다. 김기진과 박영희는 바로 이 점에 주목했던 것이다. 당시의 상당수 사회주의자들도 비슷한 인식을 보여주었고, 신간회운동을 가능케 한 동인(動因) 또한 그것이었다.[3] 그렇게 보면, 신경향파문학론은 피식민을 공통분모로 한 사회주의와 민족주의의 연대라는 맥락에서 이해할 필요도 있다. 물론 '연대'가 지나쳐 민족주의의 헤게모니에 포섭된 것은 문제임에 틀림없지만, 볼셰비키화 시기의 프롤레타리아문학이 민족적 특수성을 경시하면서 관념적 국제주의에 빠진 점을 생각하면, 민족문제에 대한 신경향파문학론의 강조는 나름대로 소중한 의의가 있다.

최서해의 문학은 신경향파문학론의 이러한 장단점을 가장 전형적으로 체현하고 있다. 일반적으로 최서해 하면 계급 대립을 제일 먼저 떠

---

2) 신경향파문학을 포함해 프롤레타리아문학이 민족문제에 어떻게 대응했는지에 관한 자세한 설명으로는 이 책의 「프로문학과 식민주의」 참조.
3) 이에 대한 자세한 설명으로는 서중석, 「일제시대 사회주의자들의 민족관과 계급관」, 『한국민족주의론』 3(박현채·정창렬 편), 창작과비평사, 1985, 316~322면 참조.

올린다. 그러나 최서해가 계급 착취와 그로 말미암은 갈등에 주목한 것은 사실이지만, 그에 못지않게 민족문제에도 깊은 관심을 기울였다. 엄밀히 말하자면, 최서해에게 계급문제와 민족문제는 분리불가능하게 얽혀 있다. 요컨대 최서해 문학에서 민족문제는 곧 계급문제이고 계급문제는 곧 민족문제이다. 최서해 문학의 성취와 한계 역시 이와 관련이 깊다. 최서해 문학의 성취가 민족문제와 계급문제의 내적 연관성을 날카롭게 짚어낸 데 있다면, 한계는 양자의 차별성을 엄정하게 준별하지 못한 데 있다. 그 점에서도 최서해 문학은 신경향파문학론과 조응한다.

2. 만주, 민족모순과 계급모순의 교차로

전기 최서해 문학의 무대는 거의가 '간도'이다. 일찍이 신채호는 조선 농민들의 간도 이주에서 우리 민족의 곤경을 읽은 바 있거니와 그만큼 간도로 상징되는 만주는 우리 민족에게 민족적·계급적 모순과 갈등이 중첩되어 있는 공간이었다. 연보에 따르면, 최서해는 1918년부터 1923년까지 5년여에 걸쳐 만주에서 살면서 온갖 밑바닥 체험을 한 것으로 되어 있다. 이때의 만주 체험은 최서해 문학의 원체험이 되어 그의 모든 작품에 직간접적으로 스며들어 있다.

그의 문학에서 만주가 원체험을 이루는 것은 어째서일까. 최서해 문학의 독해(讀解)는 이 지점에서부터 시작되어야 한다. 만주 체험이 최서해 문학에서 차지하는 비중이 결정적이기 때문이다. 인간은 살아가면서 다양한 체험을 한다. 최서해 역시 마찬가지였을 터이다. 하지만 숱한 체험 가운데 최서해는 만주 체험을 특권화하고 있다. 그의 작품들을 일별하면, 최서해 문학의 모든 성취는 만주 소재 소설에 집약되어 있다고 해도 과언이 아니다. 만주 체험을 다룬 작품들은 생생한 리얼리티로 살아 숨 쉰다. 반면에 만주 체험과 무관한 작품들은 대부분 별다른 문학적 힘을 발휘하지 못한다. 그만큼 만주 체험이 갖는 의미는 최서해 문학에서 각별하다.

최서해의 만주 체험과 관련하여 주목할 것이 '밑바닥' 체험이다. 글을 가르치기도 했지만, 만주에서의 최서해는 노동자 생활을 전전한 것으로 알려져 있다.[4] 이른바 민중 체험이라 할 수 있는 밑바닥 생활은 최서해로 하여금 자연스럽게 민중들의 삶에 관심을 갖도록 만들었을 것이다. 정확히 말하자면, 그의 삶이 곧 민중의 삶이었다는 점에서 자신의 삶을 돌아보는 것 자체가 민중의 삶에 대한 관심과 직통(直通)했다고 하는 것이 적절하겠다. 이 민중 체험이 중요한 까닭은 민중들의 삶이야말로 민족모순과 계급모순이 중첩되어 있는 교차로였기 때문이다. 중국인 대 조선민중의 관계가 그러했다. 양자의 관계는 지배민족 대 피지배민족의 관계인 동시에 착취계급 대 피착취계급의 관계였다.[5] 민족관계와 계급 관계가 거의 동일했던 것이다. 그런 만큼 만주는 민족모순과 계급모순을 '동시에' 체험할 수 있는 독특한 공간이었다. 이와 관련하여 「탈출기」는 흥미롭다. 간도 이주 후 주인공이 제일 먼저 부닥친 현실은 계급 착취의 현실이었다. 땅 살 돈이 없는 주인공이 농사를 짓기 위해서는 소작을 해야 했다. 그러나 소작의 결과는 소작료 주고나면 '일 년 양식 빚'도 갚을 수 없게 되는 참담한 궁핍이었다. 게다가 주인공 같은 무경험자는 소작조차 얻을 수 없었다. 그래서 구들 고치는 '온돌장이'도 해보고 두부 장사도 해보지만, 가난에서 벗어날 수는 없었다. 그러자 주인공은 "나에게 최면술을 걸려는 무리를, 험악한 이 공기의 원류를 쳐부수"겠다고 결심하고 ××단에 들어간다.[6]

---

4) 이에 대해서는 곽근 편, 『최서해전집』 하권, 문학과지성사, 1995의 연보 참조.
5) 신주백, 『만주지역 한인의 민족운동사』, 아세아문화사, 2000, 51~53면.
6) 최서해, 「탈출기」, 『조선문단』, 1925.3, 32면.

XX단은 전후 맥락으로 보아 독립운동단체로 여겨진다. 이때 드는 의문이 계급적 착취와 차별을 겪으면서 내린 결단이 왜 독립운동이냐 하는 것이다. 독립운동은 계급운동도 아니고 중국을 상대로 한 투쟁도 아니다. 얼핏 논리적 모순으로 보이는 주인공의 결정을 제대로 이해하려면 만주에서의 계급모순이란 곧 민족모순을 의미한다는 사실에 주목해야 한다. 말하자면 주인공은 계급적 착취와 차별을 민족적 착취와 차별로 받아들였고 중국인에 의한 민족적 착취와 차별에서 벗어나려면 일제로부터 해방되는 것이 선결과제라고 생각한 것이다. 그래서 계급모순을 해결하기 위해 독립운동에 뛰어드는 결정을 주인공이 내린 것이다.

　　「탈출기」 주인공의 선택을 이렇게 해석할 수 있는 것은 최서해 문학에서 계급적 착취와 차별이 언제나 민족적 착취와 차별과 맞물려 있기 때문이다. 가령 「기아와 살육」에서 주인공의 어머니는 앓는 며느리를 먹이려고 월자(月子)를 팔러 '되놈' 동네에 갔다가 개에게 물린다. 그 사건에 대해 조선 사람들은 "이놈(지나인)의 땅에 사는 우리가 불쌍하지!"[7]라고 반응한다. 「기아와 살육」의 중심 내용은 아픈 아내에게 약 한 첩은커녕 죽 한 그릇도 먹이지 못하는 극한적 궁핍상이다. 돈 없다고 약 한 첩 지어주지 않는 조선인 한의사와 약사의 행태는 계급 차별 바로 그것이다. 그런데 이야기는 어느 순간 민족적 차별의 문제로 넘어간다. 이는 조선인 이주민들이 자신들의 가난을 '되놈'의 탓으로 여기고 있음을 말해준다. 가족들을 죽인 후 중국 경찰서로 쳐들어가 난동을 부리는 주인공의 행동은 이 점을 여실히 보여준다. 이러한 주인공의 대응을 절망감의 역설적 표현으로만 이해해서는 곤란하다. 가족을 죽이고 주위 사람들을 닥치는 대로 해친 것은 그렇게 해석할 수 있지만, 중국 경찰서를 습격한 것은 그와는 다른 의미, 즉 민족적 저항이라는 의미를 담고 있다. 중국 경찰서의 습격은 주인공의 의도된 행동이었다. 다시 말해

---

7) 최서해, 「기아와 살육」, 『조선문단』, 1925.6, 38면.

우발적인 충동의 결과가 아니라 분명한 목적의식에서 나온 행동인 셈이다. 주인공은 자신의 삶을 나락으로 떨어뜨린 근본 원인이 민족적 착취와 차별이라고 판단했고, 그에 대한 저항의 한 방편으로 중국 공권력을 상징하는 경찰서를 습격한 것이다. 그렇다면 「기아와 살육」은 계급모순에 대한 이야기가 아니라 민족모순에 대한 이야기가 된다.

「탈출기」의 주인공이 독립운동단체에 참여한 것도 같은 맥락에서 이해할 수 있다. 중국인들에 의한 착취와 차별은 주인공에게 계급적인 것보다는 민족적인 것으로 받아들여졌고, 그러한 생각이 민족의식을 불러일으키면서 착취와 차별에서 벗어나려면 민족적 주체성을 세워야 한다고 주인공은 판단한 셈이다. 그러한 판단이 독립운동에의 투신으로 이어진 것은 민족 주체의 정립이 일제의 식민지배로부터의 해방과 직결되어 있기 때문일 터이다. 만주로 이주했다고 해서 조선인들이 일제의 자장에서 벗어난 것은 아니다. 일제는 만주를 둘러싸고 중국과 헤게모니 다툼을 벌이면서 재만(在滿) 조선인들을 감시하고 억압했다. 어디에 살든 간에 조선인은 일본이라는 국가에 소속된 존재였기 때문이다. 최서해 역시 이 점을 간파하고 있었다.

조선 사람들은 어느 골짜기나 없는 데가 없었다. 십여 호, 삼사 호가 있는 데도 있고, 외따로 있는 집도 흔하다. 거개 쓰러져 가는 초가집에서 중국 사람의 소작인으로 일평생을 지낸다. 간혹 전지를 가진 사람이 있으나 그것은 쌀에 뉘만 못하였다. 그네들 가운데는 자기의 딸과 중국 사람의 전지와를 바꾸는 이도 있다. 그네들은 일본과 중국의 이중 법률의 지배를 받는다. 아무런 힘 없는 그네들은 두 나라 틈에서 참혹한 유린을 받고 있다. 그래도 어디 가서 호소할 곳이 없다.[8]

위 대목은 재만 조선인들의 삶의 실상을 요약한 구절이다. 이들은 만

8) 최서해, 「해돋이」, 『최서해전집』 상권, 문학과지성사, 1987, 206면.

주에서도 하나같이 가난하다. 중국인의 소작으로 살면서 계급적 착취와 민족적 착취가 중첩된 고통에 시달린다. 주목할 것은 재만 조선인들이 '일본과 중국의 이중 법률의 지배를 받는다'는 사실이다. 중국 '땅'에서 살고 있으니 중국 법률의 지배를 받아야 하고, 일본 '사람'이기 때문에 일본 법률을 따라야 한다. 하지만 이 두 법률 가운데 어느 것도 조선인을 위한 것은 없다. 그래서 재만 조선인들은 "두 나라 틈에서 참혹한 유린을 받고 있다." 하지만 나라 잃은 민족이기에 "어디 가서 호소할 곳도 없다." 최서해는 이것이 재만 조선인들의 삶의 조건이라고 설명한다. 형식적으로 보자면 재만 조선인들은 일본의 '보호'를 받을 권리가 있다. 그러나 실질적으로는 불가능하다. 조선인은 일본의 '국민'이 아니라 '피식민 민족'에 불과하기 때문이다.

그렇게 보면, 재만 조선인은 이중의 지배와 차별을 겪고 있다고 할 수 있다.[9] 최서해는 그중 일제에 의한 지배가 더 심각한 문제라고 본다. "그래도 그네(조선인-인용자)들은 내지(조선) 있을 때보다 낫다고 한다"는 서술에서 그러한 생각을 엿볼 수 있다. 어째서 조선에 있을 때보다 나은가. 그것은 일본의 지배로부터 상대적으로 자유롭기 때문일 것이다. 최서해에게 일제의 식민지배는 조선민중의 삶을 무너뜨린 근본 원인이다. 「큰물진 뒤」는 일제가 조선민중의 삶을 어떻게 무너뜨렸는지를 잘 보여준다. 이 소설의 주인공인 윤호의 마을은 홍수로 삶의 터전을 잃어 버린다. 그런데 홍수가 난 이유가 무엇인가 하면 철도 때문이다. 일제는 주인공의 마을 밖에 철로를 내기위해 물의 방향을 바꿔버렸다. 이에 주민들은 "군청, 도청, 철도국에 방축을 더 굳게 쌓아 주든지, 철교를 좀 비스듬히 놓아서 물길이 돌게 하여 달라고 진정서를 여러 번이나 들였으나 조금의 효과도 얻지 못하였다."[10] 일제에게 식민지 주민들의 삶이란 애당초 관심 대상이 아니었던 것이다.

---

9) 김경일·윤휘탁 외, 『동아시아의 민족이산과 도시』, 역사비평사, 2004, 336면.
10) 최서해, 「큰물진 뒤」, 『개벽』, 1925.12, 20면.

철도 건설이 조선의 근대화를 위한 것이라면 마을 주민들의 처지를 최소한이나마 배려했을 것이다. 그러나 일제는 그렇게 하지 않았다. 이는 철도의 건설이 본질적으로 수탈을 위한 것임을 말해주거니와 그런 점에서 일제의 식민지배는 조선민중에게서 삶의 터전을 앗아간 원흉일 뿐이다. 재만 조선인들이 중국인들에 의한 착취와 차별에 대한 대응 방식으로 독립운동을 선택한 것은 그래서이다. 말하자면 중국인들에 의한 착취와 차별이 근본적으로는 일제에 식민화되면서 민족적 주체성을 빼앗기고 삶의 터전마저 잃은 데서 비롯되었다는 것이 최서해의 현실 인식이었던 것이다. 따라서 중국인과의 지배／피지배 관계에서 벗어나려면 일제로부터의 해방이 선결과제가 된다. 「탈출기」의 주인공이 독립운동에 뛰어든 까닭이 여기에 있다.

이와 관련하여 흥미로운 것이 「큰물진 뒤」에서도 작가가 "호소할 곳이 없었다"고 적고 있다는 사실이다. 최서해의 여러 작품이 살인과 같은 극단적 행동으로 끝나곤 한다는 것은 여러 연구자들이 이미 지적한 바이다. 그런데 그러한 행동의 밑바닥에는 바로 '호소할 곳이 없다'라는 절박감이 자리 잡고 있다. 우리는 살인이나 방화 같은 행동 이전에 어째서 그들이 그러한 행동을 선택할 수밖에 없었는지에 먼저 관심을 기울일 필요가 있다. 그래야만 최서해 문학서사의 전체구조를 온전히 이해할 수 있기 때문이다. 이때 결정적인 중요성을 갖는 것이 '호소할 곳이 없다'라는 절박감이다. 최서해 문학의 주인공들은 이중의 민족적 착취와 차별로 고통 받고 있다. 하지만 도움을 청할 곳은 어디에도 없다. 즉 그들은 '고립된 개인'인 것이다. 이럴 경우 개인이 선택할 수 있는 해결책은 두 가지이다. 하나는 고립된 개인으로서 문제를 해결하는 방식이다. 살인이나 방화 또는 약탈이 거기에 해당한다. 다른 하나는 고립된 개인들이 '결사'를 통해 저항의 공동체를 만드는 방식이다. 독립운동에 투신하는 것이 그것이다. 기존의 연구들은 대부분 첫 번째에 초점을 맞춰 최서해 문학을 설명해왔다. 하지만 그러한 접근 방식으로는 최서해 문학의 한쪽 면만을 볼 수 있을 뿐이다. 왜냐하면 최서해의 많은 작품들이 직간접적으로 민족해방운동을 다루고 있기 때문이다. 따라서 어떻게 같은 작가가 두 경향의 작품을 동시에 쓸 수 있었을까를 해명하지 않고는 최서해 문학의 전체상을 제대로 이해할 수 없다. 그 비밀을 풀어줄 열쇠가 바로 '호소할 곳이 없다'라는 심리상태이다. 이 심리상태가 어째서 중요한가. 이 문제가 다음 장에서 풀어야 할 주제이다.

3. 민중적 결사로서의 민족

최서해는 자신의 작품 곳곳에서 '호소할 곳이 없다'는 절박감을 토로하고 있다. '참을 수 없다'거나 '오갈 데 없다'거나 '가슴이 터질 것 같다' 등등 극한의 한계 상황에 몰린 심리상태를 표현하고 있는 구절들을 최서해의 소설에서는 어렵지 않게 발견할 수 있다. 이러한 극한적 위기의식은 최서해 문학의 주인공들을 행동에 나서게 만드는 심리적 동인(動因)이다. 살인과 방화이건 독립운동에의 투신이건 심리적 동기는 똑같다는 말이다. 그런 점에서 살인·방화와 독립운동은 동전의 양면과 같은 관계라고 할 수 있다. 요컨대 양자는 실존적 위기의식이라는 한 뿌리에서 나온 두 가지인 셈이다. 다만 그 실존적 위기를 개인 차원의 문제로 받아들이면 살인이나 방화로 나아가는 것이고, 그것을 민족 차원의 문제로 인식하면 독립운동에 투신하는 것이다. 「기아와 살육」은 그 점을 잘 보여준다. 주인공인 경수는 가난의 문제를 처음에는 "인류가 다 같이 살아갈 운동에 몸을 바"침으로써 해결하려고 생각하지만 용기의 부족과 식구에 대한 애착 때문에 포기한다. 그러다 아내가 병으로 죽어가고 어머니가 중국인 마을의 개에 물리자 살인행위로 나아가게 된다. 살인행위는 두 개의 의미를 함께 지니고 있다. 특히 중국인 경찰서 습격은 개인적 복수와 민족적 저항이라는 이중적 의미를 동시에 함축하고 있다. 「기아와 살육」에서 놓쳐서 안 될 것은 개인적 복수가 민족적 저항의 의미까지 띠게 되는 맥락이다.

우선 경찰서 습격이 우연히 나온 행동이 아니라는 점에 주목해야 한다. 경수는 이미 '인류가 다 같이 살아갈 운동에 몸을 바치겠다'는 마음을 가졌던 바 있다. 경찰서 습격은 그 연장선상에 놓여 있다. 다만 '인류가 다 같이 살아갈 운동'이라는 보편적 대의가 중국인 경찰서 습격으로 변형된 것은 두 가지 요인이 작용한 것으로 보인다. 첫째, 민족의식의 부족. 경수의 의식은 인류 보편적 대의라는 추상적 휴머니즘에 머물러 있을 뿐 그것을 민족의식으로까지 구체화하지 못하고 있다. 그로 인해 민족적 저항이 경찰서 습격이라는 즉자적 수준에서 그친 것이다. 둘째, 현실적 여건의 한계. 경수의 주변은 민족운동과 연결되어 있지 못했고, 그러한 상황에서 경수가 택할 수 있는 방법은 개인적 반항 외에는 없었을 터이다. 그렇게 보면, 경수의 행위는 단순히 절망감의 역설적 표현이나 자포자기의 행위만은 아니다. 그보다는 민족적 저항이 개인적 반항이라는 즉자적 형식을 통해 표출된 것으로 이해하는 것이 좀 더 적절하다. 요컨대 중국인 경찰서 습격은 민족의식이 부족하고 현실적 여건이 미비(未備)된 상황에서 나올 수 있는 최대치의 민족적 저항인 셈이다. 따라서 두 가지 요인이 풀린다면 최서해 문학의 주인공들은 언제라도 민족운동에 뛰어들 내적 준비가 되어 있다고 할 수 있다. 그런 점에서 최서해 문학에 개인적 복수와 독립운동에의 투신이 병존하고 있는 것은 모순이 아니다.

최서해 문학에서 개인적 복수와 독립운동에의 투신이 내적으로 연결되어 있다는 것은 최서해 문학의 탈식민적 가능성을 입증하는 데 있어 결정적인 의미를 갖는다. 왜냐하면 이는 독립운동에의 투신이 보편적 대의를 위한 헌신이 아니라 개인의 실존적 위기를 민족이라는 집합적 존재를 통해 해결하기 위해서임을 말해주기 때문이다. 그런 점에서 최서해 문학에서 민족이란 개인과 무관하게 존재하는 선험적 실체가 아니라 일종의 결사체(結社體)이다. 다시 한 번 「탈출기」로 돌아가 보자.

> 나는 여태까지 세상에 대하여 충실하였다. 어디까지든지 충실하려고 노력하였다. 내 어머니, 내 아내까지도 뼈가 부서지고 고기가 찢기더라도 충실한 노력으로써 살려고 하였다. 그러나 세상은 우리를 속였다. 우리의 충실을 받지 않았다. 도리어 충실한 우리를 모욕하고 멸시하고 학대하였다.
>
> (…중략…)
>
> 김군! 나는 사람들을 원망치 않는다. 그러나 마주(魔酒)에 취하여 자기의 피를 짜 바치면서도 깨지 못하는 사람을 그저 볼 수 없다. 허위와 요사와 표독과 게으른 자를 옹호하고 용납하는 이 제도는 더욱 그저 둘 수 없다.[11]

「탈출기」의 주인공은 '세상에 대하여 충실'함으로써 가난에서 벗어나고자 했다. 개인의 실존적 위기를 개인 차원에서 해결하려 한 셈이다. 그러나 세상은 그러한 개인적 '충실'을 받아들이지 않는다. 소작 부칠 땅도 얻을 수 없고, 온돌장이나 두부 장사를 아무리 열심히 해도 끼니조차 해결하기 어렵다. 이때 여전히 개인 차원에서 문제를 풀려 하면 살인이나 방화로 나아갈 수밖에 없다. 하지만 그러한 개인적 복수로 문제를 해결할 수 없음은 명약관화하다. 그래서 「탈출기」의 주인공은 집단적 차원에서 문제에 대응하기로 결심한다. 가난이란 '제도'의 문제임을 깨달았기 때문이다. 그러나 이때의 '집단'은 선험적 실체가 아니다. 오히려 그것은 개인의 실존적 위기를 해결하기 위한 자발적 선택과 참여라는 점에서 결사에 가깝다. 최서해 문학의 주인공들이 행동으로 나아가는 동기가 '호소할 곳이 없다'라는 절박감이었음을 떠올리면, 이 점을 이해하기가 좀 더 쉽다.

---

11) 최서해, 「탈출기」, 앞의 책, 31~32면.

「탈출기」에서도 주인공은 "호소할 곳이 없다"[12]라고 토로하고 있거니와 이러한 고립무원의 상황에서 '결사'는 문제해결의 효과적인 방식이 된다. 독립운동에의 투신은 그 연장선에서 이루어진 선택이다. '왜 독립운동인가'에 대해서는 앞에서 설명했으므로 더 이상의 언급은 피하도록 하겠다. 다만 최서해 문학에서 '민족'이란 선험적 실체가 아니라 개인의 자발적 선택과 참여로 형성된 결사라는 점은 다시 한 번 강조해야겠다. 르낭은 19세기 말에 민족을 "매일매일의 국민투표"[13]에 비유한 바 있다. 이 말은 민족이 영속적이고 선험적인 집단이 아니라 끊임없이 새롭게 선택되고 만들어지는 결사체임을 가리킨다. 요컨대 르낭은 종족/언어/영토에 의해 규정되는 종족주의적(ethnocentric) 민족 관념을 부정하고 "동의, 함께 공동의 삶을 계속하기를 명백하게 표명하는 욕구"에 의해 구성되는 '결사로서의 민족'을 내세운 셈이다. 최서해 문학에서 독립운동에의 투신은 바로 그러한 의미를 갖고 있다. 「탈출기」의 주인공은 처음에는 고립된 개인이었다. 호소할 곳이 없는 것은 그래서이다. 고립된 개인으로 남아있는 한 이러한 상황은 극복 불가능하다. 살인이나 방화는 고립된 개인이 택할 수 있는 마지막 수단이다. 따라서 호소할 곳 없는 상황을 제대로 극복하기 위해서는 고립된 개인에서 벗어나는 것이 선결과제가 된다.

　이때 「탈출기」의 주인공이 선택한 것이 바로 민족이다. 그가 민족을 선택한 까닭은 재만 조선인들이 겪는 운명의 동질성, 곧 개인의 사회성에 대한 자각 때문이라 할 수 있다. 말하자면 조선인 이주민에 대한 중국인의 지배와 착취가 개인의 위기를 민족의 위기로 인식하게 만들었고, 그렇게 형성된 민족의식은 민족적 위기의 궁극적 원인인 일제에 대한 집합적 저항으로 표출된 것이다. 그런 점에서 최서해 문학에서 민족은 선험적으로 개인을 규율하는 초월적 대주체가 아니라 개인의 실존

---

12) 위의 글, 31면.
13) E. 르낭, 신행선 역, 『민족이란 무엇인가』, 책세상, 2002, 81면.

적 위기를 해결하기 위해 자발적으로 선택하고 참여한 결사체이다. 주인공이 독립운동에의 투신을 "생의 충동이며 확충"이라고 한 것은 그런 연유에서이다. 엄밀히 말해, 조선인 이주민들은 종족적(ethnic)으로 같을 뿐 하나의 온전한 민족(nation)을 이루지 못한 상태이다. 고립된 개인으로 뿔뿔이 흩어져 있기 때문이다. 독립운동에의 투신을 통해 종족은 비로소 민족으로 전화(轉化)한다. 고전적 용법을 빌리면, 독립운동에의 투신을 매개로 즉자적 민족은 대자적 민족으로 고양된다. 이 대자적 민족이 바로 결사로서의 민족이며, 독립운동단체가 그것에 해당한다.

이처럼 근대적 민족은, 긍정적 의미로든 부정적 의미로든, 결사적 성격을 갖고 있다. 이는 달리 말하면 근대적 민족이 자기결정의 산물임을 뜻한다.14) 물론 그 이면에는 부르주아 지배체제를 수립하기 위해 민중을 동원하려는 계급적 전략이 작용하고 있음에 틀림없다. '제3신분이 완벽한 하나의 민족'이라는 시예스의 선언은 그 점을 극명하게 보여준다.15) 그런 점에서 우리는 민족의 양면성 — 결사와 동원 — 을 통일적으로 인식해야 한다. 피식민 민족의 경우도 마찬가지다. 피식민 민족은 제국주의에 맞서 스스로를 지키기 위한 저항의 공동체라는 결사적 측면과 함께 민족 부르주아의 헤게모니를 강화하려는 동원적 측면을 동시에 갖고 있다. 부르주아 계몽문학이 그 가운데 후자를 대표한다면, 최서해는 전자의 입장에 서 있다.

신경향파문학이 '조선 민족=피학대계급'이라는 인식을 지니고 있었음은 서두에서 지적한 바 있다. 민족의 내적 이질성에 대한 이러한 미

---

14) H. 콘, 박순식 역, 「민족주의의 개념」, 『민족주의란 무엇인가』(백낙청 편), 창작과비평사, 1995, 33~36면.
15) E. J. 시예스, 박인수 역, 『제3신분이란 무엇인가』, 책세상, 2003, 22~24면. 이와 관련하여 푸코는 부르주아 계급이 귀족과의 권력투쟁에서 승리하고 스스로를 보편 계급으로 정립하기 위해 민족을 창출했다고 설명한다. 그런 점에서 대혁명기의 민족은 일종의 부르주아적 결사였다고 할 수 있다. M. 푸코, 박정자 역, 『사회를 보호해야 한다』, 동문선, 1998, 252~258면 참조.

분화된 인식은 최서해로 하여금 계급적 착취와 차별을 민족적 착취와 차별로 받아들이도록 만들었다. 만주가 조선인에게 민족적 착취와 계급적 착취가 중첩된 공간이라는 점에서 양자의 동일시는 현실적 근거를 가진다. 최서해 문학의 호소력은 그로부터 발원한다. 계급문제와 민족문제가 착종되고 나아가 민족문제가 전면화(全面化)된 것은 최서해 문학의 분명한 한계이다. 그러나 최서해 문학은 이러한 한계에도 불구하고 부르주아 계몽문학과는 다른 민족인식을 보여준다. 무엇보다 최서해 문학에서의 민족이 '아래로부터의 민족'이라는 점에서 그러하다. 부르주아 계몽문학이 '위로부터의 민족', 즉 부르주아 헤게모니에 바탕을 둔 민족을 상정하고 있었던 데 비해 최서해 문학은 민중이 주체가 된 민족의 가능성을 보여준다. 그래서 부르주아 계몽문학의 민족이 언제나 민중에게 '부과된' 민족인 데 비해 최서해 문학에서 민족은 민중이 스스로 '만들어가는' 민족이다. 최서해 문학의 민족에서 민중 동원적 성격보다 민중 결사적 성격이 훨씬 강한 것은 그 때문이라 할 수 있다. 이는 최서해 문학이 민족주의와 구별되는 민족인식을 갖고 있음을 의미한다. 이인직과 이광수는 물론이고 신채호나 염상섭조차도 민중이 스스로 만들어가는 민중적 결사로서의 '아래로부터의 민족'에 대한 기획을 보여주지 못했다. 저항적 민족주의를 지향했던 신채호에게도 민족이란 '위로부터의 민족', 곧 부과된 민족이었다. 신채호가 민족을 영속적이고 초월적인 존재로 생각한 것도 이와 관련이 깊다. 신채호가 민족주의에서 사회주의로 이념적 전회(轉回)를 감행한 것도 그러한 한계를 극복하기 위해서였다고 할 수 있다.[16] 「만세전」을 통해 식민지 근대에 대한 심오한 통찰을 보여준 염상섭 또한 '위로부터의 민족' 관념에서 벗어나지 못했다. 그로 인해 염상섭에게 민중이란 동정과 혐오의 양가적 대상일 뿐이었으니, 염상섭이 부르주아를 대체할 새로운 민족 주체를 정립하지

---

16) 이에 대한 좀 더 자세한 설명으로는 이 책의 「급진적 근대기획과 예술의 정치화」 참조

못한 것은 여기에서 기인한다.[17]

　그런 점에서 최서해 문학의 민족, 곧 민중적 결사로서의 '아래로부터의 민족'은 문학사적으로 획기적인 의미를 갖는다. 계급문제와 민족문제가 착종되어 있기는 하지만, 그런 가운데서도 최서해 문학은 민족 형성의 민중적 경로를 제시함으로써 한국 근대문학의 새로운 가능성을 열었다. 요컨대 탈식민에 대한 민족주의적 전망이 지닌 원천적 한계를 넘어설 수 있는 새로운 길을 예비해준 것이다.

4. 계급의 발견

　지금까지 최서해 문학이 재만 조선인들의 삶을 통해 민중적 결사로서의 '아래로부터의 민족'을 그려나가는 과정을 살펴보았다. 이러한 민족 서사는 이전까지의 한국 근대문학이 보여주지 못했던 새로운 세계라는 점에서 탈식민의 새로운 길을 제시했다는 문학사적 의의를 갖는다. 특히 민족주의와는 다른 기획, 곧 민중이 주체가 되는 민족의 가능성을 모색했다는 사실은 중요한 성취라 하지 않을 수 없다. 이로써 민족문제에 대한 발본적(拔本的) 성찰이 가능해졌기 때문이다. "민족주의가 민족을 창출한다"[18]는 명제처럼 민족은 민족주의의 전유물로 여겨져 왔다. 그래서 민족을 말하면 곧바로 민족주의로 치부되기도 했다. 하지만 최서해의 문학은 민족이 민족주의의 전유물이 아님을 예증해준다.

---

17) 이에 대한 자세한 설명으로는 하정일, 「보편주의의 극복과 복수의 근대」, 『20세기 한국문학과 근대성의 변증법』, 소명출판, 2000 참조.
18) E. 겔너, 백낙청 역, 「근대화와 민족주의」, 『민족주의란 무엇인가』, 창작과비평사, 1981, 160면.

최서해 문학은 개인의 실존적 위기가 어째서 민족을 통해 해결될 수밖에 없는지를 만주라는 공간을 통해 설득력 있게 보여준다.

그러나 앞에서도 지적했다시피 계급문제와 민족문제의 착종은 최서해의 문학이 본격적인 프롤레타리아문학으로 나아가는 데 심각한 걸림돌로 작용하고 있다. 이와 관련하여 독립운동단체의 이념적 성향이나 구체적 내용이 불분명하다는 점을 지적할 필요가 있다. 「탈출기」를 보면, ××단에 들어가 활동하고 있다는 이야기만 나올 뿐 활동의 구체적 내용에 대해서는 아무런 설명이 없다. 「고국」에서도 "배낭을 지고 총을 메었다"[19]는 언급 이외에는 더 이상의 서술이 없다. 독립운동에 대해 비교적 자세히 기술하고 있는 「해돋이」 또한 활동 내용에 대해서는 묵묵부답이다. 이로 인해 어떤 이념을 지닌 단체인지를 도무지 가늠할 수 없다. 검열 탓도 있겠지만, 그와 함께 계급문제가 부차화되고 민족문제만이 전면화된 상태에서 어떤 이념이냐는 중요하지 않게 된 것도 또 하나의 이유가 될 것이다. 말하자면 계급문제와 민족문제가 뒤섞이면서 계급문제를 바라보는 시각과 직결된 이념에 대한 사유가 정지되고 만 셈이다. 이 대목에서 최서해 문학은 다시금 민족주의에 포섭된다. 아무리 만주라는 공간이 계급문제와 민족문제가 중첩된 곳이라 하더라도 민족문제에 접근하는 계급적 시각은 다양한 법이다. 실제로 당시 만주에서 활동하던 독립운동단체들이 그러했다. 그러나 최서해 문학은 만주 지역 독립운동의 그러한 동향을 전혀 반영하지 못하고 있다. 이는 계급적 착취와 차별을 민족적 착취와 차별로 읽은 데 따른 결과라 할 수 있다.

가령 「이역원혼(異域冤魂)」에서 주인공 여성이 자신을 겁탈하려는 중국인 지주 유가를 죽이면서 '오랑캐야!'라는 말을 되풀이하는 데서도 그러한 한계를 확인할 수 있다. 주인공 부부는 유가의 땅을 빌려 농사를 짓는 소작농이다. 이들은 "중국 사람의 소작인으로 별별 구박을 다 받

---

19) 최서해, 「고국」, 『조선문단』, 1924.10, 60면.

으면서 겨우 목숨을 이어왔다."[20] 그러던 중 남편이 병으로 죽게 되고, 그 틈을 타 유가가 자신을 겁탈하려 하자 주인공 여성은 유가를 도끼로 쳐 죽이게 된다. 따라서 엄밀히 말하면 유가와의 갈등은 기본적으로 지주 대 소작, 곧 계급적인 문제이다. 하지만 주인공 여성은 유가와의 갈등을 민족적인 문제로만 받아들인다. '오랑캐야!'라는 말을 반복하는 데서 그 점은 쉽게 발견된다. 요컨대 주인공 여성에게 유가는 지주이기 이전에 이(異)민족인 것이다. 계급적 갈등이 민족적 갈등에 의해 봉인된 셈이다. 그런 점에서 최서해의 문학 역시 민족주의로부터 온전히 자유롭지 못하다.

물론 양자의 내적 연관과 차별성을 동시에 읽으려 노력한 작품이 없는 것은 아니다. 「홍염」이 대표적이다. 「홍염」은 지주 대 소작의 비대칭적 관계를 축으로 작품의 서사가 구성되어 있다. 다음과 같은 대목은 그 점을 여실히 보여준다.

> 언제나 이 놈의 소작인 노릇을 면하여 볼까? 경기도서도 소작인 생활 십 년에 겨죽만 먹다가 그것도 자유롭지 못하여 남부여대로 딸 하나 앞세우고 이 서간도로 찾아들었더니 여기서도 그네를 맞아주는 것은 지팡살이(소작인)였다. 이름만 달랐지 역시 소작인이다. 들어오던 해는 풍년이었으나 늦게 들어와서 얼마 심지 못하였고 그 이듬해에는 흉년으로 말미암아 일 년에 꾸어먹은 것도 있거니와 소작료도 못 갚아서 인가에게 매까지 맞고 금년으로 미루었더니 금년에도 흉년이 졌다.[21]

위 구절이 말하는 것은 조선에서나 만주에서나 문 서방은 똑같이 소작인이라는 사실이다. 요컨대 지주 대 소작이라는 계급적 관계는 어디에서나 마찬가지인 것이다. 따라서 인가와 문 서방의 기본 관계 역시 지주 / 소작 관계가 된다. 그런 점에서 인가와 문 서방의 비대칭성은 계

---

20) 최서해, 「이역원혼」, 『동광』, 1926.11, 64~65면.
21) 최서해, 「홍염」, 『조선문단』, 1927.1, 78면.

급적 비대칭성으로부터 비롯된 결과이다. 딸을 빼앗겼음에도 불구하고 인가가 주는 돈을 거절하지 못하는 문 서방의 심리 또한 이러한 맥락에서 이해될 수 있다. 인가와 문 서방의 관계를 민족적 관계라는 측면에서 보면 돈을 거절하는 것이 자연스럽다. 민족적 관계에서 돈이란 이차적인 것이기 때문이다. 그러므로 문 서방이 인가의 돈을 받았다는 것은 결국 둘의 관계가 경제에 의해 규율되는 계급적 관계임을 말해준다.

　이처럼 「홍염」은 인가와 문 서방의 관계를 기본적으로 계급 관계로 규정하면서 서사를 풀어나간다. 여기에 민족적 갈등이 중첩되면서 문제가 증폭된다. 빚과 소작료를 갚지 못했다고 딸을 빼앗아가는 인가의 행태를 '되놈'의 반(反)인륜적 관습과 연계시키면서 민족적 갈등이 본격화되는데, 이러한 갈등은 문 서방의 아내가 환각 상태에 빠져 "아이구, 우리 용녜가 죽소! 저 흉한 되놈에게 깔려서"라고 외치며 피를 토하고 죽는 장면에서 절정에 이른다. 그런 점에서 문 서방의 살인행위에는 계급적 저항과 민족적 저항이 중첩되어 있다. 요컨대 비대칭적 계급 관계에 대한 분노와 민족적 수난에 대한 복수심이 병존하고 있는 셈이다. 문 서방의 살인행위를 「기아와 살육」이나 「박돌의 죽음」에서의 살인행위와 비교해보면 이러한 특징이 보다 명확해진다. 「기아와 살육」의 경수는 민족적 저항의 일환으로 중국인 경찰서를 습격한다. 반면에 「박돌의 죽음」의 어머니는 계급적 차별에 대한 복수로 김 초시를 죽인다. 그에 비해 「홍염」의 살인행위는 두 측면을 동시에 함축하고 있다. 그런 점에서 「홍염」은 민족문제와 계급문제의 내적 연관성과 차별성을 적절하게 반영하고 있는 셈이다. 이 점에서 「홍염」은 최서해 문학의 정점에 놓인다고 할 수 있다.

　최서해 문학에서 「홍염」이 갖는 가장 중요한 의의는 이 작품에 와서야 명실상부한 의미에서의 '계급의 발견'이 이루어졌다는 점이다. 이전까지의 최서해 문학은 계급문제가 민족문제에 해소되는 모습을 보여준다. 분명한 계급적 갈등조차도 어느새 민족적 갈등으로 치환되곤 한다.

물론 그런 가운데서도 민족문제를 민중적 관점에서 접근함으로써 민중적 결사로서의 '아래로부터의 민족'의 가능성을 제시한 것은 문학사적으로 획기적인 의의를 갖는다. 하지만 계급문제와 민족문제의 착종과 민족문제의 전면화가 당시 재만 조선인들의 현실을 일면적으로만 반영하고 있는 것은 분명하다. 「박돌의 죽음」처럼 계급적 갈등을 취급한 작품이 없었던 것은 아니지만, 이 소설에서 다루어지는 계급적 갈등은 '돈 없으면 사람대접 못 받는다' 정도의 그야말로 소박한 수준이어서 계급적 갈등이라고 부르기조차 어색하다. 이렇게 된 것은 무엇보다 계급적 갈등의 핵심인 착취 문제가 빠져 있기 때문이다. 이러한 한계를 극복할 수 있는 가능성을 보여준 작품이 바로 「홍염」이다. 「홍염」에서는 계급적 갈등이 서사의 축을 이루면서 거기에 민족적 갈등이 중첩된다. 계급적 갈등이 축을 이루는 까닭은 지주/소작 관계가 착취의 토대이기 때문이다. 이러한 서사의 축에 민족적 갈등을 접합시킴으로써 「홍염」은 만주에서 계급적 갈등이 작동되는 특수한 방식, 곧 계급문제와 민족문제가 중첩되는 과정을 핍진하게 보여준다. 계급적 착취와 대립이 그 자체로만 순수하게 현상하는 경우는 없다는 점에서 「홍염」은 참다운 의미에서의 '계급의 발견'을 성취한, 즉 계급문제의 보편성과 특수성을 통일적으로 포착한 선구적 작품이라 할 만하다. 1920년대의 한국문학을 통틀어 보더라도 계급문제에 대해 이러한 인식을 보여주는 사례를 발견하기 어렵다는 점을 감안하면 더더욱 그러하다.

5. 최서해 문학의 탈식민적 성취와 한계

「홍염」에서 최서해는 계급문제가 민족관계 속에서 어떻게 특수화되는지를 규명했다. 거듭 강조하는 바이지만, 최서해 문학을 결말부만 놓고 평가해서는 곤란하다. 중요한 것은 결말부까지 이르는 서사의 전체 과정이다. 그러한 관점에서 보면, 「홍염」의 서사 구조는 대단히 탄탄하다. 특히 계급적 착취가 민족적 차별과 접합되어 가는 과정은 이중의 착취와 차별로 고통 받던 재만 조선인들의 현실과 적절히 조응하면서 결말부의 개연성을 한껏 높여준다. 그 과정에서 문 서방의 살인행위는 계급적인 동시에 민족적인 저항이라는 이중의 의미를 지닐 수 있게 되었으며, 그런 점에서 「홍염」은 탈식민문학의 새로운 지평을 연 작품으로 손색이 없다.

하지만 최서해 문학은 거기서 멈춘다. 「홍염」 이후 기대할 수 있는 것은 계급적 각성에 기초한 민족적 저항의 세계였다. 그러나 최서해는 만주로부터 조선의 현실로 눈을 돌리면서 급작스럽게 일상성의 세계로 침닉(沈溺)해간다. 민중의 삶은 사라지고 지식인과 소시민의 일상이 평면적으로 그려진다. 계급문제를 다룰 때에도 소박한 휴머니즘의 차원을 벗어나지 못하며, 민족문제에 대한 인식은 찾아보기조차 힘들게 된다. 혹독하게 평하자면, 「홍염」 이후의 최서해 문학은 자연주의와 휴머니즘의 범박한 절충 이상도 이하도 아니다. 이러한 변화는 너무도 갑작스러운 것이어서 그 이유를 설명하기 힘들 정도이다.

다만 전기(前期) 문학과의 관련성을 따진다면, '체험의 직접성'을 지적할 수 있을 것이다. 최서해 문학은 체험의 문학이다. 전기 문학이 만주 체험과 연결되어 있다면, 후기(後期) 문학은 조선에서의 현재적 삶과 직결되어 있다. 전기 최서해 문학의 힘은 만주 체험의 특별함에서 나온다. 말하자면 만주에서의 밑바닥 체험이 계급문제와 민족문제를 동시적으로 담아내는 소설적 경지를 이루어내는 원동력이었던 셈이다. 반면에 조선에서의 생활은 소시민적 삶으로 시종했고, 이러한 소시민 체험은 그의 문학에 그대로 삼투되어 소박한 일상성의 세계로 나타났던 것으로 보인다. 그런 점에서 최서해의 문학은 체험의 직접성에 결박된 문학이었다고 할 수 있다.

체험이 이념으로까지 고양되지 못했기에 최서해는 이념의 시대에 적응할 수 없었다. 최서해의 문학이 본격 프롤레타리아문학이 대두한 1927년 이후 한국문학의 중심에서 밀려난 것은 그런 연유에서였다고 할 수 있을 터이다. 그러나 민중적 결사로서의 '아래로부터의 민족'에 주목해 그것을 계급문제와의 상호 연관 속에서 그려낸 점은 부르주아 계몽문학의 민족주의적 한계를 넘어 탈식민문학의 새로운 가능성을 제시한 소중한 성취로 기록되어야 할 것이다. 이것만으로도 최서해의 문학은 한국 근대문학의 역사에서 자신의 자리를 요구하기에 모자람이 없다.

프로문학과 식민주의

1. 프로문학과 민족문제

프로문학에 대한 일반화된 통념 가운데 하나가 프로문학이 식민지 또는 민족문제에 상대적으로 무관심했다는 비판이다. 말하자면 계급문제에만 집착하는 바람에 당시의 범민족적 과제였던 민족해방의 문제를 소홀히 했다는 것이다. 비슷한 비판은 가령 프로문학의 대표적 인물 중 한 사람인 임화에 의해서도 지적된 바 있다. 임화에 따르면, 프로문학은 "수입된 사조의 모방으로 기인되는 공식주의적 약점"으로 인해 "좋은 의미의 민족성을 부르주아적이라고 부정"했고 "반제국주의적이요, 반봉건적인 민족문학수립의 과제"를 "그다지 고려하지" 않았다.[1]

임화의 지적이 틀린 것은 분명 아니다. 프로문학이 계급해방을 이념

---

1) 임화, 「조선 민족문학건설의 기본과제에 대한 일반보고」, 『건설기의 조선문학』, 백양당, 1946, 37면.

으로 삼으면서 다른 것들을 부차화했다는 점에서 그러하다. 하지만 이 말이 프로문학은 민족문제에 무관심했다든가 식민주의의 극복을 중요시하지 않았다는 의미는 아니다. 프로문학은 '프로문학적' 방식으로 식민주의의 극복이라는 과제에 대응했다. 식민지시대의 사회주의운동이 그러했듯이 프로문학은 가장 비타협적인 반제국주의를 주장했다. 다만 프로문학은 식민주의의 극복을 민족문제로만 한정하지 않았을 뿐이다.

식민주의의 극복을 민족문제로 한정하는 접근방식은 민족주의적 구상이다. 민족주의는 식민주의 문제를 언제나 민족 대 민족의 문제로 환원시킨다. 강대국과 약소국, 힘센 민족과 힘없는 민족, 우월한 민족과 열등한 민족, 선한 민족과 악한 민족, 가해 민족과 피해 민족, 폭력적 민족과 평화적 민족 등등. 민족주의는 이처럼 식민주의 문제를 민족 대 민족의 문제로 치환시킴으로써 식민주의의 역사성을 보지 못하며 나아가 민족문제의 역사성마저도 이해하지 못하고 만다. 대신 그 자리를 부국강병론이나 실력 양성론 혹은 사회 진화론으로 메우는데, 이는 한마디로 우리 민족도 힘을 길러 강대국이 되자는 말이다. 이러한 논리 밑에 종족주의(ethnocentrism)와 일국주의(一國主義)가 도사리고 있음은 물론이다. 제1세계의 민족주의뿐 아니라 제3세계의 저항적 민족주의도 패권주의나 국가주의의 함정에 쉽게 빠지곤 하는 것도 그래서이다.[2]

그런 점에서 프로문학은 민족문제를 부정한 것이 아니라 민족문제에 대한 민족주의적 접근을 거부했다고 보아야 한다. 가장 중요한 이유는 민족문제에 대한 민족주의적 접근은 종족주의와 일국주의라는 한계로 말미암아 식민주의의 재생산이라는 악순환에서 벗어나기 힘들기 때문이다. 일본의 예가 잘 보여주듯 스스로가 강한 민족이 되는 순간 제국주의의 일원으로 자리바꿈하거나, 중심부에 편입되지 않은 경우에도 외

---

2) 민족주의의 전반적 한계에 대한 좀 더 자세한 설명으로는 하정일, 「후기식민론 시대의 민족문제와 20세기 한국문학」, 『20세기 한국문학과 근대성의 변증법』, 소명출판, 2000, 46~54면 참조.

국인 노동자에 대한 한국 기업인들의 착취 사례가 잘 보여주듯 내부 식민주의로 종종 작용한다. 따라서 민족주의를 벗어나지 못하는 한 식민과 피식민이라는 지구적 구도를 극복하기란 어려울 수밖에 없다. 프로문학이 민족주의적 방식을 거부한 것은 그런 점에서 당연하다. 따라서 프로문학이 민족문제에 어떻게 대응했는가를 올바로 이해하려면 민족주의와는 다른 접근이 필요하다. 그런 연유로 식민주의라는 보다 넓은 시야가 요구된다.

식민주의라는 맥락에서 민족문제를 바라본다는 것은 무엇보다 '전지구적 전망' 속에서 민족문제를 이해한다는 의미이다. 민족문제는 단순히 강대국이 약소국을 침략함으로써 발생하는 문제가 아니다. 민족문제는 자본주의 근대가 만들어낸 식민주의적, 좀 더 특정하면 제국주의적 세계체제의 산물이다. 자본주의는 자본의 끊임없는 확대 재생산을 통해서만 존속할 수 있는 생산양식이다. 자본주의가 탄생과 함께 세계화를 지향한 것도 그 때문이다. 그러므로 자본주의의 세계화는 필연적으로 자본 수출, 시장의 창출, 잉여의 수탈을 도모한다. 이를 위해 자본주의는 식민지를 필요로 하며, 제국주의 체제는 자본주의의 이러한 속성에 가장 적절한 질서가 된다. 따라서 민족문제는 자본주의 근대가 만들어낸 제국주의적 세계체제라는 전지구적 규모의 역사적 운동이 빚은 결과이다. 그러므로 민족문제의 진정한 해결은 피식민 민족의 독립만으로 이루어질 수 있는 일이 아니다. 이는 2차대전 이후의 세계사가 극명하게 보여주는 바이다. 2차대전의 종결 이후 많은 피식민 나라들이 독립했음에도 불구하고 민족적 착취나 분규가 지금껏 계속되고 있는 까닭은 제국주의적 세계질서가 여전하기 때문이다. 물론 지배의 전략이나 세계체제의 작동방식 같은 것들은 변했지만(식민주의에서 신식민주의로) 중심부 자본주의의 헤게모니라는 기본 틀은 여전하다. 그래서 제국주의적 세계질서를 극복하지 않고는 민족문제의 근원적 해결이 불가능한 것이다. 프로문학이 민족문제를 제국주의라는 전지구적 맥락에서 바라보려

한 것은 이런 까닭에서라고 할 수 있다.

　이와 함께 프로문학은 제국주의가 자본주의의 이면(裏面)이라는 점에서 자본주의를 극복하지 않고서는 민족문제를 해결할 수 없다고 보았다. 그래서 전지구적 계급투쟁을 제국주의 혁파의 해법으로 제시했다. 프로문학이 반제국주의 투쟁의 주체로 프롤레타리아를 상정한 것이라든가 민족주의운동에 대해 비판적 입장을 견지한 것은 그 연장선상에 놓여 있다. 다시 말해 민족적 착취의 종결은 민족주의가 내세웠던 민족해방운동이 아니라 전지구적 계급투쟁으로서의 반제국주의운동을 통해서만 가능하며, 따라서 프롤레타리아가 투쟁의 중심이 되어야 한다는 것이다. 왜냐하면 민족주의적 민족해방운동은 그것이 성공할지라도 자본주의의 극복으로까지는 이어지지 않으므로 자본주의의 외화(外化)인 제국주의 세계질서는 여전할 것이기 때문이다. 요컨대 민족국가의 건설이라는 전망에 갇혀 있는 민족주의로는 전지구적 반제투쟁을 기대하기 어렵다는 것이다. 민족해방운동에 맞서 프로문학이 프롤레타리아 국제주의를 강조했던 것도 같은 맥락에서이다. 프롤레타리아 국제주의만이 민족국가의 차원을 넘어 전지구적 반제투쟁을 이끌 수 있다는 것이 프로문학의 생각이었던 것이다. 부르주아 헤게모니 하의 민족주의운동이 자본주의 세계체제의 극복을 지향하는 전지구적 반제투쟁 노선을 받아들이기는 사실상 불가능하다. 그런 점에서 프로문학이 프롤레타리아 국제주의를 주장한 것은 원칙적으로 옳았다고 할 수 있다.

　민족문제에 대한 프로문학의 접근방식이 민족주의뿐 아니라 자유주의와도 구별된다는 점 또한 지적할 필요가 있다. 자유주의가 내놓은 해법인 '민족자결'은 민족문제의 역사적 연원인 자본주의 근대를 건드리지 않는다. 그런 점에서 민족자결론은 제국주의의 후기 단계인 신식민주의와 밀접히 결부되어 있다. 말하자면 민족자결론은 중심부 자본주의의 헤게모니를 유지하면서 민족문제를 비껴가려는 의도의 소산인 셈이다. 민족자결론은 두 얼굴을 갖고 있다. 그것은 한편으로는 국제적인 반제투쟁의 압력을 모면하면서 중심 / 주변의 틀을 지탱하기 위한 수동적 선택인 동시에 다른 한편으로는 식민지 관리에 들어가는 비용을 줄이고 자본주의 세계체제의 효율성을 높이려는 능동적 선택이었다. 실제로 이후 세계사의 진행은 민족자결론의 구상과 비슷한 방향으로 나아갔고, 중심부 자본주의의 헤게모니는 유지됐으며, 중심 / 주변의 제국주의적 질서는 신식민주의적 방식으로 재편된 모습으로 지속되었다. 이와 관련해 제3세계 민족주의가 민족자결론을 재빨리 수용한 것은 의미심장하다. 이를 통해 민족주의가 자본주의에 대해 자유주의와 동일한 관점을 갖고 있음을 재확인할 수 있기 때문이다. 물론 제3세계 민족주의가 종종 자유주의와 다른 정치적 노선을 취했던 것은 사실이지만, 양자는 공히 민족문제와 자본주의 근대의 내적 연관을 외면한다. 그런 점에서 프로문학운동은 자유주의와 민족주의를 동시에 넘어서려는 문학적 실천이었던 셈이다.

본고는 따라서 식민지시대의 한국 프롤레타리아문학운동이 민족문제에 어떤 식으로 대응했는가에 초점을 맞춰 논의를 진행시켜 나가도록 하겠다. 특히 프로문학이 어떤 과정을 통해 민족주의와 갈라지는지를 중점적으로 살펴보겠다. 그와 함께 이기영의 『고향』을 분석함으로써 창작 방면에서 프로문학이 민족문제를 어떻게 그리고 있는지도 검토하고자 한다. 그 과정에서 『고향』이 민족문제에 접근하는 독특한 방식이 밝혀질 것이다.

2. 민족주의와 자유주의를 넘어서

지금까지 프로문학에 대한 연구는 주로 자유주의문학 혹은 부르주아문학과 프로문학의 대립관계를 중심으로 이루어져 왔다. 그러나 프로문학의 역사를 자세히 살펴보면 그것이 자유주의뿐만 아니라 민족주의의 극복과도 밀접히 관련되어 있음을 발견할 수 있다. 특히 민족문제에 대한 대응에 있어서 프로문학과 민족주의는 매우 상이한 모습을 보여준다.

초기 프로문학과 민족주의의 관계는 착잡하게 얽혀 있다. 김기진과 박영희가 프로문학을 제창한 것은 일차적으로는 부르주아문학의 극복을 목표로 한 것이지만, 그 이면에는 민족주의를 넘어서려는 의도가 은밀히 깔려 있었다. 그때까지의 한국 근대문학을 주도한 이데올로기가 민족주의—정확히 말하면 부르주아 민족주의—였기 때문이다. 이들은 민족주의가 부르주아의 이익에 봉사하는 이데올로기라고 생각했고, 거기에 맞서 민중의 이익을 대변하는 프로문학을 한국 근대문학의 새로운 대안으로 내놓은 것이다.

하지만 김기진과 박영희는 민족주의를 비판하면서도 민족주의에 속박되어 있는 양면성을 보여준다. "조선의 부르주아나 프롤레타리아는 다 함께 피학대계급"3)이라는 김기진의 진술이나 조선 민족 전체가 "백의의 무산자"라는 박영희의 표현에서 그 점이 극명하게 드러난다. 무산자=조선 민족=피학대계급이라는 등식은 민족을 동질적 단일체로 보는 민족주의적 관점을 그대로 답습하고 있다. 물론 부르주아와 민중을 구분하고 있기는 하지만, 김기진과 박영희에게 민족과 계급이 미분화된 착종 상태에 놓여 있는 것은 분명하다. 조선 대 일본이라는 대립 구도로만 보면, 무산자=조선 민족은 맞는 말일 수도 있다. 하지만 제국주의

---

3) 김기진, 「클라르테운동의 세계화」, 『개벽』, 1923.9.

혹은 식민주의라는 전지구적 맥락 속에서 보게 되면, 민족은 '이질적' 공동체이다. 요컨대 민족은 중심부냐 주변부냐는 공동체성 — 제국주의 세계체제 하에서의 위치 — 을 갖고 있는 동시에 내부적으로는 계급적으로 날카롭게 분할되어 있는 이질적 집단인 것이다. 무산자=조선 민족은 이러한 민족의 내적 이질성을 인식하지 못한 사고방식이고, 그 점에서 민족주의의 자장에서 자유롭지 못하다. 가령 다음과 같은 설명이 그 점을 잘 드러내 보여준다.

> 조선은 정치적으로 파멸을 당한 지도 오램으로 민족적으로 궁경(窮境)에 있는 지가 오래가 되었다. 그것과 한가지로 제일 중요한 문제는 우리는 경제적으로 파산을 당하고 사지(死地)에 미로(迷路)하는 것이 사실이다. 얼른 말하면 백의(白衣)의 무산자와 그 계급에 있는 민중의 생활은 현금 우리가 각각 당하고 있는 명확한 사실이다. 그런 고로 우리는 정치적으로 무능할 뿐만 아니라 경제적으로 멸망을 당하는 무리이므로 우리 생활의 필수조건은 특권계급에게 다 약탈되고 말았다.[4]

위 인용문을 살펴보면, 조선—민족—백의의 무산자—민중이 미분화된 채 뒤섞여 있음을 알 수 있다. 그래서 백의의 무산자가 민족에도 걸리고 민중에도 걸린다. 정치적 파멸—민족적 궁경—경제적 멸망도 마찬가지다. 이것들은 식민지 조선을 가리키는 말인 동시에 민중 현실을 뜻하는 용어이기도 하다. 말하자면 이들은 프롤레타리아 — 혹은 민중 — 를 어떤 때에는 계급적 규정으로, 다른 때에는 민족의 메타포로 혼용하고 있는 셈이다. 그러다 보니까 특권계급이 일본을 말하는 것인지 조선의 부르주아를 말하는 것인지도 불분명해진다. 이러한 박영희의 의식은, 김기진도 비슷한데, 민족과 계급에 대한 변별력이 뚜렷이 정립되지 못한 상태임을 보여준다. 그런 점에서 김기진과 박영희의 신경향파문학

---

4) 박영희, 「고민문학의 필연성」, 『개벽』, 1925.7.

론은 부르주아 민족주의의 극복을 주장하면서도 무의식적으로는 민족주의에 여전히 긴박된 과도기적 단계에 머물러 있다고 할 수 있다.

　프로문학이 민족주의와 확연하게 결별하는 것은 두 번의 방향전환을 거치면서 노동자계급 당파성을 자신의 이념적 원리로 내면화하면서이다. 당파성에 대한 자의식은 민족의 내적 이질성에 대한 인식으로 이어진다. 조선사회가 자본주의사회이고 자본주의가 부르주아계급과 노동자계급의 대립으로 구성된 사회구성체라면, 이제 민족은 더 이상 조선사회를 묶어주는 구심점이 되지 못한다. 요컨대 민족 역시 계급투쟁의 장인 것이다. 민족의 내적 이질성에 대한 인식은 민족을 동질적 공동체로 보는 민족주의와 날카롭게 대립할 수밖에 없다. 두 번의 방향전환은 그 과정을 극명하게 보여준다. 일차 방향전환에서 카프는 목적의식적 정치투쟁으로의 변화를 꾀하면서 '전민족 단일당' 결성에 적극 참여했다. 민족주의 세력과 사회주의 세력이 공동으로 만든 신간회가 그 결실이었다. 하지만 이미 일차 방향전환 때부터 동경의 소장파들을 중심으로 그에 대한 비판이 제기되었는데, 핵심 쟁점은 바로 민족주의에 대한 입장이었다. 이들은 김기진이나 박영희 같은 선배 세대가 방향전환의 의미를 왜곡했다고 생각했다. 왜냐하면 이들이 민족주의 혹은 민족 개량주의에 대해 절충주의적 태도를 취하고 있었기 때문이다.

　　우리는 조선의 특수성을 맑스주의적으로 파악함으로써 민족적 단일당을 결성하지 않으면 안되겠다는 것, 즉 방향전환을 하지 않으면 안되겠다는 것을 인증하였다. 따라서 우리는 전조선의 총역량을 집중하지 않으면 안되었다. 그리하여 우리는 프롤레타리아트, 빈농, 중농, 중산계급, 부르조아지(아직 자본주의의 완전한 발달을 보지 못한 조선에 있어서는 미약하나마)까지도 소부르조아 단체인 신간회로 집중시키는 것을 주저치 않았다. 그러나 이것은 총역량을 집중한 조선민족공동전선당인 까닭이다. 또한 그 합동이 민족주의와 ××(사회—인용자)주의의 기계적 야합이 아닌 것은 이곳에 누구이 말할 필요도 없을 것이다. 그럼에도 불구하고 우리 김영수 씨는 프롤레타리아예술동맹과 소위 국민문학파—씨의 말을 빌면 애국 문학파—와 무조건 합동을 주장하였다. 이것은 민족주의문학에 중독된 대중과 애국문학—조선주의—의 반동적 이론과 역사적 역할을 혼동한—분의결합(分誼結合)의 맑스적 방법을 몰이해한 일이다.5)

조선의 해방을 위해 카프를 해체하고 애국문학파와 합동하자는 김영수의 제안에 대한 반론으로 쓰인 위 글에서 이북만은 민족 단일당운동이 민족주의와의 기계적 야합이 되어서는 안 된다고 강조하면서 민족주의를 '반동적 이론'이라고 매섭게 비판한다. 이북만이 민족주의를 '반동적 이론'이라고 비판한 까닭은 그것이 "피압박계급의 해방운동을 정체"시키려는 이데올로기이기 때문이다. 이 연장선상에서 이북만은 신간회에 대해서도 "조선무산계급운동의 한 과정이요, 매개체에 불과한 것"이라고 규정한다. 말하자면 민족주의의 관점에서는 신간회 혹은 신간회로 상징되는 '조선독립'이 절대적 목표이지만 사회주의의 입장에서는 다음 단계로 나아가기 위한 '매개체'라는 것이다. 그러면 이북만이 생각한 다음 단계는 무엇인가. 그것은 바로 제국주의적 세계질서를 혁파하는 것이고 자본주의 근대를 무너뜨리는 것이다. 따라서 이북만에게 신간회 중심주의는 자본주의 근대의 극복을 가로막는 장애물일 뿐이다. 민족주의와의 분리가 프로문학운동의 방향전환에서 관건이 되는 것은 그래서이다. 그런 점에서 신간회 해소는 민족주의와의 결정적 분리를 말해주는 상징적 사건이었다고 할 수 있다.

민족주의와의 결별은 민족해방이라는 전략적 관점에서 보자면 비판받을 측면이 적지 않다. 그 밑바닥에는 일종의 계급 환원론이 깔려 있기 때문이다. 민족 환원론만큼이나 계급 환원론 또한 위험한 논리이다. 무엇보다 계급 환원론은 프로문학이 자신의 이념적 기반으로 설정했던

---

5) 이북만, 「예술운동의 방향전환은 과연 진정한 방향전환론이었는가?」, 『예술운동』, 1927.11.

마르크스주의의 본의와도 거리가 멀다.[6] 그러나 그렇다고 해서 당시의 프로문학이 민족문제를 등한시했던 것은 아니다. 오히려 이때부터 프로문학은 민족주의와는 다른 민족인식을 본격적으로 보여주기 시작한다.

> 우리는 예술운동―의식투쟁 상층구조를 말하기 전에 우리 무산계급의 방향전환―경제투쟁에서 정치투쟁으로 방향을 전환한―을 말하지 않으면 안되겠다. 왜 그러냐 하면 "하층구조의 방향전환이 그것―상층구조―의 방향전환을 가능케 하니까"(福本和夫, 「방향전환」, 4항) 다시 말하여 경제투쟁만으로는 강대한 지배계급과 투쟁할 수 없게 되었다. 그것은 왜 그러냐?
> 세계대전을 계기로 세계 자본주의가 급격한 몰락과정을 과정하게 된 것, 이에 따라서 자본주의의 발달이 정상적으로 되지 못하였음에도 불구하고 ××(일본―인용자)의 자본주의도 세계자본주의의 몰락과정에 합류하지 않으면 안되게 된 것, 제국주의국가 무산계급의 극도의 궁핍화, 중간계급의 급격한 몰락, 제국주의국가의 식민지에 대한 극도의 착취, 국가 트러스트, 신디케이트의 형성, ××(일본―인용자) 부르조아지의 절대 전제세력과의 구합(拘合) 등등(…중략…) 이것들은 우리 식민지 무산계급으로 하여금 자연발생적, 조합주의적 경제투쟁만으로서는 극도로 반동화하여 그의 단말마적 폭위를 여지없이 발휘하는 제국주의에 대항치 못할 것을 말하였다.[7]

논리가 엉성하기 이를 데 없고 잘못된 분석도 많지만, 여기서 우리는 두 가지 사항을 확인할 수 있다. 하나는 민족문제를 '세계 자본주의'라는 전지구적 구도 속에서 바라보고 있다는 점이고, 다른 하나는 제국주의를 자본주의와 연결시켜 이해하고 있다는 점이다. 이처럼 민족문제를 제국주의와 연결시키고 제국주의를 다시 자본주의 세계체제와 연결시키는 논리는 민족문제를 자본주의 근대의 역사성 속에서 이해하려는 노력과 맞닿아 있다. 이러한 사유방식은 일국주의의 극복과 민족 내부

---

6) 이에 대한 자세한 설명으로는 하정일의 「리얼리즘의 가능성」, 『20세기 한국문학과 근대성의 변증법』, 소명출판, 2000을 참조.
7) 이북만, 앞의 글.

의 이질성에 대한 인식을 가능하게 해줌으로써 민족주의와는 다른 민족인식을 낳았으니, 민족국가의 건설을 목적으로 하는 민족해방운동론과 구별되는, 다시 말해 자본주의 극복을 지향하는 반제국주의 투쟁론은 그러한 민족인식이 변혁론에 반영된 결과였다.

그러나 자본주의 근대를 하나로 보는 보편주의적 사고로 인해 한국 자본주의의 '식민지적 특수성'을 읽어내지 못한 것은 방향전환기의 프로문학이 보여준 치명적 약점이다. 프로문학이 민족문제를 자본주의 근대와의 연관 속에서 바라보려 한 것은 적절한 생각이었다. 그럼으로써 민족문제의 전지구적 연관이 해명되고, 민족문제의 완전한 해결은 자본주의 세계체제의 극복을 통해서만 가능하다는 사실이 밝혀졌기 때문이다. 요컨대 민족문제를 민족 대 민족의 문제로만 협소화시킨 민족주의의 한계를 넘어설 단초가 마련된 셈이다. 동시에 프로문학의 이러한 구상은 자유주의가 내놓은 해법인 민족자결론의 허구성을 뛰어넘는 것이기도 했다. 민족자결론 역시 민족문제를 민족 대 민족의 차원에 가두어둠으로써 자본주의 근대라는 근본 문제를 비껴가려 했기 때문이다. 그런 점에서 반제국주의론은 민족주의와 자유주의의 동시적 극복을 지향한 야심찬 탈식민 구상이었다고 할 수 있다.

하지만 서구 자본주의를 근대의 유일한 모델로 생각한 점에서는 프로문학도 민족주의나 자유주의와 마찬가지였다. 프로문학 또한 자본주의 근대에 대한 유럽 중심적 사고방식에서 자유롭지 못했던 것이다. 그래서 프로문학은 후진국들도 궁극적으로는 서구 자본주의와 똑같은 코스를 밟을 것으로 예상했다. 당연히 조선 역시 서구와 마찬가지의 자본주의화 과정을 거칠 것이라고 보았다. 그로 인해 식민지 자본주의 운운하면서도 식민지는 괄호 쳐지고 자본주의만 남게 된 것이다. 후진국들도 결국엔 서구 자본주의와 동일한 길을 걷게 되어 있다면, '식민지'란 미래의 어느 시점에 자동적으로 지워질 부차적 의미만을 갖기 때문이다. 프롤레타리아 국제주의, 곧 전지구적 계급투쟁론은 그로부터 나온 이념이었다. 하지만 서구 자본주의가 근대의 '고전적' 모델이긴 하지만 유일한 전범은 아니라는 점에서 프로문학의 자본주의 인식은 민족적 착취와 억압의 문제를 경시하는 결과를 낳았다.

이러한 약점은 계급 환원론과 직결되어 있다. 말하자면 모든 사회적 모순들을 계급문제로 환원시키는 바람에 여러 사회적 관계들과 얽히면서 계급적 관계의 구체적인 형태가 다양화될 수 있다는 사실을 보지 못한 것이다. 특히 계급문제가 민족문제에 투영된다는 점만 보고 반대의 경우는 무시한 것이 한국 자본주의의 '식민지적 특수성'을 인정하지 않는 방향으로 프로문학을 몰아갔거니와 볼세비키화론은 그 정점이었다고 할 수 있다. 볼세비키화론 단계에 오면 방향전환의 의미가 "국제 프롤레타리아트의 세계적인 단일한 유기적 메커니즘 가운데 자기를 결부시키고 명확한 계급적 기초에 선 조선 프롤레타리아트의 조직적 기구 가운데 우리들의 예술운동이 자기의 프롤레타리아트적인 진실히 계급적인 기초"8)를 갖추는 것이 된다. 이처럼 볼세비키화론에서는 1차 방향전환기의 신간회 결성으로 상징되는 민족적 연대론은 사라지고 전지구적 계급투쟁론만 남게 되니, 민족문제가 개입할 이론적 여지가 최소화되고 만다. 다시 말해 민족문제는 세계 자본주의만 무너지면 자연히 해결될 사안으로 부차화된 것이다.

식민지적 특수성에 대한 새로운 인식을 통해 계급 환원론적 보편주의를 극복하는 것은 카프 해체 이후이다. 카프 해체 이후 프로문학은 카프문학운동의 실패에 대한 반성을 다각도로 벌여나간다. 자기반성의 결과는 식민지적 특수성에 대한 새로운 인식으로 나타난다. 그 정점에 임화의 이식문학사론이 자리잡고 있다. 임화가 우리의 근대문학사를 "서구문학의 수입과 이식의 역사"라고 말했을 때 그 발언에는 한국의 근대화는 서구의 근대화를 따라갈 수밖에 없다는 의미가 아닌, 한국의

---

8) 안막, 「조선 프로예술가의 당면한 긴급한 임무」, 『중외일보』, 1930.8.16.

식민지적 특수성에 대한 심오한 통찰이 담겨 있다. 요컨대 자주적 근대화의 실패에 따른 식민화가 문화 이식을 초래했고, 그런 점에서 이식성이란 식민성의 다른 이름이라는 인식이 그 발언의 이면에 가로놓여 있는 것이다. "동양제국과 서양의 문화교섭은 일견 그것이 순연한 이식문화사를 형성함으로 종결하는 것 같으나, 내재적으로는 또한 이식문화사 자체를 해체하려는 과정이 진행되는 것이다. 즉 문화이식이 고도화되면 될수록 반대로 문화창조가 내부로부터 성숙한다"9)는 서술 속에는 따라서 단순한 현상 기술의 차원을 넘어선, 이식성의 해체를 통해 식민성을 극복하려는 문제의식이 숨어 있다. 말하자면 임화의 이식문학론의 진짜 주제는 이식 해체론인 셈이다.

임화는 무엇 때문에 이식의 해체를 꿈꾸었던 것일까. 이 대목에 30년대 후반 프로문학의 전(全)고민이 응축되어 있다. 30년대 후반의 프로문학은 카프문학운동의 실패에 대한 반성을 근대문학운동의 실패에 대한 반성으로 확장시켰다. 그 과정에서 발견한 것이 식민지적 특수성이었다. 식민주의의 작용으로 시민사회의 자생력이 상실되었다는 것, 자생력의 상실은 한국 근대문학의 방향을 이식문학으로 강제했다는 것, 이식성으로 말미암아 근대문학의 전개과정이 '쫓아가기' 형국이 되었다는 것, 그에 따라 온갖 사조와 경향들이 착종되어 어느 것 하나도 성숙을 기하기 어려웠다는 것, 이것이 이식의 원인과 결과에 대한 임화의 진단이었다. 한마디로 근대문학운동이 실패한 근본 원인이 바로 식민성이라는 것이다. 그런 점에서 임화의 이식문학사론은 이식성과 식민성의 내적 연관에 대한 이론적·역사적 분석이자 이식의 해체를 통해 식민주의에 저항하고자 한 실천적 기획이었다고 할 수 있다.10)

이처럼 30년대 후반의 프로문학은 식민지적 특수성에 눈을 돌림으로써 볼셰비키화 시기의 보편주의를 넘어선다. 식민지적 특수성에 대한 재

---

9) 임화, 「신문학사의 방법」, 『문학의 논리』, 학예사, 1940, 832면.
10) 임화의 이식문학사론에 대한 자세한 설명으로는 이 책의 「이식·근대·탈식민」 참조

인식의 요체는 자본주의 근대가 하나가 아니라는 것이다. 그럼으로써 서구의 고전적 자본주의와는 다른 '식민지' 자본주의가 눈에 들어오게 되고, 그 연장선상에서 서구와는 다른 근대의 경로에 대한 탐색이 시도된다. 다시 말해 근대 일반이 아니라 식민지 근대의 극복이 문제가 되면서 서구의 자본주의 근대와는 다른 제3세계 근대의 특수성이 시야에 들어오기 시작한 것이다. 임화의 이식문학사론에서 우리는 그러한 문제의식의 싹을 읽을 수 있다. 그런 점에서 서구의 근대와는 역사적으로 구별되는 식민지 근대의 극복을 문학운동의 목표로 내세웠던 해방기의 민족문학론은 30년대 후반부터 시작된 새로운 모색의 결실이었던 셈이다.11)

3. 『고향』과 식민지 자본주의

　프로문학론의 역사를 개괄하면서 우리는 프로문학이 민족문제에 무관심했던 것이 아니라 민족주의와는 다른 방식으로 민족문제에 접근했음을 확인할 수 있었다. 민족과 계급이 미분화된 채 뒤섞여 있었던 초기를 지나 두 번의 방향전환을 거치면서 제국주의라는 전지구적 지형 속에서 민족문제를 바라보게 되었고, 그에 따라 프로문학은 민족주의의 민족해방운동론을 대신해 반제국주의론을 해법으로 제시했다. 이 대안은 전지구적 계급투쟁을 통해 자본주의 세계체제를 무너뜨림으로써 민족문제를 해결하려는 변혁론이었으니, 이로써 프로문학은 민족국가의 건설이라는 전망에 갇혀 있었던 민족주의의 일국주의와 종족주의를 벗어나 민족문제를 자본주의 근대의 극복이라는 거시적 전망 속에 위치

---

11) 이에 대한 좀 더 자세한 설명으로는 이 책의 「민족문학론의 역사와 후기식민성」 참조

지울 수 있었다. 하지만 프롤레타리아 국제주의에 내재된 보편주의로 말미암아 민족문제는 자본주의만 혁파하면 자동적으로 해결될 사안으로 부차화 되는 문제점이 나타났고, 그러한 보편주의는 '전민족 단일당'이었던 신간회의 해소라는 사건으로 표출되었다. 그러나 프로문학운동의 실패에 대한 자기반성을 통해 식민지적 특수성을 재인식하면서 볼세비키화 시절의 보편주의를 벗어나 제3세계 근대라는 세계가 프로문학의 시야에 새로이 들어오게 된다. 이러한 문제의식은 임화의 이식문학사론에서 발견할 수 있거니와 이식성의 해체를 통한 식민성의 극복이라는 기획이 바로 그것이다. 말하자면 30년대 후반에 접어들면서 마침내 '식민지 자본주의', 즉 자본주의의 보편성과 특수성의 결합이 이루어진 셈이다.

창작 방면에서도 비슷한 과정을 보여준다. 흔히 프로문학 하면 계급투쟁에 대한 앙상한 이야기를 연상하지만, 그리고 그런 유의 작품들이 많은 것도 사실이지만, 민족문제와 자본주의 근대의 연관을 날카롭게 파헤친 문제작들도 적지 않다. 이기영과 한설야의 몇몇 소설이나 임화의 시편들이 그러한데, 이들만으로도 프로문학이 민족문제를 깊이 생각했음을 확인하기란 어렵지 않다. 그중에서도 민족주의와는 다른 방식으로 민족문제에 접근한 대표적 사례로 꼽을 수 있는 작품이 이기영의『고향』이다.『고향』은 일견 민족문제와는 무관한 소설로 보인다. 민족문제가『고향』의 중심 테마가 아닌 것은 분명하다. 뿐더러 민족에 대한 구체적인 이야기를『고향』에서 찾아볼 수 없는 것도 사실이다. 민족문제 혹은 식민주의에 대한 인식이 결여되어 있다는 항간의『고향』비판은 그런 맥락에서 나온 것이다.

하지만 이러한 비판은 민족문제를 민족주의적인 방식으로만 바라본 데 따른 잘못된 판단이다.『고향』은 '식민지 자본주의'라는 구도 속에서 농촌현실을 그려낸 작품이다. 그런 점에서『고향』은 프로문학론이 30년대 후반에 들어와서야 획득한 시각을 선취한 작품이라 할 수 있다. 물론 그러한 구상이 완벽하게 구현된 것은 아니지만, 『고향』의 미학적 조종 중심이 '식민지 자본주의'인 것은 분명하다. 무엇보다 안승학의 형상에서 그 점을 확인할 수 있다. 이를 밝혀낸 대표적인 연구로 이상경의 『이기영—시대와 문학』을 들 수 있다. 이상경에 따르면, 안승학은 식민지 부르주아이다.[12] 이 점은 『고향』을 이해하는 데 있어 대단히 중요하다. 기존의 연구들은 마름인 안승학을 지주의 대리인으로 해석했다. 그런 측면이 없는 것은 아니지만, 지주의 대리인이라는 해석은 『고향』의 문제의식과는 거리가 있다.

작가가 안승학이라는 인물을 통해 말하고 싶었던 것은 그가 새로운 유형의 인간이라는 점이다. 안승학은 지주가 아니다. 지주의 대리인도 아니다. 그렇다고 고전적인 부르주아도 아니다. 그는 대단히 독특한 유형의 농촌 부르주아이다. 먼저 안승학이 지주의 단순한 대리인이 아니라 농촌 부르주아라는 점은 그가 원터마을의 농민들과 맺고 있는 관계가 봉건적 관계가 아니라 '근대적' 관계라는 데서 찾아볼 수 있다. 그는 매년 소작 여부를 새롭게 결정한다. 봉건적 지주/소작관계에서 소작권은 세습 권리의 의미를 일정 정도 가지고 있었다. 물론 결정권은 지주에게 있었지만, 소작권을 어느 정도까지 인정해주었던 것이다. 그러나 안승학은 그것을 전혀 인정하지 않는다. 생산성을 기준으로 소작을 줄건지 빼앗을 건지를 냉혹하게 판단하는 안승학의 모습은 냉정한 경영자의 모습을 연상시킨다. 따라서 소작농들의 삶은 지극히 불안정할 수밖에 없게 되는데, 그로 말미암아 소작농들은 안승학의 매일매일의 감시를 의식하면서 죽어라 일하게 되며, 소작권을 지키기 위해 뇌물까지도 서슴지 않는다. 이러한 소작농들의 형상은 고용 계약에 울고 웃는 노동자의 모습 바로 그것이다. 이렇게 소작권이 경영자와 노동자가 맺

---

12) 이상경, 『이기영—시대와 문학』, 풀빛, 1994, 179~231면. 본고는 기본적으로 이상경의 분석을 따르되 『고향』이 식민주의와 자본주의의 내적 연관을 어떻게 서사화하고 있는지에 논의의 초점을 맞추고자 한다.

는 계약의 형식을 띠게 되었다는 것은 안승학과 원터마을 농민들의 관계가 근대적−자본주의적 관계와 비슷해졌음을 말해준다.

이해관계라는 도구적 합리성에 의해 안승학이 움직인다는 사실도 그가 농촌 부르주아임을 보여주는 또 하나의 논거이다. 소작료, 고리대금업, 자녀의 결혼 같은 문제들에 대해 안승학이 보여주는 태도는 철저한 이윤의 논리이다. 안승학이 그러니 그에게 종속되어 있는 소작농들도 '늑대'로 변해간다. 그러면서 농촌사회의 전통적 공동체가 붕괴되고 이해관계에 따라 움직이는 자본주의적 세계가 들어선다. 정확히 말하면, 안승학이 농촌 부르주아가 된 것은 그가 재산이 많다거나 권력이 커서가 아니다. 안승학과 소작농들의 관계가 도구 합리적으로 재편되면서, 그러한 사회적 관계에 의해 안승학은 농촌 부르주아로 정립되어 간다. 요컨대 사회적 관계의 변화가 안승학의 계급적 위상을 만들어준 셈이다. 그리고 이처럼 사회적 관계의 변화에 따라 새로운 계급들이 생겨나면서 원터마을은 자본주의화 한다. 물론 그러한 변화과정을 주도하는 인물은 안승학이다. 안승학이 원터마을의 구조적 변화를 주도할 수 있었던 것은 그가 종전에는 볼 수 없었던 새로운 인간형, 즉 도구적 합리성에 의해 움직이는 근대적−자본주의적 인간형이었기 때문이다. 그런 점에서 안승학은 김희준과 함께 『고향』의 또 다른 주인공이다.

민판서가 부재 지주로 설정되어 있는 점도 눈여겨보아야 할 대목이다. 민판서는 대처에 살면서 소작료만을 챙긴다. 만약 민판서가 원터마을에서 생활하고 있다면, 전통적 지주／소작관계가 어떤 식으로든 온존되었을 것이다. 그러나 민판서는 부재 지주이기 때문에 원터마을 소작농들과 구체적인 관계를 갖지 못한다. 그런 점에서 그는 이제 지주라기보다는 일종의 금리생활자이다. 민판서 대신에 소작농들과 나날의 구체적 관계를 갖는 이는 안승학이다. 안승학이 권력을 휘두를 수 있었던 것은 민판서가 원터마을에 부재하기 때문이거니와 그런 점에서 민판서의 사회적 위치의 변화도 원터마을의 자본주의화에 중요한 일익을 담당하고 있다. 사회적 관계의 변화가 농촌의 자본주의화를 만들어냈음을 보여주기 위해 『고향』이 얼마나 치밀하게 서사의 전체 틀을 주조했는지를 여기서 발견할 수 있다.

이처럼 안승학은 원터마을이 자본주의화 하는 변화과정의 중심에 놓여 있다. 그런데 본고의 주제와 관련해 중요한 것이 안승학의 출세 과정이다. 안승학이 출세하기까지의 과정에 대한 서술을 통해 『고향』이 말하고자 한 것은 작품에 그려진 자본주의가 자본주의 일반이 아니라 '식민지' 자본주의라는 사실이다. 따라서 안승학의 '출세담'에는 『고향』의 숨은 주제가 농축되어 있다고 해도 과언이 아니다. 안승학은 "경기도 죽산이라든가 어디서 호방 노릇을 하던 아전"의 아들이다. 중인 출신이라는 것은 그가 남보다 빨리 근대에 적응할 수 있었던 중요한 계급적 요인이라 할 수 있다. 중인이란 신분상승에 대한 욕구가 강한 계층 아닌가. 무엇보다 그가 가난한 가운데서도 학교에 들어가 일본어를 배우고 졸업 후에는 군청에 고원으로 취직한 것이 출세의 디딤돌이 되었다는 데 주목하지 않으면 안 된다.

안승학은 잇해만에 이 학교를 졸업하고 나서 바로 군청으로 들어갔다.

그는 물론 일본 내지어를 잘할 뿐 아니라 생활에 막다른 사정은 다만 한푼벌이라도 하지 않으면 안 되기 때문에 남들이 손가락질하는 고원이라도 들어갈 수밖에 없었던 것이다.

그는 이렇기 때문에 남 먼저 개화를 하였다. 말하자면 이것이 그의 출세에 대한 첫걸음이었다.

그러나 안승학의 치부에 대하여는 여러 가지 풍설이 많다. 그가 지금은 사음도 보고 취리도 하지만 몇해전까지도 단순히 하급의 월급생활을 하고 있음에 불과하였다.

월급이라는 것은 빤한 것이 아닌가. 그것으로 의식은 족할른지 모르나 저축까지 한다는 것은 의문이었다. 월급은 장사와 같지 않기 때문이다.

그래서 그는 아마 뇌물을 많이 먹은 것이라는 소문도 있고 또는 토지조사

임시에 은결(隱結)로 숨은 땅을 누구와 협잡해서 나중에 자기 땅으로 돌려쳤다는 말도 있다.[13]

이 구절이 전해주는 정보는 안승학의 출세와 관련해 결정적이다. 그는 신분상승 욕구가 강한 중인 출신인 데다 가난하기까지 했다. 이러한 사회적·개인적 조건은 안승학으로 하여금 새로운 지배 권력인 일제에 재빨리 빌붙게 만들었다. 안승학의 처지로는 정상적인 방법으로 신분상승을 이루기 어려웠기 때문이다. 그 덕에 그는 뇌물도 받아먹을 수 있었고 토지조사사업을 이용해 땅도 얻을 수 있었다. 말하자면 안승학은 일제와의 유착을 통해 신분상승을 이룬 것이다. 마름이라는 신분을 얻기 이전에 이미 안승학은 식민지라는 조건을 이용해 출세의 기틀을 단단히 다진 셈이다. 요컨대 식민주의와의 유착을 통해 부르주아로의 신분상승이 가능했으니, 그런 점에서 그는 전형적인 '식민지' 부르주아인 셈이다.

작가가 안승학의 '출세담'을 소설의 한 장으로 집어넣은 의도는 자명하다. 안승학이 고전적 부르주아와는 다른 '식민지' 부르주아임을 암시하고자 함이 그것이다. 사실 안승학의 출세담은 작품의 중심 서사와 직접적으로 관련되지는 않는다. 그럼에도 불구하고 작가가 굳이 '출세담'을 하나의 독립된 장으로 설정한 까닭은 조선 자본주의의 식민지적 특수성을 보여주기 위해서라고 할 수 있다. 식민지 부르주아에 의해 주도되는 원터마을의 자본주의화란 고전적 자본주의화가 아닌 식민지 자본주의화일 수밖에 없다는 것, 이것이 안승학이 식민지 부르주아임을 밝혀주는 '출세담'을 집어넣은 소설적 의도인 것이다. 『고향』의 미학적 조종 중심이 식민지 자본주의라고 말한 것은 그래서이다.

---

13) 이기영, 『고향』, 한성도서, 1937, 126면.

4. 프로문학과 탈식민

『고향』에 대한 간략한 분석을 통해 확인하게 되는 것은 이 작품이 프로문학이 관념적 국제주의에서 민족적 특수성에 대한 재인식으로 나아가는 과정에서 징검다리에 해당한다는 점이다. 그것은 두 가지 이유에서 그러하다.

하나는 『고향』이 민족문제에 접근하는 방식이다. 『고향』은 민족주의적 민족인식과는 다르게 자본주의 근대가 낳은 제국주의적 세계체제라는 전지구적 지형 속에 민족문제를 위치시킨다. 안승학을 중심으로 원터마을의 자본주의화 과정을 그린 것은 그런 맥락에서이다. 조선의 세계체제 편입을 기화로 출세하는 안승학 이야기가 빠졌다면 원터마을의 자본주의화는 일국적 범위를 벗어날 수 없었을 것이다. 그 과정은 아마도 지주/소작 관계의 근대적 재편이라든가 농촌의 산업화·도시화 등이 중심이 되었을 것이고, 그런 유의 소설이야 한설야의 「과도기」를 비롯해 적지 않게 산출된 바 있다. 『고향』의 독특한 점은 자본주의화 과정이 안승학에 의해 주도된 사회적 관계의 변화를 뼈대로 하고 있다는 사실일 터인데, 원터마을은 바로 안승학을 매개로 근대세계체제에 편입되는 것이다. 그런 점에서 『고향』은 민족문제를 직접적으로 다루지는 않았지만, 조선의 자본주의화가 제국주의적 세계체제에의 편입을 통해 이루어졌음을 그려내는 방식으로 민족문제의 역사적 뿌리를 파헤친 작품이라 할 수 있다.

다른 하나는 안승학의 출세담을 통해 조선의 근대화가 '식민지' 자본주의화임을 암시하고 있는 점이다. 이와 관련해 안승학이 고전적 부르주아가 아니라 식민지 부르주아라는 사실은 이 소설에서 결정적 의미를 갖는다. 이로써 원터마을의 자본주의적 재편이 고전적 경로가 아니라 식민지적 경로를 따라 진행되고 있음이 은밀하게 드러나기 때문이다. 요컨대 안승학은 식민화와 자본주의화를 매개해주는 연결고리인 셈이다. 그런 점에서『고향』은 방향전환기의 보편주의를 극복하고 식민지적 특수성에 대한 새로운 인식을 보여준 선구적 작품이라 할 만하다. 관념적 국제주의에 입각한 전지구적 계급투쟁론이 프로문학을 여전히 지배하고 있던 시기에 한국 자본주의의 식민지적 특수성에 주목한 점이야말로『고향』이 프로문학의 역사에서 차지하는 독특한 위상이거니와『고향』의 진정한 문학사적 가치 또한 여기에 집중되어 있다.

이렇게 볼 때 프로문학이 민족문제에 소홀했다는 저간의 세평은 일정하게 수정되어야 마땅하다. 오히려 프로문학은 이론과 창작의 모든 방면에서 제국주의 세계체제라는 전지구적 전망 속에서 민족문제에 접근한 선구적 노력을 보여주었으며, 식민성과 자본주의 근대의 내적 연관에 대한 날카로운 통찰을 제공했다. 자본주의 근대의 역사성을 사상하고 민족문제를 민족 대 민족의 차원으로 협애화시킨 민족주의와 자유주의의 일국주의적 한계에 대한 극복 가능성을 프로문학에서 찾을 수 있는 것은 그 때문이다. 따라서 이제 프로문학은 탈식민문학의 한 전범으로 재평가될 필요가 있다. 프로문학에 대한 후기식민론적 관점에서의 재조명이 절실한 것은 그런 연유에서이다.

강경애 문학의 탈식민성과 프로문학

1. 강경애 문학과 만주

강경애는 카프에 가입한 적은 없지만 카프의 이념에 누구보다 철저했던 작가였다. 강경애는 민중의 입장에서 현실을 비판적으로 바라보려는 노력을 일관되게 보여준다. 후기로 갈수록 현실의 부정성에 압도당하는 자연주의적 경향을 강하게 노정하긴 하지만, 그때에도 민중의 편에 서려는 자세에는 흔들림이 없다. 이러한 특징은 카프 작가들과 비교해보더라도 그리 흔한 일이 아니다. 대부분의 카프 작가들은 1930년대 후반으로 가면 소시민이나 지식인의 현실을 주로 다루는 변화상을 보여주기 때문이다.

강경애 문학의 일관된 민중연대성은 그녀의 만주 체험과 밀접히 관련되어 있는 것으로 보인다. 강경애는 거의 모든 작품을 국내의 매체를 통해 발표했지만, 생활의 터전은 간도였던 특이한 작가였다. 간도에서의 곤궁한 생활은 그녀로 하여금 만주에 이주한 조선 민중의 삶에서 눈을 떼지 못하게 했고, 그것은 자연스럽게 강경애 문학의 민중연대성을 낳은 체험적 기반이 되었을 것이다. 이는 만주 체험에서 멀어지면서 소시민의 세계로 급속히 침닉해버린 최서해와 극명하게 대비된다.[1] 그런 점에서 만주 체험은 강경애 개인에게는 그다지 행복한 것이 아니었지만, 한국 근대문학을 위해서는 좋은 자양분이 되어준 셈이다.

만주 체험은 다른 측면에서도 중요한 의의를 갖는다. 그것은 그녀가 나날의 삶에서 민족모순을 몸으로 겪고 항일투쟁을 항상적으로 목격할 수 있었다는 사실과 관련된다. 강경애의 문학이 보여주는 탈식민 의식은 이로부터 형성된 것이라 할 수 있다. 카프문학이 민족문제를 상대적으로 경시했음은 잘 알려진 일이다. 물론 카프 작가들이 식민주의에 무관심했던 것은 아니다. 그보다는 카프 작가들은 '전(全)지구적 계급투쟁'이라는 관점에서 식민주의를 이해하고 있었다고 보는 것이 적절하다. 다시 말해 계급문제가 해결되면 자동적으로 민족문제도 해결될 것이라고 카프 작가들은 생각했던 것이다. 그래서 카프 작가들은 대부분 반(反)제국주의 혹은 반(反)식민주의를 전지구적 차원의 계급투쟁으로 이해하는 경향을 보여준다. 이로 인해 반식민이 계급투쟁으로 해소되면서 '식민지적 특수성'은 휘발되는 문제점이 발생한 것이다.[2] 그에 비해 강경애는 민족 간 갈등과 항일투쟁의 현장에서 살았기에 '식민지적 특수성'이 얼마나 절실한 것인지를 체험적으로 느낄 수 있었다. 물론 체험만으로 모든 것이 설명되지는 않는다. 그런 식의 설명방식은 경험주의의 오류를 범하기 십상이다. 다만 몸으로 직접 겪는 것과 풍문으로만 듣는 것 사이에는 어쩔 수 없는 차이가 있다는 것, 특히 체험의 직접성이 각별한 의미를 갖는 문학에서는 더더욱 그러하다는 것을 강조하고 싶을

---

1) 최서해 문학과 만주 체험의 상관관계에 대한 자세한 설명으로는 이 책의 「민족과 계급의 변증법」 참조.
2) 이에 대한 자세한 설명으로는 이 책의 「프로문학과 식민주의」 참조

뿐이다. 만주의 현실을 다룬 강경애의 작품들을 보면 그 점을 분명하게 확인할 수 있다.

2. 만주의 민중 현실과 항일투쟁

강경애의 문학은 한마디로 '만주 이야기'라고 할 수 있을 정도로 만주의 체험과 현실이 녹아 있다. 그녀의 대표작인 『인간문제』가 오히려 예외인 셈인데, 그만큼 강경애의 작품들에는 만주에서 벌어지는 민족적 착취와 갈등 그리고 그에 맞선 항일투쟁이 곳곳에서 나타난다. 그러한 문제를 다룬 가장 전형적인 작품으로 꼽을 수 있는 것이 「소금」[3]이다. 「소금」의 기본 서사는 여인 수난기이다. 주인공인 봉염 어머니는 이런저런 고난을 겪으면서 가족을 차례로 잃어버린다. 그들은 조선에서 먹고살 수 없어 만주로 이민을 온 전형적인 이주민이다. 간도에 온 후 팡둥의 소작이 되어 온갖 고생을 다 하다가 십 년 만에 "내 땅이라고 뭇을 짓게 된 붉은 산"을 갖게 되었는데, 남편의 죽음과 함께 뒤 이어 아들 봉식, 딸 봉염과 봉희를 차례로 저 세상에 보내면서 그녀의 삶은 나락으로 떨어진다.

가족들이 하나씩 죽어가는 과정은 기막히기 짝이 없다. 남편은 중국인 지주인 팡둥을 만나러 갔다가 팡둥과 적대 관계에 있는 '공산당'에게 죽임을 당한다. 아마도 남편이 지주의 하수인으로 몰려 그렇게 된 것 아닌가 추측되는데, "항상 아버지가 팡둥과 자X단들에게 고맙게 구는 것이 어쩐지 위태위태한 겁을 먹었더니만 결국은 저렇게 되고야 말

---

3) 이 글에 인용된 작품들은 『인간문제』를 제외하고는 모두 『강경애전집』, 소명출판, 2002, 이상경 편을 출전으로 한다. 이하 작품 인용 시 면수만 표시하도록 하겠다.

았구나"(500면)라는 구절에서 그 점이 어렴풋하게 암시되고 있다. 이주 십 년만에 땅을 갖게 된 것을 보면 아버지는 팡둥을 위해 온갖 일을 다 했을 것이고, 그것이 빌미가 되어 공산당에게 당한 것으로 보인다. 반면에 아들인 봉식이는 거꾸로 공산당으로 몰려 사형 당한다. 공산당의 살인행위에 대해 "'너무들 한다' 하는 분노"를 느꼈던 봉식이가 공산당으로 몰려 사형을 당했다는 것은 여러모로 의미심장하다. 여기서 공산당이란 항일유격대를 가리키는 것일 터인데, 그런 점에서 봉식이가 공산당이 되었다는 것은 봉식이가 민족적 착취와 갈등을 해결할 수 있는 길은 항일투쟁밖에는 없다고 생각했음을 말해준다. 아버지를 죽인 공산당에 들어가 그 일로 사형을 당하게 되는 이야기는 당시 조선 민중의 만주에서의 삶이 얼마나 민족적 착취와 차별로 고통 받고 있었는지를 역설적으로 강조하는 한편 그러한 삶에서 벗어나는 유일한 방법은 항일투쟁밖에 없음을 은밀히 암시한다.

봉염과 봉희의 죽음은 더욱 어처구니가 없다. 봉식이가 공산당으로 몰려 사형 당하자 팡둥은 이때다 싶어 봉염이 가족을 내쫓는다. 팡둥에게 겁탈 당해 아이까지 갖게 된 봉염이 어머니는 두 딸을 먹여 살리기 위해 명수네 집에 유모로 들어간다. 그런데 그 집에서 일하느라 아이들을 돌보지 못하는 바람에 봉염과 봉희는 병에 걸려 변변한 치료도 받지 못한 채 차례로 죽고 만다. 그녀의 탄식처럼 "남의 새끼 키우느라 제 새끼를 죽인" 셈이다. 여기서 주목되는 것은 계급 착취이다. 같은 민족이라는 사실도 계급적 차이 앞에서는 아무런 의미가 없다. 애들이 아픈 것을 알면서도 명수 어머니가 집에 못 가게 하는 바람에 두 눈 뻔히 뜨고 자식 둘을 잃고 말았다는 것은 계급적 착취와 차별이 민족이라는 이름으로 봉합할 수 없는 근본 문제임을 말해준다. 『인간문제』라는 걸작이 나올 수 있었던 원동력이 무엇인지를 잘 보여주는 대목이라 하겠거니와 이를 통해 우리는 강경애가 계급해방의 이념을 프로문학과 공유하고 있음을 다시 한 번 확인할 수 있다.

온 가족을 차례로 잃는 불행을 겪으면서 봉염 어머니는 삶의 희망을 완전히 잃어버린다. 그러면서 자신이 불행하게 된 이유를 공산당에 돌린다. "남편을 죽인 공산당, 그에게 있어서는 철천지원수인 듯했다. 생각하면 팡둥도 그의 남편이 없기 때문에 그에게 그러한 일을 감행하지 않았던가. 그렇다 모두가 공산당 때문이다. 그때 공산당이라고 경비대에게 죽었다는 봉식이가 떠오르며 팡둥의 그 얼굴이 선명하게 나타난다."(525면) 남편이 공산당에게 죽임을 당했고 아들마저 공산당으로 몰려 사형 당한 것을 생각하면, 이러한 그녀의 생각은 충분히 일리가 있다. 공산당에 대한 부정적 인식이 바뀌는 것은 소금장수 생활을 계기로 해서이다. 유모일에서마저 쫓겨난 봉염 어머니는 소금 밀수로 생계를 해결하게 된다. 그러던 어느 날 소금가마를 지고 산을 오르던 봉염 어머니 일행은 '공산당'과 조우하게 된다. 일행이 "소름이 오싹 끼치며 저놈들이 칼을 빼어 들었는가 혹은 총부리를 겨누었는가" 하며 전전긍긍하고 있는데, '공산당'은 "여러분! 당신네들이 왜 밤중에 단잠을 자지 못하고 이 소금짐을 지게 되었는지 알으십니까!"라면서 일장 연설을 한 뒤 "원로에 잘 다녀가라"는 인사까지 하며 그들을 순순히 돌려보낸다. 이에 봉염 어머니는 "저들이 어째서 우리들의 소금짐을 빼앗지 않고 그냥 보내었을까"(535면) 하며 잠시 의문을 품기도 하지만, 곧바로 전처럼 그들을 저주한다. 그러나 순사에게 들켜 소금을 빼앗기면서 봉염 어머니의 생각은 다시금 바뀌기 시작한다. 검열로 지워진 바람에 해독이 거의 불가능하지만, 판독 가능한 글자들만 갖고 유추해보더라도, 소설의 마지막 대목은 공산당에 대한 새로운 인식이 주를 이루는 것으로 보인다. 말하자면 마지막 생계수단인 소금짐마저 압수해가는 순사의 강압적 폭력을 통해 민족적 모순을 몸소 경험하면서 그와 대비되는 존재로서의 '공산당'이 갖는 의미를 비로소 이해할 수 있게 된 것이다.

'공산당'이 사회주의 계열의 항일유격대를 가리킨다고 할 때,[4] 공산당에 대한 재인식은 곧 항일운동에 대한 재인식이기도 하다. 소설 막바지의 두 사건, 즉 공산당과 순사와의 조우라는 두 사건이 재인식의 결정적 계기가 되고 있지만, 엄밀히 말하면 그 이전의 민족적·계급적 착취와 차별의 체험이 없었다면 두 사건만으로 그녀의 인식이 그렇게 뒤바뀌기 어려웠을 터이다. 말하자면 봉염 어머니가 겪은 숱한 민족적 착취와 차별은 민족모순을 해결할 때 삶의 질곡에서 벗어나는 것이 가능하다는 인식을 서서히 형성시켜 준 것이다. 더구나 계급적 착취와 차별이라는 경험은 민족모순의 진정한 해결이 '공산당'을 통해서 가능하다는 생각으로까지 진전되도록 해주었는데, 이러한 인식은 민중의 관점에서 민족 내부의 이질성을 주목했기에 가능한 것이었다고 할 수 있다. 만주라는 독특한 공간체험과 민중연대성이라는 작가 특유의 이념적 입장이 민족모순과 계급모순이 분리불가능하게 얽혀 있다는 입체적 통찰을 이루어낸 셈이다.

민족문제에 대한 작가의 깊은 관심은 다른 작품들에서도 곳곳에서 볼 수 있다. 가령 소품에 속하는 「모자(母子)」 같은 소설에서도 그 점은 어김없이 드러난다. 이 작품에서도 주인공은 여성으로 설정되어 있다. 여성 주인공과 모성성이라는 주제는 강경애 문학을 관류하는 또 하나의 화두거니와 그런 점에서 그녀는 한국 페미니즘문학의 선구자이기도 하다.[5] 「모자」에서 무엇보다 주목되는 대목은 "눈송이에 묻혀 잘 보이지 않는 저 산, 꿈같이 아득히 보이는 저 산, 자기네 모자는 남편의 뒤를 따라 저 산으로 갈 곳밖에 없는 듯하였다"(556면)는 구절이다. 남편이 '산'에 갔다는 것은 아마도 항일유격대에 참여했다는 뜻일 것이다. "남편은 필시 어느 산인지는 모르나 산으로 갔을 것만은 틀림없었고 그래서 죽는 때까지도 산에서 산으로 옮아다니다가 X에게 붙들리었을

---

4) 마적, 토비, 병비, 공비에 대한 간략한 설명으로는 임종국, 『일제침략과 친일파』, 청사, 1982, 283~291면 참조.
5) 강경애의 문학이 지닌 페미니즘적 의의에 대한 자세한 설명으로는 김양선, 「젠더의 프리즘으로 형상화한 식민지 현실」, 『1930년대 소설과 근대성의 지형학』, 소명출판, 2003.

것"(555면)이라는 귀절이라든가 "우리는 아무리 살려고 갖은 애를 다 써도 결국은 못살게 되고 또 죽게 된다"(558면)는 남편의 말에서 그 점을 짐작하기란 어렵지 않다. 요컨대 지금 상태에서는 도저히 살 수 없어서 산에 들어가 무언가를 하다가 붙잡혀 죽었다는 것인데, 작품 전체의 맥락을 고려하면 남편이 행한 그 '무엇'이란 항일투쟁일 가능성이 가장 높다고 할 수 있다. 만주가 어떤 곳인가. 국내에서 일제와 그에 유착한 매판 세력들의 각종 착취로 인해 고사(枯死)의 위기에 처한 민중들이 마지막으로 택한 생존의 장 아니던가. 그러나 그런 만주마저도 땅 없고 힘없는 민중들에게는 민족적·계급적 착취와 차별이 난무하는 지옥이었고, 그런 점에서 민중들에게 항일투쟁이란 자신을 둘러싼 한계 상황을 돌파하기 위한 실존적 결단이었던 셈이다. 그렇게 보면, 주인공이 "가자, 승호야. 아버지를 따라!"라고 외치며 아들을 안고 산으로 올라가는 것은 결국 "아버지가 못다한 사업을 이 아들로 완성하게 하리라"(558면)는 것, 곧 항일투쟁에 동참하겠다는 것을 의미한다.

일종의 후일담 소설인 「번뇌」는 항일투쟁의 이야기를 간접화시켜 다루고 있다. 일종의 연애담이 앞으로 나서고 항일운동의 이야기가 후경화(後景化)되는 작품의 서술 방식은 중일전쟁을 앞두고 갈수록 열악해져 가던 정치적·사회적 환경과 밀접하게 관련된 것으로 여겨진다.6) 소설의 표면 서사는 항일운동으로 감옥에 갔다가 나온 R과 같은 일을 하다

---

6) 신주백에 따르면, "제2기 토벌은 1933년부터 1934년 초까지 동만과 남만지방에만 집중되었다. 일제가 보기에 한인 사회주의자가 특히 많았던 동만지방은 만주지역 사회주의운동의 발상지였"기 때문이다. 특히 1935년의 '치안숙정공작'은 만주 전역의 항일투쟁에 큰 타격을 주었다. "일제의 파악에 따르면, 이 치안숙정공작의 결과 1932년 여름경에 30만 명으로 추산되던 항일무장대가 1935년 초에는 3만여 명으로 격감되었다." 이들을 대신해 늘어났던 사회주의 계열의 항일유격대도 1935년을 정점으로 이후 지속적으로 감소하는 추세를 보인다. 항일운동이 어려워져 가는 현실은 강경애의 문학에 심대한 영향을 주었던 것으로 보인다. 30년대 후반으로 갈수록 자연주의적 경향이 심화되는 것 역시 그런 맥락에서 이해할 수 있다(신주백, 『만주지역 한인의 민족운동사』, 아세아문화사, 2000, 299~310면 참조).

아직도 감옥에 있는 동지의 아내인 계순과의 이루어질 수 없는 사랑에 대한 이야기이다. 그러나 작가가 진실로 말하고자 하는 메시지는 다른데 있다. 그것은 R이 왜 항일투쟁에 나섰는지, 현재의 상황은 어떻게 변했는지, 앞으로의 삶의 방향은 어떠할지 같은 것들이다. 말하자면 항일운동의 과거와 현재와 미래가 작품의 이면서사를 이루고 있다. 소설은 조선인 민중들이 항일투쟁에 나서게 된 까닭을 다음과 같이 설명한다.

> 되놈의 만두 몇 개만 포켓에 넣어 가지면 이 넓은 만주 천지를 번갯불같이 뛰었지요. 여기에 따라 일어나는 민중의 의식이야말로 바람에 풍기는 불길 같았지요. 간도의 민중! 그들은 조선에서 살아야 살 수 없어 죽을 각오를 하고 뛰쳐나온 사람들의 모임이 아닙니까. 어쨌든 간도의 군중처럼 총칼의 맛을 본 군중은 없으리다. 뚜렷이 드러난 사변만으로도 이번까지 그 몇 번입니까. 그들의 이러한 환경이 그들로 하여금 **무서운 분노와 결심**을 일으키게 하였던 말이지요. (582면, 강조는 인용자)

항일투쟁에의 동참이 만주의 열악한 환경으로 말미암은 실존적 위기를 해결하기 위한 자발적 결단과 선택이었음을 극명하게 밝히고 있는 이 구절은 근대적 민족이 형성되는 과정에 대한 서술이기도 하다. 피식민 민족은 민중이 주체가 될 수밖에 없는데, 피식민이라는 조건이 민중으로 하여금 민족으로의 결사를 도모하도록 강제하기 때문이다. 그러나 8년 옥살이 후의 현실은 과거와는 판이하게 변한 상태였다. 항일운동의 동지들은 모두 뿔뿔이 흩어진 상태였고, 심지어는 '영사관 순사'가 된 변절자들마저 있었다. 변혁의 전망이 급속히 퇴색한 것이다. 이러한 절망적 상황에 R 또한 동요하면서 계순에 대한 성적 욕망에 탐닉하기도 한다. 작품 제목 그대로 '번뇌'의 시대를 맞이한 셈이다. 하지만 그렇다고 해서 작가가 희망의 끈을 아주 놓아버린 것은 아니다. "머리 위에서 조잘거리는 새소리"에서 "내 어린 학생들의 글 읽는 소리"를 연상하며

R은 후일을 기약한다.

이 작품 이후 강경애는 빠르게 암울한 자연주의의 세계로 빠져 들어간다. 그렇게 보면, 「번뇌」는 강경애 문학의 변화를 예고하는 작품이라고도 할 수 있다. 작품이 후일담의 구조를 취하고 있는 데서도 그 점을 확인할 수 있다. 그럼에도 조선인 민중들이 왜 항일투쟁에 참여하게 되었는지를 서술한 부분은 강경애 문학의 핵심과 관련해 중요한 의미를 갖는다. 이 서술에서 주목할 것은 항일투쟁에의 동참이 개인의 실존적 위기를 극복하기 위한 자발적 결단과 선택이었다는 사실이다. 민중의 현실 참여를 민족주의적 동원의 결과로만 보는 것이 얼마나 민중의 실감과는 거리가 먼 관념적이고 피상적인 해석인지를 이 대목은 여실히 보여준다. 최서해와 마찬가지로[7] 강경애 역시 항일운동에의 조선인 민중들의 참여가 자발적 선택이었다고 강조한다. 민족주의라는 이데올로기의 개입 이전에 민중들은 이미 생활의 체험을 통해 민족모순과 계급모순을 몸으로 겪었고, 그 모순을 해결할 수 있는 방법이 무엇인지 또한 몸으로 궁리한 것이다. 강경애의 문학역시 마찬가지였다고 할 수 있다. 강경애는 이론 이전에 체험으로써 민족문제와 계급문제의 연관성을 자각했다. 이 두 범주를 연결시켜준 접합점은 강경애가 목격하고 스스로 체험하기도 한 조선인 민중들의 만주생활이었다. 특히 피식민 민중에게 계급문제는 항용 민족적 착취와 차별을 매개로 드러나는 법이다. 피식민 민중이 민족으로의 결사를 통해 두 문제를 동시적으로 해결하려 하는 것도 그래서이다. 「소금」과 「모자」를 비롯한 강경애의 많은 만주 소재 소설이 말하고자 하는 궁극적 주제가 그것이거니와 이러한 강경애의 현실 인식이 종합되어 있는 결정판이 바로 『인간문제』이다.

---

7) 최서해가 민족을 일종의 민중적 결사로 그리고 있음을 자세히 분석한 글로는 이 책의 「민족과 계급의 변증법」 참조.

3. 『인간문제』와 식민지 자본주의

글의 서두에서 필자는 강경애 문학의 일관된 특징으로 민중연대성을 언급한 바 있다. 『인간문제』는 바로 민중의 관점에서 식민지 자본주의를 비판적으로 조망하고 그것의 극복 가능성을 고민한 결과물이다. 이 소설의 주요 무대는 용연이라는 농촌지역과 인천이다. 따라서 작품의 구성 역시 크게 용연에서의 이야기와 인천에서의 이야기로 나누어진다. 그렇다고 해서 두 지역이 따로따로 떨어져 있는 것은 아니다. 첫째, 선비·신철·간난이 등 소설의 주요 인물들이 용연과 인천을 연결시켜준다. 이들의 행로(行路)는 자본주의의 초기 단계에서 일반적으로 나타나는 '농촌으로부터 도시로'의 과정을 보여준다.

용연에서의 이야기에서 중요한 인물이 지주인 정덕호이다. 첫째, 선비, 간난이가 용연을 떠나 인천으로 삶의 터전을 옮기는 데 결정적인 역할을 하는 이가 정덕호이다. 선비와 간난이는 정덕호에게 겁탈 당한 후 인천으로 가게 되며, 첫째는 정덕호의 횡포에 반대했다가 인천으로 뜨게 된다. 정덕호가 주요 인물들의 운명을 바꾸는 역할을 하고 있는 셈이다. 신철 역시 정덕호의 딸과 혼사 문제로 엮여 있다는 점에서 정덕호의 영향력에서 자유롭지 않다. 그런 점에서 정덕호의 성격을 규명하는 것은 이 작품의 전반부를 이해하는 데 있어서 관건이 된다. 『인간문제』가 그리고 있는 정덕호는 전형적인 '친일' 지주이다. 이 점은 소설 전체의 주제와 관련하여 대단히 중요하다. 『인간문제』가 관심을 갖는 주요 화두 가운데 하나가 민족문제이기 때문이다. 정덕호의 친일적 성향은 그가 마을의 헤게모니를 쥐는 데 있어 결정적인 기반이 된다. 그는 마을의 다른 지주들보다도 더 큰 권력을 갖고 있다. 한치수라는 지주의 논까지 차압할 정도이다. 정덕호에게 빚을 진 풍헌 영감이 그 빚을 갚지 못하자 집달리를 동원해 풍헌 영감이 소작을 하고 있는 한치수의 논을 차압해버린 것이다. 풍헌 영감의 푸념처럼 "이전에는 없던 일"이다. 지주의 논마저 차압할 정도의 권력 행사가 가능했던 것은 정덕호가 일제와 유착했기 때문이다.

정덕호와 일제의 유착은 그가 면장이 된 데서 극명하게 드러난다. 말하자면 정덕호는 면장이라는 직위를 이용하여 무소불위의 권력을 행사하게 된 것이다. 집달리와 순사를 동원할 수 있을 뿐 아니라 군수의 힘을 빌릴 수도 있으니, 지주라도 똑같은 지주가 아닌 셈이다. 가령 군수가 마을에 와 "면이라는 기관은 당신들이 잘 살고 건강하게 사는 것을 위하여 힘써 지도하는 곳이니, 조금도 면사무소를 허수히 알아서는 못 쓰오"8)라고 강조할 때 정덕호는 이제 국가가 부여한 권력까지 쥐게 된 것이다. 그런 점에서 정덕호는 적어도 용연 마을에서는 '지주 위의 지주'로 군림하고 있다. 이러한 엄청난 권력을 그가 쥘 수 있었던 것은 일제와의 유착 덕분이었으니, 정덕호의 친일성이 소설의 전반부에서 중요한 의미를 갖는 것은 그런 연유에서이다.

『인간문제』는 이를 '법'이라는 말로 상징한다. 정덕호가 친일하고 면장이 된 것이 왜 권력이 되는가. 그것은 그가 '법'을 지배할 수 있게 되었기 때문이다. 근대는 '법의 지배'로 표상되는 시대이다. 그런 만큼 누가 법을 지배하느냐에 따라 권력의 향배가 결정된다. 정덕호는 일제와 유착하고 면장이 됨으로써 법을 지배하게 되었고, 그 결과 '지주 위의 지주'라는 절대권력을 누릴 수 있게 된 것이다. 따라서 정덕호는 더 이상 전통적인 의미의 지주가 아니다. 그는 식민지 체제가 낳은 독특한 유형의 지주, 곧 제국주의와의 유착을 통해 '법적 권력'을 행사하는 식민지 근대형 지주이다. 그런 점에서 『인간문제』는 식민지 근대의 한 본질을 꿰뚫어보았다고 할 수 있다. 첫째가 정덕호에게 대들었다가 주재소에 끌려가고 밭까지 떼이고 난 후 '법'이란 무엇인가에 대해 고민하는

---

8) 강경애, 『인간문제』, 창비, 2006, 140면. 이하 면수만 표시.

것도 정덕호가 가지고 있는 권력의 본질에 대한 의문에 다름 아니다. 요컨대 작가는 첫째의 질문을 통해 근대적 권력의 식민성을 은근히 문제삼고 있는 셈이다. 이와 관련하여 다음의 대목은 의미심장한 바 있다.

> 가을을 맞은 청초한 불타산, 그 위로 하늘이 파랗게 달음질쳐 갔다. 첫째는 그 하늘을 묵묵히 바라볼 때, 어젯밤 순사부장이 자기들을 모아놓고,
> "너희들에게 법이란 것을 가르쳐야겠다."
> 하던 말이 그의 머리에 휙 떠오른다.
> "법, 법 …… 법, 법에 걸리면 죽이는 법까지 있다지?"
> 그가 법이란 막연하게나마 전통적으로 신성불가침의 것으로 알았지마는 …… 아니 지금도 그렇게 알지마는 어제 일을 미루어 곰곰이 생각하니 웬일인지 그 법에 대하여 무엇이라고 형용할 수 없는 엉킨 실마리가 그의 온 가슴을 채우고 말았다. (137면, 강조는 인용자)

첫째는 정덕호와의 다툼으로 주재소에 끌려가 곤욕을 치르면서 이른바 '법'이란 것과 처음으로 대면한다. 그런데 처음 대면한 그 '법'은 지배층만을 위한, 그야말로 민중 억압적인 것 아닌가. 이에 첫째는 그동안 '신성불가침의 것'으로 알았던 그 '법'이란 것에 대해 "무엇이라고 형용할 수 없는 엉킨 실마리"를 느끼게 된다. 말하자면 법의 신성불가침성에 의문과 거부감을 느끼기 시작한 것이다. 이 법이 정덕호로 상징되는 매판 특권층만을 위한 식민지 근대의 법이란 점에서, 그것은 식민주의에 대한 의문과 거부감에 맞닿아 있는 것이기도 하다. 그렇게 보면, 첫째가 인천으로 가 노동운동에 투신하게 되는 것은 자연스러운 서사적 귀결이라고 할 수 있다.

『인간문제』의 두 번째 무대는 인천이다. 전집 해설에 따르면, 강경애는 인천에서 한동안 품팔이를 하면서 산 적이 있다.[9] 그 경험이 작품에

---

9) 이상경, 「강경애의 시대와 문학」, 『강경애 전집』, 소명출판, 1999, 856면.

반영되었기 때문에 『인간문제』는 인천의 이런저런 면모들을 생생하게 묘사할 수 있었을 것이다. 특히 축항과 그곳을 오가는 노동자들의 모습에 대한 생동감 넘치는 묘사는 정평이 나있거니와 그 장면을 보면 식민지 자본주의의 위세가 저절로 느껴진다. 그러나 필자의 관심을 끄는 대목은 다른 곳이다.

> "여보게, 저거 보게나. 오늘이 무슨 날이기에 학생들이 통틀어 나왔는가?"
> 첫째는 얼른 돌아보았다. 수백 명의 여학생들이 행렬을 지어 이리로 왔다. 그때 첫째의 머리에는 어제 대동방적 공장에서 나온 보고서를 신철이가 보고 그에게 이야기해주던 생각이 떠올랐다. 그들이 아닌가? **신궁에 참배인가를 하러 가느라 구두까지 새로들 지어 신었다지** …… 하며 어정어정 걸었다. (290면, 강조는 인용자)

인용한 구절에서 주목되는 부분은 여공들이 집단으로 "신궁에 참배인가를 하러" 가는 장면이다. 신사참배가 조선인을 '황민화'하기 위한 식민주의 정책이었음은 잘 알려진 사실이다. 더구나 그것을 국가나 공공기관이 아닌 대동방적이라는 일개 기업이 주도하고 있다는 것은 심상치 않은 의미를 갖는다. 작가가 심사참배를 가는 장면을 슬쩍 끼워넣은 의도는 인천으로 표상되는 조선의 자본주의와 식민주의 내적 연관을 환기하기 위해서라고 할 수 있다. 앞장에서 살펴보았듯이 강경애는 민족적 착취와 갈등, 곧 식민주의 문제에 일관된 관심을 기울여 왔다. 그렇게 보면, 이 장면은 단순한 삽화적 의미를 갖는 데서 그치는 것이 아니라 조선의 자본주의 근대를 바라보는 작가의 기본 시각과 긴밀히 결부되어 있다고 할 수 있다. 그러한 시각은 가령 '일본인' 감독이 노동자들에게 일표를 나누어주면서 "어서 **빠리빠리 하라**"(246면)고 고함치는 모습이라든가 여공들이 "식은 밥 쪄놓은 것같이 밥에 풀기가 없고 석유내 같은 그런 내가 후끈후끈 끼"(279면)치는 안남미를 억지로 먹는 장면에서도 은밀하게 드러난다. 어째서 조선인 노동자들은 다른 곳도 아닌 조선 땅에서 일본인 감독에게 쩔쩔매는 것일까. 왜 조선인 여공들은 우리 쌀 놔두고 맛없는 '안남미'를 억지로 먹어야 하는 것일까. 『인간문제』는 이러한 질문을 던짐으로써 민족적 차별과 식민주의적 수탈에 대해 생각할 계기를 독자들에게 제공한다.

　『인간문제』는 계급문제를 주제로 한 소설로 알려져 있다. 실제로 서사의 기본 축 또한 계급적 착취와 그에 대한 저항을 중심으로 구성되어 있다. 그러나 기본 축에서 뻗어 나온 가지들을 자세히 살펴보면 상당수가 직간접적으로 식민주의와 연결되어 있음을 발견할 수 있다. 요컨대 노동 규율과 효율화, 법과 제도의 개혁, 근대 교육과 개발 같은 변화들이 궁극적으로 식민주의로 귀결되고 있음을 『인간문제』는 이런저런 디테일들을 통해 암시하고 있는 것이다. 뿐만 아니라 그 식민주의의 문제는 용연 마을에서부터 인천에 이르기까지 뚜렷한 서사적 일관성까지 갖추고 있다. 그런 점에서 첫째, 선비·간난이·신철 등 작품의 주요 인물들이 인천에서 모이게 되는 것은 의미심장하다. '용연에서 인천으로'라는 이들의 동선(動線)은 식민지 근대의 중심부로의 이동이라는 서사적 의미를 갖기 때문이다. 이 점만 보더라도 우리는 작가가 조선에서 형성되고 있는 자본주의 근대의 역사적 특수성이 식민성임을 분명하게 자각하고 있음을 어렵지 않게 짐작할 수 있다.

　이와 관련하여 신사참배를 강제하는 주체가 대동방적이라는 사실도 강조할 필요가 있다. 왜냐하면 이를 통해 대동방적이 일본인 기업이라는 추측이 가능해지기 때문이다. 1920년대까지의 방적업은 수공업이 주류였던 데 비해 1930년대에 들어오면 대공장이 급속히 늘어난다. 이러한 변화가 일본자본의 진출에 따른 것임은 물론이다. 1934년에 동양방적이라는 대규모 공장이 일본자본에 의해 인천에 세워졌다는 사실[10]까

---

10) 호리 가즈오, 주익종 역, 『한국 근대의 공업화』, 전통과현대, 2003, 77~80면. 동양방적에 대한 자세한 설명으로는 신태범, 『인천 한세기』, 홍성사, 1983, 211~214면 참조.

지 감안하면, 대동방적이 일본인 회사라는 추측은 더욱 현실성이 있다. 여기서 우리는 자본주의와 식민주의의 내적 연관성을 다시 한 번 확인할 수 있거니와 식민주의의 궁극적 목적이 자본의 지배에 있음도 이로써 보다 분명해진다. 이처럼 『인간문제』는 조선의 자본주의 근대와 식민주의의 상호관계를 끈질기게 추급함으로써 '식민지 자본주의'라는 상을 축조해내고 있으니, 여기에 카프문학이 빠져 있던, '전지구적 계급투쟁론'으로 상징되는 관념적 국제주의와 『인간문제』의 결정적 차이가 놓여 있다.

강경애가 카프의 관념적 국제주의와 선을 달리할 수 있었던 것은 작가의 만주 체험이 중요한 역할을 했다고 할 수 있다. 만주의 일상에서 항상적으로 겪어야 했던 민족적 착취와 차별이 작가로 하여금 민족모순 혹은 식민주의 문제에 관심을 기울이도록 한 것이다. 『인간문제』에서는 정덕호를 통해 이 문제를 집중적으로 다룬다. 첫째, 선비, 간난이의 공통점은 이들이 하나같이 정덕호 때문에 고향을 떠났다는 점이다. 앞에서도 지적했다시피 정덕호의 가장 중요한 특징은 지주인 동시에 면장, 곧 법을 지배하는 지주라는 사실이다. 이것이 정덕호를 다른 지주와 구별시켜주는, '지주 위의 지주'로 군림할 수 있도록 해준 원동력이다. 요컨대 그는 일제와 유착한 매판 지주인 것이다. 그렇게 보면, 첫째 등이 고향을 떠난 까닭은 단순히 정덕호라는 '못된' 지주의 계급적 착취 때문이 아니라 계급적 착취와 민족적 착취가 중층적으로 작용한 결과라 할 수 있다. 첫째가 이른바 '법'에 의문을 품게 되면서 용연을 떠나기로 결심하는 데서 그 점은 단적으로 드러난다. 선비와 간난이가 고향을 떠난 것도 정덕호의 비윤리적이고 봉건적인 패악 행위 때문만은 아니다. 그와

___

동양방적에 대한 이 책의 설명은 대동방적과 관련된 『인간문제』의 서술과 적지 않은 부분에서 일치한다. 특히 "여학생 모습을 본따서 흰 저고리와 까만 구두를 신고 다녔다고 한다"는 설명은 작품의 여공 묘사와 정확하게 부합한다. 대동방적이 동양방적일 가능성에 대해서는 최원식도 언급한 바 있다. 최원식, 「사회주의 리얼리즘의 성과와 한계」, 『인간문제』, 문학과지성사, 2006, 404면.

함께 그러한 성적 범죄를 저지르고서도 '법'의 보호를 받을 수 있는 정덕호의 '식민지적' 권력이 숨은 요인임을 놓쳐서는 안 된다.

인천을 무대로 해서 벌어지는 노동운동을 계급운동으로만 이해해서는 곤란한 것도 그런 연유에서이다. 작가가 굳이 정덕호라는 '친일' 지주를 전반부의 중심인물로 설정한 의도를 감안하면, 인천에서의 노동운동이 민족해방운동의 성격도 갖는다고 보는 것이 훨씬 일관성 있는 해석이라 할 수 있다. 노동운동의 주요 타깃 가운데 하나가 대동방적이라는 점을 보더라도 작품에서 노동운동이 갖는 의미는 중층적이다. 대동방적과의 싸움이란 자본과의 싸움인 동시에 식민주의와의 싸움이기도 하기 때문이다. 그런 점에서 작가가 신사참배 장면을 배치한 것은 매우 심오한 의도를 담고 있다. 만약 신사참배 장면이 없었다면 대동방적의 성격은 자본 일반으로 단순화되었을 것이고, 대동방적과의 싸움 또한 자본에 대한 저항이라는 하나의 의미로 축소되었을 것이다. 강경애 문학의 전체상 속에서 『인간문제』를 조망해야 하는 이유도 여기에 있다.

4. 강경애 문학의 탈식민적 가능성과 한계

지금까지 『인간문제』를 비롯한 몇몇 주요 작품들을 중심으로 강경애 문학의 탈식민적 구상을 살펴보았다. 그 과정에서 우리는 강경애 문학이 식민주의에 대한 저항의식을 서사의 모태(母胎)로 삼고 있음을 확인할 수 있었다. 직접적으로든 간접적으로든 강경애 문학에는 언제나 식민주의와의 긴장이 내포되어 있다. 이러한 긴장관계는 작가의 만주 체험과 긴밀히 결부되어 있는데, 그것은 만주라는 공간이 조선의 민중들에게는 민족모순과 계급모순이 중첩되는 교차로와도 같은 곳이었기 때문이다.

만주 체험으로부터 생성된 탈식민 의식은 조선을 무대로 한『인간문제』에도 그대로 삼투되어 있다. 용연에서 벌어지는 정덕호와의 갈등을 그린 전반부나 인천을 무대삼아 계급적 각성과 노동운동을 다룬 후반부에서도 식민주의는 서사의 이면을 지배하고 있다.『인간문제』는 자본주의 근대와 식민주의의 상호관계에 한시도 눈을 떼지 않으며, 다양한 디테일들을 치밀하게 배치해 조선의 자본주의 근대에 각인되어 있는 식민성을 날카롭게 드러낸다. 적어도 이 점에 관한한『인간문제』가『고향』이나『황혼』보다 윗길이라 해도 그다지 지나친 평가는 아닐 것이다.

다만 자본주의의 내적 역학에 대한 형상화가 허술하다는 점은 강경애 문학의 한계로 지적하지 않을 수 없다. 이 글에서는 다루지 못했지만, 강경애 문학이 보여주는 자본주의 인식은 전반적으로 상식의 수준을 벗어나지 못하고 있다.『인간문제』역시 그러한 한계에서 자유롭지 않다. 몇몇 빛나는 묘사에도 불구하고『인간문제』가 그리고 있는 자본주의는 '구조'로까지 고양되지 못한 채 '풍속'의 수준에 머물러 있다. 이는 근본적으로 자본과 노동의 대립관계가 제대로 다루어지지 않은 데서 기인한다. 용연의 정덕호에 상응하는 인물이 인천에서는 존재하지 않는 데서도 그 점은 극명하게 나타난다. 이러한 결함은 강경애가 자본주의 근대화가 진행되지 못한 만주에서 작가 생활을 한 것과 여러모로 결부되어 있을 가능성이 많다. 그러나 이에 대한 자세한 분석은 후일을 기약할 수밖에 없다.

제3부
일제 말기 한국문학과 저항

일제 말기 이태준 문학과 내부 식민주의

1. 비(非)서구 근대와 내부 식민주의

이태준 문학에서 민족문제는 그의 문학세계 전체에서 중심 주제 가운데 하나를 이루고 있다. 어떤 면에서 민족문제는 그의 대부분의 작품에 직간접적으로—내용적으로나 형식적으로나—개입되어 있다고 해도 과언이 아니다. 그런 점에서 이태준은 분명 민족주의자이다.

하지만 이태준 문학 전체를 놓고 볼 때, 1930년대 후반을 경계로 하여 그의 민족주의가 성격을 달리하고 있음을 감지할 수 있다. 가령 「고향」, 「꽃나무는 심어놓고」, 「실낙원 이야기」 등 30년대 전반기의 작품을 보면 민족현실에 대한 직정적 분노나 감정적 반응이 도드라진다. 말하자면 계몽주의적 이상을 설정해놓고 현실이 거기에 미치지 못함을 분노하고 탄식한다. 현실에 대한 낭만적 거부라 이름 붙일 수 있는 이러한 성향에서 우리는 이태준의 민족주의가 다분히 정서적 혹은 감정적 수준에 머물러 있음을 확인할 수 있다. 그에 따라 현실에 대한 냉철한 분석보다는 직정적 분노가, 엄정한 비판보다는 감정적 반응이 전면화(全面化)된다. 여기서 작가 혹은 주인공은 항상 순결한 인물로 설정되며, 현실은 그 반대편에 놓인다. 요컨대 순결한 주인공 대 속악한 현실의 이분법적 대립이 서사의 기본 구도를 형성하는 것이다. 기존 현실에 대한 낭만적 거부의 전형적 틀인 셈이다.

30년대 전반기 이태준 문학의 이분법적 현실인식은 리얼리즘의 성취에 중요한 제약요인으로 작용하고 있다. 이런 식의 낭만적 접근으로는 현실의 복잡성을 충분히 담아내기 어렵기 때문이다. 이 시기 이태준의 문학이 계몽의 가능성에 대해 쉽사리 좌절감을 토로하거나 전망 부재(不在)의 상태에 빠지곤 하는 것도 그래서이다.[1] 이러한 한계가 극복되기 시작하는 것은 30년대 후반에 들어서면서부터이다. 30년대 후반 이태준 문학에서 가장 눈에 띄는 것은 자기성찰이다. 30년대 후반이 한국근대문학의 자기성찰기임은 다른 글에서 이미 거론한 바 있지만,[2] 이태준 역시 그 흐름에 합류하고 있는 것이다. 이태준의 자기성찰에서 특히 주목되는 것은 식민성의 문제이다. 민족주의자인 이태준이 식민성의 문제에 관심을 갖는 것은 당연한 일이라 할 수 있다. 물론 식민성의 문제가 그의 작품에서 직접적이고 전면적으로 다루어진 경우는, 당시 다른 작가들의 경우와 마찬가지로, 찾아보기 힘들다. 하지만 식민성의 문제가 그의 문학에서 언제나 하나의 그림자 혹은 무의식으로 작용하고 있음은 분명하다. 게다가 이 그림자 혹은 무의식은 30년대 후반 이태준 문학의 이면(裏面) 주제를 이루고 있어 더더욱 주목을 요한다. 그래서 이태준 문학을 이해하는 데 있어 민족 또는 식민주의 문제가 갖는 의미에

---

1) 이에 대한 좀 더 자세한 설명으로는 하정일, 「계몽의 정신과 자기 확인의 서사」, 『20세기 한국문학과 근대성의 변증법』, 소명출판, 2000, 221~225면 참조.
2) 하정일, 「'사실' 논쟁과 1930년대 후반 문학의 성격」, 『분단 자본주의 시대의 민족문학사론』, 소명출판, 2002.

대한 징후적 독해는 관건이 된다. 일제의 파시즘화가 절정에 이른 30년대 후반은 특히 그러하다.

30년대 후반 이후 이태준 문학에서 식민주의에 대한 성찰이 비교적 뚜렷이 드러나는 작품으로는 「패강랭」, 「토끼 이야기」, 「농군」을 들 수 있다. 이 세 소설에서 이태준이 식민주의 문제와 맞선 것은 무엇 때문일까. 그것은 아마도 민족주의자로서의 그의 실존과 밀접히 연관되어 있을 것이다. 30년대 후반이란 주지하다시피 '민족'이 그야말로 존망의 기로에 선 시기였다. '민족'이 사라진다는 것은 민족주의자인 이태준에게 그의 실존적 기반이 무너지는 것을 의미했을 터이고, 그렇다면 민족 문제를 더 이상 방관하기만 할 수 없게 된 셈이다. 민족문제에 주목할 때 제일 먼저 만나게 되는 것이 식민주의이다. '민족'의 일대 위기를 초래한 장본인이 식민주의이기 때문이다. 그런데 세 소설에서 흥미로운 것은 이태준이 식민주의를 외부적인 것인 동시에 내부적인 것으로 설정해놓고 있다는 사실이다.

외부 식민주의 ― 다른 말로는 규범적(normal) 식민주의 ― 란 민족 대 민족 사이에서 작동하는 식민주의를 가리킨다. 반면에 내부(internal) 식민주의란 민족 내부의 식민주의를 뜻한다. 요컨대 내부 식민주의란 식민주의가 내면화된 상태를 가리킨다. 식민주의의 내면화는 외부 식민주의를 지배 구조화하면서 (반)주변부에서 식민주의를 재생산하는 핵심 기제로 작동해왔다.[3] 그런 점에서 식민주의란 언제나 외적인 것인 동시에 내적인 것이다.

물론 이때의 내부 식민주의는 외부 식민주의와 유기적으로 연결되어 있다. 이 점은 아무리 강조해도 지나치지 않은데, 왜냐하면 외부 식민주의와의 연관이 결락(缺落)된 내부 식민주의란 있을 수 없기 때문이다. 그러므로 외부 식민주의와는 별개로 내부 식민주의가 자립적으로 존재하

---

3) 내부 식민주의에 대한 간략한 설명으로는 H. 월프, 염홍철 편역, 「내부 식민주의 이론」, 『제3세계와 종속이론』, 한길사, 1980 참조.

는 양 생각하는 것은 식민주의의 역사성에 대한 무지의 표현이다. 식민주의를 개인적 또는 집단적 '윤리'의 문제로 치환하는 태도나 '누구도 식민주의로부터 자유롭지 못하다'는 변호론은 이러한 무지에서 비롯된 결과이기 일쑤다. 실제로 최근의 여러 연구들, 가령 '우리 안의 파시즘' 론이나 영미권으로부터 유입된 해체론적 후기식민론 혹은 국민국가/민족주의 비판론 등이 그러한 문제점을 보여준다. 이럴 경우 식민주의 극복의 해법이 '모두가 내 탓이요' 식의 자기부정, 탈민족적 세계주의, 다문화주의적 혼종론 등으로 국한되면서 민족과 세계, 중심부 대 주변부, 근대와 근대 극복, 자본주의 대 반(反)자본주의 간의 길항관계에 대한 복합적 인식이 휘발되고 만다. 즉 제3세계의 특수성과 역사성에 대한 적절한 고려가 사상된 추상적 보편론으로 빠지게 되는 것이다. 이런 식의 접근법은 또 다른 의미에서의 서구 중심주의일 뿐이다.

하지만 내부 식민주의에 대한 성찰 없이 외부 식민주의만을 일방적으로 강조하는 것도 그 이상으로 위험하다. 내부 식민주의에 대한 성찰이 빠진 외부 식민주의 인식은 식민주의 문제를 선과 악, 타락 대 순결, 우리 대 그들의 이분법적 구도로 고착시킬 위험성이 크기 때문이다. 이러한 이분법적 인식은 민족적 특수성이나 이익을 특권화하는 종족주의(ethnocentrism)로 흐르게 마련이거니와 역사적으로 종족주의는 식민주의의 중요한 일면(一面)을 이루어 왔다. 그런 점에서 내부 식민주의에 대한 인식 부족은 식민주의에 대한 저항과 식민주의와의 유착 사이의 경계를 흐릿하게 만든다. 그리하여 힘만 강해지면 종족주의는 저항의 지렛대에서 약한 민족을 억압하고 착취하는 식민주의로 순식간에 전환한다. 민족주의가 바로 그러한 변질과정을 극명하게 보여주는 단적인 사례라 할 수 있거니와 그것이 민족 부르주아나 토착 엘리트가 자신들의 지배를 정당화하고 민중을 동원하는 이데올로기로 이용되어 왔음은 잘 알려진 일이다.

더구나 내부 식민주의에 대한 인식 결여 자체가 식민주의를 번성케

하는 온상이 된다는 사실에서 우리는 내부 식민주의의 엄중함을 다시한 번 확인하게 된다. 제국주의적 세계체제 하에서 (반)주변부의 지배 엘리트는 자신의 지배를 공고화하기 위해 중심부 자본주의의 하위 파트너를 맡는다. 그러면서 그들은 (반)주변부 지역에 내부 식민주의를 조장함으로써 식민주의를 재생산하고 지배 구조화하는 계급적 토대가 된다. 요컨대 (반)주변부의 지배 엘리트가 자신들의 계급적 이해에 의해 내부 식민주의를 조장하고, 그렇게 조성된 내부 식민주의는 식민주의를 지배구조로 공고화시키는 악순환이 반복되는 것이다. 내부 식민주의에 대한 각별한 경계가 식민주의의 온전한 극복을 위해 필수불가결한 연유가 여기에 있다.

내부 식민주의의 형성과정은 대체로 세 단계를 거친다. 첫 번째 단계는 서구 근대에 대한 선망과 동경이다. 서구 대 비(非)서구를 문명 대 야만으로 설정하고 우리도 야만 상태에서 벗어나 문명국이 되고 싶다는 의식이 서구 근대에 대한 선망과 동경을 낳는다. 이러한 선망과 동경은 서구의 근대가 식민주의적 착취와 억압을 바탕으로 형성되었다는 역사적 사실은 몰각한 채 우리의 역사와 문화에 대한 지독한 열등감과 비서구의 내적 잠재력 — 주체적 발전의 가능성 — 에 대한 비(非)역사적 회의론으로 이어지게 마련이다. 두 번째 단계는 식민주의의 내면화이다. 서구 근대에 대한 선망과 동경은 서구의 근대를 절대적 보편 — 곧 글로벌 스탠다드 — 으로 추종하도록 만든다. 서구 근대가 절대적 보편이라면 비서구가 근대를 이룰 수 있는 경로는 '서구화'로 단일화될 수밖에 없다. 근대의 복수성에 대한 전망이 불가능해지는 것이다. 그에 따라 서구 근대가 '나의 것'으로 내면화되면서 하나의 견고한 신념으로 정립된다. 그런 면에서 보면 '민족을 위해 친일했다'는 강변은 거짓말만은 아니다. 세 번째 단계는 식민주의의 재생산이다. 서구 근대의 내면화는 서구 근대에 대한 열렬한 모방을 낳는다. 이러한 모방은 결국 서구 근대를 우리 내부에서 재생산시키는 토대가 된다. 그런데 서구 근대에 대한 무조건적 모방과정에서 서구 근대의 식민주의적 측면도 함께 모방된다. 제3세계의 많은 나라들이 독립 후 국가주의, 권위주의, 전체주의 등 민중 배제적 체제로 나아가고 중심부 자본주의에의 종속상태에서 좀처럼 벗어나지 못하는 것도 이와 관련이 깊다. 요컨대 '식민 이후(after colonial)'의 세계체제가 중심부 대 (반)주변부의 제국주의적 위계구조를 여전히 보여주는 것은 제3세계가 스스로의 내부에 식민주의를 재생산해온 과정과 긴밀히 연관되어 있는 셈이다.[4]

이태준이 내부 식민주의에 주목한 것은 그런 점에서 각별한 의미를 갖는다. 30년대 후반의 이태준은 내부 식민주의에 대한 성찰을 통해 민족주의의 한계, 곧 외부 식민주의와의 싸움에만 몰입함으로써 자신도 모르는 사이에 스스로의 내부에 식민주의를 재생산하는 한계를 나름대로 돌파할 수 있었다. 식민주의의 외부와 내부에 대한 이태준의 입체적 통찰은 이식성을 단순히 외부의 수동적 모방에 그치는 것이 아니라 이식을 수행하는 주체의 내적 메커니즘까지 포괄한다고 강조한 임화의 이식론과도 상통한다. 임화의 이식성 개념에서는 주체 문제가 결정적 의미를 갖는다. 요컨대 식민주의의 재생산 과정에서 '우리' 역시 객체가 아니라 또 하나의 능동적 주체임을 밝힌 데 이식론의 핵심이 있는 것이다. 그런 점에서 식민주의란 제국이라는 주체와 피식민지라는 객체 사이의 변증법인 동시에 피식민 민족이라는 주체 내부의 길항이기도 하다. 그렇게 보면 주체 내부의 길항에 초점을 맞추는 것, 이것이 내부 식민주의에 대한 성찰의 요체라 할 수 있다. 30년대 후반 이태준의 문학세계가 보여주는 내부 식민주의 성찰의 핵심 또한 그것이다.

---

4) 이에 대해서는 F. 파농, 남경태 역, 『대지의 저주받은 사람들』(그린비, 2004)과 이석호 역, 『검은 피부, 하얀 가면』(인간사랑, 1998)에서 많은 시사를 얻을 수 있다.

2. 「패강랭」과 내부 식민주의 성찰

「패강랭」은 대동강에 대한 묘사에서부터 시작한다. 부벽루에서 대동강을 거쳐 대동벌까지 두루 조망한 후 주인공은 "'조선 자연은 왜 이다지 슬퍼 보일까?'"라고 말한다. 여기서 중요한 것은 현의 눈에 비치는 '자연'은 자연 일반이 아니라 '조선'의 자연이라는 점이다. '조선'에 대한 각별한 강조는 「패강랭」의 주제가 무엇인지를 넌지시 암시한다. 실제로 이 소설은 '조선적인 것'의 소멸과 예술의 주변부화를 동일선상에 놓고 진행된다. 이것들은 평양 여자들의 머릿수건, 전통 기생, 평양말, 창(唱) 같은 고유의 전통들이 사라지는 모습을 통해 드러나는데, 그 자리는 벽돌건물, 신식 기생, 재즈와 댄스가 대신 차지한다. 말하자면 조선적인 것과 서구적인 것의 대립과 교체가 서사의 배경을 이루고 있는 셈이다. 주의할 것은 조선적인 것과 서구적인 것의 대립을 전통적인 것과 근대적인 것의 대립과 혼동해서는 곤란하다는 사실이다. 이태준은 반(反)근대론자가 결코 아니었다. 반대로 그는 곳곳에서 근대의 필연성을 강조하고 있다.5) 따라서 전통에 대한 그의 애호는 근대에 반대하기 위해서가 아니라 조선적인 것을 지키기 위해서였다고 보아야 한다. 전통과 근대를 대립시키는 것이야말로 전통 속에는 근대적 지향이 결여되어 있다고 강변하는 전형적인 식민주의 이데올로기일 뿐이다.

그렇게 보면, 「패강랭」은 서구적인 것이 조선적인 것을 잠식해가는 과정에 대한 분노와 안타까움을 표명한 작품이라고 할 수 있다. 이때 서구적인 것이란 식민주의에 다름 아니다. 서구적인 것이 일제를 매개로 조선적인 것을 소멸시켰다는 것이 이태준의 생각인 셈이다. 흥미로운 것은 「패강랭」에서 조선적인 것은 항상 아름다움, 즉 미를 표상한다

---

5) 이에 대한 자세한 설명으로는 하정일, 「계몽의 정신과 자기 확인의 서사」, 『20세기 한국문학과 근대성의 변증법』, 소명출판, 2000 참조.

는 점이다. 여기에서 조선적인 것과 예술이 만난다. 둘 다 미의 영역에 속한다는 데 조선적인 것과 예술의 공통점이 있거니와 조선적인 것의 소멸과 예술의 주변부화가 공동 운명인 것도 그래서이다. 따라서 조선적인 것과 서구적인 것의 대립은 예술을 매개로 슬그머니 문화와 식민지 자본주의의 대립으로 전환된다. 이를 두고 조선적인 것 또는 전통적인 것을 미의 영역에 한정시키고 있다는 점에서 오리엔탈리즘이라고 비판할 수도 있으리라. 조선적인 것의 '아름다움'에만 집착하는 현의 태도에는 오리엔탈리즘적인 측면이 있는 것도 부인하기 힘들다. 하지만 그보다 더 중요한 것은 미를 식민지 자본주의에 대한 대립물로 설정하고 있는 점이다. 김과 현 사이에서 벌어지는 논쟁은 이를 잘 보여준다.

> "이 자식들아, 너이야말루 빌어먹을 자식들인 게 ……. 그까짓 수건 쓴 게 보기 좋을 건 뭐며 이 평양부내만 해두 일 년에 그 수건값허구 당기값이 얼만지 알기나 허냐?"
> 하고 김이 당당히 허리를 펴고 나앉는다.
> "백만 원이면? 문화 가치를 모르는 자식들 ……."
> "그러니까 너이 글 쓰는 녀석들은 세상을 모르구 산단 말이다."
> "주제넘은 자식 ……. 조선 여자들이 뭘 남용을 해? 예펜네들 모양 좀 내기루? 예펜넨 좀 고와야지."
> "돈이 드는걸 ……."
> "흥! 그래 집안에서 죽두룩 일해, 새끼 나 길러, 사내 뒤치개질해 ……. 그리구 일 년에 당기 한 감 사 매는 게 과하다? 아서라, 사내들 술값, 담뱃값은 얼만지 아나? 생활 개선, 그래 예펜네들 수건값이나 당기값이나 졸여 먹구? 요 푼푼치 못한 경세가들아? 저인 남이 할 것 다 허구 ……."
> "망할 자식, 말버릇 좀 고쳐라 ……. 이 자식아, 술이란 실사회선 얼마나 필요한 건지 아니?"
> "안다. 술만 필요허냐? 고유한 문활 필요치 않구? 돼지 같은 자식들 ……. 너이가 진줄 알 수 있니 ……. 허 ……."[6] (강조는 인용자)

머릿수건에 대해 김은 효율성의 논리로 부정하는 데 반해 현은 문화의 논리로 옹호한다. 김이 내세우는 것이 돈-효율성-자본의 논리라면, 현이 주장하는 것은 조선적인 것-미-문화의 논리이다. 요컨대 효율성에 대립하는 문화의 가치가 조선적인 것을 옹호하는 주된 근거인 셈이다.

오리엔탈리즘으로 경도할 가능성을 제쳐놓고 말한다면, 「패강랭」은 효율성의 외피(外皮)를 쓴 식민주의를 미의 이름으로 비판하고 있는 소설이다. 식민주의에 대한 이태준의 비판적 의식은 경찰서라든가 비행장 또는 총을 든 병정 등에 대한 음울한 묘사를 통해 표출되고 있다. 작품의 서두에서 이것들을 거듭 말하고 있는 것은 경찰서나 비행장이나 병정 따위가 효율성의 이름으로 조선적인 것을 파괴하고 있음을 암시하고자 함이니, 그런 점에서 돈-효율성-자본주의는 식민주의의 다른 얼굴이다. 그런데 이 식민주의는 외부 식민주의라는 점에 유의할 필요가 있다. 돈·효율성·경찰서·비행장·병정이란 주체 바깥의 식민주의이기 때문이다. 그래서 이들 대립은 내부 주체와 외부 주체 사이의 화해 불가능한 대립이라는 점에서 철저히 이분법적이다. 이 대목에서 오리엔탈리즘의 문제를 거론할 필요가 있다. 작가는 어째서 미에 그토록 집착한 것일까. 그것은 미 이외의 것은 주체 외부에 속하기 때문이다. 주체 내부의 것으로는 미밖에 없다면, 조선적인 것을 지키기 위해서는 미에 집착할 수밖에 없는 것이다. 이러한 생각 자체가 서구가 동양에 씌워놓은 가상이라는 데 작품의 오리엔탈리즘적인 편향이 존재한다.

그렇다고 해서 「패강랭」이 오리엔탈리즘에 깊이 침윤된 소설은 아니다. 여기서 내부 식민주의의 역할이 중요해진다. 「패강랭」에서 내부 식민주의는 김을 통해 구현된다. 김은 조선인이라는 점에서 내부 식민주의를 표상하는 인물이다. 그는 외부 식민주의를 내면화한 인물이며, 주

---

6) 이태준, 「패강랭」, 『삼천리문학』, 삼천리사, 1938.1, 26~27면.

체 내부에서 식민주의를 구현하는 인물이다. 김은 단순히 시류에 따라 좌고우면하는 인물이 아니다. 그에게 돈과 효율성은 신념화되어 있다. 당시의 표현을 빌리면, 혈육화되어 있다. 말하자면 그에게 식민주의란 주체 외부의 것이 아니라 주체, 곧 자신의 것이다. 현과 맞서 당당하게 '방향전환'하라고 일갈할 수 있는 것도 그래서이다.

그가 내세우는 가장 중요한 명분은 돈과 효율성을 핵심으로 하는 근대주의이다. 머릿수건과 댕기를 부정하는 근거도 그것이다. 근대주의의 관점에서 보자면 현이 옹호하는 문화의 논리란 한갓 전근대적인 것일 따름이다. 요컨대 김에게 현은 근대 속에서 전근대를 사는 시대착오적 인간인 셈이다. 거기에 맞선 현은 참으로 무기력하다. 울분과 탄식처럼 무기력한 대응이 또 어디 있겠는가. 식민지 자본주의화의 도도한 흐름 속에서 미란 무력하기 짝이 없는 존재라는 것을 현 또한 뚜렷이 인식하고 있다. 그래서 '문화 가치'나 '고유한 문화'를 주장하는 현의 발언에서 힘을 느끼기 어려운 것이다. 이러한 현의 인식은 "박의 그런 찌싯찌싯함에서 선뜻 자기를 느끼고 또 자기의 작품들을 느끼고 그만 더 울고 싶게 괴로워졌다" 같은 표현에서 극명하게 드러난다. 「패강랭」이 오리엔탈리즘에서 빠져나올 수 있었던 것은 바로 이러한 인식 때문이다. 심미적 오리엔탈리즘이 미를 절대화하거나 모든 것을 심미화하는 사유인데 반해 「패강랭」은 미를 상대화한다. 미적 세계에 대한 주관적 집착을 넘어 미를 역사 속에서 상대화하고 있다는 것은 「패강랭」이 미의 현실연관을 자각하고 있다는 뜻이니, 이 지점에서 「패강랭」은 오리엔탈리즘과 갈라진다.

그런데 흥미로운 사실은 미의 현실연관에 대한 자각이 김과의 만남, 즉 내부 식민주의와의 대면을 통해 더욱 깊어진다는 점이다. 김과의 만남 이전에 미의 현실연관에 대한 현의 인식이란 '찌싯찌싯'이라는 부사어가 말해주듯 극히 감상적인 수준에 머물러 있었다. 인식의 수준이 이처럼 감상적이었기에, 박이 잘 보여주듯, 자포자기의 심정에서 허우적대기만 했던 것이다. 하지만 김과의 만남은 사태의 핵심에 대한 자각을 낳는다. 내부 식민주의와의 대면이 외부 식민주의의 재인식으로까지 이어진 것이다. 술자리 전반부에서 현은 김에 대해 우월한 위치에서 말한다. 그것은 현이 김을 외부 식민주의의 단순한 알레고리로 받아들였기 때문이다. 다시 말해 현은 김을 시류에 영합하는 기회주의자 정도로 여겼던 셈이다. 그러나 김의 신념과 논리를 확인한 연후에 현은 김이 내부 식민주의의 화신임을 인식하게 된다. 그러면서 현과 김의 역관계가 변하게 된다. "이 자식? 되나 안되나 우린 이래뵈두 예술가다! 예술가 이상이다 이자식 ……"이라는 발언에서 역관계의 변화가 감지된다. '되나 안되나'라는 구절이라든가 말을 제대로 잇지 못하고 눈물을 흘리고 마는 모습은 현이 더 이상 이성적 논리로는 김과 싸울 수 없게 되었음을 말해주거니와 그 까닭은 김의 신념과 논리가 현의 신념과 논리보다 '현실적'으로 우위에 있음을, 그리고 김의 신념과 논리가 남의 것이 아니라 바로 자신의 것임을 알았기 때문이라 할 수 있다. 요컨대 김의 이념이 주체의 이념, 즉 내부 식민주의임을 확인했기 때문이다.

그러면 이제 김은 현의 적인가. 그렇지는 않다. "내가 취했나 보이 ……"라는 말에서 그 점이 드러난다. 김과의 대립각을 연화(軟化)시키는 이 발언에는, 전후 문맥을 고려하건대, 내부 식민주의가 중요하지 않다는 의미가 아니라 김과의 싸움만으로는 식민주의를 극복할 수 없다는 인식이 담겨 있다. 내부 식민주의는 주체의 것이긴 하지만 자족적이지는 않다. 외부 식민주의 없이는 내부 식민주의란 존재할 수 없는 법이다. 따라서 내부 식민주의의 척결만으로 식민주의를 극복할 수 있다고 생각하는 것은 식민주의의 역사성을 몰각한 착각일 뿐이다. 김이라는 내부 식민주의의 존재는 그런 점에서 오히려 외부 식민주의의 힘을 보여주는 결정적 징표가 된다. 내부 식민주의란 식민주의의 무의식이다. 식민주의가 의식 층위에만 작용한다면 내부 식민주의는 존속하지 못한다. 혈육화될 수 없기 때문이다. 혈육화되지 않은 식민주의란 주체의 것이 아니다. 그것은 주체의 바깥을 맴돌 뿐이다. 주체의 바깥에 식민주의가 존재하는 한 순응이나 굴복은 있을 수 있지만 주체 자신의 것은 끝내 되지 못한다. 따라서 내부 식민주의가 존재한다는 것은 외부 식민주의가 의식뿐 아니라 무의식의 층위까지 점령했다는 것을 뜻한다. 무의식까지 점령했을 때 비로소 식민주의는 피식민 주체 자신의 것이 되기 때문이다.

그런 점에서 "내가 취했나 보이 ……"라는 발언에는 내부 식민주의와 외부 식민주의의 불가분리성에 대한 통찰이 숨어있다.[7] 그럼으로써 「패강랭」은 식민주의에 대한 윤리적 비난의 수준에서 벗어난다. "이상견빙지(履霜堅氷至)"가 바로 그러한 통찰의 절묘한 표현이다. "서리를 밟으면 다음에는 얼음이 올 것"이라는 말은 내부 식민주의 — 서리 — 와 외부 식민주의 — 얼음 — 의 유기적 관계에 대한 설명으로 보아도 무방하다. 내부 식민주의의 배후에는 외부 식민주의가 있다는 것, 내부 식민주의가 등장했다는 것은 외부 식민주의가 더욱 강고해질 것임을 상징한다는 것, 그런 점에서 외부 식민주의의 억압을 견뎌낼 비장한 각오를 해야 한다는 것, 이것이 '이상견빙지'에 담긴 숨겨진 의미일 터이다. 그러니 "술이 확 깨"는 것이다.

현은 소설의 초두에서 식민주의를 외적인 것으로만 이해하는 데 머물렀다. 외적인 존재로만 남아있는 식민주의란 술에 취해 모르는 체 하면서 견딜 수 있다. 최소한 나의 것 혹은 주체의 것은 아니기 때문이다. 그러나 김과의 만남을 통한 내부 식민주의의 자각은 식민주의가 남의 것일 뿐 아니라 나의 것이기도 하다는 사실에 대한 깨달음을 낳았다. 남의 것이 아니라 나의 것일 때 식민주의는 외면한다고 해서 외면할 수 있는 성질의 문제이기를 멈춘다. 다시 말해 식민주의는 이제 나의 문제, 곧 주체의 실존적 문제가 되는 셈이다. 내부 식민주의에 대한 자각이 중요

---

7) 후에 발간된 단행본(『이태준단편집』, 학예사, 1941)에는 "김군이 미워 그러나?"란 말이 첨가되어 있다.

한 이유가 여기에 있다. 내부 식민주의와 외부 식민주의의 유기적 연관에 대한 통찰은 현을 윤리적 비난이나 일삼는 감상적 민족주의자에서 현실을 엄정하게 응시하는 현실주의적 후기식민론자로 변신케 한다. 그럴 때에만 강고한 얼음을 견딜 수 있기 때문이다. 그런 점에서 「패강랭」은 내부 식민주의의 의미와 작동방식에 대한 깊은 성찰의 산물이라 평가할 만하다.

3. 「토끼 이야기」와 식민주의에 대한 새로운 자각

「토끼 이야기」는 전형적인 자기 확인의 서사이다. 일제의 파시즘화가 절정으로 치닫는 30년대 후반이 되면 한국 근대문학의 중심을 이루어 왔던 계몽의 전통은 결정적인 벽에 부닥치게 된다. 이때 이태준이 택한 길은 계몽의 내향화를 통해 자신의 정체성을 확인하고 유지하는 것이었다. 그러나 이태준의 자기 확인은 '내가 옳다'를 거듭 확인하는 데서만 그치지 않는다. 오히려 이태준의 자기 확인은 자기 자신의 한계에 대한 치열한 반성에 바탕하고 있다. 요컨대 자기반성을 통한 자기 확인, 이것이 일제 말기 이태준 문학의 요체 가운데 하나인 셈이다.8)

「토끼 이야기」의 현은 실직하자마자 부업 삼아 '토끼 치기'에 뛰어든다. 그러나 토끼 치기는 금새 실패로 끝나버린다. 아무런 경험도 지식도 없던 현으로서는 당연한 일이었을 터이다. 그러나 이 소설에서 중요한 것은 토끼 치기가 실패로 귀결되기까지의 과정이 아니다. 서사의 핵심은 실패에 대한 부부의 상반된 반응과 그 의미에 대한 성찰에 놓여 있

---

8) 이에 대한 좀 더 자세한 설명으로는 하정일, 「계몽의 정신과 자기 확인의 서사」, 『20세기 한국문학과 근대성의 변증법』, 소명출판, 2000, 233~236면 참조.

다. 현이 토끼 치기를 쉽사리 포기하고 기껏 그것을 소설로 써볼 궁리나 하는 반면에 아내는 몇 푼이라도 건지기 위해 온통 피칠갑을 하며 토끼 가죽을 벗긴다. 아내의 이러한 행동은 현에게 커다란 충격으로 다가온다. 현이 보기에 아내의 "피투성이의 쩍 벌린 열 손가락, 생각하면 그것은 실상 자기에게 물을 요구하는 것이 아니었다." 아내가 요구한 것은 바로 지식인의 비현실적 관념성에 대한 준엄한 자기반성이었다.

그렇다면 자기반성의 대상인 지식인의 관념성이란 구체적으로 어떤 내용일까. 이 문제가 「토끼 이야기」의 감추어진 이면 텍스트를 구성한다. 명시적으로 말하고 있는 바는 없지만, 이런저런 암시와 단서들을 통해 '징후적으로' 드러내 보여주고 있기 때문이다. 이와 관련해 결정적인 대목이 다음과 같은 구절이다.

> 현의 신문소설이 시작되면 독자보다는 현의 아내가 즐거웠다. 외상값 밀린 것이 풀리고, 단행본으로 나와 중판이나 되면 뜻하지 않은 목돈에 가끔 집안이 윤택해지기 때문이다.
> '그러나 나도 소위 불혹지년이란 게 낼모레가 아닌가! 밤낮 이 짓만 허다 까부러질 건가? 눈 뜨면 사로 가고 사에 가선 통신 번역이나 허고……. 고작 애를 써야 신문소설이나 되고…….'
> 현의 비장한 결심이 그렇지 않아도 굳어질 무렵인데 '동아'가 '조선'과 함께 고시란히 폐간이 되는 것이었다.
> '명랑하라', '건실하라', 시대는 확성기로 외친다. 현은 얼떨떨하여 정신을 수습할 수 없는 데다, 며칠 저녁째 술이 취해 돌아왔던 것이다.[9] (강조는 인용자)

현이 자신의 신문소설 쓰기에 염증을 내고 조만간 본격소설에 전념하리라고 마음을 다잡고 있을 때 동아일보와 조선일보가 폐간된다. 동아와 조선의 폐간은 전시체제로의 돌입과 직결되어 있다. 그래서 시대는 '명랑하라, 건실하라'고 외치며 조선사회를 총동원체제로 몰아간다. 그

---

9) 이태준, 「토끼 이야기」, 『문장』, 1941.2, 454면.

런 점에서 동아와 조선의 폐간은 현에게 두 가지의 의미를 갖는다. 하나는 현이 본격소설에 전념할 시간적 여유를 준 것이고, 다른 하나는 현을 전시 동원체제라는 새로운 시대로 들어서게 한 것이다. 전자가 기회라면 후자는 시련이다. 이에 대한 현의 반응은 '얼덜덜'이다. 뭐가 뭔지 모르겠다는 말인데, 이러한 반응은 특히 후자와 직결되어 있다. 전자, 곧 본격소설을 쓸 기회야 이미 오래전부터 소망해온 바이기 때문이다. 반면에 후자, 곧 일제의 군국주의 파시즘화—명랑하라, 건실하라!—에 현이 '얼덜덜하여 정신을 수습할 수 없는' 것은 그가 이 문제를 깊이 생각해보지 못했다는 방증이다. 사실이 그런 것이 정세가 급속히 악화되어 가고 있던 일제 말기의 상황에서 현이 고민하는 것은 고작 통속이냐 순수냐, 신문소설을 계속 쓸 것이냐 본격소설에만 전념할 것이냐 따위였기 때문이다. 요컨대 현은 신문소설을 쓸 때나 본격소설을 쓸 때나, 사회 전체의 맥락에서 보면, 예술의 성채에 고립되어 살아온 것이다.

조선과 동아의 폐간은 현으로 하여금 비로소 '시대'와 만나게 해준 계기였다. 사실 신문사에 재직하고 있었지만, 거기서 그가 한 일이라고는 '통신 번역'이었으니, 현은 신문사에 있으면서도 조선의 구체적 현실로부터는 동떨어져 있었던 셈이다. 폐간과 실직에 따른 '시대'와의 만남이 '얼덜덜'이라는 반응에 머문 것은 그런 연유에서이다. 이는 실직 이전까지의 현에게 식민주의라는 것은 주체 바깥의 것이었음을 의미한다. 그러나 폐간과 실직은 '시대', 곧 식민주의가 더 이상 주체 바깥의 것이 아니라 주체 내부의 것임을 일깨워준다. 요컨대 식민주의가 이제 남의 문제가 아니라 '나의 문제'가 된 것이다. 식민주의가 남의 문제일 때 무관심과 외면은 나름의 대응 방식이 될 수 있다. 예술의 성채 속에서 사는 것이 그것일 터인데, 이러한 대응 방식은 적어도 현으로 하여금 식민주의에 굴종하거나 유착하지 않는 것을 가능하게 해주었다. 반면에 식민주의가 나의 문제가 되었다는 것은 과거의 대응 방식이 이제는 유효하지 못하게 되었음을 뜻한다. '나'의 위치가 식민주의 내부가 되어버렸기 때문이다. 주체의 위치가 식민주의 내부라는 말은 식민주의의 바깥이 존재할 수 없게 되었다는 의미거니와 이런 상황에서 무관심이나 외면이 식민주의의 덫에서 빠져나올 수 있는 탈출구가 못됨은 물론이다. 하지만 현은 무언가 상황이 달라졌음은 느끼지만 그 변화의 의미가 구체적으로 어떤 것인지는 여전히 모른다. 그러한 과도기적 심리상태가 바로 '얼덜덜'인 셈이다.

'얼덜덜'한 심리상태에서 현이 택한 최초의 대응은 '술에 취하는 것'이다. 술에 취하면 잊을 수 있기 때문이다. 그러나 잊고 모른 체 한다고 해서 내 몸 속의 질병이 낫지 않는 것처럼 '술에 취하는 것' 역시 식민주의가 외적인 문제였던 과거에나ー물론 이 역시 주관적 판단일 뿐이다ー가능했던 대응 방식에 불과하다. 식민주의가 주체의 실존적 문제로 정립되는 순간 잊고 모른 체 하는 것은 불가능해진다. "술 먹구 잊어버릴 정도의 거면 애초에 비분한 체 감개한 체 하지 말어줘요. 우리 여자들 눈엔 조선 남자들 그런 꼴처럼 메스껍구 불안스런 건 없습디다. 술루 심평이 피우?"라고 힐난하는 아내의 말은 그런 점에서 사태의 정곡을 찌르고 있다. 식민주의가 외적 강제가 아니라 내부의 지배구조가 되었음을 오히려 아내가 감각적으로 체득하고 있는 셈이다. 그러한 체득을 가능케 해준 것이 '생활'이다. 아내는 이념이나 이론 이전에 "직업도 인전 없구, 신문소설 쓸 데두 인전 없"어진 생활조건의 변화에서 시대의 변화를 감각적으로 읽어내고 있는 것이다. 그런 감각으로 볼 때 남편의 '비분과 감개'는 '체' 하는 것, 즉 진정성 없이 겉으로만 '비분감개'하는 척하는 데 불과할 뿐이다. 이러한 아내의 질책에 현 역시 "저혼자 취한다고 세상이 따라 취하는 것도 아니요, 저 혼자나마도 언제까지나 취할 수도 없"음을 깨닫는다. 이 자각 이후에 현이 택한 것이 바로 토끼 치기이다. 그런 점에서 토끼 치기는 시대의 변화, 요컨대 식민주의라는 내부적 지배구조ー곧 내부 식민주의ー를 자기의 문제로 받아들이기로 했음을 암시하는 징표라 할 수 있다. 이는 토끼 치기가 "시대가 메가폰으로 소리쳐 요구하는 명랑하고, 건실한 생활일 수도 있"다는 냉소적 표현을 통해 어렴풋하게 짐작할 수 있다.

하지만 토끼 치기라는 대응은 현에게 여전히 '관념'의 수준에 머물러 있다. 초야에 묻혀 평생을 세상과 거리를 두고 살았던 청의 시인 이초(李樵)를 추앙한다든가 '사상은 짧고 인생은 길다' 식의 명제에 탐닉한다든가 하는 모습에서 그 점은 뚜렷하게 드러난다. 말하자면 현은 아직도 무관심과 외면을 유효한 대응 방식으로 여기고 있는 것이다. 이러한 현의 안이한 현실 인식에 결정적인 쐐기를 박은 것이 '피칠갑 한 아내의 열 손가락'이다. 요컨대 아내는 토끼 가죽을 벗기는 행위를 통해 현의 현실 인식이 아직도 '관념'에서 '생활'의 차원으로까지 혈육화되지 못했음을, 곧 '시대'를 자신의 실존적 문제로 주체화하지 못했음을 질타하고 있는 셈이다. 그 순간 '두 손을 부들부들 떨면서도 피투성이가 되도록 토끼 가죽을 벗기는' 아내의 현재 모습에 "죽은 닭의 눈을 신문지로 가려놓고야 썰던 아내의 그전 모습"이 오버랩되면서 현의 "콧날이 찌르르하며 눈이 어두워진다." 그러면서 현은 "피투성이의 쩍 벌린 열 손가락, 생각하면 그것은 실상 자기에게 물을 요구하는 것이 아니었다"고 고백하는데, 그것은 관념과 생활 사이의 거리에 대한 뼈아픈 자기반성이 아닐 수 없다. 이제야 식민주의를 나의 문제로 받아들일 단초가 마련된 셈이다.

이처럼 「토끼 이야기」는 '시대'와 생활을 유비적(類比的) 관련 속에서 병렬시키면서 '시대'의 변화, 곧 일제의 파시즘화를 '나의 문제'로 받아들이는 과정을 그리고 있는 소설이다. 다시 말해 식민주의가 외적인 것인 동시에 내적인 것이라는 자각을 이면 주제로 삼고 있는 셈이다. 이러한 자각이 자기 확인이 되는 소이(所以)는 생활에 대한 새로운 인식을 매개로 해서이다. 시대의 변화와 토끼 치기가 교직(交織)되는 순간 관념과 생활이 만나고, 양자의 만남 속에서 현은 자기 자신의 한계, 즉 식민주의를 남의 문제로 여겨온 자신의 관념성을 뼈저리게 깨닫는다. 그런 점에서 「토끼 이야기」는 내부 식민주의에 대한 날카로운 자의식을 보여주고 있는 또 한 편의 문제작으로 평가하기에 손색이 없다.

4. 「농군」과 민족적 저항의 서사

「농군」은 지금까지 만주에 이주한 조선민중의 시련과 투쟁을 그린 민족 서사시라는 평을 받아왔다. 하지만 이러한 평가에 대한 반박이 간헐적으로 제기되어 왔는데, 특히 근래 들어 「농군」이 식민주의에 포섭된 소설이라거나 심지어는 일제의 오족협화론에 부응한 국책소설이라는 비판까지 나오고 있다.[10]

「농군」에 아쉬운 부분들이 존재하는 것은 부인하기 힘든 사실이다. 만주인을 야만인시하는 인종 차별적 시각이라든가 '우리' 민족의 이익을 우선시하는 종족주의적(ethnocentric) 태도 등이 그것이거니와 여기에서 식민주의에 긴박된 어두운 그림자를 확인하기란 어렵지 않은 일이다. 하지만 식민주의에 일정 부분 포섭되었다는 것과 식민주의 자체는 엄연히 다르다. 또한 주체가 처한 사회적 맥락과 역관계에 따라 똑같은 발언이나 행동이 식민주의적 폭력이 되기도 하고 식민주의에 대한 저항이 되기도 하는 법이다. 그래서 식민지시대의 한국소설을 읽을 때에는 맥락이 만들어내는 의미효과를 섬세하게 판별하는 수행적(performative) 독법이 필수불가결하다. 그렇지 않을 때 자칫하면 자기비판이 자기혐오나 자기부정으로 빠지기 십상이니, 해체론적 후기식민론에 기초한 최근의 연구들은 그러한 경향을 종종 보여준다.

---

10) 대표적인 글로는 김철, 「몰락하는 신생(新生)—'만주'의 꿈과 '농군'의 오독(誤讀)」, 『상허학보』 9집, 깊은샘, 2002.8.

「농군」도 마찬가지다. 가령 임화는 "수로의 개통이 그들에게 영원한 행복을 가지고 오리라고 믿을 수 없음에 불구하고 생명을 도(睹)하여 공사에 열중하는 이주민들의 면영(面影)은 바라보기에 가슴이 메이는 데가 있다"면서, 「농군」을 "크나큰 비극을 속에다 감춘 서사시"[11]라고 평하고 있다. '크나큰 비극을 감추고 있다'는 임화의 해석은 의미심장하다. 오족협화의 이념에 근거해 작품을 본다면, '크나큰 비극을 감추고 있다'는 것은 실로 심각한 결함이 될 수 있기 때문이다. 작품의 깊은 속내에 '크나큰 비극'을 감추고 있어서야 오족협화에 대한 낙관적 전망을 어떻게 형상화할 수 있겠는가. 이와 관련해 수로 건설에 대한 이야기에서 "소위 생산적인 건강미를 운운한다면 그는 실로 속된 감식가리라"[12]고 한 발언은 주목을 요한다. '소위 생산적 건강미 운운'이라는 냉소적 표현에서 우리는 어렵지 않게 만주를 무대로 한 생산소설을 떠올릴 수 있다. 요컨대 「농군」을 만주를 무대로 한 생산소설로 읽어서는 안 된다는 말이다. 이 계열의 작품들이 대개 만주 개척에 대한 낙관적 전망과 오족협화의 이념에 대한 선전을 주요 내용으로 하고 있음은 잘 알려진 사실이다. 그런 점에서 「농군」이 그런 류(類)의 소설과는 다르다고 한 평가는 「농군」에 대한 당대인들의 수용 방식을 극명하게 보여준다. 우리는 당대인들의 이러한 수용 방식을 일단 존중할 필요가 있다. 거기에서 「농군」의 맥락적 의미를 발견할 수 있기 때문이다. 다시 말해 당시의 비평가들은 어째서 「농군」을 국책소설과는 질적으로 다른 작품으로 이해했을까, 「농군」 읽기는 바로 이 지점에서부터 시작할 필요가 있다.

먼저 조선인 이주자와 만주 토착민 사이의 갈등과 대립에 대해 생각해보자. 「농군」이 만주 토착민에 대해 인종 차별적이고 종족주의적 시각을 보여주는 것은 사실이다. 이 작품의 가장 큰 결함도 여기에 집중되어 있다. 하지만 그렇다고 해서 이 작품을 식민주의에 포섭된 국책소

---

11) 임화, 「현대소설의 귀추(歸趨)」, 『문학의 논리』, 학예사, 1940, 432면.
12) 위의 글, 431면.

설로 비난하는 것은 지나친 과장이다. 한 작가의 작품을 온전하게 해석하려면 그의 문학세계 전체, 특히 비슷한 시기에 발표된 작품들과의 상호연관 속에서 접근해야 한다. 그럴 때 의미가 미묘한 부분들을 다른 작품과 상호 대조하는 가운데 최대한 정확하게 해석할 수 있기 때문이다. 필자가 발표순을 어기고 「토끼 이야기」를 먼저 살펴본 것도 그래서이다. 「패강랭」과 「토끼 이야기」를 참조할 때 발표 연도에서 두 작품의 중간에 놓인 「농군」을 식민주의에 굴복한 국책소설로 읽는 것은 참으로 어색하다. 전후(前後) 시기에 식민주의에 대한 비판의식을 보여준, 더구나 내부 식민주의에 대한 날카로운 자기성찰을 수행한 작가가 그 중간에 식민주의에 적극 부응했다는 것은 아무리 한 작가의 문학세계가 지닌 비균질성(非均質性)을 감안하더라도 이해하기 어렵기 때문이다.[13]

　그런 측면에서 볼 때 「농군」의 배경이 '장작림(張作霖) 정권 시대'라는 부기(附記)는 중요한 맥락적 의미를 갖는다. 이 부기에 따르면, 이 소설의 시대적 배경은 1920년대가 된다. 따라서 이 소설은 일차적으로 1920년대라는 역사성 속에서 독해되어야 한다. 다시 말해 작가가 만보산사건이라든가 만주국 건국과는 관계가 없는 시기를 소설의 시간적 배경으로 설정한 의도에 먼저 주목할 필요가 있는 것이다. 그런 맥락에서 보자면, 「농군」의 이야기와 만보산사건의 '사실적 합치' 여부를 따지는 일은 아귀가 맞지 않는다. 「농군」의 시대적 배경이 만주국 건국 이전이라는 것은 조선인과 중국인 사이의 역관계에 대한 중요한 단서를 제공한다. 사실 만주국 건국 이후에도 조선인은 일본인에 이은 '이등 국민'

---

13) 오히려 친일과 관련해 정작 문제가 되는 글은 「지원병 훈련소의 일일」(『문장』, 1940.11), 「대동아 공영권 확립의 신춘을 맞이하며」(『문장』, 1941.1), 『대동아전기』(인문사, 1943.1), 「제1호 선박의 삽화」(『국민총력』, 1944.9) 등이다. 이 가운데 「대동아 공영권 확립의 신춘을 맞이하여」와 『대동아전기』는 실제 필자가 과연 이태준이 맞는지 조차 의문이며, 그야말로 '삽화' 수준인 「지원병 훈련소의 일일」과 「제1호 선박의 삽화」의 '친일' 여부는 보다 엄밀한 독해를 요한다. 필자의 개인적 소견으로는 이 글들 역시 '친일'로 보기에는 무리라는 판단이다. 이에 대한 자세한 분석으로는 이 책의 「친일과 저항의 경계를 어떻게 잡을 것인가」 참조.

이 아니었지만,[14] 만주국 건국 이전에는 더더욱 그러했다. 요컨대 만주국 건국 이전의 조선인은 중국인에 대해 경제적·정치적·사회적으로 모든 면에서 열악한 위치에 놓여 있었던 것이다. 이 역관계의 문제는 식민주의 여부를 가늠하는 데 있어 결정적인 의미를 갖는다. 조선인 이주민이 만주 토착민에 대해 인종 차별적이고 종족주의적인 시각을 보여준다는 점을 인정하더라도 그것이 식민주의적 폭력이 되려면 조선인이 중국인보다 우월한 위치에 있어야 한다. 식민주의란 우선적으로 '강한' 민족과 '약한' 민족 사이의 지배와 착취관계를 바탕으로 하기 때문이다. 그런 점에서 종족주의적이고 인종 차별적인 시각을 곧바로 식민주의와 동일시하는 것은 현실적 역관계라는 '맥락'을 무시한 텍스트주의적 비약이다. 텍스트주의를 뛰어넘어 '맥락'에 주목할 때, 만주국 건국 이전의 조선인은 중국인에 대해 식민주의적 권력을 행사할 수 있는 위치가 결코 아니었다. 실상은 정반대였다.[15] 좀 더 적극적으로 해석하면 양자의 역관계상 만주 토착민에 대한 조선인 이주민들의 시각과 태도에는 일종의 저항적 의미조차 담겨 있다.[16] 피식민지인들이 식민지배자들을 야만인으로 공격하는 일은 비일비재하다. 인디언들의 미국인 비판이라든가 이슬람의 서구 기독교 비판에서 그러한 사례를 종종 발견

---

14) 이에 대한 자세한 설명으로는 한석정, 『만주국 건국의 재해석』, 동아대 출판부, 1999, 164~174면 참조.

15) 이에 대한 자세한 설명으로는 신주백, 『만주지역 한인의 민족운동사(1920~1945)』, 아세아문화사, 2000, 34~53면 참조. 이 책에서 신주백은 1910~1930년대 초 "조·중 민족의 관계는 정치적 측면에서 보면 지배자와 피지배자의 관계였으며, 경제적 측면에서 보면 지주(착취자)와 소작인(피착취자)의 관계였다"고 해석한다. 다소 과장되긴 했지만, 조선인 이주민과 만주 토착민 간의 민족적 갈등은 이러한 역사적 조건을 배경으로 하고 있다.

16) 그렇다고 해서 종족주의적이고 인종 차별적 시각의 문제점이 사라지는 것은 아니다. 그것은 언제든지 내부 식민주의로 화할 소지가 다분하기 때문이다. 다만 문제점은 문제점대로 엄정하게 비판하되 전체적인 맥락, 특히 조선인 이주민과 만주 토착민 사이의 역관계와 그것이 만들어내는 정세효과를 고려해야 한다는 말이다. 그럴 때 침소봉대(針小棒大)의 잘못을 범하지 않을 수 있다.

할 수 있다. 이 경우 인디언과 이슬람은 식민주의인가. 그렇지 않은 것이 피식민자가 자신을 문명으로, 식민지배자를 야만으로 규정하는 것은 약자가 강자에 맞서 종종 사용하는 저항의 전략이기 때문이다. 그런 점에서 만주국 건국 이전으로 시대적 배경을 설정한 것은 식민주의에 포섭될 위험을 피하면서 중국인들과의 갈등을 민족적 저항으로 의미화하기 위한 용의주도한 서사전략이라 할 수 있다.

실제로 「농군」의 서사는 이러한 소설적 전략에 따라 만보산사건을 적절하게 변용하고 있다. 이 점에서 우리는 다시 한 번 이태준의 작가적 역량을 확인하게 되거니와 가령 수로개발과 벼농사에 대한 만주 토착민들의 반대를 비합리적이라고 비판하는 대목이나 창권이 총에 맞는 장면 등이 그것이다. 이 대목들은 작가 스스로가 쓴 「만주기행」의 내용과 비교해보면 명백한 '사실의 왜곡'이다. 「만주기행」에 따르면, 수로가 만들어지면 밭이 몽땅 결딴나기 때문에 만주인들이 조선인 이주민의 수로 개발에 반대한 것이며, 만보산사건 때 총에 맞은 조선인도 없었다.[17] 이태준은 그 '사실'을 알고 있었고, 「만주기행」에서 '사실'대로 기술했다. 그런 점에서 「만주기행」을 쓴 이태준은 인종 차별주의나 종족주의에서 한걸음 비껴서 있다. 그렇다면 「만주기행」의 이태준과 「농군」의 이태준이 보여주는 차이를 어떻게 설명할 수 있을까. 또 「농군」은 역사적 사실을 왜곡한 거짓말인가 아닌가. 여기서 우리는 역사의 논리와 소설의 논리는 다르다는 점을 우선 유념해야 한다. 사실의 왜곡이라는 비판은 역사의 논리를 소설에 들이댄 이론적 폭력이다. 다시 말해 그것은 심각한 범주 혼동이 아닐 수 없다. 「만주기행」은 이태준이 인종 차별주의자도 종족주의자도 아님을 확실하게 증명해주는 문건이다. 요컨대 「만주기행」을 통해 우리는 이태준이 내부 식민주의에 함몰되지 않았음을 재확인할 수 있다. 이는 「패강랭」에서 「토끼 이야기」에 이르

---

17) 이태준, 「만주기행」, 『무서록』(이태준문학전집 15), 깊은샘, 1994, 177~178면.

는 과정이 내부 식민주의의 성찰이라는 면에서 일관됨을 말해주는 것이기도 하다. 따라서 「농군」에서의 달라진 이야기들은 사실의 왜곡이 아니라 민족적 저항을 서사화하기 위한 소설적 '변용'으로 이해할 필요가 있다. 그렇게 하는 것이 한 탁월한 작가의 문학세계가 갖는 일관성을 해명하는 데 보다 적절하기 때문이다.

「농군」이 제시하는 민족적 저항의 서사가 만약 만주국 건국 이후를 시대적 배경으로 했다면, 그것은 역사적 '사실'의 왜곡을 넘어 소설적 '진실'의 왜곡이 되었을 것이다. 만주국 시기의 만주지역 중국인들은 피식민의 위치에 놓여 있었기 때문이다. 하지만 만주국 이전의 중국인은, 이런저런 제한 조건이 있긴 했지만, 조선인 이주민에 대해 분명 우월한 위치에 있었다. 그런 점에서 중국인을 야만시한다든가 없었던 사실을 만들었다든가 하는 것들은 민족적 저항을 '예술적으로' 강조하기 위한 서사전략으로 해석해도 별 무리가 없다. 그 연장선상에서 보면, 「농군」의 이야기를 만보산사건과 직접 연결시킬 필요도 없다. 만보산사건이 중요한 모티프가 되어준 것은 분명하지만, 그것이 일단 소설적 변용의 과정을 거치게 되면 소설 속의 이야기는 그 자체로 보아야 하는 법이다. 물론 이 말이 소설과 현실은 아무런 관계도 없다는 의미는 아니다. 오히려 소설은 변용의 과정을 통해 현실의 보다 깊은 '진실'을 제시해준다. 소설이 현실의 재생산인 동시에 현실의 창조인 까닭이 거기에 있다. 다시 말해 「농군」을 읽는 초점은 만보산사건이라는 '사실'과의 합치 여부가 아니라 「농군」의 민족적 저항의 서사가 드러내 보여주는, 당시 만주 지역을 중심으로 한 역사의 진실이 되어야 하는 것이다.

이와 관련해 결정적으로 중요한 것이 소설의 첫 부분, 그러니까 기차간 장면이다. 기차간 장면은 조선 농민들이 어째서 만주로 이주할 수밖에 없었는지를 설명하기 위해 설정된 부분이다. 특히 다음 대목이 의미심장하다.

"돈 얼마나 가지구 가나?"

"한 오백 원 됩니다."

"오백 원, 웬 건가?"

"밭허구 산허구 집서껀 판 겁니다."

"집두 있구 밭두 있으면 왜 고향서 안살구 가는 거야?"

"밭이라구 모두 삼백이십 원 받은 걸요. 조선서 삼백이십 원짜리 밭이나 가지군 살 수 있어야죠. 남의 소작두 해 봤는데 땅 나쁜 건 품값두…….."

"듣기 싫어……. 아내가 벌었다며?"

"네. 돈 쓸 일은 걸루 다 메꿔 나갔습죠. 그렇지만 밤낮 공장에만 갔다둘 수 있습니까?"

마침 차가 꽤 큰 정거장에 머문다. 형사는 수첩을 집어넣더니, 쓰단달단 말도 없이 차를 내린다.[18]

'양복쟁이' 형사는 윤창권 일가가 어째서 만주로 이민 가는지를 꼬치꼬치 캐묻는다. 그 분위기는 매우 살벌해 마치 취조를 방불케 할 정도다. 이 과정에서 윤창권 일가의 이민 내력이 밝혀진다. 윤창권 일가는 자작과 소작을 겸하고 있는 자소작농이다. 자작만으로는 살 수 없어 남의 땅을 빌려 소작을 했다. 그러나 소작에서 나오는 소출로는 품값 대기에도 벅찼다. 그래서 아내까지 '방적공장'에 나갔지만 살기 힘든 것은 마찬가지였다. 말하자면 조선 땅에서는 도저히 먹고살 수 없어 만주로 이민을 가게 되었다는 것이다. 이는 결국 일제의 농업 정책이 총체적으로 실패했음을 암시하는 것에 다름 아니다.[19] 토착민들의 폭력에 맞서 "덤벼라! 우린 여기서 못 살면 죽긴 마찬가지다"라고 외치는 창권의 절규는 그런 맥락에서 나온 최후의 몸부림이다. 말하자면 조선에 돌아가더라도 살아남을 수 없다는 백척간두의 위기감이 중국인들에게 끝까지 저항하도록 한 심리적 원동력이었던 셈이다. 더구나 윤창권의 진술이

---

18) 이태준, 「농군」, 『문장』, 1939.7, 220면.

19) 1920년대 식민지 조선경제의 피폐한 실상에 대한 간략한 설명으로는 김인호, 『식민지 조선경제의 종말』, 신서원, 2000, 43~52면 참조.

형사의 검문과정에서 나온 것이라는 점도 중요하다. 당시 형사란 조선의 민중들에게는 일제 권력의 상징 아닌가. 그런 점에서 형사와 윤창권의 대화는 일제와 조선민중의 대립각을 여실히 드러낸다.

이처럼 기차간 장면은 형사와 윤창권의 긴장 어린 대화를 통해 일제와 조선민중의 대립상을 은밀히 환기하고 있다. 이 대목을 작품의 첫 부분에 넣은 의도는 자명하다. 식민주의의 허구성을 우회적으로 비판하기 위해서이다. 이 장면이 없었다면, 「농군」은 조선 농민들이 만주에 이민을 가야 했던 역사적 연원에 대한 해명이 생략되면서 제국주의와 조선민중의 모순을 다룰 수 없었을 터이다. 또 그로 말미암아 서사의 축도 조·중 갈등으로 단선화되면서 만주 지역을 중심으로 한 동아시아 삼국 주민들의 복잡미묘한 관계도 형상화하기 어려웠을 것이고, 그에 따라 「농군」이 그리려 한 민족적 저항의 서사는 심각한 훼손을 입은 채 종족주의의 늪에서 허우적댔을 것이다. 그런 점에서 기차간 장면이 작품에서 갖는 의미는 각별하다고 하지 않을 수 없다. 이 장면 덕분에 조선인 이주민들이 보여준 종족주의적 행태가 일제의 식민주의적 착취와 무관하지 않음을, 즉 억압과 수탈로부터 자신을 지키고 생존을 도모하기 위한 불가피한 선택이었음을 이해할 수 있게 되기 때문이다. 따라서 우리는 첫 대목만 보더라도 「농군」이 국책소설이기는커녕 그와는 정반대되는 주제를 담고 있는 작품임을 어렵지 않게 감지하게 된다. 「농군」의 서사 진행은 일제의 수탈적 농업 정책으로 인해 생존의 위기에 처한 조선 농민들이 '어쩔 수 없이' 만주로 이민을 가게 되었고, 만주 이민 후에는 일제의 방관 속에서 중국인들의 지배와 억압을 받았으며, 이러한 이중의 억압에 맞서 조선인 이주민들은 최후의 선택으로 '저항'을 택할 수밖에 없었다는 순서로 진행되고 있다. 이러한 서사 구조는 만주국 건국 이전 조선민중의 만주 이민에 담긴 역사의 본질적 동향을 제대로 반영하고 있다. 「농군」을 민족적 저항의 서사로 해석하는 것이 보다 온당하다고 보는 연유가 여기에 있다.

5. 결론

본고는 「패강랭」, 「토끼 이야기」, 「농군」에 대한 고찰을 통해 일제 말기의 이태준 문학이 식민주의를 외부적인 것인 동시에 내부적인 것으로 인식해가는 과정을 추적해보았다. 그 과정에서 내부 식민주의에 대한 성찰에 기초해 외부 식민주의에 대한 비판과 저항으로까지 나아간 것이야말로 이 시기 이태준 문학의 중요한 소설적 성취임을 확인할 수 있었다.

그와 함께 내부 식민주의에 대한 성찰이 식민주의에 포섭되거나 그 것과 유착하는 것을 막아준 원동력이 되었다는 사실도 드러났는데, 이로써 식민주의를 주체의 실존적 문제로 자각하는 것이 식민주의의 온전한 극복에 관건이 된다는 사실도 좀 더 분명해졌다. 이것이 일제 말기의 이태준 문학이 탈식민을 여전한 과제로 안고 있는 우리들에게 던져주는 소중한 교훈이다.

또한 「농군」 읽기를 통해 맥락을 중시하는 수행적 독서가 식민주의와의 유착 여부를 정확하게 가늠하기 위한 필수불가결한 독법임을 재확인할 수 있었다. 특히 담론의 내부 구조에만 주목하는 텍스트주의적 독법이 식민지시대의 문학작품을 올바로 해석하는 데 얼마나 심각한 장애물인가도 그 과정에서 드러났다. 감시와 억압이 일상의 구석구석까지 침투함에 따라 저항의 방식이 보다 은밀해지고 간접화될 수밖에 없었던 일제 말기의 상황에서는 더더욱 그러하다.

물론 일제 말기 이태준의 소설들이 오리엔탈리즘적 요소라든가 종족주의적 시각을 때때로 보여주는 것은 사실이다. 이 점은 이 시기 이태준 문학의 한계임에 틀림없다. 그러나 이 한계는 그야말로 부분적인 한계일 뿐이다. 전체적으로 보면, 일제 말기의 이태준 문학은 내부 식민주의에 대한 성찰에 바탕해 식민주의의 안과 밖을 깊이 있게 성찰하는 경지를 보여준다. 오리엔탈리즘이나 종족주의가 하나의 일관된 이데올로기로까지 나아가지 않고 '부분적인 요소'의 수준에서 멈춘 것도 이 덕분이었다. 그런 점에서 내부 식민주의에 대한 성찰이 이 시기의 이태준 문학에서 갖는 의의는 아무리 강조해도 지나치지 않을 것이다.

친일과 저항의 경계를 어떻게 잡을 것인가

이태준을 중심으로

1. 친일과 탈식민

    일제 말기 우리 문인들의 친일 여부를 따지는 작업은 참으로 곤혹스러운 일이다. 그럼에도 불구하고 이 작업이 필수불가결한 것은 문학사의 공백을 메우거나 부끄러운 과거를 청산하기 위해서만은 아니다. 이 것들도 중요한 이유이기는 하지만 본질적인 이유는 되지 못한다. 공백을 메우거나 과거를 청산하는 일이 반드시 바람직한 미래의 건설로 이어지지는 않기 때문이다. 오히려 이러한 작업이 정치적 목적으로 악용되거나 이데올로기적 폭력으로 변질되는 경우를 우리는 적지 않게 보아왔다. 그래서 '어떻게'라는 문제가 관건적(關鍵的) 사안이 된다. 말하자면 어떤 기준으로, 어떤 관점에서, 어떤 방향으로 역사의 공백을 메우고 과거를 청산하느냐에 따라 그것이 바람직한 미래의 건설을 위한 초석이 될 수도 있고, 끔찍한 마녀사냥으로의 초대장이 될 수도 있는 것이다.

탈식민이라는 명제가 긴요한 것은 이런 연유에서이다. 친일 규명은 탈식민을 기준으로, 탈식민의 관점에서, 탈식민의 방향으로 이루어져야 한다. 친일 문제가 지금도 생생한 현안인 까닭은 현재의 한국사회에서 식민성이 지배 구조화되어 있고, 그 구조적 식민성—곧 내부 식민주의 —의 역사적 연원이 친일과 맞닿아 있기 때문이다. 이것은 단순히 친일파라는 세력 차원의 문제가 아니라 친일의 논리와 이념이 현재의 구조적 식민성과 맺고 있는 역사적 관계의 문제이다. 그런 점에서 친일 규명은 현재의 한국사회에서 지배 구조화되어 있는 식민주의를 극복하기 위한 노력의 일환이어야 한다. 친일이 문제인 것은 그것이 한국 사회에 지배 구조화되어 있는 내부 식민주의의 역사적 뿌리이기 때문이다. 그런 점에서 친일 규명은 탈식민이라는 기획의 극히 일부분에 불과하다. 친일 규명은 이러한 제한된 조건과 의의 내에서 이루어져야 한다. 그럴 때 친일 여부에 대한 엄정한 판단도 가능하고, 식민주의의 극복이라는, 친일 규명과 연관되어 있으면서도 차원이 다른 과제에 대한 모색도 혼란 없이 진행될 수 있다.

이를 위해서는 무엇보다 친일과 저항의 경계를 올바로 설정해야 한다. 탈식민이라는 과제와의 관계를 생각하면, 보다 본질적인 것은 저항의 다양한 스펙트럼을 규명하는 일이다. 저항의 제반 양상을 규명할 때 비로소 탈식민의 가능성과 경로를 가늠할 수 있기 때문이다. 일제 말기 저항의 방식은 대단히 다채로웠다. 당시의 정황상 적극적이고 직접적인 저항은 어려웠지만, 대신 간접적이고 우회적인 비판이라든가 냉소나 조소, 사보타지, 거리 두기, 의도적 무관심, 되받아치기 등 다양한 방식으로 식민주의에 저항하는 모습을 일제 말기의 한국문학은 보여준다. 이를 통해 모방 속의 차이, 반복 속의 단절, 지배 속의 저항이 이루어지면서 일제의 제국주의적 지배에 작지만 의미 있는 균열들이 새겨졌다. 친일의 기준을 제대로 잡기 위해서는 먼저 여기에 주목해야 한다.

이와 함께 식민주의와 근대주의의 상호관계에 대한 정확한 이해도 긴요하다. 식민주의는 근대의 산물이다. 하지만 역은 아니다. 따라서 모든 식민주의는 근대로 환원되지만, 모든 근대주의가 식민주의로 환원되지는 않는다. 가령 식민주의로서의 문명화 담론은 자본주의의 전지구화라는 맥락에서 근대주의와 상통하지만, 계급 착취라는 근대적 현상은 식민주의로 설명할 수 없다. 친일 여부를 추적하는 과정에서 근대주의와 식민주의의 관련성이 논란거리가 되고 있다. 근대의 이입(移入)과 식민화가 동시적으로 진행되었던 우리의 경우에는 그럴 수밖에 없기도 하다. 하지만 이 둘의 겹침과 갈림을 구별하지 않으면 탈근대(postmodern)를 탈식민(decolonial)으로 오인하는 잘못을 범하기 십상이다. 양자의 상호관계를 정확히 이해해야만 근대주의가 곧 식민주의가 아님을 제대로 인식할 수 있다. 말하자면 근대주의=식민주의=친일의 등식이 언제나 성립하지는 않는다는 것이다.

지금까지 언급한 사항들은 몇 마디 말로 해명할 수 없는 복잡한 문제이다. 친일과 저항, 친일과 식민주의, 식민주의와 근대주의의 경계가 가변적이고 유동적이기 때문이다. 친일의 기준 역시 마찬가지다. 그런 점에서 이태준은 문제적이다. 일제 말기 그의 문학이 바로 그 경계선상에 놓여 있기 때문이다. 그런 만큼 일제 말기 이태준 문학의 친일 여부를 따져보는 작업은 친일과 저항의 경계를 정확히 긋고 친일의 기준을 올바로 세우는 데 있어 여러모로 유용할 것으로 보인다. 따라서 본고에서는 친일 혐의가 있는 일제 말기 이태준의 작품들을 중심으로 친일의 기준을 어떻게 잡는 것이 타당할 것인가에 논의의 초점을 맞추도록 하겠다. 그 과정에서 친일과 저항, 친일과 식민주의, 식민주의와 근대주의의 관계가 자연스럽게 다루어질 것이다.

2. 최소주의 원칙

일제 말기 이태준의 작품들은 친일과 저항의 경계는 어디인가라는 예민한 질문을 던진다. 그래서 한편에서는 그의 문학이 민족적 저항을 내장하고 있다고 평가하는 반면, 다른 한편에서는 그의 문학에 대해 식민주의에 포섭되거나 일제에 협력했다고 매도한다. 일제 말기 이태준의 문학이 양면을 동시에 보여주는 것은 사실이다. 그의 문학은 친일과 저항의 경계선에 걸쳐 있기 때문이다. 하지만 그렇다고 해서 친일과 저항이 뒤섞여 있다고 설명하는 것은 문제의 올바른 해결과는 거리가 멀다. 양가성이니 혼종성이니 하는 유행어 또한 친일 여부에 대한 판단에는 별 도움이 되지 못한다. 이태준 문학의 친일 여부를 올바로 가리려면 본질과 비본질, 주요와 부차를 명확히 가늠하는 것이 선결과제이다. 즉 친일과 저항 가운데 어느 쪽이 보다 본질적이고 주요한 측면이고 어느 쪽이 비본질적이고 부차적인 측면인지를 엄정하게 판가름해야 한다는 것이다.

이때 우리가 지켜야 할 기본 원칙이 최소주의이다. 친일은 일종의 범죄 행위이다. 친일은 일단 민족에 대한 착취와 지배와 침략에 협력한 범죄적 행위를 가리킨다. 식민주의와의 관련성은 다음의 문제이다. 따라서 친일 여부는 최소주의, 곧 가장 엄격하게 기준을 정해 최소한의 요건까지 충족시켰을 때 친일 행위를 인정한다는 원칙에 따라 규명되어야 한다. 이럴 때 친일 혐의 연루자의 인권을 보호할 수 있기 때문이다. 친일이라는 딱지가 당사자에게 어떤 의미를 갖는가를 고려하면, 최소주의 원칙은 인권 보호를 위한 그야말로 최소한도의 장치이다.

최소주의의 관점에서 볼 때 적극성과 자발성은 필수요건이다.[1] 소극

---

[1] 이 기준에 근거한 대표적 연구로는 김재용의 작업을 꼽을 수 있다. 김재용, 「전도된 오리엔탈리즘으로서의 친일문학」, 『실천문학』, 실천문학사, 2002년 여름.

적이고 타의적 협력은 억압과 강제에 의한 어쩔 수 없는 자기보호 행위로 이해해야 한다. 요컨대 그것은 자발적 동의에 기초한 적극적 협력이 아닌 셈이다. 이러한 행위까지도 친일의 범주에 넣는다면, 일제 치하의 거의 모든 한국인은 친일 협력자가 되고 만다. 이는 거꾸로 적극적 친일 협력자에게 면죄부를 주는 결과를 낳게 된다는 점에서 식민지 체제의 복잡미묘한 권력관계를 무시한 근본주의적 발상일 뿐이다.

최소주의 원칙을 적용하기 전에 먼저 해야 할 작업이 작품의 의식과 무의식 전체 층위에 저항의 계기가 내장되어 있느냐를 면밀히 검토해 보는 일이다. 이러한 접근법은 필자가 서두에서 내놓은 주장, 즉 저항의 다양한 스펙트럼에 대한 규명이 먼저 이루어질 때 친일의 기준을 올바로 잡을 수 있다는 주장과 같은 맥락이다. 만약 작품 속에 저항의 계기가 담겨 있다면, 그것은 해당 작가가 적극적이고 자발적인 친일 행위를 하지 않았다는 뚜렷한 반증(反證)이 되기 때문이다. 「농군」이나 「토끼 이야기」를 비롯한 이태준의 여러 작품들이 여기에 해당한다.

이와 관련하여 「농군」은 시사적이다. 필자는 앞에서 「농군」이 국책소설이기는커녕 민족적 저항을 형상화한 작품이라고 평한 바 있다.[2] 그 까닭에 대해서는 상세히 밝힌 바 있으므로 여기서는 생략하거니와, 다만 비슷한 소재를 다룬 안수길의 「벼」와 비교해보면 「농군」의 저항성은 더욱 선명히 드러난다는 점을 강조하고 싶다. 「벼」 역시 만보산사건을 소재로 삼아 조선인의 만주 이민사를 그린 작품이다. 「벼」는 "총은 하늘을 향하여 놓은 것이었다. 사람은 하나도 상하지 않았다"[3]는 문장으로 끝난다. 요컨대 만보산사건에서 총에 맞거나 다친 사람이 아무도 없다는 것이다. 만보산사건의 사실 관계만을 따지면, 「벼」가 「농군」보다 훨씬 진상에 가깝다. 하지만 이 소설에서 제국주의에 대한 민족적 저항의

---

2) 이태준의 「농군」에 대한 자세한 분석으로는 이 책의 「일제 말기 이태준 문학과 내부 식민주의」 참조
3) 안수길, 「벼」, 『북원』, 예문당, 1944, 291면.

계기를 발견하기란 어렵다. 작품의 서사가 조선인 대 중국인의 갈등으로 단선화되어 있기 때문이다. 조선민중과 일본 제국주의의 모순은 제거되어 있는 것이다. 오히려 나까모도라는 일본인을 곡식도 사주고 학교도 경영하고 만주옷과 만주말을 쓰는 '좋은 사람'으로 묘사하고 있어 조일(朝日) 관계를 긍정적인 것처럼 느끼게 한다. 물론 「벼」는 친일 소설이 아니다. 적극적이고 자발적인 협력이 나타나지 않기 때문이다. 그러나 이 작품이 조선민중과 일본 제국주의의 모순에 눈을 감음으로써 민족적 저항을 퇴색시키고 있는 것은 분명하다. 반면에 「농군」은 소설의 앞부분에 조선민중과 일본 제국주의의 대립상을 배치해 민족적 저항을 탈식민적 저항으로까지 진전시키고 있다. 특히 이민의 이유를 그린 대목에 주목할 필요가 있다. 「벼」에서 조선인 부락인 매봉둔을 건설하는 데 앞장선 인물인 홍덕호는 용병, 아편 밀매꾼, 돈장사, 노름꾼으로 전전하다 매봉둔에 정착한다. 매봉둔 건설의 또 한 명의 공로자인 박첨지는 화류계의 여자에 빠져 재산을 탕진한 후 만주로 이민을 오게 된다. 말하자면 만주 이민의 이유가 그들의 개인적 결함이나 실수와 관련되어 있는 것이다. 그에 비해 「농군」은 만주 이민이 일제의 농촌 정책이 실패한 데 따른 궁핍화의 결과임을 강하게 암시한다. 만보산사건의 사실적 진상에 보다 가까운 「벼」가 「농군」보다 탈식민적 저항성이 미약하다는 것은 소설적 진실이란 사실과의 부합 여부가 아니라 역사의 본질적 동향에 대한 통찰력과 관련되어 있음을 말해주거니와 이를 통해 우리는 「농군」이 친일과는 거리가 먼 민족적 저항의 서사임을 다시 한 번 확인할 수 있다.

최소주의 원칙은 저항의 계기가 발견되지 않을 때부터 필요하다. 이런 작품들에는 아무래도 친일적 요소가 직간접적으로 있기 때문인데, 이때 중요한 것이 적극성과 자발성이라는 요건이다. 이태준의 일제 말기 작품들 중에서 친일 협력이 문제가 될 만한 글로 꼽을 수 있는 것은 「지원병 훈련소의 일일」(이하 「일일」), 「만주기행」, 「정창여명(靜窓黎明)」,

「목포 조선 현지기행」(이하 「현지기행」) 같은 몇 편의 수필과 「제1호 선박의 삽화」(이하 「삽화」)나 『별은 창마다』 등의 소설 몇 편이다.

「대동아 공영권 확립의 신춘을 맞이하며」(이하 「신춘」)나 『대동아전기』를 거론하는 경우도 있지만, 이 글들은 실제 필자가 이태준인지조차 불분명하다. 「신춘」은 대동아 공영권의 확립을 위해 '반도의 지식층 신민'들이 '제국정신'으로 무장하자4)는 내용을 담고 있는 전형적인 친일 논설이다. 그런 점에서 이 글의 친일성은 따질 필요도 없을 정도로 확실하다. 문제는 글의 필자가 '주간'으로 되어 있다는 사실이다. 이름이 명기되어 있지 않은 것이다. 이태준이 『문장』의 '편집 겸 발행인'이긴 하지만, 이름이 명기되어 있지 않은 한 동일인으로 예단해서는 안 된다. 요컨대 동일인임이 확증되지 않는 한 일단 '아닌 것'으로 간주해야 한다. 더구나 '편집 겸 발행인'이 '주간'이라 하더라도 그 글의 진짜 필자가 이태준인지는 또 다른 문제이다. 다른 이, 예컨대 '기관'에서 쓴 글을 '주간'의 이름을 빌려 실은 것일 수도 있기 때문이다. 글 전체의 논지를 미루어 보건대, 실제 필자가 이태준이 아닐 가능성이 크다. 이 시기(1941)를 전후한 이태준의 다른 글들, 예컨대 「토끼 이야기」 같은 작품이 보여주는 신체제에 대한 '냉소'와 시각이 너무도 다르기 때문이다.5)

『대동아전기』는 '해군편'의 필자가 '이태준'으로 명기되어 있다. 하지만 이 글의 실제 필자가 이태준인지는 역시 불분명하다. 먼저 이 책이 번역서라는 점에 주목할 필요가 있다. 『대동아전기』는 저자가 마치 이태준인 것처럼 밝히고 있지만, 글의 내용을 보면 번역서임에 분명하다. 역자를 저자인 것처럼 오도(誤導)하고 있다는 점에서 이 책의 신뢰성은 문제가 심각하다. 역자가 이태준인지도 불분명하기는 마찬가지다.6) 게

---

4) 「대동아 공영권 확립의 신춘을 맞이하며」, 『문장』, 1941.1.
5) 「토끼 이야기」의 신체제에 대한 냉소적이고 비판적인 시각에 대해서는 이 책의 「일제 말기 이태준 문학과 내부 식민주의」, 271~276면 참조.
6) 물론 이태준은 「해방전후」에서 일제의 거듭된 강요에 못 이겨 『대동아전기』의 번역을 맡았었다고 술회하고 있다. 그런 점에서 이태준이 『대동아전기』의 번역자일 가능

다가 판권란 어디에도 저자명이 적혀 있지 않다. '저작 겸 발행자'로 '최재서'의 이름만이 등장할 뿐이다. 이처럼 서지 사항의 신뢰성이 엉망인 책을 두고 단지 '이태준'이 저자로 명기되었다고 해서 이태준의 글로 판정하는 것은 최소주의 원칙에 한참 어긋난다.

「신춘」과 『대동아전기』는 이처럼 글의 실제 필자가 이태준인지조차 불분명하다. 친일 여부를 가리는 데 있어서는 무엇보다 최소주의 원칙이 필수적이다. 쉽게 말해 확실하지 않으면 '아닌 것'으로 보아야 한다는 것이다. 개인의 명예와 인권이 걸려 있는 일이기 때문이다. 그런 점에서 이 두 편의 글은 실제 필자가 명확히 밝혀지기 전까지는 이태준의 글 목록에서 빠져야 마땅하다.

「일일」과 「현지기행」은 참관기이다. 전자가 지원병 훈련소를 방문하여 하루 동안 지원병들의 훈련과정을 참관한 기록이라면, 후자는 "문인보국회의 일원으로서 총력연맹의 지시를 받아" 이루어진 조선소 참관의 기록이다. 먼저 「일일」은 무엇보다 지원병 제도를 인정하고 있다는 점에서 친일의 혐의가 있다. 하지만 글을 자세히 들여다보면, 「일일」이 철저히 방관자의 입장에서 쓰여져 있음을 어렵지 않게 짐작할 수 있다. 이 글의 주된 내용은 지원병 훈련소에서 본 광경들을 이것저것 '스케치'한 것으로, 말하자면 일종의 '관람기'이다. 하지만 이태준은 지원병 훈련소의 일상에 개입하거나 참여하지 않고 방관자로서만 바라볼 뿐 지원병 제도라든가 시국에 대한 적극적 입장 개진을 될수록 삼가고 있다. 시국 관련 내용이라고는 "제국의 시국은 국민 개병을 요구한다. 문인협회가 총동원하여 반도의 일천 열혈아가 모히어 제국군병이 됨을 지망하고 일야분무(日夜奮務)하는 훈련소를 참관케 되었음은 반도의 문인(文人)된 의미 이상 의의가 중대한 줄 안다"7) 정도이다. 이 정도의 수위를 가지고

성이 높은 것은 사실이다. 하지만 이태준이 실제 번역자라 하더라도 강요에 의한 타의적 협력, 그것도 자기 글이 아닌 번역서를 갖고 친일이라고 판정하는 것은 과잉 해석이다.

적극적 협력을 운위하기는 무리이다. 그런 점에서 이러한 발언은 자발적 동의에 기초한 적극적 협력이라기보다는 타의에 의한 어쩔 수 없는 소극적 협력으로 이해하는 것이 보다 적절할 터이다. 「일일」의 소극성과 타의성은 지원병 제도를 황민화와 내선일체를 명분으로 적극 정당화하고 있는 이광수의 「지원병 훈련소 방문기」(1940)와 비교해보면 더욱 선명하게 드러난다. 이태준 역시 무언가 부족함을 느꼈던지 글 말미에 훈련소의 일과를 소개하고 있을 정도거니와 최소주의의 관점에서 보면 총력전체제의 엄혹함을 감안할 때 자발성이 결여된 소극적 협력은 친일의 범주에서 제외하는 것이 온당하다.

「현지기행」 역시 마찬가지다. 더구나 이 글은 「일일」에 비하더라도 시국에 대한 발언을 거의 하지 않고 있다. 1944년이라는 발표 시기를 고려하면 한가롭다는 생각이 들 정도로 「현지기행」은 배의 건조 과정을 자세히 설명할 뿐이다. 시국을 느끼게 해주는 발언이라고는 "대동아해에 나가선 적탄과도 싸워야 할 전선(戰船)이기도 한 것"[8] 정도이다. 하지만 이 발언은 글 전체에서 극히 부차적인 의미를 가질 뿐이다. 오히려 「현지기행」은 "이들에게 있어 가장 숭고한 것은 사상이기보다 이런 본능적인 감정"이라고 말함으로써 시국과 엇박자를 놓는다.

「삽화」는 목포 조선소 기행을 바탕으로 쓰인 소설로 보인다. 이 작품은 일종의 생산소설이다. 선박 제작과정을 그리고 있는 「삽화」는 생산성의 극대화를 위해서는 협력과 단결이 요체라는 주제를 담고 있다. 생산문학이 국책문학이었다는 점에서 이 글 역시 친일 혐의가 있다. 하지만 이 소설을 적극적 친일로 보기에는 두 가지가 미심쩍다. 하나는 군함이 아닌 화물선의 제작과정을 다루었다는 점이다. 1944년이면 전쟁이 절정에 이른 시기였다. 그런 화급한 시기에 '화물선' 이야기는 전시의 분위기와 맞지 않다. 다른 하나는 이 소설이 말하는 '협력'이 과연 총력

---

7) 이태준, 「지원병 훈련소의 일일」, 『문장』, 1940.1, 126면.
8) 이태준, 「목포 조선 현지기행」, 『무서록』, 깊은샘, 1994, 299면.

전체제가 요구하는 '총후봉공'과 동일하다고 볼 수 있냐는 점이다. 자기만 내세우지 말고 서로 조화하여 융합하자는 주장은 모든 곳이 전장(戰場)이 된 총력전 시대에만 적용되는 내용이라고 보기 어렵다. 물론 "우리 노동자들도 전선에 있는 병사들처럼 개인의 이름 따위는 필요가 없는 거지"[9]라는 발언을 보면 군국주의적 전체주의의 냄새가 물씬 풍긴다. 그런 점에서 「삽화」는 일제 말기 이태준의 작품 가운데 친일 혐의가 가장 짙다. 하지만 이 발언은 그야말로 '삽화적' 수준에 머물러 있다. 이 구절을 제외하면 개인보다 집단을 중시하는 상식적 차원의 주장들이 주류를 이루고 있다. 그리고 그 정도의 발언은 '전시'가 아니더라도 얼마든지 할 수 있는 말이다. 이런 유의 주장은 이미 카프시대부터 제기된 바 있다. 더구나 30년대 후반에 들어서면서 개인주의의 극복은 지식계 전체의 공통 관심사였다. 개인주의를 비판하면서 공동체나 집단을 강조한 이들이 모두 친일 행위를 하지는 않았다는 점에서 몇몇 구절만을 문제 삼아 친일로 몰아붙이는 것은 사태의 지나친 과장이다(이에 대해서는 뒤에서 좀 더 자세히 다루도록 하겠다). 그러므로 이 경우에도 최소주의 원칙을 존중해야 한다. 말하자면 적극성과 자발성을 발견할 수 있냐는 것인데, 「삽화」를 그렇게까지 보기는 힘들다.

친일 혐의가 있는 일제 말기 이태준의 글들을 간략히 검토한 결과, 「대동아 공영권 확립의 신춘을 맞이하며」와 『대동아전기』는 이태준 본인이 실제로 쓴 것인지조차 불분명하고, 「지원병 훈련소의 일일」, 「목포 조선 현지기행」, 「제1호 선박의 삽화」 등은 친일적 요소가 더러 보이긴 하지만 적극적이고 자발적인 협력으로까지 나아가지는 않고 있다. 요컨대 소극적이고 타의적인 협력의 수준에 머물러 있다는 말이다. 최소주의 원칙에 따르면, 이런 정도의 협력은 친일의 범주에서 제외하는 것이 온당하다. 특히 이태준의 다른 작품들이 보여준 탈식민적 저항성을 감

---

9) 이태준, 호테이 토시히로·심원섭 역, 「제1호 선박의 삽화」, 『문학사상』, 문학사상사, 1996.4, 92면.

안하면 일관성의 측면에서도 친일 판정은 무리가 있다. 그보다는 자기 보호의 방책으로 이해하는 것이 보다 적절할 것이다.

3. 친일 / 식민주의 / 근대주의

친일 문제와는 별개로 식민주의에의 포섭 여부는 일제 말기 이태준 문학을 평가하는 데 있어 중요한 의미를 갖는다. 식민주의에 포섭되었다고 해서 다 친일 한 것은 아니지만, 한국 사회의 지배구조가 된 식민성을 극복하기 위해서는 일제 말기 한국문학과 식민주의의 관련성을 따지고 넘어가지 않을 수 없다. 그런데 이때 중요한 것이 식민주의를 양가적─자기 완결적인 동시에 비(非)자족적인, 따라서 견고하면서도 나약한─담론으로 이해해야 한다는 점이다. 지금까지의 식민주의 연구는 식민주의를 자기 완결적이고 강한 헤게모니 담론으로 여기는 경향이 강했다.10) 게다가 최근에는 해체론적 후기식민론의 영향으로 피식민 문학은 어느 것도, 심지어는 저항적 문학으로 알려진 것조차도 식민주의의 헤게모니에 포섭된 것으로 해석하는 연구들이 다수 제출되고 있는 실정이다. 이런 유의 연구는 결과적으로 식민주의에 대한 저항과 극복의 가능성을 전면 부정하게 된다는 점에서 탈식민의 관점에서 볼 때 참으로 위험스럽기 그지없다. 따라서 식민주의를 양가적이고 분열적인 담론으로 인식하는 발상의 대전환이 시급하다. 그럴 때 순응 대 저항의 이분법을 올바로 극복하고 대안적 저항뿐 아니라 식민주의에 무수한 균열을 만들어내는 내적 저항이나 혼종적 저항까지 규명함으로써

---

10) 식민주의에 대한 헤게모니론적 이해의 문제점과 양가적 담론으로서의 식민주의 이해의 필요성에 대한 자세한 설명으로는 이 책의 「한국 근대문학 연구와 탈식민」 참조

저항의 다양한 스펙트럼을 재구성할 수 있을 것이다.[11]

일제 말기 이태준 문학과 식민주의의 관련성도 이러한 관점에서 바라보아야 한다. 이때 필수적인 것이 작품이 놓인 맥락(context)에 주목하는 수행적(performative) 독법이다. 맥락 속에 넣고 읽을 때 작품이 식민주의의 양가성 가운데 어느 쪽에 이어져 있는지를 보다 정확하게 판독할 수 있기 때문이다. 식민주의의 나약한 측면을 붙잡고 있을 경우, 작품은 일견 식민주의에 포섭된 듯하면서도 실질적으로는 식민주의를 내부로부터 비판하는 의미효과를 산출한다. 일제 말기 이태준 문학의 여러 작품들이 그러하다. 「토끼 이야기」 같은 소설이 대표적 사례일 터이다. 「만주기행」 또한 식민주의의 양가성에 대한 내부로부터의 비판을 보여준다. 가령 "이 동넨 다 자작농입니까?"라는 이태준의 질문에 조선인 농민은 "자작농은 별로 없습니다. 모다 만인(滿人)의 땅을 차입해 가지고 하니까 결국 소작인 셈이죠"라고 대답한다. "인전 뱃속은 아무걸루든지 채웁니다"는 말이 무색해지는 순간이다. 이 한마디로 오족협화 역시 서열관계에 불과하다는 진실이 드러나면서, 오족협화 이데올로기의 정당성이 내부로부터 무너진다. 지주/소작이라는 불평등한 권력관계가 존재하는 한 오족의 진정한 협화란 불가능하기 때문이다. 오족협화의 양가성은 채표(彩票)나 타먹으면 고향산천에 다시 갈까 "그렇지 못하면 밤낮 이꼴이다가 호인들 밭머리에 묻히고 말죠!"라는 푸념에서 절정에 이른다. 조선인 이주민들에게 만주는 왕도낙토이기는커녕 '호인'들의 땅이다. 이들의 가장 큰 소원은 그래서 채표가 되어 귀향하는 것이다. 만주에서의 삶이란 피식민 민족에겐 "언제 어떤 정리를 당할지 추측할 수 없"는 불안하기 그지없는 것이기 때문이다. 피식민이라는 조선인의 역사적 조건은 만주에서조차 여전한 셈이다. 이태준은 이에 대해 "이것이 그들의 유일한 희망이요 또 슬픔이기도 할 것"이라고 반응한다. 어째서 슬픔일까.

---

11) 탈식민 저항의 다양한 유형에 대한 좀더 자세한 설명으로는 이 책의 「탈식민의 역학」이나 「일제 말기 김정한 문학과 탈식민 저항의 세 유형」 참조.

그것은 채표가 되어 귀향하는 것을 유일한 희망으로 삼아야 하는 피식민 민족의 처지란 참으로 서글프기 짝이 없기 때문이다. 오족협화라는 식민주의 이데올로기는 스스로를 부정하지 않는 한, 곧 식민주의를 포기하지 않는 한 이러한 분열로부터 결코 벗어날 수 없다. 식민주의를 붙잡고 있는 한 지배／피지배의 권력관계를 제거할 수 없고, 권력관계가 존재하는 한 '협화'란 현실화될 수 없기 때문이다. 요컨대 오족협화 이데올로기는 지배와 협화 사이에서 끊임없이 동요할 수밖에 없는 것이다. 조선인 이주민의 푸념은 그 가운데 권력관계를 지적함으로써 오족협화의 나약한 측면을 건드리고 있다. 「만주기행」은 이처럼 얼핏 오족협화 이데올로기에 포섭된 듯하지만, 실제로는 오족협화의 나약한 측면을 지속적으로 꼬집는 탈식민의 계기를 내장하고 있는 글이다. 이러한 내부로부터의 비판은 지배／피지배라는 맥락과 피식민이라는 조선인 이주민의 주체 위치가 만들어낸 의미효과라 할 수 있다.

식민주의의 양가성에 근거한 탈식민적 계기는 이태준의 동양 담론에서도 발견된다. 흔히 동양적인 것에 대한 애착을 표명하기만 하면 곧장 식민주의라고 낙인찍곤 하는데, 엄밀히 살펴보면 동양 담론이라고 다 같은 것이 아니다. 대표적인 것으로는 크게 세 가지 정도를 꼽을 수 있다. 첫 번째는 동양을 절대화하는 논리이다. 이광수가 가장 전형적인 경우인데, 그 결과 도의나 천명 같은 동양적 가치를 시간적 불가역성을 뛰어넘는 초역사적 실체로 신비화시킨다. 황민화와 내선일체라는 식민주의 이데올로기를 내면화할 수 있었던 것은 이런 맥락에서이다. 두 번째는 동양을 심미화하는 논리이다. 김동리의 경우가 여기에 해당한다. 김동리는 동양적 가치를 미적인 영역에 한정하되 그것을 서구 근대에 맞선 주권적 영역으로 특권화시킨다. 이른바 구경적 생의 탐구로서의 문학이 그것이다. 동양적 가치를 미의 영역에 한정했기 때문에 김동리는 오리엔탈리즘을 보이면서도 식민주의와 일정한 거리를 유지할 수 있었다. 세 번째는 동양을 상대화하는 논리이다. 이태준은 동양적인 것에 강한 애착을 보였지만, 그것을 절대적으로 추종하지는 않았다. 오히려 그는 동양적인 것을 전근대의 세계로 제한하면서 현재에도 동양적 전통에 매달리는 태도를 시대착오적이라고 비판한다.

"젊은 사람이 '현대'를 상실하는 것은 늙은 사람이 고완경을 영유치 못함만 차라리 같지 못하다"(「고완품과 생활」)거나 "현대의 승리는 서구 저들에게 있다. 하시(下視)는 하면서도 저들의 뒤를 슬금슬금 따라야 하는 데 동방의 탄식이 있는 것이다"(「동방정취」) 같은 발언에서 동양적인 전통을 근대의 관점에서 상대화하려는 이태준의 입장을 발견하기란 어렵지 않다. 동양적 전통의 계승을 주장할 때에도 이태준은 이광수나 김동리와 달리 무조건적 계승이 아니라 "고전 정신의 대도는 영원히 온고지신(溫故知新)에 있"(「고전」)고 "정당한 현대적 해석을 발견해서 고물(古物) 그것이 주검의 먼지를 털고 새로운 미와 새로운 생명의 불사조가 되게 해주어야 할 것"(「고완품과 생활」)이라고 강조한다.

소설에서도 동양적 전통을 상대화하려는 이태준의 태도는 곳곳에서 확인된다. 가령 영월 영감은 성익의 상고 취미를 처사 취미라고 비판하면서 "자연으로 돌아와야 할 건 서양 사람들이지. 우린 반대야. 문명으루, 도회지루, 역사가 만들어지는 대루 자꾸 나가야 돼"(「영월 영감」)라고 주창한다. 땅에 대한 전근대적 집착을 보여주는 작품으로 운위되는 「돌다리」 또한 실상은 그렇지 않다. 아버지가 땅에 대한 거의 종교적이기조차 한 애착을 가지고 있는 것은 사실이지만, 그는 동시에 대단히 '근대'인 토지 개혁론자이기도 하다. 자기가 죽으면 자신의 농지를 땅을 사랑하는 사람들에게 팔되 "몇몇 해구 그 땅 소출을 팔아 연년이 갚어 나가게" 하는 방식으로 팔겠다는 아버지의 구상은 남한의 토지개혁안을 연상시킨다. 그런 점에서 이태준은 전통주의자라기보다는 오히려 근대주의자에 가깝다. "과학적이다! 과학이다! 현대인의 안신입명할 길은 오직 과학의 길이다!"(『사상의 월야』)라는 송빈의 외침에서 그 점은 약여하게 드러난다. 다만 그는 전통과 근대의 조화를 중시한 근대주의자라

할 수 있다.12)

그렇게 보면, 이태준을 동양주의자나 전통주의자로 해석하는 것은 동양 담론의 다기한 분파를 제대로 분별하지 못한 데 따른 오독(誤讀)의 소산이다. 오히려 그의 많은 글들은 동양적 전통을 상대화함으로써 동양주의의 나약한 측면을 내부로부터 비판하는 탈식민의 계기를 풍부하게 보여준다. 물론 「정창여명」 같은 글은 대동아 공영론의 편린을 보여주는 것이 사실이다. 서양에 억압되었던 동양이 해방되면서 문화 또한 새로운 길을 찾을 수 있게 되었다는 주장13)은 분명 대동아 공영론과 그다지 거리가 멀지 않다. 하지만 분명히 해야 할 것은 이러한 이태준의 주장은 그야말로 편린에 불과하다는 사실이다. 이태준 문학 전체를 놓고 볼 때 이런 식의 논지는 극히 일부분에 불과하며, 그런 점에서 대단히 우발적이고 일시적인 것이다. 따라서 이 글을 근거로 이태준을 대동아 공영론이라는 식민주의에 포섭된 것으로 판단하는 것은 부분으로 전체를 재단하는 오류이다. 게다가 이 수필은 워낙 짧은 글이어서 전후 문맥을 판단하기가 불가능하다. 따라서 이런 경우에는 이태준 문학 전체와 연계시켜 최종적인 판단을 내리는 것이 올바른 순서일 터인데, 이태준이 대동아 공영론이나 동양주의에 대해 적극적이고 자발적인 동의를 표명한 적이 없었다는 점에서 이 글에 담긴 주장을 이태준의 본심이라고 판정하기 힘들다.

일제 말기 이태준 문학에서 정작 문제가 되는 것은 집단주의이다. 「농군」을 필두로 「지원병 훈련소의 일일」, 「목포 조선 현지기행」, 「제1호 선박의 삽화」, 『별은 창마다』 같은 작품들은 개인보다 집단을 중시하는 시각을 드러내고 있다. 이 문제를 살펴보기에 앞서 「농군」은 집단주의의 목록에서 제외시킬 필요가 있다. 「농군」의 조선인 이주민들은 집단주의

---

12) 이에 대한 좀 더 자세한 설명으로는 하정일, 「계몽의 정신과 자기 확인의 서사」, 『20세기 한국문학과 근대성의 변증법』, 소명출판, 2000, 227~230면 참조.
13) 이태준, 「정창여명」, 『매일신보』, 1942.4.24.

라는 의미에서의 집단보다는 저항의 공동체에 가깝기 때문이다. 다시 말해 집단이 먼저 있고 개인이 있는 것이 아니라 개인의 안위와 생존을 지키기 위해 서로 뭉쳤다는 점에서 집단이 아니라 공동체 또는 결사체로 보는 것이 타당하다는 것이다. 집단주의는 개인에 대한 집단의 존재론적 우월성과 선차성을 바탕으로 하는 이데올로기이다. 그런 점에서 개인의 사회성에 대한 자각에 기초한 「농군」과는 거리가 멀다.

「농군」을 제외하고 보면, 다른 작품들은 분명 집단주의 이데올로기에 침윤되어 있는 모습을 보여준다. 이미 30년대부터 집단과 개인의 관계라든가 개인주의 극복에 관한 논의가 있어 왔지만, 이 글들이 표명하고 있는 집단주의가 근대 초극론이나 대동아 공영론과 무관하지 않은 것은 사실이다. 따라서 이에 대한 엄정한 비판은 긴요하다. 문제는 비판의 방식이다. 이를테면 집단 대신에 개인의 선차성을 내세운다든지 집단주의를 민족주의와 관련시킨다든지 하는 것은 전형적으로 잘못된 접근 방식이다. 먼저 집단주의와 민족주의를 관련시키는 비판은 이태준의 민족주의가 그의 문학 초기부터 있어왔다는 사실과도 어긋난다. 이와 관련하여 피식민국의 민족의식은 서구나 일본과는 달리, 통합된 '국민'을 창출하기 위한 집단주의의 소산이 아니라 개인의 사회성에 대한 자각의 산물임을 강조해야겠다. 말하자면 개인의 실존적 위기가 민족적 착취와 지배로부터 비롯되었다는 인식이 민족의식으로 이어진 것이다. 「농군」이 바로 그러한 과정을 잘 보여준다. "여기서 못살면 죽긴 마찬가지다!"라는 실존적 위기의식이야말로 민족으로의 자발적 결사를 만들어낸 원동력이다. 따라서 개인의 사회성에 대한 자각에 기초한 피식민 민족주의와 집단주의를 동일시하는 것은 맥락의 차이를 몰각한 서구 중심주의적 편견이다.

다음으로 개인의 선차성에 근거해 집단주의를 비판하는 방식은 자유주의 이데올로기의 산물이라는 점에서 이론적으로 대단히 위험하다. 이러한 접근법으로는 개인 대 집단의 이분법을 결코 넘어설 수 없다. 인류 역사상 개인은 언제나 사회적 개인이었다. 따라서 집단의 반대항에 놓여야 하는 것은 개인이 아니라 '사회적' 개인이다. 집단주의의 근본적 한계는 개인의 선차성을 부정한 데 있는 것이 아니라 개인의 사회성에 대한 이해가 잘못된 데 있다. 요컨대 개인은 언제나 계급적·민족적(인종적)·성적으로 분할되어 있기 때문에 하나의 일사불란한 집단으로 통합될 수 없음을 인정하지 않는 것이 집단주의의 근본적 한계인 셈이다. 집단주의는 그래서 물리적 강제와 이데올로기적 동의라는 양동 작전을 통해 개인들의 사회적 이질성을 제거하고 하나의 집단으로 등질화시키려 한다. 그런 점에서 가장 전형적인 집단주의 체제는 대중사회이다. 집단주의가 근대 초극론자들의 주장과는 달리 근대 극복의 이념이 아니라 근대주의 이데올로기인 것은 그래서거니와 표면적인 적대성에도 불구하고 자유주의와 집단주의의 은밀한 결탁이 가능한 것도 이 때문이다(모든 개인을 사적 개인으로 등질화시키는 것보다 집단주의적인 논리가 또 어디 있는가!).

이렇게 보면, 이태준이 집단주의에 끌린 진정한 까닭은 개인의 사회성과 집단주의를 동일한 것으로 착각한 때문이라 할 수 있다. 하지만 그렇다고 해서 이태준의 집단주의가 식민주의를 내면화하고 있다고 보기는 어렵다. 대동아 공영론이나 근대 초극론의 영향을 추측할 수는 있지만, 그의 글 어디에서도 대동아 공영론이나 근대 초극론과의 연관성을 명백히 확인해주거나 그에 대한 적극적 동의를 표명한 부분을 찾을 수 없기 때문이다. 황민화나 내선일체에 대해서는 더 말할 나위도 없다. 집단주의 자체가 곧 식민주의는 아니다. 가령 신채호 같은 이도 집단을 개인보다 우위에 두는 발언을 종종 한 바 있지만, 그렇다면 해서 신채호가 식민주의자는 아니다. 식민주의는 대단히 유연한 이데올로기이다. 민족적 착취와 지배를 정당화할 수 있다면 어떤 담론이든지 끌어들이는 것이 식민주의의 유연성이다. 민족 개념이 필요할 때는 적극 차용했다가 불리해지면 언제든지 용도폐기한다. 가령 동아 협동체론이 그러하다. 동아시아에 대한 지배가 필요해지자 민족보다 동양이라는 단위를 우위에 놓은 것이 동아 협동체론이다. 물론 거기에는 일본 헤게모니가 전제되어 있긴 하지만, 민족을 기본 단위로 삼을 경우 동아 협동체니 오족협화니 하는 구상은 불가능해진다. 일본만 그런 것은 아니다. 서구의 경우에도 전기 자본주의 시대에는 민족국가를 제국주의적 팽창의 기본 단위로 삼았다가 후기 자본주의 단계로 오면 민족국가를 부정하면서 세계화를 제창하고 있다. 이것이 식민주의의 장점이자 동시에 단점이다. 역사적 조건의 변화에 따라 탄력적으로 스스로를 개변할 수 있는 반면에 내부에 긴장과 분열의 계기를 항상 내장하고 있기 때문이다.

식민주의의 이러한 유연성은 맥락에 주목하는 수행적 독법이 식민주의 연루 여부를 판단하는 데 긴요하다는 사실을 다시 한 번 확증해주거니와 그런 점에서 집단주의를 식민주의와 무매개적으로 연결시키는 것은 온당하지 않다. 물론 일제 말기의 총력전체제 하에서 집단의 유별난 강조는 친일이나 식민주의와 연결될 가능성이 큰 것이 사실이다. 일제 말기 이태준의 글들이 보여주는 집단주의 역시 식민주의에 일정 부분 연루되어 있을 개연성이 있다. 하지만 앞에서 살펴보았듯이 이태준의 집단주의는 대동아 공영론이나 황민화론 또는 총후봉공론과 직접적 관련이 없다. 『별은 창마다』를 보면 이 점을 보다 분명히 확인할 수 있다. 이 소설의 한 부분에 익현이 여주인공 정은에게 '지나사변'의 영향으로 개인회사들이 해산되어 '반(半)관유회사'로 통합될 것이라고 말하는 대목이 나온다. 일본은 1938년 국가총동원법을 제정하고 모든 산업을 군사적으로 재편해 이른바 '총동원체제'로 나아간 바 있다. 익현의 설명은 바로 이를 가리키는 것이다. 익현의 발언이 소설에서 중요한 까닭은 산업 재편으로 정은 아버지의 회사가 없어지게 되었기 때문이다. 익현은 이에 대해 "그전 자유경제 시대처럼 여러 회사가 경쟁적으로 장살 해서 공연히 가격을 부당하게 올리기도 하고 떨구기도 하는 그런 폐단을 없애구, 생산과 가공과 군에 납품을 단순화, 강화시키는" 조치라고 적극적으로 옹호한다. 자유주의 대 국가주의, 개인 대 집단의 이분법에 기초한 전형적인 집단주의 논리이다. 그런데 집단주의를 진지하게 설파하는 익현의 발언에 대한 정은의 대응은 다음과 같다. "대답 없이 멍하니 천장만 쳐다보았다. 하영이가 어떻게 되냐? 부터 생각난 것이다."14) 하영은 정은이 사랑하는 남자로 아버지 회사의 직원이다. 말하자면 집단의 가치를 논하는 자리에서 정은은 엉뚱하게도 개인의 운명을 생각하고 있는 것이다. 국가주의가 개인의 운명에 어떻게 작용하는가에 정은의 관심이 쏠려 있는 셈인데, 이것은 개인의 사회성에 대한 관심이라고 바꿔 불러도 무방하다. 사회체제의 변화는 개인의 운명을 다양하게 변화시킨다. 회사를 잃는 사람, 통합된 회사의 사장으로 가는 사람, 계속 직장을 유지할 수 있는 사람, 실업자로 전락하는 사람 등등. 개인이 언제나 사회적 개인인 것은 그래서거니와 따라서 이 대목은 개인의 사회성이란 어떤 것인지를 잘 보여주는 한편 집단주의에 대한 우회적 비판의 효과를 낳고 있기도 하다. 그렇다면 이태준의 집단주의가 과연 그의 본심이냐에 대해 의문을 던져볼 수 있다. 또 설혹 본심이라 하더라도 개인의 사회적 운명에 근거해 국가주의를 우회적으로 꼬집고 있는『별은 창마다』의 시각을 감안하면, 그의 집단주의가 적어도 국가주의나 군국주의에 깊이 물들어 있지는 않음을 충분히 추론할 수 있다.

물론 '아름답고 튼튼하고 능률적인 새 동리운동'을 벌여보겠다는 하영의 구상은 집단주의에 포섭되어 있는 것이 분명하다. 특히 "집을 생활에 맞도록 지을 것이 아니라, 집을 가장 능률적으로 지어놓고 생활을 거기 맞도록 개혁할 필요"15)가 있다는 생각은 그야말로 개인에 대한 집단의 존재론적 우월성과 선차성에 근거한 집단주의 이데올로기의 전형이라 할 만하다. 그렇다면 식민주의에 포섭되어 있지 않은 이태준의 집

---

14) 이태준,『별은 창마다』, 깊은샘, 2000, 154~155면.
15) 위의 책, 211면.

단주의를 어떻게 이해하는 것이 적절할까. 여기서 근대주의의 문제가 제기된다. 서두에서 언급했듯이 식민주의는 근대의 산물이지만, 모든 근대주의가 식민주의로 환원되지는 않는다. 이 점을 분별하지 못할 때 탈근대가 곧 탈식민이 되는 범주 혼동이 발생한다. 친일 / 식민주의 / 근대주의는 서로 긴밀히 연관되어 있기는 하지만, 범주적으로 분명히 구별되는 사안이다. 그런 점에서 이태준의 집단주의는 근대주의의 소산으로 이해하는 것이 적절하다. 그럴 때 그의 집단주의가 식민주의에는 포섭되지 않았지만, 근대주의의 한계를 그대로 반복하고 있다는 것을 정확히 간파할 수 있다. 앞에서 이태준이 전통과 근대의 조화를 중시한 근대주의자라고 지적한 바 있다. 그는 근대주의자로서의 장점과 단점을 동시에 보여준다. 가령 영월 영감과 송빈은 돈과 과학을 최고의 가치로 여기는, 곧 도구적 합리성을 중시하는 전형적인 근대주의자이다.16) 이태준의 집단주의는 바로 도구적 합리성의 연장선상에 놓여 있다. 효율성을 바탕으로 한 건축론(『별은 창마다』)이나 생산성을 핵심에 놓는 협동론(「제1호 선박의 삽화」)이 그것이니, 그런 점에서 이태준의 집단주의는 도구적 합리성의 이념적 등가물인 셈이다. 따라서 그에 대한 비판은 근대주의의 본원적 한계를 성찰하는 방식으로 이루어지는 것이 적절할 터이다.

4. 결론

지금까지 검토한 바와 같이 일제 말기 이태준의 문학은 친일과 저항

---

16) 이에 대한 좀 더 자세한 설명으로는 하정일, 「계몽의 정신과 자기 확인의 서사」, 『20세기 한국문학과 근대성의 변증법』, 소명출판, 2000, 228~230면 참조.

의 경계를 아슬아슬하게 넘나들고 있긴 하지만, 친일로 보기에는 많은 무리가 있다. 이와 관련해 다시 한 번 최소주의 원칙을 강조하지 않을 수 없다. 적극성과 자발성이라는 요건을 갖추었을 때 친일로 판정해야 한다는 말은 친일이 반민족적 범죄 행위라는 점에서 반드시 지켜져야 할 최소한의 기준이다. 특히 이태준은 같은 시기에 탈식민적 저항의 계기를 풍부하게 보여주는 작품들을 다수 발표했다. 저항의 계기를 내장하고 있다는 것은 친일을 하지 않았다는 가장 확실한 반증이므로 이태준에게 친일 혐의를 씌우는 것은 더더욱 온당치 못하다.

식민주의에 포섭되었다는 견해 또한 사태의 과장이다. 오히려 일제 말기 이태준의 많은 작품들은 식민주의의 비자족적이고 나약한 측면을 건드림으로써 식민주의를 내부로부터 비판하는 모습을 보여준다. 일제 말기 이태준 문학을 식민주의와 연결시키는 논의들은 대개 담론의 유사성에만 주목하는 텍스트주의적 독법에 의거하고 있다. 하지만 텍스트주의적 독법으로는 식민주의의 양가성과 역사성을 제대로 이해할 수 없다. 이를 제대로 이해하려면 맥락에 주목하는 수행적 독법이 필수적이다. 더구나 동양 담론의 경우에서 나타나듯 동양적 전통에 대한 애착을 보여주었다고 곧바로 동양주의로 몰아붙이는 것은 동양 담론의 다기한 분파를 구별하지 못한, 즉 텍스트주의적 읽기조차 제대로 못한 심각한 오독이다. 동양/서양에 대한 이분법적 인식과 동양의 특수성을 존중하는 것은 서로 다르다는 사실을 분명히 인식할 필요가 있다.

그런 점에서 일제 말기 이태준 문학의 한계는 근대주의의 틀로 설명하는 것이 보다 적절하다. 이때 중요한 것이 식민주의와 근대주의를 동일시해서는 안 된다는 점이다. 이태준의 문학은 식민주의에는 포섭되지 않았지만, 근대주의의 본원적 한계를 벗어나지 못한 전형적 사례이다. 근대주의는 이태준으로 하여금 계몽의 전통에 충실하면서 탈식민 저항을 견지할 수 있게 해주었지만, 그것은 동시에 집단주의 같은 도구적 합리성의 이념에 빠져들게 만들기도 했다. 그리고 이것이 이태준을 식민주의의 온전한 극복으로 나아가게 하지 못한 근본 원인이었다. 이태준이 친일과 저항의 경계선상에 놓여 있다는 말의 진정한 함의도 여기에서 찾아야 할 것이다.

이식 · 근대 · 탈식민
임화의 이식문학사론에 대하여

1. 왜 다시 이식문학사론인가

아마도 임화의 이식문학사론만큼 평가가 극과 극으로 갈리는 경우도 드물 것이다. 한편에서는 식민사관에 포섭된 문학사론으로 비판하면서 한국 근대문학사 연구가 무엇보다 먼저 극복해야 할 대상으로 폄하하는가 하면, 다른 한편에서는 한국 근대문학의 본질적 특징을 포착해낸 탁월한 문학사적 통찰력의 예로 상찬한다.

전자가 임화의 이식문학사론에 대한 심각한 오독(誤讀)의 산물인 것은 분명하다. 이식문학사론의 문제의식에서부터 실제 내용에 이르기까지 잘못 해석한 경우가 대부분이다. 오독의 바탕에는 내재적 발전론이 깔려 있다. 한국사의 발전이 민족 주체의 내적 노력에 의해 추동되어 왔다는 시각에서 보면 한국 근대문학의 형성이 이식을 매개로 이루어졌다는 임화의 설명은 받아들이기 힘들었을 터이다. 이로부터 정체성론, 타율성론, 서구 중심주의, 속류 유물론 등과 같은 험악한 비난들이 임화의 문학사론 위에 쏟아지게 된 것이다. 하지만 비판의 이론적 근거였던 내재적 발전론 자체가 흔들리고 있는 지금의 시점에서 보건대 이런 유의 비판은 이제 오독 여부 이전에 '이론적으로' 존립하기 어렵게 되었다.[1]

문제는 아직도 이러한 비판이 학계에서 통념적으로 널리 수용되고 있다는 사실이다. 물론 비판의 논리는 과거보다 세련되게 다듬어졌다. 가령 '근대'가 서구의 고안물이라는 점에서 그것을 한국문학의 지향점으로 설정한 것 자체가 서구 중심주의 아니냐는 비판이 한 예일 터이다. 이런 식의 탈근대론적 비판이 내재적 발전론에 입각한 비판보다 한결 세련되고 발본적인 비판임은 분명하다. 하지만 이 역시 임화가 구상했던 '근대'에 대한 면밀한 분석을 결여하고 있기는 마찬가지다. 요컨대 식민지적 근대의 특수성이라든가 근대의 복수성에 대한 임화 특유의 구상을 제대로 읽어내지 못하고 있는 것이다.

그에 비해 후자는 이식문학사론의 문제의식이 이식의 극복에 놓여 있음에 주목해 이식의 내적 역학에 대한 임화의 입장을 적극적으로 이해하려는 모습을 보여준다.[2] 이러한 노력은 식민주의의 극복이라는 내재적 발전론의 합리적 핵심을 수용하면서 민족주의에 의해 왜곡된 문학사 연구의 객관성을 회복하려는 고민을 배경으로 하고 있다. 그런 점에서 임화의 이식문학사론에 대한 재조명은 한국 근대문학사를 좀 더 '과학적으로' 바라보려는 노력과 맞닿아 있다. 하지만 이식문학사론의 전체 구도나 기본 관점을 조망하는 데 치우치다보니까 정작 이식문학사론의 구체적 내용에 대해서는 무관심한 상태이다. 이러한 한계는 기왕의 연구가 주로 「신문학사의 방법」(『동아일보』연재시의 제목은 「조선문학

1) 임화의 이식문학사론에 대한 비판이 갖는 문제점에 대해서는 신두원, 「이식과 창조의 변증법」, 『민족문학을 넘어서』, 소명출판, 2000 참조.
2) 구중서와 신두원의 연구가 대표적 성과이다. 구중서, 「한국문학사 방법론들에 대한 종합적 검토」, 『한국문학과 역사의식』(창작과비평사, 1985)와 신두원, 「이식과 창조의 변증법」, 위의 책.

연구의 일 과제」)을 중심으로 이루어진 것과 관련이 깊다. 이식문학사론의 구체적 내용이 「개설 신문학사」에 담겨 있다는 점에서 「신문학사의 방법」을 중심으로 한 연구는 이식의 역사적 연원, 과정과 결과, 이식의 의미와 양면성 등 이식문학사론의 주요 내용을 제대로 규명하기 어려울 수밖에 없다.

임화의 이식문학사론에 대한 다양한 연구가 지난 10여 년간 이루어져 왔고 적지 않은 성과를 거두기도 했지만, 그럼에도 불구하고 여전히 답보 상태라는 느낌을 지울 수 없는 주된 이유 가운데 하나가 이식문학사론에 대한 이런저런 이야기들은 많지만 정작 그것의 구체적 내용에 대한 천착은 부족한 때문이라는 것이 필자의 판단이다. 따라서 본고는 「개설 신문학사」를 중심으로 이식의 의미, 원인, 과정과 결과, 해체와 극복의 전략 등을 가능한 한 있는 그대로 정리해보려 한다. 그럼으로써 임화의 이식문학사론에서 이식 개념이 갖는 의의와 역할이 무엇인지를 규명하는 것이 본고의 주제이다. 그와 함께 임화의 이식문학사론과 관련된 가장 심각한 오해라 할 수 있는 서구 중심주의에 대해 검토한 연후 이식문학사론의 탈식민적 의의를 해명하는 데까지 나아가 보고자 한다.

2. 이식의 의미

동양의 근대문학사는 사실 서구문학의 수입과 이식의 역사다.
그러면 어째서 수입되고 이식된 외래문학을 근대문학사의 주제로 삼는가? 이 해답이 우리의 근대문학사를 신문학사라 하여 문제 삼는 둘째 이유이다.
왜 그러냐 하면 근대에 이르러서 잔존해왔고 현재도 그 면영(面影)을 찾을 수 있는 재래의 문학은 우리가 어떠한 이미(理味)에서도 근대문학이라고 명칭

할 수 없기 때문이다.

　근대문학이란 단순히 근대에 쓰인 문학을 가리킴이 아니라 근대적 정신과 근대적 형식을 갖춘 질적으로 새로운 문학이다.

　시조, 가사, 운문소설, 한시, 기타는 현대에 이르도록 전통적 문학으로 생존해 있으나 결코 근대문학은 아니다. 그것들은 오직 현대에서 볼 수 있는 구시대 문학의 약간의 유제(遺制)에 불과하다.

　시민정신을 내용으로 하고 자유로운 산문을 형식으로 한 문학, 그리고 현재 서구문학에서 보는 바와 같은 유형으로 분백(粉白)된 장르 가운데 장착된 문학만이 근대의 문학이다.

　이러한 문학은 역사적으로 개혁된 계단과 일신(一新)된 사회를 배경으로 하여서만 탄생하는 것이다. 이것은 또한 인간의 정신문화사상(精神文化史上)에 있어 하나의 커다란 자각의 산물이기도 하다.

　이러한 개혁과 자각이 자력으로 수행되지 아니한 곳에서 이식문학을 가지고 그곳에서 독자적으로 성생(成生)해야 했을 근대문학사에 대신하는 것은 당연한 일이다.

　그러나 이러한 이식문학으로 자기나라의 독자적인 근대문학에 대신한 동양에서 우리가 특히 신문학이란 용어에 구애됨은 또 하나 다른 이유를 들 수도 있다.

　그것은 언어적 해방이다. 조선의 문학이란 신문학의 시대가 비롯하기 전엔 자기의 국유어(國有語)로 표현될 자유를 갖지 아니했었다.[3]

　윗 귀절은 근대문학과 이식성에 대한 임화의 생각을 압축하고 있는 것으로 유명한 대목이다. 인용문에 따르면, 임화에게 근대문학은 최소한 네 가지 요건을 갖춘 문학을 의미한다. ① 근대적 내용—시민정신. ② 근대적 형식—자유로운 산문. ③ 근대적 장르—장르의 분화. ④ 민족어—언어적 해방.

　이식은 이 네 가지 과제가 '자력으로 수행'되지 못했을 때 발생하는 현상이다. 요컨대 외국문학을 일방적으로 수입, 모방함으로써 문학적

---

3) 임화, 「개설 신문학사」, 『임화 신문학사』(임규찬・한진일 편), 한길사, 1993, 18~19면.

근대성이라는 과제를 해결할 때 이를 가리켜 이식이라고 부른다. 이때 중요한 것이 임화가 외국문학과의 교류나 영향관계를 이식으로 보지 않았다는 점이다. 가령 실학에 대한 천주교나 서구 과학의 영향이라든가 프로문학의 도입 등은 이식과는 관련이 없다. 전자는 '자주적 근대화'의 측면에서 이해되며, 후자는 내적 요구의 산물로 설명된다. 따라서 임화는 이식을 철저히 '좁은 의미'로 사용하고 있다.

> 자주의 길은 선진 국가가 주는 경제적 문화적 전래물 가운데 침닉하지 않고 그것을 자주적인 입장에서 섭취함으로써 쇄국주의적인 고립보다 더 많이 '자기부강'을 꾀해가는 길이다.4)

> 십년간 프로레타리아문학이 이론적 창조적으로 문학계의 주류를 이룬 것은 단순히 외래 사조나 문학적 유행의 결과도 아니며 (…중략…) 타협화하고 있는 시민에 대한 반대투쟁을 추진하면서 노동자계급은 자기의 반제국주의투쟁을 계급적 형식으로 전개한 것이다.5)

위의 인용문에서 알 수 있듯이 임화는 선진 문화를 '자주적인 입장에서 섭취'하는 것을 '자주의 길'로 보고 있으며, 나아가서 프로문학의 도입 또한 노동자계급에 의한 반제국주의적 투쟁이라는 내적 요구의 산물로 이해한다. 물론 프로문학을 '수입된 사조의 모방'으로 비판하기도 하지만, 그것은 프로문학의 양면성, 곧 내적 요구와 이식성이 혼재된 상태에 대한 지적으로 이해하는 것이 적절하다.

이렇게 볼 때 임화는 이식을 예속성 내지는 종속성, 즉 넓은 의미에서의 식민성의 표현으로 보고 있다고 할 수 있다. 그러므로 한국의 근대문학이 서구문학과 결과적으로 비슷한 모양을 갖게 되었다 하더라도

---

4) 위의 글, 54면.
5) 임화, 「조선민족문학건설의 기본과제에 대한 일반보고」, 『건설기의 조선문학』, 백양당, 1946, 413면.

그것이 교류와 영향의 산물이라면 이식이라고 하기 어렵다. 임화에게 중요한 것은 결과가 아니라 의도와 과정이기 때문이다. 다시 말해 어떤 의도로 외국문학을 받아들였고 수용의 과정이 어떤 방식으로 진행되었는가의 여부가 이식성을 가늠하는 척도인 것이다. 따라서 내적 요구가 있었고 주체적으로 수용했다면 그것은 영향이나 교류가 될 것이고, 반대로 외국문학을 절대화해 비주체적으로 수입하고 모방했을 때 이식이 된다.

그런 점에서 임화는 자주성의 문제를 대단히 중시했다고 할 수 있다. 자주성이야말로 이식이냐 교류냐를 판가름하는 척도이기 때문이다. 임화가 실학을 자주적 근대화의 전범으로 주목하는 것도 그래서이다. 하지만 자주는 '국수'를 뜻하지 않는다. 임화는 자주주의와 쇄국주의를 구분한다.

> 쇄국주의는 비록 청국과의 종속관계를 유지하고 있으나 자기의 근대화에 기익(寄益)하는 일체의 국가와 수교를 거부함으로써 진정으로 고립적일 뿐 아니라 보수적이다. (…중략…)
> 여기서 자주의 길은 곧 개화의 길로 전개되는 것으로, 이것은 정치적인 독립과 개국의 정신적 연원인 동시에 문화가 또한 그러한 과정을 더듬는 것이다.
> 내지의 국학이 양학의 출발점이 된 사실이라든가 조선의 실학이 학문적인 자주주의임과 동시에 개방주의였던 점이 모두 이러한 문화과정의 표현이었다.6)

여기서 임화가 실학을 '자주주의임과 동시에 개방주의'라고 해석한 데 주목할 필요가 있다. 임화는 실학이 청의 고증학이라든가 서양 근대 과학의 영향을 받아 형성되었다고 말한다. 그렇다고 해서 실학이 이식의 산물이냐 하면 그렇지 않다는 것이 임화의 해석이다. 오히려 임화는 실학을 자주적 근대화를 위한 학문적 실천으로 적극 평가한다. 그 까닭

---

6) 임화, 「개설 신문학사」, 앞의 책, 53~54면.

은 '자주주의와 개방주의'가 자주의 요체이기 때문이다. 말하자면 자주란 주체적 개방에 다름 아니다. 그런 점에서 이식은 비주체적 개방이 되는 셈이다. 임화가 이식의 역사적 연원을 어떻게 보았는지에 대해 새롭게 고찰해야 하는 것은 그래서이다.

3. 이식의 원인과 과정

임화는 한국 근대문학이 이식의 형태로 진행된 중요한 요인으로 세 가지를 꼽는다. ①사회경제적 후진성. ②자주정신의 부족. ③타력에 의한 근대화.

1) 사회경제적 후진성

> (근대적 사회의─인용자) 제조건이 이조 봉건사회 내부에서 자생적으로 성숙, 발전치 못한 것은 불행히 조선 근대사의 기본적 특징이 되었었다. 이 점은 모든 연구자의 일치된 결론이었다.
> 왜 그러한 제조건이 결여 미비되었는가? 근대사회의 어머니인 봉건사회 자체가 충분히 성숙되어 있지 못했기 때문이다.[7]

임화는 한국의 봉건사회가 충분히 성숙되지 못한 까닭에 자생적 근대화가 지지부진한 상태에서 '서구 자본제의 동점'을 맞이한 결과 이식이 발생했다고 본다. 여기서 임화가 지적하는 것은 두 가지이다 하나는

---

7) 위의 글, 23~24면.

봉건사회의 미성숙이고 다른 하나는 자생적 근대화의 미흡이다. 임화의 이식문학사론이 아시아적 정체성론에 기반하고 있음은 부인하기 어렵다.[8] 그런 맥락에서 봉건사회의 미성숙을 거론한 것은 당연하다. 그러나 이 점이 이식문학사론의 한계와 직결되지는 않는다. 왜냐하면 임화는 그와 동시에 자생적 근대화의 가능성을 얘기하고 있기 때문이다. 임화는 자생적 근대화의 지향이 미흡하긴 했지만 존재했었다고 말한다. 임화가 '서구 자본제의 동점'이 유예되었다면 자생적 근대화가 가능했으리라고 설명하는 것은 그래서이다.

자생적 근대화와 관련해 임화가 주목하는 것이 실학이다. 임화에 따르면, 실학은 '개화문명사상과 실증정신의 모태'였다. 곧 자생적 근대화의 사상적 표현이었다.

> 새로운 시대의 정신적 준비는 이조 재래의 정신문화기구가 붕괴하는 곳에서 시작한다.
> (…중략…)
> 선조, 인조 양차대란의 결과라든가 혹은 청조 고증학파의 영향이라든가 당파의 여파라든가 각종의 동기를 들 수 있으나 실학은 최초부터 구사회에 대한 개혁의 요망(비록 부분적이나)과 더불어 생성 발전한 것이라 단언할 수 있다.[9]

이처럼 임화는 실학에서 자생적 근대화의 싹을 읽는다. 흥미로운 것은 임화가 실학파를 '대두하기 시작한 상인, 서민 등의 세력'의 사상적 반영으로 보고 있는 점이다. 말하자면 임화는 실학의 형성을 중세적 사회관계의 동요와 관련시키고 있는 것이다. 상인/서민의 대두란 계급관계의 재편이 시작되었음을 뜻하고, 이는 곧 기왕의 지배질서가 내부로

---

8) 아시아의 전근대 체제가 유럽 봉건제에 비해 자본주의로의 이행에 불리한 체제인가에 대해서는 많은 논쟁이 있어왔다. 이에 대해서는 A. 갤리니코스, 박형신 · 박선권 역, 『이론과 서사』, 일신사, 2000, 270~278면 참조.
9) 위의 글, 47~48면.

부터 흔들리고 있음을 말하기 때문이다. 추정컨대, 임화는 평민층의 대두와 실학사상의 등장을 봉건체제가 내부로부터 무너지기 시작한 징후로 보았음에 틀림없다. 이처럼 조선 봉건제 내부로부터 자생적 근대화의 싹이 트고 있었다면, 아시아적 정체성은 이식의 근본적 연원이 아닌 셈이다.

그렇다면 임화는 이식의 연원을 어디서 찾고 있을까. 그 대답은 때이른 '서구 자본제의 동점'이다. 임화는 조선 후기로 오면서 자생적 근대화의 과정이 서서히 진행되고 있었다고 본다. 그런데 자생적 근대화가 본격화되기 전에 서구 자본주의가 들이닥친 것이다. 임화는 "만일 서구 자본제의 동점이 없이 장구한 동안 동양 혹은 조선 봉건제를 그대로 두었다면 먼 장래에 독자적으로 근대사회로의 진화를 수행했을지도 모른다"고 말한다. 요컨대 서구 자본제의 때 이른 동점이 없었다면 자주적 근대화를 이룰 수도 있었다는 것이다. 그만큼 서구 자본제의 동점이 갖는 의미는 결정적이다. 흥미로운 것은 임화가 이를 자본주의의 세계화라는 커다란 흐름 속에서 바라보고 있다는 점이다. 임화는 "상업과 화폐에 의한 모든 지방의 세계화가 이 시대(근대—인용자)의 특징"[10]이라고 설명한다. 그런 점에서 '서구 자본제의 동점'은 우연한 사건이 아니라 역사 필연적인 경향이다.[11] 요컨대 임화는 자본주의와 식민주의의 내적 연관을 읽어내고 있는 것이다. 임화가 이식을 불가피한 사태로 본 것도 그래서이다. 자본주의가 곧 식민주의라면, 세계체제에의 편입이 피할

---

10) 위의 글, 26면.
11) 월러스틴은 자본주의란 본질적으로 세계적 범위의 분업을 통해서만 존립할 수 있는 '세계경제'라고 설명한다. 그런 점에서 세계화는 식민화와 불가분의 관계를 맺고 있다. 월러스틴에 따르면, 유럽의 봉건제에는 그러한 확대와 팽창으로 나아갈 수 있는 혹은 나아갈 수밖에 없는 조건들이 마련되어 있었던 데 비해 가령 중국의 '녹봉제적 관료체제'에는 그러한 여건들이 결여되어 있었거나 필요 없었다. 그런 점에서 '서구 자본제의 동점'은 자본주의의 세계경제적 성격에서 비롯된 필연적 현상이었다. 유럽과 중국, 곧 봉건제와 녹봉제적 관료체제에 대한 자세한 비교는 I. 월러스틴, 나종일 외역, 「중세적 서곡」, 『근대세계체제』 1, 까치, 1999 참조

수 없는 일이듯 이식 또한 세계체제에 의해 강요당한 운명이 되기 때문이다. 여기서 우리는 임화가 이식을 식민성의 결과 내지는 반영으로 이해했음을 다시 한 번 확인할 수 있다.

물론 이식으로 나아가지 않을 수도 있다. 임화는 '서구 자본제의 동점'을 맞아 조선이 택할 수 있는 길은 두 가지, 곧 '쇄국이냐 개국이냐'였다고 말한다. 임화는 그 가운데 개국만이 살 길이었다고 단정한다. 쇄국으로는 설혹 그것이 성공하더라도 "세계사에서 뒤떨어지고 내부적으로 약화되어" 가기 때문이다.

2) 자주정신의 부족

개국 혹은 개화가 '서구 자본제의 동점'을 맞이한 조선에게 주어진 근대화의 유일한 길이었지만, 그렇다고 해서 그것이 곧 이식을 발생시키는 것은 아니다. 임화는 자주적 개화의 길을 말한다. 임화는 이러한 자주적 개화의 예를 갑오개혁에서 찾는다. 임화는 갑오개혁을 "자주와 개화, 문화적 회귀와 재전개가 한 점에 통합되어 있는 전형적인 사례"라고 말한다. 하지만 동시에 임화는 "갑오 이후에 전개되는 개화의 과정은 구문화의 개조와 유산의 정리 위에 새 문화를 섭취하는 과정이기보다는 오로지 구미문화의 일방적인 이식과 모방의 과정"12)에 불과했다고 혹평한다. 이처럼 갑오개혁이 자주적 개화로 진전되지 못한 결정적인 까닭은 자주정신의 부족 때문이다. 다시 말해 "자기에의 철저한 회귀, 심원한 반성, 깊은 침잠 없이, 바꿔 말하면 자주정신의 진정한 실현을 보지못하고 개화의 마당으로 창황히 달려나간 데서 오는 결과"13)였다.

'자기에의 철저한 회귀, 심원한 반성, 깊은 침잠'이란 전통과 주체성

---

12) 위의 글, 55~56면.
13) 위의 글, 55면.

에 대한 자의식을 가리키는 말로 보아도 무방할 것이다. 그런 점에서 자기—곧 주체로 회귀하고 반성하고 침잠한다는 것은 전통의 비판적 계승 혹은 전통의 근대적 전유와 비슷한 의미라 할 수 있을 터이다. 이럴 때 '자주정신의 진정한 실현'에 기초한 개화가 가능했을 터인데, 불행하게도 우리는 그 과정이 미흡한 상태에서 개화로 나아간 것이다. 그 결과 전통과 근대의 바람직한 교섭, 즉 "구문화의 개조와 유산의 정리 위에 새 문화를 섭취"하지 못하고 이식으로 빠져들게 된다.

3) 타력에 의한 근대화

자주정신이 부족한 상태에서 "개화의 마당으로 창황히 달려나간" 것은 자주적 개화의 주체가 누구냐는 문제와 긴밀히 연관되어 있다. "고유문화의 유산이 새 문화 형성 위에 실질적으로 발흥하는 여부라든가, 거기에 따라 새 문화가 얼마나 개성적 가치를 취득 창조하는 여부가 모두 자주정신의 건립자인 신세력의 정치적 실력에 의존하기 때문이다."[14]

문제는 개화의 주체가 "토착 신세력에 있지 않고" 외래세력에 있었다는 사실이다. 임화는 외래세력 — 일본 — 이 근대화를 주도한 것이 이식의 결정적 요인이라고 본다. 외래세력이 개화의 주체가 된 것은 일차적으로는 토착 신세력의 힘이 약했던 때문이다. 그러나 그와 함께 임화는 자주정신의 부족을 거듭 지적한다. 근대문학의 형성과정에서 전통의 창조적 역할이 거의 없었던 것이야말로 그 단적인 증거라는 것이 임화의 생각이다.

토착 신세력이 자주정신과 세력의 부족으로 인해 개화의 주체가 되지 못했다는 것은 결국 외래세력이 개화의 주체가 되었음을 의미한다.

---

14) 위의 글, 55면.

그런데 이 말은 거꾸로 하면 자주정신과 세력만 충분했다면 우리가 얼마든지 자주적 근대화를 이룰 수 있었다는 뜻이 된다. 이 점은 아무리 강조해도 지나치지 않은데, 왜냐하면 이 대목이야말로 임화가 정체성론자가 아니었음을 보여주는 결정적 증좌이기 때문이다. 이와 관련하여 다음과 같은 진술은 매우 중요하다.

이조말 사회는 비록 자주적으로 근대화될 만한 기본조건이 결여되었다 할지라도 북미나 호주처럼 근대적 생산양식과 접촉하자마자 전(全)사회기구가 허물어져버릴 정도는 아니었다.
미숙하고 불충분하나마 그 정도에 상응한 근대적 생산양식의 맹아를 장(臟)하고 있었으며 이조 말기에 가까워지면서 상기한 세 길을 통한 대외관계로부터 오는 자극과 봉건 자체의 성숙과 아울러 그것은 성장하고 있었다.15) (강조는 인용자)

이 진술은 전형적인 자본주의 맹아론이다. 자본주의 맹아론 자체가 이제는 여러 면에서 비판받고 있고 그 비판이 일리가 있는 것도 사실이다. 하지만 자본주의 맹아론은 단순히 생산력의 측면에서만 볼 일은 아니다. 그것은 임화도 지적했다시피 봉건적 사회관계의 동요라든가 다양한 근대적 요소들—근대적 생산관계를 포함해—의 출현 또는 서구 근대와의 교류와 영향 등을 포괄해서 접근해야 한다.16) 자본주의 맹아를 그렇게 이해한다면, '근대적 생산양식의 맹아를 지니고 있었고 그것이 성장하고 있었다'는 임화의 진술은 나름대로 설득력이 있다. 어쨌든 설득력 여부와는 별개로 임화가 자본주의 맹아론을 이야기하고 있다는 것은 그가 자주적 근대화의 가능성을 최소한 '소극적으로라도' 인정하

---

15) 위의 글, 42면.
16) 심지어는 유럽의 경우에서 볼 수 있듯이 생산력의 저하 또한 그것이 새로운 생산양식으로의 변화를 강제한다는 점에서 자본주의로 나아가는 내적 계기가 된다. 하지만 이 문제는 다른 차원에서 논할 문제이다.

고 있었고, 따라서 적어도 아시아적 정체성론의 '적극적' 지지자는 아니었음을 말해준다.

그러므로 임화가 말하는 '타력에 의한 근대화'는 두 측면에 주목해야 한다. 하나는 자주정신과 세력의 부족이며, 다른 하나는 식민주의이다. 전자가 내적 요인이라면 후자는 외적 요인이다. 특히 이식과 관련해 중요한 것이 후자이다. 앞에서도 지적했듯이 자본주의는 세계화를 본질로 한다는 것이 임화의 생각이다. 그런데 자본주의의 세계화는 역관계를 매개로 해서 진행되기 마련이다. 다시 말해 정치경제적 힘이 센 쪽에서 약한 쪽으로 세계화의 물결이 흘러간다는 것이다. 이는 달리 말하면 중심부에 의한 주변부의 포섭과 종속이 된다. 그런 점에서 세계화는 식민화이다. 임화는 바로 이 점에 주목했던 것이다. 말하자면 자주정신이 부족하고 토착 근대화세력의 힘이 약할 때 타력에 의한 근대화가 근대화의 유일한 길이 되는데, 자본주의의 세계화라는 식민주의적 논리의 작용으로 말미암아 문화적 근대화는 '구미문화의 일방적인 이식과 모방의 과정'이 될 수밖에 없다는 것이 이식문학사론의 이론적 전제인 셈이다.

4. 이식의 결과와 양면성

> 신문화의 형성자들은 구문화를 변혁하여 새 문화 형성에 사용하는 대신 왕왕 그것과 타협함에 이르렀던 것이다.[17]

사회경제적 후진성, 자주정신의 부족, 타력에 의한 근대화로 말미암아 한국 근대문학의 전개과정에서 이식은 불가피한 사태가 된다. 그래

---

17) 위의 글, 56면.

서 임화는 이식과 모방이 '조선 신문화 건설의 유일한 길'이 되었다고 단언한다. 이 단언이 이식을 정당화하는 발언이 아니라 이식의 불가피성을 강조하는 말임은 물론이다. 요컨대 이식의 길만이 남게 되었다는 것이다. 이식이 '낡은 문화를 구축하는 최대의 방법'이라는 말의 의미도 마찬가지다. 세 가지 요인으로 말미암아 전통의 자기갱신이 불가능해졌다면, 이제 이식은 구문화를 청산하는 마지막 방법인 셈이다.

하지만 임화는 이식의 부정적 측면을 동시에 강조한다. 이식이라는 방식으로 문화적 근대화가 진행된 결과 구문화의 '변혁'이 제대로 이루어지지 못하고 그것과 '타협'하는 사태를 낳았다는 것이다. 이러한 임화의 시각은 신소설이 어째서 새로운 내용을 낡은 형식에 담게 되었는지를 설명해준다. 계몽기문학을 과도기로 규정한 것도 그런 맥락에서 이해할 필요가 있다. 임화는 신문학을 전통의 창조적 혁신이나 이식과 전통의 조화로 보지 않고 전통과의 타협으로 비판한다. 이렇게 된 것은 전통 자체의 결함 때문이 아니라 전통을 새로운 문학에 맞도록 적절하게 '개조하고 변혁하지 못했기 때문'이라고 임화는 설명한다. 요컨대 '자주정신이 미약하고 철저하지 못했기 때문'인 것이다. 전통이 새로운 문학의 자양분이 되지 못하고 바람직한 근대문학의 형성을 저해하는 역기능을 한 것도 그래서이다.

여기까지는 주로 전통의 부정적 측면, 즉 전통의 창조적 역할이 부족했고 구문화와의 타협을 낳았다는 점을 지적하고 있는데, 그렇다고 해서 임화가 전통의 긍정적 측면을 무시하고 있지는 않다.

> 새로운 정신을 담은 낡은 용기를 얘기함에 있어 우리는 그것을 한문문화의 유산이 아니라 이조의 언문문화의 전통을 의미하는 것임을 다시 하나 밝혀둘 필요가 있다.
> (…중략…)
> 한문과 결별하여 그야말로 의지할 곳이 없는 문학으로 하여금 재출발의 기

점이 되어준 것도 이조의 언문문학이요, 아직 자기의 형식을 발견하지 못하여 방황하던 나신(裸身)의 새 시대 문학정신에다 풍의를 피할 의장을 입혀준 것이 또한 이조의 언문문학이다.

요컨대 비록 낡은 양식 가운데 결합되었다 할지라도 이조의 언문문학 가운데는 생생한 조선어의 보옥이 숨어있었다. 그 보옥들을 가지고 새 시대의 문학은 오직 새로운 양식을 주조하면 그만이었다.

이 점에 있어 특히 간과할 수 없는 점은 시조, 가사, 창곡, 소설 등의 수다한 이조 언문문학의 유산 중 새 시대의 문학에 가장 가까운 형식의 문학만이 새 정신을 담는 낡은 용기가 될 자격을 얻은 점이다.

바꾸어 말하면 평민의 정신을 내용으로 한 새 시대의 문학에 있어 전대의 문학 중에서도 비교적 평민적인 문학이었던 소설과 창곡, 그리고 가사(이것은 또한 조선의 민요의 형식과 근사한 것임을 기억해야 한다)의 일부분이 재생된 데 불과하다.[18] (강조는 인용자)

임화는 '이조의 언문문학', 그중에서도 평민문학에 주목한다. 신문학이 낡은 형식을 계승했지만, 그리하여 구문화의 창조적 혁신이 아닌 타협을 낳았지만, 그 타협 속에는 나름의 합리적 핵심이 들어 있었다는 것이다. 그 합리적 핵심이란 평민문학의 전통이다. 임화는 평민문학의 전통이 갖는 긍정적 의의로 민족어 및 평민적 형식과 정신의 계승을 꼽는다. 말하자면 신문학이 구문학과의 타협 속에서도 한글문학으로 출발한 것과 평민적 형식을 차용한 것은 근대문학이 바탕하고 있는 평민 정신에 조응하는 구문학을 취사선택한 결과라는 것이다. 이것이 전통의 무의식적 역할이며, 전통이 이식의 해체에 기여하는 소이(所以)라 할 수 있다.

이렇게 볼 때 임화는 이식의 결과를 긍·부정으로 양단하지 않고 그것의 양면성에 관심을 가졌던 것으로 보인다. 한편으로는 자주정신을 결여한 일방적 이식이 구문화와의 타협을 낳음으로써 근대문학이 파행으

---

18) 위의 글, 133면.

로 나아갔다면, 다른 한편으로는 그러한 파행 속에서도 전통에 대한 무의식적 취사선택이 이루어져 근대문학의 내용과 형식에 합당한 방향으로 전통이 변용되었다는 것이다. 전통이 이식성을 강화시키는 동시에 이식을 해체하는 이중적 역할을 하게 되는 것은 그러한 맥락에서이다. 그런 점에서 임화의 이식문학사론은 이식의 결과를 단선적으로 보기보다는 다층적으로 해독하려 노력한 이론적 탐색이었다고 할 수 있다. 이식문학사론이 이식 해체론으로 진전될 수 있었던 것도 이와 관련이 깊다.

5. 이식의 해체와 전통

동양 제국과 서양의 문화교섭은 일견 그것이 순연한 이식문화사를 형성함으로 종결하는 것 같으나, 내재적으로는 또한 이식문화사를 해체하려는 과정이 진행되는 것이다. 즉 문화 이식이 고도화되면 될수록 반대로 문화창조가 내부로부터 성숙한다.

이것은 이식된 문화가 고유의 문화와 심각히 교섭하는 과정이요, 또한 고유의 문화가 이식된 문화를 섭취하는 과정이다. 동시에 이식문화를 섭취하면서 고유문화는 또한 자기의 구래의 자태를 변화해 나간다.

(…중략…)

처음에 그것―전통―은 의식하지 아니한 사이에 새 창조 가운데 들어오고 나중에는 명확히 파악되고 표상 가운데 들어오는 대상으로 나타난다. 신문학의 생성과 발전에 있어 조선 재래의 문화가 정히 이러한 형식으로 신문학의 창조에 관계한 것이다. 그것은 신문학을 외국문학으로부터 구별하는 형식이 되고 또한 내용도 되는 것이다. 그런 의미에서 서구의 르네상스와 같이 우리 문학사는 자기의 상대(上代)에 부흥될 전범을 갖지 못했으나, 그러나 신문학은 그러면서 고유한 가치를 새로운 창조 가운데 부활시키는 문화사의 한 영역이다.[19] (강조는 인용자)

임화가 말하고자 하는 핵심은 전통적인 것과 서구적인 것, 주체적인 것과 이식된 것의 변증법이다. 이 변증법이 이식이 곧 이식의 해체가 되는 원동력이다. 순연한 이식문학사인 듯한 과정이 사실은 내재적으로 이식문학을 해체하려는 과정이 되는 까닭이 그것이다. 전통의 직간접적 개입으로 신문학은 외국문학 — 서구문학이나 일본문학 — 과 형식과 내용의 두 측면 모두에서 구별된다. 이식이 복사판으로 귀결되지 않는 것이다. 요컨대 전통적인 것과 서구적인 것의 변증법은 '비슷하면서도 다른' 문학의 창조로 귀결된 셈이다. 그런 점에서 전통과 서구가 교섭하면서 탄생하는 '제3의 자'는 순종의 이식이면서도 순종과는 다른, 일종의 혼종적 모습을 갖게 된다.

전통이 이식의 해체에 개입하는 과정을 임화는 두 단계로 나눈다. 첫 번째는 무의식적 단계 — 전통이 '의식하지 아니한 사이에 새 창조 가운데 들어오'는 단계 — 이고, 두 번째는 의식적 단계 — 전통이 '명확히 파악되고 표상 가운데 들어오는 대상으로 나타'나는 단계 — 이다. 무의식적 단계는 바바가 말한 혼종과 비슷한 국면이다. 전통이 일종의 집단적 무의식으로 기능하면서 원판과는 다른 '제3의 자'를 낳는 것이다. 임화는 문화유산은 언제나 "단순한 환경적인 여건의 하나가 아니라 그 가운데서 선발되며 환경적 여건과 교섭하고 상관한 주체가 된다"[20]고 해석한다. 이처럼 유산은 항상 문화 형성에 현재적으로 관여하는 '주체'이기 때문에 그것을 의식하지 못하는 상태에서도 새로운 문화 창조의 과정에 개입하게 되는 것이다. 가령 '언문문화'의 형식과 내용이 신문학 속에 스며드는 과정이 그런 경우일 것이다.

두 번째 단계가 흥미롭다. 이 단계는 의식적으로 이식을 극복하는 문제와 관련이 있다. 이식의 극복을 위해서 전통을 새로이 인식하고 적극적으로 활용하는 단계인 셈이다. 임화는 「농촌과 문화」에서 이식문화는

---

19) 임화, 「조선문학연구의 일 과제」, 『임화 신문학사』, 한길사, 1993, 381면.
20) 위의 글, 380면.

"전통을 토대로 하여 창조적 과정에 오르는 것"이라고 강조한다. 임화는 우리의 이식문화가 아직 그러한 의미에서의 '창조적 단계', 곧 '이식문화의 주체화'에 도달하지 못했다고 진단하면서, 그 주된 이유로 "전통과의 교섭이라든가 거기로부터 오는 창조적 장래라는 것을 미처 배려"하지 못했던 점을 지적한다.[21] 이 말은 전통을 새로이 인식하고 적극 활용함으로써 목적의식적으로 이식의 극복을 실천하자는 의미를 담고 있다. 임화가 농촌에 주목한 것도 거기에 전통과 긴밀히 관계를 맺고 있는 민중의 삶과 문화가 집중되어 있기 때문이다. 더구나 임화는 이식의 극복이 서구 근대의 한계를 극복하는 일과 밀접히 연관되어 있음을 주목한다. 말하자면 임화는 제3세계 민중문화의 전통에 서구 근대의 극복이라는 그야말로 창조적인 가치가 내장되어 있다고 생각한 것이다. 전통에 대한 투철한 자의식이 중요한 것은 그래서이다. 임화가 해방직후에 민족문학운동에 매진한 것도 그런 맥락에서 이해할 수 있다. 임화는 해방 직후에 발표한 「조선민족문학건설의 기본과제에 대한 일반보고」에서 프로문학의 한계를 지적하면서 '좋은 의미의 민족성'을 부정한 것과 '문학유산의 계승'을 소홀히 했음을 지적한 바 있는데, 이것들이 전통의 창조적 역할과 직결된 문제임은 물론이다. 요컨대 전통을 이식을 극복하고 주체적인 근대문학을 건설하며 나아가 부패한 서구문화를 대신한 대안적 문학을 세우기 위한 자산으로 적극 활용해야 한다는 뜻이 여기에 담겨 있는 셈이다.

임화는 문학적 근대성을 제대로 성취하지 못한 가장 중요한 이유로 이식성을 꼽는다. 이러한 입장은 「본격소설론」 이후 일관되게 견지된다. 이식성을 극복하지 못한 것은 근본적으로 일제의 식민지배 때문이었다. 따라서 민족문학운동은 식민성의 청산을 통해 이식성을 극복하고, 이식성의 극복을 통해 좋은 의미의 문학적 근대성 ─ 개성과 사회성

---

21) 임화, 「농촌과 문화」, 『조광』, 1941.4, 187~188면.

의 통일, 인물과 환경의 조화, 부분과 전체의 통일 등―을 실현하기 위한 실천이었다. 이 과정에서 전통의 창조적 혁신이 하나의 중요한 계기로 작용한다. 이태준·채만식·김유정·김소월·정지용·이육사와 같은 작가들이 잘 보여주듯 전통은 어떻게 활용하느냐에 따라 문화적 식민성으로서의 이식성을 극복하는 유력한 무기가 될 수 있기 때문이다.

6. 이식의 양면성과 한국 근대소설의 '특수성'

임화가 이식 문제에 관심을 갖게 된 동기의 일단을 「본격소설론」에서 찾아볼 수 있다. 임화는 "조선소설의 전통은 불충분하나마 의연히 본격소설에 있었다"고 말한다. 이 발언은 두 가지 의미를 내포하고 있다. 하나는 조선의 근대소설이 본격소설을 지향해왔다는 점이다. 이때의 본격소설이란 '고전적 의미의 소설', 곧 묘사와 표현 또는 성격과 환경의 조화를 기본 구조로 한 소설을 가리킨다. 그것이 19세기에 절정을 이루었던 서구의 근대소설을 전범으로 하고 있음은 분명하다. 하지만 그렇다고 해서 임화가 서구 중심주의자는 아니다. 왜냐하면 임화는 앞에서 살펴보았듯이 서구의 근대소설이 전범이 된 것은 그것이 절대적 보편이어서가 아니라 이식의 결과임을 누구보다 뚜렷이 자각하고 있었기 때문이다. 「개설 신문학사」의 분석을 통해서 우리는 임화가 자주적 근대화의 노력이 좌절되고 자본주의 세계체제에 편입되면서 이식만이 유일한 근대화의 코스로 남게 되었다고 생각했음을 확인한 바 있다. 이는 임화가 근대화의 경로를 '서구화'로 단선화시키지 않고 다양한, 최소한 자주적 근대화와 타율적 근대화라는 두 가지 길을 설정하고 있었음을 말해준다.

물론 자주적 근대화를 통해 성취하고자 한 근대의 상 역시 서구적인 것이었지 않느냐는 비판도 가능하다. 하지만 이러한 비판은 임화가 서구화, 곧 자본주의 근대화와는 다른 근대기획인 사회주의를 이념으로 하는 프로문학을 주도했다는 사실을 생각하면 설득력이 부족하다. 그런 점에서 임화가 서구의 근대소설을 전범 삼아 본격소설을 설명한 것은 이식이 근대화의 유일한 경로가 된 상황을 염두에 두고 이해해야 한다. 따라서 문제는 이식이 과연 당시의 유일한 근대화 경로였냐는 데 있다. 임화의 관점에서 보자면, 이것은 주체의 의도나 소망과는 무관한 문제이다. 왜냐하면 자본주의 세계체제에 편입되는 순간 이식은 선택의 여지가 없는 객관적 소여(所與)가 되기 때문이다. '소설'이라는 장르의 이식 과정 또한 마찬가지다. 자본주의 세계체제 하에서 소설은 지배적 장르일 수밖에 없다. 그것은 중심부 자본주의가 주변부로 이식되면서 자본주의를 지배적 생산양식으로 재생산하는 것과 동일한 과정이다. 이러한 재생산 과정을 통해 자본주의가 특수에서 보편으로 정립되듯 소설 역시 동일한 과정을 통해 유럽의 특수한 장르에서 지구적 보편 장르로 재정립된다. 물론 자본주의의 보편화 과정이 '강제된' 보편화이듯 소설의 보편화 역시 강제된 보편화이지만, 힘에 의거한 보편화 또한 보편화의 한 경로, 심지어는 역사적으로 볼 때 매우 유력한 경로라는 점에서 소설의 이식은 자본주의 세계체제에 편입된 한국의 근대문학이 감내할 수밖에 없는 객관적 소여였던 셈이다.22) 그러므로 임화가 19세기 서구소설을 전범으로 한 본격소설의 전통에 주목한 것은 그가 서구 중심주의자여서

---

22) 이와 관련해 소설이 식민주의의 산물이고, 그렇게 된 밑바닥에는 유럽이 창안한 '개성적 개인' ― 곧 부르주아적 개인 ― 의 이데올로기가 깔려 있다는 미우라 마사시의 설명은 흥미롭다. 미우라 마사시, 김경원 역, 「소설이라는 식민지」, 『작가연구』 2002년 상반기, 깊은샘, 2002. 자본주의 세계체제와 소설 ― 모레티에 따르면 근대 서사시 ― 의 관계에 대해서는 F. 모레티, 조형준 역, 『근대의 서사시』, 새물결, 2001 참조. 여기서 모레티는 자본주의 세계체제의 등장은 '파우스트적인 세계 지배'에 "여분의 자양분과 범위, 심지어 여분의 사악함까지 제공한다"(81면)고 말한다.

가 아니라 이식이라는 객관적 소여 속에서 한국 근대소설이 나아갈 수 있는 최선의 길을 찾기 위해서였다고 할 수 있다. 다시 말해 임화는 이식이 유일한 근대화의 경로가 된 한국문학의 특수성에 대한 인식을 바탕으로 본격소설이라는 길을 불가피한 대안으로 내세운 것이다.

하지만 임화는 거기서 멈추지 않는다. 그는 조선소설의 전통이 의연히 본격소설에 있었다고 말하면서 동시에 그것이 '불충분'했다고 지적한다. 그러면서 불충분함의 이유를 다음과 같이 설명한다.

> 그것은 조선문학의 이식성, 즉 한 계단의 소설을 내용으로나 구조로나 완성하기 전에 또 한 조류가 들어와서 교대하고 상쟁하야 일종의 혼류, 또는 병렬, 혹은 첩적(疊積)의 상을 정(呈)하고 있었기 때문이라 할 수 있다.
> 결국 이때까지의 조선소설이 고전적 의미의 소설, 소위 본격소설의 면모를 잃지 않았더라는 것인데 물론 먼저도 언급한 것처럼 그것은 완성된 전통적 성격으로서가 아니라 미완의 그러므로 완성에의 지향으로 표현된 것이었다.[23]

끊임없는 이식으로 인해 조선소설의 내용과 구조가 무엇 하나 완성을 이루지 못한 채 쫓아가기에 급급했기 때문에 본격소설 역시 완성품으로서가 아니라 '완성에의 지향'으로만 표현되는 데 그쳤다는 말인데, 이 말 속에는 이식으로 시종하는 한 본격소설의 완성은 불가능하다는 비판적 자의식이 담겨 있다. 요컨대 자본주의 세계체제에 편입된 한 이식만이 근대성을 성취할 수 있는 유일한 길이었지만, 바로 그 이식 때문에 근대성의 성취가 언제나 미완성일 수밖에 없는 역설을 임화는 강조하고 있는 셈이다. 그런 점에서 본격소설론이 19세기 유럽의 소설을 이상형으로 설정하고 있다는 식의 해석은 이식의 양면성에 대한 임화의 통찰을 보지 못한 오독(誤讀)이라 할 수 있다. 임화가 본격소설론을 통해 던지고자 한 질문은 이식이라는 객관적 소여 속에서 한국 근대소

---

23) 임화, 「본격소설론」, 『문학의 논리』, 학예사, 1940, 370면.

설이 나아갈 수 있는 '최선의' 길이 무엇이었는지, 그리고 그 길이 왜 좌절할 수밖에 없었는지, 또 그 좌절을 극복할 가능성은 과연 있는지에 대해서였다. 그것들은 한마디로, 서구 중심주의라는 비판자들의 해석과는 반대로, 서구의 경우와는 다른 한국 근대소설의 '특수성'에 대한 탐색이라고 요약할 수 있을 것이다. 그러므로 본격소설이 과연 바람직하고도 현실적인 대안이었냐에 대한 검토는 필요하겠지만, 본격소설론 자체가 서구 중심적 사유의 산물이라는 비판은 이제 거두어져야 한다.

이식의 양면적 기능에 대한 임화의 통찰은 마르크스가 「영국의 인도 지배의 장래의 결과」에서 영국의 인도 식민화가 낡은 아시아 사회를 파괴하고 서구 사회의 물질적 기초를 아시아에 구축했지만, 그것이 인도의 "인민 대중을 해방시키지도 못할 것이고 그들의 사회적 조건을 근본적으로 개선하지도 못할 것"이라고 예측한 것과 상통하는 바 있다. 마르크스는 그 이유를 "해방과 개선은 생산력의 발전 여부에만 의존하는 것이 아니라 이 생산력들이 인민의 것으로 되느냐 않느냐에 의존"하기 때문이라고 설명한다. 요컨대 생산력 발전의 주체와 수혜자가 민중이냐 아니냐가 관건인데, 식민 상태에서는 근대화의 주체와 수혜자가 식민국의 부르주아이고 피식민국의 민중은 그 과정에서 철저히 배제되기 때문에 근대화가 '해방과 개선'에 아무런 도움을 주지 못한다는 것이다.[24] 아마드에 따르면, 이러한 분석은 마르크스가 식민주의자도 서구 중심주의자도 아님을 보여주는 결정적 증거이다. 오히려 아마드는 마르크스의 분석이 '식민주의의 야만적 역학' — 근대의 물질적 기초를 마련해주는 한편 피식민 민중의 삶을 질곡에 빠뜨리는 식민주의의 양면성 — 에 대한 탁월한 통찰력을 보여준다고 평가한다.[25] 이러한 마르크스의 분석은 이식이 문학적 근대화의 길을 서구화로 단일화시켰고 그 과정에서 본

24) K. 마르크스, 최인호 외역, 「영국의 인도 지배의 장래의 결과」, 『칼 맑스 / 프리드리히 엥겔스 저작선집』 2, 박종철출판사, 1991.
25) A. 아마드, "Marx on India", In Theory, Verso, 1992, pp.225~235.

격소설이라는 가능성을 창출했지만, 그 길은 이식성으로 말미암아 항상 '불충분함'과 미완성으로 귀결된다는 임화의 분석과 그대로 겹친다. 임화가 해방직후에 민족문학운동에 투신한 것도 그 연장선상에 놓여 있다. 마르크스의 말마따나 식민국에서의 프롤레타리아 혁명이나 피식민국의 완전한 민족해방만이 식민주의의 모순을 해결할 수 있는 방책이었기 때문이다.

7. 결론―이식과 탈식민

임화의 이식문학사론은 이식의 양면성에 대한 고찰을 통해 한국 근대문학의 특수성을 해명하기 위해 구상된 이론이라고 할 수 있다. 나아가 임화의 이식문학사론은 이식된 문학의 불완전성 혹은 미완결성에 주목함으로써 이식의 고도화가 어째서 이식의 해체를 수반하는지, 이식의 극복이 왜 근대성의 성취에 관건인지를 밝혀낸다. 이식의 해체와 극복은 특히 이식과 전통의 복잡한 상호작용을 통해 이루어지는데, 그 가운데 중요한 것은 두 가지이다. 하나는 전통의 무의식적 개입에 의해 서구의 원판과 '비슷하면서도 다른' 혼종이 생겨나는 것이고, 다른 하나는 전통에 대한 자의식에 기초해 이식성을 목적의식적으로 극복해 나가는 것이다. 임화는 두 번째 방식까지 가야 새로운 문학의 창조가 가능하다고 생각했다.

임화의 이식론이 문학사론의 형식을 띠게 된 것은 이식의 역사적 연원을 규명하려는 의도와 맞물려 있다. 임화의 이식문학사론에서 가장 문제적인 부분이 한국의 근대문학을 서구문학의 이식과 모방의 역사로 본 대목이다. 하지만 이 규정은 임화가 서구 중심주의에 빠져 있었기 때문이 아니라 한국 근대문학의 '객관적 소여'를 설명하기 위해서라고 이해해야 한다. 여기서 중요한 것이 자본주의 세계체제에 편입되는 순간 '개화'가 근대로 나아가는 유일한 길이 되고 이때 주객관적인 조건이 미비되었을 경우 '자주적 개화'의 가능성이 사라지면서 이식만이 불가피한 경로로 남는다는 명제이다. 이식의 연원에 대한 이러한 접근은 민족주의에 기댄 내재적 발전론이나 서구문학을 세계문학의 보편적 전범으로 받아들이는 비교문학론 양자를 동시에 넘어서는 탁월한 통찰이라 할 수 있다. 본격소설에 대한 임화의 설명방식도 마찬가지이다. 자본주의 세계체제 하에서 소설은 지배적 장르가 된다. 그렇다면 소설의 지배는 우리가 근대세계체제에서 살고 있는 한 불가피한 일일 수밖에 없다. 다양한 장르간의 각축이 벌어졌던 계몽기에 소설이 최종 승자로 부상해가는 과정은 그 점을 약여하게 보여준다. 여러 내외적 요인들이 있었지만, 가장 결정적인 요인은 '서구 자본제의 동점'이었다. '서구 자본제의 동점'은 다양한 내외적 요인들을 궁극적으로 규율하는 최종 심급으로 작용했거니와 장르 경쟁 역시 거기서 예외일 수 없었던 것이다. 본격소설론은 그러한 역사적 조건 속에서 최선의 대안을 모색하는 가운데 나온 결과물이었다. 그것이 과연 최선이었냐에 대한 검토는 여전히 중요한 쟁점으로 남아있지만, 본격소설론을 서구 중심주의와 연결시켜 비난하는 것은 한국 근대문학의 역사성에 대한 인식이 결여된 텍스트주의적 편견이다.

아시아적 정체성에 대한 임화의 인식 또한 마찬가지다. 임화가 아시아적 생산양식론을 수용하고 있는 것은 사실이다. 하지만 아시아적 생산양식론에도 다양한 갈래[26]들이 있을뿐더러 임화의 아시아적 정체성론은 '내재적 발전'의 가능성을 전면 부정하고 있지도 않다. 실학에 대한 주목에서부터 '자주적 개화'의 가능성에 대한 강조에 이르기까지 임

---

26) 아시아적 생산양식론의 다양한 갈래들에 대해서는 유승희·김윤호 역, 『마르크스와 아시아』, 소나무, 1990에 실린 쟝 셰노의 3편의 논문 참조

화는 '내재적 발전'의 가능성을 다층적으로 탐색한다. 하지만 주체 역량의 미약, 자주정신의 부족, 전통과 주체성에 대한 자의식의 미흡 등으로 자주적 개화의 가능성이 소진된 상태에서 '서구 자본제의 동점'은 치명타가 되었고, 그 결과 타력—일본 제국주의—에 의해 근대화가 추진될 수밖에 없게 되었다는 것이 임화의 생각이었다. 이식이 문화적 근대화의 유일한 길이 된 것도 그 연장선상에 놓여 있다.[27]

마지막으로 임화의 이식 개념이 좁은 의미의 개념임을 다시 한 번 강조해야겠다. 임화는 교류와 영향을 이식의 범주에서 제외하고 있으며, '비주체적 개방'에 한정해 이식 개념을 적용하고 있다. 이식 개념을 넓게 풀어버릴 경우 어느 나라의 문학도, 심지어는 서구문학까지도 이식에서 자유롭지 못하게 된다. 따라서 이식 개념을 '비주체적 개방'으로 제한해야만 그것이 제3세계 혹은 식민지 근대의 특수성을 규명할 수 있는 설명적 범주가 된다.

결론적으로, 임화의 이식문학사론은 민족주의에 기초한 내재적 발전론과 서구 중심주의적 비교문학론을 동시에 넘어 제3세계 근대의 특수성을 해명하려는 선구적 시도였다. 해방직후 임화의 민족문학론의 바탕에도 이식문학사론이 깔려 있음은 물론이다. 그런 점에서 이식문학사론에서 민족문학론으로 이어지는 과정에서 이식론이 어떤 역할을 하고 있는지에 대한 연구가 앞으로 필요하다.[28] 하지만 이식문학사론에만 한정

---

27) 이와 관련해 유럽 봉건제는 변화, 곧 체제의 해체가 내부로부터 강제될 수밖에 없는 구조였고 아시아의 '녹봉제적 관료제'는 변화가 필요 없거나 변화를 꾀하기 어려운 체제였다는 월러스틴의 분석은 흥미롭다. 월러스틴의 분석에서 중요한 것은 양자의 차이가 곧 생산력 수준을 뜻하는 것은 아니라는 언명이다. 중국이 유럽보다 생산력이나 과학기술 수준이 낮지 않았으며 어떤 면에서는 더 앞선 부분도 적지 않았다고 월러스틴은 진단한다. 문제는 변화 내지는 해체를 어떻게 수용할 것이냐와 관련된 체제의 성격이다. 유럽은 해체 없이는 지배체제의 유지가 불가능했고 중국은 그렇지 않았다는 것이다. 아시아적 생산양식론과는 다르지만, 월러스틴의 이러한 설명은 동아시아, 좁혀 말해 한국의 중세가 근대로의 내적 변화에 서구보다 왜 뒤졌는지를 이해할 수 있는 단서를 제공해준다. 이에 대한 상세한 설명으로는 I. 월러스틴, 「중세적 서곡」, 『근대세계체제』 1, 까치글방, 1999 참조.

하더라도 이식의 양면성과 이식 해체의 내적 변증법에 대한 고찰은 참으로 독창적이고도 과학적이라 하지 않을 수 없다. 그런 점에서 임화의 이식문학사론은 탈식민 문학론의 한 전범으로 평가받기에 전혀 손색이 없다.

---

28) 이에 대한 간략한 검토로는 이 책의 「민족문학론의 역사와 후기식민성」 참조

1930년대 후반 문학비평과 이식 논의

1. 1930년대 후반 문학비평의 지형과 한국 근대문학의 자기반성

1930년대 후반은 한국 근대문학의 역사에서 여러모로 중요한 의미를 갖는 시기이다. 무엇보다 30년대 후반이 한국 근대문학의 한 순환과정이 끝나는 시기라는 데 주목해야 한다. 신소설이 등장하는 1905년 무렵을 기점으로 하면 30년대 후반은 30년이 흐른 때이다. 30년이 한 세대를 가리킨다는 점에서 30년대 후반은 전(前)세대의 문학이 마무리되고 다음 세대의 문학이 출발하는 시점이 되는 셈이다. 실제로 1905년부터 30년대 중반까지의 한국 근대문학은 크게 보아 '계몽의 기획'이라는 계보로 묶을 수 있다. 조선의 전(前)근대성과 식민성을 혁파하고 참다운 근대성을 구현하려는 계몽의 기획이 한국 근대문학의 중심을 이루었다.

하지만 30년대 후반으로 가면 계몽의 전통은 심각한 위기를 맞이한다. 이 위기는 일차적으로 일제 파시즘의 강화라는 정치적 요인으로부터 비롯된 것이다. 그와 관련해 카프의 강제적 해체는 상징적이다. 카프의 프로문학운동은 계몽 기획이 가장 급진화된 사례라 할 수 있다. 프로문학이 내세웠던 당파성의 원칙은 부르주아 계몽주의를 대체한 급진적 계몽 원리였다. 그런 점에서 1935년 카프의 강제 해체는 계몽 기획이 일제 파시즘의 억압에 의해 전면적 파국에 빠진 대표적 사건이었다. 계몽 전통의 이러한 위기는 카프 해체를 계기로 촉발되어 중일전쟁과 태평양전쟁을 거치면서 돌이킬 수 없는 대세로 굳어졌다.

그러나 30년대 후반은 일제 파시즘이라는 외적 요인에서 비롯된 위기 국면이라는 단선적 의미로만 채색된 시기는 아니다. 문학 내적으로 보자면, 이때는 자기반성의 시기이기도 했다. 이 자기반성은 한국 근대문학의 한 순환과정이 좌절한 데 따른 반응일 뿐 아니라 한국 근대문학이 성숙했음을 보여주는 징표이기도 하다. 30년대 후반, 특히 37년을 전후해 대다수의 문인들은 한국 근대문학이 결정적인 벽에 부닥쳤음에 동의한다. 그 원인이 무어냐에 대해서는 의견이 분분했지만 이대로는 더 이상 한국 근대문학이 정상적인 발전을 지속할 수 없다는 점에는 일치된 견해를 보여주었다. 그리고 위기 해결의 대안으로 휴머니즘론, 지성론, 모랄론, 본격소설론, 생활론, 풍속소설론 등 숱한 주장들이 제시되었다. 이러한 자기반성과 대안의 모색은 타당성이나 현실성 여부와는 별개로 한국 근대문학이 자신의 역사를 되돌아보고 미래의 가능성을 새로이 기획하기 시작했다는 점에서 그만큼 한국 근대문학이 성숙했음을 말해주는 징표인 셈이다.

위기의 원인에 대한 다양한 진단 가운데서도 '좌절과 성숙'이 중첩되어 있는 가장 중요한 논의가 바로 '이식' 논의이다. 일반적으로 '이식' 하면 임화를 떠올리지만, 한국 근대문학의 이식성에 대한 관심은 임화에게만 국한된 것이 아니었다. 정도의 차이라든가 용어의 차이는 있었지만, 당시 이식성에 대한 관심은 꽤 광범위했다고 할 수 있다. 말하자면 이식성을 어떻게 이해하고 어떻게 대응할 것인가 하는 문제는 당시

문학비평의 모든 논의들 속에 직간접적으로 녹아들어 있었던 셈이다. 그중에서도 필자가 특히 주목하는 비평가는 임화·김기림·김동리 세 사람이다. 이들은 공히 30여 년에 걸친 한국 근대문학운동이 30년대 후반에 이르러 결정적인 벽에 부딪쳤다고 보았고, 그 근본 내인(內因)이 이식성이라고 생각했다. 프로문학·모더니즘문학·순수문학을 대표하는 세 사람이 유사한 문학사 인식을 보여준다는 것은 이식성 문제가 30년대 후반 문학비평의 공안(公案)이었음을 단적으로 말해준다.

그러나 표면적인 유사성과는 달리 이식성 문제에 대한 이들의 해석과 평가는 문학관과 이념의 차이에 따라 판이하다. 또한 진단의 차이는 처방의 차이를 낳았으니, 한국 근대문학이 나아갈 방향에 대한 세 사람의 시각차는 해방 이후 한국문학의 전개과정과도 밀접히 연관되어 있다. 따라서 본고는 이와 관련해 세 가지 쟁점을 중점적으로 다루고자 한다. ①이식의 의미와 원인에 대한 설명방식. ②이식의 진행과정과 이식이 초래한 결과에 대한 해석과 평가. ③이식성의 극복을 위한 대안. 이식성 문제에 대한 세 사람의 논의를 비교함으로써 본고는 이들의 견해차가 자신들의 문학이념과 어떻게 결합되어 있고, 30년대 후반 문학비평의 지형 속에서 어떠한 의미를 지니며, 나아가 한국 근대문학의 이후 전개과정과 어떻게 관련되는지를 검토하고자 한다. 특히 한국문학의 탈식민적 가능성을 모색하는 데 이식 논의는 여러모로 도움을 줄 것으로 생각되는데, 한국문학의 탈식민화란 이식성을 극복하지 않고는 불가능한 과제이기 때문이다. 그런 점에서 본고의 궁극적 목적은 30년대 후반의 이식 논의를 통해 한국문학의 탈식민적 가능성을 점검해보는 데 있다. 다만 임화의 이식론은 앞글에서 다루었기 때문에 여기서는 김기림과 김동리의 이식론을 살펴보고 그것을 임화의 이식론과 비교하는 방식으로 논의를 전개해 나가도록 하겠다.

2. 이식에 대한 두 편향―보편주의와 토착주의

30년대 말이 일제 파시즘이 극에 달했던 시기임은 앞에서 지적한 바 있다. 제국주의 파시즘의 총공세로 한국 근대문학운동은 이 시기에 이르러 미증유의 위기를 맞이하게 된다. 그에 대응해 당시의 논객들은 위기의 본질을 규명하고 대안을 모색하기 위한 다각도의 노력을 벌였다. 그 가운데 위기의 내적 요인에 대한 분석도 다양하게 시도되었는데―위기란 외적 요인만으로 오지 않는 법이므로―그 과정에서 제기된 쟁점 가운데 하나가 이식성 문제였다. 주목할 것은 이식을 위기의 내적 요인으로 생각한 것이 임화만이 아니었다는 사실이다. 많은 비평가들이 임화와 비슷하게 또는 다른 방식으로 이식성을 위기의 내적 요인으로 거론했다.

하지만 이는 다른 측면에서 보자면 한국 근대문학이 그만큼 성숙했다는 반증이기도 하다. 서구 중심적 보편주의의 허구성을 자각했다는 점에서 그러하다. 서구 중심적 보편주의의 허구성을 자각했다는 것은 곧 주체성을 자각했다는 뜻이고, 그것은 한국 근대문학의 '주체적' 길에 대한 모색으로 이어질 수 있기 때문이다. 그러나 구체적 내용을 들여다보면, 이식성에 대한 해석이나 대안은 논자마다 많은 편차를 보여준다. 달리 말하면, 이는 문화적 탈식민화의 경로에 대한 견해가 서로 달랐음을 의미한다. 또한 이는 민족에 대한 시각차와도 밀접히 연관되어 있었다. 민족을 절대화하느냐 역사화하느냐에 따라 이식에 대한 해석이나 대안이 갈라졌다. 그런 점에서 30년대 말의 이식 논의에는 탈식민화와 관련된 쟁점들이 직간접적으로 내재해 있었다고 할 수 있다. 그중에서도 임화·김기림·김동리의 논의가 주목할 만하다. 이들은 각각 30년대 후반을 삼분하고 있던 프로문학·모더니즘문학·순수문학을 대표하는 논객일뿐더러 해방 이후 한국문학의 행로(行路)와도 깊이 연결되어 있기 때문이다.

이식에 대한 김기림의 시각을 가장 극명하게 보여주는 글은 「우리 신문학과 근대의식」이다. 이 에세이에서 김기림은 근대 세계문학의 역사를 한마디로 '르네상스의 세계화과정'으로 규정한다. 김기림은 한국 근대문학사 또한 '르네상스의 세계화과정'의 연장으로 이해한다. 따라서 김기림에게 '이식'은 문학사의 당연한 법칙이 된다. 왜냐하면 근대문학이 세계문학이고 세계문학사가 르네상스의 세계화과정이라면 이식은 그러한 세계화가 한국이라는 지역에서 전개되는 양태이기 때문이다. 여기서 우리는 김기림의 모더니스트로서의 면모 — 세계주의자 — 를 재확인할 수 있거니와 그런 점에서 김기림은 서구 근대문학의 도입을 영향과 교류라는 의미로 이해하고 있다고 하겠다. 김기림이 서구문학의 도입을 부정적으로 보지 않고 한국문학의 근대화를 위해 당연한 일로 생각한 것은 그래서이다.

모더니즘에 대한 김기림의 설명에서 그 점은 뚜렷이 드러난다. 김기림은 한국의 근대문학이 서구문학의 '모방'에서부터 시작되었다고 단언한다. 김기림에 따르면, 그것은 "그 문학의 모체인 문명의 침입에 따른 불가피한 일이었다." 하지만 그렇다고 해서 '모방'이 부정적 현상은 아니다. 오히려 김기림은 '모방'이 불철저해서 한국문학의 근대화가 지체되었다는 입장이다. 가령 김기림은 1920년대 한국 낭만주의 시의 목표가 "잃어버린 중세의 탈환이었지 새로운 시민의 질서가 아니었"고, "전진하는 역사적 현실 대하여 퇴각하는 자세를 보이는 문학"이었다고 비판한다. 그러면서 그 원인으로 전통과의 타협을 지적한다. 요컨대 20년대 낭만주의는 "허물어져가는 낡은 동양에 대한 애수"의 문학이었던 것이다. 그런 점에서 모더니즘은 '20세기의 문학'을 의식적으로 추구한 최초의 시도가 된다.[1] 서구 모더니즘의 수용은 따라서 한국 근대문학으로

---

1) 김기림, 「'모더니즘'의 역사적 위치」, 『시론』, 백양당, 1947, 72~73면.

하여금 비로소 20세기적 꼴을 갖추게 해준 셈이다.

김기림 역시 한국 근대문학이 위기를 맞이했음을 인정한다. 그는 그 것을 "근대라는 것은 이 이상 발 하나 옮겨놓을 수 없는 상태에 다다랐다"고 묘사한다. '발 하나 옮겨놓을 수 없는 상태', 이 말에서 우리는 김기림의 위기의식이 얼마나 발본적(拔本的) 수준이었는지를 어렵지 않게 확인할 수 있다. 김기림에게 이 위기는 서구에서부터 시작된 것이다. 르네상스로 상징되는 근대정신이 막다른 골목에 처하면서 근대의 위기가 시작되었고, 그것이 '이식'이라는 경로를 통해 조선에 들어온 것이다.[2] 그런 점에서 한국 근대문학의 위기는 서구 근대의 위기가 한국에 '이식'됨으로써 발생한 현상인 셈이다. 이러한 원인 분석은 상당히 흥미로운 바 있다. 왜냐하면 이 논리에 따르면 서구 근대의 위기가 해결되지 않는 한 한국 근대문학의 위기 또한 해결되기 어려워지기 때문이다. 그러므로 한국 근대문학의 위기는 서구 근대의 위기를 해결할 수 있느냐 여부에 달려 있다. 김기림이 서구 근대의 유효성에 계속 관심을 기울인 것도 그 때문이라 할 수 있다.

김기림은 '근대의 파산'이 눈앞에 이르렀음에도 불구하고 근대를 폐기 처분할 수는 없다고 주장한다. 그보다는 "전보다 더 주밀한 관찰과 반성과 계량을 준비해야 한다"고 말한다. "근대정신 그것 속에는 물론 버릴 것도 많겠으나 한편 추려서 새 시대의 유산으로 넘길 부분이" 적지 않기 때문이다. 김기림은 새 시대의 유산으로 삼을 근대정신으로 과학정신, 모험의 정신, 이성과 지성 등을 든다. 김기림이 근대의 폐기가 아닌 근대의 쇄신을 주장하는 까닭은 현재가 "아직도 새로운 시대가 아

---

2) 이에 대해 김기림은 다음과 같이 말하고 있다. "최근 10년간 우리가 끌어드린 여러 가지 사상 '모더니즘', '휴매니즘', '행동주의', '주지주의' 등등은 어찌 보면 전후 구라파의 하잘 수 없는 신음소리였으며 '근대' 그것의 말기적 경련이나 아니었던가? 그렇다면 대체 지난 10년 동안의 우리의 노력은 무엇이었나? 우리는 저도 모르게 한낱 혼돈을 수입한 것이며 열매 없는 도로(徒勞)에 그치고 만 것일까?"(강조는 인용자). 김기림, 「우리 신문학과 근대의식」, 위의 책, 64~65면.

니고 '근대'의 결산 과정"이기 때문이다.3) 과학정신이라든가 이성과 지성 같은 것들은 근대를 비판할 때 가장 많이 거론되는 대상이다. 근대의 위기란 바로 이것들의 위기이다. 그럼에도 김기림은 여전히 과학정신과 지성이 계승해야 할 '새 시대의 유산'이라고 주장한다. 그런 점에서 김기림은 전형적인 근대주의자이다.

그렇다면 근대의 쇄신으로 근대의 위기를 극복할 수 있는 방안은 무엇일까. 김기림은 일단 근대가 민족을 단위로 전개되어 왔고 '개인의 창의' 또한 "한 민족의 체험으로서 결정(結晶)되고 조직된 연후에 비로소 시대의 추진력이 될 수" 있었다고 적극적으로 평가한다. 그러나 '민족'만으로는 한계에 부닥칠 수밖에 없다는 것이 김기림의 판단이었다. "오늘에 와서는 한 민족만을 구할 수 있는 원리라는 것은 벌써 있을 수 없"기 때문이다. 그러므로 세계적 보편성을 담지한 원리의 창출만이 근대의 위기를 해결할 수 있는 유일한 길이 된다.

> 한 민족을 건질 수 있는 것은 동시에 그것은 세계적인 원리여야 한다. 그것은 한 민족의 창조적 의욕을 제(諸)민족의 지지 위에 실현할 수 있는 보편적인 원리여야 한다.
>
> (…중략…)
>
> 그런데 구주에 있어서 혹은 결산기 뒤에 앞으로 기대하는 신질서의 건설에는 제민족이 민족의 자격으로 참가할 것으로 보이는데 이 민족을 내포하면서도 민족을 초월해야 할 신질서에 있어서 민족상호 간의 정신적 이해와 융합을 가능케 할 유력한 수단은 무엇일까? 수백의 조문이나 규약이 달할 수 있는 형식의 한계를 넘어서 그것의 저편에 다시 깊이 맺어질 수 있는 것은 서로서로의 문화의 접촉과 포용과 존경이라는 노력이다.4) (강조는 인용자)

김기림은 민족 전체를 하나로 포괄하는 보편적 원리의 창출만이 근

---

3) 위의 글, 66~67면.
4) 위의 글, 68면.

대의 위기를 극복할 수 있는 길이라고 말한다. 과학정신이나 지성에 대한 김기림의 부단한 강조는 이러한 인식과 관련이 깊다. 과학정신과 지성만큼 민족적 경계를 가로지르는 보편 지향적 원리도 없기 때문이다. 이와 함께 민족문화들 간의 '접촉과 포용과 존경', 즉 문화적 다원주의를 대안으로 내세운 것도 주목을 요한다. 이는 괴테의 세계문학론을 연상시키거니와 여기서 우리는 김기림이 여전히 세계주의를 근대의 위기를 돌파할 수 있는 유력한 방책으로 여기고 있음을 다시 한 번 확인할 수 있다.

김기림이 근대문학을 세계문학으로 이해한 점은 일단 탁월한 통찰이라 할 수 있다. 거기에는 근대가 세계화의 시대라는 인식이 깃들어 있기 때문이다. 그 연장선상에서 이식을 세계화과정의 매개고리로 설명한 것 또한 이식의 주요 측면을 정확히 지적한 것으로 볼 수 있다. 그러나 근대에 대한 이러한 보편주의적 이해방식은 지극히 일면적 사고라는 문제점을 갖는다. 보편주의적 세계문학론으로는 세계문학이 단순히 르네상스의 세계화가 아니라 제국주의적 침탈의 역사가 빚어낸 소산이기도 하다는 사실을 보지 못한다. 요컨대 김기림은 근대의 밝은 면만을 강조할 뿐 식민주의가 빚어낸 근대의 어두운 면에 대해서는 외면하고 있는 것이다. 물론 김기림은 근대의 양면성을 부단히 지적해왔다. 하지만 근대의 양면성에 대한 김기림의 사유는 이성의 가능성과 한계에 대한 문명론적 비판에 그친 채 제국주의적 세계체제에 대한 인식으로까지는 나아가지 못하고 있다.

근대와 서구를 동일시하는 것 또한 이와 관련이 깊다. 김기림은 근대화를 서구가 창안한 근대정신이 세계로 확산되는 과정으로 이해한다. 이럴 때 근대화는 서구화일 수밖에 없고, 따라서 근대를 긍정하는 한 서구화는 자연스러운 발전법칙이 된다. 서구화가 근대화의 유일한 경로라면 근대화는 제국주의와는 무관한 일이 되어 버린다. 김기림이 이식을 영향이나 교류와 비슷한 의미로 긍정적으로 받아들이는 것도 그래서이다. 그가 세계적 보편성을 위기 극복의 해법으로 내세우는 것도 같은 맥락에서이다. 서구화=근대화의 논법 아래에서는 비(非)서구의 특수성이란 인정될 수 없기 때문이다. 근대의 파국 운운하다가 어이없게도 "서로서로의 문화의 접촉과 포용과 존경"이라는 문화적 다원주의를 해법으로 제안하는 대목에서 그 점은 극명하게 드러난다. 제국주의적 세계 질서가 극에 달한 상태에서 이런 식의 다원주의가 이식의 극복을 위한 유효한 방안이 될 수 없음은 췌언(贅言)이 필요 없다. 제국주의 하에서의 다원주의란 중심 대 주변의 위계가 전제된 '위장된 다원주의'에 불과하기 때문이다. 그 위장을 벗기고 진정한 다원주의로 나아가려 하는 순간 제국주의는 항상 억압과 폭력으로 맞대응했음을 우리는 세계사에서 익히 보아왔다. 그런 점에서 김기림의 문화적 다원주의는 서구화=근대화라는 서구 중심적 보편주의가 빠질 수밖에 없는 이론적 궁지를 선명하게 보여준다.[5]

김동리는 김기림의 대척점에 서 있다. 무엇보다 동양정신에 대한 김동리의 강조에서 양자의 확연한 차이를 확인할 수 있다. 김동리는 「무녀도」를 "풍수설과 함께 민족 특유의 이념적 세계인 신선 관념의 발로"라고 설명한다. 그러면서 그것을 "인간의 개성과 생명의 구경 탐구"와 연결시킨다. 이를 통해 우리는 김동리가 문학의 본질로 주장해온 '구경적 생의 탐구'가 적어도 본인에게 있어서는 전통주의—사실은 토착주의—에 직결되어 있음을 확인할 수 있다. 김동리 역시 서구문학의 수용을 부정하지 않는다. 다만 그는 '주체화'를 대단히 강조하는데, 말하

---

5) 다른 한편 서구 중심적 보편주의, 곧 세계주의는 김기림으로 하여금 동양을 상대화해 바라보도록 해준 이론적 준거이기도 했다. 김기림이 일제 말기에도 동양주의와 일정한 거리를 두면서 식민주의에 포섭되지 않을 수 있었던 것도 이와 관련이 깊어 보인다. "서양 문화가 일정한 거리에까지 물러선 것처럼 동양 문화도 한 번은 어느 거리 밖에 물러가서 우리들의 새로운 관찰과 평가에 견디어야 할 것"이라는 발언에서 동양을 상대화하려는 김기림의 관점을 읽을 수 있다. 김기림, 「'동양'에 관한 단장」, 『문장』, 1941.4, 214면.

자면 서구의 문화를 수용하더라도 그것이 우리 자신의 전통을 매개로 주체화될 때에만 진정한 문학을 창조할 수 있다는 것이다.

김동리는 외래 문학을 비주체적으로 모방한 대표적 예로 프로문학을 든다. 김동리에 따르면, 프로문학은 "'물질'이란 이념적 우상의 전제 하에 인간의 개성과 생명을 예속 내지 봉쇄"시켰다. 이는 프로문학이 '사대주의적 습성'에 빠져 물질주의를 비주체적으로 수용한 데 따른 결과이니, 구세대 문학의 위기는 결국 이러한 비주체적 모방의 산물이다. 그런데 구세대 문학 전체가 비주체적 모방이라면 사실상 주체적 수용이란 대단히 협소한 어떤 것이 되고, 따라서 '교류와 영향'에 해당하는 것들도 대부분 이식의 범주에 들어가게 된다. 이는 임화가 이식의 의미를 협소하게 규정한 것과는 상반되는 셈인데, 그런 점에서 김동리 식의 논리대로라면 어떠한 문학도 이식의 그물을 피해가기가 매우 어려워 보인다. 김기림과 비교해보면, 양자를 분명하게 구별한 임화와는 달리, 김동리와 김기림은 이식과 '영향과 교류'의 경계가 불분명하다는 공통점을 보여준다. 다만 김기림이 이식까지도 '교류와 영향'으로 보는 데 반해 김동리는 '교류와 영향'으로 볼 만한 것까지도 이식으로 이해한다는 차이를 지닌다. 그런 점에서 이식 문제에 대한 김동리의 관점은 대단히 근본주의적이라 할 수 있다. 그래서 김동리에게 이식은 부정적 현상이 된다. 이식이란 결국 사대주의의 산물이기 때문이다. 김동리가 토착주의를 대안으로 내세운 것도 그런 맥락에서이다. 이식이 사대의 결과라면 사대의 극복은 반(反)이식, 곧 전통으로의 회귀가 최선의 길이 되기 때문이다.

흥미로운 것은 김동리가 30년대 후반 조선문학의 위기를 근대문학 일반의 위기로 보지 않고 철저히 "외래의 사상이나 주의를 배워서 그것이 곧 제 작품"인 양 행세했던 구세대 문학의 위기로 이해하고 있다는 사실이다. 그래서 구세대 문학의 위기 내지는 침체가 김동리에게는 오히려 문학발전의 결정적 기회가 된다. 신세대의 주체적 문학이 개화할 수 있는 조건이 마련되었기 때문이다.

오늘날의 이 땅 문단 신생면(新生面)은 후일 조선문학사 상에서 필연적으로 한 진정한 신세대로서 인정되지 않을 수 없는 운명을 띠고 있다. 그것은 어떤 원리나 주의가 외부로부터 사조적으로 들어와 피동적으로 덮어씌워진 것이 아니라, 한 절벽에 이르러 꺾이느냐 일어나느냐 하는 문단 생리의 배수진에서 그것(신생면)이 출발했기 때문이다.

한 세대를 형성할 이념으로서 크든 적든(나는 적다고 하지 않는다) 그것이 제 자신에서 배태하여 제 자신에서 빚어진 정신이 아니면, 이 땅 문단과 같이 전통이 빈약한 데서는 도저히 진정한 신세대는 출발할 수 없는 법이다. 비단 문학만이 아니라 종교나 철학의 경우를 보더라도 외래의 어떤 위대한 사상이 타민족에 들어가려면, 그 민족 본래의 어떤 고유한 개념의 범주를 거쳐(거기서 소화되어서) 그 민족 특유의 체취와 형태를 띠고 발휘되는 것이었다.[6]

김동리는 구세대 문학을 비주체적 모방의 문학으로 몰아붙이면서 신세대 문학을 그 반대편에 위치시킨다. 반대편이란 당연히 주체적 문학이 된다. 그에게 주체적 문학이란 '제 자신에게서 배태하여 제 자신에서 빚어진 정신'을 바탕으로 해 '그 민족 특유의 체취와 형태'를 띤 문학이다. 신세대 문학이 바로 그런 문학인 셈이다. 신세대 문학이 한국 근대문학사에서 "필연적으로 한 진정한 신세대로 인정되지 않을 수 없는 운명"을 부여받은 것도 그래서이다. 전형적인 내재적 발전론을 연상시키는 김동리의 이러한 주장은 이식의 내적 변증법에 대한 인식을 불가능하게 만든다. 김동리의 논리는 이식 대 주체의 선명한 이분법에 기대고 있기 때문이다. 구세대 문학을 전면 부정하는 것도 이식 대 주체의 이분법을 척도로 해서거니와 이 대목에서 김동리가 주체적 문학의 유력한 길로 '토착주의'를 제시한 까닭도 분명해진다.

토착주의가 어째서 진정한 문학의 길이 되는 것일까. 여기에 김동리

---

6) 김동리, 「신세대의 정신」, 『문장』, 1940.5, 81~82면.

순수문학론의 한 비밀이 숨어있다. 놀랍게도 김동리 역시 김기림과 마찬가지로 근대를 서구와 동일시한다. 이 점은 가령 "근대문학정신을 일러 '인간 탐구'라 하고, 이 인간 탐구의 정신이란 두말할 것도 없이 르네상스 정신의 발전이며, 르네상스 정신의 진수란, 세칭, '인간성 옹호'란 것이니 이 말은 즉, 신이라는 전제적 우상에의 예속에서 인간이 각기 제 개성과 생명에 복귀하여 그것을 옹호하고 발휘 지양시킨다는 뜻"[7]이라는 발언에서 극명하게 드러난다. 여기서 김동리는 개성과 생명의 구경 탐구를 르네상스 정신과 연결시키고 르네상스 정신을 근대문학의 정신으로 해석한다. 김기림과 똑같은 서구=근대의 논법인 셈이다. 그런 점에서 김동리 또한 김기림과 마찬가지로 서구 근대를 근대의 유일한 전범으로 받아들이는 '단수의 근대'론을 수용하고 있다.

　이처럼 단수의 근대의 입장에 설 때 대응책은 두 가지뿐이다. 근대의 가능성을 긍정할 경우 그것은 서구 중심적 보편주의로 간다. 김기림이 전형적인 예이다. 반면에 김동리는 근대가 르네상스 정신을 잃어버리고 물질주의에 예속되면서 근본적 한계에 봉착했다고 생각한다. 이럴 경우 근대란 곧 서구이기 때문에 근대 극복의 유일한 길은 반(反)서구, 즉 토착주의가 된다. 김동리가 토착주의를 구경적 생을 탐구하는 진정한 문학의 대안으로 여긴 것은 그래서이다. 김동리가 「무녀도」의 의의를 '신선 관념의 발로'에서 찾고 있는 것도 같은 맥락에서이다. 김동리는 '신선 관념'을 풍수설과 함께 '민족 특유의 이념'이라는 이유로 높이 평가한다. 신선도가 현재의 우리에게 어떤 의미를 갖는지에 대한 고구(考究)는 중요하지 않다. 다만 그것이 '개성과 생명의 구경 탐구'라는 문학의 본도(本道)와 직결되어 있다는 점만을 강조할 뿐인데, '개성과 생명의 구경 탐구'가 김동리가 생각하는 르네상스 정신의 핵심이라는 점에서 김동리는 다시금 근대로 회귀한 꼴이 된다.

---

7) 위의 글, 83면.

그렇다면 김동리는 반(反)근대주의자가 아니라 근대를 진정한 근대와 타락한 근대로 나누고 그 가운데 진정한 근대를 지향하는 보편주의적 근대주의자가 되어버린다. 김동리는 이 딜레마를 토착주의로 해소하려 한다. 김동리가 토착주의로 나아가는 근거는 두 가지이다. 하나는 신선도가 '개성과 생명의 구경 탐구'라는 르네상스 정신과 부합한다는 점이다. 말하자면 신선도는 진정한 근대를 복원시킬 수 있는 유력한 대안인 셈이다. 다른 하나는 신선도가 '제 자신에서 배태하여 제 자신에서 빚어진 정신'이자 '민족 특유의 체취와 형태'를 띤 이념이라는 점이다. 즉 신선도는 서구 중심적 사대주의에 대한 저항의 이념인 것이다. 김동리가 서구와 근대를 동일시했다는 점에서 서구 중심주의에 대한 저항은 곧 반(反)근대가 된다. 토착주의가 진정한 근대의 이념과 상통하면서도 반근대를 지향하는 대안적 기획이 되는 것은 이런 경로를 통해서이다.

하지만 토착주의는 이식성을 극복하는 바람직한 길이 되기 어렵다. 왜냐하면 토착주의란 서구=근대라는 잘못된 전제가 만들어낸 대안이기 때문이다. 토착주의는 서구와 근대가 동일할 때에 한해 정당화될 수 있다. 그럴 때에만 반서구가 반근대가 되기 때문이다. 그러나 서구와 근대가 동일하다는 발상은 근대의 다양한 가능성을 닫아놓은 전형적인 서구 중심주의일 뿐이다. 서구=근대 논법은 비(非)서구 혹은 제3세계에서 실천되었던 주체적 혹은 대안적 근대화의 노력과 경험들을 무시한 담론이다. 따라서 서구와 근대가 동일하지 않다면 토착주의는 반서구는 될 수 있을지언정 반근대는 되지 못한다. 김동리의 순수문학론이 근대를 부정하면서도 끊임없이 근대로 회귀하고 마는 것도 토착주의의 이러한 내적 균열 때문이다. 신선도라는 반서구 이념이 **형식적으로는** 반근대지만 **내용적으로는** '개성과 생명의 구경 탐구'라는 르네상스 정신, 곧 진정한 근대의 정신으로 귀착되는 데서 토착주의의 내적 모순을 발견하기란 어렵지 않다.

그런 점에서 김동리의 토착주의는 비서구라는 특수성을 절대화한 민족주의적 한계를 벗어나지 못하고 있다. 특수성의 자각은 민족 주체에 대한 인식의 출발점이다. 토착주의 또는 민족주의가 기여한 바가 이 점에 있다. 하지만 특수성을 절대화하는 순간 토착주의는 민족을 절대화하는 민족주의의 포로가 되고 만다.[8] 특수성을 역사화하는 일의 중요성이 여기에 있다. 이럴 때 민족을 상대화할 수 있기 때문이다. 그러나 김동리의 토착주의는 전통의 역사성을 보지 못하고 그것을 대안적 이념으로 절대화했다. 그럼으로써 민족주의로 빠져들면서 반서구도 반근대도 놓치는 결과를 낳았다.[9] 토착주의가 제3세계를 심미화한 전도된 오리엔탈리즘이라는 비판은 그런 점에서 경청할 만하다. 이러한 한계는 근대와 서구를 동일시한 데서부터 비롯되었으니, 그렇게 보면 김동리의 순수문학론은 김기림과는 정반대되는 방식으로 서구 중심주의에 포박되어 있었던 셈이다.

3. 결론—이식 해체와 탈식민화

임화의 이식론이 갖는 문학사적 의의는 그것이 김기림 식의 보편주의와 김동리 류의 특수주의를 동시에 극복한 이론이라는 데 있다. 무엇보다 임화는 이식론을 통해 '식민지적 특수성'의 문제를 해명하고자 했다. 특수성을 자각했다는 것은 임화가 보편주의의 미망에서 벗어났다는 것을 뜻한다. 말하자면 서구의 고전적 근대와는 다른 조선적 근대의 특

---

8) 토착주의와 민족주의의 역할과 한계에 대한 날카로운 분석으로는 F. 파농, 남경태 역, 「민족문화에 관하여」, 『대지의 저주받은 사람들』, 그린비, 2004 참조.
9) 김동리의 민족관은 가령 「조선문학의 지표」, 『청년신문』, 1946.4.2 같은 글에서 잘 나타난다. 여기서 김동리는 민족을 초역사적인 지역/혈연 공동체로 설명한다. 이러한 민족관은 토착주의와 수미일관하게 조응한다.

수성에 착목함으로써 임화는 보편주의적 근대관을 넘어선 것이다. 이식은 조선적 근대의 특수성을 설명해주는 열쇠가 된다. 임화가 조선적 근대의 특수성을 강조했지만, 그것은 특수성을 절대화하기 위해서가 아니라 특수성의 본질적 연관을 규명하기 위해서였다. 다시 말해 특수한 근대인 서구의 근대와 또 하나의 특수한 근대인 조선적 근대의 관계를 정립하기 위해서 특수성에 주목한 것이다. 요컨대 조선의 근대는 왜 서구의 근대와는 다른 코스—이식의 코스—로 전개될 수밖에 없었는지, 그 과정에서 서구 혹은 일본과 조선의 역사적 관계는 어떠했는지, 문학에서는 그것이 어떤 방식으로 나타나는지를 규명하기 위해 특수성에 관심을 갖게 된 것이다. 여기서 우리는 임화가 서구=근대로 생각했던 김기림과 김동리의 '단수의 근대'관과 달리 근대를 특수들의 총체로 이해하는 '복수의 근대'관을 지니고 있음을 확인할 수 있다. 이때 조선적 근대의 특수성에 담긴 보편적 연관을 설명해주는 고리가 이식이다. 이처럼 임화의 이식론은 서구 중심적 보편주의와 민족주의적 특수주의를 동시에 극복하면서 조선적 근대의 특수성을 이론적으로 일반화하기 위한 매개개념이다. 임화의 이식론을 김기림·김동리의 그것과 비교해보면 다음과 같은 차이점을 보여준다.

첫째, 임화는 이식과 '교류와 영향'을 철저하게 구별함으로써 비주체적 개방이라는 이식의 본질을 적출해낼 수 있었다. 반면에 김기림과 김동리는 이식과 '교류와 영향'의 경계를 애매하게 처리한다. 김기림이 이식까지도 '교류와 영향'의 범주에 집어넣었다면, 김동리는 '교류와 영향'까지도 이식으로 규정했다. 그 결과 김기림은 이식에 대한 비판적 시각을 잃어버렸고, 김동리는 구세대 문학 전체를 사대주의로 몰아붙이는 근본주의에 빠지고 말았다. 그런 점에서 이식과 '교류와 영향'의 경계에 대한 임화의 구별의식은 이식의 역사성을 규명할 수 있는 중요한 방법론적 기반이 되었다.

둘째, 임화의 이식론은 이식의 역사적 연원에 대한 분석에 기반하고 있다. 김기림과 김동리가 이식을 문화―르네상스 정신―의 측면에 국한시켜 이해하고 있는 데 비해 임화는 이식이 정치경제적 식민화의 결과임을 분명히 한다. 이 점은 아무리 강조해도 지나치지 않은데, 이식의 역사적 연원을 제대로 이해해야만 이식의 양면성―근대화의 경로이자 식민화의 계기라는―을 통찰할 수 있기 때문이다. 김기림이 이식의 긍정성만을 보았다면 김동리는 이식의 부정성만을 강조한다. 이는 이식의 사회역사적 연원을 보지 못했기 때문이다. 반면에 임화는 이식의 사회역사적 연원을 정확히 이해하고 있었기 때문에 한편으로는 식민화의 결과 이식이 근대화의 유일한 길이 되었다는 점, 다른 한편으로는 이식이 식민성을 심화시키는 역할을 하고 있다는 점을 동시에 읽을 수 있었다. 말하자면 임화는 이식의 양면성을 총체적으로 파악할 수 있었던 것이다.

셋째, 임화의 이식론의 본의는 이식 해체론이었다. 임화는 누누이 "이식의 진전은 이식의 해체를 수반한다"고 강조한다. 그것은 이식이 원판의 단순 모방이 아니라 전통과의 상호침투에 의해 원판과 '비슷하면서도 다른' '제3의 자(者)'를 산출하기 때문이다. 김기림과 김동리는 이식은 원판의 모방이라고 보았다. 모더니스트와 토착주의자가 똑같은 입장인데, 그 결과 이식은 긍정하거나 부정하거나 양자택일해야 할 현상이 된다. 서구의 근대가 파탄에 처했음에도 불구하고 그것에 계속 매달리는 김기림의 근대주의가 전자라면, 서구 근대의 가능성을 전면 부정하면서 토착성을 절대화하는 김동리의 순수문학론이 후자에 해당한다. 반면에 임화는 이식의 양면성에 주목함으로써 이식의 진전이 이식의 해체를 수반하는 이식의 내적 변증법을 포착할 수 있었다. 여기서 중요한 것이 임화가 '제3의 자'를 새로운 전통으로 규정하고 있는 점이다. 말하자면 원판과 '비슷하면서도 다른' 제3의 문학이 새로운 전통이 됨으로써 이식의 해체가 가능해지는 것이다.

넷째, 임화의 이식 해체론은 민족문학론으로 이어졌다. 이는 임화가 이식의 해체를 탈식민화의 문화 전략으로 구상하고 있었음을 의미한다. 이 대목에서 임화의 이식 해체론은 주체 부재의 무의식적 과정에 머물러 있는 바바 식의 혼종론을 넘어 탈식민을 향한 목적의식적 기획으로 화(化)한다. 바바의 혼종론은 식민주의의 무의식적 균열에만 초점을 맞추기 때문에 문화적 탈식민화를 위한 저항 담론이 되기 힘들다. 주체와 전략이 결여되어 있기 때문이다. 반면에 임화의 이식 해체론은 민족문학론과 결합함으로써 민중 주체에 기반한 실천적 탈식민운동이 된다. 이와 관련해 임화가 민족을 계급적으로 분할된 이질적 공동체로 이해하고 있는 점은 매우 중요하다. 이로써 이식 해체론이 민족 동질성의 이데올로기에 매달리는 김동리 류의 민족주의 기획으로 해소되지 않고 자본주의 근대를 극복하기 위한 이행의 전략으로 승화될 수 있었기 때문이다.[10] 또한 이식 해체론은 서구 근대의 틀에서 끝내 벗어나지 못했던 김기림의 보편주의와 달리 서구 근대와 구별되는 제3세계 근대의 가능성을 적극 모색한다. 나아가 제3세계 근대에서 서구 근대의 극복 가능성을 읽어냄으로써 이식의 해체를 탈식민화의 기획으로까지 고양시킨다. 그런 점에서 임화의 이식 해체론은 식민성을 해체하기 위한 문화적 전략이자 자본주의 근대를 넘어서기 위한 탈식민적 실천의 한 부분이 된다.

---

10) 이에 대한 좀더 자세한 설명으로는 이 책의 「민족문학론의 역사와 후기식민성」 121~127면 참조

일제 말기 임화의 생산문학론과 근대 극복론

1. 일제 말기를 어떻게 바라볼 것인가

일제 말기의 한국문학에 대해 말하는 것은 여러모로 조심스럽다. 두 개의 덫이 숨어있기 때문이다. 하나는 민족주의이다. 민족주의의 시각으로 이 시기를 바라보면, 일제 말기는 순응이냐 저항이냐의 두 극단으로 대립하게 된다. 물론 그 대립이란 지극히 비대칭적인 대립, 즉 절대다수의 순응과 극소수의 저항으로 구성된 대립이다. 이 시기를 흔히 암흑기라고 부르는 것도 그런 연유에서이다. 다른 하나는 최근 각광받고 있는 해체론적 후기식민론이다. 해체론적 후기식민론에 따르면, 이 시기는 순응과 저항, 협력과 일탈이 뒤섞인 '혼종'의 공간이다. 그런데 혼종의 결과는 대체로 '포섭'으로 귀착되는 경향이 강하다. 그럴 수밖에 없는 것이 혼종이란 기존 체제의 승인을 암암리에 전제하고 있기 때문이다. 그렇게 보면, 해체론적 후기식민론 역시 적어도 결과론적으로는 민족주의와 비슷하게 암흑기론에 기울어 있다.

민족주의와 해체론적 후기식민론이 일제 말기를 규정하는 데 있어 결과적으로 비슷한 모양을 보여주는 것은 양자가 공히 식민주의를 자기 완결적이고 견고한 담론/체제로 상정하기 때문이다. 식민주의를 억압적 담론으로 이해하든, 헤게모니 담론으로 이해하든, 이들에게 식민주의란 억압이나 동의를 관철할 수 있는 대단히 강력한 담론/체제이다. 그래서 민족주의의 입장에서는 저항이 엄청난 용기와 결단을 요하는 행위가 되고, 해체론적 후기식민론의 관점에서는 그것이 식민주의의 권역 내부에서 한없이 맴도는 덧없는 일이 된다. 요컨대 양자는 식민주의를 절대시하고 있다는 점에서 동일한 생각을 공유하고 있는 셈이다. 그 결과 민족주의는 대항 헤게모니 이외의 저항을 인정하지 않으며, 해체론적 후기식민론은 저항의 가능성 자체를 회의한다. 민족주의에서 대항 헤게모니 이외의 저항이란 식민주의의 '허위의식'에 넘어갔다는 점에서 순응의 또 다른 표현일 뿐이고, 해체론적 후기식민론에서 모든 저항은 항상 순응을 내장하고 있기 때문이다.

민족주의와 해체론적 후기식민론에 일정한 진실이 담겨 있는 것은 부인하기 힘들다. 식민주의가 억압과 착취를 강제하는 담론인 것도 사실이고, 식민주의에 피식민 주체의 욕구를 일정하게 반영한 동의 기제가 담겨 있는 것도 틀림없기 때문이다. 하지만 이들은 식민주의의 한 면만 붙잡고 그것을 식민주의의 '전부'라고 강변하는 '과잉 일반화'의 오류에 빠져 있다. 그로 말미암아 이들은 공히 일제 말기 한국문학의 풍부한 탈식민적 가능성을 보지 못하는 심각한 실수를 범한다. 그 타격은 저항의 담론인 민족주의 쪽이 더한 것이 사실이다. 민족주의라는 잣대가 엄격해지면 엄격해질수록 저항의 여지는 반비례적으로 더욱더 좁아지기 때문이다. 민족주의가 '급진화'할수록 근본주의화하는 것도 그 때문일 터이다. 그렇다고 해체론적 후기식민론의 처지가 좋은 것도 아니다. 따지고 보면, 해체론적 후기식민론이야말로 가장 지독한 근본주의이다. '누구도 식민주의로부터 자유롭지 못하다'는 생각만큼 근본주의적인 것이 또 어디 있겠는가. 이 명제는 '누구도 원죄로부터 자유롭지 못하다'는 기독교 근본주의를 연상시킨다. 역사를 기원의 반복으로 여긴다는 점에서 그러하다. 그래서 해체론적 후기식민론의 실제 결과물은 식민주의의 '해체'라는 애초의 취지에서 점점 멀어지는 역설에 빠지기 일쑤인 것이다.

　이러한 이론적 곤경을 극복하려면 식민주의를 양가적 담론/체제로 보는 발상의 전환이 필요하다. 요컨대 식민주의를 자기 완결적이면서 비(非)자족적인, 견고하면서 나약한 담론/체제로 이해해야 한다는 것이다. 식민주의의 비자족성은 식민주의가 피식민 타자 없이는 존립할 수 없다는 사실에서 비롯되며, 그로 인해 식민주의는 자기 내부에서 식민 주체와 피식민 주체간의 길항작용이 끊임없이 벌어지는 분열상을 항상적으로 노정한다. 그런 점에서 식민주의의 균열과 동요는 구조적이다. 식민주의가 나약한 담론/체제인 것은 그래서이다. 식민주의의 이 비자족적이고 나약한 측면이 탈식민 저항의 거점이자 탈식민 주체가 형성되는 계기이다. 요약하자면, 식민주의의 양가성은 피식민 주체와의 피할 수 없는 상호작용이 낳은 '구조적' 결과이며, 이 양가성은 다시 식민주의에 대한 저항을 산출하고 탈식민 주체를 형성하는 계기가 된다.[1]

　일제 말기 역시 이러한 관점에서 접근할 때 비로소 풍부한 저항의 가능성을 보여준다. 총동원체제라는 엄혹한 상황에서도 일제의 식민 파시즘은 곳곳에서 양가성의 모순으로 동요하고 있었다. 이러한 동요는 기본적으로 식민주의의 구조적 비자족성에 기인한 결과였다. 일제 말기 한국문학은 식민주의의 나약하고 비자족적인 틈을 거점으로 다양한 방식으로 저항을 수행한다. 총동원체제라는 열악한 조건으로 인해 그 저항은 대단히 은밀하고 간접화된 저항이었지만, 다른 한편으로 그것은

---

1) 식민주의를 이해하는 세 가지 방식에 대한 좀 더 자세한 설명으로는 이 책의 「한국 근대문학 연구와 탈식민」 참조

극히 교묘하고 전략적인 저항이기도 했다. 일제 말기 임화의 문학비평역시 마찬가지였다. 특히 임화의 생산문학론과 근대 극복론은 이 시기의 탈식민 저항이 나아갈 수 있는 가능성의 최대치를 보여준다. 일제말기 한국문학의 탈식민적 가능성을 검토하는 데 있어 임화의 문학비평을 생략할 수 없는 까닭이 여기에 있다.

2. 전체주의 비판과 농민문학론

　일제 말기 임화의 문학비평은 '농민문학'으로 집중된다. 카프의 농민문학논쟁에는 별 관심을 보이지 않았던 임화가 이 시기에 집중적으로농민문학과 관련된 글을 쓴다는 것은 흥미롭다. 먼저 일제 말기가 카프시절과는 다른 때임을 지적할 필요가 있다. 카프 시절의 농민문학론이부르주아 민주주의혁명이라는 변혁 전망 속에서 진행되었던 것인 데비해 일제 말기는 그러한 변혁 전망이 사라진 시대이다. 오히려 이 시기의 농민문학 논의는 주로 '국책'의 차원에서 이루어졌다. 생산성의 향상이라는 목적과 함께 서구 근대의 극복이라는 주제가 일제 말기의 농민문학 논의에 담겨 있었다. 그렇게 보면, 임화 역시 일제 말기로 오면서 식민주의에 일정하게 포섭된 것으로 볼 수도 있다. 실제로 이 시기임화의 글들을 보면 일제의 국책이나 이데올로기를 이모저모 소개하는내용들이 들어 있다. 하지만 임화는 농민문학이나 생산문학을 논의하면서 그것들의 나약한 측면에 주목함으로써 식민주의를 내부로부터 비판한다. 그런 점에서 이 시기 임화의 문학비평은 식민주의의 내부로부터식민주의를 격파해가는 '내적 저항'의 좋은 사례라 할 만하다.
　농민문학을 논하면서 임화가 먼저 관심을 보이는 것이 전체주의문학이다. 전체주의문학이란 개체보다 전체, 개인보다 민족과 국가를 우선시하는 문학이념을 가리키는데, 임화는 '나치스' 문학을 그 전범으로 보았다. 임화는 전체주의문학의 가장 중요한 특징으로 두 가지를 든다.

첫 번째는 국가나 민족과 같은 '전체'를 절대시하는 점이다. 임화에 따르면, 전체를 중시하는 것은 본래 정치 영역의 일이었지 문화와는 무관했다. 문화란 "'전체'라는 것과는 인연이 먼 '개체'란 개념 위에서 성육되어" 왔기 때문이다. 따라서 전체주의문학은 정치의 논리가 문화에 강제된 것이다. 임화에게 "전체주의는 이론으로서 주어진 것이 아니라, 행위로서 힘으로서 초래"된 것이다. 그런 만큼 임화는 "문화에겐 전체주의를 수용하느냐 안하느냐 하는 채택의 결정권이 주어지지 않았다"고 본다. 그것은 정치와 권력에 의해 외부로부터 '강제'된 것이다. 여기서 임화가 은밀히 강조하는 것은 전체주의와 문화의 불화(不和) 관계이다. 말하자면 힘의 논리에 의해 전체주의 이데올로기가 문학에 강제되었지만, 문학은 태생적으로 개체성에 바탕하고 있기 때문에 전체주의와 조화되기 힘들다는 것이 임화의 전언(傳言)이다. 그러면서 임화는 "정치도 하나의 예술"이라는 괴벨스의 언급을 인용하는데, 이는 곧바로 파시즘을 '정치의 미학화'로 규정한 벤야민을 떠올리게 한다. 요컨대 임화 역시 전체주의문학, 곧 파시즘 문학을 '정치의 미학화'로 이해하고 있었던 셈이다.

임화는 전체주의문학이 본질적으로 민주주의와 적대적 관계임을 지적한다. 개인의 자유와 문화의 자율성, 즉 임화의 설명을 빌리면 "계몽시대 독일 문화가 의존하고 있던 서구문화"의 '자유민주주의'적 전통을 인정하지 않는다는 점에서 그러하다. "제3제국적인 문예정책은 정치에 있어서 민주주의와의 결별의 하나의 자연스런 연장"이라는 발언에서 그러한 임화의 시각을 확인할 수 있다.[2] 임화가 전체주의와 민주주의의

---

2) 임화, 「전체주의의 문학론」, 『문학의 논리』, 학예사, 1940, 759~763면.

적대성을 지적한 것은 여러모로 의미심장하다. 특히 전체주의가 당시 일제가 내세운 국가 이데올로기였다는 사실3)을 감안하면, 이 지적은 독일이라는 우회로를 경유한 일제 파시즘에 대한 간접적 비판이라고도 할 수 있다. 그렇게 보면, 제국주의 파시즘의 극복 가능성을 임화가 어떻게 생각하고 있었냐와는 별개로, 최소한 임화가 일제 말기의 식민주의에 대해 비판적 입장을 지니고 있었던 것만은 분명했다고 할 수 있다.

두 번째는 '아스팔트' 문학을 배격한다는 점이다. 아스팔트 문학이란 도시성에 기반한 문학을 뜻한다. 요컨대 아스팔트 문학은 "도시의 문학, 가두의 문학"이다. 이때 도시성과 가두성은 "시민의 정신, 상인의 기질"을 가리킨다. '나치즘'은 이러한 도시정신을 "향토에 대한 애착을 갖지 않은 '보헤미안'이고 환경에 대한 100%의 기회주의"로 본다. 전체주의가 아스팔트의 문학을 배격하는 까닭은 아스팔트 문학에 '향토와 민족과 국가'에 대한 애착이 결여되어 있기 때문이라는 것이 임화의 설명이다. 특히 '민족'의 관점에서 볼 때 아스팔트 문학의 문제점은 더욱 도드라지는데, 민족이란 향토성에 뿌리박은 "혈(血)의 연대"이기 때문이다. 따라서 '혈의 연대'로서의 민족이라는 기준으로 보면, 도시성이란 비(非)민족적인 것이 된다.4) 파시즘이 도시의 문학을 배격하고 농촌의 문학을 높이 평가하는 것도 바로 농촌에 담긴 향토성의 전통, 피의 전통 때문인 셈이다.

임화가 1940년을 전후해 농민문학에 관심을 기울이게 되는 것도 이와 관련이 적지 않아 보인다. 말하자면 임화는 총동원체제가 되면서 '향토와 민족과 국가'를 절대시하는 파시즘적 문화논리가 지배 이데올로기가 되었음을 간파한 것이다. 이때 가능한 저항의 길은 세 가지이다. 첫 번째는 파시즘적 문화논리를 전면 거부하면서 대안적 이념을 제시

---

3) 이에 대한 자세한 설명으로는 방기중, 「조선 지식인의 경제통제론과 '신체제' 인식」, 『일제하 지식인의 파시즘체제 인식과 대응』, 혜안, 2005, 37~87면 참조.
4) 임화, 앞의 글, 764~769면.

하는 길이다. 가장 선명한 저항의 길이지만, 억압이 극단화되었던 당시로서는 이 길은 실천하기 어려운, 그런 점에서 적어도 국내에서는 현실성이 없는 길이었다. 두 번째는 파시즘적 문화 논리를 내부로부터 격파해가는 내적 저항의 길이다. 이것은 한편으로 지배 이데올로기를 수용하면서 다른 한편으로 지배 이데올로기의 양가성을 공략하는 방식이다. 여기서 지배 이데올로기를 수용한다는 것은 그것에 동의한다는 의미가 아니라 '우위성(superiority)'을 인정한다는 뜻이다. 세 번째는 정치적 무관심을 선언하는 길이다. 일제 말기에 정치적 무관심은 종종 혼종적 저항의 효과를 갖는다. 정치적 무관심은 대개 순응과 저항이 혼재되어 있다는 의미에서 혼종적이다. 다만 총동원체제에서는 일상까지도 정치 논리에 장악되는 맥락적 특수성 때문에 저항적 효과가 보다 강하게 발휘된다.[5)]

이 가운데 임화가 택한 것은 두 번째 길, 곧 내적 저항의 길이다. 임화가 내적 저항이라는 방식을 택한 것은 아마도 이 길이 현실적으로 가능한 최대치의 저항이라고 생각했기 때문이 아닌가 추정된다. 다시 말해 식민주의를 전면 거부하는 것이 불가능한 상황이라면, 식민주의 내부로 들어가 그것의 비자족적이고 나약한 측면을 공략하는 것이 보다 효과적이라고 보았던 것 아닐까. 이렇게 추정하는 까닭은 40년대에 임화가 쓴 문학비평들이 당시의 문학적 지배 이데올로기 가운데 하나였던 농민문학 또는 생산문학에 집중되어 있기 때문이다. 당시 농민문학과 생산문학은 동전의 양면과 같은 관계였다. 소재는 농촌이지만, 주제는 생산이었기 때문이다. 시민의 문학은 도시의 문학이라는 이유로 배격되었고, 생산의 주된 거점이 농촌이었기 때문에, 생산문학이 논하는 대상도 주로 '농촌'이었다. 이는, 앞에서 살펴보았듯이, '농촌'이 갖는 이데올로기적 상징성 ─ 민족의 뿌리라는 ─ 과 생산성의 향상이라는 국

---

5) 탈식민 저항의 세 유형에 대한 자세한 설명으로는 이 책의 「일제 말기 김정한 문학과 탈식민 저항의 세 유형」 참조.

책적 필요 때문이었다고 할 수 있다. 임화가 농민문학에 관심을 기울인 것은 그 연장선상에 놓여 있다. 그런 점에서 임화가 파시즘적 문화논리의 우위성을 인정한 것은 틀림없다.

하지만 우위성을 인정했다고 포섭된 것은 아니다. 오히려 임화는 당시의 농민문학을 내부로부터 비판해 나감으로써 파시즘적 지배 논리에 우회적으로 맞선다. 임화는 먼저 당시의 농민문학을 대표하는 '흙의 문학'이 "지식인의 정신이 관조의 시대에 처해있을 때 발견한 문학"임을 꼬집는다. 그래서 '흙의 문학'에는 "그전 농민문학에서 보는 바와 같은 예비된 관념이 없는 것이요, 따라서 주제가 적극성이 없고 미약한 점이며, 하나의 초목과 같은 자연으로서 농민과 농촌생활을 관조하고 있는 점이다."6) 그런 점에서 '흙의 문학'은 농민문학의 바람직한 모습이 아니라고 임화는 날카롭게 지적한다. '흙의 문학'을 비판하는 임화의 이론적 입각점은 리얼리즘이다. 사상과 주제와 리얼리티의 강조, 이것은 임화가 본격소설론에서 줄곧 강조했던 것들이다. 하지만 임화의 이러한 요구는 '흙의 문학'이나 국책문학으로서의 농민문학이 감당할 수 없는 내용이다. 국책문학으로서의 농민문학은 흙과 피로 상징되는 신화적 상상력에 기초한 문학이고, 총후봉공을 선동하는 문학이며, 향토의 신비로움에 취한 문학이기 때문이다. 요컨대 그것은 실제 현실을 은폐하고 미화하는 지극히 이데올로기적인 문학인 셈이다. 따라서 리얼리즘을 살리라는 임화의 요구는 당시 농민문학의 논리나 목적과 어긋날 수밖에 없다. 말하자면 리얼리티야말로 국책문학으로서의 농민문학의 가장 나약한 측면이었고, 임화는 바로 그 부분을 짚음으로써 식민주의의 양가성을 환기하고 있는 것이다.7)

「일본 농민문학의 동향」에서는 임화의 비판이 더욱 교묘해진다. 이

---

6) 임화, 「농민과 문학」, 『문장』, 1939.10, 161면.
7) 리얼리즘에 근거해 국책문학의 양가성을 내부로부터 비판하는 방식은 이후에도 지속된다. 이에 대해서는 다음 장에서 좀 더 자세히 설명하도록 하겠다.

글에서 주목되는 것은 '되받아 쓰기'이다. 임화는 도시와 농촌을 기계적으로 분리시켜 농촌을 바라보는, 곧 '총체성'이 결여된 일면성을 일본 농민문학의 근본적 한계로 비판한다. 그러면서 그가 인용하는 것이 "농민문학은 기성의 국책에 연(沿)하는 것이 아니라, 오히려 금후 진실로 국책을 수립하는 그 원동력이 될 것을 요한다"고 한 아리마 요리야스 농상(農相)의 발언이다.[8] 아리마 농상의 발언의 요지는 농민문학이 국책 수립에 적극적으로 참여해야 한다는 것이다.[9] 임화는 '적극적 참여'의 요구를 받아들이면서, 그것을 총체성이라는 리얼리즘적 원칙과 연결시킨다. 말하자면 농상의 권위에 기대 총체성을 농민문학의 바람직한 방향으로 제시하고 있는 것이다. 특히 "그것이 농상이 말하듯 '토(土)에 친하는 따뜻한 애(愛)'일 수도 있는 것이요" 다음에 덧붙이고 있는 "더 나아가서는 일본의 **현실을 전체로** 정시 숙고하는 지적 정열일 수도 있는 것"(강조는 인용자)[10]이라는 임화의 언급은 '되받아 쓰기'의 모범사례라 해도 지나치지 않다. 흙에 대한 애정을 '현실의 총체성에 대한 숙고'로 슬쩍 바꿈으로써 임화의 발언은 어느새 국책문학에 대한 비판으로 변한다. 다만 그 비판은 일제의 농촌 정책을 총괄하는 농상에 동의하는 방식으로 이루어지는 비판이어서 검열의 그물망을 교묘하게 피해가고 있다. 그런 점에서 임화의 농민문학론은 식민주의의 권위에 기댄 '되받아 쓰기'를 통해 지배 이데올로기를 내부로부터 비판해가는 탈식민 저항의 새로운 수사학을 전형적으로 보여준다.

---

8) 임화, 「일본 농민문학의 동향」, 『문학의 논리』, 학예사, 1940, 814~815면.
9) 아리마 요리야스 농상의 발언과 농민문학 간화회의 결성과정에 대한 간략한 설명으로는 히라노 겐, 고재석·김환기 역, 『일본 쇼와문학사』, 동국대 출판부, 2001, 225~228면 참조.
10) 임화, 앞의 글, 816면.

3. 생산문학론의 양가성과 내적 저항

임화의 생산문학론은 농민문학에 대한 관심에서부터 싹트기 시작한 '생산' 범주에 대한 새로운 이해와 무관하지 않다. 총동원체제의 가장 중요한 화두가 '생산'이었음을 감안하면, 생산문학에 대한 임화의 관심 자체가 식민주의에 포섭된 결과 아닐까라는 의심을 받을 소지가 있다. 하지만 생산문학론에 이르면 오히려 임화의 본심, 즉 농민문학에서부터 이어지는 '생산' 범주에 대한 임화의 관심에 내재해있는 진정한 본심이 리얼리즘의 회복이라는 문제의식임을 분명히 확인할 수 있게 된다. 예 컨대 "생산소설 가운데 기대할 것은 작가들이 시정을 지배할 능력을 얻 게 함과 동시에 그것으로 일반 작가들의 정신능력의 부활과 제재에 대 한 지배력의 재생의 계기를 삼자는 데 있지 않은가 한다"[11)는 언급에서 그러한 문제의식을 읽기란 그리 어렵지 않다. 그렇게 보면, 임화가 농민 문학에 관심을 가진 것도 국책적 요구와는 전혀 무관하고, 생산 범주의 의미를 성찰하기 위해서였다고 할 수 있다. 임화의 말마따나 농민이 생 산자의 절대 다수를 차지하고 있는 것이 조선의 현실이었기 때문이다. 그런 점에서 농민문학론에서 생산문학론으로의 진전은 연속선상에 놓 여 있다고 할 수 있다.

생산이라는 범주가 임화에게 중요했던 것은 당시 조선소설의 지배적 추세인 '시정소설'이 철저히 '소비하는 세계'에 파묻혀 있기 때문이었 다. 임화에 따르면, "시정소설에서 작가들은 완전히 세계관이란 것과 작 별하였다." 그 결과 "시정이란 제재를 지배하는 대신 그들은 시정에게 정복"되었다. 요컨대 리얼리즘으로부터 멀어진 것이다. 그래서 임화는 "시정생활 가운데 침닉해버린 저회하는 리얼리즘의 타개책"으로 생산

---

11) 임화, 「생산소설론」, 『인문평론』, 인문사, 1940.4, 9면.

이라는 문제에 관심을 기울이게 된다.12) 어째서 '생산'이라는 범주에 대한 재인식이 '저회하는 리얼리즘'의 타개책이 되는 것일까. 그것은 "현실이란 생산과 소비의 통일물"이기 때문이다. 그러므로 "쓰는 측면에서만 인간을 그린다는 것은 마치 시정의 측면에서만 세계를 보는 것처럼 인간을 전체에서 보지 못한다. 소비에서만이 아니라 생산과의 통일에서 세계를 볼 때, 비로소 **전체로서의 현실**(강조는 인용자)이란 것이 자태를 드러낸다."13) 여기서 임화는 예의 '전체로서의 현실'을 다시 한 번 강조한다. 그런데 농민문학론에서는 불명확했던 '전체'의 의미14)가 생산소설론에 오면 분명해진다. 그것은 한마디로 생산과 소비의 통일을 가리킨다. 과거의 프롤레타리아문학이 생산의 세계 ― 생산관계 ― 에만 집착해 현실을 일면화했다면, 일제 말기의 '시정소설'은 소비의 세계만을 다루는 '현실의 일면화'에 빠져 있다는 것이 임화의 판단이었다. 그래서 임화는 바람직한 리얼리즘문학은 두 세계를 통일적으로 그릴 때 가능하다고 생각했던 것이다.

이처럼 임화의 생산소설론은 총후의 현실에 부응하는 국책문학과는 아무런 관계도 없다. 임화가 생각한 생산소설이란 생산을 고취하고 그를 위해 민중을 동원하는 문학이 아니었기 때문이다. 임화의 생산소설론은 소비의 세계에 파묻혀 있는 시정소설의 한계를 극복하기 위한 고민의 산물이었다. 요컨대 소비와 함께 생산을 고민할 때 비로소 '전체로서의 현실', 곧 생산과 소비의 통일로서의 현실을 그릴 수 있다는 생각에서였던 것이다. 임화의 말을 빌리면, "리얼리즘을 평면적에서 입체

---

12) 위의 글, 9면.
13) 위의 글, 10면.
14) 농민문학을 논할 때에는 '전체'의 의미가 국가로도 해석될 수 있고 사회적 총체성으로 해석될 수도 있는 양가성을 보여준다. 그런 점에서 식민주의와의 경계가 불분명한 것이 사실이다. 그러나 생산문학론으로 오면 '전체'의 의미가 사회적 총체성을 가리키는 것으로 명확해진다. 물론 그렇다고 해서 임화의 생산문학론이 식민주의에 대해 적대적 입장을 취했다는 말은 아니다. 그보다는 식민주의와의 비(非)동일성이 뚜렷해졌다고 이해하는 것이 적절할 것이다.

적으로 끌어올"리기 위해서인 셈이다. 물론 "생산은 모든 것의 원천"이라든가 "단순하고 순수한 상태에 있는 인간의 탐구 혹은 그 성격의 제시"와 같은 발언에서 생산 혹은 노동을 신비화하는 파시즘의 논리를 발견할 수도 있다. 임화는 농민문학론에서도 비슷한 취지의 발언을 한 바 있다. 하지만 이러한 발언 몇 개만으로 협력이나 순응 운운하는 것은 텍스트주의적으로만 보더라도 심각한 오독이다. 중요한 것은 담론의 총체이기 때문이다. 요컨대 상충하는 의미 요소들 간의 비례관계를 엄밀히 따져 담론의 총체적 의미를 규명하는 것이야말로 텍스트의 올바른 해석을 위한 첫걸음인 것이다.

담론의 총체라는 측면에서 임화의 생산소설론을 보면, 거기에는 파시즘적 생산론 혹은 노동론에 대한 급진적 비판이 담겨 있다. 임화는 다음과 같이 말한다.

> 생산소설이 농촌이나 어장이나 광산 혹은 공장을 그려서 도달하는 가장 중요한 지점은 이 사회다. 사회 가운데서 작가가 발견하는 것은 개개인의 사회적 성질뿐이 아니라, 실로 그 **사회적 관계**다. 그것은 우리가 통속소설이나 시정소설에서 보던 정의적(情意的) 인간이나 윤리학적 세계와는 판이한 것이다.15) (강조는 인용자)

임화는 생산소설의 핵심을 '생산의 사회적 관계'라고 단정한다. 이것은 파시즘적 생산/노동 이데올로기의 가장 나약한 측면이다. 파시즘은 생산과 노동을 신비화함으로써 그것을 '사회적 관계'로부터 단절시키려 한다. '생산하는 인간' 그 자체만 고립적으로 바라볼 때 그것은 숭고하다. 하지만 그것을 사회적 관계 속에 집어넣게 되면 사정은 달라진다. 계급적으로, 민족/인종적으로, 성적으로 '생산하는 인간'은 다양한 모습으로 분절(分節)되기 때문이다. 생산/노동의 숭고함을 강조하는 것은

---

15) 위의 글, 10~11면.

민중의 동의를 얻기 위해서이다. 이 부분이 파시즘적 생산/노동 이데 올로기의 헤게모니적 측면이다. 하지만 생산과 노동을 말하는 순간 자본과 노동 혹은 국가와 민중의 비대칭적 관계라는 문제가 수반되는 것을 피할 수 없게 된다. 따라서 파시즘적 생산/노동 이데올로기가 민중의 진정한 동의를 얻으려면 비대칭적 관계의 문제를 해결해야 하는데, 그 문제를 해결하는 것은 지배 자체를 포기하는 일이 된다. 헤게모니적 지배의 핵심에 노동에 대한 국가와 자본의 절대적 우위라는 서열관계가 놓여 있기 때문이다. 다시 말해 비대칭적 관계를 해소하려면 서열관계를 부정해야 하고 서열관계를 부정하는 순간 지배구조가 무너지는 것이다. 그래서 파시즘은 생산의 사회적 관계를 은폐할 수밖에 없는 것이다. 이것이 파시즘적 생산/노동 이데올로기의 양가성이자 모순이다.[16] 임화는 그 양가성의 나약한 측면, 곧 생산의 사회적 관계를 건드림으로써 양가성의 균열상을 노출시킨다. 이로부터 임화의 생산소설론이 수행적으로 발휘하는 저항적 효과가 나오게 된다.

양가성에 대한 임화의 내부로부터의 비판은 여러 글에서 확인된다. 가령 「현대소설의 귀추」에서 "「농군」의 하반부를 차지한 수로개발의 곤란한 공사는 한겨레의 수난사의 운명을 상징한 회화"라고 평하면서 "이 장면에서 소위 생산적인 건강미를 운운한다면 그는 실로 속된 감식가리라"[17]고 말한 데서도 그러한 비판 의식을 확인할 수 있다. 이 대목에서 우리는 생산/노동의 숭고함이라는 명제에 대한 은밀한 풍자를 발

---

16) 파시즘의 노동 정책 및 이데올로기와 계급관계의 길항 작용에 대한 역사적 고찰로는 티모시 메이슨, 김학이 역, 『나치스 민족공동체와 노동계급』, 한울, 2000 참조. 이 책에서 티모시 메이슨은 파시즘이 노동계급을 포섭하고 동원하기 위해 노동을 미화하는 이데올로기를 유포하거나 노동계급의 복지와 생활수준을 향상시키고 심지어는 여가 활동까지 배려했지만, 계급문제를 은폐하고 노동계급의 저항을 막는 데 결국 실패했음을 여러 사례들을 통해 보여준다. 티모시 메이슨의 설명을 통해 우리는 '생산의 사회적 관계'가 파시즘적 노동/생산 이데올로기의 비자족적이고 나약한 측면임을 다시 한 번 확인할 수 있다.
17) 임화, 「현대소설의 귀추」, 『문학의 논리』, 학예사, 1940, 431면.

견하게 된다. '생산적 건강미'는 생산문학의 전형적인 슬로건이다. 임화는 「농군」에서 그러한 '생산적 건강미'를 읽는 사람은 '속된 감식가'라고 비꼰다. 즉 「농군」은 통념적 의미에서의 생산소설이 아니라는 말이다. 그렇다면 「농군」에서 독자들이 읽어야 할 것은 무엇인가. 임화는 '한겨레의 수난사의 운명', 곧 인간 운명의 사회성이라고 답한다. 이것은 달리 말하면 생산의 사회적 관계라고 해도 무방할 터이다. 「농군」의 중심 서사가 바로 조선민중이 만주 이주와 개척의 과정에서 접하게 되는 다양한 사회적 관계들과 그로부터 빚어지는 민족적 시련과 저항이기 때문이다.[18] 이러한 서사에서 '생산적 건강미'를 기대하기란 어려운 일이다. 임화는 바로 그 점을 지적함으로써 파시즘적 노동/생산 이데올로기의 나약한 측면을 우회적으로 비판한다.

특히 「영화의 극성과 기록성」은 국책문학으로서의 생산문학에 대한 임화의 비판적 입장을 선명하게 보여준다. 『복지만리』는 조선인 이주민의 만주 개척을 그린 전형적인 생산영화로 알려져 있다.[19] 임화는 이 작품에 대해 두 가지를 집중적으로 비판한다. 하나는 이 작품이 "등장인물들의 표박의 동기에 대해 충분히 묘사하지 못했"다는 점이고, 다른 하나는 "집단을 개성을 통하여 표현한 대신 개성을 집단 가운데 매몰시켰다"는 점이다. 전자는 '생산의 사회적 관계'를 더듬는 일과 관련되어 있다. 등장인물들이 왜 동경과 무산을 거쳐 만주로까지 떠돌아 들어가게 되었는지를 밝히는 것은 인간 운명의 사회성을 규명하는 것이고, 그것

---

18) 「농군」이 그리고 있는 민족적 시련과 저항의 의미에 대한 좀더 자세한 설명으로는 이 책의 「일제 말기 이태준 문학과 내부 식민주의」, 276~283면 참조.

19) 『조광』(1939.3)에 실린 영화소개에 따르면, 『복지만리』는 고려영화협회와 만주영화협회의 제휴작품이다. 줄거리 설명을 보면, "눈 녹은 만주 벌판의 살진 땅, 일망무제로 개방한 처녀지대가 흙의 아들들인 이들을 불러들이기에 힘 안들었다. 혼사가 이루어지고 애기가 출생하고 일이 있었고 생산이 있었다"라고 쓰여 있다. 그런 점에서 이 영화는 오족협화의 이데올로기에 부응해 만주 개척을 선전하는 전형적인 국책 영화인 것으로 생각된다. 『복지만리』를 둘러싼 영화사적 맥락에 대해서는 이화진, 『조선 영화 —소리의 도입에서 친일 영화까지』, 책세상, 2005, 104~115면 참조.

은 곧 사회적 관계를 따지는 일에 다름 아니기 때문이다. 임화의 표현을 빌리자면, 그것은 '동양에 있어 금세기적인 민족 이동의 근저'를 탐구하는 작업인 것이다. 후자는 전체주의에 대한 비판과 상통한다. 파시즘이 전체주의를 중요한 이데올로기적 기반으로 삼고 있다는 점에서 그것은 파시즘에 대한 우회적 비판이기도 하다. 임화는 『복지만리』가 등장인물들을 "획일적인 집단으로만 보려 하고, 각개의 개성으로 보려 하지 않았다"고 강하게 비판하는데, 그 까닭은 "개성을 통해서만 인물이 산다는 것"은 "예술의 통칙(通則)"이기 때문이다. 말하자면 『복지만리』는 예술의 보편적 원칙을 위배했다는 것이다. 이는 개체를 전체에 종속시키는 파시즘적 문학관이 예술의 보편적 원칙과 어긋난다는 입장을 표명한 것이라 할 수 있다. 임화에게 전체주의 혹은 파시즘은 반(反)예술적 담론/체제였던 셈이다. 이처럼 임화는 『복지만리』를 "인간의 시원적인 힘인 노동과 자연이 아무런 매개 없이 종합"된 생산영화라고 칭찬하는 동시에 사회적 총체성의 부족과 개성의 결여를 지적하면서 생산문학의 본원적 한계를 은밀하게 비판한다.[20] 이를 통해 우리는 제국주의 파시즘에 구조화되어 있는 양가성의 모순을 문제 삼아 식민주의를 내부로부터 격파해가는 임화의 독특한 저항방식을 다시 한 번 발견하게 된다.

임화의 생산문학론을 간략하게 검토하면서 확인할 수 있는 것은 지배 이데올로기의 우위성을 인정하는 것이 곧 협력이나 포섭은 아니라는 사실이다. 임화는 생산문학의 우위성을 인정했지만, 다른 한편으로는 생산문학의 나약한 측면을 지속적으로 비판했다. 생산문학의 나약한 측면은 '생산의 사회적 관계'와 직결되어 있다. 생산/노동의 숭고함을 강조함으로써 민중을 동원하려는 생산문학의 파시즘적 이데올로기 안에서는 이 문제를 결코 해결할 수 없기 때문이다. 따라서 임화가 '생산의 사회적 관계'를 그리는 것이 생산문학의 핵심이라고 말할 때, 그 생

---

20) 임화, 「영화의 극성과 기록성」, 『춘추』, 1942.2, 108~110면.

산문학은 사실상 국책문학으로서의 생산문학과는 반대되는 문학인 것이다. 요컨대 임화는 생산문학 내부로 들어가 그것의 나약한 측면을 문제 삼음으로써 '생산적 건강미 운운'하는 국책문학과는 본질적으로 다른 생산문학의 가능성을 제시한 셈이다. 임화가 제시한 새로운 생산문학이란 생산과 소비의 통일체로서의 현실, 곧 생산의 사회적 관계로서의 현실을 그리는 리얼리즘문학 바로 그것이었다. 이러한 의미에서의 생산문학이란 국책문학이기는커녕 오히려 국책에 반(反)하는 저항적 문학에 다름 아니다. 생산의 사회적 관계를 밝히는 순간 제국주의 파시즘의 봉합 불가능한 모순이 드러날 수밖에 없기 때문이다.

4. 근대 극복론과 민중적 전통

임화는 「시민문화의 종언」에서 2차 세계대전의 발발로 서구 근대가 치명적인 파국을 맞이하게 되었다고 진단했다.[21] 물론 이 글 이전에도 임화는 서구 근대의 위기에 대해 적지 않은 관심을 가져 왔다. 특히 파시즘의 등장으로 서구 근대의 두 줄기인 자유주의 — 19세기적 지성 — 와 마르크스주의 — 20세기적 지성 — 가 동시에 심각한 위기를 맞이했음을 임화는 여러 차례 지적한 바 있다.[22] 하지만 2차대전의 발발로 서구 근대는 위기의 수준을 넘어 "이제 장구히 구하기 어려운 파국에 들어"섰다고 임화는 판단한다. 그런 점에서 임화가 서구 근대의 극복이라는 문제에 관심을 기울이게 된 것은 자연스러운 수순이었다고 할 수 있다. 그 과정에서 농민문학/생산문학과 근대 극복의 문제가 서로 결합

---

21) 임화, 「시민문화의 종언」, 『매일신보』, 1940.1.6.
22) 가령 「사실의 재인식」 같은 글이 대표적이다.

하게 되는데, 따지고 보면, 서구 근대의 극복이라는 문제의식과 농민문학론 / 생산문학론은 무관하지 않다.

임화가 농민문학과 생산문학에 관심을 갖게 된 것은 인구의 절대 다수가 여전히 농민인 '동양적 특수성'과 관련이 깊다. 임화에게 이 '동양적 특수성'은 후진성의 표식인 동시에 서구 근대와 구별되는 동양만의 특징이기도 하다. 이와 관련하여 주목되는 글이 「농촌과 문화」이다. 임화는 이 글에서 "동양의 현대 문화란 것이 내지와 조선을 물론하고 일반으로 이식문화"의 형태를 띠게 된 이유가 동양적 후진성 때문이라고 보았다. 여기서 동양적 후진성이란 산업사회로 나아가지 못한 채 농업사회에 머물러 있다는 의미이다. 말하자면 지역적으로는 농촌, 산업적으로는 농업, 인구에서는 농민이 절대적 비중을 차지하고 있음으로 말미암은 생산력의 정체 상태가 곧 동양적 후진성의 핵심이다.[23]

동양적 후진성은 근대문화를 서구로부터 '이식'할 수밖에 없도록 만든 핵심 요인이다. 이 글에서 임화는 '이식' 자체를 문제 삼지는 않는다. 동양적 후진성으로 인해 생산력이 정체 상태에 머물러 있는 데다 '서구 자본제의 동점'으로 세계체제에 편입된 상태에서 일제에 의해 주권마저 박탈당해 버렸기 때문에 '이식'은 피할 수 없는 경로였다는 것이 임화의 생각이었다.[24] 오히려 진정으로 문제가 되는 것은 "이식된 문화와 전통 문화의 교섭이 정당히 수행되어 있지 못하다"는 사실이다. "문화의 이식은 창조의 한 계기가 되지 아니하면 아니" 되는데, 문화의 이식 과정에서 전통과의 교섭이 제대로 이루어지지 못한 결과 우리의 근대문화가 여전히 '문화적 창조의 전(前)단계에' 머물러 있다는 것이다. 따라서 우리에게 주어진 과제는 전통과의 정상적 교섭을 통해 새로운 문화의 창조로 나아가는 것이다. 이를 임화는 '이식문화의 주체화'라고 표현한다. 그런데 문제가 복잡해진 것은 서구 근대문화가 '몰락기'에 들어

---

23) 임화, 「농촌과 문화」, 『조광』, 1941.4, 184~185면.
24) 이에 대한 자세한 설명으로는 이 책의 「이식·근대·탈식민」, 314~320면 참조.

서면서이다. 이로써 이식문화를 주체화하는 과제와 "근대문화—즉 서구문화—의 당면한 한계를 초월하"는 과제를 동시에 떠안게 되었기 때문이다.

임화는 이러한 이중과제의 해결책으로 두 가지를 제시한다. 하나는 "전통과의 교섭—즉 이식문화의 주체화—과정 가운데서 근대문화가 자기의 한계를 초월할 계기를 발견"하는 것이며, 다른 하나는 "서구문화가 몰락의 한계를 초월하는 과정 가운데서 전통이 이식문화를 주체화하는 계기가 발견"되는 것이다.[25] 전자가 이식문화에 의한 근대 극복의 길이라면, 후자는 서구문화의 자기극복의 길이다. 후자의 길과 관련해 임화는 미국에서 그 가능성을 찾은 바 있다. 임화는 미국이 "구라파 문화의 최후의 서식지가 될 뿐 아니라 문화의 신대륙이 될 수도 있다"고 보았는데, 홍미로운 것은 그 전제조건으로 '토탈리즘의 승리'를 언급하고 있는 점이다. 그것은 새로운 문화가 "토탈리즘의 승리가 진행된다면 민주주의 정치의 최후의 잔존 영역에로 또한 옮기지 않을 수 없"기 때문이다. 그때 올 문화는 유럽에서 만들어진 '19세기적 문화'가 아니라 '20세기의 문화'일 것이라고 임화는 예측한다.[26] 이 예측의 옳고 그름과는 별개로 우리가 주목해야 할 것은 임화가 서구 근대의 자기극복의 가능성을 부정하고 있지 않다는 사실이다. 이 지점에서 임화의 근대 극복론은 서양의 몰락과 동양의 발흥이라는 이분법에 기초한 일제의 근대 초극론과 갈린다.

전자의 길에서 결정적 의미를 갖는 것은 민중이다. 임화는 이식문화의 주체화 과정에서 근대 극복의 가능성을 찾을 수 있는 근거로 농촌을 든다. 전(前)근대성 속에 오히려 근대 극복의 계기가 숨어있다고 임화는 본 것이다. 농업사회라는 동양적 특수성 혹은 후진성이 근대 극복의 계기가 되는 까닭은 '전통'이 여전히 남아있는 곳이 바로 농촌이기 때문

---

25) 임화, 「농촌과 문화」, 『조광』, 1941.4, 186~190면.
26) 임화, 「무너져 가는 낡은 구라파」, 『조선일보』, 1940.6.29.

이다. 임화는 이식문화의 주체화는 이식과 전통의 교섭을 통해서만 가능하다고 설명한다. 요컨대 전통 없이는 주체화가 불가능한 셈이다. 이식문화가 "전통을 토대로 하여 비로소 창조적 과정에 오르는 것"은 그런 연유에서이다. 그런데 "우리의 농촌 가운데는 궁정문화나 서민문화 가운데서도 이미 소멸되어가고 있는 고유문화의 오리지널리티가 함유되어 있다." 보다 중요한 사실은 '고유문화의 오리지널리티'가 '하층인민', 곧 민중에 의해 보존되고 있다는 점이다. 이는 "상층과 하층의 엄격한 아세아적 격절 가운데서 상층은 주로 이식된 지나문화에 의하여 생활하고, 하층은 주로 고유문화의 연장 가운데서 기(幾)천년을 살아왔기 때문"이다. 임화는 바로 농촌문화의 이 민중적 전통에서 이식문화의 주체화와 근대 극복의 계기를 찾는다.

특히 이식문화의 주체화를 근대 극복이라는 문제와 연결시키는 임화의 논리는 주목할 만하다. 임화는 이를 '이중과제'라고 표현하는데, 우리가 이중과제를 회피할 수 없는 까닭은 두 가지이다. 첫 번째는 이식성이 폐기되지 않는 한 '현대문화의 일반 과제를 푼다는 것'이 불가능하기 때문이다. 주체화라는 특수 과제도 해결하지 못한 문화에 근대의 극복이라는 보편 과제를 다룰 능력이 있을 수 없다는 것이다. 두 번째는 근대 극복과 접목되지 못한 주체화란 "근대문화의 한계를 자기문화 가운데 배태"하게 마련이기 때문이다. '근대문화의 고유한 한계'가 엄존하는 한 문화의 창조성은 제한적일 수밖에 없다는 것이다. 그런 점에서 '이식문화의 주체화와 근대문화의 한계 초월'은 동전의 앞뒷면과 같다는 것이 임화의 생각이었다. 이식의 해체는 한국 근대문학을 바라보는 임화의 일관된 문제의식이었다. 그런데 이제 임화는 한걸음 더 나아가 그것을 근대 극복이라는 과제와 연결시킨다. 이러한 사유는 그 자체로만 보면 대단히 탁월한 발상이라 하지 않을 수 없다. 근대 극복과 무관한 이식 해체는 임화의 말마따나 서구 근대의 한계를 반복하는 또 다른 근대주의에 머물 개연성이 적지 않기 때문이다. 물론 임화의 근대 극복론이 일본의 근대 초극론에 일정하게 영향 받았을 가능성은 있다. 당시의 지성사적 정황을 고려하면 더욱 그러하다. 근대 초극론이 일본의 전향 마르크스주의자들에 의해 적극 제기되고 거기에 조선의 상당수 마르크스주의자들이 호응했던 분위기에서 임화 역시 자유롭지 못했을 터이다. 그러나 영향관계와는 별개로, 임화의 근대 극복론이 전향이나 협력의 명분으로 이용되지 않았던 것만은 틀림없다. 반대로 임화는 근대 극복론을 이식성으로 상징되는 문화적 식민주의를 청산하는 결정적 계기로 삼고자 한다. 여기에서 우리는 근대 극복론의 탈식민적 가능성을 찾을 수 있다.

임화는 민중적 전통이 어떻게 근대 극복의 계기가 될 수 있는지에 대해서는 별다른 설명을 하지 않는다. 임화에게 그것은 아직 "알 수 없는 과제"이다. 분명한 것은 적어도 임화가 전도된 오리엔탈리즘으로서의 '근대 초극론'과 같은 손쉬운 길을 받아들이지 않았다는 사실이다. 이와 관련하여 임화가 "농촌 가운데서 현대문화의 윤리적 기초를 발견해보자는 견해"에 비판적 태도를 취하고 있는 데 주목할 필요가 있다. 이 견해는 생산문학론─농민문학론─전체주의 문학론─근대 초극론 등에서 두루 발견되는 논리인데, 그 기저에는 농민이 "생산태에 있는 인간, 기초적인 생, 생의 원형질이라고 부를 수 있는" 존재라는 인식이 깔려 있다.27) 이에 대해 임화는 "농민은 다소간 소(小)소유자이기 때문"에 그들을 "이른바 순수한 생산태 중의 인간이라기엔 약간 주저할 점이 있"다고 말한다.28) 여기서 우리는 생산의 사회적 관계에 대한 마르크스주의

---

27) 근대 초극론과 농촌 공동체의 친연성과 관련해 히로마쓰 와타루는 다음과 같이 설명하고 있다. "당시 '근대의 초극'을 논한 사람들이 이상형으로 삼은 '원(原)일본적인 것', 그것은 천황으로 상징되는 국가 체제의 존재 방식과 상응한다. (…중략…) 천황제 국가로 상징되는 전근대적인 낡은 제도 속에서 근대 초극의 이상적 모습을 발견하는 시대착오(anachronism)라는 점에서는, 미래의 이상적 모습뿐 아니라 현실을 움직이는 지렛대를 미르(러시아의 전통적 촌락 공동체─인용자) 속에서 발견한 나로드니키(Narodniki)와 공통되는 문제틀을 가졌다고 지적할 수도 있을 것이다." 히로마쓰 와타루, 김항 역, 『근대 초극론』, 민음사, 2003, 89면.

적 인식을 근거로 파시즘적 생산/노동 이데올로기에 제동을 거는 임화의 이론적 일관성을 다시 한 번 확인할 수 있거니와 임화가 농촌문화 일반이 아니라 유독 민중적 전통을 강조한 까닭이 무엇인지에 대해서도 어렴풋하게나마 짐작하게 된다. 요컨대 농촌사회의 생산관계에 주목했기에 임화는 '원(原)일본적인 것'을 이상화하는 근대 초극론의 전도된 오리엔탈리즘에 포섭되지 않을 수 있었던 것이다. 계급적 분할이 존재하는 한 '원일본적인 것'이라는 동일성은 성립 불가능하기 때문이다.

5. 소결―내적 저항의 복합성과 역사성

일제 말기 임화의 문학비평은 농민문학론에서 생산문학론을 거쳐 근대 극복론까지 이어진다. 이 과정을 한 줄로 묶어주는 코드는 농촌과 생산이다. 생산이라는 문제를 성찰함에 있어 농촌이 주요 대상이 되는 것은 농업사회라는 '동양적 특수성'과 관련이 깊다. 임화의 생산문학론의 핵심은 '생산의 사회적 관계'에 주목함으로써 '생산과 소비의 통일체로서의 현실'을 그려야 한다는 명제이다. 이는 한편으로는 생산/노동을 신비화함으로써 민중을 동원하려 한 국책문학으로서의 생산문학에 대한 급진적인 내재적 비판이자 다른 한편으로는 리얼리즘의 회복을 목표로 한 문학적 기획이었다.

임화의 근대 극복론은 생산문학론의 연장선상에 있다. 근대 극복의 주체적 계기를 임화는 농촌의 민중적 삶과 문화 전통에서 찾았는데, 농촌사회라는 '동양적 특수성'으로 말미암아 농촌과 민중이 생산의 중심

---

28) 임화, 「농촌과 문화」, 『조광』, 1941.4, 190~191면.

지이자 주체였기 때문이다. 임화는 전통과의 교섭을 통한 이식문화의 주체화가 근대 극복의 한 길이 될 수 있다고 생각했다. 따라서 전통을 보존하고 있는 농촌의 민중적 삶과 문화야말로 근대 극복의 중요한 계기가 된다.

임화의 근대 극복론에서 주목할 점은 두 가지이다. 하나는 서구 근대의 자기극복의 가능성을 부정하지 않았다는 점이고, 다른 하나는 근대 극복의 구체적인 방안을 제시하지 않았다는 점이다. 이로 인해 임화의 근대 극복론은 미완성으로 끝나지만, 근대 초극론과 같은 식민 담론을 받아들이지 않았다는 점은 특기할 만하다. 근대 초극론이라는 손쉬운 길을 거부한 것은 임화가 식민주의에 대해 비(非)동일화의 입장을 견지하고 있었음을 또 한 번 입증해준다.

농민문학론─생산문학론─근대 극복론을 통해 거듭 확인하게 되는 것은 임화가 한편으로는 제국주의 파시즘의 우위성을 인정하면서, 다른 한편으로는 그것의 양가성을 지속적으로 문제 삼고 있다는 사실이다. 특히 생산의 사회적 관계를 이론적 입각점으로 삼아 일제 말기의 대표적인 국책문학이었던 농민문학과 생산문학의 나약한 측면을 비판한 것은 식민주의에 대한 내적 저항의 효과적 전략이었다고 할 수 있다.

물론 일제 말기 임화의 생산문학론과 근대 극복론이 식민주의의 자장에서 완전히 자유로웠다고는 할 수 없을 것이다. 대안적 저항을 제외하고는, 엄밀히 따지면 대안적 저항조차도 식민주의의 헤게모니와 무관하기란 불가능하다. 대안적 저항의 경우에도 주체의 실제적 위치는 식민주의 내부일 수밖에 없기 때문이다. 식민주의의 바깥이란 '이념' 속에서만 존재할 수 있을 따름이다. 따라서 식민주의 외부에 있는 것으로 여겨지는 대안적 저항의 주체 위치 역시 '이념적'으로만 그러할 뿐이다. 대안적 저항에서도 식민주의와의 겹침이 나타나는 것은 그래서이다. 하물며 총동원체제 아래의 내적 저항에서야 더 말할 나위도 없다. 가령 생산을 삶의 원형질로 이상화한다든가 서구 근대의 파국을 기성사실로 받아들이는 모습에서 식민주의의 헤게모니에 일정하게 침윤된 징후를 포착하기란 어렵지 않다. 하지만 이것을 식민주의의 영향으로만 볼 수는 없기도 하다. 이런 식의 인식은 과거의 프로문학에서도 심심치 않게 발견되기 때문이다. 그런 점에서 특정 담론과 식민주의의 관련성을 따질 때에는 보다 치밀한 역사적이고 수행적인 독해가 필요하다. 특히 근래 유행하는 해체론적 후기식민론은 이 점에 더욱 유의해야 할 것이다. 이 계열의 연구들은 대개 담론간의 유사성에만 주목할 뿐 각각의 담론들이 처한 맥락이나 역사성은 무시하는 경향을 보여주기 때문이다.29) 이래서는 일제 말기 한국문학의 복합적 내면이나 수행적 의미효과를 읽어내기 힘들다.

일제 말기 임화의 생산문학론과 근대 극복론을 내적 저항의 모범 사례로 이해해야 하는 것도 이런 까닭에서이다. 말하자면 식민주의와의 복합적 관계 ─ 저항하기도 하고 겹치기도 하고 넘나들기도 하는 ─ 속에서도 식민주의와 자신을 끝내 비(非)동일화하면서 그것의 양가성을 공략한 내적 저항의 담론이었다는 것이다. 그 근저에는 생산의 사회적 관계에 대한 임화의 투철한 마르크스주의적 인식이 자리 잡고 있다. 생산의 사회적 관계야말로 생산과 노동의 신비화를 주요 축으로 내포하고 있는 생산문학론과 근대 초극론이 도저히 해결할 수 없는 아포리아였기 때문이다. 민족주의와 해체론적 후기식민론이 일제 말기의 한국문학에 대해 내린 결론이 얼마나 피상적인 것이었는지 또한 이로써 분명해진다.

---

29) 이에 대한 좀더 자세한 비판으로는 이 책의 「탈민족 담론과 새로운 본질주의」, 85~90면 참조.

일제 말기 김정한 문학과 탈식민 저항의 세 유형

1. 일제 말기 한국문학의 탈식민적 가능성

몇 년 전부터 친일 문제에 대한 논의가 활발하게 벌어지고 있다. 식민주의의 극복이라는 관점에서 이는 바람직한 일이라 할 수 있다. 한국 사회는 일제로부터 해방된 이후에도 구조적 식민성으로 말미암아 많은 고통을 겪어왔다. '구조적 식민성'이란 식민성이 지배 구조화된 상태를 의미하는데, 이러한 구조적 식민성은 한국사회가 근대세계체제 내에서 (반)주변부적 혹은 종속적 위치에 놓여 있었던 데 기인한다.

한국사회의 구조적 식민성은 민족관계에만 국한된 문제가 아니라 계급·성·일상 등 삶의 모든 영역에 걸쳐 있다. 그런데 식민성이 이처럼 지배 구조화된 것은 해방 이후 한국사의 경로와도 관련이 깊지만, 그 못지않게 일제시대의 지배구조가 이월된 사태와도 긴밀하게 연동되어 있다. 말하자면 일제시대의 지배구조가 청산·해체되지 않은 채 지금까지 지속되고 있는 것이 구조적 식민성의 중요한 역사적 연원인 셈이다. 이렇게 보면 일제 잔재란 용어는 적절한 말이 아니다. 일제시대의 지배구조는 지금도 '지배적'이기 때문이다.

일제시대로부터 이월된 지배구조 가운데 하나가 친일세력이다. 해방 직후에 친일파 청산에 실패하면서 친일세력은 한국사회 지배층의 주요 구성원으로 자리 잡았다. 더구나 이들은 일제시대의 지배구조를 한국사회의 모든 부문에 걸쳐 재생산하는 데 결정적인 역할을 했으니, 그런 점에서 친일세력은 구조적 식민성의 뿌리에 해당한다. 친일파 청산 논의의 정당성이 여기에 있음은 물론이다.

하지만 친일파 청산만으로 구조적 식민성이 극복될 수 없음도 분명하다. 현재의 구조적 식민성은 다양한 요인들이 중첩되면서 형성된 결과물이기 때문이다. 요컨대 구조적 식민성은 친일파 혹은 일제시대로 환원될 수 없는 복합성을 안고 있다. 그런 맥락에서 보면, 작금의 친일 논의는 좀 더 신중해질 필요가 있다. 가장 우려되는 것은 친일 논의가 자칫 식민성의 구조적 복합성을 단순화할 위험성이다. 친일파 청산으로 일제시대 이래의 지배구조가 해체되지는 않는다. 지배구조란 '세력'의 문제가 아니라 '체제'의 문제라는 점에서 그러하다. 세력은 체제의 한 요소일 뿐이다. 이러한 단순화를 넘어서기 위해서는 우선 '누가' 친일을 했는가보다 '어떻게' 친일을 했는가에 보다 관심을 기울여야 한다. 친일의 내적 논리를 규명하는 것이 관건이라는 말이다. 그럴 때 체제로서의 식민성을 인식하는 것이 가능해지기 때문이다.

친일의 기준을 올바로 잡는 것도 내적 논리의 규명과 직결되어 있다. 협력과 저항의 경계는 지배구조와의 조응 여부에 따라 규정되어야 한다. 똑같은 담론이 친일일 수도 아닐 수도 있는 것은 그런 연유에서이다. 그런데 이 조응 여부는 지극히 수행적(performative)이라는 사실이 중요하다. 담론의 수행성을 무시할 경우 맥락에 따라 유동하는 담론과 지배구조의 실제적(actual) 관계를 보지 못하는 우를 범하기 마련이다. 우리는

텍스트주의적 연구에서 이러한 사례들을 너무도 자주 발견한다.[1]

이와 함께 탈식민 저항의 다양한 가능성들을 점검하는 작업도 병행되어야 한다. 친일 연구의 목적이 구조적 식민성의 '극복'에 있다면, 탈식민 저항에 대한 연구야말로 가장 중요한 분야가 아닐 수 없다. 그러나 안타깝게도 이 분야는 민족주의에 근거한 연구를 제외하고는 별다른 관심을 받지 못하고 있는 실정이다. 민족주의적 연구가 협력 대 저항의 이분법에 기초해있고, 그에 따라 탈식민 저항을 친일 대 반일의 차원으로 협소화시켰음은 부인하기 힘들다. 저항의 협소화는 탈식민 저항의 다양한 스펙트럼을 보지 못하게 만들어 한국 근대문학의 풍부한 탈식민적 잠재력에 눈감게 하는 결과를 초래했다. 식민지 시대, 특히 일제 말기의 한국문학은 대단히 은밀한 방식으로 식민주의에 저항했다. 심지어는 텍스트의 무의식 속에 저항이 잠복해 있는 경우도 허다했다. 중일전쟁 이전과 이후, 태평양 전쟁 이전과 이후의 저항은 그 방식과 유형이 서로 다르다. 이러한 탈식민 저항의 다양한 스펙트럼을 재구성해야 협력과 저항의 복합적 관계를 입체적으로 통찰하는 것이 가능해진다.

협력과 저항의 이분법을 극복하는 것은 둘 사이에 광범위한 중간지대를 상정한다거나 협력과 저항의 경계를 해체한다거나 해서 해결될 수 있는 문제가 아니다. 이런 식의 접근은 오히려 '따지고 보면 모두가 친일했다'는 변호론에 이용당하기 십상이다. 문제의 진정한 해결은 경계를 제대로 설정하는 데서부터 시작한다. 다만 그 경계는 맥락에 따라 유동적이고 다층적이다. 요컨대 하나의 전선으로 환원되거나 고정되지 않는다는 말이다. 하지만 그렇다고 해서, 해체론적 후기식민론이 보여주듯, 경계 자체를 부정하는 것은 문제의 복잡성을 회피하려는 일종의 지적 태만이다. 경계가 부단히 변하고 협력과 저항의 지점들이 다층적이라는 말이 경계가 없다는 의미는 아니다. 경계가 없다고 보면 저항은

---

1) 이에 대한 자세한 비판으로는 이 책의 「탈민족 담론과 새로운 본질주의」, 85~90면 참조.

사실상 불가능해진다. 저항이 곧 협력이 되기 때문이다. 텍스트주의적으로는 이 말이 성립된다. 저항이나 협력이나 담론의 내적 구조가 비슷한 경우는 종종 있기 때문이다. 그러나 내적 구조는 비슷한 담론이 실제 현실에서는 저항과 협력이라는 서로 다른 효과를 발휘하곤 한다. 그 까닭은 담론의 효과란 언제나 수행적이기 때문이다. 말하자면 어떤 경계선—곧 맥락—에서 담론이 발화되었냐에 따라 의미효과가 달라지는 것이다. 따라서 연구의 초점은 유동적이고 다층적인 경계들을 정밀하게 규명하는 데 맞춰져야 한다. 친일의 내적 논리라든가 저항의 다양한 스펙트럼을 맥락에 맞춰 수행적으로 재구성하는 일이 긴요한 것은 그래서이다.

이 글에서는 이러한 관점을 기초로 일제 말기 김정한 문학의 탈식민적 가능성을 살펴보고자 한다. 이 시기 김정한 문학은 대체로 1937년과 1940년을 경계로 세 단계로 나누어진다. 1937년은 중일전쟁과, 1940년은 태평양전쟁과 맞물려 있다. 동시대의 한국문학 또한 비슷한 추이를 보여주는데, 이러한 변화는 중일전쟁 이후 일제가 조선을 총동원체제로 재편하고 태평양전쟁 이후에는 그것을 강제화·제도화하는 과정과 조응한다. 이에 따라 한국문학은 식민주의에 급속히 포섭되는 한편 탈식민 저항은 고도로 간접화된다. 식민주의에의 포섭과정은 억압의 결과인 동시에 동의의 산물이기도 하다. 식민주의는 항상 억압과 동의라는 두 가지 방법으로 지배를 관철해가며, 그에 대해 피식민 주체는 순응과 자발적 협력을 통해 체제에 포섭된다. 일제 말기의 친일문학에서 그 점은 쉽게 확인된다.

하지만 식민주의는 양가적, 곧 견고하면서도 나약하고 자기 완결적이면서도 비자족적인 체제 / 담론이기 때문에 항상적으로 균열과 틈을 산출한다. 이 균열과 틈은 곧 탈식민 저항의 거점이 되거니와 일제 말기 한국문학 역시 식민주의의 나약하고 비자족적인 틈을 거점으로 저항을 수행한다.[2] 물론 그 저항은 대단히 은밀하고 간접화된 저항이다. 총동원체제로 들어서면서 일제의 억압이 보다 고도화되고 강제화되기 때문이다. 특히 태평양전쟁 이후에는 그러한 경향이 더욱 심화된다. 요컨대 억압의 강제화가 극단으로 치달으면서 저항 역시 극단적으로 간접화된다.

일제 말기 한국문학의 탈식민적 가능성을 읽어내기 위해서는 이처럼 맥락의 변화에 따른 저항의 간접화에 주목해야 한다. 맥락을 지워버리면 '간접화'는 포섭 혹은 협력으로 읽히게 된다. 수행적 독법이 중요한 까닭이 여기에 있다. 식민주의는 구조적 양가성으로 인해 저항의 거점을 항상적으로 산출한다. 그러나 맥락의 변화는 저항의 방식을 선택하는 데 영향력을 행사한다. 저항의 간접화는 그 결과이다. 따라서 똑같은 발화가 맥락에 따라 협력이 되기도 하고 저항이 되기도 한다. 말하자면 1930년대에는 협력이나 순응의 의미효과를 발휘하는 발화가 1940년대 초에는 저항적 효과를 낳기도 하는 것이다. 중일전쟁과 태평양전쟁이라는 역사적 맥락의 변화 속에서 탈식민 저항의 다양한 스펙트럼을 고찰해야 하는 것은 그래서이다. 일제 말기 김정한의 문학 역시 마찬가지다.

2. 대안적 저항에서 내적 저항으로

「사하촌」에서 「항진기」까지 김정한 문학은 대단히 적극적이고 직접적인 저항의 가능성을 탐색한다. 가령 1937년에 발표된 「항진기」는 관념적 사회주의를 날카롭게 비판하면서 민중이 주체가 된 저항의 가능성을 모색한다. 말로만 사회주의를 떠들며 실제로는 부자인 '칠촌 아저씨'에게 기생해 살고 있는 태호와 배운 것 없는 농사꾼이긴 하지만 생

---

2) 식민주의의 양가성과 탈식민 주체의 형성과정에 대한 자세한 설명으로는 이 책의 「한국 근대문학 연구와 탈식민」 참조

활에서 얻은 착취와 차별의 체험에 기초해 계급의식을 형성해가는 동생 두호의 갈등을 서사의 축으로 삼고 있는 「항진기」는 태호가 자신의 관념성을 인정하며 '생활'에 기초한 새로운 운동의 진로를 찾고 두호는 지주의 횡포에 맞서 투쟁의 길로 들어서는 것으로 끝난다. 특히 태호가 동생에게 보낸 편지에서 "그대는 확실히 의지가 굳센 '생활의 인'이다. '실행의 인'이다. 내가 공상가인 대신에. 그리고 그대의 충고를 달게 받겠다"3)라고 진술한 대목에 주목할 필요가 있다. 이 대목은 과거의 관념적 사회주의에 대한 뼈저린 자기반성인 동시에 새로운 대안적 운동에 대한 방향 제시가 담겨 있다. 그 대안적 길이란 바로 동생인 두호가 보여준 길, 곧 구체적 생활에 기초한 민중적 저항이다.

「항진기」가 제시한 저항은 세 가지 특징을 보여준다. 첫째는 체제를 전면 부정하고 있다는 점에서 저항 주체의 이념적 위치가 체제 바깥에 있다는 점이고, 둘째는 체제에 대한 저항이 적극적이고 직접적이라는 점이며, 셋째는 기존 체제를 대체할 새로운 세계상―민중이 주체가 되는 세상―을 제시하고 있다는 점이다. 우리는 이러한 유형의 저항을 대안적 저항이라 명명할 수 있다. 중일전쟁 이전까지는 조선문학의 상당수가 이러한 대안적 저항의 세계를 적지 않게 보여준다.

하지만 중일전쟁 이후 조선문학은 급속히 대안적 저항의 세계에서 후퇴한다. 요컨대 주체의 이념적 위치가 식민주의의 강력한 헤게모니로 인해 체제 내부로 포섭되고, 고도의 억압과 통제로 말미암아 적극적이고 직접적인 저항이 어려워지며, 저항운동이 극심하게 동요하면서 기존 체제를 대체할 새로운 대안을 모색하는 작업이 중지된다. 그렇다고 해서 저항 자체를 포기한 것은 결코 아니다. 저항의 방식이 대안적 저항에서 내적 저항으로 바뀐 것뿐이니, 이는 맥락의 변화에 따른 자연스러운 결과라 할 수 있다. 먼저 저항의 거점이 식민주의 외부에서 식민주

---

3) 김정한, 「항진기」, 『신문연재소설집』 5, 깊은샘, 1999, 151면.

의의 내부, 곧 식민주의의 나약하고 비자족적인 측면으로 바뀐다. 저항의 대상도 체제 전체에서 체제 내부의 틈으로 변한다. 이에 따라 저항 주체의 이념적 위치는 식민주의 외부에서 체제 내부의 틈에 자리 잡는다. 그러면서 저항의 내용 또한 체제의 나약한 측면을 비판하면서 우회적으로 식민주의를 문제 삼거나 주체의 내면을 성찰하면서 정체성을 정립하는 데 모아진다. 그런 점에서 대안적 저항이 반(反)동일화형 저항이라면 내적 저항은 비(非)동일화형 저항이라 할 수 있다. 김정한 역시 비슷한 변화상을 보여주는데, 「기로」에서 「낙일홍」까지가 여기에 해당한다.

역사적 맥락이 변한 데 대한 김정한의 인식을 잘 보여주는 작품이 「당대풍」(1938)이다. 주인공인 창규와 직장 상사인 서무과장은 과거 사회주의운동을 했던 전향자들이다. 조용히 살아가던 이들은 '운동권' 친구와 편지왕래를 했다는 이유로 고등계에 줄줄이 불려가 곤욕을 치른다. 전에는 아무것도 아니던 일이 이제는 경찰의 취조를 받을 일이 되는 시대가 된 것이다. 작가는 이러한 상황이 바로 '시대적 경향(당대풍)'이라고 언명한다. 요컨대 억압이 일상화된 시대, 이것이 중일전쟁 이후의 정세임을 김정한은 간파한 셈이다.

「기로」(1938)는 그 연장선상에 놓여 있다. 말하자면 달라진 시대적 경향 속에서 새로운 저항의 가능성을 모색한 작품이 「기로」라 할 수 있다. 「기로」는 두 친구의 엇갈린 삶에 대한 이야기이다. 두 친구는 한때 사회운동을 하던 동지였지만, 지금은 한 사람은 공사장 감독이 되고 다른 한 사람인 두보는 인부로 전락한 처지이다. 더구나 감독이 된 만식은 이름까지 '가나꼬'로 바꾸면서 식민체제에 영합한 전형적인 친일파이다. 두보는 임금 문제로 가나꼬, 곧 만식과 싸운 후 만식의 흉계에 걸려 폭파 사건의 범인으로 몰리는 바람에 경찰에게 잡혀가면서 직장도 잃고 아내도 빼앗기는 파탄에 빠지고 만다.

이 작품에서는 이전의 소설들이 보여주었던 낙관적 전망을 찾아볼 수 없다는 점에서 시대적 변화의 암울함이 짙게 반영되어 있다. 하지만 그렇다고 해서 「기로」가 탈식민 저항의 가능성을 포기한 작품은 아니다. 먼저 만식이라는 인물에 주목할 필요가 있다. 이 인물은 내부 식민주의의 화신이다. 자신의 영달을 위해 이름까지 일본식으로 바꾸고 체제에 적극 영합한 인간이라는 점에서 그러하다. 「기로」는 내부 식민주의의 화신인 만식과 두보의 대립구도를 통해 한편으로는 식민주의의 착취적 억압성을 우회적으로 비판하고, 다른 한편으로는 삶이 파탄나면서도 만식에게 끝내 굴복하지 않는 두보의 모습을 통해 스스로의 정체성을 다잡는다. 그런 점에서 「기로」는 30년대 말에 다수 등장하는 '자기 확인의 서사'의 계보에 속한다. 30년대 말의 시점에서 자기 확인이 중요한 것은 이를 통해 체제와 자신 사이에 분명한 선을 그을 수 있기 때문이다. 말하자면 비동일화의 방식으로 식민주의에 맞서려는 것이다. 특히 비동일화의 직접적 대상이 가나꼬로 이름을 바꾼 만식이라는 사실은 내부 식민주의에 대한 작가의 비판적 시각을 은밀히 드러낸다. 중일전쟁 이후 전향과 변절이 속출했음을 생각하면, 내부 식민주의에 대한 비판 자체가 스스로의 정체성을 지키는 일과 직통한다. 총동원체제라는 역사적 맥락 속에서 자신의 정체성을 지키는 일은 곧 식민주의의 동원 요구를 거부하는 의미를 가지며, 그런 점에서 「기로」의 저항성은 간접화된 내적 저항으로 설명할 수 있다.

　식민주의에 대한 내적 저항을 가장 분명하게 보여주는 작품이 「낙일홍」이다. 주인공인 재모는 S분교의 교사이다. 그는 '교실도 없고 학생도 없던' 산골 학교를 제대로 된 학교로 키운 일등공신이다. 그는 "몇 번인가 교원 노릇을 집어치우고 고향에 돌아가 남의 땅이라도 파고 싶었"지만, "자기가 온 것을 누구보다도 기뻐하고 또 자기를 어디까지라도 믿어주는 아이들의 순직한 기대를" 저버릴 수 없어 고구마밥으로 끼니를 때우면서도 오직 학교 발전을 위해 혼신의 힘을 바친다. 그래서 모두가 재모가 교장이 되리라고 생각하는데, 엉뚱하게 요다 사부로란 사람이 신임 교장으로 부임해오고 재모는 '갈고지 간이 학교'로 좌천되고 만다. 이에 재모는 학교를 그만둘 것이냐 아니면 갈고지 간이 학교로 갈 것이냐는 갈림길에 놓인다. 그는 갈등과 고민 끝에 후자를 택한다. 명예를 탐내서가 아니라 오로지 '아이들의 순직한 기대'를 저버릴 수 없어서 교직을 택한 것이기 때문이다. "좌천이든 뭐든 좋다! 어서 갈고지나 가서 갯놈 애들허구 고기나 잡고 지내자!"는 다짐에서 그 점이 잘 드러난다.

　이 작품에서 주목할 것은 두 가지이다. 하나는 요다 사부로란 일본인이 능력과 상관없이 교장이 되고 재모는 간이 학교로 좌천되는 대조적 운명이다. 이러한 대비를 통해 「낙일홍」은 내선일체 이데올로기를 통렬히 풍자한다. 두 사람의 대조적 운명이 보여주는 것은 민족적 차별의 실상이다. 이 민족적 차별은 내선일체라는 식민주의 이데올로기의 나약한 측면이라 할 수 있다. 내선일체 이데올로기의 궁극적 목적은 일제의 헤게모니적 지배이다. 하지만 조선에 대한 지배는 물리적 억압만으로는 불가능하다. 억압은 반드시 저항을 낳기 때문이다. 그래서 헤게모니적 지배는 억압과 함께 동의를 필수 기제로 삼는다. '일본과 조선은 하나다'라는 내선일체론은 그런 맥락에서 나온 것이다. 그런데 내선일체론이 동의를 얻어내려면 일본의 양보, 곧 조선인에 대한 민족적 차별의 폐지가 병행되어야 하는데, 그럴 경우 식민지배의 궁극적 목적인 일본 헤게모니가 불가피하게 훼손을 당하게 된다. 이것이 내선일체론의 양가성이다. 내선일체라는 슬로건을 통해 동의를 끌어내는 것이 견고한 측면이라면, 실제로 차별을 철폐하면 헤게모니의 훼손이 불가피해지는 것이 나약한 측면을 이룬다. 오죽하면 이광수마저 징병제 이전까지는 내선일체론을 믿지 못했다고 토로했겠는가.4)

　「낙일홍」은 바로 내선일체 이데올로기의 이러한 양가성을 겨냥하고 있다. 만약 내선일체론이 진정이라면 재모가 교장이 되어야 마땅하다.

---

4) 이광수, 김원모·이경훈 편역, 「동포에 고함」, 『동포에 고함』, 철학과현실사, 1997, 15면.

공헌도나 능력 면에서 출중하기 때문이다. 하지만 현실에서는 능력도 없고 공헌도도 없는 요다 사부로가 교장이 된다. 그렇다면 내선일체론은 허구에 불과한 것이 된다. 내선일체와 민족적 차별은 양립 불가능하기 때문이다. 그런 점에서 「낙일홍」은 내선일체 이데올로기의 나약한 측면을 우회적으로 비판하고 있는 작품이라 할 수 있다.

다른 하나는 민족적 차별의 실상을 경험하면서 재모가 스스로의 정체성을 자각하게 되는 과정이다. 재모는 학교를 그만둘 것인가 갈고지간이 학교로 갈 것인가를 두고 번민에 휩싸인다. 그 과정에서 재모가 후자를 선택하는 것은 교사로서의 자신의 정체성을 다시금 자각했기 때문이다. 이 자기 확인은 재모로 하여금 체제에 굴복하거나 영합하지 않고 자신의 소신대로 살아가게 해주는 원동력이 된다. "낙일(落日)이 일찍 보지 못했을 만큼 아름답게 빛나보였다"5)는 심정은 그런 맥락에서 나온 것이다. 낙일은 재모의 좌천을 상징하는 객관적 상관물이다. 자신의 좌천이 왜 '아름답게 빛나' 보이는 것일까. 그것은 교사로서의 정체성, 즉 아이들을 가르치는 일의 가치를 다시금 깨달았기 때문이다. 재모의 자기 확인은 체제와 자신 사이에 선을 긋는 결정적 계기가 된다는 점에서 비동일화의 내적 근거를 이룬다. 요컨대 재모는 자기 확인을 통해 저항의 내적 근거를 마련한 셈이다.

이처럼 「낙일홍」은 한편으로는 식민주의의 나약한 측면에 대한 우회적 비판을, 다른 한편으로는 자기 확인을 통한 저항의 내향화를 꾀하고 있는 작품이다. 대안적 저항의 문학과 평면적으로만 비교하면, 「낙일홍」의 저항은 심각한 후퇴이다. 「사하촌」이나 「항진기」에서 볼 수 있는 것과 같은 적극적이고 직접적인 저항의 자취를 찾을 수 없기 때문이다. 하지만 이런 식의 평면적 비교는 텍스트주의적 독법의 산물이라는 점에서 치명적인 결함을 안고 있다. 맥락의 문제가 제거되어 있기 때문이다. 총

---

5) 김정한, 「낙일홍」, 『조광』, 1940.5, 324면.

동원체제라는 역사적 맥락 속에서 대안적 저항이란 실질적으로 불가능한 일이다. 이러한 정세 속에서 대안적 저항을 요구하는 것은 일종의 근본주의이다. 더구나 시민사회가 취약하기 그지없어 국가에 대해 최소한의 상대적 자율성을 확보한 영역마저 부재한 상태에서는 더더욱 그러하다. 그럴 때 식민주의 내부의 비자족적이고 나약한 측면을 문제 삼거나 자신의 정체성을 성찰함으로써 저항의 내적 근거를 마련하는 방안은 탈식민 저항의 효과적인 전략이 될 수 있다. 「낙일홍」은 바로 그러한 내적 저항의 좋은 사례로 손색이 없다.

3. 내적 저항에서 혼종적 저항으로

태평양전쟁을 전후하여 정세는 또 한 번 일변한다. 이전까지의 동원이 형식적으로나마 동의에 기반을 둔 것이었던 데 비해 1941년을 전후하면서부터는 강제성이 노골화된다. 가령 징병이나 징용의 숫자가 41년 이후 급증하는 데서도 그 점을 확인할 수 있다. 41년 이후 조선인들의 자발적 참여도가 갑자기 높아졌다고 하기 어렵다는 점에서 징용이나 징병 숫자의 급증은 강제적 동원으로밖에는 설명되지 않는다.6) 실제로 일제는 42년에 지원병제에서 징병제로의 전환을 밝힌 바 있거니와 이는 군사적 동원체제로의 조선의 강제적 편입을 제도화한 것이라 할 수 있다.

그런 만큼 식민주의의 지배력은 고도로 강화된 반면 탈식민 저항의 여지는 더욱 좁아진 것이 이 시기의 정세였다. 이처럼 지배가 촘촘한

---

6) 이에 대한 자세한 분석으로는 박경식, 「태평양전쟁기 한국인의 강제연행」, 『일제 말기 파시즘과 한국사회』(최원규 편), 청아출판사, 1988.

그물망처럼 일상의 구석구석까지 관철되는 시기에는 저항의 방식이 보다 은밀해지고 간접화될 수밖에 없다. 하지만 그러한 상황에서도 식민주의의 양가성은 해소되지 않는다. 식민주의의 양가성은 구조적인 것이기 때문이다. 식민주의는 타자 없이는 존립할 수 없는 체제이다. 이는 자본주의가 자본의 타자인 노동 없이는 존립할 수 없는 것과 같은 이치이다. 식민주의의 이러한 비자족성은 구조적으로 식민주의 내부에 균열과 틈을 만들어낸다. 피식민 타자를 식민주의 내부로 끌어들여야 하기 때문이다. 그래서 식민주의 내부에서는 항상적으로 식민 주체와 피식민 주체간의 길항작용이 벌어지며, 이로부터 식민주의의 양가성이 형성된다. 식민주의의 양가성이 구조적인 것은 그래서이다.

물론 강제적 동원체제 아래에서는 양가성의 수준이 이전과 달라질 수밖에 없다. 식민주의의 비자족적이고 나약한 측면들이 강제적이고 폭력적인 억압에 의해 봉합되기 때문이다. 이러한 상황이 일시적일 수밖에 없음은 분명하다. 강제적이고 폭력적인 봉합에 들어가는 엄청난 비용을 장기적으로는 도저히 감당할 수 없기 때문이다. 하지만 41년을 전후한 시기부터의 몇 년간은 고비용을 감수하면서도 균열을 봉합해야 하는 비상 시기였다. 그로 인해 조선문학 역시 이 시기에 오면 총동원 체제에 강제적으로 편입된다. 누구도 총력전 이데올로기에서 자유로울 수 없게 된 것이다. 이러한 상황에 대한 저항적 대응으로 어떠한 선택이 가능했을까. 절필과 망명이 가장 강력한 저항의 방안이겠지만, 이러한 대응은 문학을 넘어서는 일이다. 요컨대 문학적 저항의 방식은 아니라는 말이다. 문학적 저항이란 글을 통한 저항이기 때문이다. 저항의 여지가 극도로 협소해진 정세에서 글을 통한 저항의 여지는 더욱 협소해진다. 대부분의 문인들이 40년대에 들어서면서 친일의 구렁텅이에 빠지게 되는 것은 이러한 역사적 맥락에서 이해할 수 있다.

그러나 그렇다고 해서 식민주의의 양가성이 해소되지는 않으며, 의식이 점령된다고 무의식까지 점령되는 것은 아니다. 따라서 이 시기의 조선문학은 협력과 저항, 의식과 무의식, 순응과 일탈이 뒤섞인 혼종적 양상을 종종 보여준다. 흥미로운 것은 이러한 혼종에서 저항적 의미를 발견할 수 있다는 사실이다. 혼종 자체가 저항은 아니다. 바바의 주장과는 달리, 대개의 경우 혼종은 협력이나 순응으로 귀결된다. 하지만 40년대처럼 특수한 맥락 속에서는 혼종이 저항적 효과를 발휘하기도 한다. 그야말로 철두철미한 전면적 협력이 요구되는 상황에서 혼종이란 전면적 협력에 대한 거부의 의미를 띠게 되기 때문이다. 그런 점에서 혼종적 저항이란 맥락이 만들어낸 효과로서의 저항성을 뜻한다. 혼종적 저항의 경우 주체의 이념적 위치는 식민주의의 내부와 외부의 경계, 식민주의의 견고한 측면과 나약한 측면의 경계, 의식과 무의식의 경계, 협력과 저항의 경계, 순응과 일탈의 경계에 위치한다. 그러면서 피식민 주체는 그 경계를 끊임없이 넘나들며, 그러한 넘나듦으로부터 혼종성이 형성된다. 그리고 그 혼종이 순응적 효과를 발휘하는가 저항적 효과를 발휘하는가는 작가의 의도보다는 맥락에 의해 결정된다.

가령 「월광한」 같은 작품에서 그 점을 확인할 수 있다. 해녀와의 우연한 로맨스를 그린 이 작품은 작품 자체로만 보면 전형적인 현실 도피주의를 표백하고 있는 소설이다. "오직 영원한 달과 바다와 내 고독한 영혼만이 엄숙한 적막 속에서 이글이글 타오를 뿐이다"라는 내적 독백이나 "아냐, 아냐! 뻐꾸기섬이 아냐! 저 멀리, 자꾸 저 멀리 ……"7) 같은 중얼거림에서 현실 도피주의는 직설적으로 표출된다. 현실 도피주의는 일반적으로는 순응적 효과를 낳는다. 하지만 열외 없는 현실 참여를 요구하는 총동원체제에서는 사태가 달라진다. 총동원 요구에 대한 거부라는 맥락적 의미효과가 생성되는 것이다. 더구나 이전까지만 해도 적극적인 현실 참여의 문학을 실천해왔던 작가의 경력을 감안하면 그러한 해석은 더욱 설득력을 갖는다. 뿐만 아니라 해녀와의 로맨스가 자아내

---

7) 김정한, 「월광한」, 『문장』, 1940.1, 78~79면.

는 정조가 '조선적'이라는 점도 주목할 필요가 있다. 특히 늙은 해녀가 제주 민요를 부르고 거기에 맞춰 은순이 "그야말로 이어도에 간 영혼을 부추기기나 하는 듯"한 춤을 추는 장면은 조선적 정조를 한껏 드높여준다. 그 정조에 빠져 주인공은 "꿈속 같이, 힝한 정신으로 정열에 사무친 그들의 노래와 춤에 싫도록 취해버렸다."[8]

내선일체의 바람이 휘몰아치던 시점에서 조선적 특수성을 강조하는 것은 시대적 분위기와 어긋나는 바가 적지 않다. 물론 조선적 특수성의 강조는 자칫 일제의 식민 이데올로기 가운데 하나인 동양주의에 포섭될 위험성을 갖고 있다. 그 점에서 조선적 특수성의 강조는 혼종적이다. 일탈과 포섭의 경계선에 놓여 있다는 점에서 그러하다. 현실 도피주의 또한 마찬가지다. 순응과 거부의 경계선에 놓여 있다는 점에서 그러하다. 따라서 현실 도피주의와 조선적 특수성의 강조가 만들어내는 의미 효과를 따져야 하는데, 그것은 맥락에 의해 결정된다. 이와 관련하여 임화가 해방직후의 어느 글에서 일제 말기를 회고하면서 당시의 조선문학이 탈정치성과 조선어의 옹호를 통해 식민주의에 대응했음을 술회한 대목은 시사적이다. 이 글[9]에서 임화는 탈정치성이 갖는 정치적 의미와 조선어의 옹호에 함축된 저항적 의의를 지적했는데, 「월광한」이 여기에 부합하는 사례이다. 다시 말해 40년대라는 역사적 맥락은 탈정치 자체가 정치적 저항 효과를, 조선적 특수성의 옹호 자체가 민족적 저항 효과를 산출하게 조건지워준 셈이다.[10]

혼종성과 관련하여 가장 문제가 되는 작품이 「인가지」이다. 「인가지」에 대해서는 지원병제를 선전한 국책극이라는 비판[11]이 있었고, 실제로

---

8) 위의 글, 72면.
9) 임화, 「조선민족문학건설의 기본과제에 대한 일반보고」, 『건설기의 조선문학』, 백양당, 1946.
10) 「월광한」은 「낙일홍」보다 앞선 1940년 1월에 발표된 작품이다. 당시에 내적 저항과 혼종적 저항은 뒤섞여 있었다. 다만 태평양전쟁 이전에는 내적 저항이, 태평양전쟁 이후에는 혼종적 저항이 '경향적으로' 우세한 모습을 보여준다.

"옛적버텀 난리가 나문 내남 없이 남자는 나라를 위해서 목숨을 돌보지 않고 수자리를 직히는 법이고, 여자는 손톱이 달투룩 일을 해서 또한 나라와 집을 직히는 것이 아니오?"[12]라며 국책에 부응하는 발언이 나오기도 한다. 그런 점에서 「인가지」에 친일적 요소가 담겨 있는 것은 부인하기 힘든 사실이다. 하지만 그렇다고 해서 「인가지」가 국책극이고 친일문학이라는 단정은 텍스트주의적 근본주의가 낳은 과장이다.

이러한 비판에는 무엇보다 작품의 서사에서 지원병이라는 소재가 갖는 위상이 과장되어 있다. 앞에서도 잠깐 언급했듯이, 작품이 발표된 43년은 지원병제가 실질적인 징병제로까지 진전된 시기였다. 따라서 개동이 같은 건장한 청년이라면 누구도 지원병에서 열외가 될 수 없는 상황이었다. 그런 점에서 지원병으로 가는 것은 피할 수 없는 시대의 대세였다고 할 수 있다. 지원병제가 작품의 배경으로 나오는 것은 이러한 시대상의 자연스러운 반영이다. 문제는 지원병제가 배경에서 그치는가 인물의 운명에 관여하는 환경으로까지 나아가는가의 여부이다. 「인가지」의 경우 지원병제는 개동이나 마을 사람들의 운명과 아무런 구체적 관계도 맺고 있지 않은 배경의 수준에 머물러 있다.

「인가지」는 엄격히 말해 한 시골 마을의 일상을 해학적으로 그린 세태극이다. 개동과 서분의 혼담을 중심으로 시골의 일상 세태가 이것저것 다루어지고 있을 뿐 시국과의 관련성은 전무하다. 가령 개동이 지원병이 아니더라도 작품의 내용이나 인물들의 운명이 바뀔 일은 전혀 없다는 데서 그 점은 쉽게 확인된다. 이순의 국책적 발언 또한 세상물정 모르는 시골 아낙네가 철없는 남편에게 정신 차리라는 차원에서 할 수 있는 정도의 말이다. 같은 잡지에 실린 지원병제나 징병제에 대한 글들과 비교해보면 이는 더욱 확연해진다. 최소한 그 글들이 보여주는 적극

---

11) 박태일, 「김정한 희곡 '인가지' 연구」, 『지역문학연구』 9호, 경남부산지역문학회, 2004.
12) 김정한, 「인가지」, 『춘추』, 1943.9, 160~161면.

적이고 자발적인 협력의 의향을 「인가지」에서는 발견할 수 없다. 그런 점에서 「인가지」는 국책극과는 거리가 멀다. 더구나 지원병제를 주제로 한 당시의 선전극들, 예컨대 민소천의 「촛불」(『조광』, 1943.9) 같은 희곡을 보면, 「인가지」가 협력과는 거리가 멀어도 한참 먼 작품임을 쉽게 간파할 수 있다.[13]

오히려 이 작품에서 두드러지는 것은 작품의 분위기가 전시와는 도무지 어울리지 않는다는 점이다. 요컨대 전쟁과는 무관한 다른 세상 같다는 것이다. 시대를 유추할 수 있게 해주는 것은 지원병 이야기 이외에는 없다. 하지만 그래서 「인가지」는 시대의 분위기와 더욱 어긋난다. 지원병 하면 떠오르는 무언가 비장하고 엄중한 분위기를 전혀 느낄 수 없기 때문이다. 말하자면 「인가지」의 시골 마을을 위요하고 있는 것은 탈정치성이다. 따라서 우리는 「인가지」의 탈정치성이 갖는 의미를 따져볼 필요가 있다. 여기서 「인가지」의 저항적 가능성을 발견할 수 있기 때문이다. 물론 그 저항성, 즉 탈정치성의 저항적 효과는 혼종적이다. 지원병제를 기정사실로 수용하고 있다는 점에서 그러하다. 그런 점에서 「인가지」는 순응과 일탈의 경계선에 놓여 있는 작품으로 보는 것이 적절할 터이다. 그러나 지원병 문제가 단순한 배경의 수준에 머물러 있고 「인가지」의 마을이 다분히 탈정치적인 공간으로 그려지고 있다는 점을 감안하면, 맥락이 만들어내는 의미효과는 일탈 쪽에 좀 더 가깝다. 「월광한」을 분석하면서 지적했듯이 탈정치가 정치적 저항의 의미를 갖는 시대가 있는 법이다. 40년대가 바로 그러한 시대였다. 따라서 「인가지」를 총동원체제라는 맥락 속에 집어넣고 수행적으로 읽으면, 지극히 간접화되어 있긴 하지만, 탈정치를 통해 정치를 거부하는 무의식적 지향

---

13) 이 작품의 한 구절을 인용하면 다음과 같다. "어머니; 얼마나 고마운 분이시냐! 총을 메구 땅위루 싸우러 나가게 되는 걸 가지구두 그처럼 좋아하던 내가 아니냐? 이번에는 비행기를 타구 싸우러 나간다. 젊어서 홀로된 몸이 너희 둘을 금이라 옥이라 길러낸 보람 여기서 더 할 데가 어디 또 있단 말이냐?"

을 찾아낼 수 있다. 이때의 정치가 총동원체제를 의미한다는 점에서 그
것은 총동원체제에 대한 거부와도 무관하지 않다. 「인가지」에서 탈식민
적 저항의 가능성을 발견할 수 있다고 보는 것은 그런 연유에서이다.

4. 결론―김정한 문학과 탈식민

일제 말기 김정한 문학을 일별하면서 확인하게 되는 것은 그의 문학
이 풍부하고도 다양한 탈식민 저항의 가능성을 보여준다는 사실이다.
이를 통해 우리는 1960년대 이후 김정한이 보여준 저항적이고 민중적
인 리얼리즘의 세계가 식민지시대의 연장선에 놓여 있음을 재확인할
수 있다.

물론 일제 말기 김정한 문학의 탈식민적 저항성은 역사적 맥락의 변
화에 따라 유동성과 다층성을 보여준다. 특히 중일전쟁과 태평양전쟁을
전후해 탈식민 저항의 유형이 변화되는 모습이 나타난다. 첫 번째는 대
안적 저항의 시기로, 「사하촌」에서 「항진기」까지가 여기에 해당된다.
이 무렵의 김정한 문학은 체제에 대한 적극적이고 직접적인 저항을 통
해 대안적 이념을 제시한다. 두 번째는 중일전쟁부터 1940년까지로, 이
시기의 김정한 문학은 총동원체제와 맞닥뜨리면서 저항이 간접화되고
내향화되는 내적 저항의 모습을 보여준다. 대체로 「기로」에서 「낙일홍」
까지가 이 범주에 묶인다. 세 번째는 총동원체제가 태평양전쟁을 전후
하여 강제화·제도화되면서 이른바 '신체제'가 들어서는 40년 이후의
시기이다. 이때의 김정한 문학은 순응과 저항 혹은 협력과 일탈의 경계
선을 넘나드는 혼종성을 띤다. 김정한 문학의 혼종성은 당시의 맥락 속
에서 저항적 의미효과를 낳는데, 그것은 총동원체제 아래에서 탈정치성

과 조선적 특수성의 옹호가 갖는 정치적 함의와 관련이 깊다. 「월광한」
이나 「인가지」 같은 작품들에서 그러한 특징을 발견할 수 있다.

  이렇게 볼 때, 일제 말기 김정한 문학은 대안적 저항, 내적 저항, 혼
종적 저항의 세 유형으로 나누어진다. 김정한의 문학에서 발견되는 세
유형의 탈식민 저항은 김정한 개인에게만 국한된 것이 아니라 한국 근
대문학 전체에서 보편적으로 나타나는 것이다. 따라서 대안적 저항, 내
적 저항, 혼종적 저항은 탈식민 문학의 계보를 재구성하는 데 있어서
결정적인 의미를 갖는다. 탈식민 문학 전체를 이 세 유형으로 범주화할
수 있기 때문이다. 통시적으로도 그러하고 공시적으로도 그러하다. 탈
식민 저항의 세 유형을 이론적으로 체계화하고 그 하위 갈래들을 정교
화하는 일이 앞으로의 과제이다. 이러한 이론적 체계화와 정교화에 바
탕해 한국 탈식민 문학의 계보를 작성하게 되면 '주체적'인 후기식민론
의 구성도 기대할 수 있게 될 것이다. 이 글은 그 작업을 위한 시론적(試
論的) 연구이다.

찾아보기

인명

작품명